KB093313

꿀벌과
천둥

꿀벌과 천둥

蜜 蜂 と 遠 雷

온다 리쿠 장편소설

김선영 옮김

H
현대문학

차례

친애하는 한국 독자 여러분, 『꿀벌과 천둥』을 여러분께 전할 수 있어 대단히 기쁩니다.

아시는 분도 계시겠지만 이 소설의 모델이 된 국제 피아노 콩쿠르는 일본 하마마쓰시에서 실제로 3년마다 열리고 있는 대회입니다. 이 소설은 잡지 연재 작품이었는데, 결국 그 콩쿠르를 네 번이나 보러 다니고도 끝나지 않아 2주간의 콩쿠르를 그려내는 데 무려 7년이라는 세월이 걸렸습니다.

그 네 번의 콩쿠르 중 두 번째로 보았던 대회의 우승자가 바로 여러분도 잘 아시다시피 쇼팽 콩쿠르에서 화려하게 우승한 한국의 조성진 씨였습니다.

그런 인연으로 일본에서 조성진 씨의 리사이틀 프로그램북에

기고를 하기도 했습니다.

　음악은 진정 세계 언어입니다.

　하지만 한편으로는 우리 동양인들이 서양음악을 하는 의의가 무엇일까, 하는 의문이 머리에서 사라지지 않고 항상 어딘가에 남아 있습니다. 같은 동양 문화권인 여러분이라면 공감할 수 있는 부분도 있지 않을까 생각해봅니다.

　멋진 번역으로 저의 책을 여러분께 소개해주신 김선영 씨, 오랫동안 출판에 애써주고 계신 한국의 출판 관계자 여러분께 깊이 감사드립니다. 부디 느긋한 마음으로 즐겨주시길 바랍니다.

2017년 7월

온다 리쿠

恩田陸

제6회 요시가에
국제 피아노 콩쿠르 과제곡

| 제1차 예선 |

(1) J. S. 바흐 : 평균율 클라비어곡집에서 한 곡. 단, 푸가가 3성부 이상이어야 함.
(2) 하이든, 모차르트, 베토벤 소나타에서 제1악장 또는 제1악장을 포함한 복수의 악장.
(3) 낭만파 작곡가 작품 중 한 곡.
* 연주 시간은 20분을 넘어서는 안 된다.

| 제2차 예선 |

(1) 쇼팽, 리스트, 드뷔시, 스크랴빈, 라흐마니노프, 버르토크, 스트라빈스키 연습곡 중에서 두 곡. 단, 서로 다른 작곡가의 곡을 선택할 것.
(2) 슈베르트, 멘델스존, 쇼팽, 슈만, 리스트, 브람스, 라벨, 스트라빈스키 작품 중에서 한 곡 내지 여러 곡.
(3) 히시누마 다다아키가 제6회 요시가에 국제 피아노 콩쿠르를 위해 새로 작곡한 <봄과 수라>. 이 곡을 콩쿠르 전에 공개적으로 연습해서는 안 된다.
* 단, 제1차 예선에서 연주한 곡은 제외한다. 연주 시간은 40분을 넘어서는 안 된다.

| 제3차 예선 |

연주 시간 60분 이내로 각자 자유로이 리사이틀을 구성한다.
* 단, 제1차 예선과 제2차 예선에서 연주한 곡은 제외한다.

| 본선 |

오케스트라 : 신 도토 필하모닉
지휘 : 오노데라 마사유키
* 아래의 피아노 협주곡 중 임의로 한 곡을 선택해 신 도토 필하모닉과 협연한다.

베토벤   피아노 협주곡 제1번 다장조 Op.15
                     피아노 협주곡 제2번 내림나장조 Op.19
                     피아노 협주곡 제3번 다단조 Op.37
                     피아노 협주곡 제4번 사장조 Op.58
                     피아노 협주곡 제5번 내림마장조 <황제> Op.73
쇼팽   피아노 협주곡 제1번 마단조 Op.11
                     피아노 협주곡 제2번 바단조 Op.21
슈만   피아노 협주곡 가단조 Op.54
리스트   피아노 협주곡 제1번 내림마장조
                     피아노 협주곡 제2번 가장조
브람스   피아노 협주곡 제1번 라단조 Op.15
                     피아노 협주곡 제2번 내림나장조 Op.83
생상스   피아노 협주곡 제2번 사단조 Op.22
                     피아노 협주곡 제4번 다단조 Op.44
                     피아노 협주곡 제5번 바장조 <이집트풍> Op.103
차이콥스키   피아노 협주곡 제1번 내림나단조 Op.23
그리그   피아노 협주곡 가단조 Op.16
라흐마니노프   피아노 협주곡 제1번 올림바단조 Op.1
                     피아노 협주곡 제2번 다단조 Op.18
                     피아노 협주곡 제3번 라단조 Op.30
                     파가니니 주제에 의한 랩소디 Op.43
라벨   피아노 협주곡 사장조
                     왼손을 위한 협주곡
버르토크   피아노 협주곡 제2번
                     피아노 협주곡 제3번
프로코피예프   피아노 협주곡 제2번 사단조 Op.16
                     피아노 협주곡 제3번 다장조 Op.26

가자마 진

| |1차| 바흐 <평균율 클라비어곡집 제1권 제1번 다장조>
모차르트 <피아노 소나타 제12번 바장조 K332> 제1악장
발라키레프 <이슬라미>

| |2차| 드뷔시 <열두 개의 연습곡 제1권 제1번 다섯 손가락을 위하여/체르니에 의한>
버르토크 <미크로코스모스 제6권 중 여섯 개의 불가리아 무곡>
히시누마 다다아키 <봄과 수라>
리스트 <두 개의 전설 중 작은 새에게 설교하는 아시시의 성 프란체스코>
쇼팽 <스케르초 제3번 올림다단조>

| |3차| 사티 <난 그대를 원해요>
멘델스존 <무언가 중 봄의 노래 가장조 Op.62-6>
브람스 <카프리치오 나단조 Op.76-2>
드뷔시 <판화>
라벨 <거울>
쇼팽 <즉흥곡 제3번 내림사장조 Op.51>
생상스/가자마 진 <아프리카 환상곡 Op.89>

|본선| 버르토크 <피아노 협주곡 제3번>

에이덴 아야

| |1차| 바흐 <평균율 클라비어곡집 제1권 제5번 라장조>
베토벤 <피아노 소나타 제26번 고별 내림마장조> 제1악장
리스트 <메피스토 왈츠 제1번 마을 술집에서의 춤>

| |2차| 라흐마니노프 <회화적 연습곡 Op.39-5 아파시오나토 내림마단조>
리스트 <초절기교 연습곡 제5곡 도깨비불>
히시누마 다다아키 <봄과 수라>
라벨 <소나티네>
멘델스존 <엄격 변주곡>

| |3차| 쇼팽 <발라드 제1번 사단조 Op.23>
슈만 <노벨레텐 Op.21 제2번 라장조>
브람스 <피아노 소나타 제3번 바단조 Op.5>
드뷔시 <기쁨의 섬>

|본선| 프로코피예프 <피아노 협주곡 제2번>

마사루 카를로스 레비 아나톨

|제1차| 바흐 <평균율 클라비어곡집 제1권 제6번 라단조>
모차르트 <피아노 소나타 제13번 내림나장조 K.333> 제1악장
리스트 <메피스토 왈츠 제1번 마을 술집에서의 춤>

|제2차| 히시누마 다다아키 <봄과 수라>
라흐마니노프 <회화적 연습곡 Op.39-6 알레그로>
드뷔시 <열두 개의 연습곡 제5곡 옥타브를 위하여>
브람스 <파가니니 주제에 의한 변주곡 Op.35>

|제3차| 버르토크 <피아노 소나타 Sz.80>
시벨리우스 <다섯 개의 낭만적 소품>
리스트 <피아노 소나타 나단조 S.178>
쇼팽 <왈츠 제14번 마단조>

|본선| 프로코피예프 <피아노 협주곡 제3번>

다카시마 아카시

|제1차| 바흐 <평균율 클라비어곡집 제1권 제2번 다단조>
베토벤 <피아노 소나타 제3번 다장조 Op.2-3> 제1악장
쇼팽 <발라드 제2번 바장조 Op.38>

|제2차| 히시누마 다다아키 <봄과 수라>
쇼팽 <에튀드 Op.10-5 검은 건반>
리스트 <파가니니 대연습곡 S.141 제6곡 주제와 변주>
슈만 <아라베스크 다장조 Op.18>
스트라빈스키 <페트루슈카 중 3악장>

|제3차| 포레 <왈츠 카프리스 제1번 가장조 Op.30>
라벨 <물의 유희>
리스트 <발라드 제2번 나단조 S.171>
슈만 <크라이슬레리아나>

|본선| 쇼팽 <피아노 협주곡 제1번>

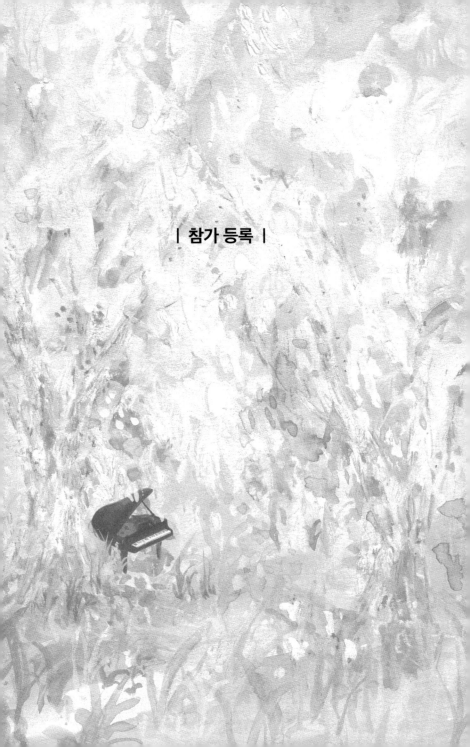

| 참가 등록 |

테마

언제 적 기억인지는 모른다.

하지만 갓 걸음마를 뗀, 정말 어렸을 때라는 건 분명하다.

빛이 쏟아지고 있었다.

아득한 머리 위 한 점에서 지엄하게, 그렇지만 아낌없이 평등하게 쏟아지는 고귀한 빛이.

세상은 밝고, 한없이 넓고, 항상 흔들리며 쉽게 변화하는, 성스럽고도 두려운 장소였다.

달콤한 향기가 어렴풋이 풍겨왔다. 자연계 특유의 비릿한 풋내와 무언가를 태우는 단내가 발밑과 등 뒤에서 풍겨오는 가운데, 그 안에 역시 놓칠 수 없는 달콤하고 향기로운 냄새가 섞여 있었다.

바람이 불고 있었다.

살랑살랑, 부드럽고 시원한 소리가 몸을 감싼다. 그것이 나뭇가지에 달린 잎사귀가 스치는 소리라는 것을 그때는 아직 몰랐다.

하지만 그게 전부가 아니었다.

농밀하고 생생한, 크고 작은 수많은 무언가가 시시각각 변해가는 주변의 공기 속에 충만했다.

그것을 뭐라 표현하면 좋을까?

엄마, 아빠 소리도 제대로 하지 못했을 때 이미 그것을 나타낼 표현을 찾고 있었던 것 같다.

답은 목구멍까지, 바로 곁까지 다가와 있었다. 금방 그걸 나타낼 말을 찾을 수 있었는데.

하지만 그것을 찾아내기 전에 새로운 소리가 머리 위로 쏟아졌고, 대번에 그쪽으로 관심을 빼앗겼다.

그렇다, 실로 소나기처럼, 하늘에서.

밝고 힘찬 음색이 세상을 흔들었다.

물결이기도 하고 진동이기도 한 무언가가 온 세상에 메아리치고 있었다.

그 울림에 가만히 귀를 기울이고 있노라니 나라는 존재 자체를 포근히 감싸주는 것만 같아 마음이 차분해졌다.

지금 다시 한 번 그 시절의 광경을 볼 수 있다면, 분명 이렇게 말했으리라.

환한 들판을 가로지르는 수많은 꿀벌은 세상을 축복하는 음표라고.

그리고 세상은, 언제나 지고한 음악으로 가득 차 있노라고.

전주곡

소년이 넓은 교차로에서 화들짝 놀라 뒤를 돌아본 것은 자동차 경적 소리 때문은 아니었다.

대도시 한복판.

그것도 세상에서 가장 많은 관광객이 모이는, 전 세계가 한데 어우러진 유럽의 중심지다.

거리를 오가는 사람들의 국적도 다양하고 외모도 체격도 제각각. 여러 인종으로 이루어진 행인들이 마치 모자이크처럼 보인다. 각국에서 몰려든 단체 관광객이 줄줄이 지나가자 다양한 발음의 언어가 잔물결처럼 밀려들었다가 빠져나갔다.

그 안에서 인파의 흐름을 거스르듯 우뚝 서 있는 소년은 몸집도 키도 보통이었지만 앞으로 한참 쑥쑥 자랄 잠재적인 '가능성'이 느껴졌다. 열너덧 살쯤 되었을까. 앳된 얼굴이다.

챙이 넓은 모자, 면바지에 카키색 티셔츠, 거기에 얇은 베이지색 코트. 어깨에 큼직한 캔버스 천 가방을 비스듬히 메고 있다. 언뜻 보면 어디에나 있을 법한 십 대 청소년이지만 자세히 보면 묘하게 소박한 분위기가 있다.

모자 밑에 가린 단정한 얼굴은 아시아계지만 부릅뜬 눈이나 하얀 피부 때문에 국적을 분간할 수 없었다.

그 눈이 허공을 헤맸다.

주변의 소음은 전혀 귀에 들어오지 않는 것처럼, 고요함을 머금은 눈이 한 점을 바라보고 있었다.

그가 하늘을 올려다보자 옆을 지나가던 어린 금발 소년도 위

를 올려다보았다. 하지만 곧 어머니 손에 붙들려 끌려가듯 횡단
보도를 건넜다. 아이는 아쉬운 기색으로 커다란 다갈색 모자를
쓴 소년을 바라보았지만 이윽고 포기한 듯했다.

횡단보도 복판에 우뚝 서 있던 소년은 신호가 바뀌려는 것을
퍼뜩 깨닫고 허둥지둥 달렸다.

분명 들었다.

소년은 비스듬히 멘 가방을 가다듬으며 교차로에서 들은 소리
를 더듬었다.

꿀벌의 날갯소리.

어렸을 때부터 귀에 익은, 절대 잘못 들을 리 없는 소리다.

시청 부근에서 날아온 걸까?

무심코 두리번거리다 거리 한구석에 있는 시계를 보고 자칫하
면 지각 신세라는 것을 깨달았다.

약속은 지켜야지.

소년은 모자를 눌러쓰고 시원스러운 걸음으로 달려갔다.

참는 데는 이골이 났다고 생각했는데 그럼에도 어느새 꾸벅꾸
벅 졸았다는 사실을 깨닫고 사가 미에코는 조금 당황했다.

순간 지금 어디에 있는지 잊어버려 주위를 두리번거릴 뻔했지
만 눈앞에서 그랜드피아노 앞에 앉아 있는 소녀를 보고 아아, 여
기는 파리였지, 하고 기억해냈다.

물론 그럭저럭 경험이 있어 이럴 때 화들짝 놀라 주위를 둘러
보거나 등을 쭉 펴서는 안 된다는 것을 안다. 그런 짓을 하면 오
히려 졸았다는 사실을 들키므로 조용히 관자놀이를 짚고 곡에

심취한 시늉을 하거나 똑같은 자세로 있어 몸이 굳었다는 듯이 천천히 앉은 자세를 가다듬는 게 상책이다.

솔직히 미에코만 그런 게 아니다. 옆에 있는 두 교수도 비슷한 상황이라는 건 굳이 보지 않아도 알 수 있었다.

옆자리의 알랭 시몽은 심각한 골초로 그렇지 않아도 니코틴 금단 증세를 보이고 있는데 지루한 연주가 이어지자 짜증이 쌓여가는 것이 눈에 확연히 보였다. 이제 곧 손가락을 덜덜 떨지도 모른다.

그 옆의 세르게이 스미르노프는 거구를 테이블 위로 쭉 내밀고 잔뜩 찌푸린 얼굴로 꼼짝 않고 곡을 듣고 있을 것이다. 하지만 속으로는 얼른 일을 끝내고 그 이름과 같은 술을 마시러 가고 싶을 게 뻔했다.

그것은 미에코도 마찬가지였다. 음악은 물론이고 인생도 깊이 사랑하는 그녀는 담배도 좋아하고 술도 대단히 좋아한다. 일찌감치 이 고행을 끝내고 셋이서 이 오디션을 안주 삼아 느긋하게 한잔하고 싶었다.

전 세계 다섯 개의 대도시에서 진행되는 오디션이다.

모스크바, 파리, 밀라노, 뉴욕, 그리고 일본 요시가에. 요시가에 이외의 각 도시에서는 저명한 음악 전문학교 홀을 빌려서 오디션을 실시한다.

"어째서 파리 담당을 저 세 사람한테 맡겼지?" 뒤에서 그런 험담이 오간다는 것도 알고 있고, 실제로 미에코 일행은 그들 셋이 한자리에 모이도록 뒤로 손을 썼다. 그들은 심사 위원들 사이에서나 업계에서나 '불량아'로 통했고, 독설로 다져진 인연이었으며 일이 아니더라도 종종 폭음을 함께 하는 사이였다.

한편으로 그들은 자신의 귀에 자부심이 있었다. 세 사람은 소행은 다소 나쁠지도 모르지만 독창적인 연주와 음악을 폭넓게 허용하는 것으로 정평이 나 있었다. 만약 서류 심사에서 떨어진 새로운 개성을 발견해낼 사람이 있다면 그건 바로 자기들이라고 믿고 있었다.

하지만 그런 세 사람마저 다소 집중력이 떨어지고 있었다.

그 정도로 오후부터 시작된 오디션은 지루했다. 처음에는 '괜찮은데' 싶은 아이가 두세 명 연달아 나오기에 기대했는데 그다음이 나오지 않았다.

긴장으로 온몸이 꽁꽁 얼어붙은 채 나와 일생일대의 연주를 펼치는 젊은이들에게는 미안하지만 그들이 찾는 것은 '스타'이지 '피아노를 잘 치는 젊은이'가 아니다.

후보는 전부 스물다섯 명이라고 들었는데 번호를 보니 겨우 열다섯 번째 연주자였다. 아직 열 명이나 더 남았다고 생각하니 저도 모르게 정신이 아득해졌다. 이럴 때는 이따금 심사 위원이란 새로운 방식의 고문일지도 모른다는 생각이 든다.

순열과 조합도 아니고, 바흐, 모차르트, 쇼팽, 바흐, 모차르트, 베토벤을 되풀이해 듣는 사이 다시 정신이 멍해졌다.

애초에 훌륭한 아이, 뭔가가 빛나는 아이는 시작하는 순간에 바로 알 수 있다. 개중에는 무대에 올라선 순간 알 수 있다고 호언하는 선생도 있을 정도다. 분명 아우라를 지닌 아이도 있지만 그 정도는 아니더라도 조금만 들어보면 수준을 대강 알 수 있다. 심사 위원이 졸다니 무례하고 야속하다 싶겠지만 듣고자 하는 의욕이 이토록 넘치는, 인내심 있는 심사 위원들도 사로잡지 못한다면 일반 팬들을 휘어잡는 프로 피아니스트로 살아가기란 불가능하다.

역시 기적은 쉽게 일어나지 않는 법이다.

미에코는 옆자리의 두 사람도 분명 같은 생각을 하고 있을 거라 확신했다.

3년에 한 번 개최되는 요시가에 국제 피아노 콩쿠르는 이번으로 6회를 맞이한다. 세상에 국제 피아노 콩쿠르는 수도 없이 많지만 요시가에는 요즘 특히 높은 평가를 받고 있다. 여기서 우승한 사람이 그 후 저명한 콩쿠르에서 우승하는 패턴이 이어졌기 때문인데, 새로운 재능이 나타나는 콩쿠르라는 의미에서 부쩍 주목을 끌고 있다.

특히 지난번 우승자는 당초 서류 심사 때 떨어졌던 연주자였다. 요시가에는 서류 심사만으로는 알 수 없는 재능을 놓치고 있을지도 모른다는 우려에서 1회 때부터 서류 심사 낙선자를 대상으로 오디션을 열고 있는데, 그는 그 오디션에서 합격해 제1차 예선에 임했다. 그리고 거침없이 2차, 3차를 뚫고 본선에 남더니 급기야 우승까지 거머쥐었던 것이다. 더욱이 그 이듬해 세계 굴지의 피아노 콩쿠르인 S 콩쿠르에서 우승, 일약 스타가 되었다.

당연히 이번 오디션에도 기대가 모였다. 참가자들도 지난번의 신데렐라 스토리가 머릿속에 있어 운만 좋으면, 어쩌면 나도, 하고 긴장하는 게 보였다.

하지만 지난번 우승자는 유명 음대에서 공부한 학생이었고 어려서 콩쿠르 경력이 없어서 떨어졌던 것뿐이다. 실제로는 서류 심사와 실력 사이에 큰 차이는 없다. 어렸을 때부터 철저한 레슨을 받아 두각을 나타내고, 저명한 교수를 사사했다면 될성부른 떡잎은 업계 안에서도 이미 소문을 탄다. 또한 그런 생활을 견디지 못한다면 '될성부른' 떡잎이 되지 못하는 것도 사실이다. 혜성처럼 나타난 무명의 스타라는 건 일단 있을 수가 없다. 때로 거장이 일부러 숨겨놓는 경우도 있지만 소중히 키운 제자일수록 둥지를 떠나기 힘들다. 콘서트 피아니스트는 어중간한 신경으로는 해낼 수 없다. 중압감이 강한 콩쿠르를 전전하며 제압할 수 있는 체력과 정신력의 소유자가 아닌 이상 가혹한 월드 투어를 치르는 프로 콘서트 피아니스트가 되기란 힘들다.

그런데 눈앞에는 차례로 젊은이들이 나타나 피아노 앞에 앉는다. 그 줄은 끝날 줄을 모른다.

기술은 최소한의 조건에 불과하다. 음악가가 될 수 있다는 보장은 어디에도 없다. 운 좋게 프로로 데뷔해도 지속할 수 있다는 보장이 없다. 저들은 어렸을 때부터 대체 얼마나 긴 시간을 저 무서운 검은 악기를 마주하며 보냈을까. 아이가 누려야 할 즐거움을 얼마나 참아가며 부모와 어른들의 기대를 짊어지고 왔을까. 그리고 저들 모두가 우레와 같은 갈채를 받는 날을 머릿속으로 꿈꾸는 것이다.

너희 업계하고 우리 업계는 비슷하구나.

문득 마유미가 했던 말이 떠올랐다.

고등학교 때 친구인 이카이 마유미는 지금은 인기 미스터리 작가다. 어린 시절을 외국에서 보내고 중학교 3학년부터 고등학교 3학년 때까지만 잠깐 일본에 살았던 미에코에게는 몇 안 되는 친구 중 하나였다. 외교관이었던 아버지를 따라 중남미와 유럽을 오가며 자란 미에코는 당연히 균일화를 강요하는 일본에서 겉돌았고, 친해진 사람은 마유미 같은 고독한 늑대 부류뿐이었다. 지금도 가끔 함께 한잔하곤 하는데 그녀는 만날 때마다 문학계와 클래식 피아노의 세계는 비슷하다는 말을 한다.

봐, 비슷하잖아, 콩쿠르와 신인상의 난립. 똑같은 사람이 인정받기 위해서 온갖 콩쿠르와 신인상에 응모하는 것도 똑같아. 그걸로 먹고살 수 있는 사람은 양쪽 다 극히 일부지. 자기 책을 남에게 보여주고 싶은 사람, 자기 연주를 남에게 들려주고 싶은 사람은 바글바글한데, 둘 다 사양산업이라 읽을 사람도 들을 사람도 한 줌밖에 안 돼.

미에코는 쓴웃음을 지었다. 세계적으로 팬들의 고령화가 진행되고 있는 클래식 음악계에서 젊은 팬의 확보는 절실한 과제다.

마유미는 말을 이었다.

하염없이 키를 두드려대는 것도 비슷하고, 언뜻 보면 우아해 보이는 점도 비슷해. 사람들은 이미 완성된 화려한 무대밖에 보지 않지만, 그걸 위해 평소 아찔하리만치 오랜 시간을 얌전히 틀어박혀 몇 시간씩 연습하거나 원고를 써야 해.

분명 하염없이 키를 두드린다는 점은 똑같다. 미에코는 동의했다. 마유미의 목소리가 자학적인 톤으로 바뀌었다.

그런데 콩쿠르도 신인상도 자꾸 늘어나기만 해. 급기야 다들 필사적으로 신인을 찾지. 이유? 둘 다 그 정도로 지속하는 게 어려운 장사라 그런 거야. 평범하게 하면 탈락하는 치열한 세상이니까 항상 시야를 넓히고 새로운 피를 수혈해야 해. 안 그러면 바로 관계자들이 줄어서 시장 자체도 줄어들어. 그래서 모두들 언제나 새로운 스타를 찾는 거야.

투입 비용이 달라, 미에코는 그렇게 반박했다. 소설은 밑천이 들지 않으니 괜찮지만 우리가 얼마를 투자한다고 생각해?

그 점은 안됐어. 마유미는 순순히 수긍하더니 손가락을 꼽기 시작했다.

악기값, 악보값, 레슨비. 발표회 비용에, 꽃다발값에, 의상까지. 유학 비용에 교통비. 어, 또 뭐가 있지?

경우에 따라서는 대관료나 인건비도 떠맡아야 하지. 시디 제작도 자비 제작에 가까울 때가 있고. 전단지나 광고비도.

가난한 사람은 꿈도 못 꿀 장사야. 마유미는 경악했다. 미에코는 실실 웃었다.

세상에서 가장 멋진 장사지. 콘서트는 언제나 라이브고, 언제나 여행지에서 새로운 악기를 만나. 피아니스트는 대부분 가는 곳곳에서 기다리는 여인들의 비위를 맞춰야만 해. 그러고 보니 이 여인은 성감대가 어디였더라, 의외로 까다로운 상대였지, 하고 똑바로 기억해두지 않으면 두고두고 고생해. 다들 자기 악기와 함께 여행할 수 있는 다른 음악가들을 부러워해. 뭐, 바이올린이나 플루트처럼 가벼운 악기를 연주하는 사람에 한해서지만. 커다란 악기를 연주하는 사람은 별로 부럽지 않거든.

둘이서 한목소리로 웃었다.

하지만 딱 한 가지, 우리가 도저히 당해낼 수 없는 게 있잖아.

마유미가 조금 부러운 표정으로 말했다.

세상 어디를 가도 음악은 통해. 언어의 장벽이 없어. 감동을 공유할 수 있어. 우리는 언어의 장벽이 있으니까, 음악가가 정말 부러워.

그러네.

미에코는 어깨를 으쓱했다. 그 점에 대해서는 말을 아낀다. 그걸 경험한 사람이 아니면 전달되지도 않고, 글자 그대로 말로 설명할 수도 없다. 하물며 그만한 투자를 하고도 결코 수지가 맞지 않는 이 바닥에서, 일단 '그 순간'을 경험하면 그런 고생은 전부 잊어버릴 정도로 크나큰 환희를 얻을 수 있다는 것은.

그렇다.

결국 누구나 '그 순간'을 원한다. 한번 '그 순간'을 맛보면 그 환희에서 벗어날 수 없다. 그만큼 '그 순간'에는 완벽한, 지고한 경험이라 할 수밖에 없는 쾌락이 있다.

우리가 여기서 이렇게 몽롱한 머리로 계속 앉아 있는 것도, 나중에 와인을 들이붓고 침을 튀겨가며 업계의 실태를 헐뜯을 것도, 헛수고로밖에 보이지 않는 노력과 비용을 투자해가며 젊은 이들이 차례로 무대에 오르는 것도, 다들 '그 순간'을 원하고, 애타게 그리고, 간절히 바라기 때문이다.

서류는 이제 다섯 장만 남았다.

앞으로 다섯 명.

미에코는 지금까지 나온 후보들 가운데 누구를 합격시킬지 고민하기 시작했다. 지금까지 들은 수준이라면 합격시켜도 된다고 확실히 말할 수 있는 것은 한 명뿐이었다. 또 한 명은 다른 두 심사 위원이 추천한다면 합격할지도 모른다. 하지만 그 외에는 합격 수준에 못 미친다.

이럴 때 언제나 고민하는 것은 순서의 문제다. 처음에 '괜찮은데'라고 생각했던 후보들은 정말 괜찮았을까? 지금 다시 같은 연주를 들어도 그렇게 생각할까? 순서에 영향을 받는 것은 오디션이나 콩쿠르의 숙명이고, 순서도 실력이라고 냉정하게 생각하려 하지만 역시 마음에 걸린다.

지금까지 일본인은 두 명 있었다. 둘 다 이곳 파리의 고등음악원에 유학하고 있는데 기술은 흠 잡을 데 없었다. 그중 한 명이 다른 심사 위원들도 추천한다면 합격시켜도 좋다고 생각하는 아이였다. 또 한 명은 안됐지만 '신호'를 느끼지 못했다.

기술이 이 정도로 엇비슷하면 나머지는 어떤 '신호'로 비교할 수밖에 없다. 특출한 재능, 명확한 개성이 있는 아이라면 모르지만 합격선을 가르는 것은 아주 작은 차이의 싸움이 되기 때문이다. '신경 쓰이는' 아이, '마음이 술렁거리는' 아이, '눈길을 끄는' 아이. 망설였을 때, 결국에는 언어로 설명할 수 없는 그런 불확실한 감각에 의존하는 게 현실이다. 콩쿠르에서 미에코는 자기가 순순히 '더 들어보고 싶다'라고 생각하는지를 기준으로 삼는다.

서류를 넘긴 순간, 이름이 눈에 들어왔다.

진 가자마

미에코는 심사 전에 가급적 후보자 정보를 보지 않는다. 본인과 연주가 주는 인상만으로 판단하고 싶기 때문이다.

하지만 그 서류에는 무심코 시선을 빼앗기고 말았다.

프랑스어로 적힌 서류라 어떤 한자를 쓰는지는 모르겠지만 일본인인 것 같았다. 사진에는 우아하면서도 동시에 야성미가 느껴지는 소년의 얼굴이 있었다.

열여섯 살.

시선을 빼앗긴 이유는 이력서가 너무 새하얬기 때문이다. 일단 읽을 게 거의 없었다.

학력, 콩쿠르 경력, 아무것도 없다. 일본에서 초등학교를 졸업하고 프랑스로 도항. 서류로 알 수 있는 것은 그게 전부다.

음악대학에 다니지 않는 것은 그리 드문 일이 아니다. 신동이 넘쳐나는 이 업계에서는 어렸을 때 데뷔한 연주자는 음대에 가지 않기도 한다. 오히려 성장한 다음에 연주 이론을 뒷받침하기 위해 새로 음대에 들어가는 경우가 많다. 미에코도 그런 경우로, 십 대 초반에 두 개의 국제 콩쿠르에서 2위와 1위를 거머쥐고 천재 소녀로 이름을 떨쳐 곧바로 연주 활동을 시작했기 때문에 음대에 들어간 건 어찌 보면 알리바이 공작에 가까웠다.

하지만 이 서류로만 보면 가자마 진이라는 소년은 연주 활동을 한 흔적이 없었다.

다만 한 줄, 현재 파리국립고등음악원 특별 청강생이라는 기록이 있었다.

특별 청강생? 그런 제도가 있었나?

미에코는 고개를 갸웃거렸다. 하지만 실제로 이 서류가 통과되어 지금 이렇게 파리국립고등음악원에서 오디션을 치르고 있으니 거짓말일 리는 없다.

그러다 구석에 있는 '사사한 인물' 항목을 본 순간, 농담이라고 생각할 수밖에 없는 이 엉터리 서류가 통과된 이유를 알았다.

온몸이 훅 달아올랐다.

아니, 그렇지 않다.

미에코는 내심 고개를 가로저었다.

나는 이 부분을 처음부터 보았지만 일부러 모르는 척했던 것이다.

거기에는 이렇게 적혀 있었다.

유지 폰 호프만을 다섯 살 때부터 사사

심장이 펄떡펄떡 온몸에 피를 보내는 게 느껴질 정도였다.

왜 이렇게 동요하는지 스스로도 이해할 수 없다. 그 점에 미에코는 더욱 동요했다.

그것은 너무나 중요한 정보지만, 그것만으로 서류 심사를 통과할 수는 없었을 거라는 건 잘 안다. 연주 활동 경력도 없고 음악학교에 다닌 것도 아니다. 실로 어디서 굴러온 돌인지 모를 존재인 것이다.

미에코는 옆에 앉은 두 사람에게 이 점에 대해 말하고 싶은 것을 필사적으로 참았다. 미에코는 후보자의 사전 정보를 전혀 보지 않지만 시몽은 '쭉 훑어보는' 유형이고, 스미르노프는 '꼼꼼히 파악하는' 유형이니 둘 다 이 정보를 모를 리가 없다. 더군다나 놀랍게도 '추천서'라는 표시까지 있다.

유지 폰 호프만의 추천서! 이 사실을 알고서 두 사람이 펄쩍 뛰지 않았을 리 없다.

그러고 보니 어젯밤 셋이서 식사했을 때 시몽이 뭔가 말하고 싶은 눈치로 꼼지락거렸지. 셋이서 오디션 전에는 후보자에 대해 일절 거론하지 않기로 약속했기 때문에 차마 말을 못 꺼낸 것이다.

입을 오물거리던 시몽의 표정이 뒤늦게 뇌리에 뚜렷이 되살아났다.

그때, 그는 올해 2월 조용히 세상을 떠난 유지 폰 호프만에 대해 이야기하고 있었다. 그 이름은 전설적이었고, 전 세계 음악가와 음악 애호가들에게 존경받았지만 본인은 은밀한 장례식을 원해 가까운 이들끼리 냉큼 장례식을 치러버렸다.

하지만 도저히 그렇게 넘어갈 수는 없어, 결국 두 달 후 기일과 같은 날짜에 음악가들끼리 모여 성대하게 고별식을 치렀다. 미에코는 리사이틀 때문에 참가하지 못했지만 그 모습을 찍은 디브이디를 받았다.

호프만은 유언을 남기지 않았다. 매사에 집착하지 않는 호프만다운 행동이었지만 그 고별식에서 숨을 거두기 전 호프만이 지인에게 남긴 말이 화제에 올랐다고 한다.

나는 폭탄을 설치해두었다네.

"폭탄?"

미에코는 그렇게 되물었다. 비밀도 많고 전설적이며 위대한 존재이기는 했지만 실제 호프만은 장난기도 많고 소탈한 인물이었다. 그런데도 말뜻을 잘 이해할 수 없었던 것이다.

내가 사라지면 틀림없이 폭발할 게야. 세상에서 가장 아름다운 폭탄이.

미에코와 마찬가지로 호프만의 친척들도 무슨 뜻인지 되물었다는데, 호프만은 그렇게 말하고는 싱글벙글 웃기만 했다고 한다.

미에코는 새하얀 서류를 보면서 초조함을 느꼈다.

시몽과 스미르노프는 분명 호프만의 추천서도 보았을 것이다. 대체 뭐라고 적혀 있었을까?

흥분한 나머지 주위가 술렁거리는 걸 한발 늦게 알아차렸다.

고개를 드니 무대는 텅 비어 있었다. 스태프가 무대를 우왕좌왕하고 있다.

가자마 진. 나오지 않은 건가?

미에코는 자기가 안도하고 있다는 것을 깨달았다.

그래, 역시 이런 서류는 뭔가 잘못된 거야. 허풍이야. 추천서도 분명 뭔가 실수한 걸 테지. 호프만도 말년에는 쇠약했을 터. 어쩌다 마음이 약해져서 한번 추천서를 써볼까 하는 마음이 들었던 걸 거야.

하지만 무대 옆에 있던 스태프가 무표정한 얼굴로 목청껏 알렸다.

"다음 후보로부터 이동에 시간이 걸려 늦는다는 연락을 받았습니다. 그를 마지막 순서로 돌리고 나머지 후보들부터 앞당겨 연주하겠습니다."

객석이 조용해졌고, 순서가 앞당겨져 눈에 띄게 동요한 빨간 드레스를 입은 소녀가 겁먹은 눈으로 무대에 올라왔다.

뭐야.

미에코는 실망했다. 동시에 자기가 안도하고 있었다는 사실도 깨달았다.

가자마 진. 대체 어떤 연주를 보여줄까?

"빨리, 빨리, 서둘러!"

겨우 넓은 부지 안 사무국에 도착한 소년은 수험표를 낚아챈 남자에게 이끌려 무대로 내몰렸다.

"저, 저기, 손을 씻고 싶은데요."

험악하게 생긴 덩치 큰 남자의 뒤에 대고 소년은 모자를 움켜쥐며 조심스레 말했다.

그대로 소년의 목덜미를 움켜쥐어 무대로 내던질 기세였던 남자는 "참, 그렇지" 하고 화장실이 있는 곳을 알려주었다.

"서둘러. 옷도 갈아입어야 하잖아? 대기실은 저쪽이다."

"옷이요?"

소년은 어리둥절한 기색으로 입을 헤벌렸다.

"저, 옷을 꼭 갈아입어야 하나요?"

남자는 소년을 머리끝부터 발끝까지 찬찬히 훑어보았다.

아무리 봐도 무대의상이 아니다. 설마 이런 차림으로 무대에 오를 셈인가? 다른 후보들의 경우엔 정장을 차려입은 사람도 많고, 평상복이라 해도 재킷 정도는 걸쳤는데.

소년은 풀 죽은 목소리로 말했다.

"죄송합니다, 아버지 일을 돕다가 그대로 달려와서. 일단 손 좀 씻고 올게요."

소년이 태연히 펼쳐 보인 손을 본 남자는 깜짝 놀랐다. 마른 흙이 들러붙은 커다란 손은 마치 밭일이라도 하다 온 것 같았다.

"넌 대체……."

남자는 화장실로 달려가는 소년의 뒷모습에 대고 말했지만 그 모습은 금세 사라져버렸다.

남자는 아연히 화장실 문을 바라보았다.

혹시 뭔가 다른 회장하고 착각한 게 아닐까? 피아노 오디션을 받는데 흙투성이 손으로 온 사람은 처음 본다.

문득 불안한 마음에 수험표를 보았다. 혹시 다른 자격시험의 수험표인 건 아닐까? 하지만 틀림없었다. 응시 서류의 사진과도 일치한다.

남자는 고개를 갸웃거렸다.

무대에 나타난 소년을 본 미에코와 나머지 두 사람은 어이가 없었다.

어린애.

미에코의 머릿속에 떠오른 것은 그 단어였다.

그것도 거리에서 흔히 볼 수 있는 꼬맹이가 아닌가?

왁스 하나 바르지 않은 머리카락, 티셔츠에 면바지 차림 때문이기도 하겠지만 신기한 듯이 무대와 객석을 열심히 두리번거리는 모습이 이 자리에 너무 어울리지 않았던 것이다.

고루한 클래식계를 깨부수겠다는 듯이 기세등등하게 캐주얼이나 펑크스타일로 등장하는 아이도 있지만, 눈앞의 소년은 어디로 보나 그런 부류가 아니라 그냥 아무것도 모르는 것 같았다.

아름다운 아이이기는 했다. 그것도 자기의 아름다움을 자각하지 못한, 자의식이 느껴지지 않는 아름다움. 아직 성장기인 듯한 유연한 골격도 아름답다.

소년은 멍하니 서 있었다.

미에코 일행은 할 말을 잃고 무의식중에 얼굴을 마주 보았다.

"네가 마지막이야. 시작하렴."

보다 못한 스미르노프가 마이크로 소년에게 말했다.

사실 후보와 대화할 수 있도록 마이크가 준비되어 있기는 하지만 생각해보면 오늘 마이크를 쓴 것은 이번이 처음이었다. 지금까지 쓸 필요가 없었기 때문이다.

"아, 네."

소년은 정신을 차린 듯 등을 반듯하게 폈다. 생각보다 힘차고 깊은 목소리였다.

"늦어서 죄송합니다."

고개를 꾸벅 숙이더니 피아노 쪽으로 몸을 돌렸다. 소년은 그제야 비로소 자기가 연주할 그랜드피아노를 시야에 담은 듯 보였다.

그 순간, 기묘한 전류 같은 충격이 공기를 타고 퍼졌다.

미에코를 비롯한 심사 위원들, 그들 뒤에 앉은 스태프들이 숨을 삼키는 게 느껴졌다.

소년이 눈을 빛내며 살며시 웃었던 것이다.

그리고 조심스레 손을 뻗어 피아노를 향해 다가갔다.

마치 처음 만난 순간 한눈에 반한 소녀에게 다가가는 것처럼.

그 눈은 열기를 머금은 듯 촉촉했다.

소년은 서둘러서, 쑥스러운 듯이 피아노 앞에 우아한 동작으로 앉았다.

미에코는 왠지 모를 오싹함을 느꼈다.

소년의 눈에 희열이 떠올랐기 때문이다. 저건 분명 쾌락의 절정에서 볼 수 있는 표정이다. 방금 전 무대에서 멍하니 서 있던 소박한 소년의 모습은 전혀 찾아볼 수 없었다.

미에코는 봐서는 안 될 것을 보았다고 생각했다. 동시에 등줄기가 서늘해지는 것을 느꼈다.

뭐지, 이 공포는?

그 공포는 소년이 첫 음을 낸 순간, 단숨에 정점에 달했다.

미에코는 말 그대로 머리털이 곤두서는 것을 느꼈다.

그 공포를 옆자리의 두 교수와 다른 스태프, 이 홀에 있는 모든 사람들이 공유하고 있다는 걸 알 수 있었다.

그때까지 나른하게 늘어져 있던 공기가 그 소리를 경계로 극적으로 각성한 것이다.

다르다. 소리가. 완전히 다르다.

미에코는 소년이 연주하는 모차르트가 오늘 여태껏 질리도록 들은 것과 같은 곡이라는 사실을 잊고 있었다. 똑같은 피아노인데. 똑같은 악보인데.

물론 그런 경험은 이전에도 수없이 했다. 똑같은 피아노라도 훌륭한 피아니스트가 연주하면 전혀 다른 소리로 들리는 경우는 흔하다.

하지만, 그렇지만. 이 아이는.

이토록 엄청나고, 이토록 두려울 데가.

혼란과 동요에 사로잡히면서도 미에코는 탐닉하듯 소년의 음색에 빠져들었다. 한 음이라도 놓칠까 봐 무심코 몸이 앞으로 쏠렸다. 까딱거리던 시몽의 손가락이 딱 멈춰 있는 것이 시야 끝에 보였다.

무대가 밝았다.

소년과 피아노가 맞닿아 있는(그렇게밖에 생각할 수 없었다) 부분만 어슴푸레 밝았다. 심지어 극채색의 찬란한 무언가가 거기서 일렁거리며 흘러나오는 것처럼 보였다.

천진한 모차르트를 연주할 때, 누구나 필사적으로 모차르트처럼 천진해지려 한다. 무구하고 순수한 음악을 표현하려고 눈을 부릅뜨고 무구함과 음악의 환희를 강조하려 한다.

하지만 소년은 그런 연기를 할 필요가 전혀 없었다. 편안하게 피아노를 만지고 있는 것만으로도 자연히 그것이 흘러나왔다.

저 풍부한 감성. 게다가 아직 여유가 있다. 이것이 저 소년의 최선이 아니라는 게 보인다.

엄청난 재능을 목격한다는 것은 공포에 가까운 감정을 불러일으킨다.

미에코는 멍하니 그런 생각을 하고 있었다.

어느새 곡은 베토벤으로 바뀌었다.

현란한 색채가 변화하고 있다.

이번에는 속도를 느꼈다. 어떤 에너지가 오가는 듯한, 음악의 속도와 의사를 느낄 수 있었다.

제대로 표현하기는 어렵지만 베토벤의 곡이 가진 독특한 벡터가 소년의 손가락 끝에서 화살처럼 홀을 향해 튀어나오는 것이다.

미에코는 자기가 느끼는 바를 분석하고, 어떻게든 말로 표현하려 몸부림쳤다. 하지만 소년이 내는 소리에 완전히 사로잡혀 사고 능력을 빼앗기고 말았다.

그리고 곡은 바흐로 바뀌었다.

세상에! 미에코는 속으로 비명을 질렀다.

이 소년은 쉬어가는 마디 없이 세 곡을 연달아 연주하고 있었다. 마치 한번 흐르기 시작한 물살을 막을 수 없듯이, 호흡처럼 자연스레 다음 곡으로 옮겨 가는 것이다.

모두가 압도당해 홀린 듯 귀를 기울이고 있었다.

홀은 완전히 소년의 세계에 지배당했고, 사람들은 쏟아지는 그의 소리에 몸을 맡기고 있었다.

커다란 소리.

미에코는 멍하니 생각했다.

방금 전까지 색색거리며 고생하던 저 피아노에서 이토록 커다란 소리가 날 줄이야 누가 상상이나 했을까.

소년의 커다란 손은 편안하고 여유롭게 건반 위에서 춤추고 있다.

홀에 성스러운 대가람 같은 바흐의 선율이 강림했다.

놀랍도록 치밀하게 계산된, 차곡차곡 쌓인 화성으로, 건축적으로도 완벽한 울림이 탄탄한 골격으로 다가왔다.

악마 같다. 미에코는 그렇게 생각했다.

두렵다. 무섭다.

미에코는 격렬하게 동요했다. 하지만 요동치는 감정이 서서히 뜨거운 분노로 바뀌는 것을 느꼈다.

소년이 꾸벅, 소박하게 목례를 하고 무대 뒤로 모습을 감춘 후에도 홀은 스산할 정도로 정적에 휩싸여 있었다.

하지만 모두가 정신을 차리고 무언가가 터져나가는 순간이 찾아왔다. 사람들은 달아오른 얼굴로 박수를 쳤고, 일어서서 환호했다.

무대는 텅 비어 있다.

방금 전 일은 꿈이 아니었을까, 모두가 얼굴을 마주 보고 있다.

스미르노프가 거대한 몸을 흔들며 외쳤다.

"어이, 그 소년 좀 다시 불러와! 묻고 싶은 게 많아!"

"믿을 수가 없군."

시몽이 아연히 의자에 털썩 몸을 기댔다.

홀은 말도 못 하게 소란스러웠다.

"왜 그래, 여기로 데려오란 말이야!"

스미르노프가 고함을 질렀다. 무대 뒤는 혼란에 빠져 있었다. 곧 덩치 큰 남자가 외쳤다.

"돌아가버렸습니다. 무대에서 내려와 바로 나가버렸답니다."

"뭐?!"

스미르노프는 머리를 쥐어뜯었다.

"설마 꿈은 아니겠지? 우리가 나란히 점심때 먹은 파스트라미 포크 때문에 환각이라도 보는 건 아니겠지?"

"정말 호프만의 추천서에 적힌 그대로야."

아연하던 시몽이 갑자기 미에코를 홱 돌아보았다.

"미에코는 안 읽었지? 말하고 싶어서 좀이 쑤셨지만 우리가 한 약속 때문에 말을 못 했어."

"용서할 수 없어."

미에코는 중얼거렸다.

"어?"

시몽이 당황한 듯 눈을 깜빡거렸다.

"저런 거, 난 인정 못 해."

미에코는 시몽을 노려보았다.

한 번 더 눈을 깜빡인 시몽은 그제야 미에코가 지독히 화나 있다는 것을 눈치챘다.

"미에코?"

미에코는 부들부들 떨면서 테이블을 내리쳤다.

"용서 못 해. 저런 건 호프만 선생님에 대한 끔찍한 모독이야. 나는 저 애 합격에는 기필코 반대하겠어!"

분노에 떠는 미에코를 시몽이 곤혹스러운 듯 멍하니 바라보고 있었다.

홀은 여전히 어지러운 흥분과 소란에 휩싸여 있었다.

녹턴

여러분에게 가자마 진을 선사하겠다.

말 그대로 그는 '기프트'이다.

아마도 하늘이 우리에게 보내주신.

하지만 착각해서는 안 된다.

시험받는 것은 그가 아니라 나이자 여러분이다.

그를 '체험'하면 알겠지만, 그는 결코 달콤한 은총이 아니다.

그는 극약이다.

개중에는 그를 혐오하고, 증오하고, 거부하는 이도 있으리라. 하지만 그것 또한 그의 진실이며, 그를 '체험'하는 이의 안에 있는 진실이다.

그를 진정한 '기프트'로 삼을 것인지, 아니면 '재앙'으로 삼을 것인지는 여러분, 아니, 우리에게 달려 있다.

유지 폰 호프만

"세상에, 정말 놀랐어."

시몽은 감정을 주체할 수 없다는 듯이 자꾸 같은 말을 반복했다.

"호프만이 예상한 것과 똑같은 반응을 미에코가 보였으니까. 게다가 설마 미에코가 그럴 줄이야. 뜻밖이었어. 모스크바 쪽 잔소리꾼들이 반응했다면 놀라지 않았을 텐데."

옆에는 미에코가 와인 잔을 손에 들고 부루퉁한 표정으로 앉아 있다.

스미르노프 역시 묵묵히 잔을 비우고 있지만 곰곰이 생각에 잠긴 표정으로 아까부터 말없이 테이블 위에 놓인 호프만의 추천서 사본을 뚫어져라 보고 있었다.

밤은 아직 활기로 가득하다. 밖에서는 사람들이 지나가고, 자동차가 붉은 유선형 꼬리를 끌며 흘러간다.

세 사람은 교외 비스트로의 조용한 안쪽 테이블에 자리를 틀었다.

1년에 몇 번 찾아와서 오랜 시간 들입다 퍼부으며 토론을 벌이는 이 세 사람을 기억하고 있던 가게 주인이 그 자리로 안내해 주었다.

식사를 대충 끝내고 왔는지, 식욕이 별로 없는 건지, 테이블 위에 놓인 접시는 얼마 없는데 와인은 이미 두 병이나 비어 있었다.

미에코가 토라진 이유는 민망함을 감추려고 그런 것이기도 했다.

눈앞에 그 민망함의 이유가 있다.

눈에 익은 유려한 필적.

처음에 난처한 얼굴로 서로 마주 보는 시몽과 스미르노프를 보고 이상하다 싶기는 했지만, 화가 머리끝까지 치밀었던 미에코는 "당장 보여줘!" 하고 난폭하게 그 사본을 시몽의 손에서 낚아챘다.

거기 적힌 문장을 보고 미에코는 말 그대로 '찍소리도 못 하는' 처지가 되고 말았다. 이윽고 그 문장을 되읽는 사이 서서히 수치심이 일고 식은땀이 맺히더니 얼굴이 붉어졌다.

충격. 혼란. 수치심. 굴욕감.

한 덩어리가 되어 몸속을 빙글빙글 도는 그 감정들을, 추천서

사본에 시선을 고정한 채로 꾹 억누를 수밖에 없었다.

두 사람은 그런 미에코를 안쓰럽다는 듯이, 한편으로는 짓궂은 얼굴로 바라보고 있었다.

어쨌거나 방금 전 오디션이 끝나고 그녀가 가자마 진에 대해 보인 반응을 이미 몇 달 전에 세상을 떠난 호프만이 편지 속에 그대로 예고해놓았기 때문이다.

예견한 호프만이 대단한 걸까, 예상과 똑같은 태도를 보인 미에코가 미숙한 걸까. 아마도 둘 다일 것이다. 하지만 미에코는 호프만의 예고와 똑같은 태도를 취한 자신에게 속으로 욕지거리를 퍼부었다.

지금쯤 천국에서 "그것 보렴" 하고 웃고 있을 호프만의 모습이 눈에 선히 보이는 듯했다.

"정말, 사람이 짓궂다니까."

미에코는 혼잣말처럼 웅얼거렸다. 평소 같으면 해방감과 함께 맛보았을 와인이 오늘 밤은 유독 씁쓸했다.

솔직히, 충격이었다.

미에코는 어렸을 때부터 야성적이고 천진난만하다는 평가를 받아왔다. 굳이 말하자면 문제아 취급을 받아본 적은 있어도, 우등생이라는 평가를 받은 적은 한 번도 없었다.

그런 미에코가 틀에서 벗어났다느니, 천박하다느니, 지나치게 분방하다느니 하는 온갖 에두른 표현으로 과거에 자신을 헐뜯었던 일본이나 유럽의 교수들처럼 아직 데뷔도 하지 않은, 이제 막 시작하는 젊은이의 음악성을 부정해버렸다니.

갑자기 오싹해졌다.

머리가 굳기 시작한 걸까? 혹시 나이가 들어 시시한 아줌마가 되어가고 있는데 미처 깨닫지 못한 걸까? 나만은 절대 그렇게 되지 않겠노라 다짐했는데, 어느새 무심코 '권위'의 편에 서버렸다는 말인가?

저도 모르게 잔을 비우는 속도가 빨라졌다.

"그런데 미에코, 왜 그렇게 화를 냈던 거야?"

그때까지 재미있다는 듯 미에코를 실실 놀리던 시몽이(손주를 볼 때까지 이 일로 미에코를 놀릴 게 분명하다) 문득 진지한 얼굴로 물었다.

"어?"

"그런 반응은 처음 봤어. 미에코가 평소 화낼 때와는 달랐어. 미에코는 화를 내면 오히려 굉장히 음험…… 그러니까 싸늘해지잖아? 어째서 그렇게 거부했던 거야?"

미에코도 어라 싶어 생각에 잠겼다.

확실히 이제 와서 생각해보니 참으로 이상했다. 이미 그때 느꼈던 분노는 어디에도 남아 있지 않아, 그런 감정을 불러일으켰던 연주가 어떤 것이었는지 기억을 되짚기도 어려웠다.

이유가 뭘까? 무엇이 그토록 나를 화나게 만들었던 걸까?

"그보다 넌 아무것도 못 느꼈어? 그 오싹함, 불쾌감, 생리적인 거부감."

미에코는 알맞은 표현을 찾으려 했다.

하지만 말은 헛돈다. 그때 느꼈던 감정을 오롯이 담아낼 단어가 떠오르지 않는다.

시몽은 고개를 갸웃거렸다.

"아니. 짜릿하고 행복해서 이거 좀 위험하다 싶기는 했지만."

"그거야."

미에코는 고개를 끄덕였다.

"그 감정은 아마 혐오감과 종이 한 장 차이일 거야. 똑같은 감정을 느껴도 그걸 쾌감으로 받아들이는가, 불쾌감으로 받아들이는가, 그 차이 아닐까?"

"일리가 있네. 쾌락과 혐오는 표리일체니까."

오디션의 분위기는 특별하다. 설사 녹음을 한다 해도 그 자리에서 느낀 감정은 다시 재현할 수 없다.

넌 굳이 오디션을 볼 필요가 없잖니?

갑자기 어디선가 들었던 목소리가 미에코의 머릿속에 홀쩍 되살아났다. 온화하면서도 어딘가 웃음을 머금은, 그러면서도 엄격한 신비한 목소리.

호프만 선생님의 목소리다.

가슴 깊은 곳에 둔한 아픔이 찾아와, 잊고 있던 감각이 발밑에서 기어 올라와 온몸을 뒤흔들었다.

아아, 그런가.

미에코는 속으로 가만히 중얼거렸다.

나는 그 아이를 질투했던 건지도 모른다.

이력서에 적혀 있던 그 한 줄을 본 순간부터, 남몰래 화를 내고 있었는지도 모른다.

'유지 폰 호프만을 다섯 살 때부터 사사.'

겨우 그 한 줄에. 사실은 자신의 이력에 적어 넣고 싶었던 그 짧은 한 줄에.

"글쎄. 그 소년은 정말 훌륭했던 걸까?"

시몽이 불안한 목소리로 중얼거렸다. 세 사람은 동시에 얼굴을 마주 보았다.

그 의견에는 미에코도 동감이었다.

"가끔 있지, 뭔가 이상하게 달아올랐지만 그때뿐인 경우."

"그야 우리도 사람이니까."

이것만큼은 어쩔 수가 없다. 순서의 문제인지, 분위기 때문인지, 컨디션 때문인지, 아니면 마가 낀 건지, 천사가 지나간 건지. 오디션 회장이나 1차 예선에서 듣고 이거 거물이구나 하고 흥분했다가도 그 후에 들어보면 실망하는 경우가 가끔 있다. 나중에 들어보면 오디션 때는 열에 들떠 본인도 어떤 연주를 했는지 기억 못 하는 경우도 있다.

"문제는 따로 있어."

스미르노프가 심각한 투로 입을 열었다.

"문제?"

시몽과 미에코가 동시에 되물었다.

"점점 알 것 같아. 호프만이 '극약'이라고 말한 의미를."

스미르노프의 표정은 진지하다 못해 불온할 정도였다. 그가 몸을 살짝 내밀자 비스트로의 의자가 끼익하고 위협적인 소리를 냈다.

"무슨 뜻이야?"

시몽이 오른쪽 눈썹을 치켰다.

"우리가 커다란 딜레마를 떠안았다는 뜻이지."

스미르노프는 물이라도 마시듯 태연히 잔을 비웠다. 실제로도 술에 엄청나게 강한 스미르노프에게는 물처럼 느껴질 것이다. 하물며 그가 뭔가 생각에 잠겨 있으면 흡입 속도가 점점 빨라져서 오히려 정신이 말짱해지는 것처럼 보인다.

"딜레마?"

그렇게 중얼거린 미에코는 거의 맨 정신으로 보이는 스미르노프의 옆얼굴을 보며 불안을 느꼈다.

미에코는 혼자 불같이 화를 내고 있었지만 가자마 진이 물러난 뒤에 스태프들이 보인 흥분은 굉장했다.

아직 콩쿠르가 시작되지도 않았는데 일찌감치 스타가 탄생했다는 듯이 모두가 기대를 입에 담았다. 마지막에 등장해 바람처럼 훌쩍 떠난 것도 한몫했으리라. 화제의 주인공은 이미 모습을 감추었는데도 회장에는 식을 줄 모르는 열기가 남아 있었다. 유일하게 그를 상대했던 스태프가 "가자마 진의 손은 흙투성이였고, 아버지 일손을 돕다가 늦었다고 했다. 대기실에도 들어가지 않고 화장실에서 손을 씻고 그대로 무대에 올랐다"라고 설명하자 가자마 진에 대한 사람들의 관심은 더욱 커졌다. 그것이 이제 막 시작된 그의 '전설'에 바라 마지않는 에피소드가 될 것임은 분명했다.

"아버지가 뭘 하는데?"

스미르노프가 짜증스럽게 물었지만 사무국에는 그에 관한 정보가 거의 없었다. 이력서 이상의 정보는 거의 없어, 심사 위원과 사무국이 가진 정보가 엇비슷했다.

보통 합격자는 바로 결정해서 후보에게 결과를 전달한다.

하지만 이번에 자리를 옮겨 협의에 들어간 세 사람은 좀처럼 나올 생각을 하지 않았다. 이따금 격렬한 응수가 오가는 것을 스태프들이 복도에서 어리둥절하게 얼굴을 마주 보며 듣는 것도 이례적인 일이었다.

물론 미에코가 가자마 진을 합격시키는 데 강경하게 반대했기 때문이다.

심사는 점수제로 순수하게 점수를 많이 딴 사람부터 차례대로 합격되는데, 오디션의 경우 하한선이 정해져 있어 그 점수를 넘지 못하면 합격자가 없는 경우도 있다.

가자마 진 이외에 합격시켜도 되겠다고 생각한 후보자는 두 명이었는데 세 사람의 의견이 거의 일치해 그쪽은 쉽게 정했다. 사실 거의 모든 시간이 가자마 진에게 소비되었다.

시몽과 스미르노프가 최고점에 가까운 점수를 주었기 때문에 미에코가 0점을 주어도 가자마 진은 간신히 합격선을 넘는다. 그대로 미에코를 무시해도 가자마 진을 합격시킬 수는 있지만, 시몽과 스미르노프가 그러기를 원하지 않았기 때문에 협의가 한없이 길어진 것이다.

미에코는 미에코대로 가자마 진의 합격이 이미 결정된 사실이란 걸 알면서도 그걸 철회시키기 위해 두 사람에게 계속 저항했다.

미에코는 이렇게 주장했다.

만약 그가 호프만의 제자가 아니라면 이렇게 반대하지도 않았어. 하지만 그가 호프만의 제자임을 밝히고 진짜 추천서까지 받았다면 호프만의 음악성을 정면으로 부정하는 그런 황당한 스타일의 연주는 용서할 수 없어. 마치 스승의 음악성을 모독하고 스승에게 싸움을 거는 격 아니야? 그걸 음악가의 태도라 할 수 있을까? 그가 음악가로 독립해 이 기회에 스승의 스타일에서 벗어나려 하는 거라면 이해할 수 있어. 하지만 이 단계에서 스승의 음악을 전혀 이해하지 못하는 건 문제가 있어.

시몽과 스미르노프는 일단 미에코의 의견을 받아들인 다음, 번갈아가며 공격했다.

그에게 월등한 기술과 영향력이 있다는 사실은 인정하지? 그렇다면 그의 음악을 용납하고 말고는 우리가 결정할 문제가 아니야. 일정 수준에 이르면 기회를 준다. 그것이 이 오디션의 목적이고, 후보자의 음악성에 대한 취향은 지금 시점에서는 고려할 문제가 아니야.

애초에 이만큼 토론하게 만들었다는 것만으로도 대단하지 않아? 이렇게 정반대되는 지지와 거부를 서로 다른 관객에게서 이끌어낸다는 것은 그가 '무언가'를 가지고 있다는 증거야. 항상 심사 위원이 많으면 하자가 적고 시시한 후보만 남아 재미가 없다고 했던 건 미에코였잖아? 어쩌면 요행이었을 가능성도 있지만, 어쨌거나 그가 관객에게 인상적인 감정을 준 것은 사실이니 그것을 우선적으로 고려해야 하지 않을까? 하물며 탁월한 기술까지 갖추고 있으니.

두 사람의 설득에는 허점이 없었다. 차츰 열세에 몰린 미에코는 아무 말도 할 수 없었다.

다음에 이어진 두 사람의 말이 결정타였다.

한 번 더 들어보고 싶지 않아? 그게 정말 요행이었는지, 확인해보고 싶지 않아?

모스크바나 뉴욕 녀석들에게 저 아이의 연주를 들려주고 싶지 않아? 그 녀석들이 어떻게 반응할지 궁금하지 않아? 그 녀석들을 짜증나게 만들 수 있다면 그건 그것대로 재미있잖아?

두 사람은 미에코의 성격을 잘 알고 있었다. 현재 세계 각지에서 오디션을 담당하고 있는 그룹들 간에는 미묘한 차이가 있다. 결코 반목하는 것은 아니지만 특히 모스크바와 뉴욕을 담당하는 그룹은 미에코 팀이 뒤에서 '권위파'나 '양식파'라고 부르는(물론 비꼬는 표현이다) 멤버들이었다.

그리고 미에코는 그만 상상해버리고 말았다.

그 훌륭한 분들께서 가자마 진의 연주를 듣고 혐오감을 드러내며 히스테릭하게 어째서 저런 천박한 연주를 합격시켰느냐고 외치는 모습을, 달려드는 그들을 태연히 바라보는 자신들의 모습을.

솔직히 자기가 똑같은 반응을 보였던 것도 잊을 정도로 그 장면은 몹시 매력적이었다. 그리고 오로지 그 유혹 때문에 마지못해 가자마 진의 합격을 받아들이고 만 것 또한 사실이었다.

좋았어, 합격자들에게 연락하자.

미에코의 고개가 끝까지 내려가기도 전에 시몽과 스미르노프가 동시에 벌떡 일어나 문을 열고 스태프를 불렀다.

미에코는 아연실색했다. 당했다, 두 사람의 설득에 넘어갔다고 생각했지만 이미 한발 늦었다.

어쩌면 한발 늦었다고 생각한 것은 스미르노프였는지도 모른다.

미에코는 그림자처럼 다가온 점원이 세 번째 병을 기울여 잔

에 따라주는 와인을 받으며 스미르노프의 옆얼굴을 가만히 바라
보고 있었다.

"아마도 지금껏 정규 음악교육을 전혀 받지 못했을 거야."

스미르노프는 혼잣말처럼 중얼거렸다.

"무대에 나왔을 때의 태도, 곡을 연속으로 연주한 점. 어쩌면
남들 앞에서 연주한 것도 이번이 처음일지 몰라. 호프만은 그걸
알고 있었어. 그렇기 때문에 추천서를 보내 자기가 가르쳤다고
이력서에 쓰도록 만든 거야."

"어째서?"

어렴풋이 눈치는 채고 있었지만 시몽과 미에코는 시치미를 떼
고 물었다.

스미르노프도 두 사람이 눈치챘다는 걸 안다는 표정으로 똑같
이 퉁명스럽게 답했다.

"오디션에 내보내 합격시키기 위해서지."

"그건 당연한 것 아냐?"

미에코가 어깨를 으쓱했다.

그걸 본 스미르노프는 한층 요란하게 어깨를 들썩거렸다.

"어이, 시치미는 그만 떼, 둘 다. 내가 무슨 말 하고 싶은지 다
알면서."

스미르노프는 와인을 벌컥벌컥 들이켰다.

"낮에 미에코가 말한 대로야. 우리는 호프만의 음악성을 부정
할 수 없어. 그를 너무나 존경하고, 그의 음악이 너무나 훌륭했으
니까. 그리고 그는 이미 이 세상 사람이 아니야."

그 표정은 단호했다.

"그리고 가자마 진은 합격했어. 호프만이 바란 대로 우리는 그를 합격시키고 말았어. 스태프들이 열광하는 거 봤지? 소문은 순식간에 퍼질 거야. 물론 호프만의 추천서에 적힌 내용도."

미에코는 왠지 모르게 오싹해서 몸을 바르르 떨었다.

"애초에 어째서 추천서를 붙였을까? 그건 떨어뜨리지 못하게 하려는 장치야. 소중한 제자를, 소중하게 대하도록 만드는 장치지."

스미르노프가 기묘한 미소를 지으며 두 사람을 보았다.

시몽이 뒷말을 받았다.

"추천서가 없는 녀석은 떨어뜨릴지도 모르니까."

스미르노프가 만족스러운 기색으로 끄덕였다.

"바로 그거야. 그야 우리는 실상 '정규 음악교육'으로 입에 풀칠하고 있는 셈이니까. 어렸을 때부터 레슨비를 받고, 음대에 넣어 수업료를 받아내지. 그만큼 수고와 시간을 들인 소중한 제자를 어느 누가 돈 한 푼 낸 적 없는 정체 모를 인간과 똑같이 취급하려 들겠어? 그럴 걸 예상한 추천서야."

미에코는 문득 근래 어디선가 들은 소문을 떠올렸다.

일본 지방자치단체가 주최한 어느 피아노 콩쿠르에서 월등한 천재 후보가 우승했지만 국내 음악계에 연줄이 하나도 없었고, 심사 위원은 물론 그 관계자에게도 레슨을 받은 적이 없었던 탓에 최고점을 받고도 결국 시시한 이유를 핑계로 실격 처리 되었다는 소문이었다.

"호프만의 추천서에는 두 가지 목적이 있었던 거야. 하나는 무명인 그를 오디션에 내보내 합격시키는 것. 그리고."

스미르노프가 잠시 아득한 표정을 지었다.

"앞으로 클래식 음악계가 그를 무시하거나 묵살하지 못하도록 만드는 것. 그래서 반드시 추천서가 필요했던 거야. 완전히 다른 바닥에서 온 그를, 우리나 다른 선생들이 무시하려 해도 호프만의 추천서가 그걸 허락하지 않아. 그건 곧 우리나 전 세계 음악 팬들이 추앙했던 호프만을 부정하는 꼴이 되니까. 게다가 그것보다 더 두려운 건."

스미르노프는 진지한 얼굴로 두 사람을 돌아보았다.

"이 소년에게 정말로 탁월한 기술이 있어서 듣는 이를 열광에 빠뜨린다는 점이야. 음악교육을 전혀 받지 않았는데도 말이지."

미에코와 시몽은 꼼짝 못 하고 스미르노프의 이야기에 집중했다.

어쩌면 우리는 엄청난 짓을 저지른 게 아닐까?

인지하지 못하는 곳에서 뭔가가 일어나고 있는 것처럼 불안했다.

갑자기 휴대전화 벨이 울렸다.

미에코와 시몽은 동시에 움찔했다.

"실례."

스미르노프가 휴대전화를 꺼내 전화를 받았다. 스미르노프가 커다란 손으로 쥐니 휴대전화는 마치 펑거초콜릿처럼 작아 보였다.

"응, 하, 그래. 그런가."

스미르노프는 한참 동안 소곤소곤 얘기하다가 인사하고 전화를 끊었다.

두 사람이 궁금한 기색으로 쳐다보자 그는 전화기를 집어넣으며 설명했다.

"사무국이야. 가자마 진에게 겨우 연락이 닿았대."

"이제야?"

시몽이 무심코 시계를 보았다. 이제 곧 날짜가 바뀌려는 참이었다.

"아버지가 양봉가라는군. 생물학 박사 학위도 가지고 있는데, 지금 도회지에서 양봉을 연구한다나 봐. 오늘은 파리 시청에서 벌꿀을 모으고 있었다나."

"양봉가."

미에코와 시몽은 처음 듣는 말처럼 느릿느릿 그 단어를 되뇌었다.

"정말 다른 바닥이군."

시몽은 쓴웃음을 지었다.

그를 진정한 '기프트'로 삼을 것인지, 아니면 '재앙'으로 삼을 것인지는 여러분, 아니, 우리에게 달려 있다.

지금 이 순간, 세 사람의 머릿속에 똑같은 문장을 읊는 호프만의 목소리가 들려오고 있을 거라는 사실만은 의심할 여지가 없었다.

트레몰로

빗소리가 한층 거세져 에이덴 아야는 무심코 책에 파묻고 있던 고개를 들었다.

큼직한 창문 밖으로 보이는 풍경은 대낮인데도 캄캄했고, 거친 비가 뒤편의 잡목림으로부터 색채를 앗아 가고 있었다.

역시나 들린다. 비의 말馬들.

그것은 어렸을 때부터 수도 없이 들어온 리듬이었다. 과거에 아야가 "비의 말이 달려와"라고 해도 어른들은 어리둥절할 뿐이었다.

지금이라면 말로 제대로 설명할 수 있다.

집 뒤편에 함석지붕을 얹은 창고가 있다.

평범하게 비가 내릴 때는 아무 소리도 들리지 않는다. 하지만 한 시간에 수십 밀리리터에 달하는 폭우가 내릴 때는 신비한 음악이 들려온다.

아마도 빗줄기가 거세서 본채 지붕에서 함석지붕 위로 빗물이 튀는 것이리라. 그러면 함석지붕 위에서 비가 독특한 리듬을 새긴다.

갤럽 리듬이다.

어렸을 때 갤럽 리듬을 차용한 〈귀부인의 승마〉라는 곡을 연주한 적이 있는데, 마침 함석지붕 위로 떨어지는 빗방울이 그 리듬을 연주하고 있었다.

최근 유튜브에서는 밴드 연습 중에 우연히 연습실 건물에서 울린 화재경보기가 아무리 해도 멈추지 않아 그 경보음에 맞춰 즉흥으로 연주한 영상이 화제가 되었었지.

아야는 나직하게 한숨을 쉬었다.

세상은 이토록 음악으로 가득한데.

색채가 없는, 비로 일그러진 풍경을 멍하니 바라보고 있자니 그런 냉소적인 생각이 치밀어 올랐다.

굳이 내가 음악을 추가할 필요가 있을까?

아야는 테이블 위의 서류를 힐끗 보았다.

소진 증후군. 스무 살이 넘으면 일반인.

그런 험담은 질리도록 들었다.

매년 세계 각지에서 천재 소년 소녀 피아니스트들이 줄줄이 튀어나온다. 바로 오케스트라와 협연을 하고, 신동으로 칭송받고, 부모는 아들딸의 장래에 장밋빛 꿈을 꾼다.

하지만 모두가 그대로 대성하는 것은 아니다. 사춘기를 맞이해 자기가 사는 세계의 이질적인 면을 깨닫고 괴로워하며, 또래의 다른 친구들과 똑같은 청춘을 보내고 싶어 자연히 모습을 감추거나, 아니면 단순히 레슨에 질렸거나, 음악성에 발전이 없어 사라져버리는 이들 또한 많다.

아야도 그중 한 사람이었다. 국내외 주니어 콩쿠르를 제패하고, 음반 데뷔도 했고, 그 음반이 유서 깊은 상을 받아 화제가 된 적도 있다.

아야의 경우 경력이 단절된 이유는 명백했다.

그녀의 첫 번째 스승이자, 그녀를 지키고, 격려하고, 생활 전반을 돌봐주었던 어머니가 열세 살 때 갑자기 돌아가신 것이다.

아야의 나이가 조금만 더 많았다면 상황은 달랐을지도 모른다.

하다못해 열넷, 열다섯 살 때였다면. 사춘기의 반항이나 부모의 보호하에 있는 갑갑함을 경험할 기회가 있었다면. 그랬다면 어머니의 죽음은 아야의 음악에 다른 의미를 주었을지도 모른다.

하지만 어머니를 사랑하고, 어머니를 기쁘게 해주려고, 어머니를 위해 피아노를 연주했던 아야에게 그 존재가 어느 날 갑자기 사라졌다는 상실감은 너무나도 컸다. 그녀는 말 그대로 피아노를 연주할 이유를 잃어버렸다.

게다가 어머니는 지도자나 매니저로서도 우수했다.

원래 아야는 느긋한 성격이라 매사에 욕심이 전혀 없었다. 그렇다고 군중 속에서 태연자약할 수 있는 성격도 아니라, 남들이 경쟁심이나 질투심을 드러내면 그것만으로 위축되는 나약한 면도 있다. 그 점을 아는 어머니는 그녀를 보호하고, 천성이 느긋한 딸의 의욕을 원만히 향상시킬 수 있도록 때로는 스승으로서, 때로는 유능한 매니저로서 아야를 이끌어주었던 것이다.

어머니가 돌아가시고 처음 나간 콘서트에서 아야는 연주를 하지 않았다.

스케줄은 1년 반이나 차 있었다. 그녀의 데뷔 시디를 만든 음반사 직원이 급히 매니저 역할을 맡게 되었다.

어머니가 살아 계셨을 때부터 함께 사는 할머니가 집안일을 도맡아 해주었기 때문에 당장 생활에는 지장이 없었다. 아야 스스로도 어머니가 안 계시다는 게 어떤 것인지 이해하지 못했는지도 모른다.

아야는 지방 콘서트홀 대기실에서 처음으로 어머니의 부재를 실감했다.

새 매니저는 세심하게 스타일리스트를 붙여주었다. 무대의상을 챙기고, 머리를 땋아주고, 옅게 화장을 해주었다. 지금껏 그것은 어머니가 해주었던 일이었다. 스타일리스트는 준비가 끝나자 다음 일을 하러 대기실에서 나갔다.

엄마, 홍차는?

그렇게 말하려던 아야는 대기실에 자기 혼자뿐이라는 사실을 깨달았다.

언제나 진하고 달콤한 홍차를, 체온에 맞춰 보온병에 넣어 건네주는 어머니의 모습이 곁에 없었다.

아야는 동요했다.

발밑이 쑥 꺼지는 듯한 거대한 상실감이 그녀를 덮쳤다.

정말로 천장이 아득히 멀어지는 것을 느꼈다. 멀리, 저 멀리, 자꾸만 멀어져가는 천장. 온몸에서 핏기가 가시는 그 느낌은 미지근하면서도 간질간질한 기묘한 감각이었다.

나는 혼자다. 외톨이다. 어머니는 이제 이 세상 어디에도 없다. 다시는 내게 홍차를 건네주지 않는다.

그걸 처음으로 실감한 순간이었다.

이어서 흠칫 정신을 차렸다.

여기는 어디지? 나는 뭘 하고 있었지?

주위를 두리번두리번 살폈다.

하얀 벽. 벽 위의 둥근 시계. 대기실. 대기실이다. 어딘지 모를 홀의 대기실.

그리고 홀연, 자신이 콘서트를 앞두고 있다는 사실을 깨달았다.

그렇다, 아까 오케스트라와 리허설을 하지 않았던가. 프로코피예프 2번. 아무 일도 없었던 것처럼, 자연스럽게. 어떻게 그럴 수 있었을까?

그러고 보니 지휘자가, 모든 사람들이 감탄했다. 누군가가 속삭이는 목소리를 들었다.

다행이야. 걱정했는데 혼자서도 의젓하네.

대단해. 좀 더 충격을 받았을 줄 알았는데 차분하더군.

역시 연주로 극복할 수밖에 없으니까.

그건 무슨 뜻이었을까?

그렇게 생각하자 심장이 서늘해졌다. 무서운 현실이 다시 그녀를 덮쳤다. 그랬다. 나는 외톨이가 되었다. 어머니는 이제 없다. 그래서 다들 그런 말을 했던 것이다.

외톨이. 외톨이.

무대 매니저가 불러 지휘자와 함께 무대로 나가는 순간까지도 머릿속에는 그 말이 끊임없이 메아리치고 있었다.

환한 무대 저편에서 기대에 찬 갈채가 쏟아졌을 때도 아야의 마음은 얼어붙어 있었다.

그녀의 눈에는 조용히 빛을 받고 있는 그랜드피아노밖에 보이지 않았다.

그리고 그녀는 이해했다.

객석에도, 무대 뒤에도, 세상 어디에도 어머니는 없다.

그 사실을 똑똑하게 인식한 그녀에게 그랜드피아노는 마치 비석처럼 보였다.

옛날에는 그렇지 않았다.

무대 위의 그랜드피아노는 반짝반짝 빛을 내며 이제부터 흘러넘칠 음악을 속에 가득 담고 그녀를 기다리고 있었다.

빨리, 빨리 저기 앉아서 음악을 꺼내야 해.

언제나 달려가고 싶은 마음을 꾹 참아야 할 정도로 아야는 그 상자 속에 담긴 음악을 보고 있었다. 무엇보다 그녀가 생생한 음악을 꺼내는 걸 누구보다도 기뻐해주는 어머니가 있었다.

하지만, 지금은.

횅하고 공허한 묘비. 쥐 죽은 듯 고요하게, 침묵과 정적에 오롯이 몸을 맡기고 있는 검은 상자.

저기에는 이미 음악이 없다. 나의 음악은 사라졌다.

차가운 확신이 무거운 덩어리가 되어 마음속에 툭 떨어진 순간, 그녀는 홱 발길을 돌렸다.

깜짝 놀라는 오케스트라 단원들과 무대 매니저의 얼굴이 눈에 들어왔지만 아야는 한 번도 돌아보지 않고 성큼성큼, 급기야는 달음박질하다시피 무대에서 내려갔다.

객석의 동요도 사람들의 비명도 귀에 들어오지 않았다.

그녀는 달리고, 달리고, 또 달렸다.

인적 없는 홀 뒷문을 밀어 비가 추적추적 내리는 어두운 바깥으로 정신없이 뛰쳐나갔다.

이리하여 그녀는 '사라진 천재 소녀'가 되었다.

내팽개친 무대는 일종의 전설이 되었다. 단원들이 리허설은 완벽했고 오히려 어머니가 살아 계셨을 때보다도 훌륭했다고 증언했기 때문이다.

하지만 문제는 솔리스트가 사라진 무대의 수습, 위약금의 발생, 음반사 매니저가 뒤집어쓴 비난만으로 끝나지 않았다. 한

번 무대에 나타나지 않은 피아니스트에게는 두 번 다시 콘서트 의뢰가 오지 않는다. 젊은 '천재' 피아니스트는 얼마든지 있으므로.

한때는 에이덴하다, 에이단 아야, 라는 말이 피아노과 학생들 사이에서 야유의 의미로 사용되었다. 갑작스러운 파기를 비꼬는 말이었다. '에이덴榮傳'이라는 독특한 성도 야유의 대상이 되었다. '영광을 전달'하는 게 아니라 '영광을 차단한 피아니스트'라는 의미의 '에이단榮斷'이라 비웃음을 샀던 것이다.

하지만 의외로 아야는 좌절을 느끼지 않았다.

그녀가 볼 때 콘서트 파기는 정당했기 때문이다.

꺼내야 할 음악이 피아노 속에 없는데, 어째서 무대에 서야 한단 말인가?

주목을 받거나 질투를 살 바에야 바보 취급을 받거나 무시당하는 게 훨씬 나았다.

과거에는 이런저런 사심을 가진 주변 사람들이 '천재 소녀 에이덴 아야'로부터 많은 것들을 뽑아내려 했다. 하지만 그들은 콘서트 파기 이후로 조심스러운 태도를 취하다가 이윽고 썰물이 빠지듯 차례로 모습을 감추었다.

주위가 조용해지자 아야는 오히려 후련했다.

어머니의 부재를 인식한 순간부터 그녀는 비로소 자기 인생을 살기 시작했다. 고등학교는 일반 학과로 들어갔다. 피아노를 하는 아이, 그것도 실력이 뛰어난 아이는 대체로 성적이 좋다. 그녀도 성적은 최상위권이었기 때문에 고향의 인문계 학교에 들어가 '평범한' 고등학교 생활을 만끽했다.

음악을 멀리한 것은 아니었다. 무대 콘서트 피아노 안에서 꺼내야 할 음악을 찾을 수 없고, 그 음악을 들려줄 어머니가 안 계신 것뿐이지, 음악을 듣는 것은 좋아했고 피아노도 어느 정도는 연주했다.

다만 아야는 수많은 '유사 천재'들과는 달랐다.

그 음악성을 알아보고, 아야의 경우 그로 인해 오히려 피아노를 멀리할 가능성이 있다는 것을 알아챈 사람은 아마도 그녀의 어머니를 제외하면 한 사람뿐이었으리라.

아야는 사실 피아노가 필요 없었다.

어렸을 적 함석지붕을 때리는 빗소리에서 말발굽 소리를 들었을 때부터 그녀는 모든 사물에서 음악을 들었고, 그것을 즐길 수 있었기 때문이다.

우연히 어머니에게 피아노 교육을 받았고 기술적 재능도 뛰어났기 때문에 피아노를 통해 음악을 표현했을 뿐 다른 수단을 썼어도 상관없었고, 스스로 연주하지 않아도 세상에 음악이 '존재'한다는 사실만으로도 충분히 즐거웠다. 그런 의미에서도 아야는 실로 천재 소녀였다. 그렇기에 어머니는 그녀를 올바르게 관리하고 피아노에 흥미를 잃지 않도록 지도해야만 했다.

지도자를 잃은 것이 아야에게 다행한 일인지 불행한 일인지, 이제 와서는 알 길이 없다.

생전에 어머니가 딸의 음악성에 대한 우려를 털어놓고, 그 걱정을 공유할 수 있었던 인물이 딱 한 명 있었다.

그는 아야가 슬슬 대학 진학을 고민해야 할 시기에 찾아왔다.

과거에 어머니와 음대 동기였다는 그는 기일도 가까우니 어머니가 좋아했던 아야의 피아노 연주를 들려줄 수 없겠냐고 청했다.

아야는 걸음을 돌려 무대를 떠난 날 이후로 누군가의 앞에서 피아노를 연주한 적이 없었다. 친구와 함께 록 밴드나 퓨전 밴드에 들어가 전자피아노를 연주한 적은 있지만 다른 사람 앞에서 제대로 피아노를 연주하는 상황은 피해왔다. 물론 주변에서 조심스러워한 것도 있다.

평소 같으면 거절했을 것이다.

하지만 하마자키라는 그 남자를 본 순간, 아야는 이유를 알 수 없는 그리움을 느꼈다.

너구리 동상처럼 땅딸막한 체형. 한물간 티브이 드라마에 나오는 교장 선생님처럼 생긴, 안경 속의 가늘고 온화한 눈.

무엇보다 말투가 느긋해서 마치 심부름값을 줄 테니 저 모퉁이 가게에서 아이스크림 하나만 사 오렴, 하는 것처럼 태평한 부탁에 아야는 흠, 좋아요, 무슨 곡이 좋은데요? 하고 이 역시 가볍게 받아들였다.

아무 곡이나 괜찮으니 아야가 좋아하는 곡으로. 어머니가 좋아했던 곡도 괜찮고.

아야는 피아노가 있는 방으로 그를 안내하면서 생각했다.

요즘 좋아하는 곡이라도 괜찮으세요?

물론. 하마자키는 고개를 끄덕였다.

어머니가 돌아가시고 남들 앞에서 연주를 하지 않게 된 후로 피아노 방의 분위기도 싹 바뀌었다.

시디나 책, 인형에 관엽식물. 이제는 완전히 아야의 두 번째 방이었다.

하마자키는 그 방을 유심히 바라보았다.

죄송해요, 지저분해서.

하마자키가 실망했을까 봐 아야는 황급히 사과했지만 하마자키는 "아니야, 피아노하고 아야가 한 덩어리로 어우러진 좋은 방이구나"라며 고개를 저었다.

한 덩어리, 확실히 그러네요, 하고 아야는 웃으며 피아노 덮개를 달칵 열었다.

아주 조금, 가슴이 설렜다. 잊고 있던 감각.

누군가에게 연주를 들려주는 것은 정말 오랜만이었다.

악보도 보지 않고 바로 치기 시작했다.

쇼스타코비치 소나타.

러시아의 젊은 피아니스트가 연주하는 것을 듣고 재미있어 보여 마음에 들어 취미로 연습한 곡이었다. 악보는 너무 비싸서 여러 번 듣고 귀로 익혀 건반으로 재현한 것이었다.

하마자키는 조금 의외라는 표정을 지었지만 아야의 연주가 이어지자 차츰 깊이 빠져들었다. 그의 안색이 점점 변했다.

아야가 연주를 마치자 하마자키는 진지한 얼굴로 큰 박수를 쳤다.

이거, 다른 선생님께 들려드린 적 있니?

아뇨, 지금은 아무도 사사하지 않아서.

아야는 쓴웃음을 지었다. 어머니가 살아 계셨을 때는 저명한 선생님 밑에서 배웠지만 그 선생님도 콘서트 파기 소동 이후로 지도에 문제가 있었다고 비난을 받을까 봐 두려웠는지, 아니면 이런 문제아하고 자기는 아무 상관 없다고 주장하고 싶었는지 연락을 뚝 끊었다.

독학으로, 이렇게나.

하마자키는 순간 그렇게 중얼거리다가 입을 다물었다.

굉장히 훌륭했어. 무슨 생각을 하면서 연주했니?

하마자키는 생각에 잠긴 표정을 하고서 손으로 입가를 가리며 진지한 눈으로 아야를 바라보았다.

수박이 굴러가는 장면요. 아야는 대답했다.

수박?

하마자키가 어리둥절한 표정을 지었다.

아야는 설명했다.

최근에 본 한국 영화에 재미있는 장면이 있었거든요. 산길에서 수박이 잔뜩 굴러 떨어져요. 깨지기도 하고, 안 깨지기도 하고. 아스팔트 도로가 새빨갛게 물드는데 그래도 깨지지 않은 수박이 한없이 데굴데굴 굴러가거든요. 이 곡을 들었을 때 그 장면이 떠올랐어요. 어때요, 이 곡, 비탈길에서 굴러 떨어지는 수박 같지 않나요? 이따금, 한두 군데 수박을 따라잡아서 붙잡는 장면이 있죠? 나중에는 깨진 수박을 치우는 장면도 있어요.

하마자키는 눈을 껌뻑거리다가 몸을 흔들며 웃음을 터뜨렸다.

그렇구나, 수박이었구나.

이윽고 발작적인 웃음이 멎자 하마자키는 의자에 고쳐 앉았다.

에이뎬 아야 양, 부디 우리 대학에 들어오지 않겠습니까?

격식 차린 말투로 갑자기 그런 말을 하는 하마자키를 보고 아야는 어리둥절했다.

우리 대학이라니……?

쭈뼛쭈뼛 묻자 하마자키는 명함을 꺼냈다.

명함에 적힌 직함을 보고 놀랐다. 하마자키는 일본에서 세 손가락 안에 드는 명문 사립 음대의 학장이었던 것이다.

에이덴 양, 음악을 좋아하지요? 음악을 몹시 좋아하고, 이해도 깊어요. 저는 그런 사람이 우리 대학에 들어오길 바랍니다. 지금은 음원도 많고 즐길 방법도 많지만, 역시 음악대학에서 공부하면 재미있는 일도 더 많을 테고, 공부를 하면 음악이 더욱 재미있어질 거예요. 저는 당신 같은 사람이 음악대학에서 공부하길 바랍니다. 어떻습니까?

정신 차릴 틈도 주지 않고 단숨에 쏟아내는 말에 아야는 눈만 껌뻑거릴 수밖에 없었다.

하마자키는 가만히 대답을 기다리고 있었다.

어째서 시험을 치를 마음이 들었는지는 모르겠다.

그때까지는 이공계도 괜찮은데, 하고 여러 대학 커리큘럼을 조사하고 있었다.

그렇지만 하마자키의 말에 마음이 움직인 것도 사실이었다.

콘서트 피아니스트는 되지 못하더라도, 음악과 떨어져 살 수는 없었다.

하지만 어차피 취미 수준이라 다양한 장르의 음악을 듣고, 밴드 활동을 해도 어딘가 부족함을 느끼고 있었는지도 모른다.

입학시험 때는 시험관 자격으로 쭉 배석한 저명한 교수들을 보고 기가 죽었다. 싸늘한 시선도 느꼈지만 유일하게 태평한 얼굴로 고개를 끄덕여주는 하마자키를 보고 안도했던 것도 어제

일처럼 선명히 떠올릴 수 있다.

아야의 연주가 끝난 순간, 교수들은 일제히 하마자키를 바라보며 박수를 쳤다. 그 순간 하마자키가 싱긋 웃으며 아야에게 손을 흔들었던 것도.

나중에야 그것이 이례적인 입학시험이었다는 말을 들었다. 현재 사사하고 있는 교수도 없는 학생에게 학장 추천으로 입학시험을 치르게 하는 것 자체가 자칫하면 학장의 입장을 위태롭게 할 수 있는 이례적인 조치였다는 말도.

그녀의 이름을 들은 같은 피아노과 학생들은 처음에 "아아, 그……" 하고 서로 얼굴을 마주 보거나 기억을 더듬는 표정을 보였고, 뒤에서 험담을 하는 이도 있었다.

하지만 소탈한 아야의 성격, 동기 중에서도 확연히 월등한 실력을 직접 보고 다들 그녀를 보통의 우수한 학우로 대해주기 시작한 것은 정말 기뻤다.

게다가 실제로 악전*이나 작곡법, 역사 등을 새로 공부하는 것은 무척 재미있었다.

하마자키의 예언대로 음악대학에서 공부하면서 점점 더 음악이 즐거워졌다.

하지만. 설마 이제 와서 콩쿠르라니.

아야는 창을 때리는 비를 바라보면서 다시 한 번 깊은 한숨을 쉬었다.

어렸을 때 나갔던 주니어 콩쿠르의 기억은 거의 없다. 그때는

* 樂典, 박자, 속도, 음정 등 악보에 쓰이는 모든 규범.

콩쿠르에 참가했다기보다 발표회에 나간 기분이었다. 시니어 콩쿠르 출전은 처음이다.

스무 살이 넘으면 일반인.

누군가가 했던 험담이 들려왔다. 그렇다, 그녀는 올봄에 스무 살이 되었다. 무대에 등을 돌린 지 7년.

현재 지도 교수(상당히 재미있다고 할까, 기인에 가까운 교수지만 아야와는 묘하게 죽이 잘 맞았다)가 추천했는데 그 배후에 학장의 의지가 있다는 것은 안 봐도 뻔했다.

아야도 학장에게 은혜를 느끼지 않는 것은 아니었다.

이 콩쿠르 출전을 거절하면 학장의 체면에 먹칠을 하게 되리라는 것도 알고 있었다. 이례적인 조치로 입학을 허락받았으니 그 존재 의의를 증명하지 않으면 안 된다는 것도.

하지만 그때 이후로 제 안에는 그런 종류의 음악이 없어요, 선생님.

아야는 마음속으로 푸념했다.

그녀는 지금의 대학 생활이 몹시 만족스러웠다. 바깥쪽에 있는 음악을 맛보고, 그것을 추체험하기 위해 피아노를 연주하고, 세상에 가득한 음악을 재현하는 것을 즐긴다. 그걸로 족했다. 이론을 배우거나 다른 학과의 연주를 듣는 것을 통해서도 음악을 깊이 파헤치고 있다는 것을 실감했다.

어쩌지, 엄마.

아야는 점점 더 거세지는 비가 물결이 되어 흘러내리는 창문을 바라보았다.

책상에 책을 내려놓고, 그 위에 털썩 엎드렸다.

머릿속에 비의 말이 질주하며 내는 규칙적인 말발굽 소리가
오래도록 울려 퍼졌다.

자장가

"그럼 죄송합니다만, 부인, 한 번 더 아드님과 함께 이쪽으로 걸어와주시겠어요? 예, 좋아요, 걸어오세요!"

마사미가 한 손을 들자 어색한 표정의 미치코가 어린이집 앞에서 아키히토의 손을 잡고 뻣뻣하게 걸음을 뗐다.

"편안하게, 편안하게. 카메라를 의식하지 말아요."

옆에서 보던 아카시는 그만 쓴웃음을 지었다.

그런 말을 들으면 더 의식하게 되는 게 사람 마음이다.

물론 마사미도 미치코의 마음을 편하게 해주려고 전부터 몇 번이나 집을 찾아와 미치코와 아키히토의 마음을 얻기 위해 열심히 노력했다. 하지만 실제로 카메라가 자기를 찍고 있다고 생각하면 또 다른 긴장감이 생기는 것도 사실이다. 오늘은 야외 촬영, 거기다 어린이집의 다른 어머니들이 멀찍이서 훔쳐보고 있는 게 침착하고 차분한 성격의 미치코를 긴장하게 만드는 듯했다.

"좋아요, 오케이입니다."

마사미가 밝은 목소리로 손을 흔들었다.

미치코가 한숨 놓인 표정을 지었다.

"고맙다, 아키히토. 협력 감사해요."

아카시는 어리둥절한 표정의 아키히토를 안아 올렸다.

"협력, 감사, 감사."

아키히토는 단어의 발음이 재미있는지 생글생글 웃으며 따라 했다.

마사미는 촬영용 디지털카메라를 내려놓고 아카시 곁으로 다가왔다.

"이제 연습 장면을 조금 더 찍고, 콩쿠르 당일 대기실만 찍으면 돼."

"알았어."

"어때, 연습 시간은 좀 확보했어?"

파인더 너머로 볼 때는 당찬 방송기자지만 카메라만 없으면 마사미는 금세 고등학교 시절의 동급생으로 돌아간다.

"음. 일도 바빠서. 솔직히 어디 틀어박혀서 곡을 제대로 끝낼 수 있는 충분한 시간이 있으면 좋겠어."

아카시는 떨떠름하게 대답했다.

마사미는 후후하고 작게 웃었다.

"왠지 그런 점이 다카시마답네."

"어떤 면을 말하는 거야?"

"자기주장이 강하지 않은, 차분한 면 말이야."

"아야야야."

"왜 그래?"

"그게 음악가로서의 내 콤플렉스인데."

"그래?"

"그래."

마사미가 그것을 아카시의 미덕으로 생각해준다는 것은 잘 알고 있다. 하지만 강렬한 자아와 개성이 요구되는 솔리스트의 세계에서 그런 성격이 반드시 좋은 평가를 받는 건 아니라는 것은 누구보다 아카시가 잘 알고 있었다.

"난 다카시마 네 피아노 좋아하는데. 잘 표현은 못 하겠지만 마음이 편해져. 뭐라 표현하기 어려운 섬세함이 있거든."

"섬세함이라."

아카시는 중얼거렸다.

마사미는 어딘가 걱정스러운 기색으로 아카시를 바라보았다.

"다른 사람들 촬영은 잘돼가?"

아카시는 일부러 밝은 미소를 지으며 말을 돌렸다.

마사미는 안도한 듯 고개를 끄덕였다.

"응, 다들 협조적이야. 요시가에서 홈스테이 할 예정인 우크라이나하고 러시아 참가자를 찍게 됐어. 그 홈스테이 가정 말인데, 어쩐 일인지 항상 재미있는 아이들이 찾아오는 데다 그 아이들이 반드시 입상한다는 특징이 있는 집이거든. 이번에 올 우크라이나 참가자도 하마평을 보니 제법 실력 있는 아이라나 봐."

"흠."

제법 실력 있는 아이라. 당연하다. 찬란한 역사를 자랑하는 러시아 클래식계가 보낸 참가자니 누구나 '상당한 실력'을 가진 천재 소년 소녀들일 것이다.

아카시는 마음속으로 깊은 한숨을 쉬었다.

다카시마 아카시, 스물여덟 살. 아버지가 일하던 효고현 아카시시에서 태어났다는 이유로 얻은 이름이다.

요시가에 국제 피아노 콩쿠르 출전자 중에서는 최고령자로 응모 규정을 간신히 통과하는 나이다. 연령층이 낮은 게 당연한 피아노 콩쿠르에서 스물여덟이면 완전히 노인네 취급이다.

콩쿠르 다큐멘터리를 찍고 싶으니 촬영을 허락해달라는 요청을 받았을 때, 아카시는 그 담당자가 고등학교 때 동급생 니시나 마사미라는 사실에 놀랐다.

이야기를 들어보니 기획을 한 것도 그녀로, 아카시가 출전한 다는 것을 알고 아카시를 담당하게 해달라고 부탁했다고 한다.

요시가에는 일본 유수의 기업이 모여 있는 도시다. 요시가에 국제 피아노 콩쿠르에는 대규모 협찬 기업이 여럿 붙어 있어 예산을 따내기 쉽다는 것도 이 기획이 통과된 이유 중 하나였다.

처음에 아카시는 티브이 프로그램에 나가다니 말도 안 된다고 거절했다.

"난 2차에 남을 수 있을지도 불확실해."

이 나이에, 직장인인 데다가 아이까지 있다. 솔직히 콩쿠르에 나갈 처지가 아니다. '망신살'이라는 말이 머릿속에 떠올랐을 정도다.

"아니, 그래도 괜찮아."

마사미는 단호하게 말했다.

"요즘 사람들이 음악에 원하는 건 드라마야. 다카시마처럼 가족이 있는 사람이 콩쿠르에 나간다는 게 공감을 불러일으킬 거야."

마사미는 확실하게 말하지 않았지만 참가자들이 하나같이 유복한 가정의 귀한 자제들이면 방송에 재미가 없다는 이유도 있는 듯했다. 아카시처럼 특이한 소재가 있어야 재미있는 그림이 나온다는 것이다.

확실히 아카시는 지극히 평균적인 회사원 가정에서 자랐다. 소꿉친구였던 아내는 고등학교 물리 교사, 아카시 본인은 대형 악기점 점원, 2대에 걸친 완벽한 일반 가정이다.

평범한 아버지가 국제 피아노 콩쿠르에 나간다! 그것은 가족의 품으로 돌아가라는 압력과 세태가 강해지고 있는 일본에서 일종의 포인트가 되는 듯했다.

그럼에도 결국 티브이 출연을 결심한 이유는 이것이 기념이될 거라 생각했기 때문이었다.

이 콩쿠르 출전이 음악가로서 그의 마지막 경력이 되리라는 것은 분명했다. 그 후에는 음악을 좋아하는 아마추어로 남은 음악 인생을 살아가게 될 것이다.

하지만 아키히토가 어른이 되었을 때를 위해, 아버지가 '진심으로' 음악가를 꿈꾸었다는 증거를 남기고 싶었다. 그것이 결정타였다. 미치코나 마사미, 부모님께도 그렇게 설명했다.

아니, 사실은 그렇지 않다.

아카시의 내면에 있는 또 다른 자신이 중얼거렸다.

그건 핑계다.

또 다른 자아가 그렇게 지적했다.

너는 분노하고 있다. 의문을 품고 있다. 언제나 이상하게 생각하고 있었다.

'자기주장'을 하지 않는 너, 섬세하고 다정한 너, 그런 네가 마음속으로 눌러 담고 있던 분노와 의문. 그것을 이 콩쿠르에서 쏟아내고 싶었던 것 아닌가?

그렇다. 아카시는 대답했다.

나는 언제나 이해할 수 없었다. 고고한 음악가만이 옳은가? 오로지 음악을 위해서 사는 사람만이 존경받아야 하는가?

보통 사람의 음악은 음악 하나로 먹고사는 사람보다 열등한 걸까?

약간 뻑뻑한 육중한 문을 천천히 열자 안으로 빛이 쏟아져 들어왔다.

봉당 위에 비친 빛의 사각형 안에 아카시의 머리 그림자가 쓱 드리웠다.

그리운 냄새.

피아노 앞에 앉아 있는, 아직 바닥에 발이 닿지 않는 작은 소년의 모습이 떠올랐다.

이미 아득히 먼 옛날 일인데도 냄새를 타고 되살아나는 유년 시절은 선명했다.

"와, 천장 높은 것 좀 봐. 대들보도 굵고. 옛날 집은 참 튼튼해."

마사미의 목소리에 아카시는 현실로 돌아왔다.

마사미는 천장을 올려다보았다. 불은 켰지만 눈은 아직 어둠이 낯설다.

"로프트가 있어?"

"응. 뭐, 그냥 시렁이야."

"아, 이게 그거구나."

마사미가 카메라를 들고 창고 안을 천천히 찍었다.

텅 빈 방. 공기는 생각보다 건조했다.

덮개를 씌워놓은, 자그마한 그랜드피아노.

마사미는 피아노에 카메라를 갖다 대고 한참동안 차분히 찍었다.

피아노를 사주신 할머니는 아카시가 중학교 3학년 때 돌아가셨다.

아카시는 창고 구석에 놓아둔 등받이 없는 작은 나무 의자에 시선을 던졌다. 할머니는 언제나 저 의자에 다소곳이 앉아 허리를 반듯하게 펴고 손자의 피아노 연주를 듣곤 하셨다.

아카시가 내는 소리는 다정하구나. 누에님도 네 피아노 소리가 좋은가 보다.

"묘하게 잘 어울리네, 창고 안에 그랜드피아노라니."

"뭐, 창고 자체가 방음실이기도 하고."

"자주 와?"

"이번에는 오랜만이야."

지금도 1년에 한 번은 조율을 의뢰하고 있지만 이번 콩쿠르 참가를 결심했을 때 다시 한 번 꼼꼼한 조율을 부탁했다.

아카시가 아버지라고 불러도 될 만한 나이인 조율사 하나다와는 오래 알고 지낸 사이였는데, 이번에 요시가에 국제 피아노 콩쿠르에 참가할 거라는 결심을 털어놓자 아카시가 깜짝 놀랄 정도로 몹시 기뻐하며 정성껏 조율해주었다.

기뻐. 정말 기쁘네. 나는 오래전부터 자네 피아노의 팬이니까.

피아노는 천재 소년 소녀들만을 위한 게 아니니까.

물론 자기가 천재 소년이 아니라는 건 알고 있었다. 하나다도 역시 그렇게 생각하고 있었다는 사실에는 내심 조금 상처를 받았지만, 이 나이에 무슨 기념처럼 콩쿠르에 참가할 정도니 그게 타당한 평가일 것이다.

그보다 하나다도 아카시와 비슷한 생각을 했다는 걸 알고 용기를 얻었다.

피아노는 천재 소년 소녀들만을 위한 게 아니니까.

"이게 너희 할머님이 사주신 피아노지? 왠지 귀여운 피아노네. 그림이 좋은데. 다카시마, 연주 좀 해봐."

마사미는 영상을 다루는 사람답게 방송에 나왔을 때 그림이 될지 안 될지를 계속 확인했다.

아카시는 덮개를 걷어내고 뚜껑을 연 다음, 의자를 빼 피아노 앞에 앉았다.

오랫동안 앉았던 의자다. 언제나 아카시의 무게를 받쳐주었던 쿠션 부분이 아카시의 엉덩이 모양 그대로 눌려 있었다.

거대한 콘서트용 그랜드피아노에 비하면 무척 아담한 그랜드피아노다. 체격도 크고 다부진 지금의 아카시에게는 작아 보였다.

옛날엔 그렇게나 커 보였는데.

아카시는 조금 누렇게 변한 건반을 살며시 어루만졌다.

이 피아노 앞에 처음 앉았을 때의 감격은 잊을 수가 없다.

아카시의 피아노 발표회에 온 할머니는 손자의 연주에 감격해서 "이 아이는 장차 음악가가 될 거라오" 하고 이웃에 소문을 내고 다녔다고 한다. 그러다 어디서 누군가에게 "프로가 되려면 업라이트피아노로는 안 돼"라는 말을 들었다.

실제로 아카시는 어렸을 때 손도 크고 기술적으로 어려운 곡도 수월하게 연주해 '미래의 큰 인물'로 주위의 기대를 받았다.

친가는 동네 최고라는 말을 들을 정도로 커다란 양잠 농가였지만 아카시가 태어났을 때는 이미 사양산업이라, 뒤를 이은 큰아버지도 전기 제품 회사에 취직해 겸업을 했다. 그래도 할머니는 어렵게 번 돈을 저축해 중고이기는 했지만 아카시에게 이 피아노를 사주었다.

아카시는 날아오를 듯이 기뻤다. 기뻐서 울었던 건 그때가 처음이었다. 피아노를 연주하는 사람에게 역시 그랜드피아노는 동경의 대상이었다.

하지만 할머니가 모처럼 사준 그랜드피아노는 아카시의 집에 오지 못했다.

아버지의 전근도 잦았던 데다, 일본의 일반 아파트에는 도저히 들여놓을 수 없는 크기였기 때문이다. 들어간다고 해도 연주하면 이웃에서 불평을 듣는다. 아카시는 아버지에게 집으로 가져갈 수는 없다는 말을 듣고서 이번에는 서러운 눈물을 흘렸다.

그래서 여름방학이나 정월, 발표회 전이면 항상 이곳에 와서 하루 종일 피아노를 연주하곤 했다.

물론 할머니는 클래식 음악에 대한 지식은 하나도 없었다.

하지만 원래 귀가 밝은 사람이었는지, 몇 년이나 손자의 피아노를 듣는 사이 귀가 트였던 모양이다. 돌아가시기 전 몇 년간은 할머니의 예리한 청각에 종종 놀라곤 했다.

일단 아카시의 컨디션이나 기분을 세세하게 구분할 줄 알았다. 연습을 마치고 저녁 식탁에 둘러앉으면 "피곤한가 보구나"라거나 "무슨 걱정거리라도 있니?" 하고 묻는다. 그게 백발백중이라 한번은 "아카시는 신경 쓰이는 일이 있으면 소리가 빨라지는구나"라는 말을 듣고 깜짝 놀란 적도 있다. 레슨 때도 마음에 여유가 없으면 충분히 '여유'를 두고 연주할 수가 없어 상태가 좋을 때에 비해 연주 시간이 짧아지는 경향이 있다고 선생님에게 몇 차례나 주의를 받았기 때문이다. 그것도 그냥 들으면 눈치 못 챌 만큼 짧은 시간인데, 할머니는 그 차이를 알아차렸던 것이다.

그 밖에도 피아노를 배우는 이웃의 아이가 가끔 놀러 와 교대로 연주하고 있으면 할머니는 누가 연주했는지, 그 아이가 어떤 성격인지 실로 정확하게 알아맞히곤 했다.

아카시의 음악관이나 지금 가슴에 품고 있는 반발심은 할머니의 존재로 인한 영향일지도 모른다.

저 녀석, 피아노 안에 벌레를 키운다나 봐.

애벌레가 득실거리는 방에서 연습한다며? 소름 끼쳐.

양잠실을 개조한 창고라고 했더니 어느새 피아노 학원에 그런 소문이 퍼져 계속 놀림을 받았다. 거기에 집요하게 집착하는 남자아이가 하나 있었는데, 아카시와는 다른 음대에 갔지만 대학생이 된 후에도 아카시의 학교 친구들에게 그 이야기를 놀림감처럼 떠들어대서 참 난감했다. 지금 생각해보면 그 애는 그 피아노 학원에서 아카시에 이어 항상 2등이었는데(그때까지 몇 명이나 프로를 배출한 제법 유명한 피아노 학원이었다) 성격이 온화해 인기가 많았던 아카시를 시샘했던 거겠지만, 너무 끈질기다 보니 결국에는 너털웃음이 나올 정도였다.

대학 친구들 중에 굉장히 유명한 도쿄의 사립 여고를 졸업한 친구가 있었다. 그녀로부터 그 학교 학생들의 부모 직업 중에 아버지가 의사, 어머니가 피아노 교사인 조합이 가장 많다는 이야기를 듣고 깜짝 놀랐다.

탁월한 천재 소년은 아니었지만 나름대로 장래를 촉망받아 음대까지 진학한 아카시는 그 업계와 주변의 일부 사람들이 가진 일그러진 선민의식에 위화감을 품어왔다.

생활 속에서 음악을 즐길 줄 아는, 뛰어난 귀를 가진 사람은 할머니처럼 평범한 곳에 있다. 연주자 또한 평범한 곳에 있어도 되지 않을까?

프로로 나갈 길이 없는 건 아니었다. 사실 프로가 될 것인가 말 것인가는 본인의 의지에 달린 문제였다. 피아노도 음악도 사랑했지만 아카시는 넓은 듯하면서도 좁은 '평범하지 않은' 그 세계에서 살아야 한다는 게 내심 두려웠다. '평범한 곳'에 머물고 싶었다. 할머니 같은 사람이 사는 세계에 속하고 싶었던 것이다.

"이 곡 나도 알아. 제목이 뭐지?"

"슈만의 곡이야. 트로이메라이."

느긋하게 곡을 연주하면서 아카시는 마사미에게 대답했다.

"이것도 알지?"

다른 곡을 연주했다.

"앗! 위장약 광고에 나오는 곡이다."

"쇼팽이야."

"역시 다카시마가 연주하는 소리는 다정해."

아카시는 이유도 없이 움찔했다.

누에님도 아카시 네 피아노 연주는 귀 기울여 들어주시는구나.

마치 할머니가 마사미의 몸을 빌려 아카시에게 말해주는 것 같았다.

갑자기 몸속에서 뭔가 뜨거운 감정이 진득하게 흘러나왔다.

"나, 여기에 틀어박혀서 콩쿠르 준비를 마무리할게."

"어? 나스 고원이랬나, 어디에 스튜디오를 빌린다고 하지 않왔어?"

"그만둘래. 역시 여기가 좋아."

"그래? 촬영하는 입장에서는 가까워서 좋긴 한데."

마사미는 당혹스러운 목소리로 말했다.

바로 몇 시간 전까지 집중해서 연습할 곳이 없네, 시간이 없네 하고 그녀에게 투덜거렸으니 당연한 일이다.

하지만 아카시는 어쩐지 마음이 후련했다.

여기서 마무리를 하자. 할머니가 사주신 피아노로, 할머니가 듣고 계신, 누에님의 방을 개조한 이곳에서 콩쿠르곡을 마무리 짓자. 지금의 내게는 그게 가장 잘 어울린다.

"〈일요일은 참으세요〉라는 영화 알아?"

아카시는 건반의 감촉을 느긋하게 확인하면서 마사미의 얼굴을 보았다.

"뭐야, 갑자기. 알지, 멜리나 메르쿠리가 나온 영화잖아."

영화라면 자신 있는 분야라는 듯이 마사미가 입을 비죽거렸다.

"거기서 좋아하는 대사가 있어."

"뭔데? 아마 기억은 못 하겠지만."

양잠실의 모차르트.

아카시는 왠지 행복했다.

"그거, 무대가 그리스잖아. 멜리나 메르쿠리가 연기하는 발랄한 매춘부가 주인공인데, 어디서 고리타분한 대학 교수가 찾아와서 번번이 명랑한 동네 주민들하고 마찰을 일으켜. 그러다 동네 음악가들에게 악보도 못 읽고, 클래식 음악도 하나 모르는 너희 같은 사람들은 음악가가 아니라고 시비를 걸어. 늘 명랑한 음악가들도 충격을 받아 더는 연주하지 않겠다, 우리는 연주할 자격이 없다 하고 실의에 빠지거든."

"흠. 그런 장면이 있었나?"

"응. 나도 명색이 음악가니까 굉장히 인상에 깊이 남았어."

"그래서?"

"그래서 그 얘기를 들은 멜리나 메르쿠리가 음악가들에게 말하는 거야. '말도 안 되는 소리! 새는 악보를 볼 줄 몰라도 결코 노래하길 멈추지 않아.' 그 말을 들은 음악가들은 눈을 빛내며 다시 광장에서 연주를 하지."

"와!"

"음악이란 분명 그런 걸 거야."

햇살이 길어지는 오후의 창고 안, 평화로운 모차르트가 유유히 흐르고 있었다.

드럼롤

완만한 곡선을 그리는 높은 돔 천장에 반사된 화사한 웃음소리가 로비를 가득 채운 사람들 위로 쏟아졌다.

사방에서 터지는 카메라 플래시. 어두운 색 양복을 입고 메모를 든 채 맨 얼굴로 뛰어다니는 것은 지방 언론과 음악 잡지 기자, 혹은 스폰서 기업의 홍보 부서 사람들이다. 최근 평가가 급상승하고 있는 요시가에 국제 피아노 콩쿠르의 위세를 나타내듯 전국지 기자나 저명한 음악 평론가들의 모습도 눈에 띄었다.

사가 미에코는 샴페인 잔을 손에 들고 커다란 유리벽에 둘러싸인 로비 너머로 펼쳐진 원형 광장의 어둠을 바라보았다.

호텔이나 사무실, 쇼핑센터와 함께 복합 시설에 들어가 있는 이 콘서트홀은 석조 광장을 에워싸는 형태로 만들어진 로비 때문에 밖이 잘 보인다. 이미 밤 10시가 가까운 시간이라 광장은 한산하고 깜깜했다. 화려한 빛이 넘치는 로비와 유리 한 장을 사이에 두고 고요한 어둠이 펼쳐진 광경은 어딘지 모르게 콩쿠르라는 화려한 무대와 그 그늘에서 엇갈리는 희비의 대비를 나타내고 있는 것처럼 느껴져, 일본의 늦가을 한기가 순간 유리를 뚫고 살갗을 찌르는 듯한 착각에 사로잡혔다.

문득 유리에 비친 제 얼굴에 시선이 멎었다.

불안하고 사나운 표정.

어머나, 나도 참, 왜 이리 무서운 표정을 짓고 있담. 마치 내가 콩쿠르에 나가는 음대생 같잖아?

그렇게 자신을 타이르며 표정을 누그러뜨리려고 뺨을 어루만져보았지만 효과는 별로 없었다.

    2주 동안 열리는 요시가에 국제 피아노 콩쿠르 오프닝 나이트다. 1차 예선은 내일 아침부터.

    오프닝 콘서트는 지난 콩쿠르 우승자의 리사이틀. 콩쿠르 우승자에게 일본 각지에서 콘서트 투어를 열어주는 것도 중요한 특전의 하나로, 그는 이 오프닝 콘서트를 시작으로 투어에 들어간다.

    지난 콩쿠르 때 처음에 서류 심사에서 떨어진 뒤 오디션으로 부활해 우승을 거머쥐고, 그 직후에 열린 S 콩쿠르에서도 우승해 스타가 된 그는 방일 자체가 화제가 될 만큼 몇 배나 성장한 모습으로 무대에 등장했다.

    관객석에서 자기가 발굴한 스타의 개선 공연을 느긋하게 바라보는 것은 심사 위원의 꿈이라 할 수 있다. 자연히 이번에도 스타를 찾아내겠다는 의지가 솟아오른다.

    콘서트가 끝나면 콘서트홀 로비에서 관계자들끼리만 모여 파티를 연다. 여기서 비로소 세계 각지에 흩어져 있던 심사 위원들이 한자리에 모인다. 콩쿠르 참가자도 일부 참가하기 때문에 글로벌한 분위기가 흐른다. 개최 측인 지자체, 요시가에의 시장이나 지역 유지, 스폰서인 지역 기업 고위직들도 모이는 실로 화려한 파티다. 전국 유수의 기업 도시이자 세계적으로 유명한 기계 회사가 다수 있는 요시가에는 세계적 불황 속에서도 아직 충분한 세수를 자랑하는 편이다.

    "왜 혼자 궁상을 떨고 있어, 미에코?"

굳어버린 얼굴을 주무르고 있던 미에코의 어깨를 툭 건드린 사람은 작곡가 히시누마 다다아키였다. 미에코는 쓴웃음을 지었다.

"누마 씨, 꼭 그렇게 말해야겠어? 사색에 잠겨 있다고 하면 어때서."

"입은 살아서, 내 강의에서 1분 이상 진지하게 생각할 수 없으니 솔페주*는 질색이라고 했던 아가씨가 누구였더라? 어디로 보나 지난 1년 사이 늘어난 주름을 원망스럽게 세고 있는 모습이던데."

"너무하네."

미에코는 화를 낼 기력도 없어 웃음을 터뜨리고 말았다.

요시가에 국제 피아노 콩쿠르에서는 매번 일본인 작곡가가 만든 신곡이 과제곡으로 들어가는데, 이번에 그 작곡을 맡은 것이 히시누마였다. 대문호와 유명 정치가를 조부로 둔 세계적으로 유명한 작곡가지만 그 단정한 용모나 몸가짐과 달리 입만 열면 보다시피 막말을 쏟아내 모두들 그 격차에 압도된다.

"프랑스 팀, 엄청난 걸 발굴했다면서?"

히시누마는 흥미진진한 눈으로 미에코를 보았다.

"어머, 누마 씨까지 알고 있어?"

미에코는 저도 모르게 떨떠름한 표정을 지었다.

"양봉가 아들이라면서? 듣자 하니 '꿀벌 왕자'라고 불리고 있다던데."

* solfège, 음악 기초 교육.

"꿀벌 왕자."

미에코는 말문이 막힘과 동시에 우울해졌다.

가자마 진風間塵.

그 이름은 미에코의 마음을 무겁게 짓눌렀다. 방금 전 파리 오디션 이후 처음으로 시몽과 스미르노프를 다시 만났는데 그 이름이 세 사람에게 스트레스를 주는 것은 분명했다.

오디션이 끝난 뒤에도 스케줄이 빡빡해서 저마다 바빴지만, 가자마 진에 대한 정보는 조금씩 입수했다.

미에코는 그 한자 이름에 우선 놀랐다.

진이라는 이름 때문에 분명 '진仁'이라는 글자를 상상했는데, 하필 '진塵'이라니. 어이없어하는 미에코와 통화하던 시몽이 궁금해하기에 그것이 'DUST'를 뜻하는 글자라고 말해주자 시몽은 수화기 너머에서 폭소를 터뜨렸다.

미에코는 그 웃음소리를 듣고 우울해졌다. 호프만의 계획에 홀랑 넘어간 것으로도 모자라 이름마저 티끌이라니. 부친이 상당히 엉뚱한 인물인 게 틀림없다. 시몽은 재미있어했지만 가자마 진이라는 소년에 대한 미에코의 불안은 커지기만 했다.

하지만 파리 오디션에서 엄청난 인물이 나왔다는 평판은 눈깜짝할 사이 업계에 퍼졌다.

미에코는 여전히 선입견을 피하려고 후보자에 대한 정보를 가급적 듣지 않으려 애썼지만 가자마 진의 사전 평가가 대단하다는 소문은 싫어도 귀에 들어왔다. 그렇지만 지나칠 정도로 무명이었기 때문에 정보는 극단적으로 적었는데, 그것이 오히려 그에 대한 기대를 부채질한 모양이다. 이런 상황에서 실제로 콩쿠르에 나타난 그의 연주가 겉만 번지르르하면 청중들의 낙담이 얼마나 클지, 생각만 해도 두려웠다. 그 낙담이 파리 오디션 심사 위원들에 대한 분노로 바뀌어 되돌아올 게 뻔했기 때문이다.

"뭐야, 벌레라도 씹은 듯한 그 표정은."

히시누마가 뜻밖이라는 표정으로 물었다. 틀림없이 미에코가 흥분해서 마구 떠들어댈 줄 알았으리라.

"그냥, 이래저래. 아아, 호프만 선생님도 참 사람이 나빠."

무심코 불평이 입 밖으로 튀어나왔다.

"추천서가 있었다면서?"

미에코가 하고 싶은 말을 어떻게 이해했는지 모르겠지만 히시누마가 별안간 진지한 얼굴로 말했다.

"하지만 유지가 그 '꿀벌 왕자'를 지도한 건 사실인 모양이야. 얼마 전 대프니한테 전화했더니 전부터 유지가 가끔 찾아가서 가르치는 아이가 있다는 건 알고 있었다고 그러던데."

"뭐?"

대프니는 유지 폰 호프만의 부인이다. 히시누마는 호프만 일가와 가족끼리 교류가 있어 호프만이 타계한 후에도 전화 연락을 주고받는 듯했다.

"선생님이 찾아갔다고? 믿을 수가 없어."

미에코는 저도 모르게 회의적인 투로 말했다. 호프만은 제자를 거의 받지 않는 것으로 유명했고, 자택이 아닌 곳에서는 절대 가르치지 않았기 때문이다.

"대프니도 드문 일이라 이것저것 물어봤지만 싱글싱글 웃기만 할 뿐 상대가 어디 사는 누구인지는 알려주지 않았다는 거야.

그 양반도 참, 얼마나 변덕쟁이인지. '상대는 유랑하는 음악가니까'라면서 웃었다던데."

유랑하는 음악가. 하긴, 꽃을 따라 이동하는 양봉가의 아들이라면 그 말이 맞아떨어진다.

하지만 대체 어떤 식으로 가르쳤던 걸까? 무대 매너 하나 모르는 그 소년의 모습에서는 프로에게 지도를 받은 흔적이라곤 도저히 찾아볼 수 없었다.

"그래서 그 왕자는 언제쯤 나와? 물론 오늘은 안 왔겠지?"

히시누마는 주위를 두리번거렸다.

"다행인지 불행인지 1차 마지막 날에 나올 예정이야. 일본에는 아슬아슬하게 입국할 건가 봐."

2주에 걸친 장기 콩쿠르. 아흔 명이나 연주하는 1차 예선은 닷새에 걸쳐 이루어진다. 오프닝 나이트 파티에 참가하는 참가자는 콩쿠르 단골인 실력가이거나, 1차 예선 초반에 출전하는 사람들뿐이다. 지금 이 시간까지 필사적으로 연습하는 이도 있으리라.

유럽이나 미국에서 보면 일본은 멀기도 하고 콩쿠르 비용도 많이 든다. 홈스테이를 해도 참가자에게는 상당한 부담이 된다. 콩쿠르 며칠 전에 요시가에에 들어와 시내 호텔에 묵는 참가자는 비교적 가까운 나라인 중국이나 한국의 부유층 아이들 정도다. 대다수의 참가자들이 출전이 임박해서 일본에 들어오는 것은 어쩔 수 없는 일이다. 가자마 진이 경제적으로 유복한지는 알길이 없지만, 딱히 부유하다는 소문도 듣지 못했다.

청중과 다른 심사 위원들의 심판을 늦게 받는 게 좋은지, 얼른 끝내버리는 게 나은지 잘 모르겠다.

"오오, 여제가 납시었네."

히시누마가 어깨를 슬쩍 움츠렸다.

"뭐라고 했어, 다다아키?"

날카로운 알토 목소리가 날아들었다.

"귀 하나는 귀신같이 밝아서."

히시누마는 혼잣말처럼 웅얼거렸다.

풍만한 상체를 새파란 슈트로 감싸고 나타난 장신의 여성은 화려하면서도 묵직한 박력이 넘치는 붉은 머리카락의 러시아 미녀, 올가 슬루츠카야였다. 본인도 훌륭한 피아니스트일뿐더러 수많은 피아니스트를 키워내 뛰어난 지도자로도 정평이 나 있다. 일본에 우호적인 것으로도 유명해 일본인 제자도 여럿 키워낸 터라 일본어도 유창하다. 일흔을 바라보는 나이지만 요염함과 에너지는 여전히 건재하고, 음악계에 발도 넓은 데다 실무 능력이나 정치적 수완도 뛰어나 요시가에 국제 피아노 콩쿠르가 말 그대로 세계적인 콩쿠르로 성장한 데에는 몇 차례나 심사 위원장을 맡아온 그녀의 공이 컸다.

"내 험담 했지?"

올가는 요염한 미소와 함께 날렵한 눈썹을 비죽 치켰다.

"설마요."

히시누마는 살갑게 웃었다. 올가와 별로 나이 차이도 나지 않으면서, 이 영감님도 미녀한테는 저자세라니까. 미에코는 쓴웃음을 지었다.

"올해도 스타가 탄생할지 쑥덕거리던 참이랍니다."

"우후후, 그러면 좋겠네."

올가의 눈이 순간 번득거렸다.

당연히 파리 오디션 소문도 들었을 테고, 세 심사 위원의 취향이나 소행도 머릿속에 들어 있을 것이다. 엄격한 올가는 악곡에 대한 깊은 이해가 뒷받침하는 정통파 연주를 선호한다. 당연히 파리의 '꿀벌 왕자'는 이단이라며 눈썹을 찌푸릴 것이다. 하지만 유능한 실업가의 측면도 가진 올가는 콩쿠르에 불이 붙고 주목을 끌 수만 있다면 호프만의 추천서는 물론이고 추천받은 게 꿀벌 왕자든 티끌 왕자든 철저하게 이용할 것이다.

"미에코, 오랜만이야. 나중에 내 방으로 좀 와요."

미에코는 관록 넘치는 눈으로 흘겨보며 그런 말을 남기고 떠나가는 올가를 웃는 얼굴로 보내며 "퉤퉤퉤" 하고 중얼거린 다음 또 다른 화려한 그룹에 힐끗 눈길을 던졌다.

실제로 '꿀벌 왕자'를 눈엣가시로 여기는 건 저쪽이겠지.

"오디션이야 어쨌든 뉴욕에서도 초신성이 온다는 소문이야."

미에코의 시선을 훑던 히시누마가 중얼거렸다.

"어머, 그래?"

이 영감님, 감이 너무 좋은데.

미에코는 내심 욕지거리를 했다.

그녀의 시선 끝에는 싱글거리고 있지만 눈빛은 날카로운, 늘씬한 장신의 남자가 서 있었다.

너새니얼 실버버그.

밝은 다갈색 곱슬머리는 숱이 엄청나서, 노력은 하고 있겠지만 사자 갈기처럼 사방으로 뻗쳐 있다. 평소의 그는 살갑고 소탈해서 매력적인 사람이지만 한편으로 격정적인 일면도 있어 특히나 음악에 관해서라면 자타를 불문하고 대단히 엄격하다. 운 나쁘게 그의 역정이라도 사면 아무도 중재할 수 없을 정도다. 미에코는 딱 한 번, 그런 장면을 목격한 적이 있었다. 그녀가 알던 너새니얼과는 영 판판으로, 분노로 곤두선 머리카락은 갈기라기보다 부동명왕 뒤에서 활활 타오르는 불꽃처럼 보였다.

미에코와 동갑인 그는(이제 곧 쉰을 바라본다 해도) 인기, 실력 할 것 없이 현재 최고를 구가하는 피아니스트로, 최근에는 지휘나 무대 연출에도 관여해 클래식 업계 이외의 분야에서도 지명도가 높다. 영국인이지만 요즘은 줄리아드음악원의 교수직을 맡고 있어 활동 거점을 미국에 두고 있다.

"여전히 터럭 많은 남잘세. 부러워."

히시누마가 불쑥 중얼거리더니 다소 휑한 자기 머리를 쓱 문질렀다.

"어머, 저것도 꽤 줄어든 거야. 예전엔 가발 없이 가부키에서 사자 연기를 할 수 있는 거 아니냐고 쑥덕댔을 정도니까."

히시누마는 그 장면을 상상했는지 큭큭 웃었다.

"이혼 소송 때문에 고생했다고 들었는데 그런 것치고는 피부에 윤기가 넘치네."

"그냥 지성 피부라 그런 것 아니고?"

저명한 영국인 무대 배우를 아내로 둔 너새니얼이 이혼 때문에 수렁에 빠져 있다는 소문은 미에코도 들었다.

여자 문제가 얽히면 유독 우유부단한 남자니까.

미에코는 마음속으로 가만히 중얼거렸다.

히시누마가 잠시 의아한 표정으로 미에코를 쳐다보다가 이마를 탁 쳤다.

"그런가, 그러고 보니 저 녀석, 네 전남편이었지."

이 영감님이 진짜 지금까지 잊고 있었나. 미에코는 또 속으로 욕지거리를 했다.

"옛날 일이야."

"그랬지, 아들은 건강해?"

"얼마 전에 문자를 받았어. 그래, 올해 취직을 했어. 공무원이 됐는데, 어디더라, 통산성?"

히시누마는 진심으로 한심하다는 표정을 지었다.

"이봐, 통산성이 사라진 지가 언젠데. 벌써 한참 됐어. 지금은 경제산업성이라고 해. 신야 군이 똑똑한가 보네."

"제 아버지를 닮아서 그래. 정말, 얼굴부터 속까지 쏙 빼닮았다니까."

너새니얼과 이혼한 뒤에 부모의 권유로 맞선을 보고 결혼한 상대는 도쿄대 출신의 은행원이었다. 지금 생각하면 아무리 봐도 정신 나간 처사지만, 당시에는 너새니얼에게 휘둘려 지칠 대로 지쳤던 터라 결혼한다면 건실하고 성실한 남자가 좋다고 진심으로 생각했다. 그렇게 태어난 아들은 미에코라는 자유분방한 인물을 어머니로 두었다는 사실을 믿을 수 없을 만큼, 그야말로 틀로 찍어낸 것처럼 아버지를 쏙 빼닮아 명석하고 성실한 청년으로 자랐다.

물론 아들이 초등학교에 진학하기 전에 이혼해 제 아버지 손에 자랐으므로 성장 과정은 잘 모른다. 전남편이 금방 재혼하는 바람에 미에코의 기억 속에 있는 신야는 어렸을 적 모습 그대로였다. 길러준 어머니가 훌륭한 여성이었는지 든든하게 쑥쑥 자랐기 때문에 미에코는 그녀에게 진심으로 감사하고 있다.

직접 연주하지는 않아도 음악을 좋아하는 신야는 고등학생 때부터 미에코의 연주를 듣고 편지에 감상을 써서 보냈다. 제법 예리한 감상도 있어, 기쁘기도 하고 낯간지럽기도 한 복잡한 감정을 느끼곤 했다. 지금은 휴대전화로 문자를 주고받는 사이인데 그쪽 부모도 알고 있는 듯했다.

너새니얼의 딸은 누굴 닮았을까?

문득 그런 생각을 한 찰나에 너새니얼과 눈이 마주쳤다.

무심코 움찔 떨었다.

너새니얼의 눈에 아주 살짝, 민망해하는 표정이 떠올랐다.

그가 미에코에게 미련을 품고 있었다는 것도 알고 있었고, 지금도 호의가 남아 있는 걸 보니 영 싫지는 않았다. 하지만 그 직후에 흠칫 놀란 듯 굳은 표정을 지은 것은 좋지 않은 징조였다. 그가 파리에 나타난 '꿀벌 왕자' 소문을 기억해냈다는 데 내기를 걸어도 좋다.

너새니얼이 굳은 표정으로 이쪽을 향해 곧장 다가왔다.

미에코는 억지웃음을 지었다.

"오랜만이야."

너새니얼은 미에코를 가만히 쳐다보며 말을 걸었다.

눈이 웃고 있지 않다.

"건강해 보이네."

미에코는 애써 밝게 말했다.

"당신도."

너새니얼은 표정을 조금도 바꾸지 않았다. 하지만 옆에 있는 히시누마에게는 그가 자랑하는 살가운 미소를 지어 보였다.

"히시누마 선생님, 그간 격조했습니다. 이번 과제곡, 재미있는 곡이더군요. 저도 들어보았는데 마음에 들어요."

"그거 기쁘군."

히시누마와 곡의 내용에 대해 열심히 떠드는 너새니얼의 옆얼굴에서 미에코는 비난을 감지했다.

화내고 있다. 그는 화를 내고 있다.

호프만의 추천서를 가져온 소년을 합격시킨 내게 화를 내고 있다.

왜 그랬어, 미에코. 어째서 당신이 막지 않았어?

그의 옆얼굴이 그렇게 미에코를 비난하고 있었다.

너새니얼이 그 아이의 연주를 들었다면.

너새니얼의 격노하는 모습이 눈에 선하게 떠올랐다.

부동명왕처럼 머리칼을 곤두세우겠지. 그야……

그야, 그는 몇 안 되는 호프만의 제자니까.

영국에서 일주일에 한 번, 비행기를 타고 호프만의 집을 찾아가 가르침을 받았지만 그럼에도 추천서는 받지 못했던 제자였으니까.

그렇다. 호프만을 동경하고 경외하며 숭배하는 사람들에게 종종 호프만은 굴레이자 마음을 격렬하게 휘젓는 존재였다.

이미 이 세상을 떠나버린 정신적 스승의 지금껏 본 적 없는 추천서를 들고 나타난 소년을 나도, 그도 어떻게 다루어야 할지 몰라 우왕좌왕하며 겁을 내고 있다.

나는 어쩔 수 없었어.

미에코는 눈앞의 너새니얼에게 마음속으로 말했다.

게다가 이미 호프만 선생님이 설치한 폭탄은 폭발하고 말았어. 이제 우린 손쓸 방도가 없어. 이미 선생님의 '기프트'를 받아 버렸어…….

그때, 공기를 가를 기세로 미에코의 시야에 뛰어든 그림자가 있었다.

"실버버그 선생님."

그 그림자는 부드러운 빛을 두르고 있는 것처럼 보였다. 정말로 윤곽이 빛나 보였다.

미에코는 무심코 눈을 깜빡거렸다.

"아아, 마사루."

너새니얼은 표정을 누그러뜨리고 그 그림자를 가까이 불렀다.

"마사루?"

미에코는 무심코 되물었다.

너새니얼은 미에코를 보았다가 "아아" 하고 그 그림자를 돌아 보았다.

"그래, 마사루도 일본계야. 어머니가 일본계 3세 페루인이라 더군."

"일본계 3세 페루인."

미에코는 그 얼굴을 유심히 보았지만 굳이 말하자면 라틴계로, 일본인의 그림자는 이미 찾아볼 수 없었다. 다양한 피가 섞여 있는지 미에코의 머리에 떠오른 것은 '하이브리드'라는 단어였다.

그러고 보니 너새니얼이 "마사루도"라고 했다. 역시 머릿속에 가자마 진이 있는 것이다.

너새니얼에 버금갈 정도로 키가 큰 청년은 고급스러운 회색 트위드 슈트를 입고 있었는데 조금도 수수해 보이지 않았다. 훤칠한데도 고요하다. 야성적인데 속이 깊다. 모순된 이미지를 자연스럽게 한데 품고 있었다. 가끔 '신체가 가지는 스피드'를 가시화한 듯한 육체를 지닌 사람이 있는데, 눈앞의 청년이 바로 그런 타입이었다. 폭발하는 힘을 숨긴 유연한 짐승.

"앞으로 눈여겨봐줘."

너새니얼이 장난스러운 표정으로 고개를 깊이 숙이며 청년의 어깨를 힘껏 끌어당겼다.

"마사루는 줄리아드의 비밀 병기야. 올해부터 콩쿠르에 참가하기 시작했지. 첫 콩쿠르가 오사카였지? 왜 오사카였어?"

"요시가에 콩쿠르 전초전으로 삼으려 했습니다. 일본의 분위기나 회장에 익숙해지려고요. 하지만 규칙을 잘 몰라서 규정 위반으로 실격당했습니다."

청년은 부끄러운 듯 머리를 긁적였다.

"앗!"

미에코는 저도 모르게 외마디 소리를 질렀다.

설마, 이 아이가, 그.

뚫어지게 바라보았다.

탁월한 실력으로 최고점을 기록했지만 연줄이 하나도 없어 실격당했다는 청년이 이 아이였나.

"마사루는 VICTORY를 의미하는 이름이라고 들었어."

너새니얼이 도발하듯 미에코를 쳐다보았다.

"이쪽은 사가 미에코. 내 오랜 친구야."

"익히 들었습니다. 잘 부탁드립니다."

마사루는 눈을 빛내며 손을 내밀었다.

그 아름다운 커다란 손을 움켜쥐며, 미에코는 내심 한숨을 쉬었다.

VICTORY와 DUST라니, 처음부터 승부는 뻔하네.

미에코는 유리 너머로 힐끗 광장을 쳐다보았다.

짙은 어둠과 함께 밤이 깊어간다. 몇 시간 후면 콩쿠르 개막이다.

즈이즈이줏코로바시

"역시 본선에는 이 빨간 드레스겠지?"

진지한 얼굴로 고민하는 가나데에게 아야는 쓴웃음을 지었다.

"본선에 올라갈 수 있을지 없을지도 모르는데."

농담처럼 가볍게 말하려고 했는데 가나데는 매서운 얼굴로 아야를 돌아보았다.

"아야, 아직도 그런 말을 해? 애, 세상에는 콩쿠르에 나가고 싶어도 서류 심사나 오디션에서 떨어지는 사람이 부지기수야. 그런 마음가짐으로 나갈 거면 그만둬. 아버지 눈치는 안 봐도 되니까."

"미안해."

아야는 기가 죽어 민망한 얼굴로 다다미 위에 펼쳐진 드레스를 훑어보았다.

요시가에 국제 피아노 콩쿠르 개최 하루 전, 낮에 연주 순서 추첨이 끝나자 아야는 곧장 도쿄로 되돌아왔다.

이곳은 대학 근처에 있는 하마자키 학장의 집이다.

당당한 일본 가옥으로 넓은 정원은 울창하고 어둑하다.

현재 주인이 없는 이곳에서 넓은 안방이 미어터져라 드레스를 잔뜩 펼쳐놓은 사람은 하마자키의 차녀 하마자키 가나데와 에이덴 아야다.

무대에서 입는 드레스는 소녀의 꿈이다. 발표회 드레스를 입고 싶어서 피아노를 배우기 시작한 아이도 많을 것이다.

하지만 연주자가 되면 드레스는 귀찮은 존재이기도 하다.

거치적거린다. 돈이 든다. 게다가 몇 번씩 입을 수도 없다.

콩쿠르의 경우, 보통 여자는 참가할 때마다 드레스를 바꿔 입는다. 이번 요시가에 국제 피아노 콩쿠르는 1차, 2차, 3차, 본선이 있으니 본선까지 남을 경우 네 벌이 필요하다. 사실 같은 옷을 입어도 상관은 없지만 현실적인 문제로 한 번 연주하면 땀범벅이되고 신속 클리닝을 맡겨도 때를 못 맞추거나 비용이 많이 든다.

대여할 수도 있지만 착용감은 연주에도 미묘한 영향을 주기때문에 역시 여자 입장에서는 몸에 익은 자기 옷을 입고 싶은 법이다.

아야는 남들 앞에서 연주했던 게 워낙 오래전 일이라 드레스가 한 벌도 없었다. 열세 살까지 입었던 무대의상은 전부 어머니가 만들어준 옷이었다. 원래 편하고 보이시한 차림을 좋아해서바지 정장을 입고 연주할까 생각하던 참이었다.

어쨌거나 마지막으로 콩쿠르에 나갔던 게 초등학생 때였고,시니어 콩쿠르에 참가하기는 처음이라 예비지식이 전무했다.

직전에 가나데가 지나가는 말로 "어떤 의상을 입을 거야?"라고 묻기에 "집에 있는 바지 정장"이라고 대답했더니 가나데가 경악하면서 "말도 안 돼!"라고 맹렬하게 반대했다. 바지 정장은 이상하기도 하거니와 연주 효과를 생각하면 역시 여자는 드레스를입어야 빛이 난다는 것이었다.

하마자키가의 두 딸 중 장녀 하루카晴歌는 성악을 해서 현재이탈리아에 유학 중이고, 바이올린을 연주하는 차녀 가나데奏는아야와 같은 대학의 2년 선배다(두 사람 다 이름 뜻에 걸맞은 인생을 살고 있으니 역시 이름은 중요하다).

하마자키가 부탁했는지도 모르지만 가나데는 입학 때부터 이래저래 아야를 돌봐주었다. 처음에는 의무감도 있었겠지만 야무진 가나데와 느긋한 아야는 죽이 잘 맞아 지금은 친자매나 다름없었다.

하마자키 자매에게는 개인 의상도 있었고, 아야와 체격도 비슷해서 급히 옷을 빌려주겠다고 나섰다.

아야는 단순한 디자인이나 모노톤 의상이 좋아서 무심결에 어두운 색을 고르는데, 피아노가 검은색인 데다 본선에서는 오케스트라와 협연을 하는데 오케스트라 단원들이 검은 옷을 입으니 묻히고 만다. 콩쿠르라는 무대에서는 관객의 인상에 남는 것도 중요하기 때문에 가나데는 최대한 눈에 확 띄는 밝은 색을 골라야 한다고 주장했다.

피아니스트뿐만 아니라 여성 연주자는 어깨를 압박하는 의상을 싫어해 민소매를 고르는 경우가 많다. 비스체 타입도 유행하고 있지만 아야는 아무래도 그런 옷은 거북했다. 얇은 끈이 달린 드레스도 어깨가 처져서 어깨끈이 흘러내릴까 봐 신경 쓰인다. 결국 수도 없이 입어본 끝에 민소매 원피스 타입을 골랐다. 드레스가 신경 쓰여 연주에 집중하지 못한다면 그런 주객전도가 없다. 옷자락을 밟았다, 연주 중에 힘을 줬더니 찢어졌다, 어깨끈이 흘러내렸다, 불편해서 집중을 못 했다 등등. 예쁘지만 연주하기 불편한 드레스에 관한 무서운 일화는 선배들에게 수도 없이 들었다.

가나데는 아는 기타리스트가 특별히 주문해 만든 셔츠를 구경한 적이 있다고 했다. 보통 셔츠는 앞판과 뒤판, 소매로 이루어지는데 어깨와 팔을 편하게 하려고 마치 박쥐연을 두 장 겹친 것처럼 앞판과 좌우 소매가 하나로 이어진 천과 뒤판과 좌우 소매가 하나로 이어진 천을 맞댄 옷이었다고 한다.

이것도 아니다, 저것도 아니다, 한참 고민한 끝에 네 벌의 드레스가 남았다. 색은 제각각이었다. 주홍에 가까운 붉은색, 밝은 파란색, 진한 초록색, 반짝이가 달린 은색. 이 의상을 어떤 순서로 입을지 둘이서 고민하고 있었던 것이다.

가나데는 아야의 고민을 알고 있었다.

아버지가 아야의 입학을 추천한 것도 알고 있었고, 그 일을 은혜로 여기는 아야가 마지못해 콩쿠르에 나가기로 했지만 실은 그다지 내켜하지 않는다는 것도, 상을 받을 욕심이 전혀 없다는 것도 알았다.

"들어봐, 아야."

가나데는 조용히 말을 꺼냈다.

"너 말이야, 내가 자꾸 널 챙기는 게 아버지한테 부탁받아서 그런 줄 알았지?"

"어?"

아야는 움찔 놀랐다.

이런 곳에서 갑자기 그런 말을 들을 줄이야. 게다가 한때는 정말 그렇게 생각했던 일을 지적당할 줄은 몰랐다.

"나, 네 팬이었어."

가나데는 매서운 표정으로 말했다.

"이래 봬도 어렸을 때부터 아버지한테 귀가 밝다는 칭찬을 들으며 자랐어. 어떤 악기 콩쿠르를 들으러 가도 언제나 입상하는 아이, 훗날 데뷔할 아이를 정확히 알아맞혔어. 나중에는 아버지가 '누구일 것 같니?' 하고 내게 물을 정도였다니까."

홀륭한 연주가는 반드시 그렇다고 해도 될 정도로 귀가 밝은데, 가나데의 청각이 특출하다는 것은 아야도 알고 있었다. 정확한 절대음감뿐만 아니라 비평성이라는 면에서도 직감과 분석의 균형이 절묘하다. 좋아하는 음악 장르도 다양해 인디 밴드도 즐겨 듣는다. "얘들 분명히 데뷔할 거야"라고 아야에게 말한 밴드가 메이저로 데뷔한 적이 몇 번이나 있어, 그 정확한 청각에 놀라곤 했다. 가나데의 연주는 화려한 멋은 없지만 젊은 나이에 어울리지 않는 성숙한 어른의 소리라 전문가들 사이에서는 평판이 높다.

"네 연주를 처음 들었을 땐 깜짝 놀랐어."

가나데가 한숨을 쉬듯 중얼거렸다.

"아버지한테 배우는 학생들 때문에 연주는 질리도록 들었고, 기술이 뛰어난 신동도 많았지만 넌 특별했어. 난 네 음악성에 이끌렸어. 넉넉하고 풍요로우면서도 날카로운 통찰력이 있었어."

아야는 간질간질했다. 도저히 자기 얘기 같지 않았다.

"엄청 흥분해서 아버지한테 '쟤는 분명히 굉장해질 거야!'라고 몇 번이나 말했던 게 기억나. 그냥 자신감이 아니라 확신이었어."

아야는 머리를 긁적였다.

"그랬는데."

가나데가 갑자기 커다란 눈을 부릅뜨고 아야의 얼굴을 들여다보는 바람에 아야는 바짝 얼어붙어 손을 멈췄다.

"느닷없이 피아노를 그만뒀다지 뭐야? 무척 놀랐고, 솔직히 체면이 말이 아니었어. 지금이니까 하는 말인데 배신이라도 당한 것처럼 너무 굴욕적이었어."

"미안해."

아야는 반사적으로 사과했다.

가나데는 콧방귀를 뀌더니 표정을 누그러뜨렸다.

"그리고 몇 년 지나서, 재작년이었나? 어느 날 밤 아버지가 집에 돌아오자마자 나를 찾더니 이러는 거야. 역시 가나데 네 귀는 정확했구나, 라고."

아야는 깜짝 놀랐다.

"그건……."

가나데가 끄덕였다.

"아버지가 너희 집에 찾아가 쇼스타코비치 피아노 소나타를 들은 날이야."

가나데가 생긋 웃었다.

"널 반드시 우리 대학에 입학시키겠다는 말을 듣고는 정말 기뻤어. 아버지가 '입학시키고 싶다'가 아니라 '입학시키겠다'고 했다고. 겉보기엔 온화하지만 사실은 굉장히 엄격한 분이야, 우리 아버지는."

"하마자키 선생님이."

아야는 몸이 서서히 따스해지는 것을 느꼈다.

"그럼 내가 대학에 들어갈 수 있었던 건 가나데 덕분이네."

"그래! 내 덕분이야! 고마워해!"

가나데는 하하하, 하고 요란하게 웃었다.

"뭐, 아버지가 내 감 하나만 믿고 움직였을 리는 없으니, 애당초 널 계속 염두에 두었던 거겠지만."

아야는 어쩌면 어머니가 생전에 뭔가 부탁했을지도 모른다고 생각했다.

"어쨌거나 내 체면과 자존심이 달려 있으니 콩쿠르에서 열심히 해야 해. 알았어?"

가나데가 다그치자 아야는 순순히 고개를 끄덕였다.

"자, 어느 옷으로 승부에 나설 거야?"

둘이서 다시 네 벌의 드레스를 찬찬히 비교했다.

"본선은 이걸로 할래."

잠시 후 아야는 가장 깔끔한 은색 드레스를 가리켰다.

"이건 너무 수수하지 않아?"

가나데가 갸웃거렸다.

아야는 단호하게 고개를 저었다.

"아니야, 그렇지 않아. 난 이게 제일 좋아. 내 이름에는 '밤夜'이라는 글자가 들어 있잖아? 달빛 같아서 왠지 이게 마음에 쏙 들어."

그러네, 아야가 그렇게 말한다면 괜찮겠지, 하고 가나데도 이해해주었다.

"본선에서 이 드레스를 입을 수 있도록 힘낼게. 고마워, 가나데."

아야가 똑바로 쳐다보며 진지하게 말하자, 이번에는 가나데가 쑥스러운 표정을 짓더니 눈을 피했다.

하마자키가를 뒤로하고 밖으로 나오자 저도 모르게 작은 한숨이 흘러나왔다.

기온이 뚝 떨어졌다.

역시 늦가을. 뺨을 때리는 차가운 공기에 눈이 번쩍 뜨이는 기분이었다.

가나데의 말에 기뻤고 감격도 했지만, 이렇게 밖으로 나오니 다시 기분이 가라앉아 부정적인 생각이 되살아난다.

내일부터 콩쿠르인데 역시 실감이 나지 않는다.

가나데 말처럼 정신 차리고 집중해야지.

어쨌거나 아야의 출연은 마지막 날. 번호는 88번. 길한 숫자라는 말을 믿는 건 아니지만 새삼 압도적인 참가자 수에 놀랐다.

어째서 이제 와 남들 앞에서 채점을 당해야 하나?

아야는 미련스럽게 몇 번이나 같은 고민을 되풀이하고 있었다.

지금도 충분히 충실한 음악 생활을 하고 있다. 물론 앞으로 음악을 직업으로 삼고 싶다는 마음은 있지만 콘서트 피아니스트가 된다는 선택지는 생각해본 적이 없었다. 스튜디오 뮤지션이라면 또 몰라도 원래 남들 앞에서 연주할 체질이 아니라는 생각마저 들었다.

마음에 걸리는 문제는 하나 더 있었다.

얼마 전에 학교로 아야를 취재하고 싶다는 방송국 요청이 들어왔다. 콩쿠르 과정을 밀착 취재해 다큐멘터리를 만들고 싶다는 것이다. 요시가에에 참가하는 학생은 그 외에도 여럿 있는데 그쪽에서는 아야를 지목했다. 바로 정중히 거절하기는 했지만 불쾌했다.

'천재 소녀의 부활'이라는 그림을 찍고 싶은 속내가 뻔히 보였다.

무대 위에서 스스로 모습을 감춘 소녀가 다시 돌아왔다. 돌아가신 어머니에게 바친다는 말이라도 하면 기뻐 날뛰겠지. 콩쿠르에 참가하는 게 세상에는 그렇게 비칠 거라 생각하니 우울했다.

그때 콘서트 피아니스트를 그만둔 것을 후회한 적도 없고, 좌절하지도 않았다. 음악을 깊이 사랑한다. 음악을 멀리하려 했던 적도 없다. 그것을 계속 무대로 돌아오고 싶었다거나 겨우 극복했다는 식으로 보는 건 참을 수 없다. 아야는 느긋하고 너그러운 성격이지만 몹시 변덕스러운 면도 갖고 있었다. 그런 그녀의 일면이 다른 사람이 기대하는 '부활'을 주저하게 만드는 것이다.

뭐, 이러다가 부활은커녕 1차에서 떨어지기라도 하면 웃음거리지.

아야는 홀로 쓴웃음을 지었다.

하마자키가에서 가까워 그런지 발길이 자연히 대학으로 향했다.

밤은 이미 깊었지만 학교는 휘황히 밝았다.

기본적으로 연습실은 스물네 시간 사용할 수 있다. 중요한 콩쿠르나 시험, 교내 콘서트를 앞두고 있을 때는 말 그대로 불야성으로 변한다.

연습실을 들여다보려고 했던 것은 이대로 기쁨과 망설임이라는 답답한 감정을 품은 채로 집에 돌아가기 싫었던 데다, 의상을 고르느라 지쳐서(드레스를 입는 건 꽤나 긴장되고 피곤한 일이다) 편한 차림으로 피아노를 만지고 싶었기 때문이었다.

연습실 건물은 예상대로 거의 다 차 있었다. 방음문 너머로 살기등등한 쇼팽의 에튀드나 베토벤 소나타가 들려왔다. 요시가에에 참가하는 학생을 두 명 보았다. 복도에는 막바지의 긴장감과 늦은 밤 시간으로 인한 피로감이 너울거렸다.

아야가 좋아하는 피아노가 있는 방은 다른 사람이 쓰고 있어 그다음으로 좋아하는 피아노가 있는 방으로 향했다.

뚝, 걸음을 멈췄다.

한 연습실에서 흘러나오는 피아노 소리가 그녀의 발길을 붙들었다.

어? 뭐야, 이거?

순간 자기가 듣고 있는 게 뭔지 알 수 없었다.

형용할 수 없는, 소리의 덩어리.

멜로디를 구분할 수 없다. 들어본 적 없는 프레이즈.

재즈 피아노?

가만히 귀를 기울였다.

처음 듣는 소리였다. 피아노과 학생들의 소리는 대강 기억하고 있어서 조금만 들어보면 누가 연주하는지 대부분 알 수 있다.

작곡과 학생일까? 아야는 문으로 다가가 귀를 갖다 댔다.

작곡과에는 재즈 밴드를 만들어 활동하는 학생이 몇 명 있다.

하지만 듣는 사이에 몸이 서늘히 식었다.

목이 바짝 탔다.

아니야. 굉장해. 굉장히 훌륭해. 피아노과 학생만큼, 아니, 그런 수준이 아니야. 뭔지 잘 모르겠지만 굉장해.

무엇보다 소리가 컸다.

먼저 그것이 아야의 발길을 붙잡았다는 것을 깨달았다. 방음문 너머로 들려오는 소리는 다들 비슷하다. 소리의 개성이나 장식물은 싹 빠지고 균일화된 평탄한 소리로 들려오는 것이다.

그런데 다른 방에서 들려오는 귀에 익은 소리와는 달리 이 방에서 들려오는 소리에는 문을 부술 것처럼 굵은 윤곽이 있었다.

거짓말. 피아노를 이 정도로 연주할 수 있는 학생이 여기 있다니.

아야는 우뚝 얼어붙었다. 심장이 벌렁거렸다.

엄청난 패시지. 게다가 옥타브로 연주하고 있는데 빠지는 음이 하나도 없어 전혀 빈틈을 찾을 수 없다.

이런 복잡한 패시지를 고르게 연주할 수 있다니.

아야는 온몸에서 핏기가 가시는 감각을 공포에 가까운 경악과 함께 느꼈다.

나, 지금 굉장한 걸 듣고 있어. 콩쿠르 전날 밤, 대학교 연습실에서 온몸이 술렁거리는 흥분을 맛보고 있는 거야.

갑자기 피아노의 터치가 돌변해 아야는 깜짝 놀랐다.

지금까지 숨이 멎을 것처럼 빠른 템포로 휘몰아치던 소리가 힘을 쪽 뺀 편안한 무드로 바뀌었다.

룸바. 룸바 리듬이야.

아야는 진한 리듬을 새기는 왼손에 오른손으로 넣는 멜로디가 낯설지 않다는 것을 깨달았다.

응? 뭐더라, 이거. 아는 곡인데. 거의 즉흥 연주지만 이건 분명…….

다시 문에 귀를 댄 순간 번득 떠올랐다.

즈이즈이즛코로바시*다! 이 사람, 즈이즈이즛코로바시를 룸

---

* 공물을 걷어 가는 관리들이 집 앞을 지나간다는 말을 듣고 아이들이 허둥지둥 숨는다는 내용의 일본 고전 동요.

바로 연주하고 있어!

더는 참지 못하고 아야는 네모난 창문으로 안을 들여다보았다.

눈에 가장 먼저 들어온 것은 다갈색 모자였다.

낡은 모자가 좌우로 흔들거리고 있다.

그 모자의 주인이 어린 소년이라는 걸 알 수 있었다.

그는 의자에 앉지도 않고 선 채로 몸을 흔들며 피아노를 치고 있었다.

역시 모르는 아이다.

아야는 고개를 요리조리 돌려 그의 얼굴을 보려고 애썼다.

우리 학교 학생 중에 저런 애는 없는데. 꽤 어리네. 혹시 고등학생인가?

그는 한참 내키는 대로 룸바를 연주하다가 천장을 훌쩍 올려다보더니 이어서 벽을 쳐다보았다.

순간, 연주를 멈추었다.

그러더니 갑자기 쇼팽 에튀드 1번을 연주하기 시작했다.

앗!

아야는 저도 모르게 복도를 돌아보았다.

틀림없다. 다른 연습실에서 아까부터 집요하게 쇼팽 에튀드 1번 도입부를 연습하고 있는 학생에게 맞추어 연주하고 있는 것이다.

세상에. 저걸 연습실 안에서 어떻게 듣고?

아야는 오싹했다. 하지만 멀리서 들려오는 곡과 그가 연주하는 곡은 완벽하게 맞아떨어졌다. 그에게는 들리는 것이다.

그러다가 돌연 소리가 탁해졌다. 귀에 거슬리는 괴상한 소리로 변했다.

아야는 혼란스러웠다. 실수한 걸까?

하지만 프레이즈는 그대로다. 파도가 밀려들었다가 멀어져가는 듯한 그 웅장한 프레이즈를…….

온몸에 소름이 돋았다.

알겠다. 그는 완전히 똑같은 프레이즈를 반음만 내려서 맞은편 학생과 나란히 연주하고 있는 것이다.

연주하는 모습은 지극히 자연스러웠다. 설렁설렁 하는 느낌이었다. 운지에 애먹는 기색도 없이 태연히 연주하고 있다.

여전히 몸을 흔들고 있던 그가 문득 문을 돌아보았다.

아야와 눈이 딱 마주쳤다.

하얀 얼굴에 담긴 커다란 눈이 휘둥그레졌다.

피아노가 멎었다.

너무나 갑작스러운 일이라 아야는 시선을 떼지도, 문 앞에서 달아나지도 못하고 그대로 그와 마주 보고 있었다.

그도 눈을 크게 뜨고 장난치다 들킨 아이처럼 입을 우물거리고 있었다.

사랑받고 있다.

소년의 얼굴을 처음 보았을 때, 아야의 머릿속에 떠오른 것은 그런 말이었다.

이 아이는 음악의 신에게 사랑받고 있다.

어째서 그렇게 생각했는지는 모르겠다. 하지만 그 얼굴을 본 순간, 아야는 그렇게 생각했다. 성스러움, 무구함. 평소 써본 적 없는 그런 표현이 갖는 이미지를 그의 얼굴에서 직감한 것이다.

소년은 모자를 벗고 갈팡질팡했다.

바닥에 내려놓았던 자루 같은 가방을 집어 들더니 허둥지둥 방에서 튀어나왔다.

"죄송합니다, 죄송합니다!"

소년은 고개가 떨어질 기세로 아야에게 사과했다.

"왜 그래? 왜 사과를 해?"

아야가 물었지만 그는 이미 도망칠 태세였다.

"죄송해요. 안 되는 줄 알았지만 길을 가는데 피아노 소리가 들려서, 좋은 피아노라 그만."

소년은 자꾸 고개를 숙이며 뒷걸음질을 쳤다.

"전 좋은 피아노를 만져본 적이 별로 없어서. 그래서 그게."

"뭐?"

아야는 눈을 껌뻑거렸다.

건물 밖에서, 이렇게 방음이 확실한 연습동 피아노 소리를 들었다고?

"잠깐! 넌 누구야?"

소년은 모자를 뒤집어쓰더니 토끼처럼 쏜살같이 달아났다.

"잠깐만! 이름을 알려줘!"

아야는 황급히 소년의 뒤를 쫓았다.

하지만 소년은 재빨랐다. 순식간에 현관 밖으로 뛰쳐나가더니 대학교 정문 반대쪽, 뒤뜰 벽을 향해 달려가는 그림자로 변했다.

"설마."

아야는 얼이 빠져 어둠 속의 그림자를 바라보고 있었다.

대체 어디를 디딤돌로 밟은 건지, 벽돌담을 훌쩍 뛰어넘는 게 보였다.

거짓말. 불법 침입이었다는 거야?

저렇게 한참이나 어린 아이가. 저 아이가 음대 학생보다 피아노를 더 잘 친다는 거야?

아야는 콩쿠르도, 드레스도, 방송 취재도 전부 까맣게 잊고 아연히 현관에서 밤의 어둠을 바라보고 있었다.

평균율 클라비어곡집 제1권 제1번

마사루 카를로스 레비 아나톨은 아침 6시, 호텔 방에서 알람 시계가 울리기 직전에 눈을 번쩍 뜨고 울어대려는 시계를 얼른 껐다.

사실 그는 알람 소리를 듣고 깬 적이 손에 꼽을 정도밖에 되지 않는다. 언제나 일어나고 싶은 시간에 눈이 재깍 뜨이기 때문에 솔직히 알람 시계는 필요 없지만 소위 보험 삼아 늘 맞춰놓는다.

일본에 오면서 생긴 시차는 며칠 지내는 사이 사라졌다.

마사루는 일어나서 제일 큰 사이즈인데도 깡똥한 유카타를 벗고 커튼을 활짝 열어젖혔다.

해안 도시인 요시가에가 한눈에 보였다. 저 멀리 커다란 곡선을 그리는 태평양이 펼쳐졌다. 엷은 구름이 끼어 있었지만 하늘은 밝았다. 푸른색과 회색이 뒤섞여 아련히 빛나는 바다가 아름다웠다. 마사루는 무심코 탄성을 내지르며 그 풍경을 한참이나 바라보았다.

일본에서 보는 태평양은 신기하게 색채가 있는데도 수묵화 같았다. 축축하게 가라앉은 공기 너머로 보기 때문일까? 미국 서해안에서 보는 것과 같은 바다라니 믿을 수가 없다.

오늘도 에너지가 넘친다. 마사루는 기지개를 쭉 켜고 스트레칭을 했다. 그런 다음 세수를 하고 조깅복으로 갈아입은 뒤 엘리베이터를 타고 내려와 천천히 달리기 시작했다.

인적 없는 요시가에의 아침은 상쾌해서 기분이 좋았다. 뺨에 닿는 서늘한 공기도 쾌적했다.

산책하는 개의 경쾌한 발소리, 신문 배달 오토바이의 엔진 소리.

저건 일본의 소리. 조금 달리다가 걸음을 멈추고 몇 소절 쉬었다가, 다시 달린다.

달리는 그를 본 사람들은 십중팔구 무슨 운동선수라고 생각할 것이다. 장신에서 뻗어 나오는 당당한 걸음, 튼튼한 어깨와 팔의 근육.

실제로 그는 한때 높이뛰기 선수였고, 줄리아드음악원에 들어간 지금도 음악가는 운동선수라고 생각하고 있다.

현지에서 만나는 피아노는 곧 날씨에 좌우되는 트랙이고, 무대는 경기장이며, 홀은 스타디움이다. 네트워크로 연결되어 모든 걸 책상 위 컴퓨터와 전뇌 공간 안에서 처리할 수 있는 현대 사회에서는 신체 활동이 드물다. 그렇기에 더더욱 현실의 음악가에게 강인한 육체가 요구된다. 손가락 길이와 손의 크기부터 시작해 어깨나 손목의 유연성, 폐활량, 호흡의 깊이, 순발력 있는 근육, 세심하게 다듬은 숨은 근육에서 발휘되는 지구력. 그 모든 것이 아름다운 피아니시모와 포르티시모로, 곡에 대한 겸허하면서도 심오한 이해와, 여유롭게 곡을 연주해내는 포용력으로 이어진다. 그리고 그는 그 모든 것을 겸비하고 있었다.

마사루는 보폭과 호흡을 맞춰 온몸에 산소가 운반되는 상상을 했다.

그는 조깅을 할 때 음악을 듣지 않는다.

그래도 머릿속에는 도도한 바흐가 흐른다. 아침의 음악은 바흐다. 1차 예선 과제이기도 한 평균율 클라비어. 오늘 아침은 굴드가 아니라 레온하르트의 연주로.

오하요, 일본.

마사루는 일본어로 중얼거려보았다.

다섯 살 때부터 일곱 살까지 3년 동안 일본에서 살았다.

솔직히 기억은 가물가물하다. 일상 회화 정도라면 어려움 없이 일본어로 말할 수 있어 집에서 제일 가까운 공립 초등학교에 들어갔는데 석 달도 버티지 못했던 것이다.

낙천적인 성격 때문인지 본인은 마음에 오래 담아두지 않았지만 그때 느꼈던 '혼자만 다르다'는 싸늘한 잿빛 공기 같은 분위기는 지금도 어렴풋이 기억한다. 묘하게 밋밋하고 균일한 다른 아이들, 그 균일한 집단이 하나의 얼굴로 그를 지그시 바라보는 듯한.

마사루 이상으로 충격을 받은 것은 어머니였다.

어머니 미치코는 일본계 3세 페루인으로, 어머니의 가족은 이민 1세대 때부터 몸이 바스러지도록 일해 뿌리를 내리는 데 성공한 사람들이었다. 마사루의 어머니는 일본인으로서는 쿼터였기 때문에 겉보기로는 동양인 같지 않았지만 일본계라는 것을 자랑스럽게 여겼다. 일본 교포 사회에 전해 내려오는 '노동을 고귀하게 여길 것, 약속을 지킬 것, 타인에게 친절하게 대할 것, 저축할 것, 공부할 것, 규칙적인 생활을 하고 가정과 주변을 항상 청결히 할 것'이라는 가치를 소중히 지켰다. 어머니의 형제들은 다들 우수해서 여러 요직을 맡았는데, 그중에서도 어머니는 대단히 우수한 성적으로 페루국립대학 공학부를 졸업해 프랑스로 유학을 갔다. 박사 학위를 딴 뒤에 원자력 관련 연구소에 들어가 거기서 만난 프랑스인 물리학자와 결혼해 마사루를 낳았다. 마사루의 복잡하고도 긴 이름은 그 때문이다.

곧 프랑스와 일본 원자력 기관의 업무 제휴로 부부는 함께 요코하마로 전근을 왔다. 어머니는 일본에 오는 게 처음이었고, 자신의 뿌리인 일본에서 사는 것에 기대를 품고 있었다. 일본의 교육 수준이 높다고 들었던 터라 마사루를 공립학교에 보내고 싶었던 모양이다.

하지만 어머니의 기대는 산산이 부서졌다.

아들은 일본에서, 일본 초등학교라는 '사회'에서 철저하게 거부당했던 것이다. 집으로 돌아온 아들의 책가방에는 누군가가 잔반을 집어넣어 썩은 내가 풍겼고, 아침에 집에서 나가려 하면 아들은 속에 들어 있던 음식을 모조리 게워냈다. 아들뿐만 아니라 일본 사회는 라틴계 용모를 가진 어머니에게도 차가운 벽을 쳤다. 갑갑하고, 자기가 이질적이라는 것을 깨닫게 되는 사회. 언제나 화사하고 발랄하고 아름다운 사람이었지만 한때 마사루 이상으로 어두운 표정을 한 채 매일 고민에 잠겨 있던 어머니를 떠올렸다. 결국 다시 프랑스로 돌아가기까지 열 달 동안, 마사루는 국제학교로 전학하는 수밖에 없었다.

어머니에게는 일본에서 겪은 일이 충격이었겠지만 사실 마사루는 그렇지만도 않았다. 분명 일본이라는 시스템에는 위화감을 느끼지 않을 수 없었고, 어머니를 낙담하게 만든 일본 사회에 화가 나기도 했다. 하지만 그것이 곧 일본이라는 나라의 매력이 가진 표리일체의 이면이라고도 생각했다.

그 갑갑한 초등학교는 불쾌했지만 본래 학교란 어디나 다 비숫하다. 딱히 프랑스가 대단히 훌륭했다고 생각하지도 않는다. 옛날부터 이민족을 자주 보아온 데다 오랜 식민 지배 경험으로 이민족을 대하는 데 체계가 잡혀 있었고, 사회적으로 대응할 매뉴얼도 있었지만 차별은 어디에나 존재했다. 하물며 이질적인 존재에 대한 아이들의 잔혹함은 어디나 똑같다. 그저 이질적인 요소가 워낙 주변에 많아 마사루가 눈에 띄지 않았을 뿐이다. 프랑스에서 3년쯤 살다가 이번에는 부모님이 둘 다 바다 너머로 전직하게 되었다. 열한 살 때 미국으로 옮겨 간 뒤로 점점 더 눈에 띄지 않게 된 것은 사실이지만.

마사루, 내가 데리러 왔어!

마사루는 무심코 뒤를 돌아보았다.

그 밝고 맑은 목소리만은 지금도 또렷이 기억한다. 아니, 벌써 10년도 넘었는데 점점 더 뚜렷해진다.

마사루가 피아노를 만난 것은 일본에서였다.

호텔로 돌아와 샤워를 한 마사루는 조식을 먹으러 레스토랑으로 갔다.

7시 20분이 지났지만 비즈니스맨이 대부분이었다. 콩쿠르 참가자로 보이는 사람도 몇몇 눈에 띄긴 했지만 그리 많지 않았다.

오늘부터 시작되는 1차 예선은 닷새 동안 열린다. 매일 점심 지나서 시작되기 때문에 비교적 느긋하게 일어나는 건지도 모른다. 오늘 출연하는 참가자라면 조금 천천히, 조식 시간이 끝나기 직전에 와서 점심 대신 먹는 게 적당할 것이다. 누구나 출연 시간에 맞춰서 연습한다. 혹 밥도 못 넘기고 제대로 잠도 못 자고 지금껏 정신없이 연습하는 아이도 있을지 모른다.

관객이 있으면 불타오르는 부류로 무대 공포증을 경험한 적이 없는 마사루는 다들 그런 줄 알았다. 콩쿠르가 다가오면 밥도 못 먹거나, 콩쿠르 날짜가 다가오면 입이 짧아져 홀쭉해지는 참가자가 있다는 말을 들었을 때는 깜짝 놀랐다. 세상에는 예민한 사람이 있고, 프로 음악가 중에도 그런 사람이 많다는 걸 줄리아드에 진학한 후에야 알았다.

마사루는 처음 콩쿠르에 참가했을 때 그 스릴에 감동했다. 마치 시합 같았다. 그것도 치열한 토너먼트다. 아드레날린이 더더욱 치솟지 않는가.

무엇보다 다양한 수준의 다양한 연주를 실제로 들을 수 있다는 게 재미있었다.

마사루, 대체 무슨 속셈이야? 네가 이런 연주를 얌전히 계속 들을 필요가 어디 있어?

황당해하던 누군가의 목소리가(아마 함께 참가했던 줄리아드 학생이었던 것 같다) 떠올랐다. 마사루는 첫날부터 모든(물론 본인의 앞뒤 연주는 들을 수 없었지만) 참가자의 연주를 들었다.

어, 하지만 재미있잖아. 이렇게 여러 사람들의 연주를 실컷 들을 수 있는 기회는 별로 없으니까.

마사루가 진심으로 '재미있다'고 생각한다는 것을 안 그는 기가 막혔던 모양이다.

그는 마사루가 제니퍼 챈처럼 "서툰 피아노는 귀가 나빠지니까 듣지 않아"라고 말할 줄 알았던 걸까?

물론 지루한 연주도 있었다. 기술적으로 문제가 있는 연주도 있다. 하지만 그 이유가 무엇인지, 어떻게 하면 개선할 수 있는지 생각하는 것도 재미있었다.

마사루는 우리보다 훨씬 지도자 자질이 있구나, 하고 담당 교수 너새니얼 실버버그가 종종 놀랄 정도로 마사루는 타인의 연주를 자주 들었다.

국적, 성격, 담당 교수의 습관. 어째서 같은 피아노로 같은 곡을 연주하는데 이토록 다른 걸까? 콩쿠르는 마치 쇼케이스 같아서 아무리 들어도 질리지 않았다. 이 악기에 매료되어 막대한 시간을 들여 연습하는 청년들이 전 세계에 있다고 생각하니 새삼 피아노라는 악기의 마력을 느낄 수 있었다. 그렇다, 그가 처음 피아노 소리에 마음을 빼앗겼을 때처럼.

마아 군, 내가 데리러 왔어.

소녀는 한 살인가 두 살 위였다.

반짝거리는 커다란 눈에 곧게 뻗은 길고 검은 머리카락.

으응, 응.

마사루는 일부러 늘 현관에서 투정을 부리며 내키지 않는 시늉을 했다.

그러면 소녀는 마사루의 손을 꼭 잡고 앞장서서 걸음을 뗀다. 마사루는 그녀가 그래주기를 기다렸던 것이다. 그 보드라운 손의 감촉에 마음을 빼앗기며, 함께 피아노 학원에 갔다.

학원에 간다고 해도 마사루는 어쩌다 소녀의 수업에 끼게 된 것뿐이었다. 소녀도 그렇고, 선생님도 그렇고, 지금 생각하면 참으로 관대했다.

수업 자체도 굉장히 파격적이었다. 그 선생님 댁에서는 언제나 다양한 음악이 흘러나왔다. 록도, 재즈도, 유행가도 엔카도 있었다. 당시 특히 마음에 들었던 아오에 미나의 〈이세자키초 블루스〉와 야시로 아키의 〈뱃노래〉만은 지금도 부를 수 있다.

마아 군은 허스키한 목소리를 좋아하는구나. 취향이 중후하네. 선생님과 소녀가 그렇게 감탄했던 게 기억났다.

다양한 음악에 맞춰 피아노를 치거나, 즉흥으로 곡을 만드는 사이에 선생님과 소녀는 둘이서 음계를 연주하기도 하고 어떤 곡은 함께 연주하기도 했다. 그러면 점점 집중해 어느새 시간이 훌쩍 지나 있었다.

피아노를 연주할 때의 소녀는 나이를 전혀 느낄 수 없었다. 겉보기는 자그마한 소녀인데 그 안에는 성스러움마저 느껴지는 커다란 여유가 있었다.

피아노를 배우면 누구나 그렇게 되는 줄 알았지만, 그녀의 수준은 말도 안 되게 높았으니 아마도 기초 연습 단계는 이미 지났으리라. 그가 처음 만난 신동이 바로 그녀였다. 그만큼 연주할 수 있다면 나름대로 이름을 떨칠 법도 한데.

하지만 사실 마사루는 그녀의 이름을 기억하지 못해서, 이후 인터넷을 쓸 수 있게 된 뒤로도 찾아보지는 않았다. 어려운 이름이었던 것 같은데 어차피 서로 마아 군, 아짱이라고만 불렀으니 어쩌면 그녀도 마사루의 이름을 기억 못 할지 모른다.

애초에 그녀와 알게 된 것도 사소한 계기 때문이었다.

집은 가까웠지만 그녀는 사립 초등학교에 다녀서 학교에서는 만날 수 없었다.

하지만 집 앞을 지날 때마다 들려오는 피아노 소리는 귀에 익숙했다.

어느 날, 그 집에서 높은음자리표 자수가 달린 가방을 들고 나오는 소녀와 맞닥뜨렸다. 뭐랄까, 그녀의 얼굴은 같은 반 아이들과는 완전히 달랐다. 무슨 생각을 하는지 모를 동급생들과 달리 안에서 빛을 뿜어내는 듯한, 본질적인 광채가 있어 얼굴 표정이 눈에 확 들어왔던 것이다.

항상 피아노를 치는 게 너야?

저도 모르게 말을 걸었는데, 소녀는 흥미진진한 눈으로 마사루를 쳐다보았다.

응, 맞아. 넌?

난 마사루. 난 그 부분이 좋던데, 언제나 그 뒤에 조금 느려지지만.

마사루가 그 프레이즈를 흥얼거리자 소녀가 눈을 동그랗게 떴다.

와, 너 귀가 밝구나. 거기, 내가 잘 못 치는 부분이야. 아무래도 소리 연결을 이해할 수가 없어.

소녀는 잠깐 생각에 잠기더니 마사루에게 물었다.

너 지금 바빠?

응? 마사루는 어안이 벙벙했다.

나랑 선생님한테 가자, 분명 재미있을 거야. 응, 그러자, 가자, 마아 군.

그때도 그녀는 마사루의 손을 잡고 성큼성큼 걸음을 서둘렀다.

느닷없이 라틴계 외모의 소년을 데려왔는데도 선생님은 "어라, 친구니?" 할 뿐 전혀 놀라지 않았다.

응, 마아 군이야. 얘 귀가 진짜 밝아!

소녀는 확신에 찬 목소리로 고개를 끄덕였다.

그때 거기서 그녀를 만난 신비한 운명을 곱씹는다. 소녀는 소년의 재능을, 아마도 본능에 가까운 직감으로 꿰뚫어 본 것이리라.

실제로도 선생님은 곧 마사루의 뛰어난 청각에 놀랐다.

마사루는 절대음감을 갖고 있어 한번 들은 소리는 바로 재현할 수 있었다. 선생님은 편안하게 마사루에게 기초를 가르쳤다. 마사루의 집에는 피아노가 없었기 때문에 복습은 할 수 없었지만.

얼마 지나지 않아 간단한 곡이라면 소녀와 둘이서 연탄도 할 수 있게 되었다. 피아노 의자에 나란히 앉아 함께 큰 소리로 노래하며 연주할 때의 즐거움은 잊을 수 없다.

선생님은 흠, 하고 감탄 어린 목소리로 중얼거렸다.

놀랍구나. 너희는 어딘가 닮은 구석이 있어. 몸속에 커다란 음악을 가지고 있는데, 그 음악이 강하고 밝아서 좁은 곳에 결코 가둬둘 수 없는 것 같구나.

마아 군이 내는 소리는 바다 같아. 그렇죠, 선생님?

바다? 선생님과 마사루는 동시에 되물었다.

응. 새파란 하늘 밑에서, 아득히 넓은 바다에서 파도가 철썩 다가오는 것 같아. 갈매기가 날다가 이따금 파도 위에 내려앉아 참방거리는 거야. 마아 군의 바다니까 갈매기도 안심하고 쉴 수 있어.

절묘한 표현이네, 하고 선생님은 웃었다.

하지만 마사루는 웃을 수 없었다. 소녀의 말에 가슴이 벅차올랐다. 소녀가 마사루를 칭찬해준 것, 인정해준 것, 그리고 이 천재 소녀가 하는 말이니 빈말 같은 게 아니라 '정말로' 마사루의 소리가 그렇다고 믿을 수 있다는 게 기뻤다.

마사루가 프랑스로 돌아갈 때, 선생님이 말씀하셨다.

마아 군은 멋진 소리를 갖고 있어. 프랑스에 가서 피아노를 제대로 배우면 좋겠구나. 만약 배우지 않더라도 음악을 사랑해주렴. 분명 네 자산이 될 거야.

소녀는 펑펑 울면서 너무해, 너무해, 함께 라흐마니노프를 연탄할 수 있을 때까지 연습하자고 했잖아, 하고 발을 동동 구르며 화를 냈다.

하지만 울다 지쳐 힘없는 목소리로 피아노 계속 쳐, 약속이야, 하고 새빨간 눈으로 그 높은음자리표가 달린 악보 가방을 마사루에게 주었다.

프랑스로 돌아온 마사루는 부모님에게 피아노를 배우고 싶다고 말했다.

그때까지 바라는 것을 먼저 확실하게 말한 적이 없었기 때문에 부모님은 깜짝 놀랐지만 그래도 받아들여주었다. 마사루는 그 가방에 악보를 넣어 근처에 사는 음대생의 집에 레슨을 받으러 다니기 시작했다.

마사루가 몇 번 레슨을 받았을 때, 음대생이 놀라서 부모님에게 연락했다. 자기 은사를 소개할 테니 꼭 본격적으로 가르쳐보라고 권했던 것이다. 어찌어찌하는 사이 마사루는 두각을 드러냈고 2년쯤 지나자 신동으로 소문이 났다. 그는 자신의 소리를 갖고 있었던 것이다.

잘 들어, 마사루.

요시가에 국제 피아노 콩쿠르에 참가하기로 결심했을 때, 너새니얼 실버버그가 말했다.

너는 스타야. 화려함이 있어. 아우라도 있고. 타고난 훌륭한 음악성이 있어. 게다가 강인하고 관대한 정신력도 있지.

너새니얼은 마사루를 매섭게 노려보았다.

다른 학생들에게는 이런 말을 하지 않는다. 중압감을 주거나 자만하게 만들 테니까.

너새니얼 특유의 쌀쌀맞지만 열정적인 말투. 마사루는 완벽해 보이지만 은근히 서툰 면모가 있는 너새니얼을 좋아했다.

하지만 너니까 굳이 말하겠다. 난 누구보다 네 재능을 믿는다.

상을 거머쥐어라. 네 이름처럼 이기고 돌아와.

알겠습니다, 선생님.

마사루는 마음속으로 중얼거렸다.

마사루는 아침 식사를 마치고 방으로 돌아와 옷을 갈아입었다.

물론 이번 콩쿠르에서도 모든 참가자들의 연주를 들을 생각이다.

오전에는 너새니얼의 친구인 음대 교수님 댁에서 피아노를 빌려 손을 풀 예정이지만 오후부터는 콩쿠르 삼매경이다.

트렁크 안에 돌돌 말려 있는 시커먼 천 가방이 문득 눈에 들어왔다.

높은음자리표 자수가 붙은 그 가방.

이제는 쓰지 않지만, 부적처럼 들고 다닌다.

창문 너머로 요시가에의 태평양이 빛나고 있다.

커다란 파도처럼, 바다를 넘어왔어.

마사루는 기억 속 빨갛게 눈이 부은 소녀를 향해 중얼거렸다.

하지만 일본 연안에 커다란 파도를 보내면 쓰나미가 되려나.

마사루는 그런 생각을 하며 등을 곧게 펴고 하얀 셔츠를 걸쳐
입었다.

\<로키\> 주제가

남들 앞에서 연주하는 게 대체 얼마 만일까?

다카시마 아카시는 기억을 더듬어보았지만 영 가물가물했다. 아무래도 2년 전 친구 결혼식의 배경음악을 연주했던 게 마지막인 것 같다고 결론 내렸다.

사회인이 되어 서비스업에 종사하며, 남편이 되고 아버지가 되어 나름대로 진중해지기도 했고 원래 무대에서 배짱이 든든한 편이라고 생각했는데, 콩쿠르 당일 아침이 되자 상상 이상으로 긴장되어 아카시는 당혹스러웠다.

아니, 그 반대다.

그렇게 생각을 고쳤다. 책임질 것이 있고, 지켜야 할 것이 있고, 사회를 알게 되었기에 예전에는 몰랐던 새로운 두려움과 긴장감이 생겨나는 것이다.

콩쿠르 첫날.

하늘은 구름 한 점 없이 화창했다.

아카시는 전날 오후 요시가에에 도착해 전국 체인 시티호텔에서 하룻밤 묵었다. 순서가 첫날 마지막이라 당일 아침이나 오후에 요시가에에 와도 됐지만 교통편에 문제라도 생기면 큰일이니 안전하게 하루 전에 들어왔다. 전날은 밤늦게까지 연습했다. 악기점 동료의 친가가 요시가에에 있어 오늘은 거기서 손가락을 풀기로 했다.

아카시의 참가 번호는 22번. 1차 예선은 하루 열여덟 명이 연주하므로 둘째 날일 줄 알았는데, 몇 명이 기권해 첫날 마지막으로 앞당겨졌다.

마지막 순서인 게 좋은 건지 나쁜 건지 모르겠지만 긴장하는 시간이 길면 마음 상태를 그대로 유지하는 게 어려울지도 모른다.

그래도 다행히 첫날이 일요일이라 미치코도 직접 들으러 올 수 있다. 아키히토는 미치코의 친정에 맡기기로 했다. 다음 날 학교에 출근해야 하니 그날 밤은 아카시와 함께 호텔에 묵고 이튿날 바로 돌아가야 하지만 아카시의 연주를 오랜만에 들을 수 있다고 그녀도 기뻐했다. 연주는 부탁하면 바로 시디로 떠주는 데다 마사미가 영상으로 찍으니 나중에 볼 수야 있겠지만 역시 직접 보고 싶다는 것이었다. 2차에 올라가지 못하면 이게 처음이자 마지막 연주가 될 테니까. 아흔 명이 연주하고 2차에 나갈 수 있는 건 스물네 명뿐, 나머지 예순여섯 명은 떨어진다. 다시 3차에 나갈 수 있는 건 그 절반인 열두 명. 그다음 본선은 겨우 여섯 명이다.

어젯밤에는 의외로 푹 잤다. 호텔에는 피아노도 없고, 방에 아무것도 없어 오히려 느긋이 지낼 수 있었다. 집에 있으면 피아노가 눈에 밟혀 조금이라도 시간이 나면 피아노를 만지게 된다.

아침을 느긋하게 먹고 신문을 읽었다.

오늘, 겨우 20분의 연주로 평가를 받는다. 하루 종일, 아니 1년 내내 연습하는 전 세계의 젊은 음대생들과 같은 무대에서. 담당 교수가 매달려 꼼꼼하게 지도하고 콩쿠르 대책까지 세워온 그들과 함께.

그게 참 이상했다. 보통 생활에서는 있을 수 없는 이벤트.

지난 1년, 과거의 은사에게 부탁해 몇 번이나 연주를 점검받고 짬이 날 때마다 연주하기는 했지만 연습 시간의 차이는 역력했다. 그 축적의 차이 때문에 아무래도 불안했다. 하지만 이 나이가 되면 죽어라 연습한다고 연습이 되는 게 아니라, 궁리를 해서 양을 질로 보충하는 것도 방법이라는 걸 안다. 시간에 쫓기는 바쁜 일상 속에서 시간을 짜내 질 높은 연습을 해온 정신력은 학생들 못지않고, 누구보다도 더 피아노를 연주하는 기쁨을 느껴왔다는 자부심도 있다. 하지만.

분명 아카시가 가장 나이 많은 참가자일 줄 알았는데 나눠준 프로그램북을 보고 혼자가 아니라는 걸 알았을 때 안심한 게 스스로도 꼴사나웠다. 러시아 참가자 중에 아카시와 나이가 같은 사람이 한 명, 러시아와 프랑스에 한 살 아래가 한 명씩 있었다. 아직 학생일까? 나처럼 일을 하고 있을까? 어느 나라든 음악 하나로만 먹고살기는 힘들다. 아마 아이는 없겠지.

일정이 긴 콩쿠르 때문에 회사를 쉬기가 미안했지만 동료도 상사도 응원해주었다. 누가 악기점 직원 아니랄까 봐 직접 연주하는 사람도 많은 덕분이다. 일부러 오늘 1차를 보러 오겠다는 사람도 몇 명 있었다. 본선까지 남으면 다 함께 들으러 오기로 한 모양이다.

본선. 꿈 같은 단어다.

학생 때, 일본 최대 규모이자 최고 권위를 자랑하는 음악 콩쿠르에서 본선에 남은 적이 있다. 그때는 5위로 입상했다. 그게 아카시가 지금까지 받은 최고로 높은 상이었다.

우승자 특전도 많고 최근에 유명세를 타는 요시가에다. 게다가 국제 콩쿠르. 전 세계에서 강호가 찾아온다. 스케일 큰 신인이 줄줄이 등장하는 중국. 국가사업으로 예술 분야에 예산을 집중 투자하는 한국. 양국의 수준은 눈부시게 성장해 이번에도 이 두 나라의 참가자가 상당수를 차지하고 있었다. 본선에 남을 가능성은 희박하다는 걸 알지만 역시 남고 싶었다. 피아노 협주곡을, 쇼팽 1번을 오케스트라와 연주하고 싶다.

지금 이 순간, 모든 참가자가 그렇게 생각할 것이다. 과거 어렸을 때 듣고 동경한 차이콥스키를, 라흐마니노프를, 그리그를 오케스트라와 함께 연주하고 싶다고.

저도 모르는 새 몸에 힘이 들어가 있었다는 것을 깨닫고 후 한숨을 내쉬었다.

릴랙스, 릴랙스. 하루는 길다. 벌써부터 기합을 넣어서 어쩌려고.

일어나려는데 운동화 끈이 풀린 게 보였다.

몸을 숙여 끈을 새로 매려는데 맬 수가 없었다.

어?

아카시는 혼란스러웠다. 언제나 평범하게 해왔던, 신발 끈을 묶는 행위.

하지만 손은 그 행위를 잊어버린 것처럼 신발 위를 더듬더듬 헤매고 있었다.

어떻게 된 거야, 아카시?

겨우 어렵사리 끈을 묶고 나니, 신발 끈을 처음 묶어보는 것처럼 50분 가까운 시간이 지나 있었다.

혼란스러운 마음으로 일어섰다.

내가 긴장했나?

온몸에서 식은땀이 확 솟구쳤다.

이런 일은 처음이었다. 과거에 무대에 섰을 때를 떠올려봐도, 물론 다소 긴장하긴 했지만 이렇게 동요한 기억은 없었다.

아카시는 오싹했다. 갑자기 불안이 치솟았다.

오랜만의 무대. 그것도 진검 승부다. 그 무대에서.

피아노를 앞에 두고 곡을 까맣게 잊어 아연실색하는 자기 모습이 순간 묘하게 생생히 떠올랐다. 황급히 그 모습을 떨쳐냈다.

그럴 리 없다. 그렇게 열심히 연습했는데. 잊을 리 없다. 지금껏 그런 일은 한 번도 없었다.

하지만 이렇게 신발 끈도 매지 못할 만큼 긴장한 적도 지금껏 없었잖아?

차가운 목소리가 그렇게 속삭였다.

역시 넌 이제 음악가가 아니야. 회사에 다니면서 가정을 꾸리느라 힘이 다 빠졌어. 보통 사람의 음악이라니 말은 그럴싸하지만 역시 너는 달아났을 뿐이다. 퇴로를 끊고 음악을 마주하기가 무서워서 떨어져나갔을 뿐이야.

그건 콩쿠르에 나가기로 결심한 뒤 지난 1년 동안 몇 번이나 가슴속으로 들은 말이었다. 지금까지 평범한 생활이 있기 때문에 음악이 있는 거라고 생각했는데, 결국 '신 포도' 같은 소리다. 만약 뛰어난 재능을 가지고 있었다면 주저 없이 프로 음악가의 길을 선택했을 테고 다른 직업은 생각해보지도 않았을 것이다. 그쪽에 있었다면 취직해서 가정을 꾸려 '보통 사람의 음악'이라고 기만을 떠는 사람을 분명 우습게 보았으리라.

그럼 어째서 나는 지금 여기에 있는 걸까? 지금 여기서 이러고 있는 나는 대체 뭘까?

순간 발밑이 푹 꺼지는 듯한 엄청난 고독을 느꼈다.

연주할 때는 모두가 고독함을 느끼지만 오늘 아카시가 느낀 감정은 이제부터 같은 무대에 설 다른 참가자들이나 가족들과 공유할 수 없는 종류의 고독이었다. 한없이 절망에 가까운 감정으로 느껴졌다.

"다카시마, 좋은 아침."

이름을 부르는 소리에 반응하기까지 시간이 조금 걸렸다.

마사미가 취재하러 왔다는 걸 겨우 깨달았다.

하필 이럴 때. 혀를 차고 싶었지만 필사적으로 참고 애써 표정을 가다듬었다.

"아아, 안녕."

목소리도 뻣뻣하고 표정도 영 엉망이었는지 마사미가 순간 깜짝 놀란 표정을 지었다. 아카시는 저도 모르게 시선을 피했다.

찍히기 싫다. 이 여자는 대체 무슨 권리로 이런 곳까지 찾아와서 내게 비디오카메라를 들이대는 걸까?

지난 며칠 동안 카메라가 따라다니는 게 지긋지긋하고 거추장스러워 솔직히 마사미가 증오스러울 정도였다. 아마 마사미도 느꼈을 테지만 당연히 그녀도 일이니 물러날 수 없어 두 사람 사이에 조금 거북한 기운이 흘렀다.

하지만 못 참겠다. 오늘만큼은 안 되겠다. 카메라가 계속 따라온다면 마사미에게 어떤 험한 말을 쏟아낼지 상상도 가지 않았고, 심한 말로 비난하는 것을 스스로도 제어할 수 없을 것이다.

아카시는 숨을 깊이 들이마셨다.

"미안, 오늘은."

아카시가 딱딱한 표정으로 마음을 굳게 먹고 입을 열자, 마사미는 그 말을 가로막듯 크게 끄덕였다. 자세히 보니 그녀는 평소 들고 다니는 커다란 가방을 메고는 있었지만 오늘 아침에는 카메라를 손에 들고 있지 않았다.

"오늘은 회장에 가서 관계자나 다른 참가자를 찍을게."

"미안해."

그렇게 말하는 게 고작이었다.

"하지만 다카시마가 나오기 전에 대기실하고 무대 뒤는 찍을 거야. 그걸 안 찍으면 방송을 못 만드니까 이해해줘."

마사미가 간결하고 단호하게 말했다.

아카시는 안도하면서 고개를 끄덕였다. "알았어."

"행운을 빌어."

마사미는 그렇게 말하고 바로 물러났다. 괜히 혼자 긴장한 기분이다.

아카시가 출연을 앞두고 신경이 곤두서 있는 것을 그녀도 충분히 이해한 것이다. 안도와 동시에 어른스럽지 못했다는 생각이 들어 조금 후회했다. 이 정도로 정신을 못 차리면 학생 참가자들과 아무 차이 없다. 남들과는 다른 어른의 연주를 보여줄 셈이었는데, 생각보다 포용력이 부족해 한심했다.

한편으로 마사미와 이야기를 나눈 덕에 마음이 조금 차분해졌다.

정신을 집중하고 크게 심호흡을 했다.

그렇다, 어른의 연주를 보여주자. 지금 내가 품고 있는 복잡한 마음과 고독, 음악에 대한 모순되는 감정을 연주로 표현하면 된다. 그게 최고령 참가자의 유일한 강점이다.

아카시는 등을 곧게 펴고 신문을 접은 뒤 마침 지나가던 종업원에게 커피 리필을 부탁했다.

서둘러 아카시의 시야에서 사라지긴 했지만 마사미는 저도 모르게 요란한 한숨을 쉬었다.

다카시마도 저런 표정을 짓는구나. 카메라를 안 꺼내길 잘했어.

지난 며칠, 다른 참가자들을 찾아갔을 때 다들 신경이 날카로워 노골적으로 카메라를 거절하는 일이 반복되었다. 개중에는 전혀 개의치 않는 사람도 있었지만(그건 그것대로 좀 그렇다) 유럽에서 온 참가자의 경우 감정을 전혀 숨기지 않는 사람도 많아 집에 들어가지도 못하고 홈스테이 가족들에게 안쓰러운 눈빛으로 "미안해요, 지금은 안 찍는 게 좋을 거예요"라는 말을 듣기도 했다.

아카시라면 괜찮을 줄 알았는데, 최근에는 그도 역시 신경이 곤두서 있는 게 느껴졌다. 밀착 취재를 하다 보면 함께 지내는 시간이 길어지므로 아무래도 반드시 피사체와 불편해지는 순간이 있다.

카메라에 노출된다는 건 싫은 일이다. 촬영이 직업인 마사미조차 그럴 정도니, 계속 따라붙는 카메라에 찍힌다는 것은 보통 사람에게는 큰 스트레스다. 아카시를 가만히 내버려두고 싶은 마음은 간절했지만 마사미도 일이 걸려 있다 보니 그럴 수도 없었다. 오늘은 콩쿠르 첫날이자 아카시가 연주하는 날이라 상황을 조금 살펴보려 했는데, 직감을 따라 카메라를 가방에 넣어두길 잘했다. 여기서 카메라를 들이댔다면 분명 중요한 무대를 찍지 못하게 했을 것이다.

콩쿠르 첫날이 다가오자 마사미에게도 참가자들의 긴장이 옮은 것 같았다.

이렇게 호되고 가혹한 세상이 또 있을까.

취재를 시작한 뒤로 클래식 음악계나 피아노 콩쿠르의 가혹함에 계속 놀라고 있다.

어쨌거나 프로 피아니스트로 살아가는 사람은 극히 일부. 대부분의 피아니스트는 가르치는 일로 생활을 꾸려나간다. 어느정도 이름이 알려진 사람조차 콘서트 적자 비용을 부담해야 하고, 자칫하면 신문 광고 같은 홍보비까지 떠안아야 한다. 대형 음반 가게에서 팔리는 시디는 대부분 자가 제작에 가까워 기본적으로 이익은 나지 않고 제작 수도 미미하다.

클래식 음악이라고 하면 일단 우아하고 고상한 이미지가 있는데 실상은 전혀 달랐다. 그야말로 부모가 유복하지 않으면 악기를 계속 다루는 것조차 어렵다. 일본의 주택 사정으로는 악기를 연습할 장소를 확보하는 것도 큰일이다. 관악기의 경우엔 음대를 졸업하면 마음껏 불 곳조차 없다. 모든 악기에 약음기*를 달수 있는 것도 아니고, 약음기를 달면 소리를 알 수가 없어 꺼리는 사람도 많다고 한다. 악기도 천차만별이라 프로로 활동하려면 그에 걸맞은 악기를 써야 하고 유지비도 만만치 않다.

* 악기에 붙여 소리를 약하게 하거나 부드럽게 하는 장치.

최근의 피아노 콩쿠르는 거대한 산업이다.

참가자를 비롯해 그 관계자나 관객이 일정 기간 체류해야 하는 콩쿠르는 지역 경제에도 도움이 되고, 개최지의 지명도를 올릴 기회도 된다. 그 결과 전 세계에 크고 작은 다양한 콩쿠르가 난립하게 되었다. 참가자들은 경력에 도움이 되는 콩쿠르를 찾고 콩쿠르는 대회의 명성을 높여줄 우수한 참가자를 찾는, 콩쿠르 할거 시대가 된 것이다.

참가자 입장에서는 콩쿠르에 나가는 이상 상금이 크고 우승자 특전으로 콘서트 투어를 열어주는 대회에 나가고 싶은 법이라 특전이 많은 콩쿠르에는 응모자가 몰린다. 콩쿠르 주최자 입장에서도 되도록 장래가 촉망되는 스타가 우승해주지 않으면 수지가 맞지 않는다. 하지만 양쪽의 희망이 일치하기는 좀처럼 어려워, 콩쿠르는 여기저기서 자꾸 생겨나지만 오래가지 못하는 경우도 많다.

피아노 제조사 간의 경쟁도 치열하다. 콩쿠르에서 사용해주면 제조사 쪽에도 광고가 되고, 판로 확대는 사활 문제이기도 하다. 대형 콩쿠르에서는 보통 여러 제조사의 피아노를 고를 수 있는데, 여러 대를 사전에 비교해 피아노를 골라 조율사와 조정한다. 어느 회사든 자기네 피아노를 골라주길 바란다. 어느 콩쿠르는 특정 피아노 제조사가 스폰서에 들어가 있어 그 회사 피아노를 선택해야만 입상할 수 있다는 소문이 퍼졌고, 참가자 대부분이 계속해서 그 피아노를 고르는 바람에 다른 회사들 가운데는 그 콩쿠르에 피아노 제공을 중단한 곳도 있다고 한다.

콩쿠르 기간 중에는 각각의 제조사에서 보낸 전속 조율사 팀이 피아노를 점검한다. 분 단위로 시간에 쫓기며 터치와 선호하는 음이 완전히 다른 참가자들의 피아노를 조율하는 일은 엄청난 중압감을 주는 중노동으로, 그야말로 콩쿠르 기간 중에 한숨도 못 자는 조율사도 적지 않다.

다들 이렇게 훌륭한데 어떻게 1위, 2위를 정하는 걸까?

참가자들이 필사적으로 연습하는 모습을 보며 마사미는 괜히 무서워졌다.

마사미가 볼 때는 다들 충분히 훌륭하고 별로 차이도 없는데, 백 명에 가까운 훌륭한 참가자들이 대부분 떨어지고 만다니 믿을 수가 없었다. 게다가 그들은 어렸을 때부터 대부분의 시간을 피아노에 바쳐, 피아니스트라는 선택지만 바라보고 인생을 살아온 사람들이다.

굉장한 세계구나.

마사미가 아카시에게 무심코 그렇게 말하자 아카시는 "응, 굉장한 세계야"라고 끄덕이면서 문득 생각난 듯 중얼거렸다.

그래서 멋진 거야.

"무슨 뜻이야?" 그렇게 되묻자 아카시는 자기가 그렇게 중얼거린 것도 깨닫지 못했는지 "아아" 하고 쑥스러워했다.

"세상에서 백 명밖에 연주하지 않는 악기로 1등을 해봤자 시시하잖아? 이렇게 많은 사람들이 다들 훌륭한 음악을 만들고 싶다고, 더 훌륭해지고 싶다고 몸부림치며 자기 음악을 추구하기 때문에 정상에서 한 줌밖에 안 되는 빛을 받는 음악가의 위대함이 더욱 두드러지는 거야. 그 뒤에 좌절한 음악가들이 수없이 많은 걸 알기 때문에 음악은 더욱 아름다워."

그런가? 마사미가 못 미더워하자 아카시는 푸근하게 웃었다.

"어차피 사람이 연주하는 거니까. 그런 거지."

마사미는 그 미소에 가슴이 철렁했다.

아아, 난 다카시마의 이 미소를 좋아했지.

그의 미소는 옛날부터 이랬다. 아카시에게는 미움받고 싶지 않다거나 자기주장을 삼가는, 이른바 자신을 누르는 다정함이 아니라 본질적으로 타인에게 베푸는 다정함이 있었다. 그러면서 본인에게는 몹시 엄격하고 결벽에 가까운 면이 있어 그런 점에 이끌렸다. 다른 이들도 그렇게 느꼈는지 그는 여자들에게 굉장히 인기가 많았고, 남자들에게도 호감을 샀다.

마사미가 이번에 아카시에게 취재를 요청한 이유는 그게 아카시였기 때문이라고 해도 과언이 아니었다. 그가 옛날 그대로 남에게 다정하고 자신에게 엄격한 사람이라는 것을 확인할 수 있었고, 무엇보다 변함없는 그 미소를 볼 수 있어 괜히 기뻤다.

그런 그가 저렇게 예민해졌으니 정말 콩쿠르라는 건 굉장한 세계다.

마사미는 회장으로 가서 지역 자원봉사자를 인터뷰하기로 했다. 주최 측 허가는 받아놓았으니 인터뷰 대상은 정해져 있을 것이다.

이제 시작이네.

마사미는 자기가 출연하는 것도 아닌데 부르르 떨었다.

길모퉁이에 자그마한 여우신 사당이 보였다.

여우신에게 기도한다고 효험이 있을 것 같지는 않지만.

그렇게 생각하면서도 마사미는 걸음을 멈추고 기도했다.

다카시마가 스스로 납득할 수 있는 멋진 연주를 할 수 있게 도 와주세요. 그리고 2차 예선에 남을 수 있게 해주세요.

남아주지 않으면 방송이 볼품없어지니까. 갑자기 현실적인 생각을 하면서 마사미는 힘차게 달렸다.

평화로운 하늘 아래 저 멀리 우뚝 솟은, 거대한 복합 시설 속 콩쿠르 회장. 오후부터 마침내 콩쿠르가 시작된다.

| 제1차 예선 |

쇼보다 멋진 장사는 없다

무대 뒤 어둠 속에서 알렉세이 자카예프는 크게 심호흡을 했다. 아까부터 심장이 펄떡펄떡 뛰고 있다.

어쩌다 1번을! 왜 하필 1번을 뽑았을까!

몇 번을 되풀이했는지 모를 한숨을 또 한 번 쉬었다.

연주 순서를 정하는 제비뽑기.

설마 1번을 뽑지는 않겠지. 떨리는 마음으로 상자에 손을 넣어 가장 먼저 손에 닿은 종이를 뽑아 펼친 순간, 'No.1'이라는 비정한 숫자가 눈을 찔렀다.

알렉세이가 아연히 종이를 건네자 스태프는 안쓰러운 미소를 지으며 "No.1"이라고 선언했고, 회장에서 터져 나온 요란한 환호성이 그의 온몸을 감쌌다.

자고로 콩쿠르에서 첫 번째 주자만큼 긴장되고 불리한 차례는 없다. 주목은 받지만 모두의 관심은 '그다음'으로 쏠리고 첫 번째 참가자는 고작해야 '기준'이 될 뿐이다. '기준'보다 좋은지 나쁜지 잣대가 될 뿐, '기준'이 수상 당사자가 되는 일은 거의 없다. 어쨌거나 그 뒤로 아흔 명에 가까운 참가자가 있다. 첫 번째 참가자를 누가 기억이나 할까.

지지리 운도 없구나.

전화로 알리자 스승도 전화 너머에서 말을 잇지 못했다.

어쨌거나 인상에 남는 연주를 하는 수밖에 없다. 처음 연주한 그 애, 꽤 괜찮지 않았어, 하고 떠올릴 만한 연주.

어둠 속에서 손가락을 꼼지락꼼지락 풀었다.

무대에 몇 번을 올라도 이 독특한 긴장감에 익숙해지지 않는다.

그렇다, 누구보다 빨리 연주를 끝마치고 훌훌 털어버릴 수 있지 않나. 일흔 명, 여든 명이나 되는 사람들이 연주하는 동안 벌벌 떨면서 순서를 기다리는 것보다 차라리 낫다.

알렉세이는 그렇게 스스로를 위로했다.

하지만 왜 하필 1번이람. 그때 조금만 손가락을 움직여 다른 종이를 잡았더라면.

제비뽑기를 할 때의 감촉이 머릿속에 끈질기게 되살아났다. 그의 몸을 감쌌던 환호성도.

무대 매니저가 부르는 소리에 알렉세이는 정신을 차렸다.

무대의 회전문이 열렸다.

무대에 쏟아지는 환한 빛.

검은 피아노가 빛 속에서 기다린다.

내 차례다. 콩쿠르가 시작된다.

알렉세이는 숨을 들이마시고 각오를 굳혔다.

콩쿠르는 일단 시작되면 대번에 일상으로 변한다. 스태프도, 참가자도, 심사 위원도 시간과 싸운다. 매끄러운 무대 진행, 규정 시간을 넘지 않는 연주, 신속한 채점. 모두가 예정 시간 안에 콩쿠르를 끝내기 위해 숨을 삼키고 각자 맡은 일을 한다.

제1차 예선은 연주 시간 20분.

바흐 평균율 클라비어곡집에서 3성부 이상의 푸가를 한 곡.

하이든, 모차르트, 베토벤 소나타에서 제1악장 또는 제1악장을 포함한 복수의 악장.

낭만파 작곡가 작품 중 한 곡.

이 세 개의 과제를 20분에 담아내는 건 간단해 보이지만 어려운 일이다. 20분을 넘으면 감점 대상이 된다.

제1차 예선과 제2차 예선은 곡과 곡 사이에 박수를 칠 수 없다. 시간 손실을 줄이기 위한 조치다.

대극장 객석의 거의 6할이 찼다. 참가자 쪽 관계자가 대부분이지만 열성적인 일반 음악 팬도 있다. 음악 팬에게는 자기 취향에 맞는 참가자를 찾아내거나 누가 2차에 남을지 예상하는 즐거움이 있다. 참가자의 손가락이 보이는 객석 왼쪽 앞줄이 가장 먼저 찬다.

다른 사람의 연주를 듣는 참가자는 뒷줄에 앉는 경우가 많다.

심사 위원석은 2층으로, 전 세계에서 모인 심사 위원 총 열세 명이 채점한다.

1차 예선은 ○, △, ×의 간단한 기호로 채점한다. 각각 3점, 1점, 0점으로 환산해 합계 점수가 높은 순서대로 2차에 진출한다.

수준이 확 뛰어올랐군.

너새니얼 실버버그는 처음 다섯 명의 연주를 듣고 그런 인상을 받았다.

1차 예선은 보통 기술적으로 문제가 있는 참가자를 걸러내는 게 목적인데, 요즘은 그렇게 큰 문제가 있는 사람을 찾아보기 어렵다.

동서고금의 음원을 자유롭게 들을 수 있는 요즘, 참가자들은 콩쿠르 대책도 다각적으로 세우고, 기술의 평균 수준도 높다.

얼마 전까지만 해도 콩쿠르라고 하면 유난히 어려운 곡만 늘어놓은 프로그램이 눈에 띄었는데 요즘은 자기 그릇에 맞는 견실한 프로그램이 주류를 이루는 것 같아 흐뭇했다.

다만 그럼에도 역력한 차이는 있다.

'연주할 수 있는' 것과 '연주하는' 것은 비슷해 보이지만 다르다. 너새니얼은 둘 사이에 깊은 골이 있다고 생각한다.

까다로운 것은 '연주할 수 있어서' 연주하는 사람 중에도 '연주하는' 재능이 숨어 있을 때가 있고, '연주하는' 일에 열의를 불태우는 사람이라도 마음이 헛돌아 실속 없는 사람이 있다는 점이다. 둘 사이의 골은 깊지만 거기에 골이 있다는 것만 알면 우연한 계기를 통해 골을 뛰어넘을 수 있을지도 모른다.

그나저나 요즘 참가자는 참 실수가 적다. 과거의 거장은 태연히 엉뚱한 건반을 누르기도 하고, 개성이라는 말로 치부할 수 없을 정도로 특징적인 연주를 하는 사람도 많았는데 그런 대담한 시대는 다시는 오지 않을 것이다.

어쨌거나 수준은 높지만 이 정도라면 마사루의 적수는 못 되겠군.

너새니얼은 혼자 끄덕거리며 희미하게 웃었다.

너새니얼의 애제자 마사루는 스승이 심사를 맡고 있는 2층 객석 바로 밑에 있었다.

그리고 스승과 마찬가지로 참가자들의 높은 수준에 감탄하고 있었다.

다들 훌륭하네. 역시 유력한 콩쿠르는 다르다. 훌륭한 참가자들이 모인다.

앞자리의 두 여성은 보아하니 음대생 같았다. 정보에 꽤 밝아서 마사루는 몰래 귀를 쫑긋 세웠다. 일본어 필기는 어렵지만 회화는 알아들을 수 있고, 뉴욕에서도 일본인 유학생과 일본어로 대화해서 회화 능력이 떨어지지 않도록 노력했다.

솔직히 말해 언젠가 '아쨩'과 이야기할 기회를 마음속 한구석에서 바라고 있었기 때문이다. 그게 언제가 될지는 모르지만 일단 지금은 도움이 되었다.

"오늘 주인공은 얘지, 제니퍼 챈."

"여자 랑랑*이라고 불린다면서?"

"벌써 콘서트 데뷔도 했대. 나카지마 선배가 뉴욕에서 들었다더라."

짧은 휴식 시간. 두 사람은 프로그램북을 손에 들고 하마평을 주고받았다.

흠, 잘 아네.

마사루는 두 사람이 가진 정보에 감탄했다.

"나는 이 사람 연주가 궁금해. 내일 나오는 마사루 카를로스."

저도 모르게 움찔 놀라 자리에 고쳐 앉았다.

"굉장하다더라."

"멋져! 일본계 3세인가 4세라는데, 얼굴은 전혀 일본인이 아니지?"

본인이 바로 뒤에서 자기들 대화를 듣고 있는 줄은 꿈에도 모르는 모양이다.

---

* 1982년생, 중국 출신의 세계적인 피아니스트로 5세 때 선양 콩쿠르에서 우승, 9세 때 베이징중앙음악원에 입학한 뒤 미국 커티스음악원에서 개리 그래프먼을 사사했다.

마사루는 두 사람이 뒤를 돌아보지 않기를 기도했다.

"꿀벌 왕자는 마지막 날이네."

"응."

꿀벌 왕자?

마사루는 잘못 들었나 싶어 귀를 더욱 쫑긋 세웠다.

"귀여워. 열여섯 살이래. 우리보다 다섯 살이나 어리다니 질투나."

마사루는 자기 프로그램북에서 두 사람이 보고 있는 페이지를 찾았다. 어차피 회장에서 전부 들을 셈이라 공식 프로그램북은 아직 제대로 훑어보지 않았던 것이다.

"파리 오디션에서 굉장했다면서?"

"홈페이지엔 사진밖에 없어서 실망했어. 동영상도 좀 올려주지."

가자마 진.

한자는 어려워 알파벳 표기를 보았다.

천진한 소년의 얼굴이 있었다.

확실히 어리다. 이 콩쿠르는 나이 하한선이 없다. 최연소 참가자가 열다섯 살이라고 들었는데, 그 다음가는 나이다. 콩쿠르 경력은 공란.

하지만 마사루의 눈은 지도 교수란에 못 박혔다.

유지 폰 호프만.

거짓말이지? 호프만을 사사했다니.

마사루는 눈을 휘둥그레 떴다. 호프만은 그의 스승의 스승이기도 했다. 하지만 너새니얼에게 제자라는 표현을 허락하지 않아, 런던에서 독일 자택까지 찾아가 가르침을 받았다는 이야기를 들은 적이 있다.

선생님은 알고 계실까?

마사루는 저도 모르게 천장을 올려다보았다.

마사루는 남의 연주는 잘 듣지만 소위 말하는 가십에는 관심이 없어 이 콩쿠르의 오디션에 관한 소문도 듣지 못했다.

흠, 오디션에서 이겼나 보구나.

마사루는 관심이 갔다.

이거 재미있겠는데. 아직 많이들 모르는 모양이다.

"아버지 일을 돕느라 오디션에 왔을 때 흙투성이였대. 웃기지?"

"아버지가 양봉가면 이동 생활을 하겠지? 피아노는 어떻게 연습했을까?"

"신기해."

양봉가가 무슨 뜻인지 잘 알아들을 수 없었지만 방금 전 '꿀벌 왕자'라고 했던 말이 떠올라 아아, 하고 감을 잡았다.

흐응, 점점 더 재미있겠는데. 가자마 진. 어떤 연주를 들려줄까?

무대에 새빨간 의상을 걸친 장신의 소녀가 나타난 순간, 관객들이 술렁거렸다.

의상이 눈을 찌르는 듯 선명한 붉은색이라 그런 것도 있지만, 당당한 표정의 소녀가 온몸에서 뿜어내는 에너지에 압도당한 것이다.

11번, 제니퍼 챈, 미국.

오늘의 주인공이네.

사가 미에코는 윤곽이 짙은 소녀를 바라보았다. 키가 커서 눈에 잘 안 띄지만 어깨도 넓고 뼈대가 굵다. 저렇게 훌륭한 체격이라면 분명 피아노 소리도 시원할 것이다.

척 보니 IH 타입이로군. 미에코는 예상했다.

IH 타입이란 건 미에코가 마음대로 지어낸 표현으로, '이'런데 왜 나왔나 싶을 정도로 '한'없이 잘 치는 초절기교를 가진 참가자를 말한다.

심사 위원들 사이에도 은근히 기대감이 감돌았다.

제니퍼 챈은 의자에 앉자마자 바로 연주를 시작했다.

오오! 소리가 되지 않은 탄성이 회장에 흘러넘쳤다.

하나하나의 음이 선명하다. 무엇보다 기본 중의 기본, 바흐의 평균율 클라비어를 연주할 때도 그녀가 가진 커다란 스케일이 두드러졌다.

기가 막히게 역동적인 바흐다.

미에코는 한편으로는 감탄하고, 한편으로는 기가 막혔다. 바흐를 이렇게 연주할 수 있다니 대단하다.

이어서 베토벤 소나타, 제21번 〈발트슈타인〉 제1악장.

선곡이 훌륭하다. 이 곡이 가진 빠른 속도감이 스피디한 그녀에게 제격이었다.

그나저나 악기란 참 재미있다. 제니퍼가 연주하니 그랜드피아노가 마치 특별히 만든 커다란 벤츠로 보인다. 그걸 자유자재로 운전하는 것처럼 보인다. 완벽한 핸들 조작, 넘치는 파워, 속도를 한껏 올려도 차체가 뜨지 않는 최고의 안정감. 사람에 따라서는 얌전한 패밀리 왜건이나 겉만 번지르르하고 말은 안 듣는 오픈카가 되어버리기도 하는데.

제니퍼 챈은 〈발트슈타인〉이라는 길을 멋지게 빠져나갔다.

그 역동적인 라스트에 관객들이 저도 모르게 박수를 칠 뻔했다가 박수 금지 규정을 기억해내고 간신히 멈췄을 정도다.

〈발트슈타인〉만으로 10분 넘게 걸린다. 시간이 아슬아슬하다. 제니퍼는 바로 다음 곡으로 넘어갔다.

세 번째 곡은 쇼팽의 〈영웅〉 폴로네즈.

이 또한 그녀에게 딱 어울리는 선곡이었다. 쇼팽의 폴로네즈 중에서도 가장 화려한 곡. 대중적인 곡인 만큼 자칫하면 평범해지는데 독특한 리듬을 시원스럽고 힘차게 연주해댄다. 실로 늠름하고 가슴이 후련해지는 통쾌한 연주라는 말이 머릿속에 떠올랐다.

연주가 끝난 순간, 요란한 박수가 터져 나왔다. 호쾌한 연주에 관객들은 카타르시스를 느끼고 매료된 것 같았다.

하마평대로 대단한 실력이다. '여자 랑랑'이라는 별명이 붙은 것도 이해가 간다. 아마 본인도 그 점을 의식한 것 같았다.

동시에 괜한 걱정도 들었다.

랑랑은 한 명으로 족하다. 똑같은 타입이 한 명 더 있어봤자 무슨 소용일까.

홀의 객석 맨 뒷자리에 한 소년이 조용히 앉아 있었다.

하얀 얼굴과 뻗친 머리가 모자 밑으로 보였다.

소년은 작은 소리로 뭔가 중얼거리고 있었다. 아니, 노래를 하는 듯했다.

그러다 살짝 갸웃거리더니 고개를 좌우로 작게 가로저었다.

"아닌데."

그 작은 목소리를 들은 사람은 없었다.

그때 열린 문으로 두 여자가 후다닥 들어왔다.

"아, 망했다, 제니퍼 챈을 놓쳤어."

"아쉽다, 듣고 싶었는데."

하마자키 가나데와 에이덴 아야였다.

"역시 어제 미용실에 갈 걸 그랬어."

아야가 분하다는 듯이 중얼거렸다.

"어쩔 수 없지, 예약이 꽉 차 있었잖아."

가나데가 위로했다.

항상 가는 미용실이 오늘 오전밖에 비어 있지 않아 미용실에 갔다가 요시가에에 왔는데, 원래 타려고 했던 신칸센을 놓치는 바람에 다음 차를 탔더니 늦게 도착하고 말았다. 우승 후보 중 한 명으로 꼽히는 제니퍼 챈의 연주를 들으려 했는데 한발 늦었던 것이다.

"이제 세 사람밖에 안 남았네."

"제니퍼 챈은 시디로 듣자. 분명 바로 떠줄 거야. 예약하면 내일은 손에 들어오겠지."

두 사람은 입구 쪽에 서서 뭔가 의논하고 있었다.

소년은 에이덴 아야의 얼굴을 보고 깜짝 놀랐다.

어젯밤 그 누나다.

음대 연습실에 몰래 들어갔다가 들키고 말았다. 저 누나는 내

얼굴을 기억할까?

소년은 꼬물꼬물 모자를 깊숙이 눌러썼다.

"어디 앉을까?"

"소리가 어떻게 울리는지 확인하고 싶으니 중간으로 가자. 이 홀은 반향이 좋아 보여."

그대로 지나쳐 앞으로 나간 두 사람이 가운데 자리에 앉은 것을 보고 소년은 안도했다. 두 사람 다 그를 알아보는 낌새는 없었다.

저 누나도 피아노과 학생일 테니 이 콩쿠르를 들으러 와도 이상할 건 없지. 저 누나도 콩쿠르에 나오려나?

소년은 의자에 앉은 두 사람의 뒷모습을 바라보았다.

거기 피아노, 좋은 피아노였는데.

마음을 놓은 소년은 다시 황홀한 기분으로 그때 만졌던 연습실 피아노의 감촉을 떠올렸다.

역시 음대라 다르다. 조율도 훌륭하고, 감촉도 매끄럽고 편안했다.

부럽다, 그렇게 좋은 피아노로 매일 연습할 수 있다니.

소년은 머릿속으로 피아노를 연주했다. 최고의 피아노로, 최고의 음으로.

머릿속으로 한없이 재현하는 음악.

하지만 그걸 실제로 연주하기란 어려웠고, 그와 비슷한 소리를 들은 적도 거의 없었다.

역시 그런 소리를 낼 수 있는 건 유지 아저씨 정도뿐일까.

소년은 다음 참가자의 연주에 귀를 기울였다.

다들 훌륭하지만 좀 달라.

소년은 다시 고개를 갸웃거렸다.

빨간 옷을 입은 방금 전 그 누나도 굉장히 훌륭했지만.

아무도 듣지 못할 작은 목소리로, 소년은 머릿속에 떠오른 멜로디를 노래했다.

부럽다, 나도 피아노를 치고 싶은데. 어디 피아노가 없는지 찾으러 가봐야지.

어느새 참가자의 연주가 끝나고 짧은 휴식 시간이 찾아왔다. 오늘 연주할 참가자는 앞으로 두 명.

소년은 자리에서 일어나 다른 관객과 함께 밖으로 나갔다.

나도 피아노가 있었으면.

소년은 연습실에 가보기로 했다. 첫 번째 날은 이제 곧 끝나니 대기하는 출연자도 더는 없을 것이다. 비어 있으면 연주해도 될지 모른다.

두근거리는 마음으로 엘리베이터를 탔다.

아버지는 오늘 어디쯤 계실까?

문득 손목시계를 보고 이동하고 있을 아버지를 떠올렸다. 콩쿠르에 참가하는 동안 일을 돕지 못하는 게 미안했다.

콩쿠르에 입상하면 피아노를 사준다는 약속, 잊지 않으셨겠지?

소년은 조금 불안해졌다. 그의 아버지는 한마디로 표현하면 털털하지만 굉장히 허술한 사람이기도 했다. 벌들을 돌볼 때는 그렇게 세심하고 꼼꼼한데, 다른 일에는 거의 관심이 없었다.

소년의 집에는 피아노가 없었다.

소년은 그게 얼마나 이상한 일인지 알지도 못했다.

발라드

급히 달려와 홀 이름을 확인하고 얼른 들어가려던 다카시마 미치코는 문득 걸음을 멈추고 하늘을 올려다보았다.

날은 이미 저물어 주위가 어두웠다. 요시가에에는 처음 와보지만 회장이 역 앞 복합 시설에 있는 홀이었고, 곳곳에 포스터와 회장 안내 화살표가 붙어 있어 길을 잃을 염려는 없었다.

친정에 아키히토를 맡기느라 왕복 시간이 걸리는 바람에 3시가 넘어서야 도쿄에서 출발했다. 모처럼 아키히토까지 맡기고 왔는데 남편의 연주를 놓치면 억울해서 눈물도 안 나올 것 같다.

아카시가 당일 연주 예정 시간이 실린 일정표를 문자로 보내준 덕에 오늘 마지막 연주자인 아카시 차례까지 아직 한 시간 넘게 남은 건 알고 있었지만 그의 출연도 둘째 날에서 첫째 날로 앞당겨진 만큼 당일에 또 연주 시간이 바뀌지나 않을까, 미치코는 아침부터 마음을 졸였다.

홀 앞에 도착하자마자 미치코는 자기가 긴장하고 있다는 걸 깨달았다.

콩쿠르가 열리고 있는 대극장 유리 너머로 접수대가 보였다. 접수대 안쪽에 있는 홀의 문은 굳게 닫혀 있었다.

지금은 연주 중. 콩쿠르 심사가 한창인 것이다.

문을 보기만 했는데도 심장박동이 빨라졌다.

내가 긴장해서 어쩌자는 거야.

미치코는 숨이 답답해 심호흡을 하고 홀로 들어가 접수대에 표를 내밀었다.

"연주 중에는 들어갈 수 없으니 잠시 기다려주세요."

"네." 미치코는 얌전히 고개를 끄덕이고 물어보았다.

"시간은 예정대로 진행되고 있나요?"

"네, 예정대로 진행되고 있습니다."

그 대답에 안도한 미치코는 로비를 어슬렁거렸다.

로비에는 사람들이 제법 있었다.

누가 봐도 음대생으로 보이는 아가씨들이 많았다. 그들은 이런 장소가 익숙한지 두어 명씩 모여 수다를 떨고 있었다. 음악 공연장에 거의 올 일이 없는 미치코는 이런 장소가 낯설어서 괜한 호기심에 두리번거리게 된다. 미치코처럼 참가자의 가족으로 보이는 사람도 있었다. 분위기만 봐도 이런 장소에 익숙하지 않은 게 바로 느껴져 괜히 공감이 갔다.

관록이 넘치는 초로의 여성은 피아노 선생님일까?

왠지 피아노 선생님은 분간해낼 수 있을 것 같다. 미치코도 어렸을 때 피아노를 조금 배웠는데 어쩐지 피아노 선생님은 머리가 길다는 인상이 있다. 나이 든 피아노 선생님은 대개 머리를 크게 틀어 올린다. 위아래가 다른 슈트. 상의로 블라우스에 짧은 재킷을 걸치고, 밑에는 긴 플레어스커트. 미치코 또래는 엄두도 못 낼 브로치를 다는 경우도 많다.

난 음악 센스가 없었는데.

미치코는 레슨 때마다 길에서 시간을 때워 선생님 댁에 늦게 갔던 일을 떠올렸다. 영원한 고행으로 느껴졌던, 레슨을 받으러 가는 그 시간.

그런 레슨을 어렸을 때부터 계속 받고, 정신이 아득해지는 연습을 반복해온 사람들이 이곳에 있다.

박수 소리에 정신을 차리고 보니 연주가 끝나 공연장 스태프가 문을 열어주는 참이었다.

안에서 나오는 사람과 안으로 들어가는 사람이 우르르 섞였다.

미치코도 황급히 홀 안으로 들어갔다.

의외로 많은 관객들이 자리를 차지하고 있었다. 무대 위에서는 양복을 입은 남자가 피아노를 조율하고 있다.

어디에 앉을까?

유심히 보니 뒤쪽은 많이 비어 있었다. 미치코는 뒤쪽 가운데 자리에 앉아 겨우 숨을 돌렸다.

땡, 땡, 쌀쌀맞은 피아노 소리가 울렸다.

조율사는 객석은 안중에도 없다는 듯이 건반 앞에서 소리에 집중하고 있었다.

그 모습에는 어쩐지 보는 사람의 긴장을 풀어주는 무언가가 있었다.

무대를 감싼, 아련하고 부드러운 빛.

겨우 여기까지 왔어.

미치코는 작게 한숨을 쉬었다.

담담한 성격으로 어렸을 때부터 희로애락을 거의 드러내지 않는다는 말을 들어온 미치코였지만 역시 무대 위의 그랜드피아노를 보고, 대기실에 있을 남편을 상상하니 '감개무량'하다는 단어가 머릿속에 떠올랐다.

콩쿠르에 나가겠다고 결정하고 나서가 더 큰일이었다.

"연습을 하루 쉬면 본인이 알고, 이틀 쉬면 비평가가 알고, 사흘 쉬면 관객이 안다"는 유명한 말이 있다고 한다. 취직하고 아키히토가 태어난 뒤로는 일주일에 며칠씩 피아노를 건드려보지도 못하는 게 일상이 되어버린 아카시가 콩쿠르를 목표로 본격적인 준비를 시작한 게 약 1년 전이었다. 물론 회사원인 아카시가 연습할 수 있는 건 이른 아침과 밤, 휴일뿐이다. 집은 단독주택이지만 마음껏 연습할 수 있도록 업라이트피아노가 간신히 들어가는 방음실을 구입했다. 거기에도 상당한 목돈이 들었는데, 비싼 악보값에 또 놀랐고, 감을 되찾기 위해 몇 주에 한 번씩 확인을 받는 예전 은사에게 주는 사례금도 만만치 않아 음악을 한다는 게 얼마나 힘든 일인지 실감했다.

"이게 처음이자 마지막이니까." 그렇게 말하는 아카시의 마음도 충분히 이해하고, 어지간한 일로는 그런 부탁을 하지 않는 남편이라 미치코도 불평 없이 정기예금을 해약해가며 거들었다. 하지만 누구보다 당사자인 아카시가 가장 힘들어서 연습 시간을 확보하려면 수면 시간을 줄일 수밖에 없었다. 당연히 지치다 보니 연습에도 진척이 없어, 한때 초조해하며 그만두려고 고민했던 시기도 있었을 정도다.

무엇보다도 콩쿠르에 대한 의욕을 유지하기가 어려웠다. 몇 주에 한 번씩 그 도전이 허무하게 느껴지는 순간이 찾아오는지, 이제 와서 원하는 사람도 없는데 콩쿠르에 나가서 어쩌자는 걸까, 하고 자조 섞인 소리를 중얼거리곤 했다. 미치코는 그때마다 "비싼 방음실을 샀으니 본전은 뽑아야지" 하고 다독였다.

솔직히 프로가 되지 못한 원통함은 미치코도 알기 때문이다.

미치코의 아버지는 우주공학 박사로 정부 기관의 고문으로 일한 적도 있고, 두 오빠도 연구자다. 미치코도 연구자를 꿈꿨지만 학창 시절 자신에게 연구자가 될 만한 재능이 없다는 것을 자각했고, 원하는 곳에 취직도 못 해 흔히 말하는 소거법으로 교사가 되었다.

일찌감치 포기하기는 했지만 연구자에 대한 동경은 지금도 마음속에 꿈틀거리고 있다.

그래서 아카시가 콩쿠르에 나가고 싶다고 말했을 때 이 사람도 역시 그랬구나, 포기할 수 없었구나, 하고 공감하는 마음이 컸다. 힘내라고 열심히 등을 떠밀어주는 미치코에게 아카시가 더 놀랐을 정도였다.

스태프가 무대 구석에 연주 순서와 알파벳 이름이 적힌 하얀 조각을 놓았다. 객석이 조용해지자 파란 드레스를 입은 금발 여성이 나왔고 박수가 쏟아졌다.

프로그램북을 보니 러시아 참가자였다. 서양인이라 성숙해 보이는데 아직 스무 살이었다.

흘러나오는 화사한 음색.

콘서트홀에서 실시간으로 피아노 연주를 듣는 게 대체 얼마만인지 기억도 나지 않는다.

평소 아카시가 연습하는 건 들었지만, 방음실을 사는 바람에 오히려 그의 피아노 연주를 들을 수 없게 되었다.

잘하네.

연주를 듣다 보니 또 점점 긴장되었다.

당연한 일이지만 다들 실수 한 번 없이 어려운 곡을 흥겹게 연주하고 있다. 이 콩쿠르는 수준이 높아 프로로 활동하는 사람도 참가한다는 말을 듣기는 했는데, 정말 다들 프로 피아니스트 같았다. 아카시가 "1차라도 돌파하면 좋겠다"라고 중얼거리는 건 마음이 약해져서 그런 줄 알았는데 새삼 1차 예선 돌파가 얼마나 어려운 일인지 깨달았다. 과거 학창 시절 콩쿠르에서 본선에 나갔을 정도니 1차 돌파는 걱정 없을 줄 알았는데 그건 벌써 10년도 더 지난 일이고, 나이로 보아도 불리하다는 말이 사실이었던 것이다.

뭐라고 위로하지?

갑자기 그런 걱정이 머릿속에 떠올랐다.

그렇게나 많은 노력과 돈을 들여 콩쿠르에 참가했는데 1차에서 떨어지면. 무슨 말을 건네야 할까.

최선은 다했잖아. 도전도 안 하고 후회하는 것보다 도전하길 잘한 거야. 나도 덕분에 재미있는 경험을 했어. 유급 휴가를 다 쓰기 전에 끝나서 다행이잖아.

여러 말들이 머릿속을 스치고 지나갔지만 고개를 떨군 아카시의 모습만 떠올랐다. 어떤 말도 위로가 될 것 같지 않았다.

음악가의 아내라니, 힘들지?

불현듯 고등학교 동창생의 목소리가 떠올랐다.

동창회 준비로 만난 그녀는 과거에 아카시에게 빠져 음대 콘서트에도 열심히 찾아와 꽃다발을 건네곤 했다.

악기를 다룰 줄 아는 남자는 인기가 있다. 아카시는 피아노 실력도 탁월한 데다 천성이 밝고 다정해 어렸을 때부터 여자들에게 인기가 있었다.

아카시와 미치코는 소꿉친구로, 중학생 때부터 서로 의식하다가 고등학생 때부터 자연스럽게 사귀기 시작했다. 뼛속까지 이과 타입으로 살갑게 굴 줄도 모르고 멋도 부릴 줄 모르는 미치코가 아카시와 사귀는 걸 탐탁지 않게 보는 여자들도 많았는데 그녀도 그중 한 사람이었다.

아카시에게 미치코는 너와 어울리지 않는다는 말까지 했던 모양이다. 물론 아카시는 듣는 시늉도 하지 않았지만.

하지만 대학을 졸업하고 결혼 적령기가 되자 그녀들은 피아노를 잘 치는 남자에 대한 관심을 잃었다.

아카시는 어떻게 지내?

아직도 피아노 쳐?

다행이네, 미치코가 공무원이라.

아카시와 결혼한 걸 아는 옛 친구들의 눈에는 이미 선망의 빛이 아니라 외려 동정에 가까운 감정이 떠올라 있었다.

아카시가 대형 악기점에 취직했다고 하자 그녀들은 마치 약속이라도 한 것처럼 "그거 다행이네"라고 기뻐해주었지만 그 말에는 "역시 악기로는 먹고살 수 없으니까" "음악으로 먹고살 재능은 없었나 보네"라는 말이 생략되어 있는 것처럼 느껴졌다.

음악가의 아내라니, 힘들지?

악의 없이 그렇게 물은 그녀, 과거 아카시에게 호감을 드러내며 자기가 더 어울리는 짝이라고 호소했던 그녀, 나이 많은 치과의사와 결혼해 얼마 전 첫 아들을 낳았다는 그녀의 목소리에 울컥 화가 난 것은, 그 속에 뚜렷한 동정이 담겨 있었기 때문이다.

쓸데없는 참견이야.

미치코는 그때 느낀 굴욕이 다시 되살아나는 것을 느끼고 속으로 그녀에게 그렇게 내뱉었다.

한국인 소녀, 중국인 소년, 한국인 소년.

출연하는 참가자들은 하나같이 훌륭했다. 최근 아시아 연주자들의 성장세가 대단하다는 말은 들었지만 방금 전 러시아 참가자보다 아시아인 세 명이 파워도 기교도 확연히 뛰어났다.

정말 다들 잘하는구나.

미치코는 한숨을 쉬었다.

그리고 1차 예선 첫날, 마지막 연주자.

22 TAKASHIMA AKASHI

이름표가 바뀌자 미치코는 저도 모르게 허리를 쭉 폈다.

심장이 더욱 시끄럽게 날뛰었다.

이렇게 긴장한 게 얼마 만인지 모르겠다.

무심코 위장 부근을 꾹 누르고 있었다.

심장 소리가 귀에 울렸다.

내가 참가자였으면 너무 긴장해서 연주는 꿈도 못 꿀 거야. 아니, 아니야, 내가 참가자였으면 이렇게 긴장하진 않았을 거야.

저런 곳에 홀로 나와 연주할 수 있다는 것만으로도 아카시 당신은 대단해.

육중한 회전문이 열리고, 장신의 아카시가 조용히 무대로 나왔다.

일본인 참가자라 한층 큰 박수가 쏟아졌다.

무대 위에 선 아카시는 비단 체격 때문이 아니라 무척 커 보였다.

위가 아픈 것도 잊고 감탄했다.

역시 이 사람은 밝고 우아한 분위기를 타고났어.

미치코는 아카시라는 사람을 처음 보는 기분이었다.

아카시는 활기차고 씩씩한 걸음으로 다가와 피아노 앞에 앉았다.

손을 뻗어 의자 높이를 조절했다. 앞에 나왔던 참가자가 몸집이 작아 한참 의자를 내리고 있다.

주머니에서 하얀 손수건을 꺼내 건반을 살짝 닦고 손을 닦는다.

저건 일종의 의식이야. 조율사가 손을 봤으니 건반에 땀 같은 건 남아 있지 않아. 마음을 가다듬으려고 건반을 닦는 시늉을 하는 거지.

아카시의 목소리가 들려왔다.

그는 이마를 살짝 훔치고 피아노 위에 손수건을 내려놓은 다음 허공을 비스듬히 올려다보고 동작을 멈추었다.

괜찮아. 침착하네. 집중하고 있어.

미치코는 혼자 끄덕거렸다.

조용한 눈으로 허공을 잠시 바라보던 아카시는 매끄럽게 연주를 시작했다.

앗!

눈이 번쩍 뜨였다.

미치코뿐만 아니라 다른 관객들도 마찬가지였던 모양이다. 아이고, 이제야 끝이네, 그런 지친 분위기였는데 다들 정신을 차리고 허리를 펴는 게 느껴졌다.

아카시의 소리는, 달랐다. 똑같은 피아노인데 방금 전 연주자와는 전혀 달랐다.

명쾌하고, 온화하고, 촉촉하다. 생동감 넘치는 표정이 있다.

역시 음악은 곧 인간성을 나타낸다. 이 소리에는 내가 아는 아카시의 인품이 그대로 드러나 있다. 아카시라는 사람의 커다란 포용력이 소리에, 울림에 깃들어 있다. 무대 위 아카시 주변으로 광활한 풍경이 보였다.

평균율 클라비어 제1권 제2번.

어느 곡으로 할지 꽤 오래 망설였지. 후보를 몇 곡으로 줄인 뒤에도 몇 번이나 연주해 비교해가며 프로그램 제출 직전까지 고민했다.

미치코는 바흐를 들으면 언제나 '종교적'이라는 말이 떠오른다.

잘은 모르지만 마음이 차분히 가라앉아 '기도'의 본질을 깨닫게 된다.

아카시의 바흐는 오래오래 듣고 싶다는 생각이 들게 만든다. 듣는 사람도 마음이 차분해지고 겸허해진다.

하지만 바흐는 눈 깜짝할 사이에 끝나버렸다.

다음은 베토벤 소나타, 제3번, 제1악장.

소나타는 굉장히 중요한 형식이라고 한다. 작곡가의 역량을 알 수 있는, 실력이 드러나는 형식이라고도 했다.

미치코는 〈월광〉이나 〈열정〉은 알고 있지만 솔직히 다른 베토벤 소나타는 들어도 잘 몰랐다.

곡을 위한 곡이라는 느낌이네. 뭘 표현하고 싶어서 만든 게 아니라, 형식을 위해 만든 것 같아.

아마추어는 겁이 없다. 미치코는 아카시가 연습하는 소나타를 들으며 소박한 감상을 말했다.

그렇게 들려?

아카시는 쓴웃음을 지었다.

응. 좀 재미없어.

그래? 그럼 내가 잘못했네.

가볍게 프레이즈를 연주하면서 아카시는 천장을 올려다보았다.

왜? 작곡가 탓 아냐?

미치코는 가볍게 그렇게 말하며 빨래를 접었다.

아니야. 이렇게 후세에 남은 곡에는 저마다 곡이 갖는 분명한 필연성이 있어. 그걸 표현하지 못하는, 설득력 없는 피아니스트가 나쁜 거야.

그 목소리가 예상외로 단호했던 게 기억난다.

갑자기 왈칵 눈물이 솟구쳤다.

아카시, 당신이 했던 말의 의미를 알았어.

지금, 아카시의 손끝에서 들려오는 베토벤은 한 소절 한 소절이 서로 유기적으로 연결되어 무언가를 호소하고 있다.

그렇다, 아카시의 피아노에는 설득력이 있다. 지금이라면 베토벤이 무슨 말을 하고 싶은지 아주 조금이나마 알 것 같다.

미치코는 소리 하나도 놓치지 않으려고 집중했지만 두 번째 곡도 눈 깜짝할 새에 끝나버렸다.

아카시의 1차 예선 마지막 곡은 쇼팽의 발라드 제2번이었다.

사실은 발라드 제4번을 연주하고 싶었는데, 시간이 모자라.

그런 말을 하면서 연습했었지.

더없이 고요하고 부드럽게 시작되는 곡이다. 누군가의 속삭임 같은, 간결하면서도 아름다운 멜로디. 이 부분을 듣고 있노라니 아카시가 아키히토에게 그림책을 읽어주는 모습이 연상되었다.

하지만 그런 한가로운 광경은 예상을 뛰어넘는 격렬한 프레이즈가 덮어버렸다.

드라마틱한 멜로디가 성난 파도처럼 몇 번이나 밀려왔다가 물러나서는 더욱 큰 흐름이 되어 다가왔다.

현실의 가혹함, 험난함.

턱시도를 입고 아름다운 멜로디를 연주하기 위해서는 생업에 바삐 쫓기며 끝없이 반복되는 일상을 유지해야만 한다. 저 무대 위에 서려고 그가 얼마나 많은 노력을 기울였는지, 관객들은 아무도 모른다.

"이게 처음이자 마지막이니까 부탁이야, 도전하게 해줘."

"아빠는 음악가였다고 아키히토에게 말하고 싶어."

"이제 와서 원하는 사람도 없는데 콩쿠르에 나가서 어쩌자는 걸까."

"지금이기에 연주할 수 있는 것도 있어."

"안 돼, 손가락이 전혀 따라오지 못해. 마음만 앞서가고, 이건 곡이 아니야."

"역시 이런 짓은 하는 게 아니었는데."

"설득력 없는 피아니스트가 나쁜 거야."

"본선까지 남으면 다 함께 들으러 오겠대."

수많은 아카시의 목소리, 아카시의 표정이 겹쳐졌다.

그래도 여전히 피아노는, 쇼팽은 이토록 아름다워.

발라드 2번은 아카시의 다정하고도 엄격한 성격을 그대로 드러내는 것 같았다.

곡이 끝나자 일순 완벽한 정적이 회장을 감쌌다.

건반 위에 몸을 숙이고 있던 아카시가 고개를 번쩍 들었다.

후련한 표정이었다.

싱긋 웃으며 일어선 아카시를 박수와 환호성이 감쌌다.

정신없이 박수를 치면서 미치코는 마음속으로 중얼거렸다.

난 음악가의 아내야. 나의 남편은, 음악가다.

간주곡

"마지막 참가자 덕분에 살았어."

"정말, 겨우 음악다운 음악을 들은 기분이야."

대기실로 물러나는 길에 긴장감과 고행에서 해방된 심사 위원들은 무심코 진심을 털어놓으며 웃었다.

정말 좋았어, 그 사람.

미에코는 첫째 날 마지막 연주자인 다카시마 아카시의 이름을 마음속에 새겨두었다.

연주를 듣기 전에는 알지도 못하는 이름이었고, 당연히 하마평에도 전혀 오르지 않았던 이름이었다.

최고령자, 스물여덟 살.

스물여덟이라고 하면 나이 어린 참가자들에게 눈이 가기 쉬운 콩쿠르 세계에서는 베테랑 축에 든다. 기술이나 표현력이 있는 건 당연하다. 콩쿠르 경험만 쌓다가 실속 없이 재주만 늘거나, 각각의 콩쿠르 경향과 대책에 익숙해져 자신의 개성을 놓치기도 한다. 하지만 그는 그런 베테랑의 폐해에 빠지지 않았다. 그의 연주는 언뜻 정통파로 보이지만 의외로 독특했다. 그러면서도 자기만족에 그치지 않고 청중에게 호소하는 감성이 있었다.

이런 참가자를 만나면 기쁘다. 아름답고 유연한 피아노라는 인상을 주면서도 조금 재미있는 걸 들은 기분이 드는 것은 그 독특함에 위화감을 느끼지 않을 정도로 빠져들었기 때문이다.

기술을 확인할 목적으로 참가자들의 연주를 듣다 보면 아무리 마음을 비우고 들으려 노력해도 귀가 은근히 때를 탄다. 앙금이 쌓인다고 해야 할까, 씻어도 떨쳐낼 수 없는 얼룩이 귀에 들러붙는다. 곡이 점점 소리의 덩어리로 변해 음악으로 들리지 않게 된다.

하지만 다카시마 아카시의 연주는 확실하게 음악으로 들렸다. 더러워진 귀를 싹 청소해줘서 귀가 리뉴얼 오픈한 기분이다.

관객들의 반응을 보아도 프로와 똑같은 감상을 품은 듯하다. 음악은 그런 점이 신기하다. 그런가 하면 프로와 아마추어 사이에서 반응이 완전히 갈리는 경우도 있지만.

"어땠어?"

너새니얼이 옆으로 다가와 물었다.

보아하니 심기는 나쁘지 않은 듯했다.

"아아, 그래, 그랬지, 콩쿠르는 이런 느낌이었지, 이런 느낌."

너새니얼이 큭큭 웃었다.

"미에코다운 감상이군."

"난 심사 위원 경험이 별로 없으니까. 회장에 오기 전에는 기대도 꽤 하는데, 막상 와보면 아아, 전에도 귀찮아서 고생했지, 하는 생각이 드는 거야. 배워도 늘 잊어버린다니까."

"긴 싸움이니까. 처음부터 너무 열심히 하면 나중에 힘들어."

"당신이 전에도 그렇게 말했던 게 지금 생각났어."

그렇다, 참가자들이 '다음 콩쿠르에서는 반드시'라고 기대하듯 심사 위원들도 '다음에는 반드시 스타를'이라고 기대한다. 2주 가까이, 특히 닷새나 이어지는 1차 예선은 듣는 쪽도 체력이 필요한 일이라 잘 조절하지 않으면 버티지 못한다.

"그러는 당신은 어때? 마음에 드는 연주는 있었어?"

"수준이 확 뛰어올랐어. 이만큼 기술 수준이 고르면 참가자가 가여워. 어지간히 탁월하지 않고서는 눈에 띄지 않으니까."

"당신네 비장의 아이가 낫다는 얘기네."

너새니얼의 여유로운 표정에서 제자에 대한 절대적인 자신감을 엿볼 수 있었다.

"설마, 콩쿠르는 그때그때 운이 작용하니까."

"또 그러네, 자신 있으면서. 마지막 참가자 어땠어?"

"느낌이 좋더군. 땅에 뿌리를 내렸다고 해야 하나."

"아아, 확실히."

"저녁이나 함께 먹을까?"

"좋지. 뭘로?"

"지하 인도 요리는 어때?"

"오케이, 기합 좀 넣게 매운 걸 먹자."

채점표는 이미 걷어 갔다. 대기실에도 들르는 둥 마는 둥 하고, 둘이서 호텔 레스토랑으로 갔다. 간식거리가 다양하게 준비되어 있기는 하지만 여덟 시간 내내 심사를 했으니 피로감도 상당하고 허기도 진다. 지방 호텔의 레스토랑은 주문 마감 시간이 이르기 때문에 술도 요리도 무조건 시키고 본다. 대식가라는 점에서는 두 사람이 똑같았다.

"이혼했어?"

맥주로 건배하며 미에코가 단도직입적으로 물었다.

너새니얼은 떨떠름한 표정을 지었다.

"할 수 있을 것 같아. 위자료 금액만 맞으면."

"다이앤은 잘 지내?"

미에코는 너새니얼의 딸을 만난 적이 있다. 넓은 것 같아도 좁

170

은 세계라 헤어진 뒤에도 너새니얼과는 종종 마주칠 기회가 있었다.

"잘 지내. 나를 더 좋아하는 줄 알았는데, 요즘은 잘 모르겠어."

"왜?"

"이번에 다이앤이 가수로 데뷔하거든."

"어머, 축하해. 어떤 장르인데?"

"팝뮤직이야. 중학교 때부터 여자애들끼리 밴드를 했으니 그런 밴드가 될 것 같다더군."

"그렇구나, 당신 안 닮아서 귀엽고 착한 애라고는 생각했는데."

"맞아."

너새니얼이 태연히 인정했다.

"음악적 재능은 있어. 반대로 세상 물정은 몰라. 솔직히 아내가 연예계 사정에도 훨씬 능통하고 발도 넓어. 엄마라면 딸의 매니지먼트도 할 수 있다는 거야."

"아아, 알겠다."

너새니얼은 전 세계를 돌아다니니 실질적으로 딸의 곁에 있을 수 없다. 아내는 유명한 배우지만 활동 범위가 주로 영국 국내라 딸 곁에 있을 수 있다.

"하지만 어차피 공동 친권이잖아? 상관없는 것 아냐?"

"싫어."

너새니얼은 고개를 저었다.

이 남자가 한번 "싫다"라고 하면 옹고집인 걸 아는 미에코는 아무 말도 않기로 했다. 그래도 말은 바꾸어보았다.

"부모와 자식이라는 사실은 바뀌지 않아. 나도 지금은 아들하고 문자를 주고받는 친구인걸."

"그런가. 그러고 보니 취직했다면서?"

"응. 공무원이야."

"마음 놓이겠네."

"그렇지 뭐. 성실한 애라."

"당신은 아직 그 남자하고 살아?"

너새니얼은 미에코를 힐끔 쳐다보았다.

"어느 남자? 애아버지를 말하는 건 아니지?"

"아니. 한참 어린 스튜디오 뮤지션 있잖아."

"응, 아직 그 사람하고 살고 있어. 혼인신고는 안 했지만."

미에코는 지금 여덟 살 어린 작곡가와 함께 살고 있다. 편곡도 연주도 하는 우수한 뮤지션으로 믿음직한 남자다. 정신연령으로 따지자면 미에코보다 성숙할지도 모른다. 각자 일이 있어 함께 지낼 수 있는 시간은 적지만 죽도 잘 맞고, 무엇보다 함께 있으면 편하고 마음이 놓인다.

"돌아올 생각은 없어?"

탄두리 치킨을 물어뜯던 미에코는 갑작스러운 고백에 한 박자 늦게 반응했다.

"돌아오다니, 어디로?"

"내 곁으로."

"뭐?"

겉멋만 든 빈말 같지만 이런 면에서는 직설적인 남자다. 헤어질 때의 우유부단한 모습과는 대조적이다.

그래, 그랬지, 이런 남자였어.

미에코는 속으로 몇 번이나 고개를 끄덕였다.

"깜찍한 당신 비서는 어쩌고?"

미에코는 그렇게 가볍게 응수하며 너새니얼의 발언을 진심으로 받아들이지 않는 내색을 했다. 솔직히 연애 초기 같은 그의 직설적인 유혹에 마음이 흔들리기는 했다. 하지만 그 뒤의 기나긴 갈등과 헤어질 때까지 들었던 노력에 대한 기억, 이번에 그가 아내에게 막대한 위자료를 지불하게 된 원인 중 하나가 다섯 개 국어에 능통하고 용모 단정한 폴란드 아가씨의 존재라는 것을 업계 소문으로 들은 터라, 옛날 친구를 만나 현실도피를 하고 싶은 게 아닌가 하는 직감이 들었다.

"이거 원, 당신까지 그런 말을 해?"

너새니얼은 쓴웃음을 지었다.

"그 여자는 유능한 비서일 뿐이야. 그 이상도, 그 이하도 아니야."

"과연 그럴까?"

미에코는 어깨를 들썩였다.

"소문이 무성하던데."

너새니얼은 불쾌한 기색으로 외쳤다.

"하! 소문! 어딜 가나 소문뿐이지. 그 여자가 내 아이를 임신해 고향에서 극비리에 출산했다느니, 변덕스러운 고용주의 스트레스 해소를 위해 야릇한 서비스를 강요당해 거액의 함구료를 받았다느니. 정말이지, 마치 직접 본 것처럼 떠들어대는 말들에는 항상 놀랄 따름이야. 그 때문에 아내가 부르는 위자료 금액은 천

정부지로 치솟고. 나도 누굴 고발하고 싶은데, 고발할 상대를 어디 찾을 수가 있어야 말이지."

그가 짜증을 내비치자 미에코도 내심 동정하는 마음이 들었다. 개방적인 성격의 미에코도 젊었을 때부터 재미 삼아 떠들어대는 무책임한 소문에 불쾌한 꼴을 많이 당했다.

"유명세야. 밥그릇 수가 뻔한 바닥이니 어차피 대부분 당신 재능에 샘이 나서 하는 소리지."

그렇게 말해주자 자존심에 조금은 위로가 되었는지 너새니얼이 쑥스러운 표정으로 웃었다.

"뭐, 됐어. 어쨌거나 나는 진심이야. 당신하고 헤어진 뒤로 나도 조금은 성장했어. 이번에는 잘할 자신 있어. 콩쿠르가 진행되는 동안 생각해봐주지 않겠어?"

이번에는 미에코가 쓴웃음을 지을 차례였다.

이런, 내게 선택권이 넘어왔나? 숙제는 질색인데.

"그나저나."

양고기 카레를 난으로 싹싹 닦으며 너새니얼이 갑자기 말투를 바꾸었다.

말투와 함께 표정까지 변한 그를 보고 미에코는 움찔 놀랐다.

"벌꿀 왕자인지 꿀벌 왕자인지, 그 얘기 좀 해봐."

미에코는 내심 한숨을 쉬었다.

역시, 그럴 줄 알았다.

"난 반대했어."

변명하듯 말해보았지만 탐색하는 듯한 너새니얼의 날카로운 눈빛은 그대로였다.

"그래서 실제로 어떤데? 당신이 받은 솔직한 느낌을 듣고 싶어."

미에코는 너새니얼이 안달하는 것을 느꼈다.

"어때? 호프만 선생님 연주하고 닮았어?"

퉁명스러워 보이지만 말이 약간 빨라졌다. 세심하게 숨기고 있지만 불안한 마음으로 겁을 먹고 있다.

미에코는 깜짝 놀랐다. 거기에 과거 신경질적이었던 천재 소년의 모습이 고스란히 보였기 때문이다.

아아, 이 사람은 역시 호프만 선생님의 제자다. 호프만 선생님 앞에서는 지금도 마음 여린 소년으로 변한다. 스승으로 모셨던 사람 앞에서는 누구나 그럴 것이다.

미에코는 고개를 크게 저었다.

"아니. 하나도 안 닮았어. 내가 느낀 건 격렬한 혐오였어. 거부했다고 말해도 좋아. 다 듣고 난 순간, 불같이 화를 냈지. 호프만 선생님의 음악을 대놓고 부정하는 느낌이었으니까."

문득, 그때 느꼈던 분노가 잠깐 선명하게 되살아났다. 정말 찰나의 순간으로, 금세 사라져버렸지만.

너새니얼은 복잡한 표정을 지었다.

당혹과 안도.

어째서 경애하는 엄격한 스승이 그런 학생을 가르쳤는가 하는 당혹감. 그와 동시에 경애하는 스승의 정통 계승자는 아니었다는 안도감.

"하지만 추천서는 진짜였지?"

너새니얼은 조심스럽게 물었다.

"응, 맞아. 얄밉게도 그 티끌 왕자의 연주를 들으면 나처럼 거부 반응을 보이는 사람도 있을 거라는 예고까지 있었어."

그때 느꼈던 수치심도 되살아났다. 이쪽은 여파가 길게 남아 좀처럼 사라지지 않았다.

"티끌 왕자?"

어리둥절한 표정을 짓는 너새니얼에게 '진塵'이라는 이름의 의미를 설명해주자 그제야 긴장을 풀고 웃었다.

"그래서 솔직히 말해 이제는 잘 모르겠어. 내가 무엇에 그렇게 화를 냈는지. 스미르노프하고 시몽은 극찬했거든. 어떻게 그렇게 극단적인 반응을 끌어낼 수 있는 걸까? 하지만 결국 이만한 반응을 이끌어낸 것만으로도 대단한 거라고 말하는 두 사람한테 설득당했어."

뉴욕 선생님들을 골탕 먹이고 싶었다는 가장 핵심적인 이유는 말하지 않기로 했다. 너새니얼은 그 '선생님들'에 속하지 않지만 그곳 줄리아드의 교수니까.

"시몽과 스미르노프도 그렇게 말하더군. 엄청 흥분했던 건 사실인데, 그 인상만 남아 있고 연주 자체는 어땠는지 기억이 안 난다고."

아하, 이 남자는 파리 오디션이 궁금해 여기저기 캐고 다닌 모양이다.

미에코는 맞은편에 앉은 남자를 유심히 바라보았다.

물론 같은 콩쿠르에 출전하는 애제자의 라이벌 정보를 수집하기 위한 목적도 있을 것이다. 하지만 만년의 호프만에게 제자가 있었다는 충격적인 사실에 동요했다는 건 상상하기 어렵지 않다.

"사무국이 오디션 음원을 주지 않아. 규칙이 그렇다면서."

너새니얼은 원망스러운 기색으로 중얼거렸다.

올가가 손을 썼구나. 미에코는 직감했다.

만약 가자마 진이 우승하거나 입상한다면, 그 음원이 귀중한 돈줄이 될 거라고 내다보았으리라. 불발로 끝나면 그걸로 그만, 예상이 빗나갔다는 말 한 마디로 창고에 처박으면 된다. 그 '빗나간 예상'의 역풍은 심사 위원이었던 나와 다른 두 사람에게도 매섭게 불어닥치겠지만.

"저번에 누마 씨가 그러더라. 호프만 선생님이 가자마 진을 제자라고 생각했던 건 확실하다고 말이야. 대프니 말에 따르면 호프만 선생님이 종종 찾아가서 지도하셨대."

이번에야말로 충격을 감추지 못하는 너새니얼을 보고 미에코는 조금 후회했다. 이미 다른 사람에게 들은 줄 알고 한 말이었다.

"선생님 쪽에서? 가르치러?"

그럴 만도 하다. 선생님이 일부러 제자를 찾아가서 가르친다는 이야기는 들어본 적이 없다.

"히시누마 선생님은 대프니하고 자주 얘기하나?"

너새니얼은 생각에 잠겼다. 당장이라도 히시누마 다다아키를 찾아내 따지고 싶은 기색이다.

"응."

미에코는 주의 깊게 말을 이었다.

"이 얘긴 들었지? 가자마 진을 벌꿀 왕자니 꿀벌 왕자니 하고 부르는 건 그 애가 양봉가의 아들이라 그런 거래. 아버지 일을 도우면서 이동 생활을 한다나 봐. 그런 특수한 환경에 있는 아이라 호프만 선생님도 직접 찾아가셨던 게 아닐까?"

그 말을 들은 너새니얼은 더욱 깊은 생각에 잠겼다.

"뭐, 선생님도 만년에 동심으로 돌아가고 싶었던 걸지도 모르지."

미에코는 위로할 요량으로 말했는데 너새니얼은 울컥한 표정으로 고개를 들었다.

"진심으로 하는 소리는 아니겠지?"

그 매서운 말에 미에코는 순간 주눅이 들었다.

너새니얼의 머리카락이 살짝 곤두선 게 보였다.

"설마, 선생님이라면 절대 그랬을 리 없어. 마지막까지 누구보다 명석하고, 냉정하고, 음악에 진지하셨어."

너새니얼이 짜증을 내자 미에코도 울컥 화가 났다.

동요하는 그를 위로해주려고 한 말에 반박당한 것이나, 마음에도 없는 위로를 입에 담은 것에 괜히 다 화가 났다.

"나도 그 정도는 알아."

미에코는 차갑게 말했다.

"그럼 그런 말은 하지 마. 그렇다면 어째서 선생님은 그런 학생을."

너새니얼은 혼자 머리를 싸맸다.

아아, 그래, 그랬지. 이런 남자였어.

미에코는 다시 강렬한 기시감을 느꼈다.

고민거리를 잔뜩 싸안고 와서는 불안을 호소하며 위로를 구하는 주제에, 위로해주면 말꼬리를 잡아 또 토를 단다. 원래도 그런 기질이 있었지만 헤어지기 직전에는 거의 매일 그랬지.

"뭐, 그 애가 출연하는 건 1차 예선 마지막 날이니까, 당신 귀로 직접 들어봐. 어차피 내가 설명해도 자기 귀로 듣기 전에는 납득 못 할 테니까."

미에코는 담배를 꺼냈지만 가게 안이 금연이라는 것을 깨닫고 속으로 세태를 욕했다.

"마사루가 질 리 없어."

너새니얼이 혼잣말처럼 중얼거렸다.

"그래, 당신이 그렇게까지 말하는 비장의 아이니까."

미에코는 빈정거리며 차이티를 홀짝홀짝 마셨다. 이미 식어버려 얇은 우유 막이 입술에 들러붙는 바람에 얼굴을 찌푸렸다.

"어떻게 그런 말을 할 수 있지? 마사루의 연주를 들어본 적도 없으면서."

너새니얼이 또 말꼬리를 잡고 늘어졌다. 그래도 이번에는 아까만큼 흥분한 기색은 아니었다.

"당신도 가자마 진의 연주를 들어보지 못했으니 마찬가지야."

미에코는 입술에 붙은 우유 막을 이로 떼어내면서 콧방귀를 뀌었다.

솔직히 당신보다 내가 더 그의 연주를 듣고 싶어. 과연 그의 정체가 무엇인지, 호프만 선생님은 무슨 생각이셨는지. 다시 한 번 듣고 가늠하고 싶어. 그래, 당신보다도 내가 훨씬 더 듣고 싶어 미칠 것 같아.

미에코는 눈앞에서 머리를 싸매는 남자를 보면서 속으로 그렇게 중얼거렸다.

스타 탄생

"와, 이거 뭐야?"

아야는 객석을 채운 수많은 인파에 순간 주눅이 들었다.

"어째서 이렇게 혼잡한 거야? 아직 1차잖아?"

게다가 젊은 여성 관객이 압도적으로 많았다.

"아야, 소문 못 들었어?"

옆에서 가나데가 어리둥절한 표정으로 물었다.

"무슨 소문?"

"오늘 우승 후보가 나온다고. 줄리아드의 왕자님 말이야."

"왕자님?"

이번에는 아야가 어리둥절한 표정을 지었다.

요즘 항간에 '○○ 왕자'라는 표현이 넘쳐나서 뭐가 뭔지 전혀 분간이 되지 않는다. 아야는 연예계 정보에도 어둡고 가십이나 하마평에도 전혀 관심이 없었다.

"아야, 다른 참가자들 안 살펴봤어?"

"응. 어차피 매일 들으러 오는데 왜."

"그것하고는 또 다른 문제 같은데."

가나데는 어이없다는 표정으로 말했다. 요즘은 일본인 유학생이나 강사가 전 세계에 퍼져 있어 각국 참가자의 소문이나 평판에 관한 정보는 인터넷에 흘러넘친다.

"나도 들었을 정도야. 너새니얼 실버버그가 키운 비장의 아이인데, 일본인 핏줄도 섞여 있대."

"와, 나 너새니얼 실버버그 좋아하는데. 요즘은 지휘만 하는

데, 피아노도 좀 쳐주면 좋겠어."

천진하게 좋아하는 아야에게서 며칠 전 의상을 고를 때 힘내겠다고 말했던 모습은 찾아볼 수 없었다. 하지만 가나데는 이런 점에서 아야가 거물일지도 모른다고 생각했다. 아야의 실력을 믿기는 하지만 이건 콩쿠르다. 욕심이나 의욕이 지나치게 없어도 좋지 않다.

1차 예선 둘째 날.

가나데는 아버지에게 아야를 도와주라는 부탁을 받았다. 아야의 담당 교수 밑에는 그녀 외에도 이번 콩쿠르에 나가는 두 명의 참가자가 더 있어, 솔직히 아야까지 돌볼 여력이 없었다. 아야가 전혀 개의치 않아 다행이지만 보통 참가자라면 제법 비뚤어지거나 불안해했을 것이다.

아니, 긴 1차 예선에서 아야는 마지막 날에 출연하니까 지금은 이 정도가 딱 좋을지도 모른다. 가나데는 생각을 바꿨다. 참가자가 많은 장기 콩쿠르에서는 흔히 마음을 다스리는 게 가장 중요하다고들 한다. 특히 대기 시간이 힘들다고 푸념하는 참가자가 많다. 자기가 출연하는 건 고작 20분인데 1차 예선은 닷새나 된다. 그렇지 않아도 독특한 분위기가 감도는 콩쿠르에서 기나긴 대기 시간에 정신적으로 지쳐, 무대에서 맑은 정신을 유지하지 못하고 자멸하는 사람도 적지 않다.

시니어 콩쿠르는 처음인데 아야는 괜찮을까?

가나데는 연주에 귀를 기울이는 아야의 옆얼굴을 조용히 쳐다보았다.

아무에게도 말하지 않았지만 가나데는 아야가 본선에 나가면 본격적으로 비올라로 전향할 생각이었다. 사실 아야하고는 아무 상관도 없고, 언제든지 전향하려고 하면 할 수 있지만 혼자서 멋대로 그렇게 정했다.

예전부터 장차 비올라를 연주하고 싶다는 생각은 했다. 그 울림. 악기가 갖는 포지션이나 인상. 가나데에게 딱 맞는다. 몇 번 연주해보았는데 몸에 딱 맞는 느낌이었다. 하지만 그녀가 존경하는 비올라 연주자가 스무 살까지는 바이올린을 충실히 공부한 다음 전향하는 게 좋다고 해서 지금까지 꾸준히 공부해왔다. 비올라의 경우 바이올린에 비해 전용 악곡도 적고, 처음부터 비올라만 연주하면 연주 폭이 좁아지기 때문이리라.

나는 내 귀를 믿어.

가나데는 옆에 앉은 아야를 힐끗 쳐다보았다.

어렸을 적 이 아이는 반드시 데뷔할 거라고 확신했던 자신의 직감이 증명되는 순간을 확인한다면 안심하고 비올라를 시작할 수 있다.

가나데는 그렇게 속으로 아야의 이번 콩쿠르를 자신의 전기로 삼고 있었다. 그렇기 때문에 경쟁심이 전혀 없는 아야를 독려한 것이다.

그건 그렇고 수준이 진짜 높네. 아빠한테 뭐라고 보고하지.

차례로 단상에 등장하는 참가자들의 연주에 내심 혀를 내둘렀다.

시차가 크지 않고 식사 환경도 비슷한 아시아권 참가자가 많은 건 당연한 일이지만, 어쨌거나 다들 훌륭하다. 음악을 들은 지 20여 년밖에 되지 않는 가나데가 이렇게 말하면 거만하게 들릴지도 모르지만 5, 6년 전까지는 혼자 심취해 엉뚱하게 해석한 곡을 연주하는 참가자가 꽤 있었는데 지금은 그런 참가자가 없다. 다들 어엿한 음악을 이루고 있다. 인터넷의 등장으로 다양한 음원과 정보를 입수할 수 있게 된 지금, 분명 세계적으로 평균 수준이 올라간 게 아닐까? 그 때문인지 좋으나 싫으나 전보다 격차가 줄었지만, 그래도 국가색이라는 건 재미있다.

중국 참가자들은 대륙의 기상이라고 해야 할까, 뻥 뚫린 시원한 맛이 있다. 이렇게 콩쿠르에 나올 만한 참가자는 일단 예외 없이 부유층 혹은 중산층인데 중국의 중산층은 일본의 부유층에 해당하니 당연히 다들 유복한 가정 출신이다. 유리한 입장에 선 사람이 당연하다는 듯이 그 이점을 최대한 향유하는 중국 특유의 힘차게 곧게 뻗어나가는 연주 스타일은 매력적이지만, 요즘은 익숙해져서 어떤 초절기교를 들어도 놀라지 않는다. 그보다 부러운 건 중국 참가자에게서 느껴지는 탄탄한 자기 긍정이다. 일본인은 좀처럼 갖기 어려운 정신이다. 일본인이 말하는 '본연의 모습'은 타인에 대한 콤플렉스나 자신감의 부재, 불안한 자아 정체성에서 달아나기 위한 핑계다. 다양한 갈등을 거쳐 손에 넣을 수 있는 '본연의 모습'을 저들이 처음부터 당연하게 갖고 있는 건 혹시 중화사상과 일당독재 체제 때문일까, 그런 생각을 하고 만다. 어쩌면 국내 경쟁이 엄청나게 치열해 거기서 살아남은 순간 그런 갈등은 이미 해소되는지도 모른다. 그에 비해 다른 아시아 각국의 참가자들은 훨씬 나약하다. 어째서 내가 여기에 있는가, 왜 이 무대에서 피아노를 치는가, 그런 의문과 갈등이 그대로 보일 때가 있다.

이번에 눈길을 끄는 것은 최근 다양한 분야에서 활약이 눈부신 한국 참가자들이다.

흔히 말하는 한류 스타를 볼 때도 드는 생각인데 가나데는 그들에게서 올곧은 정열과, 이런 표현이 맞는지는 모르겠지만 항상 일종의 '처연함'을 느낀다.

그들이 민족적으로 갖는 '격렬함'과 '처연함'은 드라마틱한 클래식 음악과 궁합이 좋다.

그렇다면 일본인의 특색은 무엇일까, 일본인의 장점은 무엇일까?

이런 국제 콩쿠르 연주를 듣고 있으면 가나데는 자꾸만 그런 의문이 든다. 평소에는 생각하려 하지 않지만 지금까지 면면히 프로 일본인 연주가들이 고민해온 문제. '어째서 동양인이 서양 음악을 하는가'라는 의문에서 출발해야 한다는 생각이 든다. 그 질문은 결국 자신이 어째서 바이올린을, 비올라를 연주하는가 하는 의문으로 귀결된다.

정신을 차리고 보니 이미 연주가 끝나, 아야가 열심히 박수를 치고 있었다. 흥분한 표정으로 가나데의 얼굴을 들여다보았다.

"진짜 잘한다. 한국 참가자는 대단해."

지금 그렇게 감탄할 때야?

가나데는 쓴웃음을 지었다. 휴식 시간이 되자 또 사람들이 우르르 들어왔다. 이윽고 줄리아드의 왕자님 차례가 왔다.

무대 매니저 다쿠보 히로시는 가만히 다음 참가자를 바라보았다.

어둠 속에 조용히 서 있는 장신의 그림자. 무심코 눈길을 빼앗긴다.

가여울 정도로 긴장하는 참가자들 속에서 그 그림자는 몹시 차분했다.

평소 전 세계의 프로와 마에스트로를 보고, 지금껏 무대 뒤에서 여러 스타들을 지켜보았는데 이 청년에게는 이미 그들과 똑같은 신비한 아우라가 있었다.

다른 스태프들도 똑같은 느낌을 받았는지, 모두 경외심을 품고 그를 대하는 것을 알 수 있었다.

어쨌거나 '특별한' 인상을 받았다. 체격과 용모도 뛰어나지만 바라보기만 해도 어쩐지 가슴 설레는 존재감이 있다.

다쿠보는 시계를 보았다.

"나갈 시간입니다."

조용히 부르자 청년은 매끄럽게 앞으로 나갔다.

말을 거는 타이밍은 언제나 조심스럽다. 목소리 높이나 크기가 참가자에게 중압감을 주지 않도록 배려해야 한다. 최대한 온화하게, 자연스럽게.

"행운을."

다쿠보는 회전문을 밀어젖히며 말했다. 집중하고 있을 때 방해가 되거나 오히려 동요하게 만드는 경우도 있으므로 상대를 가려서 격려의 말을 전하는데, 이 청년에게는 무심코 말이 튀어나왔다. 그에게는 말을 걸고 싶어지는 분위기가 있었다.

"고맙습니다."

청년은 싱긋 웃으며 목례로 답했다. 무대의 빛 속으로 나가는 그의 미소에 다쿠보는 나이도 잊고 가슴이 설렜다. 상쾌한 훈풍이 스쳐 지나간 느낌이었다.

　그가 나타난 순간, 박수갈채와 동시에 회장이 묘하게 술렁거렸다.

　그 순간 관객도 그가 '특별한' 사람이라는 사실을 알아차린 것이다.

　그는 관객들을 향해 미소를 던지며 무대 중앙으로 걸어 나왔다.

　굉장해! 등장만으로 무대가 화사해졌어. 진짜로 밝아졌어.

　아야는 경탄의 눈길로 무대 위의 '왕자님'을 보았다.

　영화 개봉 당일, 무대 인사를 하러 나온 영화배우 같았다.

　우아한 광택이 감도는 청회색 슈트가 190센티미터에 가까운 훤칠한 장신을 감싸고 있다. 하얀 셔츠에는 밝은 보라색과 녹색을 배치한 세련된 넥타이. 넥타이를 맨 참가자는 의외로 드물다.

　부드럽게 굽이치는 갈색 머리카락. 음영이 짙은, 온화한 인상을 주는 얼굴.

　관객들이 숨을 죽이고 의자를 조절하는 청년을 주시하고 있었다.

　아야는 문득 기묘한 그리움을 느꼈다.

　그가 오래전부터 알고 있던 사람처럼 느껴졌다.

　스타란 전부터 알던 사람처럼 느껴지기 마련이야.

　옛날에 들었던 말이 뇌리에 되살아났다. 이 목소리는 분명.

　뭐라고 해야 할까, 스타는 존재 자체가 기준이 되니까. 세상에는 등장한 순간에 이미 고전이 될 운명을 가진 존재가 있어. 스타란 그런 거야. 아주 오래전부터 관객들이 이미 알고 있던 것, 원하던 것을 형태로 만든 게 스타란다.

아아, 이건 와타누키 선생님의 목소리다. 아야는 작게 끄덕거렸다.

피아노의 기초를 가르쳐준 건 어머니였지만, 음악을 사랑하는 법을 가르쳐준 건 와타누키 선생님이었다. 선생님은 모든 음악을 차별 없이 사랑했다. 선생님의 레슨이 정말 좋았다. 선생님 댁의 문을 열면 언제나 다양한 곡들이 흘러나왔다. 레슨을 가는 게 어찌나 즐거웠던지, 매일이라도 가고 싶을 정도였다.

하지만 선생님은 아야가 열한 살 때 돌아가셨다. 몸이 좋지 않아 입원하고 얼마 지나지 않아서였다.

그대로 와타누키 선생님에게 배웠다면 어머니가 돌아가신 후에도 연주 활동을 계속했을지 모른다는 생각이 머릿속을 스쳤다. 그 후에 만난 선생님은 기술도, 악보 해석도, 프로 연주가가 되기 위한 지도라는 점에서는 완벽했지만 음악을 사랑하는 법에 대해서는 와타누키 선생님만큼 가르쳐주지 않았다.

청년은 의자에 앉아 잠시 허공을 바라보았다.

사려 깊은 옆얼굴에 눈길을 사로잡혔다.

관객의 주목을 한 몸에 끌었다 싶은 순간, 그는 건반을 쓱 어루만지듯 갑자기 연주를 시작했다.

어쩜 저렇게 아름다울까?

그 순간, 관객들이 그의 소리와, 또 그 소리를 자아내는 그와 사랑에 빠졌다는 것을 느꼈다.

모두를 사로잡는다는 게 이런 걸까?

객석 전체가 하나의 귀가 되고 눈이 되어 달아오르고 있다. 무대 위의 청년은 그 열기에 지거나 눌리지 않고 자연스럽게 관객의 추파를 받아들이며 그에 응하고 있다.

연주하는 사람이 다르면 소리가 이토록 다른 걸까?

알고는 있었지만 직접 보니 역시 신기할 따름이다.

기본 중의 기본이지만 교본대로 연주하면 배경음악처럼 흘려 듣게 되는 평균율 클라비어가 이토록 생동감 있고 스릴 넘치는 곡으로 들리다니.

한 음, 한 음이 깊고 풍부하다. 그대로 드러내는 게 아니라 벨벳으로 감싼 것 같다. 그런데도 간결하면서도 조금 냉소적인 바로크의 울림이 뚜렷이 드러난다.

음, 장식음이 아름답네. 아야는 혀를 내둘렀다.

흘러넘치지도 않고, 흐름을 막지도 않는 장식음들이 곡에 파묻히지 않으면서도 자연스럽게 녹아 있다.

게다가 어찌나 즐겁게 연주하는지. 불필요한 힘이 전혀 들어가 있지 않다. 건반을 어루만지고 있는 것처럼 보이는데 각각의 음들이 명쾌하고, 구석구석까지 피아노가 울려 퍼진다. 가끔 독특한 자세나 스타일로 피아노를 연주하는 사람이 있는데 보는 사람까지 힘이 들어가 집중을 놓칠 때가 있다. 그에 비해 이 사람이 연주하는 모습은 마음 놓고 몸을 맡길 수 있는 여유가 가득하다. 게다가 그 음악에는 세심한 주의가 꼼꼼하게 담겨 있다.

아직도 무척이나 여유 있어. 음악이 굉장히 커.

그렇게 생각했을 때, 또다시 와타누키 선생님의 목소리가 들려왔다.

몸속에 커다란 음악을 가지고 있는데, 그 음악이 강하고 밝아서 좁은 곳에 결코 가둬둘 수 없는 것 같구나.

그렇다, 바로 그런 느낌이다. 언제였더라, 선생님이 그런 말씀을 하셨지.

오호라, 너새니얼이 자랑할 만하네.

미에코도 심사 위원석에서 마사루를 뚫어져라 보고 있었다.

심사 위원석은 2층 객석을 통째로 쓴다. 열세 명의 심사 위원이 서로 넉넉하게 떨어져서 두 줄로 앉아 있다. 미에코와 너새니얼은 윗줄 양 끝에 앉아 있었다. 지금 이 경탄스러운 참가자의 연주를 들으며 다들 스승인 너새니얼을 의식하고 있을 게 분명했다.

스케일이 크다는 단순한 표현이 이렇게나 순순히 나오기는 오랜만이었다. 기교가 뛰어난 피아니스트, 견실한 피아니스트는 많다. 다들 열심히 공부하지만 오히려 파격적인 스케일이나 여백을 느끼게 하는 피아니스트는 점점 찾아보기 힘든 추세다.

이 아이에게는 본디 모순되고 상반되는 요소를 자연스럽게 자기 것으로 만드는, 엄청나게 넓은 도량이 있다.

파티에서 만났을 때 받았던 인상이 떠올랐다.

야성적이지만 우아하고, 도회적이지만 자연스럽다.

피아노 소리는 싱그러우면서도 원숙하다. 미지수인 부분이 아직 많은데 이미 품격이 느껴질 정도였다.

혼혈이라 그런 걸까? 아니, 하프도 쿼터도 흔한 세상이다. 특히 유럽은 예로부터 많은 민족들이 경계를 넘어 피를 섞었다. 그냥 두면 피는 점점 더 섞인다. 그렇기 때문에 오히려 치열한 순혈

주의나 민족주의가 두드러지는 것이다.

하이브리드 차일드. 그때도 떠올랐던 말.

이 아이가 대단한 건 하이브리드라는 특성을 자신의 개성으로 삼아 유리하게 이용하는 강인함이다.

때때로 연주가를 꿈꾸는 하프나 쿼터 아이들이 아버지와 어머니의 조국 양쪽에서 소외감을 느끼고 정체성 확립에 고뇌하다가 결과적으로 말 그대로 불안정한 '반쪽짜리'로 끝나는 경우를 자주 보았다. 물론 개중에는 양쪽의 장점을 정확히 파악해 '더블'로 성장하는 사람도 있다.

마사루의 경우 더블을 뛰어넘어 트리플, 아니, 그 이상이다.

그의 소리는 달콤하고 화사하면서도 음영까지 있어 복잡했다. 유럽 전통의 울림, 라틴의 빛과 그림자, 동양적인 정서, 그리고 미국의 활기. 그 모든 것들이 자연스럽게 공존하며 하나가 되어 그의 음악을 이루고 있다. 곡을 바꾸고 각도를 바꿀 때마다 그가 가진 다면성이 또 다른 표정을 보여준다. 그것이 신비한 매력으로 작용해 다른 곡도 듣고 싶어진다.

전문가들은 흔히 젊고 용모가 화려한, 기교 넘치는 피아니스트를 경시하는 경향이 있는데, 마사루는 고령자나 프로에게도 인기를 끌 게 분명했다.

1층을 채운 수많은 여성 관객들이 눈에 들어왔다.

역시, 일본의 여성 관객은 미남이나 스타에 민감하다. 마사루는 대중성도 겸비하고 있다.

2층 객석에서 보면 때때로 무대가 가깝게 느껴지는데, 마사루가 연주하니 마치 무대가 입체 그림책처럼 이쪽으로 바짝 다가

오는 듯한 착각에 빠졌다.

바흐도 훌륭했지만 모차르트도 훌륭하다. 기교나 소리가 받쳐 준다고 재능에만 의존하지 않고 공부도 열심히 한 것 같았다. 물론 스승이 너새니얼이니 공부하지 않는 제자를 용납할 리 없다.

호프만 선생님처럼.

그렇게 생각하고 흠칫 놀랐다.

너새니얼은 마사루야말로 선생님의 정통 후계자라고 자부하는 게 아닐까?

무심코 그를 쳐다볼 뻔했지만 꾹 참았다.

생각해보면 호프만 선생님이야말로 하이브리드였다. 할머니는 프로이센 귀족에게 시집간 일본인, 아버지는 위대한 지휘자, 어머니는 이탈리아의 유명한 프리마돈나. 어렸을 때는 각국의 친척들 손에 자랐다. 복잡한 다면성을 확고한 개성으로, 유지 폰 호프만이라는 거대한 음악 작품으로 만들어낸 것이다.

그 음악에 경도된 너새니얼은 마사루 안에서 새 시대의 호프만을 찾아냈는지도 모른다. 그렇기에 선생님께 제자가 있었다는 소식에 동요했던 게 아닐까?

확실히 그만한 기대를 걸 수 있는 제자인 것은 분명하다.

미에코는 두 번째 곡을 마친 마사루를 물끄러미 바라보았다.

다음은 〈메피스토 왈츠〉. 아야와 같은 곡이다.

가나데는 냉정하게 분석했다.

1차 예선은 연주 시간 20분. 바흐의 평균율 클라비어에서 3성부 이상의 푸가를 한 곡, 하이든, 모차르트, 베토벤 소나타에서 제1악장 또는 제1악장을 포함한 복수의 악장, 낭만파 작곡가 작품 중 한 곡을 연주해야 한다. 첫 두 곡으로는 격차를 벌리기 힘들어 그런지 자연히 세 번째 곡으로 어려운 곡을 연주하는 참가자가 많다. 프로그램을 보니 리스트나 라흐마니노프의 곡이 태반을 차지했다. 세 번째 곡에 쓸 수 있는 시간은 보통 11분 내지 12분. 이 연주 시간에 맞는 곡이라는 이유로 리스트의 〈메피스토 왈츠〉를 고른 참가자가 다섯 명이었다. 어제도 한 명 있었는데 듣지 못했다. 인터넷으로 관객들의 평가를 살펴봤는데 언급이 없었던 걸로 보아 대단한 연주는 아니었으리라.

그렇다면 이 '줄리아드 왕자'의 연주가 기준이 될 게 분명하다.

가나데는 정신을 집중하고 허리를 쭉 폈다.

바흐는 어디까지나 단정하게, 모차르트는 그 순도를 최대한으로 표현했던 '왕자'가 갑자기 기어를 바꾼 것처럼 '화려'한 모드로 돌입했다.

마치 연주자가 바뀐 것 같았다. 리스트의 곡이 갖는 '차가운 열정'이 온몸에 넘쳐 역동적인 이미지를 보여준다.

역량이 부족한 사람이 리스트를 연주하면 자칫 조급하고 시끄럽게 들리기 십상인데 '왕자'의 손가락은 건반 위에서 경쾌하게 춤을 추었다.

울린다, 울린다. 굉장하다.

가나데는 감탄했다. 피아노를 저만큼 크게 울릴 수 있으니 피아니시모도 훨씬 효과적이고 강약의 활기도 탁월하게 감각적이다.

태연하게 자아내는 완벽한 글리산도.

달콤하고 애절한, 맑은 트레몰로.

기교에 관해서라면 평소 능숙한 사람들을 많이 본 터라 놀라지 않을 거라 생각했는데, '왕자'의 기교는 수준이 달랐다.

정신이 번쩍 드는 화려한 아티큘레이션.* 청중의 마음을 사로잡아 한껏 휘두르는 절묘한 표현 방식이다.

마지막 화음이 사라지고 여운이 지나간 뒤 '왕자'가 자리에서 일어서자 비명에 가까운 요란한 함성이 회장을 에워쌌다.

'왕자'는 싱긋 웃으며 한 손을 가슴에 대고 고개를 깊이 숙였다. 그 아름다운 미소에 관객들은 더욱 뜨겁게 열광했다.

"와, 진짜 굉장하다. 정말 우승해버릴지도 모르겠네."

흥분해서 박수를 치는 아야를 보며 가나데는 힘이 쭉 빠졌다.

이 〈메피스토 왈츠〉가 기준이라니. 얘는 자기에게 불리해졌다고 생각하지 않는 걸까?

왕자가 살가운 미소와 함께 무대를 떠났다. 회전문 안쪽으로 사라진 뒤에도 화사한 여운이 무대에 남아 있는 것 같았다.

확실히 대단하다. 내가 장래를 예상할 필요도 없이 저 '왕자'는 진짜다. 아니, 그는 이미 스타였다.

성난 파도 같은 환호성은 그칠 줄을 몰랐다.

---

* 연속되고 있는 선율을 보다 작은 단위로 구분하여 각각의 단위에 어떤 형과 의미를 부여하는 연주 기법.

It's Only A Paper Moon

다카시마 아카시는 자리에서 한참을 일어나지 못했다.

태풍처럼 요란한 함성 속에서 객석이 똘똘 뭉쳐 열광하는 기운이 천장으로 쭉쭉 올라가는데 혼자만 반대로 중력의 밑바닥에 짓눌려 가라앉는 기분이었다.

머릿속에는 현실감 없는 갈채와 열광만 남았다. 동시에 그야말로 만화 효과음처럼 '뎅' 하는 묵직한 종소리의 메아리가 꼬리를 물어 언제까지고 몸속에서 사라지지 않았다.

마사루 카를로스 레비 아나톨 다음으로 등장한 여성 참가자에 대해서는 가엾다는 말밖에 나오지 않았다. 아무리 열심히 연주해도 관객들은 건성으로 무대 위의 참가자를 보면서 여전히 마사루의 여운에 젖어, 여전히 마사루의 모습을 보고 있었다.

놀랍게도 그다음 참가자가 나왔을 때도 그 여운은 남아 있었다. 관객들은 세 번째 참가자가 나왔을 때에야 비로소 눈앞의 연주에 집중할 수 있었다.

오늘은 마사루 카를로스 이전과 이후로 나뉘겠구나.

아카시는 힘없이 그런 생각을 했다.

마사루가 등장하기 전까지는 물론 참가자들의 높은 수준을 뼈저리게 느끼면서도 각각의 연주를 냉정하게 즐길 수도, 분석할 수도 있었다. 전날 연주로 자신감도 생겼고, 실제로 객석에서 들어준 친구와 동료들의 감상도 빈말이 아니라 진심으로 감탄하는 게 느껴져 은근히 기대도 품었다.

이 정도면 지지 않아. 이 정도면 나도.

생각하지 않으려 해도 똑같이 평가를 받는 콩쿠르 참가자이다 보니 마음의 소리를 완전히 무시할 수는 없었다.

하지만 마사루가 나온 순간, 그런 부질없는 목소리는 싹 날아 갔다.

아카시는 가급적 다른 참가자들의 정보를 피했다. 솔직히 말 하면 그럴 시간이 없었다.

그래도 음대 시절 친구나 동료의 정보망을 통해 주목받는 참 가자에 대한 소문은 간간이 듣고 있었다.

너새니얼 실버버그의 애제자로 수준이 다른 참가자가 온다는 소문은 귀담아 듣고 있었다. 그 동료가 뉴욕에서 그의 연주를 들 은 적 있다고 하기에 어땠는지 물어보았다. 그가 들은 게 트롬본 연주였다고 했을 때는 귀를 의심했다. 동료는 클래식도 듣지만 학창 시절에는 재즈 연구회에서 베이스를 연주했던 남자였다. 그런 그가 뉴욕의 전통 있는 재즈 클럽에서 우연히 들었다고 했 으니 생각해보면 당연한 일이다.

그게 진짜 대단했어. 커티스 풀러 뺨치게 부는, 강하고 예리한 솔로였는데, 아직 열대여섯 살밖에 안 되었는데도 프로 저리 가 라더라니까.

나중에 경력을 듣고 트롬본은 취미고 현재는 줄리아드 피아노 과 학생이라고 해서 깜짝 놀랐다고 한다. 듣자 하니 기타나 드럼 실력도 상당하다고 했다.

아아, 못하는 것 없는, 고생이 뭔지도 모르는 천재 타입인가 보 네. 아카시는 내심 가볍게 생각했다. 재능이 남아돌아 피아노 말 고도 이것저것 건드려봤구나 싶었다.

머릿속에 약간 이국적인 조숙한 신동의 이미지가 자리를 잡았다. 분명 곱게 자라 세상 물정 모르는 소년이겠지.

음악계에는 예로부터 신동이라는 카테고리가 있다. 확실히 어린 나이에 보통 사람들은 보지 못하는 것들을 보는 그들은 어느 날 갑자기 음악이라는 영역의 비밀을 접한다.

하지만 그들은 보통 사람들이 보는 것을 보지 못한다. 아득히 높은 곳에 있는 음악에 대한 신격화된 동경, 찬연히 빛나는 정상을 목표로 바닥에서 음악을 시작하는 기쁨, 온갖 고뇌와 좌절을 뛰어넘어 음악에 한 걸음씩 다가가는 기쁨을 모른다.

그런 의미에서는 천재에 대한 범인의 비뚤어진 우월감도 존재한다.

그래서 아카시는 그들을 위협적으로 느끼거나 질투하지 않았다.

하지만 무대에 등장한 마사루 카를로스는 '천재'에 대한 그의 빈약한 상상력을 산산이 깨부수었다.

저 성숙함, 저 커다란 음악 스케일, 구축하는 음악의 높은 수준. 그것을 열아홉 살이라는 나이에 이미 갖고 있다니 기적이었다. 그게 가능하기 때문에 정말로, 진정한 천재인 것이다.

아카시는 그 훌륭한 음악에 황홀하게 취하면서도 동시에 좌절했다. 이토록 풍요로운 조건을 갖추었는데, 진지하고 사려 깊은 소리에서는 구도자의 금욕적인 면모까지 느껴졌다.

그렇다, 저 청년은 음악의 전체 상을 파악하고자, 음악의 심연을 파헤치고자 트롬본이나 기타를 통해 다른 각도에서 접근을 시도했던 것이었다. 심심풀이가 아니다. 어디까지나 그것은 음악을 위한 노력이었다. 피아노로 저 자리에 오르기 위해 실마리를 찾아 다른 악기로 그것을 이해할 가능성을 찾아다녔을 뿐이다.

어째서 이 세상에는 저런 사람이 존재하는 걸까.

절망이 머릿속을 가득 채웠다. 말 그대로 눈앞이 캄캄해졌다.

어째서 저렇게 태어나지 못했을까. 어째서 저런 사람과 같은 악기로, 같은 시대에, 같은 콩쿠르에서 승부를 겨루게 되었을까.

어째서, 어째서.

그런 생각을 하는 사이 '마사루 카를로스 이후'에 나온 참가자들의 연주는 빠르게 돌린 비디오처럼 술술 흘러갔다. 그가 등장한 것은 오늘 1차 예선 중반쯤이었는데, 후반은 눈 깜짝할 사이에 끝나버렸다. 정신을 차리고 보니 어느새 오늘 예선은 끝나 관객들이 삼삼오오 떠나는 참이었다.

어째서.

아카시는 마음속으로 그 말을 되뇌면서 간신히 자리에서 일어났다. 2차 예선 연습을 해야 한다는 걸 머리로는 알고 있는데, 아무래도 의욕이 나지 않는 게 그가 받은 충격의 크기를 증명하고 있었다. 그는 탄식하면서 사람들이 빠져나가는 관객석의 비탈진 통로를 중력에 저항하는 노인처럼 걸어갔다.

"그러고 보니 마지막 날에 나오지? 그 사람."

"응. 볼만하겠어, 에이덴 아야."

화장실 칸 안에서 하품하던 아야는 문밖에서 들려오는 목소리에 깜짝 놀라 저도 모르게 입을 막았다.

"이번 콩쿠르에서 얘기가 좀 나왔어?"

"글쎄. 카네기홀에서 협주까지 하셨던 분께서 이제 와서 무슨 생각이람."

젊은 여자 두 명인 것 같았다. 거울 앞에서 화장을 고치며 수다를 떠는 모양이다.

오늘 1차 예선이 끝나고 화장실도 잠시 붐볐지만 그 인파는 이미 빠져나갔다.

어쩌지.

아야는 고민했다.

나가고 싶어도 못 나가게 되었다. 지금 나가면 저 사람들은 내가 에이덴 아야라는 걸 알아볼까? 프로그램북에 실린 사진과는 헤어스타일이 다르다. 지금은 짧은 보브커트이니 모르지 않을까? 태연한 얼굴로 나가면 분명.

"공백은 얼마나 돼?"

"꽤 됐을걸. 7, 8년쯤?"

"그런 사람들은 어디로 가는 걸까? 의외로 많지? 열 살, 열두 살 어린 나이에 오케스트라 협연으로 천재 데뷔, 그런 애들. 그게 제대로 경력으로 이어지는 사람을 별로 못 본 것 같아."

"재능이 다한 것 아닐까? 내내 피아노에만 빠져 산 거잖아. 다른 세계를 모른다는 건 한계가 있지. 천재 아역이 성인 배우가 되기 어려운 것처럼 뭔가 벽이 있을지도 몰라."

등줄기가 서늘하게 식었다.

스무 살이 넘으면 일반인. 소진 증후군. 수도 없이 들었던 단어가 머릿속에 되살아났다.

"1차에서 떨어지면 웃기겠다."

심술궂은 말투였다.

"그럼 엄청 쪽팔리겠지? 안 무서울까? 이렇게 공백이 긴데. 게다가 부활 리사이틀이라면 또 몰라도 당락이 확실한 콩쿠르에 나오다니. 나 같으면 무서워서 못 나가."

이쪽은 무모하다고 말하고 싶은 투였다.

아야는 스멀스멀 식은땀이 배어 나오는 것을 느꼈다.

"정말 나올까?"

"보고 싶다."

"이러다 또 내팽개치는 거 아냐?"

목소리가 멀어져갔다. 겨우 나간 모양이다.

주위가 조용해졌다.

그래도 아야는 한동안 그곳에서 나갈 수 없었다.

어쩌면 저 애들은 내가 여기에 있는 걸 알고 일부러 저런 소리를 한 게 아닐까? 여기 있는 나더러 들으라고?

지금 여기서 나가면 밖에서 기다리고 있다가 "봐, 있었지?" 하고 비웃는 게 아닐까?

살금살금 밖으로 나온 아야를 보고 웃는 여자들.

그런 장면이 자꾸 떠올라 움직일 수가 없었다.

얼마나 그러고 있었을까. 살그머니 문을 열고 밖을 살피니 아무도 없었다.

손을 씻고 화장실에서 조심스럽게 나갔다.

아무도 없다. 휑했다.

오늘은 가나데가 같이 오지 않아 다행이라고 생각하며 가슴을 쓸어내렸다. 가나데는 도쿄에 볼일이 있어 마사루 카를로스의 연주만 듣고 먼저 돌아갔다. 그녀에게 지금 표정을 보여주기 싫었다.

로비에는 스태프들이 묵묵히 뒷정리를 하고 있을 뿐, 관객들은 몇 명 남아 있지 않았다. 그중에 방금 전 들었던 목소리를 낼 만한 젊은 여자는 없었다.

아야는 도망치듯 홀에서 빠져나왔다.

나가고 싶어서 나가는 게 아니야. 내가 원한 게 아니야.

호텔로 돌아가는 동안 속으로 그렇게 외쳐댔다.

부끄러운 건지, 분한 건지, 슬픈 건지, 화가 나는 건지. 지금 그녀가 품고 있는 감정을 이해하기 어려웠다.

하지만 그것이 '세간의 이목'이다. 그것이 현재 아야를 바라보는 '세간의 이목'이 갖는 이미지이고 감상인 것이다.

그때까지 전혀 의식하지 않았던 '세간의 이목'이 갑자기 악의를 품고 아야 안으로 왈칵 차갑게 밀려들었다. 무수한 악의, 홀 밖에 펼쳐진 막막한 세상이 소리를 내며 아야를 덮쳤다.

'세간의 이목'은 잊어주지 않았다. 내가 콘서트를 내팽개친, 변덕스럽고 처량한 과거의 천재 소녀라는 사실을 잊지 않았다.

아까 들은 목소리가 집요하게 뇌리에 맴돌았다.

볼만하겠어, 에이덴 아야.

이제 와서 무슨 생각이람.

그런 사람들은 어디로 가는 걸까?

1차에서 떨어지면 웃기겠다.

안 무서울까? 나 같으면 무서워서 못 나가.

지금 생각해보면 심술궂게 말하던 쪽보다 기도 안 찬다는 식으로 말하던 다른 여자의 말이 더 괴로웠다.

분명 무모하고 황당한 짓이다. 이제 와서 뻔뻔하게 콩쿠르에 참가하다니. 청중 앞에 천재 소녀의 비참한 말로를 내보이다니. 혜성처럼 줄줄이 등장하는, 전 세계의 천재들 틈바구니에 껴서.

마사루 카를로스의 모습이 떠올랐다.

그 멋진 메피스토 왈츠.

아야는 호텔 방에 뛰어들어 문을 닫고 카드키를 쥔 채로 문에 등을 기대고 망연히 서 있었다.

그래서 콩쿠르에 나가기 싫었는데.

하마자키 선생님, 어째서 제게 이런 망신을 주려는 거죠? 선생님 체면 때문에? 절 특례로 입학시켰으니까?

마음속으로는 엉뚱한 화풀이라는 걸 잘 알고 있었다. 하지만 이 순간, 아야는 하마자키를, 가나데를, 콩쿠르에 나가겠다고 결심한 자신을 격렬하게 욕하고, 탓하고, 저주했다.

나가지 말까?

문득 그런 생각이 머리를 스쳤다.

이대로 아무에게도 들려주지 않으면, 사라진 천재 소녀로 남을 수 있다. 지금의 내 모습을 아무에게도 보여주지 말고 도쿄로 돌아가버릴까? 기권하면 된다. 몸이 좋지 않아서, 고열이 난다고 하고.

하지만 방금 들었던 말이 다시 밀려들었다.

정말 나올까?

이러다 또 내팽개치는 거 아냐?

온몸에 식은땀이 확 솟았다.

무대 위에 '88 EIDEN AYA'라고 적힌 하얀 이름표가 있다.

하지만 무대에는 아무도 나오지 않는다. 이윽고 회장이 술렁이기 시작한다.

스태프가 목소리를 낮추어 숙덕거린다. 양복을 입은 스태프가 나와서 아야의 이름이 적힌 이름표를 가지고 들어간다. 회장이 점점 더 소란스러워진다.

웃음소리가 들린다. 객석 여기저기서 속닥거리는 소리가.

어? 뭐야? 기권했어?

진짜? 기대했는데. 에이덴 아야.

또 달아났네. 역시 무서웠나 보지?

얼마 전까지만 해도 회장에서 1차 예선을 듣고 있었는데 말이야.

그래서 그래, 다른 참가자들 수준이 높아서 겁을 먹고 안 나가는 게 낫겠다고 생각한 것 아닐까?

다른 장면도 떠올랐다.

아야의 이름표가 내려간 것을 보고 객석에 있던 가나데가 창백한 얼굴로 회장을 뛰쳐나간다. 아야가 있는 호텔 방을 찾아와 벨을 누른다. 하지만 대답은 없다. 가나데는 황급히 엘리베이터를 타고 프런트로 달려간다. 거기서 아야가 이미 숙박을 취소하고 호텔에서 나간 것을 안다. 가나데는 급히 아버지에게 전화를 건다.

아야가 없어요. 콩쿠르에 안 나가고 돌아간 것 같아.

전화 너머에서 하마자키가 "뭐!" 하고 숨을 삼킨다.

에이덴 아야가 콩쿠르를 내팽개쳤다는 소문이 순식간에 대학 관계자들 사이에 퍼진다. 하마자키의 체면은 바닥으로 곤두박질 친다. 교수들의 목소리.

하마자키 선생님도 안됐어. 옛 친구의 딸이라고 그렇게 오랫동안 보살피고 돌봐줬는데.

아야는 절망했다.

안 돼. 난 돌아갈 수 없어. 기권도 할 수 없어.

정신을 차리고 보니 방 안은 이미 깜깜했다.

아야는 느릿느릿 손을 들어 카드키를 주 전원함에 꽂았다.

방에 환하게 불이 들어왔다.

바로 그 순간 눈에 들어온 것은 침대 위에 펼쳐진, 1차 예선에서 입으려고 가나데와 함께 고른 선명한 파란색 드레스였다.

할렐루야

1차 예선 마지막 날.

니시나 마사미는 이른 아침부터 그녀가 취재하는 참가자들의 홈스테이 가정을 한 바퀴 돌고 지금 막 홀에 도착했다. 저녁때 1차 예선이 끝나면 바로 2차에 나갈 참가자를 발표하기 때문에 그 순간의 표정을 담고 싶었다. 하지만 취재 인원이 마사미 혼자뿐이라 잽싸게 홈스테이 가족들에게 홈비디오 촬영을 부탁했다. 다들 홈스테이 서비스에 익숙하고, 처음부터 '고국으로 돌아갔을 때 부모님께 보여줄 수 있도록' 참가자들의 일본 생활을 촬영하는 사람도 있어 다들 흔쾌히 수락해주었다. 마사미의 목표는 누가 뭐래도 다카시마 아카시이므로 발표 때는 그의 옆에 있고 싶었다.

문제의 아카시는 얼마 전 우승 후보자의 연주에 압도당해 침울해했지만 이튿날 일찌감치 기운을 되찾았다. 오늘은 함께 연주를 듣고 그대로 발표 때까지 같이 있을 예정이다. 부인은 수업이 있어 오늘은 오지 못했다. 의식하는 건 아니지만 부인이 있으면 왠지 눈치가 보이고 신경을 쓰게 된다. 아카시와 둘이서 결과를 들을 수 있다니 특별한 느낌이 들어 마사미는 은근히 기뻤다.

이미 익숙해진 길을 따라 홀에 도착한 마사미는 회장 관객의 숫자에 깜짝 놀랐다. 어제까지와는 뚜렷하게 다른 긴장감이 있다. 아니, 억누른 흥분이라고 해야 할까.

"뭔가 굉장하지 않아? 오늘은 사람이 꽉 찼네."

입구에서 합류한 아카시에게 인사 대신 그런 말을 건네자 아카시가 고개를 끄덕였다.

"1차 마지막 날이니까. 끝나고 나오는 결과 발표가 첫 번째 하이라이트거든."

참가하는 사람에게는 운명의 순간이지만 관객 입장에서 보면 이보다 재미있는 쇼가 없다.

아카시는 태연한 척 대답했지만 사실 아침에 일어났을 때부터 계속 가슴이 벌렁거렸다.

나는 2차에 나갈 수 있을까? 내 연주 수준은 어느 정도였을까? 일곱 시간 후에 나는 웃을 수 있을까? 아니면 어깨를 축 늘어뜨리고 미치코에게 "떨어졌어"라고 보고하고 있을까?

문득 낙담한 마음을 감추고 아내에게 전화하는 자신의 모습, 심지어 필사적으로 태연한 척하는 목소리까지 생생하게 떠올라 아카시는 허둥지둥 그 이미지를 떨쳐냈다.

"게다가 오늘도 주목받는 연주자들이 줄줄이 나오니까."

프로그램북을 힐끗 보자 마사미도 "아아" 하고 고개를 끄덕였다.

"꿀벌 왕자였나? 지난번 3위로 입상했던 러시아 참가자도 나오지?"

"꿀벌인지 벌꿀인지 잊었지만, 파리 오디션에서 대단했대."

"지난번 우승자가 그런 식이었지?"

마사미는 프로그램북을 팔락팔락 넘겨 그 페이지를 펼쳤다. 아카시도 들여다보았다.

가자마 진.

경력란은 공백. 열여섯 살이라는 나이로 봐도 지금까지 아무도 몰랐을 가능성이 높다.

"음, 귀엽다. 어리네, 열여섯 살이라니."

"그 아줌마 같은 소리 좀 그만두라니까."

아카시는 쓴웃음을 지었다. 하지만 역시 지도 교수란에 눈길이 갔다. 그 페이지를 보면 누구나 그럴 것이다. 호프만을 사사했다고 말할 수 있다는 것 자체가 믿기 어려운 일이다. 과연 그것이 이 참가자에게 좋은 일일까 나쁜 일일까.

아카시는 살며시 페이지를 넘겼다.

그가 주목하는 참가자는 따로 있었기 때문이다.

그 사진에는 기억 속의 이목구비가 남아 있었다. 꾸밈없이 이쪽을 똑바로 쳐다보는 커다란 검은색 눈동자.

에이덴 아야. 20세.

벌써 스무 살인가, 하는 생각과 아직 스무 살인가, 하는 생각이 교차했다.

꿀벌 왕자나 줄리아드 왕자만큼 요란하지는 않지만 그녀의 복귀도 이번 콩쿠르에서 하나의 화젯거리였다.

어떤 연주를 들려줄까? 어째서 돌아온 걸까?

아카시는 그녀의 팬이었다. 시디도 있고, 콘서트에도 갔다.

그가 남몰래 '꼬마 장기자랑'이라고 불렀던, 어딘가 어색했던 신동들과는 달리 그녀는 몹시 자연스러웠다. 그녀의 연주를 들었을 때 '신동'이 아니라 '천재'라고 생각했던 것을 지금도 기억하고 있다.

자연스럽게, 너무나 당연하게, 그녀는 음악과 함께 있다.

그 사실에 깊은 감명을 받았다. 그래서 어머니가 돌아가시고 갑자기 무대 공연을 취소하고 연주 활동을 중단했다는 말을 들었을 때는 놀라기도 했고, 어떤 의미에서 배신당했다는 생각도 했다. 그렇게 음악이 사랑한, 그만한 '기프트'를 받은 소녀가 음악을 그만둘 수 있다는 사실이 충격이었다.

하지만 시간이 흐르자 천재이기 때문에 미련 없이 그만둘 수 있었는지도 모른다고 생각하게 되었다. 그렇게 떠난 건 오히려 그녀에게 어울리는 방법일지도 모른다.

그런 식으로 그의 안에서는 반쯤 '전설'이 되었던 만큼 이번 복귀 소식을 듣고 마음이 복잡했다.

"평범하게 살아보고 싶어요"라고 해놓고서 연예 활동을 재개하는 아이돌을 보는 듯한 환멸.

물론 그런 한편으로 '한 번 더 들을 수 있다'는 기대도 있었다. 과거에 받았던 감명이 진짜였는지 확인하고 싶다는, 혹은 그 감명을 다시 경험하고 싶다는 기대.

실망하면 어쩌나 하는 우려도 있었다. 하지만 같은 콩쿠르에 참가하는 입장으로서는 "뭐야, 고작 이 정도였어" 하고 실망하고 싶다는, 과거의 아이돌을 얕잡아 보고 싶다는 바람이 있는 것도 부정할 수 없었다.

아카시는 복잡한 표정으로 그 사진을 바라보고 있었다.

"고맙습니다."
"힘내세요."

마사루가 싱긋 웃으며 사인한 프로그램북을 돌려주자 소녀들은 얼굴을 마주 보며 "꺄!" 하고 소리치더니 조르르 달려갔다.

연주가 끝나고 휴식 시간이 될 때마다 이런 일이 되풀이되자 고맙긴 하지만 프로그램 분석이 중간에 끊겨서 당혹스러웠다.

프로그램북에는 참가자들이 1차에서 본선까지 연주하는 곡들이 전부 실려 있다. 차분히 읽어보면 재미있다. 프로그램은 많은 정보를 담고 있다. 각각의 선곡에 참가자들의 기량이나 취향, 콩쿠르에 대한 전략이 드러난다. 할 수 있는 레퍼토리를 전부 쓸어 담았구나 싶은 것부터, 기교를 보여줄 셈이구나 싶은 것, 어째서 이런 곡을 이 순서로 연주하는지 이해하기 어려운 것 등 각양각색이다. 1차와 2차는 규정 때문에 어느 정도 선곡에 제한이 있지만 3차는 한 시간 리사이틀로 자유롭게 선곡할 수 있기 때문에 거기에 개성이 드러난다. 처음부터 끝까지 쇼팽 또는 라흐마니노프로 꽉 채우거나, 현대곡에 치우치거나 학구파다운 선곡 등 본인이 연주하고 싶은 곡이나 자신 있는 레퍼토리가 나오기 때문이다.

그나저나 이 1차 선곡은 솔직히 말해 엄청난 천재 아니면 엄청난 바보, 둘 중 하나네.

마사루는 앞으로 등장할 가자마 진의 페이지를 펼치고 있었다. 그의 1차 예선 세 곡은 이러했다.

바흐 〈평균율 클라비어 제1권 제1번 다장조〉
모차르트 〈피아노 소나타 제12번 바장조 K.332 제1악장〉
발라키레프 〈이슬라미〉

〈이슬라미〉는 그나마 이해가 간다. 바흐와 모차르트는 기교적으로는 그리 어렵지 않으므로 피아노곡 중에서도 둘째가라면 서러운 난곡인 〈이슬라미〉를 넣은 것은 기술을 보여주겠다는 점에서 전략적으로 옳다.

최근 기교의 평균 수준이 높아졌기 때문에 과거에는 거의 연주되지 않았던 〈이슬라미〉를 1차 곡으로 고르는 참가자는 그 밖에도 여럿 있었다.

하지만 평균율 클라비어 제1권 제1번이라니.

클래식에 문외한인 사람도 한 번쯤은 들어보았을 굉장히 유명한 곡이다. 이만큼 유명한 곡이면 과거의 다양한 명연이 머릿속에 떠오르는 법이라 연주하는 데 상당한 용기가 필요하다. 게다가 콩쿠르 무대에서 하는 연주니 두말하면 잔소리다.

그다음 모차르트 역시 '겁도 없이'라는 말이 떠올랐을 정도다. 이 또한 유명한 명곡이지만 그 때문에 솔직하게 연주하기 어렵다. 그런데 이 두 곡을 당당히 고르다니 순진해서 그런 건가, 알면서 그러는 건가.

마사루는 생각에 잠겼다.

아니, 잠깐. 이게 꼭 가자마 진이 고른 곡이라고 할 수는 없지. 오히려 콩쿠르에 처음 참가하는 소년의 중요한 1차 예선 선곡이니 스승이 고르는 게 자연스러워.

만약 이것이 유지 폰 호프만이 생전에 지시한 선곡이라면 알면서 그런 셈이다. 그렇다면 이 선곡에 상당히 자신이 있다는 뜻이 된다.

마사루는 무심코 휘파람을 불 뻔했다.

그거 대단한데. 기대되는군.

그때, 별안간 박수갈채와 함께 무대 위에서 노란색 드레스를 입은 참가자가 일어나 고개를 숙이는 것을 보고 마사루는 깜짝 놀랐다. 어느새 연주가 끝난 줄도 모르고, 그만 놓쳐버렸다는 것을 깨달았다.

무대 뒤 안쪽 깊은 곳에서 조율사 아사노 고타로는 불안한 마음으로 꼼지락거렸다.

머릿속에는 그 소년의 모습이 있었다.

이제 곧 그가 나올 차례다. 그리고 내가 나갈 차례이기도 하다.

아사노는 피아노 제조사에서 파견한 세 명의 조율사 가운데 가장 젊었다. 콩쿠르 조율은 상당히 힘든 일이지만 조율사로서는 명예로운 일이기도 하다. 전부터 계속 요청했는데 이번에 처음으로 참가를 허락받았다. 넘치는 의욕을 끌어안고 왔는데, 상상 이상으로 힘들고 긴장되는 현장에 다들 잠도 잘 수 없다고 한 이유를 알 것 같았다. 육체적으로 힘들기도 하지만 처음 만나는, 말도 통하지 않는 여러 참가자들이 원하는 소리로 맞추는 것은 정신적으로 무척이나 지치는 작업이었다. 꼼꼼하게 메모를 해도 불안해서, 참가자들이 상상하는 소리를 재현하려고 무의식중에 고민하다 보니 다양한 소리와 이미지가 머릿속에 시도 때도 없이 되살아나 잠시도 쉴 틈이 없다. 개중에는 몹시 신경질적인 참가자도 있어 전염이라도 된 것처럼 같이 동요하는 순간도 있었다.

프로 연주가라면 사전에 어떤 성격인지, 어떤 조율을 좋아하는지 정보를 입수할 수도 있지만 콩쿠르 참가자는 사전 정보가 전혀 없다 보니 만나자마자 그 자리에서 피아노를 쳐보라고 하고 맞춰나가는 수밖에 없다.

"이건 내 소리가 아니야"라고 외치는 까다로운 프랑스 소녀에게 잔뜩 시달려 지쳐 있을 때 그가 다가왔다. 일본인, 천진난만한 남자아이. 말이 통한다는 것만으로도 고마웠다.

가자마입니다. 잘 부탁드려요.

소년은 꾸벅 고개를 숙였다.

아사노입니다, 저야말로 잘 부탁드립니다. 당신이 기분 좋게 연주할 수 있도록 저도 최선을 다하겠습니다.

아사노는 참가자들에게 반드시 하는 말을 건네고, 고개를 숙였다.

아, 전 아무렇게나 해도 괜찮아요. 좋은 피아노라는 건 알고 있으니까요.

소년은 태연하게 그렇게 말했다. "그럼" 하고 그대로 떠날 기세였다. 아사노는 귀를 의심했다.

아무렇게나 해도 괜찮다니, 저.

아사노는 머리를 긁적였다. 열여섯 살, 콩쿠르에 처음 참가하는 아이라고 들었다. 조율의 중요성을 모르진 않겠지만 일단 설명하는 게 나을까?

다들 터치도 완전히 다르고, 소리에 대한 취향도 있어요. 당신이 생각하는 것 이상으로 피아노의 소리는 변화해요. 당신이 연주하는 곡에 맞는 조율이라는 것도 있고요. 일단 아무 곡이나 연주해보세요.

으음.

이번에는 소년이 머리를 긁적였다.

잠깐 망설이다가 피아노로 조르르 다가가 의자를 조절하고 앉더니 매끄럽고 깔끔한 음계를 연주하기 시작했다.

아사노는 저도 모르게 허리를 쭉 폈다.

도저히 방금 전 소녀가 연주했던 그 피아노 같지 않았다. 이게 우리 피아노가 내는 소리란 말인가?

소년이 조용히 흥얼거리기 시작해 아사노는 움찔 놀랐다. 회장과 무대 위에 있던 스태프들도 눈을 휘둥그레 떴다.

러브 미 텐더.

아사노는 얼이 빠졌다.

아마도 즉흥 연주이리라. 코드에 맞춘 음계를 반주 삼아 흥겹게 노래하고 있다. 훈련받은 목소리는 아니지만 편안하고 좋은 목소리다.

하지만 조율 미팅을 하러 와서 혼자 연주하며 노래하는 참가자라니 금시초문이다. 보통은 콩쿠르에서 연주하는 곡을 가볍게 훑거나, 반향을 확인하고 싶은 부분을 연주하는 게 일반적이다.

그때 소년이 갑자기 연주를 뚝 그쳤다. "음" 하고 허공을 올려다보더니 주위를 두리번거린다.

왜 그러니?

아사노는 무심코 물었다. 소년은 "으음" 하고 중얼거리더니 일어나서 갑자기 털썩 무릎을 꿇고 바닥에 귀를 댔다.

왜 그래?

황급히 다가가려 하자 소년은 손을 들어 아사노를 막았다. 소년은 한참 가만히 있다가 이윽고 "그런가" 하고 일어나더니 무대 안쪽으로 성큼성큼 걸어갔다.

아사노 씨, 이 피아노 좀 움직여도 되나요?

소년은 오른쪽 끝에 있는 그랜드피아노를 가리켰다.

무대 뒤에는 콩쿠르에서 쓰는 각기 다른 제조사의 피아노가 세 대 있다. 참가자는 피아노를 고를 수 있다.

아사노는 소년과 함께 그가 시키는 대로 피아노를 30센티미터쯤 옮겼다.

소년은 다시 의자에 앉아 음계를 연주했다.

응, 이제 됐다.

소년이 고개를 끄덕거리더니 아사노를 돌아보았다.

아사노 씨, 제가 연주할 때 저 피아노, 저쪽에 그대로 두어도 될까요?

상관은 없는데 다른 피아노는? 다른 피아노도 전부 심사할 때 옮겨놓을까?

소년은 단호하게 고개를 저었다.

아뇨, 저 피아노 한 대면 돼요. 이쪽은 괜찮아요.

소년은 볼일이 끝났다는 듯 자리에서 일어났다.

참, 여기하고 여기 음이 좀 이상해요. 음계를 연주해보니 이 두 군데가 울퉁불퉁해요.

잊을 뻔했다는 듯 건반 두 군데를 가리키고 소년은 쏙 사라졌다.

아사노는 소년이 지적한 건반을 살펴보았다. 대부분의 사람들은 알아차리지 못할 테지만 확실히 음정이 아주 조금, 한쪽은 높고 한쪽은 낮았다. 울퉁불퉁하다니 정말 절묘한 표현이었다.

귀가 정말 밝은 아이구나.

아사노는 식은땀을 흘렸다. '자기 소리'를 주장했던 소녀도, 아사노도 전혀 눈치채지 못했다. 허둥지둥 주머니에서 테이프를 꺼내 방금 전 그와 함께 옮겼던 피아노로 다가갔다. 테이프로 바닥에 표시를 하고, 유성 사인펜으로 테이프에 그의 번호를 적으며 나중에 이 피아노 제조사 담당자에게 설명하러 가야겠다고 생각했다.

무대 구석에 있는 이름표가 바뀌었다. 객석이 기묘한 흥분으로 술렁거렸다.

81 KAZAMA JIN

요즘은 각국의 이름 표기법에 따라 일본인의 이름은 성을 먼저 쓴다.

미에코는 자기가 어울리지 않게 긴장하고 있다는 것을 깨달았다. 하지만 이 긴장은 틀림없이 시몽과 스미르노프, 그리고 너새니얼도 느끼고 있을 것이다. 물론 올가를 비롯한 다른 심사 위원들도 흥미진진하게 지켜보고 있으리라. '문제아'들이 파리에서 발굴한 소년의 수준이 대체 어느 정도인지, 비딱하게 보는 사람도 있을 것이다.

단죄인가, 조소인가.

아니, 그들의 평가야 어쨌든 무엇보다 미에코가 가자마 진이라는 소년의 음악이 어떠한 것인지 진심으로 열렬히 알고 싶었다.

그때 내가 받았던 첫인상은 착각이었을까?

그것을 똑똑히 확인하고 싶다.

미에코는 무표정을 가장하면서 그 순간을 손꼽아 기다리고 있었다.

무대 매니저 다쿠보 히로시는 객석의 기묘한 분위기에 마음을 졸였다.

살짝 내다보니 휴식 시간도 이미 절반이나 지났는데 관객들이 계속 들어왔다. 뒤쪽은 자리가 없어 서 있는 사람들까지 있었다.

괜찮을까?

무심코 무대 뒤에서 기다리는 소년을 돌아보고 말았다. 그 행위가 참가자를 동요하게 만든 건 아닌지 바로 후회했지만 소년은 전혀 개의치 않는 기색이었다.

당장이라도 물어뜯을 기세로 입을 쩍 벌리고 기다리는 관객들이 주목하는 주인공은 어디까지나 느긋한 태도로 새끼손가락으로 귀를 후비고 있었다.

거물인 건지, 천진한 건지.

다쿠보는 기가 막혔다.

거기에 있다는 것도 모를 정도로 소년은 눈에 띄지 않았다. 스태프보다 편안해 보였다. 옷차림도 하얀 셔츠에 약간 큼직한 검정 바지. 어쩌면 교복 바지일지도 모른다.

그나저나 문제는 객석이 이만큼 차면 소리의 반향이 크게 달라진다는 점이다. 관객의 몸은 소리를 많이 흡수한다. 게다가 뒤쪽 벽이나 옆쪽 통로에도 사람들이 서 있으면 반향은 또 달라진다. 소년에게 그 사실을 말해주어야 할까?

괜한 소리를 해서 중압감을 주면 안 될 것 같았지만 다쿠보는 소년의 '천진함'에 걸어보기로 했다. 게다가 귀가 굉장히 뛰어난 아이라고 하니 그가 하는 말을 정확하게 이해할 것이다.

"잠깐만, 가자마 군."

조용히 이름을 부르며 손짓했다.

"관객들이 많이 와서 서서 보는 사람도 많아. 아마 벽 앞에 서 있는 관객들이 소리를 많이 흡수할 테니 평소보다 힘차게 연주하는 게 좋을 거야."

"아아, 네."

소년은 움찔 놀랐다.

"그런가, 손님이 있구나. 그렇구나."

소년은 다쿠보와 함께 작은 창으로 객석을 내다보고 잠시 생각에 잠겼다. 무대에서는 아사노가 열심히 피아노를 조율하고 있었다.

소년은 고개를 쏙 들고 다쿠보에게 말했다.

"죄송한데요, 아사노 씨에게 말씀 좀 전해주시겠어요? 아까 부탁했던 피아노를 제자리로 돌려놓고, 반대쪽으로 30센티미터만 밀어달라고요."

"엉?"

다쿠보는 허둥지둥 가슴주머니에서 메모지와 볼펜을 꺼내 소년에게 되물었다.

소년은 메모지에 그림을 그려 아사노에게 전할 말을 써넣었다.

다쿠보는 서둘러 무대로 나가 아사노에게 메모를 건네며 소년의 요청을 전했다.

"정말 그러랍니까?"

아사노는 메모를 보면서 의아한 표정으로 되물었지만 관객이 많아서 그렇다고 설명하자 사정을 이해했는지 얼른 피아노를 옮기러 갔다. 객석이 술렁거렸다. 그도 그럴 것이다. 조율하던 조율사가 연주하지 않는 다른 피아노를 옮기고 있으니.

시간이 없다.

아사노는 다시 중앙에 놓인 피아노 앞으로 가서 소리를 확인하고 황급히 물러났다. 아슬아슬했다. 항상 그렇지만 시간을 어길까 봐 조마조마하다.

"죄송합니다, 갑작스럽게 부탁해서."

소년이 고개를 꾸벅 숙였다.

"저기면 되니?"

아사노는 무대를 돌아보았다.

소년은 작은 창문으로 피아노를 보더니 "네, 괜찮을 거예요"라고 끄덕였다.

다쿠보는 손목시계를 보았다.

어이쿠, 늦지 않아 다행이다.

"그럼 가자마 군, 나갈 시간입니다."

회전문이 열리자 소년은 빛 속으로 홀쩍 나갔다. 마치 근처 편의점에 물이라도 사러 가는 것처럼 가벼운 발걸음으로.

소년이 등장한 순간, 요란한 박수가 터져 나왔다. 깜짝 놀라 반사적으로 걸음을 멈추고 그 자리에서 고개를 꾸벅 숙이는 소년을 보고 객석에서 한바탕 웃음이 일었다.

어린애로군.

너새니얼은 '자연아自然兒'라는 말 외에는 표현할 길 없는 꾸밈없는 소년의 모습을 보고 순간 독기가 빠졌다.

관객의 기대에 짓눌리지 않으면 다행인데.

그렇게 걱정했던 것도 잠시, 숙였던 고개를 들고 피아노로 눈길을 돌린 소년의 얼굴을 본 너새니얼은 움찔 얼어붙었다.

뭐야, 저 얼굴은. 저 눈빛은. 나왔을 때와 딴판이다.

이블 아이邪眼라는 단어가 떠올라 황급히 머릿속에서 지웠다. 하지만 주위는 눈에 들어오지 않는다는 듯이 피아노로 빨려 들어가는(그렇게 보였다) 소년의 얼굴에서 무대에 나왔을 때 보았던 천진함은 눈곱만큼도 찾아볼 수 없었다.

소년은 의자에 탈싹 앉더니 의자 높이를 조절하는 시간도 아깝다는 듯 곧장 연주를 시작했다.

엇!

너새니얼은 물론이고 다른 심사 위원들도 비슷하게 깜짝 놀라는 것을 느꼈다.

아마 밑에서 듣고 있는 관객들도 그럴 것이다. 회장 전체가 무슨 일이 벌어지고 있는지 이해하지 못하고 당혹하고 있다.

뭐야, 이 소리는. 어떻게 내고 있는 거지?

마치 빗방울이 제 무게를 견디지 못하고 한 방울 한 방울 떨어져 내리는 듯한…….

조율이 특별했나? 그러고 보니 아까 조율사가 뒤에 있는 피아노를 옮겼다. 그것과 무슨 관계가 있을까?

하지만 너새니얼은 내심 고개를 저었다.

조율만으로 소리가 이렇게 달라질 리 없다. 이 아이 전에 나온 참가자도 같은 피아노로 연주했다.

어째서 이런, 하늘에서 소리가 떨어지는 것처럼 느껴지는 거지?

멀리서, 또 가까이서, 마치 피아노가 혼자 노래하는 것처럼 주선율이 차례로 떠올라 여러 연주자가 연주하는 음악을 스테레오 사운드로 듣고 있는 듯한 착각이 든다.

그렇다, 소리가 기가 막힐 정도로 입체적이다. 어떻게 이런 일이 가능한 거지?

너새니얼은 자기가 크나큰 충격을 받았다는 것을 알고 그 사실에 또 충격을 받았다.

이렇게 무구하면서도 장엄한, 천상의 음악 같은 평균율 클라비어가 또 있을까? 지금까지 한 번도 들어본 적 없는 연주였다.

다카시마 아카시도 혼란스러웠다.

이렇게 하나하나의 소리가 주는 잔향이 길게 느껴지다니 어떻게 된 일일까? 혹시 조율 때문인가?

그렇게 생각했다가 깜짝 놀랐다. 무심코 뒤를 돌아볼 뻔했지만 꾹 참았다.

아니, 그럴 리 없다. 이렇게 많은 관객이 벽 앞까지 꽉 들어차 있다. 그런데 소리가 메아리처럼 들리다니.

아카시는 갑자기 오싹한 느낌을 받았다.

상상도 할 수 없는 방향에서 나타난 미지의 천재. 마사루 카를로스와는 또 완전히 달랐다.

눈 깜짝할 사이에 곡은 바흐에서 모차르트로 바뀌었다. 곡의 색채가 한층 더 밝고 환해졌다. 말 그대로 무대가 쏘아내는 빛이 강해진 느낌이었다.

모든 관객들이 마른침을 삼키고 그저 압도당할 따름이었다. 아카시도 완전히 그런 청중의 일부였다.

가슴이 술렁거린다. 두근두근, 몸속이 뜨겁게 달아오른다.

모차르트 본연의 시원스러운 지고한 멜로디. 진흙 속에서 순백의 꽃망울을 틔운 탐스러운 연꽃처럼, 아무런 주저도 의심도 없다. 쏟아지는 빛을 당연하게 두 손 가득 받아들일 뿐이다.

이 아이, 앉았을 때부터 계속 웃고 있다.

아카시는 눈치채고 있었다. 건반을 전혀 쳐다보지 않는다. 소년이 피아노를 연주한다기보다 피아노가 소년을 연주로 이끄는 것 같았다. 그가 피아노를 부르면 피아노가 기꺼이 그에게 화답하는 듯한.

와.

아카시는 다른 관객들과 함께 피아노 소나타 제12번 제1악장, 모차르트의 천재성을 가장 강하게 느낄 수 있는 프레이즈에 몸을 떨었다. 이 부분을 들을 때마다 수백 년 전에 그려진 기적적인 선율에 감동하는데 그 부분에 접어든 순간, 마치 감전이라도 된 것처럼 그 감격이 회장 전체에 공명했다. 소름이 돋았다.

이 모차르트. 대체 어디까지 질주하려는 걸까.

하지만 곡의 분위기는 어느새 다시 싹 바뀌었다. 아카시는 울려 퍼지는 불온한 트레몰로에 흠칫 놀라 정신을 차렸다.

곡은 세 번째 〈이슬라미〉로 바뀌어 있었다.

대체 어떻게 피아노로 저런 소리를 내는 거지?

자동피아노처럼 소년이 손을 대기 전부터 피아노가 먼저 소리를 내고 있는 듯한 착각에 마사루도 혀를 내둘렀다.

평균율 클라비어. 이건 그냥 그의, 가자마 진의 연주라는 말밖에 할 수 없었다. 그대로 하나의 표준이 될 정도였다.

묵묵히, 하지만 뭐라 표현할 수 없는 환희로 가득한 소리. 어느 누구의 연주와도 달랐다.

소박하지만 관능적이고, 얼핏 선정적이기까지 하다…….

악보를 느낄 수가 없다.

모차르트를 듣던 중에 깨달았다.

마치 지금 막 떠올리고 즉흥적으로 연주하는 것 같았다. 그 유명한 프레이즈도 그가 바로 지금 지어낸 프레이즈가 그대로 감동을 불러일으키고 있는 것처럼 들린다.

그리고 이 이슬라미.

어쩌면 그는 이 곡이 어려운 곡이라는 걸 모르는 게 아닐까?

마사루의 직감이 그렇게 말했다.

보통 어려운 곡을 연주하는 참가자는 "이제부터 어려운 곡을 연주합니다" 하고 말하듯 자세를 가다듬는다. 프로라도 마찬가지다. 그러면 곡은 더 어려워지고, 듣는 쪽에게도 '어려운 곡'이 되어버린다.

하지만 눈앞의 소년은 그런 것을 전혀 모르는 듯 보였다. 재미있는 곡이라고 생각해 재미있게 연주하고 있을 뿐.

실제로 이게 이렇게 재미있는 곡이라는 걸 처음 알았다.

이슬라미는 이런 곡이었구나. 모든 음표를 빠짐없이, 제대로 담아내는 연주를 듣는 건 혹시 이번이 처음 아닐까?

소름이 돋았다.

이 곡을 이 정도로 연주할 수 있다니.

연주해야 할 음이 많아지고 속도까지 빨라지면 필연적으로 소리는 흐리고 작아진다. 그런데 소년이 연주하는 화음은 조금도 탁해지지 않고 모든 음이 명확하게 들린다. 이렇게 크게 연주하고 있는데 전혀 깨지지 않는다. 오히려 후반으로 가면서 점점 더 힘이 차오르는 것처럼 느껴졌다.

마사루는 더 놀라운 사실을 깨달았다.

마사루는 전에 이 곡을 살짝 연주해본 적이 있다. 이슬라미는 멜로디의 형태와 리듬 때문에 인 템포*로 연주해도 어쩔 수 없이 늘어진 것처럼 느리게 들리는 부분이 있다. 언제나 같은 부분에서 '어라, 좀 느려졌네'라고 생각하지만 사실은 정확한 박자로 연주하고 있다. 착각인 것이다. 그런데 이 아이의 연주에서는 그것을 느낄 수가 없다. 다시 말해 그는 머릿속에서 정확한 박자로 들리는 속도로, 즉 그냥도 빨라서 어려운 이 곡을 그 부분에서는 더 빠르게 연주하고 있는 것이다.

엄청난 박력이다.

곡은 후반의 클라이맥스를 향해 돌진했다. 화려한 멜로디, 엄청난 화음의 연타와 가속. 피아노에서, 아니 무대 위의 커다란 직육면체 공간 전체에서 소리의 벽이 튀어나오는 것 같다.

관객들은 그 음압에, 튀어나오는 음악에 휩쓸리지 않으려고

---

* in tempo, '바른 속도로' 또는 '제 속도로'라는 뜻의 음악 지시어.

자리에 매달려 필사적으로 견디고 있었다. 물론 그 인내는 경이로운 연주를 듣고 있다는 충격에 대한 것이다. 그것은 형용할 수 없는 희귀한 쾌락이기도 했다. 땅울림과도 같은 트레몰로가 정면에서 강속구로 얼굴을, 눈을, 귀를, 온몸을 때린다.

마사루도 다른 관객들과 마찬가지로 그 파도를 견디며 쾌락을 맛보았다.

체험. 이것은 실로 체험이었다. 그의 음악은 곧 '체험'이다.

마지막 음을 힘차게 내리친 소년은 그 반동으로 튕겨 오르듯 자리에서 일어나 꾸벅 고개를 숙이고 재빨리 무대에서 내려갔다.

관객들은 그때까지 몸을 내맡기고 충격을 참아내던 연주가 어느새 끝났다는 사실을 뒤늦게 깨달았고, 연주자가 이미 자리를 떴다는 사실도 뒤늦게 깨달았다. 어색한 침묵이 잠시 회장을 뒤덮었다.

하지만 다음 순간, 정신을 차린 관객들로부터 폭동으로 착각할 만큼 큰 박수와 환호성이 동시에 터져 나오자 이번에는 너무 시끄러워서 아무 소리도 들리지 않았다.

비명과 포효, 열광. 온갖 소리가 홀을 뒤흔들었다. 저도 모르게 벌떡 일어난 사람도 많았다.

1차 예선에 앙코르는 없다. 하지만 관객들은 받아들이지 않았다.

엄청난 환성, 발을 구르는 소리와 손뼉.

하지만 무대의 하얀 회전문은 다음 연주를 위해 스태프가 이름표를 바꾸러 나올 때까지 끝끝내 열리지 않았다.

You'd Be So Nice To Come Home To

가자마 진의 연주는 심사 위원들에게 공포를 선사했다.

그렇다, 이것은 패닉이다.

미에코는 주위의 반응을 살피며 그렇게 생각했다.

가자마 진이 무대에서 모습을 감추자마자 모두 일제히 입을 열었다. 심사 위원들끼리, 상대방의 표정을 살피며 서로의 반응에 놀라고 있다.

너새니얼을 보니 그는 창백한 얼굴로 심사숙고하고 있었다. 고도로 집중하고 있는 게 분명했다. 가자마 진의 연주를 분석하고 있는 것이리라. 주변의 반응은 전혀 눈에 들어오지 않는 것 같았다. 어떤 식으로든 충격을 받은 것은 틀림없었다.

예상대로 반응은 정확히 둘로 갈라졌다.

언빌리버블, 판타스틱, 기적적이다, 천박하다, 경박하고 선정적이다, 서커스다.

참으로 신기한 반응이다.

마사루 카를로스 때는 하나 된 칭찬과 축복이 가득했는데, 무엇이 다른 걸까?

미에코는 조용히 심호흡을 하고 마음을 가다듬었다.

두 번째로 들으니 조금 알겠다.

그의 연주를 들으면 좋든 싫든 감정적으로 휘둘리지 않을 수 없다. 그의 소리는 듣는 이의 의식 밑에 있는, 평소 꼭꼭 감춰두는 감정의 어딘가 적나라한 부분을 건드린다.

한동안 잊고 있었던, 마음속의 연약한 부분.

그것은 누구나 갖고 있는 내면의 작은 방이다.

프로가 되면 그 작은 방은 상당히 미묘한 존재가 된다. 어렸을 때부터 품고 있었던 '정말로' 좋아하는 음악의 이미지. 음악에 대한 풋풋한 동경이, 어린아이의 얼굴로 그곳에 있기 때문이다.

한편으로 음악가가 되면 좋아하는 음악과 훌륭한 음악은 다르다는 업계 내의 상식이 몸에 밴다. 일로 하는 음악, 상품 가치가 있는 음악을 제공하는 데 익숙해질수록 자기가 정말 좋아하는 음악이 어떤 것인지 공언하기 어려워진다. 스스로 만족할 수 있는 연주, 스스로 생각하는 이상적인 연주가 얼마나 어렵고 불가능한 것인지 뼈저리게 깨닫는다. 프로 경력이 길어질수록 허들은 계속 높아지고 이상은 멀어져 가슴속의 작은 방은 점점 더 신성한 장소가 된다. 그러다 보면 그 작은 방을 열어보는 일도 극단적으로 줄어들고, 평소에는 그 존재를 일부러 잊게 된다.

하지만 가자마 진의 연주는 본인도 잊고 있던 그 작은 방에 불쑥 찾아와 다짜고짜 난폭하게 문을 열어젖힌다. 그것이 문을 열어준 것에 감사하는 열광과 갑자기 사적인 공간에 들이닥쳐 문을 열어젖히는 무례함에 대한 거절이라는 극단적인 반응으로 나타난다.

호프만 선생님은 그 점을 꿰뚫어 본 것이다.

하물며 연약한 부분을 가두지 않고 무방비하게 듣고 있는 관객들은 오죽하랴. 감정을 뒤흔드는 그 연주에 거의 광란이라 해도 좋을 만큼 열광하는 것도 어찌 보면 당연한 일이다.

이렇게 분석해보기는 했지만 그래도 아직 그의 음악을 어떻게 파악해야 할지 제대로 가늠하지 못한 미에코의 당혹감은 컸다.

또 한 가지, 묘한 점이 있었다.

두 번째로 들은 가자마 진의 연주에서는 혐오감을 느끼지 못했다. 솔직히 빠져들었고 경탄했다.

이유가 뭘까? 미에코는 생각했다.

호프만 선생님의 메시지를 읽어서? 새로운 편견이 생겼기 때문일까?

하지만 가자마 진의 연주에 탁월하게 감정적인 요소가 있다는 건 분명했다.

대체 어떻게 저렇게 생동감 넘치는 음악을 자아낼 수 있는 걸까?

완벽한 기교로 악보를 재현하고 있는데, 천진난만하고 싱그럽다. 악보를 몇 번씩 따라 연습하고 정신이 아득해질 정도로 연습을 했다는 느낌이 없다.

소위 말하는 고생이나 공부를 한 흔적이 전혀 보이지 않는다는 점도 심사 위원에게 거부감을 불러일으키는 원인이 아닐까?

요즘 연주가는 작곡가의 의도를 얼마나 정확하게 전달하는지에만 매달리는 경향이 있다. 악보를 정확히 읽어내고 작곡 당시의 시대나 개인적 배경을 상상하는 데 중점을 둔다. 연주가의 자유로운 해석, 자유로운 연주는 별로 환영받지 못하는 풍조가 있다.

하지만 가자마 진의 연주는 그런 해석에서 벗어나 자유로운 곳에 있다. 어쩌면 작곡가의 이름도 모르는 게 아닐까 싶은, 진정한 자유와 독창성이 넘친다. 곡 그 자체와 일대일로 생생하게 대치하고 있다는 인상을 준다. 그런데 연주는 완벽하다. 확실히 이건 현재 음악교육을 맡고 있는 사람들에게는 받아들이기 힘든 일이다.

"유지는 무슨 속셈이었을까."

문득 올가가 그렇게 중얼거리는 목소리가 들렸다.

심사 위원장이라 역시 통이 다른지, 저 태연한 태도로는 그녀가 칭찬하는 쪽인지 거부하는 쪽인지 알 수가 없다.

하지만 올가도 역시 깊이 고민하고 있었다.

미에코의 시선을 알아차린 올가가 그녀를 돌아보며 기묘한 표정을 지었다.

"흥미롭군. 굉장히 흥미로워, 그는."

올가가 혼잣말처럼 나직하게 중얼거렸다.

미에코에게 동의를 구하는 건 아니었는지 올가는 작게 고개를 가로젓더니 천천히 심사 위원 대기실로 걸어갔다.

"아야? 아야, 그만 가야지."

가나데가 어깨를 툭 치자 그제야 퍼뜩 정신이 돌아왔다.

"어? 진짜네."

무대 위를 보니 어느새 '84'번이 나와 있었다. 슬슬 연습실로 가서 옷을 갈아입고 대기해야 한다.

"아야, 괜찮아? 같이 갈까?"

아야는 걱정스러워하는 가나데의 얼굴을 멍하니 돌아보며 고개를 저었다.

"아니, 괜찮아. 여기서 기다려."

아야는 드레스 케이스를 손에 들고 일어섰다.

왠지 발이 붕 떠 있는 것 같다. 지금 어디에 있는지 모르겠다.

그랬지, 콩쿠르였지. 나도 나가지.

아야는 뺨을 찰싹찰싹 때렸다.

열에 들뜬 것처럼 통로를 지나 홀로 나왔을 때도 아야의 머릿속에는 가자마 진의 피아노 연주가 계속 메아리쳤다.

주변 풍경은 하나도 눈에 들어오지 않았다. 몸이 기억하는 대로 엘리베이터를 타고 연습실이 있는 층으로 향했다.

하지만 가자마 진의 음악은 사라질 줄을 몰랐다. 바흐가, 모차르트가, 이슬라미가 계속 흘러나왔다.

충격이었다.

극채색의, 그 음악.

생명의 환희로 가득한 음악.

무대에서 흘러넘치는, 압도적으로 성스러운 음악.

이 아이는 음악의 신에게 사랑받고 있다.

학교에서 만났을 때, 그 아이의 얼굴을 보고 느꼈던 직감은 착각이 아니었다.

무대에 나온 순간, 그때 그 아이라는 것을 깨달았다. 그가 피아노를 연주하기 시작한 순간, 그 확신은 아야의 마음속에 또렷하게 되살아났다.

1차 예선 마지막 날인 그날 아침을 아야는 침울한 절망 속에서 맞이했다.

며칠 전 화장실에서 들었던 대화가 머릿속을 좀처럼 떠나지 않아 연습을 해도 전혀 집중이 되지 않았다. 아야는 메스꺼움을 느끼면서도, 달아날 수조차 없는 그 순간을 비명을 지르고 싶은 공포 속에서 초조하게 기다리고 있었다.

가나데는 그런 아야의 태도가 긴장 때문이라고 해석한 듯했다. 평소처럼 자연스럽게 아야를 대했고 '꿀벌 왕자'의 연주를 들으러 가자며 그녀를 밖으로 끌어냈다.

다른 참가자들의 연주는 하나도 귀에 들어오지 않았다. 무대 위에서 펼쳐지고 있는 열전이 자신과는 상관없는 다른 혹성에서 일어나는 일처럼 느껴졌다.

1차에서 떨어질 거야. 나는 오늘로 끝이야. 과거의 천재 소녀 이야기는 이 무대에서 조용히 막을 내린다. 역시 부활은 없었다는, 역시 스무 살이 넘으니 일반인이 되고 말았다는, 흔해빠진 시시한 결말로.

아야는 그런 차가운 예감을 가슴속에 품고 있었다.

미안해, 가나데. 미안해요, 하마자키 선생님.

하마자키 부녀에게는 아무리 사과해도 부족하다. 곁을 지켜준 가나데를 실망시키는 게 미안해서 견딜 수가 없다. 두 사람은 앞으로도 나를 받아들여줄까? 그들이 오히려 더 괴로울 것이다. 아야에게 마음을 쓰는 두 사람을 상상하니 점점 더 마음이 무거워졌다.

"굉장한 인파네. 역시 꿀벌 왕자라 달라."

홀쩍 고개를 드니 가나데가 주위를 둘러보고 있었다. 어쩐지 주위가 소란스럽다는 생각은 했다. 보니까 벽 쪽 통로까지 서서 보는 관객들로 꽉 차 있었다.

"굉장하다. 만석 아니야?"

그 기묘한 풍경에 아야도 눈을 휘둥그레 떴다. 파리 오디션에 나온 화제의 일본인이라는 소문은 들었지만, 관객의 뜨거운 열기는 어쩐지 무서울 정도였다. 남의 일이지만 이렇게 주목을 받다니 괜히 안쓰러웠다.

그리고 그가 나왔다.

나온 순간, 그 소년인 줄 알아보았다.

그가 연주를 시작했다.

아야는 접수를 마치고, 안내를 따라 연습실로 갔다.

복도를 지날 때 다른 연습실에서 필사적으로 곡을 되짚어보는 참가자들의 소리가 흘러나왔다.

연습실에 들어가 그랜드피아노 앞에 앉았다.

그래도 아야의 머릿속에 있는 것은 가자마 진의 피아노 소리였다.

아야는 눈을 감고, 그 피아노를 들었다.

음악의 신. 신은, 그곳에 있었다.

그때 느낀 신비한 감각을 아야는 훗날 몇 번이나 되새기게 된다.

머릿속에 환하게 떠오른 것은 어린 시절의 풍경이었다. 지붕에 떨어지는 빗소리를 들으며, 손가락으로 리듬을 타는 소녀.

어머니. 와타누키 선생님. 높은음자리표 자수가 새겨진 가방.

지금까지 피아노와 함께 살아온 시간과 풍경이 두려울 정도로 선명하게, 차례로 되살아났다.

늘 새로운 홀, 늘 새로운 피아노, 지휘자와 오케스트라 단원들.

지금까지 연주했던 곡이, 피아노 소리가, 머릿속에서 흘러나왔다.

그렇다, 그때는 언제나 피아노 속에 누군가가 있었다. 무대에서 피아노를 향해 걸어가면 피아노 안에서 누군가가 그녀를 불렀다. 누군가가 언제나 나를 기다려주었다.

가자마 진. 그는 무척 즐거워 보였다. 과거의 나처럼.

신은 그를 기다리고 있었다. 과거의 나처럼.

그는 신과 함께 놀고 있었다. 과거의 나처럼.

그게 얼마나 즐거운 일인지 까맣게 잊고 있었다.

아니, 아니다, 나는 달아났던 것이다.

아야는 세차게 고개를 저었다.

잊었던 게 아니다. 나는 달아났다.

가슴이 묵직하게 아려왔다. 지금까지 눈감아왔던 일.

신과 함께 놀기 위해서는 모든 것을 바쳐야만 한다. 모든 것을 내보이고, 온 힘을 다해 놀아야 한다는 게 버거웠다. 마음 한구석으로 슬쩍 다른 놀이도 하고 싶다고 생각했다.

나는 음악을 사랑한다고 변명해왔다. 사랑하니까 용서받을 거라 생각했다.

울고 싶은 충동이 북받쳤다.

관자놀이가 뜨겁게 펄떡였다.

연주하고 싶다. 가자마 진처럼.

연주하고 싶다. 과거의 나처럼.

과거의 그 환희를, 다시 한 번 연주하고 싶다.

아야는 결국 눈을 꾹 감은 채로, 연습실에서 한 번도 피아노를 건드리지 않았다.

아야가 있는 방을 들여다본 스태프가 의아한 표정으로 지나갔지만 아야는 전혀 눈치채지 못했다.

앞으로 한 명 남았습니다, 라고 그녀를 부르러 온 스태프가 문을 두드렸을 때에야 아야는 겨우 정신을 차리고 드레스로 갈아입어야 한다는 것을 깨달았다.

또 관객들이 줄줄이 들어와 서서 보는 사람들이 늘었다.

가자마 진의 연주가 끝나고 쑥 빠져나갔던 관객들이 다시 꽉 들어찼다. 하지만 분위기는 대조적이었다. 아까는 축제를 즐기는 듯한 기대에 차 있었지만 지금은 어딘지 모르게 숨을 죽이고 흥분을 억누른 듯한, 불온한 기대에 차 있다.

가나데는 그 불온한 흥분을 따갑게 느끼고 있었다.

이렇게 긴장하기는 처음이다.

자기가 연주할 때도 이렇게 긴장하지는 않는데. 지금까지 자기가 연습하고 노력해온 성과를 알고, 그 이상은 불가능하다는 걸 알기 때문에 무대에 설 때는 미련 없이 모든 것을 받아들인다.

하지만 남의 연주는 어쩔 도리가 없다.

천재 소녀의 부활 혹은 그 말로를 목격하려고 기다리고 있는, 이 악의와 심술 어린 기대로 가득한 관객들의 시선.

가나데는 잠깐 숨이 턱 막혔다. 이 시선의 집중포화를 받으며 연주할 아야가 너무나 가여웠다.

하지만 가나데는 그 마음을 깨끗하게 떨쳐냈다.

괜찮아. 나는 믿어. 아야를. 내 귀를.

가나데는 소리 없이 심호흡을 했다.

관객들은 아직도 통로로 몰려들고 있다.

"어서 와요."

다쿠보 히로시는 그 한 마디만 했다.

그 한 마디에 깊은 감회를 담아냈다.

무대 뒤에 있던 소녀가 깜짝 놀라서 다쿠보를 쳐다보았다. 잠깐 생각에 잠겼다가 이윽고 알겠다는 눈빛으로 생긋 웃으며 고개를 끄덕거렸다.

다쿠보도 무심코 웃으며 고개를 끄덕였다.

그렇다, 다쿠보는 과거에 그녀를 지금처럼 무대 뒤에서 내보낸 적이 있다. 곡도 기억한다. 라벨의 협주곡이었다.

뒤에서 듣다가 감동에 사무쳤던 것을 바로 어제 일처럼 기억한다.

아아, 그녀는 진짜다, 그렇게 생각했던 것을, 무대 뒤 어둠 속으로 돌아온 소녀의 숭고한 옆얼굴을.

가자마 진과는 다른 종류의 독특한 분위기가 객석을 덮고 있는 것을 다쿠보도 눈치채고 있었다.

하지만 어둠 속에 조용히 서 있는 소녀를 보니, 그 자연스러운 안정감 덕분에 오히려 이쪽까지 차분해지는 듯했다.

"그럼, 에이덴 양, 나갈 시간입니다."

다쿠보는 손목시계를 보고 말했다.

소녀는 조용히 걸어 나갔다. 빛 속으로 걸어가는 그녀의 옆얼굴은 이미 소녀가 아니라 역시 과거에 보았을 때처럼 여신 같은 위엄을 머금고 있었다.

다시 만석이 된 객석에서 마사루는 왜 다음 참가자가 주목을 받는 건지 귀를 쫑긋 세우고 주위의 숙덕거리는 소리를 듣고 있었다.

과거에는 천재 소녀로 불렸고, 어려서부터 연주 활동을 했다는 이야기. 스승이자 매니저이기도 했던 어머니의 죽음을 경계로 피아노를 그만두었다는 이야기. 그 후 공개된 장소에서 피아노를 연주하는 건 오늘이 처음이라는 이야기. 주변에 앉은 여성들의 대화로 어느새 예비지식이 잔뜩 쌓였다.

어쩐지, 이 호기심과 악의가 뒤섞인 기대는 그런 의미였나.

마사루는 주위에 감도는 분위기를 읽어냈다.

노골적으로 복잡하고 거북한 분위기였다.

가엾게도. 이래서야 어설픈 연주는 못 하겠네.

동정을 느낄 무렵, 회전문이 슥 열렸다.

자그마한 소녀가 나타났다.

그녀가 무대에 나온 순간, 마사루는 흠칫 놀랐다.

이유는 모르겠지만 그 얼굴에서 눈을 뗄 수가 없었다.

앗!

소녀의 등장과 동시에 청량한 바람이 불어오는 것을 느꼈다.

다양한 뉘앙스가 담긴 커다란 박수와 술렁임 속에서 소녀는 태연히 피아노를 향해 걸어갔다.

간소한 밝은 파란색 드레스. 예각을 그리는 짧은 보브커트.

강한 인상을 주는 눈빛. 마치 얼굴 안쪽에서 빛을 뿜어내는 듯한⋯⋯.

문득, 전에도 똑같은 느낌을 받은 적이 있다는 것을 깨달았다.

훨씬 어렸을 때, 이곳 일본에서.

황급히 다시 이름을 보았다.

에이덴 아야. 아야…….

가슴이 철렁했다.

설마. 설마. 스스로를 타일러보았지만 뇌리에는 호텔에 두고 온 여행 가방 구석에 있는 낡은 천 가방이 떠올랐다.

그런 우연이 있을 리 없어.

그렇게 중얼거려보았지만 가슴의 고동은 가라앉을 줄 몰랐다. 오히려 점점 더 요란해졌다.

소녀가 의자에 앉자 회장은 쥐 죽은 듯 고요해졌다. 객석의 모든 시선이 그녀에게 쏠렸다.

마사루도 그녀에게서 눈을 뗄 수가 없었다. 그 옆모습을, 눈빛을, 한순간도 놓치지 않으려고 집중했다.

하지만 그런 것에 전혀 아랑곳하지 않고 소녀는 허공을 올려다보고 있었다.

조금 눈이 부신 듯 실눈을 뜨고, 쓸쓸함이 묻어나는 아련한 미소를 머금고 있다.

하지만 다음 순간, 뭔가가 꽉 응축된 것처럼 장엄한 표정이 떠오르면서 소녀가 건반에 손가락을 내려놓았다.

그녀가 연주를 시작한 순간, 회장 전체가 잠에서 깨어나 자세를 가다듬는 모습이 눈에 보이는 것 같았다.

차원이 다르다.

다카시마 아카시의 머릿속에 떠오른 것은 그런 말이었다.

아아, 그런가, 이건 콩쿠르였다. 지금까지 잘하네 못하네 했던 것은 어차피 아마추어 집단 속에 대한 평가에 지나지 않았던 것이다.

그런 생각이 떠올랐다.

보라. 지금 무대 위에 있는 것은 음악을 생업으로 삼을 운명을 타고난, 프로인 것이다.

아카시는 우스꽝스러울 정도로 안도하고 기운을 잃은 자기 모습이 기가 막히기도 하고 우습기도 했다.

너새니얼 실버버그는 에이덴 아야의 탁월한 연주에 귀를 기울이며, 쓴웃음과 함께 고개를 젓던 하마자키의 목소리를 떠올렸다.

슬슬 잠에서 깨우고 싶은 아이가 있다네.

오랜 친구이자 사립 음대 학장도 맡고 있는 하마자키에게 일본에서 출전하는 참가자에 대해 의견을 물었을 때, 그렇게 말했던 게 생각났다.

누구라고 말은 하지 않았지만 이 소녀의 연주를 들으니 감이 왔다.

이미 각성했잖아.

어쩌면 하마자키는 겸손을 떨었는지도 모르겠다. 이런 참가자라니, 복병이 따로 없다. 전혀 몰랐다.

화가 나는 건지, 어이가 없는 건지 모르겠다.

월등하게 성숙하다. 천진한 아이들 속에 성숙한 어른이 섞여 있는 듯한 '본격적인' 음악. 높은 기술이 완벽하게 음악의 일부를 이루고 있어, 이미 기교는 귀에 들어오지 않고 저도 모르게 빨려 들어가 일개 청중이 되어 듣게 된다.

심오하다. 독창적이다. 베토벤 소나타에는 군데군데 흥미로운 해석도 있다. 그녀는 이미 확고한 자기 음악을 가지고 있다. 음악에 범접할 수 없는 기품이 있다. 마치 이 아이만 혼자 리사이틀을 열고 있는 것 같다.

듣다 보니 저도 모르게 식은땀이 흘렀다.

마사루의 라이벌은 가자마 진이 아니라 이 아이다.

세 번째 곡, 메피스토 왈츠는 자연스럽고 조용하게 시작되었다.

이미 악의와 호기심은 사라진 지 오래다. 관객들은 한마음으로 순수하게 음악에 귀를 기울이고 있었다.

에이덴 아야의 음악에.

가나데는 가슴이 벅찬 나머지 그만 코를 훌쩍거릴 뻔했다.

벌써 10년도 더 지난 옛날, 처음 아야의 연주를 들었을 때 느꼈던 흥분이 선명하게 되살아나 몸이 뜨겁게 달아올랐다.

마사루 카를로스와는 전혀 다른 연주다.

은밀한데 드라마틱하다. 우아하고 애절하다. 흥분이 잔잔한 파도처럼 슬금슬금 다가왔다. 저항할 길 없이 마음을 뒤흔드는, 아야의 메피스토 왈츠.

자유자재로 피아노를 다루는 무대 위의 소녀는 정말 '날아다니는' 것처럼 보였다. 하늘로 날아오르는 여신. 그녀가 믿었던 여신이 이제야 겨우 무대로 돌아왔다.

가나데는 무심결에 마음속으로 중얼거렸다.

어서 와, 아야. 이제야, 이제야 무대로 돌아와주었구나.

회장 맨 뒤.

벽 쪽 통로 구석에 꾸깃꾸깃한 모자를 눌러쓴 소년이 있었다.

열심히 귀를 기울이는 다른 관객들 사이에서, 소년은 눈을 동그랗게 뜨고 발갛게 달아오른 얼굴로 무대 위의 소녀를 뚫어져라 바라보고 있었다.

연주가 끝나고, 아야가 일어나 깊이 고개를 숙이자 박수 소리만이 회장을 채웠다.

고개를 든 소녀는 생긋 웃고 종종걸음으로 무대를 뒤로했다.

아무도 말을 하지 못했다. 조용한 감동이 객석을 가득 채워 말이 나오지 않는 것이다. 환성도, 몸짓도 없이 그저 커다란 박수 소리만 언제까지고 이어졌다.

"으음."

"뭔가 굉장했어."

"역시. 에이덴 아야는 굉장해."

"역시나 완전히 달라."

주위에서 감격에 겨워 쏟아내는 감탄의 목소리를 들으며 마사루는 의자에서 벌떡 일어났다. 자기가 지금 서둘러 회장 밖으로 나가려고 한다는 것도 깨닫지 못할 정도로 흥분했다. 통로는 감격에 젖어 방금 전 연주에 대한 감상을 늘어놓는 관객들로 가득 차 있어 좀처럼 빠져나갈 수 없었다.

빨리, 빨리 내보내줘.

애타는 마음으로 앞에 있는 관객들이 느릿느릿 빠져나가길 기다렸다.

틀림없다. 그녀다. 그녀가, 나의 아짱이다.

마사루는 울고 싶은 기분이었다.

만났다. 정말 만났다. 믿을 수가 없다, 이런 곳에서.

누구를 향해 외치고 있는지 모르겠지만 마사루는 머릿속으로 계속 외쳐댔다. 그러다 꼼짝도 않는 통로 쪽 관객들의 줄에 애가 타서 결국 "죄송합니다" "파르동pardon" 하고 앞에 있는 사람들에게 양해를 구하며 인파를 헤치고 잽싸게 로비로 뛰쳐나갔다.

로망스

평상복 스웨터와 청바지로 갈아입으니 그제야 본모습으로 돌아온 기분이었다.

눈앞이 맑게 갠 것처럼, 뭔가 한 꺼풀 떨어져나간 것처럼 마음이 유난히 후련한 게 스스로도 신기했다. 오늘 아침까지, 아니, 가자마 진의 연주를 들을 때까지는 그렇게나 침울하고 절망적인 기분이었는데.

역시 드레스는 긴장되고 힘들어. 좀 더 편한 차림으로 연주할 수 있으면 좋을 텐데.

아야는 기지개를 쭉 켜고 상쾌한 기분으로 하품을 한 번 한 다음 대기실 밖으로 나갔다.

무대에 나갔던 게 벌써 꿈처럼 느껴졌다.

너무 집중한 탓에 객석의 반응도 눈에 들어오지 않았다. 지금은 완전히 스위치가 꺼진 상태라, 아까까지의 자신은 완전히 다른 사람처럼 느껴졌다.

아야 뒤에 남은 참가자는 앞으로 두 명. 그리고 바로 1차 예선 결과 발표다.

손목시계를 보며 그런 생각을 해보았지만 그것도 남의 일 같았다.

나는 무엇을 위해 연주했던 걸까?

겨우 그렇게 자문할 만한 냉정한 이성이 돌아왔다.

아니, 연주할 때도 냉정했다. 늘 어딘가 냉정하게 음악을 듣는 구석이 있다. 그건 피아노를 시작한 뒤로 지금까지 변함이 없다.

어렸을 때부터 언제나 높은 곳에서 굽어보는, 또 다른 자신이 있는 것이다.

하지만 아까 느낀 그 충동은.

그것을 떠올리려는 순간에만 가슴속이 술렁거렸다.

가자마 진처럼, 음악의 신에게 사랑받는 그처럼 연주하고 싶다고 생각했던 그 충동은 무엇이었을까?

벌써 몇 년째, 아니, 어렸을 때도 느껴보지 못한 충동이었다. 그런 감정이 자기 안에 있다는 것조차 몰랐다.

그 아이가. 그 아이의 음악이, 그런 충동을 끌어냈다.

아야는 조용히 생각에 잠겼다.

가자마 진. 그에게 감사해야 할까. 아니면.

천천히 엘리베이터에 올라타 홀이 있는 층을 눌렀다. 화장실에 다녀오고 느긋하게 옷을 갈아입는 사이에 다음 연주는 벌써 시작되었다.

어쨌거나 이 충족감과 카타르시스는 분명 무대에서 연주했기 때문에 얻을 수 있는 것이다. 평소의 연습이나 세션에서는 결코 맛볼 수 없는 감정이다.

이걸 또 맛보고 싶은 걸까?

냉정한 자신이 담담하게 묻는다.

다시 무대로 돌아가고 싶은 거야? 전선에 완벽하게 복귀할 마음은 있어? 아니, 이미 저 무대에 섰으니 세상은 네가 전선에 복귀했다고 볼 거야. 그들과 마주할 각오는 돼 있어?

화장실에서 여자들이 하는 얘기를 듣고 악의를 가진 세상이 그녀 안으로 왈칵 밀려드는 듯한 공포에 사로잡힌 게 겨우 며칠

전이었다. 이렇게 공개된 장소에 선 이상, 밀려드는 세상의 시선은 분명 그 정도로 끝나지 않을 것이다.

그래, 분명 훨씬 더 불쾌한 일이 많을 거야. 네가 견딜 수 있을까? 태평하게, 속 편하게 내키는 대로 살아온 네가?

어떨까, 모르겠다.

아야는 작게 고개를 저었다.

하지만 즐거웠다. 그건 사실이다.

인적 없는 대형 홀 복도 구석에 연습실이 있는 층으로 이어지는 엘리베이터가 있다.

거기로 나가면 복도에 아무도 없을 줄 알았다. 그런데 한 사람, 커다란 그림자가 있었다.

부드럽게 굽이치는 갈색 머리카락. 고급스러운 파란색 셔츠에 바지.

어라, 줄리아드 왕자님 아냐?

아야는 그를 알아보았다.

와, 가까이서 보니 정말 크다. 역시 우아한 아우라가 있네. 정말 왕자님이야. 배경에 꽃이 날리는 것 같아, 반짝반짝. 똑같은 사람 같지가 않네.

속으로 감탄했다.

이런 곳에 서 있다니 누굴 기다리는 걸까?

저도 모르게 뒤를 돌아보고, 주위를 보았다.

엘리베이터에는 아야밖에 없었고, 주위에도 아무도 없다.

하지만 왕자님은 가만히 이쪽을 쳐다보고 있었다. 기분 탓일까, 눈이 촉촉하게 젖어 있는 것처럼 보이는데, 하지만 처음 만난 나를 저런 눈으로 볼 리도 없고.

퍼뜩 깨달았다.

그렇구나, 누가 내려올 건가 보다. 그 사람이 나하고 같은 엘리베이터를 타지 못한 것이다.

그걸 깨닫고 나니 마음이 놓였다.

다행이다, 착각해서 괜히 혼자 두근거렸네, 바보처럼.

아야는 내심 가슴을 쓸어내리며 그의 옆을 지나가려 했다. 그러자 그가 몸을 천천히 움직이는 게 느껴졌다.

어깨 너머로, 망설이는 목소리가 따라왔다.

"……아쨩?"

인간의 기억이 어떤 구조로 이루어져 있는지 정말 모를 일이다.

대체 어디가 어떻게 연결되어 머나먼 과거의 한 장면을 끌어내는 걸까?

목소리를 들은 순간, 순식간에 세월이 과거로 거슬러 올라가면서 그동안 아야의 머릿속에서 꼭 닫혀 있던 서랍이 벌컥 열리는 것을 느꼈다.

이 목소리, 이 말투, 나를 이렇게 부르는 사람은…….

고개를 돌린 순간, 아야는 그곳에서 비쩍 마르고 키가 큰, 가무잡잡하고 머리카락이 고불고불 말린 라틴계 얼굴의 소년을 보았다.

아쨩. 나, 프랑스로 돌아가게 됐어.

어쩔 줄 모르는 목소리로 말하던 소년.

평평 우는 아야에게 고개를 푹 떨구고 계속 미안해, 미안해, 하고 사과하던 소년.

언제나 소극적이고 꾸물거렸던, 조금 외로워 보이지만 맑은 날 바다처럼 넓디넓은 소리를 내는 소년.

"마."

아야는 눈을 휘둥그레 뜨고 입을 쩍 벌린 채로 우물거렸다.

"마아 군? 마아 군이야? 정말?"

눈앞의 소년을 뚫어져라 바라보았다.

소년이, 아니 지금은 키 188센티미터의 당당한 체격을 가진 청년이 얼굴을 환하게 빛내며 크게 끄덕거렸다.

"맞아, 마사루야, 아짱. 아짱한테 받은 높은음자리표 가방, 지금도 갖고 있어."

"설마!"

솔직히 아야는 평소에 우습게 보고 있었다.

말끝마다 "설마!" "거짓말이지?" "진짜?" "이거 장난 아니다"라고 의미 없는 말만 외쳐대는, 붕붕 날아다니는 분홍색 파리 같은 또래 여자애들을.

하지만 지금 아야의 입에서는 한심하리만치 똑같은 소리밖에 나오지 않았다.

솔직히 지금 이 상황에서, 10여 년 만에 재회했는데 꺅 하고 소리치며 끌어안는 것 말고 어떤 반응을 보일 수 있을까?

하지만 막상 끌어안고 보니 마사루의 턱은 아야의 머리 위에 있었고, 그의 두 팔은 아야의 두 팔을 감싸고도 남았다. 그에 비하면 아야는 완전히 어린애였다.

"마아 군, 언제 이렇게 자랐어?"

아야는 새삼 마사루의 얼굴을 찬찬히 올려다보았다. 어렸을 때는 누가 봐도 라틴계였는데, 지금은 피부도 머리색도 옅어져서 국적을 전혀 알아볼 수 없다. 뚜렷한 이목구비는 언뜻 철학자나 승려처럼 보여 왠지 다가가기 어려웠다.

마사루가 웃음을 터뜨렸다.

"아짱도 참, 우리 할머니 같은 소리를 하네. 아짱이 무대에 나왔을 때 한눈에 알아봤어. 하나도 안 변했네."

그건 좀 실례잖아. 아야는 속으로 투덜거렸다. 나는 전혀 못 알아봤는데.

그 비쩍 마른 유약한 라틴계 소년(유약한 라틴계라니 어쩐지 모순되는 것 같지만)이 이토록 훤칠하게 빛나는 왕자님이 될 줄은 꿈에도 상상하지 못했다.

마사루가 아야의 손을 꼭 붙잡자 괜히 가슴이 두근거렸다.

"그래, 참, 아짱, 선생님은 잘 지내셔? 나 선생님하고 아짱하고 했던 약속 지켰어. 프랑스로 돌아가서 바로 피아노를 배웠어."

마사루는 숨도 쉬지 않고 말했다.

"처음에 배운 음대생이 소개해줘서 콩세르바투아르*에도 들어가서 2년 만에 졸업했어."

아야는 기가 막혔다.

"마아 군은 정말 천재였구나."

"그래?"

* 파리국립고등음악원.

마사루는 냉정하게 고개를 가로저었다.

"항상 생각하지만 천재는 아쨩하고 선생님이야."

그 말을 들은 순간, 아야는 심하게 동요했다.

그렇다. 천재는 와타누키 선생님이었다. 마사루를 데리고 갔을 때도 싱글벙글 웃으며 함께 피아노를 가르쳐주었던 선생님. 마사루의 재능을 알아보고 경탄했던 선생님. 그리고 지금 그 소년이 훌륭하게 성장해, 장래가 촉망되는 스타로 나타난 것이다. 여기에 선생님이 계셨다면 얼마나 환하게 기뻐하셨을까.

"마아 군."

아야는 생생하게 치밀어 오르는 아린 슬픔을 참았다.

"와타누키 선생님은 돌아가셨어. 마아 군이 프랑스로 떠나고 2년도 안 지나서. 췌장암이었는데 발견이 늦어서 입원하고 한 달도 못 버티셨어. 선생님은 마아 군을 쭉 그리워했어."

마사루의 얼굴에 충격이 떠올랐다. 순식간에 미소가 사라지고 핏기가 가셨다.

"선생님."

꿀걱 침을 삼키는 소리.

"돌아가셨어?"

그 목소리는 너무나 여려서, 과거의 그 소년이 돌아온 것 같았다.

아야는 천천히 고개를 끄덕였다.

"응. 조시가야에 무덤이 있어."

"나, 인사하러 가고 싶어."

"응, 같이 가자. 선생님도 기뻐하실 거야."

"응, 응."

그렇게 침울하게 아야의 손을 쥐고 있는 마사루의 손을 어루만지노라니 어린 시절로 돌아간 것 같았다. 지금 마사루가 올려다봐야 할 정도로 크고, 그 손이 아야보다 훨씬 크다는 점을 제외하면.

아아, 그러고 보니 마사루의 손은 그때도 컸지. 손과 발이 큰 사람은 키도 크다는 말이 있다. 이렇게 손이 크면 라흐마니노프든 뭐든, 건반에 손이 안 닿는 곳이 없겠다. 라흐마니노프를 연탄하자고 했었지. 지금이라면 분명 충분히 할 수 있을 것이다.

다음 연주가 끝났는지, 휴식 시간이 찾아와 관객들이 우르르 몰려나오는 소리가 들렸다. 그렇다면 역시 마사루는 대기실에서 돌아오는 아야를 기다리고 있었던 것이다.

"마아 군, 지금도 〈뱃노래〉 부를 줄 알아?"

아야가 장난스러운 눈으로 마사루의 얼굴을 들여다보자 마사루는 가슴을 쭉 폈다.

"당연하지. 도쿄 노래방에서 불렀더니 일본인들이 다들 깜짝 놀라던걸."

"그야 그렇겠지."

마사루가 이 얼굴로 〈뱃노래〉를 열창하는 모습을 상상하니 웃음이 터져 나오려 했다.

"하지만 우리 선생님은 더 굉장해. 마에카와 기요시를 불렀거든. 〈도쿄 사막〉."

"뭐? 너새니얼 실버버그가?"

아무리 일본인하고 결혼한 적이 있다지만 가요까지 부를 줄 알다니. 그 사자 같은 머리로 우뚝 서서 〈도쿄 사막〉을 부르는 모습을 상상하고 말았다.

참지 못하고 키득키득 웃자 마사루가 아야의 손을 잡아당겼다.

"아짱, 너무 웃는다. 마지막 연주 들으러 가자. 그게 끝나면 심사 발표야."

아야는 퍼뜩 정신을 차렸다.

우리는 같은 콩쿠르에 참가하는 경쟁자다.

갑자기 잠이 확 깨는 기분이었다.

콩쿠르. 우리는 라이벌이다. 다음 예선에 나가는 건 스물네 명. 3차에서는 열두 명.

마사루도 똑같은 생각을 하는 것 같았다.

고개를 끄덕이며 미소를 건네는 마사루에게서 더는 유약한 소년의 그림자를 찾아볼 수 없었다. 그가 자신에 찬 목소리로 말했다.

"나하고 아짱은 괜찮아. 2차 예선도 힘내자."

아야는 어중간하게 맞장구를 쳤다.

마사루는 분명 1차 예선을 돌파했을 것이다. 그 훌륭하고 매력적인 연주. 우승 후보자로 꼽히고 있고, 실제로 심사 위원들의 평판도 좋다는 소문을 들었다.

하지만 나는? 나는 어땠지?

문득 불안이 그림자를 드리웠다. 객석의 반응을 너무 신경 쓰지 않았다. 느낌은 나쁘지 않았는데.

"에이덴 양."

갑자기 누군가가 뒤에서 아야를 불렀다.

뒤를 돌아보니 기자인지 완장을 찬 남녀가 서 있었다.

"1차 예선 수고 많았습니다. 훌륭했습니다."

"클래식 스트림인데, 말씀 좀 여쭤도 될까요?"

두 사람의 상기된 얼굴을 보니 아야의 연주가 나쁘지는 않았던 모양이다. 하지만 갑작스러운 일인 데다가 오랫동안 취재를 받은 적이 없어 머릿속이 텅 비었다.

"오랜만에 무대에 선 감상은?"

"반응은 어땠습니까?"

"아, 저기."

"죄송하지만 다음 연주를 듣고 싶어서, 그만 실례하겠습니다."

그렇게 말하며 살갑지만 단호하게 고개를 숙이고 두 기자를 가로막은 것은 마사루였다.

"죄송합니다."

황급히 고개를 숙이는 아야의 손을 잡고 성큼성큼 홀 안으로 들어가는 마사루.

이래서야 옛날하고 입장이 뒤바뀌었네.

아야는 쓴웃음을 지었다.

뒤에서 "어라, 함께 있던 저 사람, 줄리아드의" "아, 정말이네" 하는 소리가 들렸다. 함께 있던 게 마사루라는 걸 눈치챈 모양이다.

무슨 소리를 듣지나 않을까 살짝 불안해졌다.

마사루는 냉큼 왼쪽 뒤편, 눈에 띄지 않는 자리에 앉았다.

가나데 곁으로 돌아갈 생각이었는데 마사루가 손을 잡은 채로 앉아버려 말을 꺼낼 수 없었다.

이제 곧 1차 예선도 끝나니 그때 가나데 곁으로 돌아가면 되겠지.

"미안해, 고마워, 마아 군."

아야가 속삭이자 마사루는 무대에서 시선을 떼지 않고 미소를 지었다.

"저런 건 응할 마음이 없을 때는 확실하게 거절하는 게 좋아."

"마아 군도 취재 요청 많이 들어오지 않았어?"

"1차 예선 중에는 받지 않고, 1차 예선 결과가 나오면 그때 받 겠다고 했어. 2차 때도 그럴 생각이야."

"아아, 그렇구나."

역시 미래의 거장이다. 미디어 관리도 철저한 모양이다. 어쩌 면 이미 어딘가 매니지먼트사와 계약했는지도 모른다.

프로그램북을 펼쳐 새삼 마사루의 페이지를 들여다보았다.

"마아 군, 진짜 이름은 이렇게 길었구나."

"아짱 이름은 너무 어려워."

"마아 군, 미국 대표로 나온 거지? 그래서 더 못 알아봤어. 마 아 군 국적은 프랑스 아냐?"

"지금은 아직 어느 쪽이든 괜찮아. 줄리아드가 미국으로 나가 달라고 해서. 조만간 한쪽을 골라야 할지도 모르지만."

그런가, 마아 군은 아직 미성년이구나. 응? 국제적으로는 열여 덟 살이면 성인이던가? 이중국적하고는 뭐가 다른가?

한 살 연하. '19세'라고 적힌 숫자에 말문이 막혔다.

이렇게 어른스러운데 아직 십 대라니.

프로그램북을 들춰보려다 마사루가 아직도 오른손을 꽉 움켜 쥐고 있다는 걸 깨달았다.

아까 쥐었을 때부터 전혀 놓을 기색이 없다.

"있지, 마아 군."

아야는 조심스럽게 마사루를 불렀다.

"잠깐 손 좀 놔줄래?"

"안 돼."

"어?"

너무 명쾌한 거절에 할 말을 잃었다.

"왜? 프로그램북 좀 넘기고 싶은데."

"그야 손을 놓으면 아짱은 또 어디론가 가버릴 테니까."

아야는 어이가 없었다.

아짱. 나, 프랑스로 돌아가게 됐어.

어린 날의 충격이 되살아났다. 일단 떠올리자 그 충격은 서서히 분노로 바뀌었다.

"무슨 소리야, 프랑스로 가버린 건 마아 군이었잖아. 게다가 지금은 미국이라니."

마사루는 화를 내면서 왼손으로 페이지를 넘기려는 아야를 힐끔 쳐다보았다.

정말 그럴까, 아짱? 어디론가 가버리는 건 내가 아니라 아짱 아닐까? 그렇잖아, 아짱은 오랫동안 피아노에서 떨어져 있었잖아?

그렇게 훌륭했는데, 그렇게 높은 곳에 있었는데, 미련 없이, 어느 날 갑자기.

보드라운 손의 그리운 감촉. 지금은 한 손에 쏙 들어온다.

뭐라 형언할 수 없는 안도감.

어린 시절 느꼈던 행복한 기분을 떠올렸다.

겨우 찾았다.

마사루가 아야의 손을 놓지 않은 것은 오랜 이별 끝에 드디어 재회했다는 감회와 그리움도 있었지만, 무의식중에 날카롭게 감지한 예감이 있었기 때문이다.

이렇게 이곳에 꼭 붙잡아두지 않으면, 그녀는 또 훌쩍 피아노를 떠나는 게 아닐까? 이 뮤즈는 지상에 미련을 남기지 않고, 마사루를 피아노 옆에 남겨두고 어딘가 훨씬 아름다운, 아득한 세상으로 혼자 떠나버리는 게 아닐까?

마음속 어디선가 그런 희미한 불안과 우려를 느끼고 있었던 것이다.

환희의 송가

긴장한 표정의 아카시에게 화면 중심을 맞춰보았다.

파인더 너머로 보는 그는 어딘가 불안해 보였다.

"지금 심경이 어떠신가요?"

마사미가 묻자 아카시가 쓴웃음을 지으며 힐끗 쳐다보았다.

"아, 긴장되네요. 이렇게 긴장하는 게 얼마 만인지 모르겠어요. 아들이 태어났을 때 이후로 처음인 것 같은데."

익살스럽게 가슴을 쓸어내렸다.

로비에 사람들이 점점 더 몰려들었다. 언론 관계자도 많아 완장을 차고 카메라를 든 사람이 여럿 눈에 띄었다.

잠시 후, 1차 예선 통과자가 발표된다. 주위에는 참가자들과 그 관계자들이 잔뜩 기다리고 있었다. 긴장과 흥분, 기대와 불안이 번져 있는 표정으로 참가자라는 걸 금방 알아볼 수 있다. 가만히 있지 못하고 돌아다니거나, 마음을 억누르고 곳곳에서 이야기를 나누는 사람도 있었다.

백 명 가까운 참가자들 가운데 약 4분의 3이 떨어진다.

그렇게 생각하니 새삼 콩쿠르의 치열함과 그들의 긴장감이 따가울 정도로 느껴졌다.

물론 흥분도 있다. 스릴도 있다. 그냥 음악 팬 입장에서는 이렇게 재미있는 쇼도 없을 것이다.

아카시는 멍하니 주위 사람들을 바라보고 있었다. 다른 사람들을 보고 있는 것 같지만 그 눈은 아무것도 보고 있지 않았다. 통과했을까, 떨어졌을까. 운명의 행방으로 머릿속이 가득할 것이다. 그의 심경을 생각하니 마사미까지 점점 긴장되었다.

마사미는 파인더에 눈을 고정한 채로 천천히 로비를 훑듯 카메라를 돌렸다. 영상을 찍는 사람이라면 누구든 그렇겠지만 파인더 너머로 보면 대번에 냉정해질 수 있다. 세상을 스크랩하는 감각. 그러다 보면 일종의 전능을 느낄 수 있는데, 카메라맨이 자꾸 위험한 곳에 들어가는 건 그 때문이다. 때로는 목숨을 잃을 수도 있으므로 선배들은 그런 감각을 조심하라고 입이 닳도록 주의를 준다. 한편으로 세상에서 이렇게 미미한 부분밖에 기록하지 못한다는 무력감도 비슷하게 느끼지만.

별안간 주위가 술렁거리더니 환호성이 일었다.

심사 위원들이 천천히 넓은 계단으로 2층에서 내려왔다.

와, 많다.

마사미는 속으로 그렇게 외쳤다.

국적도 다양한 십여 명의 심사 위원들이 줄줄이 내려오는 모습은 압권이었다.

조명이 쏟아지고 카메라 대열이 심사 위원들에게 초점을 맞추자 그곳이 무대처럼 바뀌었다. 술렁거리던 로비가 조금씩 잠잠해졌다.

맨 앞줄 가운데에 서 있는 인물이 심사 위원장 올가 슬루츠카야다. 인자하게 웃고는 있지만 눈빛이 날카롭다. 오렌지색 슈트를 입고 있어서 그런 건 아니겠지만 몸속에서 불꽃이 활활 타오르는 듯한 박력과 존재감이 있다. 소설 속에는 빨간 머리라는 표현이 흔히 나오지만 불빛을 받은 그녀의 머리카락을 보니 정말 붉은색이구나 싶어 새삼 신기했다.

올가가 무선 마이크를 쥐었다.

"참가자 및 관계자 여러분, 1차 예선 수고 많으셨습니다."

유창하고 차분한 일본어가 흘러나오자 주위가 쥐 죽은 듯 고요해졌다.

"1차 예선이 무사히 종료된 점, 여러분께 감사드리고 싶습니다."

사람들의 시선은 올가의 손에 쏠려 있었다. 그녀가 들고 있는 하얀 종이. 1차 예선 통과자 명단이다.

대회 수준이 해마다 높아지고 있고 이번에는 참가자들 수준도 전보다 더 높아 격전을 벌였으니 이 결과에서 빠졌어도 참가자들의 음악성을 부정하는 건 아니다, 실망하지 말고 다시 도전해주길 바란다. 그런 내용의 강평이 이어졌지만 로비를 가득 메운 사람들은 듣는 둥 마는 둥 차츰 초조한 기색을 드러냈다.

대체 누가 남고, 누가 떨어졌을까?

올가가 살짝 쓴웃음을 지었다.

"그럼 다들 애가 타는 모양이니, 2차 예선에 나갈 참가자를 발표하겠습니다."

웃음소리와 함께 주위가 다시 술렁거리기 시작했다.

올가가 천천히 손에 든 종이를 펼치고 소리 내어 읽었다.

"1번, 알렉세이 자카예프."

와! 환호성이 일었다.

사람들의 시선이 뒤로 쏠렸다. 로비 구석에서 친구들과 부둥켜안고 기뻐하는 백인 청년이 보였다.

"신기한 일이네. 1번이 남다니."

아카시가 중얼거렸다.

"그래?"

"1번 타자는 대개 불리하거든."

마사미가 묻자 아카시가 빠르게 대답했다.

"8번, 한현정."

담담한 발표. 다른 곳에서 환호성이 일었다. 이쪽은 한국 소녀
인 것 같았다.

"12번, 제니퍼 챈."

한층 더 요란한 환호성.

체격이 큰 아시아계 소녀 주변에서 플래시가 터졌다. 우승 후
보로 꼽히는 미국 참가자다.

호명이 이어지자 그때마다 여기저기서 함성이 일었다. 일일이
카메라로 쫓기도 벅차고 다들 일제히 떠들어대는 바람에 주위가
시끌벅적했다.

그런 가운데 올가는 시원스러운 목소리로 담담하게 차례차례
호명했다.

아카시는 점점 더 창백해졌다. 그의 번호가 다가오고 있다.

마사미는 아카시의 얼굴에 카메라 초점을 맞추었다.

부릅뜬 눈.

그 눈을 보고 있자니 마사미까지 숨이 멎었다.

"22번, 다카시마 아카시."

그 목소리를, 그렇게 읽은 올가의 얼굴을 평생 잊지 못하리라.

아카시는 잠시 넋 나간 사람처럼 표정을 잃었다.

그 얼굴이 대번에 붉게 달아올랐다.

그러더니 "됐다!" 하고 작게 주먹을 불끈 쥐고서 마사미를 쳐다보고는 쑥스러운 기색으로 진심으로 안도한 표정을 지었다.

"아, 다행이야. 정말 다행이야. 해냈어, 내가 해냈어. 고마워, 고마워."

큰 한숨을 토해내며, 몇 번이나 중얼거리며, 누구에게 말하는 건지 모르겠지만 카메라를 향해 연방 고개를 숙였다.

가까이 있던 사람들이 아카시의 살짝 치켜든 주먹을 보고 미소를 지으며 "축하합니다" 하고 박수와 함께 격려해주었다.

"축하해."

마사미도 온몸이 확 달아올랐다. 카메라를 든 채로 아카시와 힘껏 악수를 했다.

다행이야. 정말 다행이야. 이걸로 방송도 계속 찍을 수 있겠어.

일본인 참가자 중에 가장 먼저 통과한 덕에 다른 언론사가 아카시에게 다가왔다.

발갛게 달아오른 얼굴로 인터뷰에 응하는 아카시를 보고 있자니 마사미도 덩달아 뿌듯해졌다.

"아, 집에 전화해야지."

아카시는 기쁨으로 얼굴을 빛내며 마사미에게 그렇게 말하고 얼른 복도 구석으로 갔다.

마사미도 뒤를 쫓았다.

가족들에게 기쁜 소식을 알리는 순간. 이건 반드시 찍어야지.

머릿속으로는 냉정하게 판단했지만 들뜬 목소리로 휴대전화 너머 아내와 통화하는 아카시의 모습에 마사미는 끈질기게 맴도는 섭섭함을 자각할 수밖에 없었다.

"30번, 마사루 카를로스 레비 아나톨."

와아! 커다란 환호성이 일었다.

로비에 있는 모든 사람들이 박수를 쳤다. 벌써 관객들뿐만 아니라 라이벌이나 스태프까지 팬으로 끌어들인 모양이다.

마치 스포트라이트를 받고 있는 것처럼 사람들에게 살갑게 인사하는 마사루의 모습을 멀찍이서 바라보며 아야는 새삼 그의 스타성에 혀를 내둘렀다.

"인기가 굉장하네."

가나데가 아야의 귀에 속삭였다.

"멋지잖아."

대답은 그렇게 했지만 사실 아야는 방금 전까지 마사루와 함께 있었고, 그와 소꿉친구 사이였다는 걸 아직 가나데에게 얘기하지 않았다. 어쩐지 말하기 거북하기도 했고 가나데가 아야를 보자마자 눈물이라도 쏟을 것처럼 아야의 연주가 얼마나 감동적이었는지 칭찬하는 바람에 그럴 새가 없었다.

"굉장해, 원래 아시아 참가자 수가 많긴 하지만 아시아가 과반수를 넘는 게 아닐까?"

이어서 호명된 참가자들은 한국계와 구소련계 국가들의 이름이 압도적으로 많았다. 역시 일본인이 얼마나 남아 있는지 신경 쓰인다. 번호가 중반으로 다가오면서 일본인 중에서는 최고령인 남성, 십 대 소녀, 스무 살 음대생, 그렇게 세 명의 이름이 나왔다.

어느새 호명된 1차 예선 통과자는 스무 명을 넘어섰다.

매진 임박. 그런 말이 머릿속을 스쳤다.

통과한다면 마지막이나 하나 앞에서 불릴 것이다.

아야는 그렇게 예상했다. 이렇게 보니 순서가 뒤쪽이면 끝까지 마음을 졸여야 하는 터라 심장에 나쁘다.

올가가 은근히 숨을 들이마시는 것처럼 보였다.

잠깐 망설인 듯 보인 것은 기분 탓일까?

"81번, 가자마 진."

오오! 이번에도 흥분에 찬 환호가 일었다.

아야는 깜짝 놀랐다.

그 아이다. 신에게 사랑받은 아이. 지금, 올가 슬루츠카야는 잠깐 망설이지 않았나?

하지만 귀를 찢을 듯한 박수에 생각이 멎었다.

모두가 박수를 치며 가자마 진을 찾아 주위를 둘러보았지만 곧이어 "어라?" "없어?" 하고 어리둥절한 목소리가 튀어나왔다. 아무래도 그 소년은 이 발표장에 오지 않은 모양이다. 통과자 참가 번호는 회장에도 게시할뿐더러 인터넷으로도 볼 수 있어 직접 오지 않는 사람도 많다.

"그리고 88번. 에이덴 아야. 이상, 스물네 명입니다."

순간 가자마 진의 행방에 마음이 쏠려 귀에 들어온 정보를 인식하는 게 늦었다.

하지만 다음 순간, 환성을 지르며 와락 껴안는 가나데와 아야를 돌아보며 웃는 얼굴로 박수를 쳐주는 주위 사람들 덕분에 1차 예선을 통과했다는 사실을 깨달았다.

"축하해. 축하해, 아야."

가나데는 결국 눈물을 흘렸다.

"고마워."

둘이서 얼싸안고 기뻐하긴 했지만 아야의 마음은 어디까지나 고요했다. 이게 정말 축하할 일일까. 스스로 그렇게 자문하고 있는 것을 깨달았다.

시선이 느껴져 문득 고개를 들자 멀찍이서 엄지손가락을 세우고 있는 마사루가 보여, 손을 흔들며 고개를 끄덕여 답했다.

마사루의 눈이 이렇게 말하는 것을 느꼈다.

그렇지? 나하고 아짱은 괜찮았지? 다음에도 힘내자.

무대는 계속된다. 마사루와의 승부도.

그렇게 생각하니 서늘한 감각이 마음속을 스쳤다. 하지만 동시에 분명한 환희가 있는 것도 사실이었다.

무대는 계속된다. 저기서 또 연주할 수 있다.

스태프의 업무 연락 방송이 울려 퍼지는 가운데, 관객과 참가자들이 우르르 흩어져 떠나기 시작했다. 아직 인터뷰에 응하고 있는 참가자들의 모습이 곳곳에서 보였다.

로비 한쪽 구석 게시판에 1차 예선 통과자의 이름이 붙어 있어 그 앞에 사람들이 모여 있었다. 내일부터 바로 사흘에 걸친 2차 예선이다.

흥분 어린 미소를 머금고 서둘러 돌아가는 사람들은 2차 예선에 나가는 참가자. 그들은 2차 예선을 준비해야 한다.

한편 지친 미소를 머금고 대화를 나누며 회장 주변을 차마 떠나지 못하는 사람들은 낙선한 참가자다. 그들의 콩쿠르는 이제 끝났다. 그들은 저 무대에서 더 이상 연주할 수 없지만 이 자리를 떠나기가 아쉬운 것이다.

홀 로비에서 나오는 통로에 참가자 전원의 사진이 붙어 있다.

스태프들이 1차 예선을 통과한 참가자들의 사진에 리본으로 만든 꽃을 붙였다. 예선을 돌파할 때마다 꽃은 하나씩 늘어간다.

"아슬아슬했어."

흡연실 안에서 유리 너머로 꽃이 달린 사진을 보며 시몽이 멍하니 중얼거렸다.

"뭐가? 니코틴 금단 증세?"

미에코가 마찬가지로 담배를 피우면서 시몽을 살짝 흘겨보았다.

"그것도 위험하긴 했지. 그게 아니고 가자마 진 말이야."

"확실하게 갈렸지."

"그러게. 예상한 바였지만."

심사는 ○, △, ×를 점수로 환산해 합계 점수가 높은 순서대로 통과시킨다.

가자마 진의 평가는 ○와 ×로 확실하게 갈렸다. 그렇게 되면 ○가 적더라도 ×도 적고 고른 점수를 받은 참가자가 남을 확률이 높아진다. 때문에 가자마 진은 1차를 턱걸이로 통과해 시몽과 스미르노프를 당황하게 만들었다.

"미에코가 마음을 바꿔준 덕분에 살았어."

시몽은 약간 빈정거리는 투로 미에코를 힐끗 쳐다보았다.

"딱히 마음을 바꾼 건 아니야. 겨우 이해했을 뿐이지."

미에코는 어깨를 움츠렸다. 이번에 그녀는 가자마 진에게 ○를 주었다.

"어쨌거나 1차를 통과하기에 충분한 수준인 건 사실이니까. 반대로 말하면 그런데도 ×를 받는다는 게 더 대단해."

"대체 어떤 레슨을 받았던 걸까? 지금은 누가 지도하지? 앞으로 어쩔 셈일까? 콘서트 피아니스트가 될 생각이 있긴 할까?"

시몽은 노래하듯 고개를 돌리며 자문자답했다.

"그러게. 그건 좀 신경 쓰이네."

미에코도 허공을 향해 연기를 뿜어냈다.

"왠지 콘서트 피아니스트가 된 그 애 모습이 상상이 안 돼."

"그렇지? 하지만 지금까지 없던 위대한 음악가가 될 것 같기도 하단 말이야."

"응. 그건 그래."

미에코의 뇌리에 뜬금없이 논두렁길을 달리는 경트럭 위에서 업라이트피아노를 연주하는 소년의 모습이 떠올랐다.

"일하는 피아니스트라거나?"

"그건 뭐야. 요즘 세상에 '인터내셔널'* 타령이야?"

"일본에는 청경우독晴耕雨讀**이라는 말이 있어. 벌꿀을 채집하는 피아니스트라. 친환경을 선호하는 요즘 세상에선 인기가 있을지도 모르겠네."

가자마 진이라면 그런 생활을 자연스럽게 양립할 수 있을지도 모른다, 그런 음악 스타일이 세상에 받아들여질지도 모른다. 미

---

* 사회주의적 국제 노동자 조직으로 정식 명칭은 국제노동자협회.
** 맑은 날에는 논밭을 갈고 비 오는 날에는 책을 읽는다는 뜻으로, 부지런히 일하고 공부하는 것을 가리킨다.

에코는 농담처럼 말하면서도 그런 희미한 예감을 느꼈다. 무엇보다 산속을 걸으며 노래 부르는 소년의 모습이 생생하게 떠올랐다.

"흥미로워, 그는."

미에코는 어느새 올가가 중얼거렸던 말을 자기도 따라 하고 있다는 사실을 깨달았다.

"굉장히 흥미로워."

아카시는 자기 사진에 붙은 분홍색 꽃을 감개무량한 마음으로 뚫어져라 바라보았다.

마사미는 지금 다른 곳을 촬영하러 갔다. 함께 저녁 식사 겸 가벼운 축배를 들기로 했지만, 내일 2차 예선을 준비하기 전에 혼자서 1차 예선 돌파의 기쁨을 느긋하게 곱씹고 싶었다.

이 리본 꽃 하나가, 지금까지 준비해온 노력의 성과인 것이다.

가슴이 벅찼다.

가족과 친구들의 응원에 힘입어 이 꽃 한 송이를 거머쥘 수 있었다. 노력한 보람이 있었다. 그냥 리본 꽃이지만 무엇보다 귀한 꽃이었다.

한 송이 더, 꽃을 늘릴 수 있도록 해주세요.

아카시는 꽃을 향해 기도한 다음 휴대전화로 사진을 찍었다.

잠깐, 나는 이 사진에 같이 못 들어가나?

그는 손을 뻗어 휴대전화 카메라를 자기 쪽으로 대고 온갖 각도로 요리조리 돌려보았다. 좀처럼 적당한 거리를 찾지 못해 한 화면에 들어가지 않았다.

꽤 어렵네.

푹 빠져서 시행착오를 거듭하고 있는데 뒤에서 웃음소리가 들렸다.

고개를 돌려보니 언제 돌아왔는지 마사미가 배를 부여잡고 웃고 있었다.

"세상에, 혼자서 뭐 해? 내가 찍어줄게."

아카시는 새빨갛게 얼굴이 달아올랐지만 이제까지 실컷 우스꽝스러운 자세를 취하고 있었다는 것을 깨닫고 웃음을 터뜨렸다.

"아하하!"

마사미와 얼굴을 마주 보고 둘이서 껄껄 웃었다.

이렇게 후련한 기분으로 웃는 게 대체 얼마 만일까? 심사 발표 때의 긴장감도 그렇고 평소 얼마나 감정을 억누른 채 살고 있는지, 얼마나 아무 감정 없이 사는지 새삼 깨달았다.

"자, 밥 먹자, 밥."

"응, 간단히 축하하자."

겨우 웃음을 그친 두 사람은 숨을 고른 뒤 나란히 회전문을 밀고 밖으로 걸어 나갔다.

| 제2차 예선 |

마법사의 제자

이튿날 오전부터 사흘에 걸친 2차 예선이 시작되었다.

1차 예선은 무려 닷새 동안 백 명에 가까운 참가자가 연주하는 탓도 있어 각각의 참가자를 보러 오는 관객 수가 들쭉날쭉하지만, 2차 예선이 되면 참가자의 가족뿐만 아니라 처음부터 끝까지 들으려는 일반 관객들도 늘어 관객 수가 안정된다. 무대는 물론이고 객석의 집중력이 한층 올라가는 게 한눈에 보인다.

2차 예선 연주 시간은 1차 예선의 두 배인 40분 내외. 과제는 다음과 같다.

(1) 쇼팽, 리스트, 드뷔시, 스크랴빈, 라흐마니노프, 버르토크, 스트라빈스키 연습곡 중에서 서로 다른 작곡가의 곡으로 두 곡.

(2) 슈베르트, 멘델스존, 쇼팽, 슈만, 리스트, 브람스, 라벨, 스트라빈스키의 곡 중에서 한 곡 내지 여러 곡.

(3) 요시가에 국제 피아노 콩쿠르를 위한 위촉 작품, 히시누마 다다아키의 〈봄과 수라〉.

여기서 참가자들은 유일하게 신곡이자 현대곡인 〈봄과 수라〉를 연주 프로그램의 어느 자리에 넣을지 고민하게 된다.

〈봄과 수라〉는 제목으로도 알 수 있듯 미야자와 겐지의 시를 모티프로 한 곡으로, 거의 무조*에 가깝다. 길이는 약 9분으로

---

* 쇤베르크에 의해 시작된 양식으로 음이나 화음이 어떤 중심 음과 갖게 되는 관계를 부정하고 각각의 음들이 독자적인 의미를 갖도록 구성하는 작곡 기법.

연주 시간의 4분의 1가량을 차지하기 때문에 순서는 중요한 문제다.

아무래도 이 곡만 다른 과제곡과 인상이 다르다 보니 프로그램 안에 집어넣기가 어려운지, 프로그램의 맨 처음 아니면 맨 마지막에 넣는 참가자들이 가장 많았다.

"확실히 맨 처음이나 맨 마지막이라는 건 프로그램으로 볼 때 안일하다면 안일한 선택이야."

"하지만 곡의 구성을 고려하면 그럴 수밖에 없는 것도 이해가 가. 다른 곡과 균형도 맞춰야 하고, 낭만파 작품하고 붙여놓으면 아무래도 이 곡만 붕 뜬단 말이야."

"뭐, 사실 나도 맨 처음에 넣었지만."

객석 뒤쪽 구석에서 프로그램북을 한 손에 들고 속닥거리고 있는 것은 마사루와 아야였다. 마사루의 2차 예선은 내일, 아야는 셋째 날. 남의 연주 듣기를 좋아하는 두 사람은 나란히 앉아 첫 번째 참가자의 연주부터 듣고 있었다. 전날 미리 연락처를 주고받아 홀에서 만났다.

아흔 명의 연주를 한 바퀴 돌아 겨우 무대로 돌아온 1번 알렉세이 자카예프가 편안한 얼굴로 여유롭게 연주를 마친 뒤 기분 좋은 박수를 받으며 퇴장하는 참이었다.

가나데는 오늘도 도쿄에 머물고 내일 밤 다시 요시가에로 돌아올 예정이다.

출전하는 나보다 왔다 갔다 하는 가나데가 더 힘들겠어. 분명 하마자키 선생님께 보고도 해야 할 테지. 일단 1차 예선을 통과해 낭보를 전할 수 있어 다행이다.

아야는 마사루의 프로그램북을 가만히 쳐다보았다.

"하지만 마아 군은 프로그램이 정에서 동으로 흐르니까 첫 곡이 〈봄과 수라〉라도 괜찮지 않아?"

"역시 아짱. 알아주는구나."

마사루는 기쁜 표정을 지었다.

"그보다 마아 군, 이거 시간 꽤 아슬아슬하지 않아? 변주곡은 가끔 시간을 짐작 못 할 때가 있잖아."

마사루의 2차 예선 프로그램에는 마지막에 긴 브람스 변주곡이 들어 있다. 느긋하게 연주했다가는 25분이 훌쩍 넘어가는 곡이다. 40분 이내에 다른 세 곡과 함께 담아내기에는 빠듯하다.

"괜찮아, 빨라지는 한은 있어도 느려질 일은 없으니까. 이래 봬도 나, 시간이 어긋난 적은 거의 없어. 아짱은 〈봄과 수라〉를 가운데에 넣었네. 용감해. 〈도깨비불〉 다음이라니."

"뭐, 우주랄까, 날씨랄까, 그런 범주로 붙여본 거야."

"흐음. 아, 멘델스존 변주곡은 나도 좋아해."

이렇게 마사루와 곡목을 논하며 서로의 프로그램을 보고 있으려니 새삼 와타누키 선생님의 천재성이 뼈저리게 느껴졌다. 선생님이 과거에 지나가듯 했던 말이나 표정이 문득 되살아난다.

놀랍구나, 너희는 어딘가 닮은 구석이 있어.

확실히 마사루하고는 곡을 듣고 느끼는 이미지나 프로그램 구성에 비슷한 구석이 있다. 남의 연주를 듣기 좋아하고, 본인이 출전하는 콩쿠르라도 어느 정도 즐길 줄 안다는 점도 비슷하다. 정확히 표현하기는 어렵지만 무엇보다 비슷한 음악관이 느껴진다.

"마아 군 협주곡은 프로코피예프 3번이구나."

본선에서 연주하는 협주곡은 콩쿠르의 대단원이다. 보통 자신 있는 곡이나 하고 싶은 곡을 연주하는데, 참가자가 특별하게 여기는 곡을 고르는 경우가 많다.

"아짱은 2번. 콩쿠르에서 2번을 연주하다니 신기하네."

"그래?"

괜히 뜨끔했다.

아야가 과거에 콘서트를 내팽개치고 무대 위에서 모습을 감추었을 때 연주할 예정이었던 곡이 바로 프로코피예프 2번이었다는 사실이 갑자기 생각난 것이다.

무의식중에 고른 걸까?

아야는 황급히 그 생각을 지웠다.

"나, 프로코피예프 협주곡은 다 좋아해. 프로코피예프는 춤곡이잖아."

"춤곡?"

"응. 내가 무용수라면 춤을 추고 싶어. 발레 음악이 아니더라도 프로코피예프 음악은 듣고 있으면 춤추는 부분이 보여. 초연 때는 평판이 최악이었다는 2번을 듣고 바로 발레곡을 부탁한 댜길레프*는 정말 대단한 사람이야."

"하긴. 나도 3번을 들으면 〈스타워즈〉 같은 우주 서사시가 떠올라."

"맞아, 그건 우주 영화야. 2번은 누아르 영화고."

"맞아, 맞아, 암흑가의 항쟁 같은."

* 러시아 발레단을 창립한 제정 러시아의 무용가.

두 사람은 얼굴을 마주 보고 웃었다.

아야는 신선한 충격을 받았다. 정말 음악을 듣고 느끼는 이미지가 이렇게 잘 맞는 사람은 드물다.

"마아 군이라면 라흐마니노프 3번 같은 느낌도 드는데."

"음. 1, 2번이라면 몰라도 3번은 별로야. 뒤쪽이 좀, 피아니스트의 자의식이 봇물처럼 흘러넘치잖아. 2번이 인기를 끄니까 라흐마니노프가 그만 신이 나서 자기 연주 취향을 우선해서 쓴 곡 같아. 1, 2번은 간신히 자의식 과잉에 빠지기 직전에 억눌렀지만 3번에서는 미처 억제를 못 했어."

아야는 어안이 벙벙했다.

"마아 군, 봇물이라는 일본어는 어디서 배웠어?"

"줄리아드에 유학 온 일본인한테. 일본어를 잊지 않으려고 그 친구한테 일본 만화도 잔뜩 빌려서 공부했어."

그 덕분에 이렇게 술술 대화할 수 있는 거지만 마사루의 어휘에는 종종 놀란다.

"어디 보자, 꿀벌 왕자는 버르토크 3번이네. 아하, 버르토크라, 딱 어울려."

꿀벌 왕자. 가자마 진. 마사루도 역시 눈여겨보고 있었다.

"걔 굉장하지?"

1차 예선의 흥분이 가슴속에 되살아났다. 마사루도 힘껏 끄덕였다.

"응. 그렇게 생동감 넘치는 소리는 처음 들어봐."

"음악의 신에게 사랑받고 있다고 생각했어."

"정말 그래. 하지만 듣자 하니 심사 위원한테는 평판이 별로 좋지 않은가 봐."

"어? 왜?"

아야는 깜짝 놀랐다. 믿을 수 없다. 관객들의 뜨거운 열광까지 생생하게 남아 있는데.

"분명 그 생동감 넘치는 부분이 마음에 안 드는 사람도 있을 거야. 바흐인데 너무 선정적이라고 할 것 같아. 콩쿠르 채점은 보통 감점식이니까."

마사루는 냉정했다.

"아아, 그런 뜻이구나."

또 막연한 불안감이 치밀었다. '세간의 이목'이 쏠리는 콩쿠르. 그토록 훌륭하고 독창적인 연주를 인정하지 않는다면, 재능이란 대체 뭘까?

"나도 버르토크 협주곡을 할까 했는데 오케스트라가."

마사루가 중얼거리는 소리가 아야의 귀에 들어왔다.

"오케스트라?"

마사루는 코를 긁적거렸다.

"협주할 오케스트라의 최근 시디를 몇 장 구해서 들어봤는데 금관이 좀 약해. 일본 오케스트라는 대체로 그런 경향이 있어."

"관악대를 하는 사람들은 늘고 있는데 이상하네."

"버르토크는 금관이 탄탄한 오케스트라하고 해야 효과가 있어. 객원을 넣더라도 금관은 오랫동안 함께 소리를 맞춰보지 않으면 좋은 소리가 안 나니까."

본선에서 협주할 오케스트라의 정보까지 조사하다니.

아야는 마사루의 철저한 준비성에 가슴이 철렁했다. 사람만 좋은 게 아니라 전략가이기도 하다. 대다수의 참가자들은 본선에 남으면 감지덕지라고 생각해, 솔직히 오케스트라까지는 생각이 미치지 못한다.

"그러고 보니 마아 군 트롬본도 잘 분다며?"

마사루가 놀란 얼굴로 돌아보았다.

"누구한테 들었어?"

"음대 친구가 그러던데."

음대 정보망은 얕잡아 볼 수 없다.

"건반악기 말고 다른 것도 해보고 싶었거든. 팔이 기니까 슬라이드도 다루기 쉬울 거라고 해서 트롬본을 해본 건데 재미있어. 지금도 가끔 불어. 아쨩은 피아노 그만두었을 때 뭘 했어?"

피차일반이라는 듯이 마사루도 아야의 사정을 알고 있다는 것에 놀랐다. 사실 음악계에서는 제법 유명한 얘기니 귀에 들어가도 어쩔 수 없다. 아야는 어깨를 움츠렸다.

"콘서트를 그만둔 것뿐이지 피아노를 그만둔 건 아니었어. 퓨전 밴드도 하고, 재즈 밴드도 하고. 기타가 좋아서 한때 푹 빠져 있었어. 요즘은 전혀 안 치지만."

"클래식 기타?"

"아니, 재즈 기타. 유행을 따른 건 아니지만 팻 메스니나 조 패스 연주를 많이 따라 했어."

그러고 보니 그런 시절도 있었지. 음대에 들어가기 전에는 오히려 그쪽에 몰두했었다.

"와. 들어보고 싶다, 아쨩이 연주하는 기타."

"서툴러. 게다가 역시 기타는 남자 악기야. 특히 록이나 재즈는."

"그런가?"

"그렇다니까. 속된 말로 기타를 쳐보고 나서야 남자들이 말하는 '절정'이 무슨 느낌인지 알 것 같더라."

마사루는 아하하, 하고 유쾌하게 웃었다.

"그럼 아짱이 뉴욕에 오면 재즈 세션도 할 수 있겠다."

"아하하, 그러네."

갑자기 마사루가 진지한 얼굴로 아야를 가만히 바라보았다.

"같이 가자, 아짱. 콩쿠르가 끝나면."

"줄리아드에?"

"줄리아드는 물론이고."

"물론이고?"

"됐어."

마사루가 고개를 앞으로 팽 돌렸다.

줄리아드는 물론이고.

아야는 깊이 생각하지 않는 게 좋다고 스스로를 타이르며 화제를 바꾸었다.

"다음 차례는 마아 군 친구네."

"누가?"

"제니퍼 챈. 걔도 우승 후보지? 1차 예선 듣고 싶었는데 놓쳤어."

마사루는 "아아" 하고 고개를 끄덕였다.

"제니퍼는 뛰어나. 강인한 파워와 테크닉이 있어. 딱 콘서트 체질이야."

마사루의 말에는 어쩐지 다른 뜻이 있는 것 같았다.

"아짱이 제니퍼의 연주를 듣고 어떻게 생각할지 궁금하네."

회전문이 열리고 선명한 붉은 드레스를 입은 장신의 재니퍼 챈이 나왔다. 커다란 환성과 함께 요란한 박수가 쏟아졌다.

"와아, 또 빨간 드레스네. 잘 어울려."

"제니퍼는 콩쿠르 내내 전부 다른 빨간색 드레스를 입을 거래."

"정말? 행운의 색인가 보구나."

박수 속에서 제니퍼는 날카로운 눈빛으로 객석을 쏘아보며 피아노를 향해 당당하게 걸어갔다.

제니퍼의 프로그램도 〈봄과 수라〉가 첫 곡이었다.

마사루와 마찬가지로 프로그램 맨 처음에 〈봄과 수라〉를 넣었지만 그녀의 경우 '귀찮은 건 얼른 처리한다'는 느낌인 것이 흥미롭다. 역시 프로그램에는 성격이 드러난다.

세계 초연인 〈봄과 수라〉를 제니퍼 챈이 어떻게 연주할 것인가, 모두가 주목하는 것은 아마도 그 부분이리라. 교본이 없는 신곡의 경우 다른 사람의 연주는 참고가 된다. 참가자로서는 가급적 많은 샘플을 듣고 싶은 법이다.

역시 악보 독해는 완벽하다. 그렇구나, 이런 해석도 가능하구나.

아야는 제니퍼의 명석한 해석에 감탄했다.

일본인 작곡가의 곡을 연주할 때, 일본인은 애매한 부분은 애매하게 받아들여 '은근슬쩍' 연주하는 경향이 있다. 반대로 서구인들은 유독 '선禪'과 같은 이미지를 표현하려고 애쓴다.

하지만 제니퍼는 냉정하게 악보를 마주 보고, 자의적인 분위기에 휩쓸리지 않고 지극히 구체적으로 곡을 재현하는 데 전념했다. 미야자와 겐지의 우주관, 혹은 삼라만상이라는 주제를 표현하는 하나하나의 소리에 이건 이런 의미라는 그녀의 설명이 들려오는 듯했다. 거기에도 도처에 합리적인 제니퍼 챈의 사상과 성격이 드러나 있다.

이건 이 곡에 하나의 교본이 되겠어.

아야는 첫 곡을 완벽하게 마친 제니퍼를 바라보았다.

다음은 그녀가 자신 있는 곡목인지, 쇼팽과 리스트 연습곡 중에서도 특히나 어려운 작품으로 꼽히는 곡들이 이어졌다.

상상한 대로 역동적이고 훌륭한 연주가 펼쳐지자 관객들 사이에서 술렁술렁 소리 없는 감탄이 흘러나왔다.

하지만 아야는 감탄하면서도 어쩐지 실망스러웠다.

역동적인데도 단조로울 수 있구나. 기술은 완벽한데. 맛있는 음식을 잔뜩 먹어서 더는 못 먹겠다, 배가 터지겠다, 이런 느낌.

아야는 마사루가 하고 싶었던 말을 이해할 수 있을 것 같았다.

사실 아야는 남의 연주를 들을 때 이런 식으로 분석하는 일이 거의 없다. 한 사람의 관객이 되어 무심히 듣는 편이다. 마사루가 아쨩이 어떻게 생각할지 궁금하다고 해서 신경이 쓰여 그런가 싶었지만 아무래도 그것만은 아닌 듯했다.

아까부터 머릿속에서 기묘한 이미지가 꿈틀거렸다.

우람한 남자들이 배구를 하고 있었다. 게다가 어째선지 팀 에이스가 완벽한 백어택을 때려 넣는데 그때마다 코스를 읽혀 수비에 막히는 장면이었다.

사실 아야는 스포츠 관전도 좋아한다. 일류 운동선수의 움직임에는 아름다운 음악과 통하는 점이 있다. 음악이 들려오는 것처럼 착각할 때도 있다.

제니퍼의 무엇이 그런 이미지를 불러일으키는지 모르겠지만, 머릿속의 선수는 강력한 백어택을 시도하는데 공격 패턴이 단조로워 수비에 재깍재깍 걸려서 스파이크를 봉쇄당하고 있었다.

알겠다.

아야는 속으로 고개를 끄덕거렸다.

보통 사람들은 엄두도 못 내는 최고 도달점까지 뛰어올라 스파이크를 때리는데 점수가 나지 않는다. 엄청난 신체 능력은 감탄스럽지만 스파이크가 들어오지 않는다. 다시 말해 감동이 없는 것이다.

이렇게 역동적이고 드라마틱한 열연인데, 이유가 뭘까?

아야는 고개를 갸웃거렸다.

문득 최근의 할리우드 영화는 엔터테인먼트가 아니라 어트랙션이라고 했던 영화감독의 말이 떠올랐다. 제니퍼 챈의 연주는 어쩐지 그런 느낌이었다.

20세기 초부터 두 번의 대전을 거치면서, 혹은 그 전후로, 유럽 클래식 음악계에서 많은 인재들이 미국으로 망명하거나 이주했다. 당연하지만 재능은 부와 권력이 모이는 곳으로 쏠린다. 풍요로운 미국이 거대한 음악 시장으로 바뀌자 좋든 싫든 음악은 대중화되었다. 사람들은 보다 단순하고 오락적인 음악을 요구했던 것이다.

그것은 가령 정확한 타이밍으로 도입부를 연주하는 오케스트라나 각각의 음이 살아 있는 명쾌한 초절기교를 보여주는 피아노, 과거에 특권층 관객들만 들어갈 수 있었던 살롱과는 달리 보다 많은 관객들을 수용하기 위해 비교도 안 되게 커진 홀에서 구석구석까지 잘 들리는 크고 화려한 음을 내는 것을 의미했다. 당연히 음악가도 시장의 기대에 부응하기 위해 그런 수요를 채우는 방향으로 연주를 발전시키게 되었다.

관객들은 더 이상 연주가에게 즉흥성을 바라지 않고, 그저 자기가 아는 유명한 곡을 들으러 간다. 난해한 곡이나 신곡에는 관심이 없고 색다른 연주도 꺼린다.

시디의 보급도 그런 경향에 박차를 가했다.

시디가 레코드라면 그래도 재현할 수 있는, 귀에 들릴까 말까 한 영역의 고음과 저음을 잘라낸다는 건 익히 알려진 사실이지만 그와 동시에 연주가가 가지고 있었던 일종의 토착성이나 면면히 내려온 유럽의 정신 같은 부분은 더욱 크게 잘려나갔다.

제니퍼 챈은 그러한 수요 조사가 완벽한 미국 음악 시장에서 관객이 원하는 모습을 실체화한 피아니스트였다. 가치 판단의 문제가 아니라 시대와 대중의 요구로 태어난 존재라 할 수 있다.

제니퍼 챈은 40분의 훌륭한 연주로 2차 예선을 마쳤다.

열광한 관객들이 요란한 환호성을 질렀다.

2차 예선부터는 앙코르도 가능하다. 제니퍼 챈은 일단 물러났다가 다시 무대 위로 나와 여유 넘치는 미소로 관객들의 박수에 화답했다. 붉은 드레스를 입은 장신의 제니퍼 챈이 허리를 굽히고 목례하는 모습은 더없이 화려했다.

"어땠어?"

그칠 줄 모르는 박수 속에서 마사루가 아야의 귓가에 속삭였다.

"못하는 연주가 없네. 파워가 대단해."

"그렇지?"

"디즈니랜드에 온 것 같아. 롤러코스터를 탄 기분. 어트랙션 같네."

마사루는 한순간 입을 다물었다가 창백한 얼굴로 아야를 쳐다보았다.

"아쨩은 무서운 소리를 하는구나."

"어, 그래?"

마사루는 생각에 잠겼다.

"응, 하지만 그 말이 맞아. 제니퍼는 어트랙션이야. 그래, 늘 그녀의 연주에 딱 맞는 표현을 찾고 있었는데 어트랙션이었어. 그거라면 이해가 가."

"관객들도 무척 기뻐하고 대중성도 있어."

"하지만 제니퍼에게 말하면 불같이 화를 내겠지. 음악가에게는 몹시 굴욕적인 표현이야. 그렇지만 정확해."

아야는 불안해졌다.

"쟤한테 내가 그랬다고 절대 말하면 안 돼."

"당연하지, 누가."

마사루가 걱정을 씻어주자 마음이 놓였다.

"〈봄과 수라〉는 좋았어. 나, 비로소 그 곡의 구조를 알 것 같아."

"응. 나도 그렇게 생각했어. 곡을 입체적으로 해석할 수 있는 건 제니퍼의 장점이야."

"카덴차 부분도 좋았어. 저 애가 직접 지었을까?"

"아니, 그건 아마 제니퍼의 스승인 블린이 만들었을 거야. 제니퍼는 즉흥 연주가 서툴거든. 아마 대부분의 참가자들이 그럴걸."

〈봄과 수라〉에는 '자유로이, 우주를 느끼며'라는 지시어가 붙은 즉흥 연주 부분이 있다.

자유로이, 우주를 느끼며……. 항상 공기 밑에서, 성층권도 의식하지 못하고 사는 우리가 우주를 느끼려면 어떻게 해야 할까?

〈봄과 수라〉를 해석하기 위해 아야도 다양한 접근을 시도했지만 어느 해석으로 연주할지 여태 고민하고 있었다.

그 애라면, 가자마 진이라면 우주도 당연한 것으로 받아들일 것 같다.

불현듯 그 소년의 모습이 떠올랐다. 무대 위의 모습이 아니라 대학교에서 마주쳤을 때 보았던, 모자를 눌러쓴 평상복 차림이.

"마아 군의 카덴차는 네 오리지널이지?"

마사루는 뻔한 걸 왜 묻느냐는 듯한 표정을 지었다.

"당연하지. 아쨍도 그렇잖아?"

"응. 기보記譜는 했어?"

"일단은. 여러 사람한테 들려주고 연구했으니까."

"그렇구나. 역시 보통은 그렇지?"

마사루는 깜짝 놀라 아야를 쳐다보았다.

"아쨍은 악보로 안 만들었어?"

"응. 몇 개 생각은 하고 있는데 아직 고민하느라 못 정해서, 연주하면서 그때 봐서 정하려고."

아야가 고개를 끄덕이자 마사루는 비명 같은 소리를 냈다.

"그 자리에서? 정말 즉흥으로 연주할 셈이야?"

"응. 악보에도 그렇게 적혀 있잖아."

마사루는 어이없다는 표정으로 말했다.

"명색이 콩쿠르인데 아짱은 정말 무서운 소리를 하는구나. 선생님은 아무 말씀 안 하셔?"

"하셨지."

아야는 그때 일을 떠올렸다.

즉흥으로 연주하라는 지시가 있어도 클래식 악보의 경우 대부분의 연주가들은 과거에 누군가가 만들어둔 것을 연주한다.

〈봄과 수라〉의 카덴차를 어떻게 할지 의논했을 때, 담당 교수도 아야에게 작곡 센스가 있다는 것을 잘 알고 있었던 터라 아야가 오리지널로 연주하는 데 전혀 반대하지 않았다. 하지만 아야가 무대에서 그때 기분에 따라 연주하겠다고 하자 말도 안 된다고 강력하게 반대했다. 그런 도박 같은 연주는 콩쿠르에서는 생각할 수도 없다는 것이었다.

하지만 선생님.

아야는 말했다.

비가 올 때도 있고 바람이 불 때도 있잖아요. 자유로이 우주를 느끼라고 하는데 지금 여기서 느낀 우주를 되풀이해 연습하라니, 악보 지시에 어긋나지 않나요?

그렇게 말하며 아야는 "예를 들면 말이죠" 하고 "비 오는 날" "맑은 가을 하늘" "폭풍 치는 날" "이건 사자자리 유성군이 보이는 밤" 하고 다양한 버전의 카덴차를 다섯 개쯤 연주했다.

"그랬더니 선생님이 아무 말씀 없이 마음대로 하라던데?"

그 설명을 들은 마사루는 아야의 얼굴을 뚫어져라 쳐다보았다.

"아짱은 역시."

"역시 뭐?"

아야가 되묻자 마사루는 말문이 막혔다. 어리둥절해하는 아야의 얼굴을 한참 바라보다가 이윽고 풋 하고 웃음을 터뜨리더니 유쾌한 기색으로 말했다.

"대단해. 그래야지 아짱이지."

마사루는 그렇게 웃으면서도 아주 조금 쓸쓸한 표정을 지었다.

"정말. 같은 콩쿠르에 나오지 않았다면 좋았을 텐데."

아야는 움찔 놀랐다.

둘 다 아무 말도 할 수 없었다.

저마다 다른 음악을 가지고 있는데 며칠 후에는 또 누군가 떨어진다. 선택받은 자와 그렇지 못한 자로 갈린다. 비교할 수 없는 가치를 비교당하고, 순위가 매겨진다.

"콩쿠르는 정말 부조리해."

아야가 한숨 섞인 목소리로 중얼거리자 마사루가 하하 웃었다.

두 사람은 동시에 자연스레 정면으로 고개를 돌려 무대를 바라보았다.

"부질없는 소리야. 다 알면서 참가한 거니까."

마사루가 메마른 목소리로 말했다.

"그러네."

아야도 짧게 대답했다.

두 사람은 무대에 시선을 고정한 채로 휴식 시간의 끝을 알리는 종소리가 울릴 때까지 침묵했다.

검은 건반 연습곡

1차 예선 때보다는 훨씬 차분한 상태다. 물론 긴장은 되지만 이건 기분 좋은 긴장이다.

아카시는 손가락을 움직여 두 손을 맞잡았다.

1차 예선 때 느꼈던 긴장감은 엄청났다. 적어도 근래에 그보다 더 두려운 기억은 없다. 하지만 오랜만에 오른 무대, 단 한 번의 무대 경험이 그를 크게 바꾸어놓았다.

나는 음악가가 되었다. 음악가가 된 것이다.

그런 실감이 샘솟았다.

이 실체감, 이 충만감. 평범한 생활이 어딘가 멀게 느껴진다. 무대 위의 그 느낌, 빛 속에 놓인 그랜드피아노, 그곳으로 걸어가는 느낌, 기분 좋게 집중할 수 있는 그 장소, 관객들의 시선을 받으며 연주를 시작하는 순간, 친숙하면서도 숭고한 예술이 농축된 시간. 그리고 그 만족감, 흥분으로 가득한 갈채. 관객과 무언가를 공유하고, 그것을 이루어냈다는 감각.

무대를 떠날 때 온몸을 뒤덮었던 감격과 흥분을 다시금 되새겼다.

아아, 역시 여기가 내가 있을 곳이었다. 이 순간을 찾고 있었다. 가족을 사랑하고, 하루하루 살아가면서도 마음은 역시 이곳을 찾고 있었던 것이다.

그런 확신을 지금 무대 뒤에서 곱씹고 있다. 지금 이 순간, 이 현실을 맛볼 수 있다는 사실에 아카시는 아득히 높은 곳에 있을 누군가에게 진심으로 감사했다.

고맙습니다, 제가 이곳에 설 수 있도록 해주셔서 정말 고맙습니다.

그래도 차례가 다가오자 역시나 위가 묵직하게 굳었다. 열에 들뜬 것처럼 긴장한 또 다른 자아가 이렇게 서 있는 육체 위로 살짝 빠져나가서 둥실 떠 있는 느낌.

40분의 2차 예선. 상당한 길이다. 그만한 시간 동안 집중력을 유지하면서 연주하기란 꽤 힘든 일이다. 하물며 청중에게 지루함을 주지 않고 무대에 붙들어놓기란 더욱 어렵다.

프로그램 구성은 즐거우면서도 어려운 작업이었다.

기술이 있다는 것을 증명하고, 어떤 작곡가의 곡이든 연주할 수 있음을 호소한다. 동시에 자신의 장점과 음악성을 확실하게 보여줄 선곡. 그것을 규정 내의 곡과 신곡 하나로 심사 위원들에게 전달해야만 한다.

우선 시판 앨범으로 교본이 될 만한 연주를 모아 40분짜리 프로그램에 넣을 후보곡들을 고른 다음 순서도 바꿔보고 곡도 바꿔가며 몇 번씩 들었다. 직접 쭉 연주해보고 기술적으로 괜찮은지, 본인과의 궁합에도 문제가 없는지 느낌을 확인한다. 과거의 은사와도 의논해가며 상당한 시간을 들여 겨우 프로그램을 정했다.

마침내 연습에 들어간다.

레퍼토리. 그것은 연주가에게 영원한 과제다.

폭넓은 레퍼토리를 가진 음악가로 불릴지, 슈베르트 전문가나 모차르트 전문가처럼 특정한 작곡가로 정평 있는 연주가를 목표로 할지. 어떤 타입의 연주가를 꿈꾸든 충실한 레퍼토리는 최우선 과제다.

몇 달씩 들여 곡을 다듬어도 잠깐 손을 놓으면 잊어버리는 법이다. 다시 연습할 때는 처음만큼 시간이 걸리지는 않지만 정성을 들이지 않으면 설득력 있는 연주는 불가능하다.

콩쿠르에서 연주할 곡은 전부 십여 곡. 많은 경우에는 열일고여덟 곡씩 연주하는 사람도 있다. 30분 가까이 되는 긴 곡도 있고, 기술 수준도 곡에 따라 다르기 때문에 연습에 드는 시간도 각기 다르다. 모든 곡을 비슷한 완성도로 유지하기란 대단히 어려운 일이다.

내가 천재였다면. 몇 번이나 그런 생각을 했을까. 피아니스트 중에는 한 번 들은 곡을 통째로 재현해내거나 연습도 없이 악보만 읽고 연주할 수 있는, 도저히 믿을 수 없는 천재들이 수도 없이 많다. 누구였더라, 연주 여행을 하던 피아니스트가 연주해야 할 프로그램에 한 번도 해본 적 없는 곡이 있었는데 이동 중에 열차 안에서 악보를 읽고 외워 그날 무대에서 바로 멋지게 연주했다는 일화도 있다. 악보만 제대로 외우면 나머지는 그대로 손가락에 전달만 하면 되는데 어째서 연습을 해야 하는지 모르겠다고 말하는 피아니스트도 있다.

아카시는 악보에는 강한 편이지만 그 정도 수준은 못 된다. 연습을 충분히 하지 못하면 불안해서 견딜 수 없다.

그렇지 않아도 연습 시간이 적은 사회인이다 보니 어쨌거나 수면 시간을 줄일 수밖에 없었다. 콩쿠르에 대비한 지난 1년 동안은 항상 수면 부족과 싸웠던 것 같다. 자다가도 번쩍 깼다. 막히는 프레이즈가 손가락에 남아 있어 무의식중에 손가락을 움직이곤 했다.

1차 예선으로 세 곡, 2차 예선으로 다섯 곡, 3차 예선으로 네 곡. 곡은 비교적 일찌감치 암기했지만 만족스러운 수준으로 연습할 시간이 없었다. 이거면 될까, 이걸로 된 걸까, 자문자답하는 날들이 이어졌다.

학창 시절 콩쿠르 경험으로 곡을 외워서 어느 정도 칠 수 있게 되어도 잠시 재워둘 필요가 있다는 것을 배웠다. 곡과 거리를 두고 깊이 이해할 시간이 필요한 것이다.

다양한 연습 방법이 있겠지만 아카시는 고민 끝에 석 달씩 끊기로 했다. 모든 연주곡, 아카시의 경우 열두 곡을 일단 석 달 동안 연주 순서대로 연습한다. 다음 석 달 동안은 첫 번째 곡부터 다시 꼼꼼하게 연습한다. 그것을 다시 한 번 반복한다. 그런 식으로 기간을 두고 같은 곡을 연습하는 방식을 취했다. 그러면 오랫동안 연습했다는 자신감도 생기고, 곡 해석에도 깊이가 더해진다.

하지만 사실 말이 그렇지, 실제로는 좀처럼 계획한 대로 되지 않았다. 2차 예선 마지막 곡으로 넣은, 기술적 난이도가 높은 스트라빈스키의 〈페트루슈카 3악장〉이나 프로그램에서 가장 긴 곡으로 3차 예선에서 연주할 예정인 슈만의 〈크라이슬레리아나〉에 상상 이상으로 시간이 많이 걸려, 아무래도 곡에 따라 들이는 시간에 격차가 생기고 만다.

반대로 학창 시절에는 어렵다고 생각했던 곡을 그때보다 훨씬 편하게 연주할 수 있어 놀랐다. 경험이 쌓여야 알 수 있는 것도 분명히 존재했다. 적어도 기술은 전혀 떨어지지 않아, 젊은 참가자들과 싸울 수 있다는 자신감이 생겼다.

연습한 곡을 매일 녹음해서 들었다. 연일 계속해서 듣다 보면 스스로도 곡이 다듬어지고 있는지, 진척이 있는지 모를 때가 있다.

좋아, 이 정도면 되겠다, 하고 자신감이 붙을 때도 있는가 하면 엉망이라고, 어느 것 하나 제대로 된 곡이 없다고 절망할 때도 있다. 1차 예선에서 떨어지면 이 스트라빈스키도 슈만도, 지금껏 연습한 게 전부 헛수고가 된다는 생각에 마음이 약해질 때도 있었다.

그러다 보니 좀처럼 본선 협주곡 연습까지 진도가 나가지 않았다.

본선은 나갈 수 있으면 감지덕지라고 생각하다 보니 그만 뒤로 미루게 되는 데다 오케스트라 부분을 연주해줄 상대를 찾는 데도 고생했기 때문이다. 겨우 상대를 찾았다 싶었는데 피아노가 두 대 있는 장소를 확보하는 건 더 힘들었다. 결국 편법인 줄 알면서도 직장의 피아노 부서에 부탁해 폐점 후에 몇 번 연주했다. 합주 연습은 그게 전부였다.

우여곡절 많았던 길고도 짧았던 연습의 나날도 아득히 먼 옛날 일 같았다. 이렇게 실전에 임하고 있다는 게 꿈만 같으면서도 동시에 매 순간이 너무나 생생한 현실로 느껴지는 게 신기했다. 1차 예선 때는 무아지경이었지만 두 번째 무대를 앞두자 비로소 콩쿠르에 출전하고 있다는 실감이 났다.

정말 여기까지 왔구나. 오랜 준비의 성과를 선보일 날이 '지금' 온 것이다.

문득 두려워졌다.

그다음은? 이제부터는? 이 긴장된 나날이 끝나버리면 무엇이 기다리고 있을까?

박수갈채 소리에 퍼뜩 정신을 차렸다.

앞 참가자의 연주가 끝난 것이다.

무심코 숨을 후 크게 내쉬었다. 이제부터 휴식. 그리고 드디어 내 차례다.

이것이 마지막 연주가 될지도 모른다. 내가 할 수 있는 일은 전부 했다. 어쨌거나 지금 할 수 있는 최선을 다하자.

눈을 감고 실전 이미지를 떠올렸다.

첫 번째 곡. 첫 번째 곡 〈봄과 수라〉가 관건이다. 이것만 납득할 만한 수준으로 연주할 수 있으면 나머지는 귀에 익은, 전부 옛날부터 여러 번 연주했던 곡들이다.

아카시가 현역 음대생이 아니라서 가장 애를 먹었던 것은 사실 협주보다도 이 신곡이었다.

음대생이라면 지도 교수와 함께 곡의 구조나 해석을 검토할 수도 있고, 다른 교수도 있다. 참가자들끼리 정보도 교환할 수 있다. 카덴차도 대부분의 참가자들이 지도 교수가 다듬은 프레이즈를 연주한다.

과거의 은사와 의논해보기는 했지만 역시 학창 시절과는 달라 아무 조건 없이 부탁할 수는 없었다. 은사 역시 현역 참가자들을 맡고 있었고, 이미 품에서 떠난 처지라 눈치도 보였다. 결국 혼자서 곡과 마주할 수밖에 없었다.

하지만 아카시는 이것이야말로 시니어 참가자가 갖는 강점이라고 생각을 바꾸었다.

원래 일본 문학을 좋아해 한때 미야자와 겐지에도 탐닉했다. 문학 작품은 연륜이 있어야 더 깊이 있게 해석할 수 있다.

통근 시간을 포함해 짬짬이 겐지의 시와 소설을 다시 읽고 그에 관한 평론도 읽어가며 겐지의 세계관, 우주관을 상상해보려 애썼다. 당일치기에 가까운 강행군이었지만 그의 고향 이와테에도 가서 작품의 무대가 되었다는 장소를 둘러보았다.

단단하고, 이질적이고, 초월적이고 환상적이지만 동시에 꼴사납고, 가련하고, 한심한 일면도 있다. 현실주의자인 부분, 몽상가인 부분이 공존한다…….

전철에 몸을 맡기고 곡의 이미지에 문학 작품의 이미지를 덧칠했다.

여기는 『영국 해안』 분위기, 아마 이 부분은 『은하철도의 밤』…… 밤하늘을 날아오르는 이미지, 이 부분은 『영결의 아침』일까?

응, 그래, 카덴차는 그 대사를 멜로디로 입히자.

번득, 영감이 찾아왔다.

눈개비 한 옴큼만.
눈개비 한 옴큼만.

겐지가 죽어가는 여동생을 노래한 『영결의 아침』에서 특히 인상적인 여동생의 말. 고열에 시달리던 도시가 겐지에게 눈을 떠와서 먹여달라고 부탁하는 말. 너무나 애처로우면서 동시에 대단히 리드미컬하고 음악적인 대사다.

아카시도 즉흥 창작을 잘하는 편은 아니지만 어렸을 때부터 "아카시는 풍류를 아는구나"라는 말을 들었다. 작곡 수업도 들었기 때문에 멜로디를 만드는 데 거부감은 없었다.

좋아, 오른손으로 도시의 대사를 멜로디로 입혀서 하늘의 부름을 받은 그녀의 목소리가 계속 내려오는 장면을 표현하고, 왼손으로 수정을 주우며 세상과 우주를 사색한 겐지의 인생을 그리자.

그렇게 결정을 내리자 멜로디가 줄줄이 떠올라 정신없이 매달렸다. 이것도 저것도 다 넣었더니 카덴차가 5분이나 돼서 깎아내야만 했다. 다른 곡들의 연주 시간까지 생각하면 최대 3분이 한계였다.

하지만 제 손으로 만든 멜로디는 하나같이 어여쁜 법이라 좀처럼 버리기가 어렵다. 고민 끝에 어느 날 아내에게 들려주었다.

그러자 "북적북적한 게 무거워"라는 대답. 일반 청중의 대표나 다름없는 아내의 감상은 선입견 없는 솔직한 의견인 만큼 뜨끔 놀랄 때가 많다.

결국 망설였던 부분은 마음을 모질게 먹고 전부 쳐냈다. 그리고 다시 한 번 들려주자 "좋네"라고 끄덕였다. 아내가 집안일을 하면서 "눈개비 한 옴큼만"에 붙인 멜로디를 무의식중에 흥얼거리는 것을 보고 이건 관객들의 귀에도 남겠구나 확신했다.

그리고 카덴차가 완성된 시점에서 겨우 '나의 〈봄과 수라〉를 완성했다'는 생각이 들었다.

고생해가며 완성한 〈봄과 수라〉지만 아내를 제외하면 다른 사람에게 들려주는 것은 이 무대가 처음이자 마지막이 될 것이다.

그렇게 생각하니 아까운 마음에 연주하는 순간이 기대도 되고 두렵기도 했다. 2차 예선에서는 작곡가가 직접 심사 위원석에서 연주를 듣고 〈봄과 수라〉를 연주한 모든 참가자들 가운데에서 가장 뛰어난 연주를 선보인 사람을 골라 히시누마상을 준다.

어떨까? 나의 〈봄과 수라〉는, 나의 카덴차는, 관객에게, 작곡가에게 어떻게 들릴까?

두서없이 그런 생각을 하고 있는 사이 시작 5분 전을 알리는 종소리가 울렸다.

내 차례다.

아카시는 반사적으로 허리를 쭉 폈다.

무대 뒤로 가니 마음이 차분해졌다.

대기실이나 밖에서 기다린 너덧 시간 전의 긴장이 훨씬 심했다.

그의 차례가 올 때까지도, 차례가 지난 뒤로도 정신이 아득해질 만큼 길었던 1차 예선 대기 시간에 비하면 마음이 훨씬 편했다.

무엇보다 이제 기다리지 않아도 된다는 안도감이 있었다.

빨리 연주하고 싶다. 관객과 그 시간을 공유하고 싶다. 가슴이 설레어 견딜 수 없다.

아카시는 그런 느낌이 기뻤다. 한편으로는 이 기분이 진짜일까 의심도 있었다.

과거의 경험으로 볼 때 연주를 앞두고 기분이 고양되는 경우는 흔했다. 흥분되고, 의욕이 넘치고, 뭐든지 할 수 있다는 자신감이 온몸 가득 차오른다.

그리고 그대로 무대로 나간다.

연주를 시작하는 순간, 그 고양감이 진짜인지 아닌지 알 수 있다. 단순히 들떠 있었다거나 연주의 중압감에서 벗어나려고 스스로 연기하고 있었다는 것을 깨달을 때도 있다. 심한 경우에는 연주를 마치고도 여전히 '고양된 척' 착각할 때도 있다.

어떨까. 이 고양감은 진짜일까?

아카시는 자문자답했다.

그 콩쿠르 때는 어땠더라. 과거 최고 성적을 거두었던, 그 콩쿠르 때는.

떠올려보려 했지만 이미 머나먼 기억이다.

어땠더라. 어느 쪽인가 하면 담담했던 것 같다. 고양감보다는 평정심이 강했던 듯한.

진짜라고 믿고 싶다.

아카시는 손가락을 맞잡았다.

이 손으로, 이 손가락으로 연주해온 음악을 믿고 싶다.

이 무대 뒤의 어둠을, 이렇게 손가락을 맞잡고 있는 감촉을 마음속에 아로새기고 싶었다.

문득 한 줄기 바람을 느꼈다. 무대 쪽을 쳐다보았지만 문은 굳게 닫혀 있었고 스태프도 꼼짝 않고 있었다.

기분 탓인가?

아카시는 다시 손을 굽어보았다.

하지만 뭔가 위화감을 느끼고 다시 무대를 쳐다보았다.

문에 달린 좁은 창문과 회전문 틈새로 빛이 새어 들어오고 있었다.

아카시는 기묘한 착각에 빠졌다.

저 너머에, 할머니의 뽕밭이 있다.

불현듯 그런 예감이 들었다.

지금 이 문을 열면 저 너머에는 너른 뽕밭이 펼쳐질 것이다. 계절은 초여름, 비가 지나간 자리다.

아카시의 눈에는 그 광경이 똑똑히 보였다.

여름의 빛을 머금은 무거운 햇빛이 주위에 뜨겁게 내리쬐고 있다.

바닥을 빼곡하게 메운 뽕잎, 곳곳에 맺힌 동그란 빗방울은 금방이라도 굴러 떨어질 것 같다.

저 멀리 파란 산맥이 보인다. 아직 먹빛을 두른 구름이 하늘 구석을 흘러가고 있다.

이따금 공기를 뒤섞으려는 듯이 바람이 분다.

아카시는 버스에서 내려 할머니의 뽕밭 앞에 서 있었다. 모자가 바람에 날릴 뻔했지만 턱에 건 고무줄이 간신히 잡아주었다.

아카시는 뽕밭 너머로 할머니의 집을 발견했다.

너무 기뻐서, 신나서, 아카시는 웃음을 터뜨렸다.

저기에 할머니 집이 있다. 저기에는 내가 너무나 좋아하는 할머니가 있다. 누가 뭐래도 너무나 소중한 아카시의 그랜드피아노가 있는 것이다.

아카시는 달려갔다.

뽕잎 내음과 여름의 향기, 바람과 빛의 기운을 온몸으로 느끼며 뽕밭 사이 두렁길을 냅다 뛰어갔다.

할머니이!

아카시는 그렇게 외치는 자기 목소리를 들었다.

뭘까, 이건. 백일몽이라고 해야 할까, 환각이라고 해야 할까.

정신을 차리고 보니 우레와 같은 박수 소리가 들렸다. 회전문 너머에서 드레스를 입은 한국 참가자가 무대 뒤로 돌아오는 참이었다.

회전문이 열린 순간, 무대의 눈부신 빛이 쏟아졌지만 그곳은 그냥 평범한 무대였다.

아카시는 어리둥절했다.

휴식 시간이 되었지만 그 기묘한 감각은 이어졌다.

마침내 차례가 돌아와 무대에 나갔을 때도 그 감각은 온몸을 감싸고 있었다.

혹시 내가 긴장한 걸까? 긴장한 나머지 멋대로 환각을 지어냈나? 힘겨운 일을 겪은 아이가 또 하나의 인격을 만들어내는 것처럼?

하지만 아카시는 활기차게 무대로 나가 몹시 차분하게 의자를 조절하는 자신을 자각했다. 객석도 잘 보인다.

퍼뜩 왼쪽 맞은편 다섯 번째 줄 통로 쪽 자리에 앉은 미치코가 보였다. 한눈에 발견하다니.

내가 생각해도 굉장한데.

그래도 아무 느낌이 없었다. 기쁜 마음도, 열심히 하겠다는 생각도 없었고 긴장하지도 않았다.

첫 번째 곡, 〈봄과 수라〉.

몇 년 전부터 알았던 것처럼 곡에 몰입했다.

아아, 그런가.

아카시는 연주하면서 깨달았다.

아까 그 뽕밭은 여기로 이어져 있구나. 미야자와 겐지의 영국 해안,* 그의 하나마키, 그의 우주로.

그래서 그런 풍경을 느꼈던 거구나.

피아노를 연주하면서 아카시는 차를 타고 둘러보았던 이와테의 풍경이 객석의 어둠 속으로 이어지는 것을 느꼈다. 어두운 밤, 흘러가는 시냇물. 머리 위에서 빛나는 별.

걸어간다. 아카시는 강가를 걷고 있다.

겐지도 걷고 있다. 조금 떨어진 곳, 몇 걸음 앞에서, 사진에서 보았던 살짝 고개 숙인 그 자세로.

삼라만상. 그것은 겐지의 삼라만상이자 우리의 삼라만상이기도 하다. 만물은 유전하고, 처음으로 돌아간다. 우리가 이곳에 존재하는 것은 짧은 한순간. 우주의 찰나조차 되지 못하는 너무나도 짧은 시간.

어느새 카덴차로 들어가 있었다.

도시의 목소리가 하늘에서 내려와 하염없이 되풀이되었다.

눈개비 한 옴큼만.

눈개비 한 옴큼만.

겐지는 강가를 걷고 있다. 도시의 목소리도 들리지 않는 것처럼, 고개를 숙이고, 묵묵히 어두운 해안을 걸어간다.

도시의 목소리는 청아하다. 아련한 메아리처럼, 수도승이 쥐고 있는 석장 소리처럼, 하염없이, 하염없이, 하늘 저편에서 울려 퍼진다.

* 미야자와 겐지가 백악기 지층 구조의 영국 해변과 풍경이 비슷하다는 이유로 '영국 해안'이라 불렀던 그의 고향 이와테현 하나마키시의 아름다운 강.

눈개비 한 옴큼만⋯⋯.

눈개비 한 옴큼만⋯⋯.

이윽고 목소리는 사그라든다.

곡은 마지막을 향해 엄숙하게 나아간다. 모든 것은 모습을 바꾸어, 시간의 정적 속으로 사라졌다. 순환은 반복된다. 원은 닫히고, 다시 그리운 옛날로, 새로운 과거로 돌아간다.

마지막 화음.

아카시는 손가락을 떼고, 사라져가는 소리의 여운을 떠나보냈다.

고요한 장내. 2차 예선도 박수는 금지되어 있다.

자, 다음은 쇼팽 에튀드다. 통칭 검은 건반 연습곡. 이제는 손에 익은, 손이 자연히 소리의 형태가 되어버렸을 정도로 익숙한 곡.

손가락이 매끄럽게 움직인다.

나, 괜찮은 건가?

아카시는 연주하면서 어리둥절했다.

어쩐 일인지 마치 남의 일 같다. 연주하는 모습을 또 다른 자신이 굽어보고 있다.

경쾌하고 싱그러운 검은 건반 연습곡. 편하게 연주하네, 아카시. 익살스러운 면도 있고, 제법 괜찮잖아? 흥겹게 연주하고 있어.

이어서 리스트 연습곡.

파가니니 주제를 사용한, 파가니니 대연습곡 제6곡, 주제와 변주.

그 유명한 테마곡을 종횡무진 확장시킨 입체적이고 화려한 곡이다.

좋아, 역동적으로 연주하고 있어. 손가락 이동도 느낌이 좋군. 이 파가니니 테마는 언제 들어도 드라마틱해. 얼마든지 애를 태울 수 있지만 적당히 해야지.

생각하는 대로 손가락이 따라 움직이는 게 신기했다. 내가 연주하고 있다는 걸 믿을 수가 없다. 마치 누군가에게 조종당해 연주하는 듯한 기묘한 느낌. 그래도 소리가 생각대로 나오니 내가 연주하고 있는 건 분명하다.

컨디션이 좋다.

편안하지만 잡아야 할 곳은 바짝 잡는다. 서파급*이라고 해야 할까, 곡의 구성에 군더더기가 없고 균형이 잘 맞는다.

서양에서는 서파급을 뭐라고 할까? 일본의 예술 용어는 꽤 여러 장르의 본질적인 부분을 표현한다.

관객이 집중해서 듣고 있다.

모두 하나의 귀가 된 것만 같다. 나의 귀도 그 귀와 일체화된 느낌이다. 신기하다. 나와 관객이 하나의 생명체가 되어 함께 호흡하는 기분이다.

곡이 끝났다. 수려하게 막을 내린 것 같다.

다음은 슈만의 아라베스크. 화려한 파가니니 대연습곡 다음에 숨을 돌리는 지점이다.

하지만 아라베스크는 상당히 어려운 곡이다. 단순한 만큼 귀를 속일 수 없다. 무척 좋아하는 곡이지만 연주할 때마다 새로운

* 일본의 예藝에서 중시하는 구조로 서序는 시작과 발단, 파破는 변화가 많은 중심부, 급急은 대단원, 결말을 가리킨다.

발견이 있고, 연주할수록 어려운 곡으로 느껴진다.

슈만은 참 좋다. 언젠가 환상곡을 제대로 연습해서 연주해보고 싶다.

아라베스크를 연주하면 왠지 항상 어렸을 때 기억이 떠오른다. 피아노를 시작했을 무렵의 기억, 할머니 댁에 갔던 기억, 누에가 뽕잎을 갉아 먹는 소리에 무서웠던 기억. 그리고 이상하게도 왈칵 울고 싶어진다.

아아, 아라베스크가 벌써 끝나버리다니. 짧은 곡이지만 끝나면 항상 서운하다. 벌써 네 곡이 끝났다. 눈 깜짝할 새였다.

드디어 마지막 곡.

스트라빈스키, 페트루슈카 3악장.

이번에는 한껏 화려한 도입이다. 종소리처럼 쨍하게, 단단한 소리를 내자.

글리산도는 예리하면서도 매끄럽게.

풍부한 색채와 기발한 발상으로.

아카시는 점점 더 기묘한 감각에 빠져들었다.

굉장해, 주위에 색이 보여. 이건 페트루슈카의 색. 밝고 현대적이고, 기지 넘치는 세련된 색채다.

스스로 연주하고 있는 건지, 조종당하고 있는 건지 알 수가 없다.

내가 보고 있는 광경은 뭘까? 뽕밭에서 영국 해안, 그리고 유럽으로 여행을 하는 기분이다.

찬란한 소리가 메아리친다.

아카시와 관객들은 함께 환한 색채를 체험하고 있었다. 트레몰로를, 화음을 함께 호흡하고 있다.

그리고 클라이맥스.

아카시와 청중들은 숨을 삼키고 라스트까지 단숨에 날아올랐다. 격렬한 화음이 속도를 높이자 향연은 성난 파도처럼 종막으로 휘몰아쳤다.

끝났다.

자리에서 일어난 순간까지도 아카시는 그게 정말 자기가 맞는지 실감이 나지 않았다.

하지만 우레와 같은 박수갈채 속에서 울고 있는 미치코를 보고 나니 겨우 받아들일 수 있었다.

그렇구나, 지금, 정말 2차 예선이 끝났구나.

론도 카프리치오소

회장 구석에서 모자를 눌러쓴 소년이 몸을 살랑살랑 흔들며 연주에 귀를 기울이고 있었다. 자리에 몸을 깊숙이 묻고 있으니 간소하게 차려입은 소년은 전혀 눈에 띄지 않았다. 우연히 홀 앞을 지나가다가 그냥 들러본 동네 아이처럼 보이는 그가 참가자 중 한 사람인 가자마 진이라는 것은 아무도 눈치채지 못했다.

2차 예선에 남았다는 소식을 듣고 그가 가장 먼저 느낀 감정은 '안도'였다.

이로써 다행히 피아노를 받을 가능성에 한 걸음 다가갔다.

그것이 솔직한 감상이었다.

자신이 있었던 건 아니다. 애초에 콩쿠르 참가는커녕 남들 앞에서 변변히 연주해본 적도 없는 그는 자기 연주 수준이 어떤지 감조차 오지 않았다. 하지만 생전의 유지 폰 호프만이 "진, 너는 있는 그대로 연주하면 된다. 지금 그대로의 네가 가치 있는 거야. 누가 뭐라 해도 귀담아들을 필요 없으니 마음껏 연주하고 오렴"이라고 했기 때문에 선생님 말씀대로 하면 된다는 생각에 망설임은 없었다.

처음 들어보는 참가자들의 연주는 다들 어찌나 빈틈없고 훌륭한지, 정말 놀라웠다. 기술 수준이 굉장히 높았다. 그렇지만 가자마 진은 자기 연주에 열등감을 느끼거나 의문을 품지 않았다. 유지 선생님에 대한 절대적인 신뢰가 있었기 때문에, 선생님이 긍정해주었으니 그 말을 따르면 된다고 생각했다.

게다가 아무리 기술적으로 뛰어나도 잠깐만 방심하면 아무 감흥 없이 귀를 스쳐 지나가는 연주도 많았다.

가자마 진이라는 소년은 본질적인 부분에서 '음악'에 반응하는 체질인지, 그런 연주를 들으면 반사적으로 잠들어버린다.

꾸벅꾸벅 졸 때도, 연주에 '빠져' 있을 때도 몸을 살랑살랑 흔드는 탓에 겉보기로는 둘 사이에 별 차이가 없었다. 그래서 보는 사람에 따라서는 계속 꾸벅꾸벅 조는 것처럼 보였을지도 모르고, 반대로 모든 연주를 열심히 듣고 있는 것처럼 보였을지도 모른다.

들어보렴. 선생님은 그렇게 말씀하셨다.

세상은 음악으로 가득하단다.

들어보렴, 진. 귀를 기울여봐. 세상에 가득한 음악을 들을 수 있는 사람만이 자기 음악을 낳을 수 있는 법이니까.

제니퍼 챈의 연주도 처음에는 눈을 휘둥그레 뜨고 흥미롭게 들었지만 어느새 잠이 들고 말았다.

확실히 세상에는 음악이 흘러넘치고 있지만 귀에 들어오지 않고 흘러가는 음악도 있었다.

기분은 좋은데. 소년은 눈을 문질렀다.

그나저나 피아노라는 악기는 정말 하나하나 다른 소리를 가졌다. 어렸을 때부터 특정한 악기를 가져보지 못한 소년은 다양한 장소에서, 다양한 악기를 연주해왔다. 그러다 보니 필요에 의해 조율도 어느 정도는 할 수 있었다. 그는 어떤 악기에서든 자신의 소리를 끌어낼 수 있었다.

좋은 피아노는 척 보면 알 수 있다.

소년은 무대에 있었던 피아노의 황홀한 감촉을 떠올렸다.

무심코 어루만지고 싶은, 그야말로 와락 덤벼들고 싶은 독특한 빛을 뿜어낸다.

혹 멀리 있다 해도 좋은 피아노 소리는 바로 알 수 있다. 소년에게는 "나 여기 있어요" 하고 외치는 것처럼 들리는 것이다.

음대에 숨어들었을 때도 피아노가 부르는 소리를 들었다. 설마 들킬 줄 몰랐고, 심지어 그 누나와 콩쿠르에 함께 참가할 줄은 더더욱 몰랐다.

소년은 몸을 살랑살랑 흔들며 소리에 빠져 있었다.

콩쿠르는 기묘한 행사지만 재미있다. 이렇게 많은 소리에 젖을 수 있다니 꿈만 같다.

소리에 젖는다, 소리가 몸속으로 퍼져나간다, 음악을 들이마시고 내뱉고, 몸속에 머금었다가 밀어낸다……. 그러다 보면 시간의 감각이 사라지고 마음은 언제나 어디론가 날아간다.

2차 예선 첫째 날은 연주 수준도 높아서 1차 예선 때보다 훨씬 편안하게 소리를 호흡할 수 있었다. 때때로 갑갑하거나 숨을 쉴 수 없을 때도 있었지만 대개는 기분 좋은 시간이었다.

선생님의 목소리가 들린다.

곡의 구성이나 당시의 배경을 아는 것은 확실히 중요하단다. 어떤 소리로 연주되고, 어떤 식으로 들릴지 안다는 건 중요한 일이야. 하지만 당시의 울림이 작곡가가 듣고 싶었던 울림이 맞는지는 아무도 모른다. 과연 이상적인 소리로 들렸을까, 그건 아무도 몰라.

악기의 음색도 길이 들면 달라지지. 시대가 바뀌면 또 달라진다. 연주하는 사람의 의식도 과거와 똑같을 수는 없어.

음악은 항상 '현재'여야만 한다. 박물관에 진열돼 있는 전시품이 아니라, '현재'를 함께 '살아가는' 예술이 아니면 의미가 없어. 아름다운 화석을 캐냈다고 거기에 만족해서는 그냥 표본에 그쳐 버리기 때문이지.

뺨을 어루만지는 바람을 느꼈다.

그러고 보니 방금 전 다카시마 아카시라는 사람의 연주는 재미있었다. 수면의 잔물결, 시원스레 지나가는 바람, 칠흑 같은 우주까지 보였다. 저 사람 역시 자기만의 음악 속에서 살고 있는 것이다.

초록빛 밭을 본 기분이었는데, 그건 무슨 밭이었을까? 눈앞에 가득 펼쳐진 넓은 밭이 바람 속에서 살아 있는 것처럼 흔들리고 있었다.

눈개비 한 옴큼만…….

놀랍게도 소년은 다카시마 아카시가 미야자와 겐지의 시를 차용한 프레이즈의 발음까지 똑똑히 알아들었다.

이렇게 눈을 감고 있으면 선생님과 함께 트럭 짐칸에 몸을 맡기고 전자피아노를 연주했던 기억이 떠오른다.

귀에 들리는 멜로디를 서로 번갈아가며 건반 위로 옮기는 끝없는 즉흥 연주.

우리 둘 다 질리지도 않고 시간 가는 줄 모르고 계속 연주했었지.

덜컹덜컹 흔들리는 짐칸. 시시각각 변화하는 풍경. 숲과 언덕의 비탈을 빠져나가는 바람이 두 사람의 머리카락과 모자를 부드럽게, 때로는 심술궂게 어루만지고 지나갔다.

여기서 그때처럼 그런 연주를 할 수 있다면 좋을 텐데. 저 무대에서, 저 멋진 피아노로 재현할 수 있다면 좋을 텐데.

소년은 못내 아쉬웠다.

처음에는 반향이 훌륭한 홀에 감격했다.

어쩜 이렇게 피아노 소리가 잘 들릴까? 이곳의 피아노 소리는 예쁜 장식함에 담아 아름다운 리본을 묶어 살며시 내미는 선물 같았다.

하지만 며칠 지나자 어쩐지 갑갑하게 느껴지기 시작했다.

분명 훌륭했고 집중해서 들을 수는 있었지만 점점 음악이 불쌍해졌다. 이 어두운 온실, 두꺼운 벽으로 둘러싸인 감옥에서 안전하게 보호받는 음악을 풀어주고 싶었다.

이 음표의 무리를 드넓은 세상으로 데려가고 싶다.

소년은 하멜른의 피리 부는 사나이처럼 음표들을 이끌고 밖으로 나가는 장면을 상상했다.

물론 소리는 흡수되고, 확산되고, 다양한 소리에 차단되어 집중해서 듣기 어려워지겠지. 그래도 자연 속의 음악과 함께 어울려 놀 수 있다.

하지만 다시 며칠 지나자 소년의 인식은 또 변화했다.

어쩌면 여기에도 자연은 있을지 모른다.

그 자연은 연주자들 속에 있었다. 그들의 고향과 심상 풍경은 머릿속에, 시선 끝에, 열 손가락 끝에, 입술에, 내장에 축적되어 있다. 연주하면서 무의식적으로 더듬는 기억 속에 그들의 풍요로운 자연이 존재했다.

그렇구나, 저 장소와 우리는 이어져 있다.

상상 속에서는 우주마저도 호흡할 수 있다. 소년은 다카시마 아카시의 연주로 그것을 실감하고 깜짝 놀랐다.

하지만 역시 연주할 곡이 정해져 있다 보니 선생님과 함께 했던 그런 흥겨운 즉흥 연주는 불가능하다. 그것이 소년의 유일한 불만이었다.

멋진 곡, 몇 번을 들어도 질리지 않는 명곡. 확실히 훌륭하지만 때로 갑갑했다. 물론 악보에 담겨 있기 때문에 그 안에서만 누릴 수 있는 자유가 존재하고 무한한 해석이 가능한 거겠지만.

그래, 요즘 세상은 조금 갑갑하구나.

또 선생님의 목소리가 들려왔다.

소년은 넘실거리는 소리의 바다에 몸을 맡기고 기억을 더듬었다.

그러고 보니 전에 선생님과 비슷한 이야기를 했지.

파리국립고등음악원에 처음 다녀왔을 때였다.

훌륭한 건물 안에서 갑갑한 의상을 입고 정해진 자세로 조명을 받는 음악을 밖으로 데리고 나가고 싶다고 중얼거렸을 때, 선생님은 조용히 웃었다.

그리고 문득 뭔가 생각났다는 듯이 고개를 들더니 진을 돌아보았다.

좋아, 진, 네가 데리고 나가려무나.

소년은 어리둥절했다.

선생님은 바닥이 보이지 않는 심연처럼 무서운 눈으로 소년을 보았다.

하지만 굉장히 어려울 거야. 진정한 의미로 음악을 밖으로 데리고 나가는 건 정말 힘든 일이다. 내가 무슨 말을 하는지 알겠지? 음악을 가둬두는 건 홀이나 교회가 아니다. 사람들의 의식이야. 경치가 아름다운 바깥으로 데리고 나갔다고 해서 '진정' 소리를 데리고 나갔다고 할 수 있을까? 해방했다고 할 수 있을까?

솔직히 소년은 선생님이 무슨 말씀을 하시는지 잘 알지 못했다.

하지만 선생님이 진지하다는 건 알 수 있었다.

선생님은 그때, 소년에게 터무니없이 무거운 과제를 주려 했던 것이다.

그로부터 얼마 후, 소년에게 콩쿠르 참가 제안이 들어왔다.

그 무렵 선생님은 건강이 악화되어 집에서 요양할 때가 많았다.

병환 소식을 듣고 전 세계에서 선생님을 존경하는 음악가들이 찾아왔지만 선생님은 거의 만나지 않았던 모양이다. 약해진 모습을 보이기 싫었으리라.

소년은 너무나 불안했다. 그는 유일한 스승이었고, 또한 스승은 소년의 세계에서 큰 부분을 차지하는 위대한 음악이었다.

그렇지 않아도 아버지와 함께 여기저기 돌아다니는 처지라 좀처럼 선생님을 찾아가기 어려웠다. 지난번 문병을 다녀온 뒤로 벌써 2주나 지났다. 오랜만에 겨우 선생님 댁을 찾아가 초인종을 몇 차례나 눌렀지만 집은 비어 있었다. 깜깜한 집 안. 서서히 온몸이 떨려왔다.

사모님까지 안 계시다니!

소년은 불길한 예감에 가슴이 무너질 것만 같았다. 두 사람의 행선지를 알아낼 방법이 없어, 소년은 선생님 댁 현관 앞에 강아지처럼 오도카니 주저앉아 기다리고 있었다.

진!

이튿날 선생님과 사모님이 돌아온 것은 순전히 운이었다. 현관 앞에 있는 소년을 본 두 사람은 유령이라도 본 것처럼 비명을 지르며 이런 곳에서 기다리다니 감기라도 걸리면 어쩔 셈이냐며 한바탕 야단을 쳤다.

하지만, 하지만, 대프니 아주머니도 안 계시고, 혹시나 해서.

소년은 어린아이처럼 울먹거렸다.

코코아를 끓여줄게, 하고 대프니가 주방으로 갔다.

선생님은 세상에나, 검사 때문에 잠깐 입원한 거였으니 망정이지, 하고 한숨을 쉬었다.

나는 두렵지 않단다, 진.

선생님은 그 장난기 많은 반짝거리는 눈으로 훌쩍이는 진의 어깨를 두드렸다.

한발 먼저 음표들을 '밖으로' 데리고 나갈 거야.

그렇게 말하며 천장을 가리켰다.

진은 내가 두고 가는 선물이란다. 세상 그 무엇보다 아름다운, 기프트지.

싫어요, 선생님, 저를 두고 가지 마세요.

진이 그렇게 말하며 울음을 터뜨리자 선생님은 "아직 안 죽었다" 하고 쓴웃음을 짓다가 이윽고 웃음을 터뜨리고 유쾌한 얼굴로 껄껄 웃었다.

그때 선생님은 정말 즐거워 보였다. 뭔가 장난을 칠 생각에 빙그레 웃는 당당한 표정.

그 미소가 소리의 바다 속으로 녹아들었다.

선생님, 어떻게 해야 할까요? 어떻게 하면 이 음악을 드넓은 곳으로 데리고 나갈 수 있을까요?

소년은 저도 모르게 눈물을 글썽이고 있었다.

살랑살랑 몸을 흔들며 가만히 선생님에게 속삭였다.

언젠가 반드시 선생님과 약속한 대로, 음악을 데리고 나가겠어요.

회화적 연습곡

"요즘 학생들은 실력이 정말 대단해."

히시누마 다다아키는 난을 찢어 입에 집어넣으며 감탄스럽다는 듯이 중얼거렸다.

"선생님 작품에서 마음에 드는 연주는 있었습니까?"

너새니얼이 시치미를 뚝 떼고 넌지시 물었다.

히시누마는 씩 웃으며 "그야" 하고 어물쩍 넘겼다.

"눈앞에서 몇 명이나 되는 연주가가 자기가 만든 곡을 연주하는 걸 들으면 재미있겠어. 유일하게 곡을 만든 본인만 누릴 수 있는, 다른 사람은 절대 모를 호사스러운 체험이겠지?"

미에코가 소박한 의견을 말하자 히시누마가 고개를 살짝 저었다.

"재미는 있지만 스트레스도 받아. 이쪽은 악보에 전부 담아냈는데, 좀처럼 그 의도를 못 알아들을 때도 많으니까. 멍청아, 그게 아니야! 때려치워! 이럴 수도 없고."

"확실히 신경 쓰이는 문제지요."

너새니얼이 맞장구를 쳤다. 그는 영화나 무대 일도 하고 작곡이나 편곡도 한다. 미에코도 리허설을 몇 번 본 적 있는데 정말 세세하고 집요하게 지시하는 타입이었다. 자기가 만든 곡은 한 음, 한 음, 뉘앙스나 음색이 심히 마음에 걸리는 듯했다.

"연주가의 자유로운 해석은 어디까지 용납되는 걸까?"

"자유로운 해석이라는 말을 어떻게 해석하느냐에 따라 다르지."

미에코의 질문에 히시누마가 어깨를 움츠리며 답했다.

너새니얼은 불쾌한 기색으로 눈썹을 찌푸렸다.

"자기만족을 뜻하는 경우라면 용납 못 해. 하지만 사실 대부분의 '자유로운 해석'이 자기만족이지."

그렇게 대뜸 단정하는 것을 보니 지금까지 자기 곡을 멋대로 '자유롭게 해석'당한 적이 여러 번 있는가 보다.

"이 친구야."

히시누마가 너새니얼 쪽으로 몸을 쑥 내밀었다.

"작곡가가 정말 자기가 만든 곡을 안다고 생각하나?"

싱글싱글 웃고는 있지만 히시누마의 눈빛은 날카로웠다. 너새니얼은 순간 침묵했다.

"물론 안다고 생각하겠지. 이 소리의 의미, 프레이즈의 의미, 전하고 싶은 메시지는 알아. 어쨌거나 작곡가니까. 이 몸이 바로 천지를 창조했노라, 이거지."

히시누마는 난을 우물우물 씹어 먹었다. 히시누마도 나이를 생각하면 상당한 대식가다. 테이블을 둘러싼 세 사람 앞에는 각기 다른 종류의 난이 네 장 있었는데 서로 쭉쭉 찢어 집어삼키다 보니 순식간에 줄어들었다.

"자기가 무슨 신인 줄 아는 녀석도 있기는 해. 이 몸이 그린 음표는 단 하나도 소홀히 여기지 말지어다, 작곡가인 내가 누구보다 이 곡을 잘 알고 있노라, 내 의도는 절대적이니라, 이런 식이지."

너새니얼이 조금 거북한 표정을 지었다. 그가 바로 그런 타입의 작곡가인 것이다.

"하지만 해가 갈수록 결국 우리는 모두 매개자에 지나지 않는다는 생각이 들어."

"매개자?"

"작곡가도, 연주가도 다 똑같아. 원래 음악은 세상 어디에나 존재해. 그걸 어디선가 주워듣고 악보로 옮기지. 그리고 그걸 연주해. 만들어낸 게 아니라 그저 전할 뿐이야."

"예언자로군요."

너새니얼이 중얼거렸다.

"그래. 신의 목소리를 받아서 전달하는 거야. 위대한 작곡가도 아마추어 연주가도, 음악 앞에서는 평등하게 한 사람의 예언자일 뿐이야. 요즘 부쩍 그런 생각이 들어. 음, 이 치즈 난 맛있는데. 한 장 더 추가해도 될까?"

"갈릭 난도 추가하죠."

너새니얼이 점원을 불렀다.

"그러고 보니 재현 예술이기에 언제나 새로워야 한다는 게 유지 폰 호프만의 입버릇이었지."

그 이름이 나오자 너새니얼과 미에코는 힐끔 얼굴을 마주 보았다.

2차 예선 첫째 날이 끝나고 히시누마를 붙잡을 기회를 노리던 너새니얼은 그를 저녁 식사 자리에 불러내는 데 성공했다. 지난번에 만났을 때는 결국 의견이 갈린 채로 헤어졌으면서 미에코에게도 함께 가자고 했다. 미에코도 가자마 진과 호프만 선생님의 관계가 궁금했던 터라 다소 떨떠름하기는 했지만 부름에 응해 또 이렇게 카레와 난 앞에 앉아 있었다.

"그 꼬마 얘기가 궁금한 거지?"

히시누마는 두 사람의 짧은 눈짓을 놓치지 않았다. 아마도 너새니얼이 식사에 불러냈을 때 이미 두 사람이 무엇을 궁금해하는지 눈치챘을 것이다.

너새니얼과 미에코는 다시 한 번 얼굴을 마주 보고 그렇다는 대답과 함께 고개를 끄덕였다.

"호프만 선생님이 가자마 진을 찾아가서 가르쳤다는 게 사실입니까?"

너새니얼이 테이블 위에 깍지 낀 손을 얹었다.

"사실이야."

히시누마는 매몰차게 대답하며 어깨를 움츠렸다.

"1차 예선에서 그 애 연주를 듣고 펄쩍 뛰었지. 곧바로 대프니에게 다시 전화해서 물었어. 저런 녀석을 어디서 찾아냈냐고."

"그랬더니?"

미에코는 그녀와 동시에 몸을 쭉 내민 너새니얼을 보고 왠지 우스웠다. 유독 호프만 선생님 문제가 나오면 두 사람 다 어린아이처럼 변한다.

"듣자 하니 유지의 먼 친척이라는 거야."

"네!?"

이번에야말로 두 사람은 한목소리로 소리를 질렀다.

히시누마가 손을 가볍게 저었다.

"정말 먼 친척이야. 이웃사촌보다도 멀어. 유지 할머님이 일본인인 건 알지? 그 할머니 쪽 집안 다른 핏줄의 후손이라나."

"흐음."

"확실히 이웃사촌보다 멀군."

너새니얼은 어딘가 안도한 표정을 지었다. 미에코는 자기 표정도 저럴지 궁금했다.

"어디서 만났는지는 대프니도 모른다더군. 유지는 기묘한 인연이라는 말밖에 하지 않았대."

기묘한 인연.

그 말은 이질적이면서도 딱 들어맞는 것 같았다. 호프만 선생님과 그 소년이 함께 있는 장면이 상상되면서도 동시에 상상하기 어려운 것과 마찬가지다.

"그 아이 아버지가 양봉가라는 소문은 이미 다 퍼졌을 테니 늘 이동 생활을 한다는 것쯤은 알고 있겠지? 일단 파리에 거처는 있나 본데 거의 빈집이라는 모양이야."

"학교는 어쩌고?"

"갈 때도 있고 안 갈 때도 있고. 아버지가 교사 자격이 있어 보통은 아버지가 가르친다더군."

"흐음."

그 아이가 지닌 자유로운 분위기, 그 무엇에도 속박당하지 않는 느낌은 그 때문인지도 모른다.

"그런데 재미있는 점은."

히시누마가 갑자기 비밀이라도 털어놓듯 목소리를 낮추었다. 자연히 다른 두 사람도 고개를 맞댔다.

"그 아이한테 피아노가 없다는 거야."

"뭐라고요?"

너새니얼과 미에코는 또다시 한목소리로 외쳤다.

"피아노가 없다니? 무슨 뜻입니까? 집에 없다는 뜻입니까?"

너새니얼이 캐묻듯이 물었다. 히시누마는 꿈쩍도 않고 고개를 끄덕였다.

"말 그대로야. 집에 피아노가 없어. 하지만 가는 곳곳마다 피아노가 어디 있는지 알아서 거기서 허락을 받고 친다나. 유지를 만나기 전에는 늘 그렇게 독학으로 연주했다더군."

"믿을 수가 없어."

미에코는 신음했다.

조각보처럼 그때그때 끼워 맞춘 그런 연습으로 정말 그렇게 칠 수 있다는 말인가?

너새니얼도 어안이 벙벙한 기색이었다.

아니, 그렇기 때문에 그만큼 칠 수 있는 건지도 모른다.

문득 미에코의 머릿속에 그런 생각이 떠올랐다. 역설적이지만 피아노를 언제 또 칠 수 있을지 모른다면 누구나 칠 수 있는 기회를 최대한 활용해 필사적으로 집중해서 농밀하게 연습하지 않을까?

시장이 최고의 반찬이라면, 피아노에 대한 갈망은 곧 최고의 연습 환경일지도 모른다.

"유지도 처음에는 놀랐던 모양인데, 그 아이는 어떤 피아노로든 제대로 된 소리를 낸다는 거야. 조율도 어느 정도 할 줄 안다더군. 반대로 말하면 어떤 피아노든 쳐야 하는 필연성 때문에 익힌 거겠지. 유지는 거기에 관심을 보였어. 그 아이가 가는 곳을 찾아가 그때그때 다른 피아노로 가르치는 게 재미있어진 거지. 그러다 직접 찾아가기 시작한 거야."

"음. 그래서 선생님께서."

이번에는 너새니얼이 신음을 흘렸다.

"그렇게 된 사정이야. 어쨌거나 악보도 없어서, 한 번 들은 곡은 그 자리에서 외우는 습관이 있다나. 아니면 그때그때 바로 즉흥적으로 연주하거나. 대프니가 딱 한 번 두 사람이 함께 피아노를 치는 걸 들은 적이 있다고 했어. 두 대의 피아노로 즉흥적으로 주고받는 게 마치 즐겁게 대화하는 것 같았다더군."

두 사람은 이미 입을 다물 수가 없었다.

호프만 선생님의 즉흥 연주.

두 사람은 들어본 적이 없다. 호프만 선생님을 아는 대부분의 사람들 또한 마찬가지일 것이다. 설마 선생님이 그런 행동을 하다니. 그것도 말년에, 손자 같은 소년과 세션을 짰다니.

가자마 진에 대한 맹렬한 질투심, 자기는 선생님의 상대조차 되지 못했을뿐더러 즉흥 세션 상대로는 더더욱 선택받지 못했다는 굴욕감이 미에코의 가슴속에서 한데 엉켜 부글거렸다. 아마 옆에 있는 너새니얼도 똑같거나 그 이상의 갈등을 맛보고 있으리라.

하지만 그보다 가슴을 차지하는 더 큰 감정은 호프만 선생님의 즉흥 연주를 들어보고 싶어도 그 기회를 영원히 잃어버리고 말았다는 원통함이었다.

"두 사람의 즉흥 협주를 녹음한 건 없습니까?"

역시 똑같은 생각을 했는지 너새니얼이 불쑥 물었다.

"몰라. 유지의 유품은 이제 막 정리하는 단계라. 그 녀석은 의외로 자기 음원에는 무심했으니 남아 있을지도 모르고 없을지도 모르지."

너새니얼과 미에코는 낙담 어린 한숨을 쉬었다.

이때만큼은 두 사람 다 새삼 호프만 선생님의 죽음으로 잃어버린 것의 크기를 공유했다.

"어이, 그보다 본인들 걱정이나 하지?"

타박 섞인 히시누마의 말투에 두 사람은 고개를 들었다.

"응? 무슨 걱정?"

미에코가 얼빠진 목소리로 되물었다.

"정신 차려."

히시누마는 쓴웃음을 지으며 고개를 저었다.

"자네들이 그 아이한테 점수를 매길 수 있겠나?"

미에코는 움찔 얼어붙었다. 파리 오디션이 끝나고 스미르노프가 중얼거렸던 불길한 예언이 떠올랐다.

서서히 윤곽이 보인다. 호프만이 말한 '극약'의 의미가.

우리가 커다란 딜레마를 떠안았다는 뜻이지.

"못 할 거라는 말씀입니까?"

너새니얼이 조용한 목소리로 반론했다.

물론 그도 히시누마가 무슨 말을 하고 싶은지 알고 있을 터였다. 하지만 미에코와 시몽, 스미르노프가 직감한 그 '딜레마'만큼 깊이 이해하지는 못했으리라. 머리로는 알지만 실감하지 못하는 것이다.

"글쎄, 그야 모르지."

히시누마는 순순히 인정했다.

"하지만 그런 파격적인 재능에 누가 점수를 매길 수 있을까?

과거 피아노 콩쿠르의 역사를 돌아보아도 파격적인 재능은 늘 거부당해왔어. 심사 위원이 이해할 수 있는 범주를 넘어서기 때문이야."

히시누마는 생각에 잠긴 표정으로 다시 치즈 난을 찢었다.

"유지는 이런 상황을 다 내다보고 그 아이를 보낸 거야. 자네들이나 우리에게 도전한 거지. 시험당하는 건 바로 우리야."

"과연 그럴까요."

너새니얼은 끝까지 반론할 심산인 듯했다.

우리는 몰라.

미에코는 왠지 절망스러웠다.

흔히들 심사 위원은 심사하는 입장이면서 동시에 심사받는 입장이라고 한다. 심사 내용으로 그 사람의 음악성이나 음악에 대한 자세가 드러나기 때문이다.

안다고 생각했다.

미에코는 울적한 마음으로 생각했다.

심사는 두려운 일이라는 것을. 자기의 음악성이나 인간성을 드러내는 일이라는 것을, 머리로는 알고 있었다.

하지만 지금 너새니얼이 그런 것처럼, 지금까지 결코 그것을 실감하고 이해했던 건 아니었다.

발퀴레의 기행

항상 그렇듯 침대에서 팔을 뻗어 알람이 울리기 직전에 시계를 껐다.

기상이 한 박자 늦었다. 잠에서 깨기 전에 꾼 꿈의 이미지를 되찾으려 했기 때문이다.

잠에서 깨기 직전, 마사루는 〈봄과 수라〉를 연주하는 꿈을 꾸었다. 그것도 제법 괜찮은 느낌으로. 무대가 아니었다. 어딘지 모를 야외, 신록이 흐드러진 장소에서 기분 좋게 곡을 연주하면서 '그래, 이거다!' 하고 느꼈던 것이다.

아무리 잡으려 해도 물속에서 헤엄치는 물고기가 손가락 사이로 빠져나가는 것처럼 동틀 녘의 꿈을 기억해내기란 어렵다.

얼른 포기하고 벌떡 일어나 커튼을 걷었다.

눈 밑에 펼쳐진 잿빛과 파란색이 뒤섞인 수평선. 바다를 본 순간 이미지는 대번에 흩어지고 말았다. 그래도 핵심이 되는 무언가가 몸속에 남아 있는 기분이다.

가볍게 스트레칭하고 조깅을 하러 나갔다.

차가운 공기가 상쾌하다. 요시가에 생활도 이미 일상이 되었다.

어디에 있어도 바로 긴장을 풀고 홈그라운드로 삼는다. 순응력은 높지만 남에게 휩쓸리지 않는다. 이 또한 모순된 성질들을 태연히 받아들이는 마사루이기에 가능한 일이었다.

마사루는 2차 예선 둘째 날의 첫 번째 차례였다.

순서는 신경 쓰지 않는다. 먼저 끝내고 느긋하게 다른 참가자들의 연주를 들을 수 있으니 둘째 날 첫 주자도 나쁘지 않다.

아야와 이야기했던 대로 어제 참가자들의 연주는 참고가 되었다.

초연하는 곡을 여덟 번, 실전 연주로 듣는 것과 듣지 않는 것에는 상당한 차이가 있다. 해석은 저마다 달랐지만 이해의 실마리가 된 것은 사실이다.

그래도 역시 지도 교수인 너새니얼 실버버그가 연주한 〈봄과 수라〉가 가장 강렬했다.

마사루에 대한 너새니얼의 신뢰는 절대적이다. 굳이 도발하듯 개성적인 연주를 들려주고 '나라면 이렇게 연주하겠다'라는 마사루의 의욕을 끌어냈다. 스승이 교본 같은 연주가 아니라 어디까지나 독자적인 접근으로 해석한 연주를 들려준 것에 마사루는 깊이 감격했고, 감사했다. 마사루가 겨우 그 정도로 혼란스러워할 리 없다고 믿는 것이다.

한편으로 작곡가 히시누마 다다아키 본인과도 친분이 있는 너새니얼은 그의 인품이나 작곡의 특징을 자세히 분석해 마사루에게 알려주었다. 작곡가 본인을 이해하는 과정이 곡을 연주할 때 방해가 되지는 않을 것이다.

스승의 가르침은 큰 도움이 되었다. 환영 파티에서 소개받아 히시누마를 직접 만난 것도 영향이 컸다. 마사루는 타인을 관찰하는 안목에도 자신이 있었다.

작곡가의 표정, 동작, 목소리. 거기에서 다양한 인상을 흡수했다. 비록 몇 분밖에 되지 않았지만 직접 만나 대화를 나눈 것이 곡의 이미지를 구성하는 데 가장 유용했다.

참가자들이 모두 같은 곡을 연주하는 것은 2차 예선의 이번 기회뿐이다. 현대곡에 대한 감각과 신곡에 대한 접근 방식을 평가하고, 일본에서 열리는 국제 콩쿠르라는 점도 강조할 수 있다. 목적이야 다양하겠지만 유일하게 단순 비교를 할 수 있는 기회라는 사실은 틀림없다.

마사루는 그것이 2차 예선의 중요한 포인트이기는 해도 결코 핵심은 아니라고 판단했다. 이 곡을 중요하게 인식한다는 인상은 주된 프로그램에서 이질적으로 보여서는 안 된다. 어디까지나 40분의 리사이틀 속에 끼워 넣어 하나의 흐름 속에 있는 것처럼 들려야 한다.

조깅 속도에 맞춰 호흡을 가다듬으며 마사루는 연주의 흐름을 상상했다.

전략을 세우는 건 좋아한다. 높이뛰기 대회에서도 라이벌과의 눈치작전이나 가로대를 얼마나 올릴 것인지 등 다양한 승부 유형을 고민하는 게 재미있었다. 그렇다고 전략에 치중하는 것은 어불성설이다. 전략에 시간을 들이다 보면 그만 미련이 생기기 마련인데 실전에서는 그때그때 임기응변으로 상황을 타개할 유연성이 필요하다.

마사루는 오사카 콩쿠르에서 실격당한 게 어찌 보면 행운이었을지도 모른다고 생각했다.

콩쿠르 경력으로 볼 때 요시가에에 신인으로, 백지 상태로 출전할 수 있었기 때문이다.

콩쿠르는 재미있고, 승부에도 강한 편이다. 하지만 스스로 생각해도 마사루는 여러 콩쿠르에 나가 차근차근 입상해서 실적을 쌓아가는 타입이 아니다. 너새니얼도 그렇게 생각하는 게 보인다. 대규모 콩쿠르에 나가는 것은 앞으로 기껏해야 두세 번이면 끝이다. 요시가에는 데뷔전이자 최초의 격전이다.

침착한 상태라고 생각했는데, 역시 흥분한 모양이다.

다른 때보다 숨이 찼다. 그만 평소보다 더 빨리 달린 것이다.

이런. 나도 아직 멀었네.

마사루는 쓴웃음을 지으며 심호흡을 하고 천천히 스트레칭을 했다.

나의 〈봄과 수라〉는…….

눈을 감고 상상한다.

2차 예선 첫 번째 곡. 정에서 동으로 흘러가는 프로그램을 열어주는 곡. 손끝으로 살며시 첫 음을 건반에 전달하는 장면을 상상했다.

문득 오늘 아침에 꾼 꿈의 감각이 되살아났다.

나뭇잎 사이로 따스한 햇살이 쏟아지는 장소였다. 앗, 이 곡에서 삼라만상이 느껴진다…….

그렇게 생각했던 게 기억났다.

마치 바로 지금, 이 순간처럼.

마사루는 처음 보는 세상인 것처럼 천천히 주위를 둘러보았다.

빌딩 사이에 있는 작은 공원. 아직 싸늘한 공기에 새벽녘의 긴 긴장감이 남아 있다.

그래도 어느새 고요히 날이 밝아오고, 세상이 잠에서 깨어나는 소리가 주위를 채웠다.

멀리서 들려오는 새들의 노래. 지면을 타고 멀리 간선도로를 달리는 자동차 소리도 느껴진다. 세상에 조금씩 아침이 스며든다.

삼라만상.

조용히 숨죽이고 있는데 어디선가 활기찬 움직임이 느껴진다. 이제 곧 불어오려는 바람, 햇빛을 받아 빛을 반사하려는 나무들의 색채를 느낀다.

마사루는 그 감촉을 온몸으로 빨아들였다.

호텔로 돌아가 뜨거운 물로 샤워를 했다.

머리와 어깨, 등을 때리고 흘러가는 뜨거운 물. 특별할 것 없는 이런 삶의 구석구석에도 우주의 섭리는 고루 깃들어 있다.

봄과 수라. 내가 무대로 그리고 싶은 것은 여백의 미다.

마사루는 그렇게 마음먹고 있었다.

제니퍼 챈처럼 악보에 적힌 모든 것을 일일이 설명하는 연주가 아니다. 내가 생각하는 〈봄과 수라〉는 그렇지 않다.

곡의 인상은 차분하면서 조신하다. 어려운 말은 없고 평이하면서 수수하다. 하지만 내포하는 세계는 거대하다.

안뜰이나 다실처럼.

일부로 전체를 짐작할 수 있다. 작은 조각에서 한없이 거대한 것을 느낄 수 있다.

혹은 작기 때문에 거기에 우주가 깃들어 있다는 역설적인 우주관을 상기시킨다고 해야 할까?

히시누마는 모든 것을 설명하지 않았다. 하나하나의 음표로 그 이면에 울려 퍼지는 세계를 보여준다. 도회지에서 나고 자란 히시누마는 본질적으로는 소심하고 수줍음을 타는 사람이기도 하다. 낱낱이 떠벌리며 속속들이 설명하는 행동은 하지 않는다.

일일이 설명할 수도 없고 꼴사납다고 생각한다. 그것은 히시누마뿐만 아니라 일본인들에게 면면히 내려온 미의식이기도 하다.

하지만 여기에 뚜렷한 '일본'의 이미지를 입히는 것은 히시누마가 바라는 바가 아닐 것이다. 어디까지나 미야자와 겐지의 우주관이자 히시누마 개인의 특성이라고 주장하고 싶겠지.

그렇다면 그걸 표현하려면 어떻게 해야 할까?

마사루는 아침 식사를 하면서 지난 여정을 되짚어보았다.

마사루가 이 곡에 세운 전략은 단순했다.

소리로 지나치게 설명하지 않는다. 너무 수다스러운 소리는 쓰지 않는다. 그뿐이다. 문제는 그와 동시에 배후에 있는 거대한 세계를 연상하도록 만들어야 한다는 점이다.

분명 모순되는 말이지만 방법은 있을 터였다. 마사루는 그 방법을 찾아 줄곧 시행착오를 거듭해왔다.

그리고 찾아냈다.

설명은 하지 않는다. 느끼게 한다.

지극히 단순한 방법이지만 그것을 나타낼 표현으로 찾아낸 것이 바로 '여백'이었다.

나의 〈봄과 수라〉는 '여백'의 표현이 테마다.

그걸 알아내는 데 생각보다 긴 시간이 걸렸지만 납득할 수 있으니 후회는 하지 않는다.

그렇다면 '여백'을 표현하려면 어떻게 해야 할까?

다음 단계의 과제는 그것이었다. 요모조모 시험한 결과 한 가지 사실을 깨달았다.

그렇구나, 이걸 위한 카덴차인가.

마사루는 악보에 적힌 지시어를 뚫어져라 바라보았다.

자유로이, 우주를 느끼며.

악보의 다른 부분에서는 모든 음표가 우주를 '느끼게 하는' 작업에 쓰였다. 유일하게 이 부분만, 아무 음표도 없는 이 부분에서만 이른바 우주의 '실체'를 살짝 보여줄 수 있도록 허락한 것이다.

그런가. 여기를 이용하면 '여백'의 표현을 완성할 수 있다.

마사루는 흥분했다. 태어나 처음으로 악보에 담긴 음악의 '비밀', 그리고 세상의 '비밀'을 발견한 기분이었다.

이로써 나의 〈봄과 수라〉가 완성된다.

그렇게 확신했던 순간을 마사루는 뿌듯하게 떠올렸다.

그때는 정말 기뻤다. 눈앞이 번쩍 뜨인 기분이었다.

자, 그 감각을 재현하러 가자.

마사루는 천천히 심호흡을 하고 옷을 갈아입었다.

처음이자 마지막 연주가 될지도 모르는 이 곡을 연주할 날이 마침내 다가왔다.

2차 예선 둘째 날.

오전 10시 반, 오전 첫 차례인데도 객석은 이미 만원이었다. 서서 보는 사람도 있었다.

마사루가 나오기 때문이라는 것은 의심할 여지가 없다.

마사루는 자만하지도, 긴장하지도 않고 자연스럽게 그 사실을 받아들였다. 본인이 인기인이라는 것도 알고 있었고, 그 점을 즐길 줄 아는 여유도 갖고 있었으며, 실제로 자신이 스타라는 사실도 받아들이고 있었다.

무대 뒤에서 마사루는 가만히 집중력을 가다듬고 있었다. 아짱은 어디쯤 앉아 있을까? 내 연주를 좋아해줄까?

제니퍼 챈의 연주에 대한 평가를 들었을 때는 뜨끔했다. 내 연주는 뭐라고 표현할지, 조금 무섭지만 나중에 물어보자.

하지만 우리는 와타누키 선생님의 문하생이다. 첫 번째 스승 와타누키 선생님은 야시로 아키와 로큰롤을 가르쳐주었고, 누구보다 음악을 사랑하는 방법을 알려주셨다. 우리의 연주는 절대 어트랙션이 아니야. 그렇지?

마사루는 객석 어딘가에 있을 아야에게 물었다.

누구를 위해서 연주하는가?

최근 마사루가 무대 뒤에서 항상 생각하는 문제였다.

관객을 위해서, 자신을 위해서, 아니면 음악의 신을 위해서?

모르겠다. 하지만 누군가를 위해서 연주하고 있는 것은 분명했다. 누군가라기보다는 '무언가'를 위해서. 그런 생각이 든다.

콩쿠르는 신기하다.

이렇게 무대 뒤에 서 있는 자신의 모습이 문득 '객관적으로' 보인다.

콩쿠르이기는 하지만 단독 리사이틀이기도 하다. 그런 연주를 비교하다니 정말 이상한 일이다.

하지만 이 40분 동안은 관객도 무대도 내 차지다. 모두가 나만을 바라보고, 나의 연주를 듣는다.

그렇게 생각하니 가슴이 설렜다.

그때 동창생의 창백한 얼굴이 머릿속을 번뜩 스치고 지나갔다.

천재라 좋겠네, 그런 말을 자주 듣는다.

너는 스타야, 모든 것을 갖추고 있어, 그런 말도 들었다. 콩세르바투아르에서도, 줄리아드에서도, 선망과 질투와 감탄이 뒤섞인 표정과 목소리로 그런 말을 들어왔다. 그렇게 말해주는 사람도 모두 나름대로 훌륭한 재능을 가진 사람들이다. 기술적으로는 거의 차이가 없다.

이럴 때, 사람은 뭐라고 대답해야 할까?

그렇지 않아, 하고 겸손을 떨어야 할까? 아직 멀었습니다, 하고 겸허한 태도를 보여야 할까? 정말 고마워, 하고 감사해야 할까?

어떤 대답도 정답이 아닌 것 같았다.

사람들은 남에게 많은 말들을 한다. 확실히 마사루는 눈에 띄었을 것이다. 어딘가 남들과 달라 뛰어나 보이는 부분이 있었으리라.

하지만 어차피 타인이 내린 평가일 뿐, 스스로 내린 평가는 아니다. 자기는 모르는 부분이 있는 것처럼 자기밖에 모르는 부분도 있다.

그래서 그런 말을 들으면 마사루는 그냥 싱긋 웃기로 했다. 아무 대답도 하지 않는다. 아무 평가도 내리지 않겠다. 그런 의사표시인 것이다.

다만 마사루는 자기가 표현하고 싶은 것을 표현할 수 있다는 사실만큼은 피아노를 시작했을 때부터 알고 있었다. 아야와 〈작은 갈색 병〉을 연탄했을 때도, 모차르트의 미뉴에트를 어설피 연주했을 때도, 훗날 분명 표현하고 싶은 것을 표현할 수 있는 날이 오리라는 것을 직감적으로 느끼고 있었다.

본격적으로 레슨을 시작하자 기술은 금방 따라왔다. 마치 원래 알고 있던 지식을 기억해내는 것처럼 마사루는 차례로 새로운 기교를 익히고, 곡을 이해하고, 다른 악기도 척척 뗐다. 다양한 음악을 들어 머리가 쫓아가지 못하는 게 아닐까 걱정될 만큼 음악을 흡수했다.

신기하구나, 마사루는.

너새니얼 실버버그가 문득 그렇게 중얼거린 적이 있다.

조숙한 건 아니야. 신동하고도 또 달라.

그럼 뭔데요?

마사루는 무심코 되물었다.

'알고 있는' 거야, 처음부터.

너새니얼은 어깨를 슬쩍 움츠렸다.

옛날 옛적, 일본에 무척 훌륭한 조각가가 있었단다.

너새니얼이 뜬금없는 이야기를 꺼냈다.

훗날 국보가 될 만큼 훌륭한 불상을 여러 개 만들었지. 그는 굉장히 빠른 속도로 조각을 했다고 해. 한 치의 망설임도 없이, 마치 머릿속의 이미지를 손이 쫓아가지 못하는 것처럼 빠르게 조각했다지. 어느 날 누군가가 그에게 물었어. 대체 어떻게 그리 빨리 만들 수 있습니까, 하고 말이야. 그랬더니 그는 자기는 만드는 게 아니라고 대답했다더구나. 그저 나무 안에 담겨 있는 불상을 꺼내고 있을 뿐이라고.

마사루 너를 보면 그 이야기가 생각난다. 너는 처음부터 알고 있었던 거야. 우리는 네게 음악을 가르치는 게 아니라, 원래 네 안에 있던 것을 기억해내도록 돕고 있을 뿐이다.

마사루는 어리둥절한 얼굴로 그 이야기를 듣고 있었다.

너새니얼이 그런 마사루의 표정을 보고 빙긋 웃었던 게 기억난다.

지금 생각하면 마사루에 대한 최고의 찬사였다. 생각만 해도 가슴이 벅찬데, 당시에는 제대로 이해하지 못했다.

그때 너새니얼의 미소가 잊히지 않는다. 기묘한 미소.

너는 모르겠지. 몰라도 된다. 그렇게 말하는 듯한 미소였다.

물론 지금 상태가 완성형이라고 생각하지는 않는다. 아직 다듬어지지 않은 상태다. 훈련하고 깊이를 더해야 할 부분이 여전히 많아서 앞으로 평생 노력해도 결코 만족할 수 없으리라는 것을 안다.

그래도 지금 내가 할 수 있는 일은, 할 수 있다.

마사루에게는 그런 기묘한 확신이 있었다.

지금의 너라면 할 수 있다고 허락된 일은 반드시 할 수 있다. 반대로 말해 지금 할 수 없는 일은 현재의 내게는 허락되지 않은 일이다.

생각하기에 따라서는 몹시 오만한 생각일지도 모른다. 하지만 마사루에게는 그것이 자연스러운 일이고, 정직한 눈으로 보는 정확하고 객관적인 자기 평가였다.

마사루가 유일하게 이해할 수 없는 것은 이런 감각을 남들은 모른다는 점이었다. 악보를 못 외울지도 몰라, 까맣게 잊어버릴지도 몰라, 연주하다가 실수할지도 몰라. 다른 사람들은 흔히 그런 불안이나 우려를 느끼는 듯했다. 중압감에 무대를 겁내는 경우도 있다고 한다. 마사루처럼 당연하게 '할 수 있다'고 느끼지 못하는 것이다. 그것을 재능이라 부른다면 그럴 것이다.

무대 매니저 다쿠보가 그림자처럼 무대 뒤에 서서 마사루를 향해 온화한 미소를 던졌다.

세상의 훌륭한 연주회장에는 대개 훌륭한 무대 매니저가 있다. 그들의 이름은 음악가들 사이에서도 유명하다. 다쿠보의 이름은 몇 번인가 들은 적이 있었다. 훌륭한 무대 매니저는 그 얼굴만 봐도 마음이 차분해져 좋은 연주를 할 수 있다는 이야기도.

마사루는 그 의미를 처음으로 이해했다. 온화하면서도 편안한 태도, 진심으로 음악가에게 공감하고, 신뢰하고, 격려하고, 모든 협조를 아끼지 않겠다는 마음이 느껴진다.

운이 좋다.

마사루는 충만감을 느꼈다.

멋진 홀에서, 훌륭한 무대 매니저의 안내로 저기서 연주할 수 있다니 나는 정말 운이 좋다.

"나갈 차례입니다."

매니저가 마사루에게 고개를 끄덕였다.

마사루도 고갯짓으로 답했다.

"행운을."

1차 예선 때도 그렇게 말해줬지.

마사루는 미소를 지으며 오늘도 그의 스타디움으로 들어섰다.

흥분에 찬 열광적인 박수 소리가 순식간에 온몸을 감쌌다. 대번에 기분이 고양되는 것을 느꼈다. 관객들의 기대는 그에게 언제나 힘을 준다.

자, 시작은 〈봄과 수라〉다.

마사루의 2차 예선은 고요하게 시작되었다.

아야와 가나데는 일부러 뒤쪽에서 마사루의 연주를 듣고 있었다.

조용하다. 무척 조용하다.

아야는 빛에 둘러싸인 무대 위의 마사루를 가만히 바라보고 있었다.

단순한 빛이 아니다. 분명한 아우라가 보였다.

모두가 들떠서 열광적으로 맞이하는 가운데, 그는 단숨에 무대에 정적을 이끌고 나와 곡의 세계로 관객들을 끌어들였다.

오늘은 마사루의 바로 이 연주가 〈봄과 수라〉의 흐름을 만들 것이다.

아야는 마사루의 해석과 자작 카덴차를 기대하고 있었다. 과연 어떤 식으로 연주할까?

마사루의 접근 방식이 어제 연주한 그 누구와도 다르다는 것은 금방 알 수 있었다.

간결하고 자연스럽다.

팔에 소름이 오소소 돋았다.

어둠이, 우주가 보인다.

의지할 데 없는 어둑한 별들이 끝없이 펼쳐진 허공이, 마사루의 등 뒤로.

이 사람은 얼마나 많은 세계를 갖고 있는 걸까?

아야는 감탄했다.

수많은 이야기, 수많은 정경, 그것들을 각각의 곡마다 진짜처럼 눈앞에 꺼내어 보여주고 그려낸다.

영상적인 음악. 지금은 흔해빠진 표현이 되고 말았지만 마사루가 실로 그랬다. 게다가 그 영상 하나하나가 독창적이고 정감으로 가득해 설득력이 있다. 마사루는 자기만의 목소리를 가졌고, 그 목소리로 윤택하게 이야기한다.

마사루는 〈봄과 수라〉에서 그것을 일부러 봉인했다. 아니, 이것이 바로 〈봄과 수라〉를 말할 때 마사루가 내는 목소리다. 속삭이듯이, 문장은 짧게, 군더더기는 잘라내고, 겸허하고, 신비하게. 마사루는 각각의 곡에 어울리는 말투를, 목소리의 크기를 찾아낸다.

이 정적과 무한함은 오로지 마사루만 만들어낼 수 있다.

나의 〈봄과 수라〉는?

아주 잠깐 그런 생각을 했다.

내 접근 방법은 옳은 걸까? 즉흥 연주는 역시 무모한 짓이 아닐까? 깊은 고찰 끝에 나온, 마사루의 완성도를 따라잡을 수 있을까?

그런 생각이 들기는 처음이었다. 아야는 철렁했다.

고대하던 카덴차.

너새니얼은 자연히 힘이 들어가는 것을 느꼈다.

마사루는 여기서 처음으로 감정을 보여준다. 곡의 '숨겨진' 부분을 드러낸다.

옥타브 패시지와 복잡한 화음을 구사한 초절기교로 엮어낸 카덴차.

마사루가 지은 카덴차가 너무 어려워서 곡의 전체 상에서 동떨어지지 않을까 걱정했지만, 마사루는 "아뇨, 곡의 일부로 만들어 보일 겁니다. 사람들이 기술을 의식하지도 못하도록"이라며 물러서지 않았다.

실제로 그는 해냈다. 완벽하게 곡의 일부로 만들어냈다.

나날이 진화하던 제자는 콩쿠르에 참가한 뒤로 매일 더욱 크게 성장하고 있었다. 지금 눈앞에서 펼쳐지는 연주도 일주일 전에 들었을 때와는 완전히 다르다. 눈에 띄게 훌쩍 진보했다.

마사루가 가진 또 하나의 재능은 끝을 알 수 없는 잠재성이다. 그는 결코 자신에게 한계를 부여하지 않는다. 느끼지 않는다. 어떤 장애물도 진화할 발판으로 삼는다.

너새니얼은 경탄과 자부심을 느꼈다.

흔히 제자는 스승을 고르지 못한다고들 하지만 절대 그렇지 않다. 제자의 재능이 어중간했을 때 그런 평계를 대는 것이다. 재능이 특출할 경우, 오히려 제자가 스승을 고르는 게 아닐까 싶을 때가 있다.

결코 자만이 아니다. 물론 마사루의 재능이 뛰어나고 탁월하다고 확신하지만 그것은 결코 너새니얼이 뛰어난 스승이라 그런 게 아니다.

다만 마사루라는 인물의 재능을 키운다는 점에서 너새니얼은 유능했다.

아마도 너새니얼과 마사루가 처음 만난 순간에 서로 그렇게 직감했으리라. 마사루는 너새니얼을 선택했다. 이 사람은 나를 키워줄 것이다. 그는 본능으로 그리 확신했을 터였다. 너새니얼도 그것을 느꼈다. 그가 가진 모든 기량을 쏟아부어서 자신을 넘어설 제자, 달리 표현한다면 거리낌 없이 그를 발판으로 삼을 제자. 그것은 스승의 꿈이다. 그는 스승을 뛰어넘지 못하는 제자의 처량하고 비참한 모습을 수도 없이 보아왔다. 그것은 스승에게도 불행하고 안타까운 일이다. 연주가로서 아무리 훌륭하다 한들 차세대 음악가를 키워내지 못한다면.

물론 제자를 받지 않고, 남을 가르치는 재주가 아예 없는 천재 피아니스트도 수없이 많다. 그들은 연주 자체를 통해 음악을 가르쳐주는 사람들이다.

하지만 제자를 받아서 키우겠다고 결심한 이상은 반드시 결과를 내야 한다. 일단 교육자로 돌아선 이상 그 순간부터 재능의 육성이 곧 그의 음악적 재능을 증명하는 길이 되기 때문이다.

마사루의 연주를 호프만 선생님께 들려드리고 싶었다.

너새니얼은 문득 그런 생각을 했다.

이 카덴차, 굉장해.

또다시 소름이 돋았다.

어둑한 별들 사이로 쏟아지는 한 줄기 빛.

그 빛 속으로 얼핏 보인 무한한 색채.

그의 정적, 간결함 뒤에는 이토록 윤택한 세계가 펼쳐져 있었나.

경탄하며 그 세계를 맛보는 동시에 아야는 새삼 마사루의 기교에 혀를 내둘렀다.

이런 프레이즈를 용케도 치네. 트롬본 세션으로 쌓은 경험 덕분인지 역시 남다르다. 직접 만든 멜로디를 들려주는 데 익숙한 듯했다.

젊은 클래식 피아니스트는 즉흥 연주 경험이 적다 보니 아무래도 카덴차에 민망하거나 불안한 감정이 묻어난다. 악보에 있는 거라면 아무리 어려운 프레이즈라도 차분히 연주할 수 있는데, 어려운 카덴차는 어쩐지 뻣뻣하게 들리니 참 이상한 일이다. 대중들의 귀에 낯선, 소위 평가가 확정되지 않은 '젊은' 곡이기 때문에 설득력 없이 기교만 어색하게 두드러져 보이는 것이다.

마사루는 그렇지 않다. 자기 프레이즈로 승부할 각오가 돼 있다. 역시 그는 타고난 음악가다.

감탄하는 와타누키 선생님의 얼굴이 눈에 선히 보이는 듯했다.

선생님, 역시 마아 군은 굉장해요.

한 줄기 빛 속에 선명히 떠올랐던 카덴차가 다시 고요한 어둠 속으로 사라졌다.

그리고 〈봄과 수라〉에서 그대로 연결되는 것처럼 라흐마니노프 〈회화적 연습곡〉, 작품 39번 제6곡이 시작되었다.

어둠의 밑바닥에서 무언가가 속삭이는 듯한 나직하고 불온한 도입부.

서서히 고개를 드는 음악, 잔뜩 긴장한 트레몰로가 어둠을 가른다.

탁월한 프로그램 구성이다. 가나데는 생각했다.

프로그램이 마치 하나로 연결된 그림책처럼 배치되어 있어 일체감이 있다.

빠른 패시지로 흔히 말하는 '세부'의 기교를 보여준다.

깊은 어둠을 보여주었던 첫 번째 곡. 서서히 밝아지는 두 번째 곡은 탁 트인 공간으로 나아가는 분위기를 연출하고 있다.

그리고 세 번째 드뷔시 연습곡, 〈옥타브를 위하여〉에서 단숨에 광활한 공간으로 나아간다. 마사루가 가진 역동성이 드뷔시 곡의 독특한 웅장함과 어우러져 가슴이 벅찰 정도였다.

다시 기어를 바꾼 채 마지막 브람스 변주곡으로.

'완벽한 타이밍에' 당당하게 드러낸 파가니니 주제를 단단히 붙들고 변화무쌍하게 요리한다.

어느 면에서도 기교에 전혀 빈틈이 없다. 그런데 아직도 여유가 넘치고 싱그럽기까지 하다니.

가나데는 감탄했다.

이 자신감 넘치는, 즐거운 연주.

이렇게 아름다울 수가 있을까. 말 그대로 찬란한 재능이 정말 눈에 보이는 듯했다.

듣고 있는 관객들의 안도감 역시 감히 비할 데가 없었다.

긴 변주곡은 긴장감을 유지하기 어렵다. 같은 연기자로 찍는 옴니버스 영화나 마찬가지다. 강약을 조절하고 관객의 관심을 끌어당겨 끌고 나가야 한다.

라흐마니노프도 파가니니 주제를 사용한 변주곡을 작곡했지만 그조차 관객들이 지루해한다고 느끼면 자작 변주를 몇 군데 생략해 짧게 연주했다고 한다.

물론 변주곡이라는 것 자체가 곡조나 전개에 다양한 변화를 주어 질리지 않도록 지은 곡이지만 연주할 때는 또 다른 어려움이 있는 법이다. 반복되는 같은 테마를 신선하게 들려주는 연주는 듣는 쪽이 상상하는 것보다 훨씬 어려운 일이다. 세심한 주의를 기울여 다양한 역동성을 고안해야 한다.

마사루는 엔터테이너다. 현실에서 재미있는 옴니버스 영화는 흔치 않지만, 마사루가 연주하는 옴니버스 영화는 지루함을 느낄 틈도 없이 관객들을 바짝 끌어당긴다.

엔터테이너이지만 대중성에 치우치지 않는다. 화려하고 매력적인데 어딘가 오싹하리만치 깊은 늪도 느껴진다.

어쨌거나 매력적인 피아니스트라는 사실은 분명했다.

분석하려고 애써보았지만 가나데는 어느새 다른 관객들처럼 황홀한 표정으로 마사루를 바라보고 있었다.

변주곡은 즐겁다.

재즈 세션이나 편곡가가 된 기분을 추체험할 수 있다.

단 네 소절의 테마라도 무한한 전개가 가능하다. 작곡가는 일찍이 그 사실을 증명했다. 만화경처럼 변화하는 변주곡이라는 융단을 짜는 과정에는 작곡가의 사고를 더듬어가는 즐거움도 있다.

이 곡, 브람스의 변주곡을 연주할 때 마사루의 머릿속에 떠오르는 것은 카누를 타고 넓은 강을 내려가는 이미지다.

빠른 속도로 술술 나아가는 카누, 기분 좋은 바람이 뺨을 어루만지고 등을 떠밀어준다.

하구를 향해 힘차게 노를 젓는 자신의 모습이 보인다.

시시각각 변하는 강가의 풍경.

노를 한 번 저을 때마다 앞으로, 또 앞으로 나아간다. 카누는 이윽고 너른 하구로 나간다.

서두르지 마. 정중하게, 착실하게, 노를 늦추지 말고.

조급한 마음을 억누르고 클라이맥스의 예감을 꾹 참아낸다. 흥분과 냉정, 두 축을 제어하면서 환희에 전율하며 전진한다.

이제 곧.

이제 곧, 저기로 나갈 수 있다.

본 적 없는 풍경, 나를 기다리는 광활한 장소.

마사루는 피아노를 치며 등줄기를 타고 올라오는 기묘한 전율을 느꼈다.

그런가. 내가 찾고 있던 건 저 장소다. 저 풍경이 보고 싶어서 연주하고 있는 것이다.

처음 겪는 일이었다.

마사루는 2차 예선 네 곡을 끝마치고 싱긋 웃으며 우레와 같은 관객들의 박수를 받고 있는 자신의 모습을 마치 남 일처럼 높은 곳에서 굽어보고 있었다.

사랑의 첫걸음

서둘러 정리하고 나왔다고 생각했는데 찾고 있던 풍경을 만났다는 흥분에 생각보다 오래 잠겨 있었던지, 마사루가 회장으로 돌아왔을 때 문은 이미 닫혀 있었다.

쳇, 다음 연주를 놓쳤네.

어쩔 수 없이 로비 모니터로 연주를 들었다.

소리는 썩 좋지 않지만 분위기 정도는 파악할 수 있다.

모니터에 집중하느라 그녀가 다가오는 줄도 몰랐다.

"잘 들었어, 마사루."

이런, 시끄러운 녀석한테 붙들렸네.

마사루는 속으로 혀를 찼다. 콩쿠르 기간에는 가급적 얼굴을 마주치기 싫었는데.

짙은 와인색의 낙낙한 스웨터에 청바지를 입은, 윤곽이 뚜렷한 장신의 소녀.

같은 줄리아드 피아노과 학생, 제니퍼 챈이다.

"너도 왔구나. 다음 심사 발표 때까지 안 올 줄 알았는데."

마사루는 다소 심술궂게 중얼거렸다.

"어머, 나는 서툰 피아노 연주는 듣지 않지만 능숙한 연주는 꼭 들어. 물론 마사루 네 연주도."

당연히 소소한 야유는 제니퍼에게 통하지 않았다.

제니퍼는 입학 때부터 마사루에게 강렬한 경쟁심을 품고 있는지 사사건건 투지를 드러냈다. 학교 안에서도 두 사람은 라이벌 취급이라, 모두들 흥미진진하게 제니퍼의 경쟁심을 지켜보고 있었다.

제니퍼는 최근 콩쿠르 데뷔도 했고 협주 솔리스트로도 몇 차례 부름을 받았다. 제니퍼와 주위 사람들이 볼 때는 그녀가 마사루보다 한발 앞선 것처럼 보이는 모양이다. 재즈 트롬본을 불며 라이브하우스에 나가는 마사루를 향해 그렇게 한눈을 파니까 제니퍼에게 밀리는 거라고 '충고'하는 사람도 있었다.

마사루는 제니퍼를 라이벌로 생각한 적도 없었고, 비교할 길이 없는 음악성에서 우위를 겨루는 '라이벌'이라는 개념 자체가 난센스라고 생각하는 터라 주위에서 사사건건 제니퍼와 비교하는 게 오히려 거슬렸다.

물론 제니퍼가 매사 마사루에게 덤비는 것은 그에게 은근한 연심을 품고 있기 때문이라는 것도 어렴풋이 눈치채고 있었다. 제니퍼는 그런 자각도 없을 테고 그렇다고 지적해봤자 칼같이 부정하겠지만, 연애 요소가 얽히면 문제가 복잡해진다. 열네다섯 살 때 키가 쑥쑥 자라고 다방면에서 재능을 드러내면서 여자아이들의 주목을 한 몸에 받았다. 짝사랑의 대상이 된다는 것의 행복과 불행을 잘 아는 마사루는 자칫 그녀들의 연심을 잘못 건드리면 크게 다칠 수도 있다는 것을 배웠다. 그녀들의 동경과 호의는 단 한순간에 경멸과 증오로 바뀌어 생각지도 못한 곳에서 뒤통수를 맞는다.

"네 〈봄과 수라〉, 꽤 단조롭던데. 실버버그가 괜찮다고 한 거야?"

제니퍼가 대뜸 힐난조로 물었다. 마사루는 쓴웃음을 지으며 어깨를 움츠렸다.

"물론. 여러모로 고민해서 내린 결론이 그거야. 내 해석으로는."

"아, 참. 실버버그는 히시누마 다다아키하고 친하지. 혹시 작곡가의 해석이 그런 거야?"

제니퍼는 퍼뜩 생각났다는 듯이 눈을 부릅떴다. 아차, 어째서 그걸 몰랐을까 하는 그녀의 표정을 본 마사루는 불쾌해졌다.

"아니야. 히시누마 선생님은 프로그램북에 적어놓은 해석 외에 다른 말씀은 없으셨어. 그건 그저 내가 해석한 〈봄과 수라〉일 뿐이야."

"정말?"

제니퍼가 의심하는 눈초리로 물었다.

마사루가 그녀와 맞지 않는다고 생각하는 부분은 이런 면이다. 만약 제니퍼가 마사루였다면 분명 실버버그를 통해 히시누마를 직접 만나 어떻게 연주하면 좋을지 캐물었을 것이다. 이점은 최대한 이용한다. 제니퍼에게는 그것이 당연한 일이고, 음악에 대한 그녀 나름의 성의인 것이다.

마사루는 갑자기 궁금해졌다.

만약 내가 실버버그 선생님께 히시누마 선생님을 만나 연주 해석에 대해 묻고 싶다고 부탁했다면, 선생님은 들어주셨을까?

그런 부탁을 받은 실버버그의 얼굴을 상상해보았다.

오케이와 노, 가능성은 둘 다 있다. 선생님은 마사루가 가진 전략가 기질도 잘 알고 있고, 높이 평가하고 있다. 마사루가 그렇게 하고 싶다고 말하면 들어주지 않을까. 반대로 공정하지 않다, 그런 짓을 할 필요가 없다고 말할지도 모른다.

이건 꽤 흥미로운 과제다. 다음에 선생님께 물어봐야겠다. 내가 그렇게 부탁했다면 어떻게 하셨을지.

"그나저나 너랑 같이 있던 여자애, 일본인 참가자지? 어떻게 아는 사이야?"

제니퍼의 목소리에 생각이 끊겼다.

아하, 아짱의 정체가 궁금했나 보구나.

태연한 척하고 있지만 이쪽이 진짜 목적이라는 걸 알 수 있었다.

눈에 띄지 않으려고 신경 썼는데 역시 들켰나. 아야와 함께 있었던 건 그저께 1차 예선 마지막 날 끝 무렵과 어제의 2차 예선 첫째 날이 전부였는데, 누가 제니퍼에게 알려준 걸까? 아니면 제니퍼가 어디서 보고 있었나?

"아아, 내 소꿉친구야. 굉장한 우연인데 이번에 여기서 재회했거든."

마사루는 가급적 '별일 아니라는' 말투로 대답했다.

제니퍼가 놀란 얼굴로 물었다.

"어, 정말? 마사루, 일본에서 산 적도 있어?"

"응. 어렸을 때 잠깐. 이웃에 살아서 같은 피아노 교실에 다녔어."

"어머, 정말 굉장한 우연이네. 둘 다 국제 콩쿠르에 나갈 실력이었다니."

"그렇지?"

별안간 제니퍼가 목소리를 낮추었다.

"그래도 조심해."

"어?"

마사루는 귀를 의심했다.

"그 여자애, 듣자 하니 어렸을 때부터 프로로 활동하다가 갑자기 소진 증후군에 걸렸다면서?"

잘도 아네. 마사루는 기가 막히기도 하고 감탄스럽기도 했다.

실로 우리는 넘쳐나는 정보와 지구 차원의 가십으로 가득한 세상에 살고 있다.

"그렇게 한번 문제를 일으킨 불길한 아이랑 같이 있으면 마사루의 운까지 앗아 갈 거야. 혹시 마사루가 우승 후보인 걸 알고 자기 복귀에 이용하려고 하는 것 아니야?"

마사루는 어이가 없었다.

"설마 진심으로 하는 소리는 아니겠지?"

무심코 되물었지만 제니퍼의 표정은 진지하기 그지없었다.

마사루는 화를 낼지 웃어넘길지 고민했다. 이런 점도 서로 맞지 않는 부분이라는 것을 기억해냈다.

늘 논리적이고 합리적인 사고를 자랑하며 타인의 비논리적인 발언이나 정서적인 의견을 깔보면서, 이상한 데서 운이 어떻고 복이 어떻고 따진다. 마사루도 타고난 운이나 복이 있다는 건 알지만, 제니퍼가 하는 소리는 아무래도 자의적인 해석처럼 들렸다.

말이 통하는 상대가 아니다.

마사루는 속으로 한숨을 쉬었다. 분명 제니퍼는 아짱의 연주를 듣지도 않았겠지.

"충고는 고맙게 받아들일게."

이 이야기를 계속할 마음은 없다는 신호를 보내는 데 그쳤다.

고맙게도 제니퍼도 손목시계를 보며 중얼거렸다.

"아, 그만 가야겠다."

"다른 연주는 안 들어?"

"응, 지금부터 3차 예선 레슨이 있어."

제니퍼는 태연하게 말했다.

"오늘은 마사루 연주만으로 족해. 그럼."

제니퍼는 손을 살짝 흔들더니 스마트폰을 조작하면서 종종걸음으로 떠났다.

마사루는 그 뒷모습을 아연히 지켜보았다.

3차 예선에 당연히 나갈 거라고 생각한다는 점도 대단하지만, 마사루의 연주만 들으면 그만이라고 생각하는 점도 역시 제니퍼다웠다.

마사루는 모니터로 시선을 돌렸다. 다음 참가자의 연주를 통째로 놓치고 말았다.

리스트의 마제파. 이렇게 어려운 곡을 다들 용케 연주한다.

마사루는 자기 생각은 잊고 참가자의 손가락을 뚫어져라 쳐다보았다.

하지만 제니퍼의 당돌한 눈빛이 뇌리에서 떠나지 않았다.

그나저나 제니퍼가 저만큼이나 알고 있다니. 다들 남의 일에 관심이 많구나. 아짱, 뒤에서 저런 소리를 듣고 있다는 걸 알면 불쾌하겠지. 아짱하고 다시 만나서 들떠 있었는데, 조심해야겠다.

마사루는 간이 철렁했다.

처음 미국에 갔을 때, 이웃 소녀와 친해져서 학교도 함께 다니고 자주 어울려 놀았다. 그걸 고깝게 여긴 같은 반 여자애들이 그 아이를 지독히 괴롭혔다는 것을 뒤늦게 알고, 좋아하는 여자아이를 만날 때는 주위도 신경 써야겠다고 다짐했던 일이 생각난 것이다.

당연한 일이지만 콩쿠르에는 다양한 사람들이 모이고, 다양한 만남이 있다. 십 대부터 이십 대 사이, 가장 다감한 시절의 남녀가 한자리에 모여 농후한 시간을 공유하는 셈이니 콩쿠르에서 만나 교제하는 커플이 많다는 것도 알고 있었다(오래가지 않는다는 것도 알고는 있지만).

이른바 구름다리 효과도 있을 것이다. 햇병아리 음악가는 그렇지 않아도 고독한데, 콩쿠르의 분위기는 더더욱 고독하다. 낯선 나라에 가서, 신경을 곤두세우고 홀로 무대에 선다. 존재와 음악성이 그대로 노출된 극한 상황에서 같은 처지에 놓인 사람을 만나는 셈이니 서로 공감하고 이끌리는 것도 어찌 보면 당연하다.

그래서 예나 지금이나 항상 나오는 문제가 바로 같은 악기를 연주하는 사람들은 과연 잘 어울릴까, 하는 것이다.

음악가 커플은 수도 없이 많지만 지휘자와 피아니스트, 작곡가와 성악가처럼 같은 음악 안에서도 다른 장르의 조합인 경우가 많다.

피아니스트 커플도 많기는 하지만 솔직히 한쪽이나 양쪽 다 연주가보다는 지도자나 비평가 타입이라야 헤어지지 않는 것 같다. 유명 연주가 커플이 있다는 말은 들어본 적이 없다.

서로를 이해할 수 있다는 점에서는 같은 악기를 연주할 때 최고의 일체감을 느끼겠지만, 음악성의 차이를 견딜 수 없을 때도 있지 않을까. 피아니스트로서의 역량 차이가 불필요한 감정을 낳을 때도 있을 것이다.

우리는 어떨까?

마사루는 무심코 그런 생각을 하는 자신을 발견하고 혼자 쓴 웃음을 지었다.

이런, 겨우 그저께 재회했을 뿐인데. 게다가 모처럼 찾아 헤매던 풍경이 얼핏 보였는데, 금세 잡념이 가득 찼네.

마사루는 기지개를 쭉 켰다.

제니퍼 때문이야. 괜히 그녀를 조금 원망했다.

하지만 그래도 머릿속에서 제니퍼의 눈빛이 사라지지 않는 것은, 어디선가 그녀가 한 말도 일리가 있다고 생각하기 때문이다.

불길한 아이.

제니퍼의 목소리가 메아리쳤다.

딱히 아쨩이 불길한 아이라고 생각하지는 않는다. 하지만 이 콩쿠르에서 그녀와 재회한 건 뭔가 의미가 있을지도 모른다. 그것이 무엇인지는 모르겠지만.

마사루는 팔짱을 끼고 모니터를 주시했다. 그래도 한참 동안 연주에 집중할 수 없었다.

월광

관객들이 우르르 로비로 나갔다.

밖은 이미 캄캄했다. 난방을 켠 로비에 있는데도 뚝 떨어진 기온이 확연히 느껴졌다.

아야는 저도 모르게 한숨을 푹 내쉬었다. 온몸이 굳어 있었다. 객석에서 듣고만 있을 뿐인데도 콩쿠르라는 독특한 공간에서 계속 긴장하고 있었다는 것을 새삼 깨달았다.

2차 예선 둘째 날도 수준은 높았지만 〈봄과 수라〉 연주로만 따진다면 역시 아무도 처음 나온 마사루의 연주를 능가하지 못했다. 다들 연주는 훌륭했지만 설득력이라는 점에서 막연히 일본적인 이미지를 나타낸 해석이 대부분이었고 강렬한 인상은 받지 못했다. 하물며 카덴차는 말할 것도 없이 내용도 박력도 마사루가 단연 돋보였다.

마사루가 첫 번째 차례였던 것도 영향이 컸다. 순서가 조금 더 뒤쪽이었다면 다른 참가자들의 연주도 분명 나쁘지 않다고 생각했을 것이다. 그만큼 마사루의 연주는 강렬해서 이날 관객들의 인상에 영향을 주었다.

어찌나 강렬했던지 아야는 다른 연주를 들을 때도 계속 머리 한구석에서 울리는 마사루의 카덴차를 지우느라 고생했다. 선명하게 통째로 외워버린 탓에 어쩌다 한 번 튀어나오면 머릿속에서 끝까지 울려 퍼지는 것이다.

내 연주가 그 카덴차만큼 설득력이 있을까? 물론 내게는 나만의 해석이 있지만 즉흥 연주로 그만한 완성도는…….

한번 그런 생각이 들자 당장 연주해보고 싶어 좀이 쑤셨다.

이런 일은 처음이었다. 콩쿠르가 시작된 후로 이만큼 충동에 사로잡힌 적은 없었다.

가나데도 아야가 꿈지럭거리는 걸 눈치챘다.

"왜 그래, 아야?"

"카덴차를 좀 쳐보고 싶어서."

"어머, 그럼 히라타 선생님 댁에 갈까?"

"내가 가도 될까?"

"당연하지."

가나데가 어이없다는 듯이 말했다.

히라타 선생님은 아야의 담당 교수의 친구로 요시가에에서 피아노 학원을 운영하고 있다. 아야는 가나데와 함께 호텔을 잡았지만 아야와 같은 담당 교수 밑에 있는 다른 참가자들은 히라타 선생님 댁에서 신세를 졌다. 그 두 사람은 1차에서 탈락했다.

"왠지 미안한데."

"괜찮아. 네가 쓰면 기뻐할 거야."

"그럴까? 선생님께 전화해볼게."

아야는 담당 교수에게 전화했다.

당연히 교수는 선뜻 연습실을 쓰라며 직접 히라타 선생님에게 연락해주었다.

고맙게도 히라타 선생님의 자택 겸 연습실은 연주회장에서 가까운 시내에 있어 걸어갈 수 있다고 했다.

"괜찮아, 혼자 갈 수 있어. 가나데는 호텔에서 기다려. 밥도 먼저 먹어도 돼."

"그래? 그럼 돌아올 때 문자 보내."

"오케이."

같은 음대생이라 혼자 있어야 마음껏 연습할 수 있다는 것을 안다. 가나데는 선뜻 돌아갔다.

아야는 손을 흔들며 새삼 가나데가 정말 고마운 사람이라고 생각했다. 적절한 거리에서 가만히 곁을 지키며 아야의 컨디션을 냉정하게 판단해준다.

지도를 보며 길을 서둘렀다. 한시라도 빨리 피아노를 만지고 싶다.

머릿속에서는 마사루의 카덴차가 계속 울려대서 초조했다.

빨리 마사루의 연주를 내 연주로 덮어버려야 해.

조바심이 났다.

그때 문득 무언가가 아야의 발길을 붙들었다.

응?

뒤를 홱 돌아보았다.

마을 중심부에서 조금 떨어진 곳. 번화가가 시작되는 경계라 인파도 많다.

누가 따라오는 것 같았는데. 기분 탓이겠지?

아야는 잠시 주위를 살폈지만 별다른 기색을 느끼지 못하고 다시 걸음을 뗐다.

선생님 댁은 금방 찾았다.

동그란 눈과 복스러운 뺨이 인상적인 히라타 선생님은 척 보기에도 인자한 타입의 여성이었다. 아야가 "죄송합니다, 빈손으로 와서"라고 인사하자 까르르 웃었다.

"그런 걸 신경 쓸 새가 있으면 연주에나 집중하렴."

다른 두 참가자는 일단 집으로 돌아갔다가 내일부터 다시 콩쿠르를 들으러 돌아온다고 했다.

"자, 여기 열쇠. 연습실은 따로 떨어져 있으니 마음껏 치렴. 난방은 알아서 조절하고. 화장실은 입구 옆. 거기 있는 과자도 마음껏 먹어. 저녁은 어떻게 할래?"

"아, 연습해보고 생각할게요."

"배가 고프면 눈치 보지 말고 말해. 그것 때문에 내가 여기 있는 거니까. 거기서 인터폰을 누르면 나한테 연결돼."

히라타 선생님은 열쇠를 건네주며 현관 옆 통로를 가리켰다.

그 옆에 방음이 완벽해 보이는 상자 모양의 건물이 있었다.

아야는 인사도 하는 둥 마는 둥 방으로 들어갔다.

훌륭한 연습실이었다. 평소 여기서 학생들을 가르치겠지.

그랜드피아노 두 대와 오디오 세트. 사이드테이블에는 초콜릿과 쿠키가 있다. 보온병에 홍차까지 마련되어 있어 아야는 몸 둘 바를 몰랐다.

작은 이중 새시 창문이 하나 있고 하얀 블라인드가 쳐져 있었다. 방음을 고려한 장치이리라.

좋아.

의자를 조절해 덮개를 열고 바로 음계 연주로 손가락을 풀었다. 이미 오랫동안 손에 익어 버릇이 되었다. 조성을 반음씩 올렸다.

하지만 머릿속에서는 마사루의 카덴차가 계속 울리고 있었다.

손가락이 멋대로 마사루의 카덴차를 재현하고 있었다.

와, 이거 어렵다. 연습 안 하면 소리를 놓치겠어.

아야는 혀를 내둘렀다.

무대 위에 있던 마사루의 모습이 눈앞에 떠올랐다.

그 정적. 어둠. 그곳에 비치는 별들의 빛…….

마사루의 카덴차를 재현하다가 서서히 변형을 가미해 다른 방향으로 펼쳐나갔다.

그때, 귀에 이질적인 소리가 들려왔다.

뭐지, 이 소리?

진동. 뭔가를 때리는 듯한…….

아야는 피아노 연주를 멈추고 소리가 나는 곳을 찾았다.

통통통. 통통통.

역시 뭔가 두드리는 소리다. 어디서?

방 안을 둘러보다가 퍼뜩 창문 블라인드를 열어보았다. 거기에 비친 사람 그림자를 보고 그만 깜짝 놀라서 "앗!" 하고 비명을 지르고 말았다.

반사적으로 뒤로 펄쩍 물러났다.

하지만 블라인드가 창문을 덮기 직전에 그 그림자가 손을 마구 흔드는 것이 얼핏 보였다.

"어?"

어디서 본 것 같은데.

아야는 슬그머니 창문으로 다가가 조심스레 다시 한 번 블라인드를 들춰보았다.

모자를 벗고 고개를 꾸벅 숙이는 소년.

"가자마 진……?"

창밖을 자세히 보니 역시 그 소년이 생긋 웃으며 인사하는 시늉을 했다. 문을 가리키는 것은 안으로 들여보내달라는 뜻인가?

아야는 황망히 문을 열러 갔다.

"실례하겠습니다."

소년, 가자마 진은 모자를 벗은 채로 고개를 꾸벅거리며 들어왔다.

"너, 여긴 어떻게?"

"저쪽 담을 넘어서 왔어."

진은 연습실 벽을 가리켰다. 아야는 할 말을 잃고 쓴웃음을 지었다.

또 무단 침입이네. 히라타 선생님께 조심하라고 말씀드려야겠어.

"아니, 그게 아니라 여길 어떻게 알고 왔니?"

"미안, 누나를 쫓아왔어."

"응?"

아야는 눈앞에서 뺨을 발갛게 물들이고 있는 소년의 얼굴을 뚫어지게 쳐다보았다. 그리고 아까 뒤따라오는 인기척을 느꼈던 것을 기억해냈다. 역시 기분 탓이 아니었나.

"왜?"

당혹스러워 이유를 묻자 소년이 헤헤 웃었다.

"분명 어딘가 피아노를 치러 갈 것 같아서. 누나가 연주하러 가는 곳이라면 좋은 피아노가 있을 것 같았거든."

아야는 눈을 깜빡거렸다.

"그래서 따라왔어?"

"응."

"너 콩쿠르 기간 동안 어디서 지내는데?"

"아버지 친구가 하는 꽃집."

아야는 눈을 계속 깜빡거릴 수밖에 없었다.

"연습은?"

"콩쿠르 연습실에 있는 피아노는 별로야. 연주하는 사람 얼굴이 잘 보이는, 연주하는 사람의 냄새가 남아 있는, 누군가의 집에 있는 피아노가 더 좋아."

진은 조바심을 내며 아야의 눈을 들여다보았다.

"여기서 누나랑 같이 피아노 쳐도 돼?"

아야는 할 말을 잃었다.

아야도 예전에는 철부지라는 말을 들었지만, 이 아이는 더하다. 철부지라고 해야 하나, 천의무봉이라고 해야 하나. 콩쿠르가 한창인데 경쟁 상대를 따라와서 함께 연습하게 해달라고 부탁하다니, 그런 경우는 들어본 적이 없다.

"누나, 그 사람 연주를 따라 하고 있었지? 그 커다란 왕자님 같은 사람."

진이 그렇게 말하며 피아노를 쳐다보는 바람에 아야는 뜨끔했다.

들었나? 내 연주를? 마사루의 카덴차를 따라 하기는 했지만 바로 자유 편곡으로 연주했는데.

진은 옆에 있는 피아노 앞에 앉더니 덮개를 열고 라 음을 퐁 눌렀다.

그 옆얼굴을 보니 생각났다.

그러고 보니 이 아이, 대학교에서도 다른 방에서 연주하는 쇼팽 에튀드를 그대로 따라 했지. 하여간 무서울 정도로 귀가 밝은 아이다.

진이 돌연 격렬한 옥타브 프레이즈를 연주하기 시작했다.

앗! 아야는 외마디 비명을 내질렀다.

마사루의 카덴차.

진은 그 어려운 부분을 완벽하게 재현해냈다. 순간 눈앞에 마사루가 앉아 있다고 착각할 정도였다.

오싹 소름이 돋았다.

지금 눈앞에서 굉장한 것을, 정말로 굉장한 것을 보고 있다, 듣고 있다.

대학 복도에서 느꼈던 감각을 추체험하는 것 같았다.

진이 연주를 뚝 멈추더니 생긋 웃었다.

"누나 머릿속에 이게 계속 울렸지? 나도 그래. 밖으로 나왔을 때 이걸 그대로 쳐보고 싶었지? 당장 피아노를 치고 싶었지? 나도 그래."

소년이 노래하듯 말했다.

"그래서 그대로 어딘가 피아노를 치러 갈 거라고 생각했어."

아야는 다시 온몸에 소름이 오소소 돋는 것을 느꼈다.

꿰뚫어 보고 있다, 내 모든 것을. 내가 느꼈던 것도, 피아노를 만지고 싶다는 충동도.

역시 이 아이는……. 소년을 처음 보았을 때 받았던 느낌이 되살아났다.

음악의 신에게 사랑받고 있다.

나는?

그런 생각이 들어 아야는 스스로도 깜짝 놀랄 정도로 크게 동요했다.

나는 음악의 신에게 사랑받고 있을까?

순간 아득히 높은 하늘에서 한 줄기 스포트라이트가 내려와 가자마 진을 환하게 비추는 듯한 착각을 느꼈다. 음악의 신이 손에 든 라이트로 비춘 것은 아야 바로 옆, 겨우 1미터 앞에 있는 소년. 그는 찬란한 축복의 빛을 받아 빛나고 있다. 하지만 아야는 손을 뻗으면 닿을 만큼 빛 가까이에 있는데, 누구의 눈에도 띄지 않는 어둠 속에 우두커니 서 있다.

네가 아니다, 나는 가자마 진을 선택했다.

그런 목소리가 들리는 것 같아 뭐라 말할 수 없는 불쾌한 통증이 가슴을 찔렀다.

숨을 쉴 수 없다.

머릿속이 새하얘졌다.

처음 맛보는 감정이었다. 온몸을 꿰뚫는, 따끔하지만 욱신거리는 아픔. 입안이 썼다.

뭐야, 이건. 신에게 선택받은 자가 눈앞에 있다는 확신이 어째서 내게 이런 고통을 주는 거야?

그 답은 이미 알고 있다. 아야가 음악으로부터 달아났다는 사실을 인정하지 않았기 때문에. 나는 음악을 한다고, 남들보다 깊이 이해한다고 마음속 어디선가 자만하며 주위를 업신여기고 있었기 때문에. 재능이 없다, 스무 살이 넘으면 일반인, 속으로는 그런 소리를 들을까 봐 너무나 두려웠기 때문에.

온갖 생각이 머릿속을 스쳤다. 가슴속 통증의 잔재는 좀처럼 사라질 줄 몰랐다.

"선생님이 나한테 그랬어. 함께 소리를 밖으로 데리고 나갈 사람을 찾으라고."

"어?"

잠시 멍하니 생각하느라 소년의 말을 놓쳤다.

지금 뭐라고 했지? 함께 뭘?

"누나가 그 사람일지도 몰라."

"내가 뭐?"

아야가 되묻자 진은 갑자기 쑥스러운 표정으로 "아무것도 아냐"라며 손사래를 쳤다.

"달님, 참 예뻤지?"

진이 갑자기 창문을 돌아보았다.

블라인드가 쳐져 있다. 아야는 이곳으로 오는 길에도 하늘을 올려다볼 여유가 없었다.

소년의 하얀 손가락이 너울거렸다.

진실로 달빛 속으로 날아오르는 나비처럼.

드뷔시의 달빛.

아아, 정말, 아름다운 달이다.

이 곡을 들으면 언제나 창밖의 밤하늘이 눈에 선히 떠오른다. 모든 소리가 사라진 세상에 싸늘하지만 부드러운 달빛이 쏟아지는 광경이 보이는 것만 같다.

이 소년이 연주하니 무채색 커튼의 무늬까지 눈에 보이는 것 같았다.

달빛에, 빨려 들어간다. 달밤의 마법에 빠진다…….

아야는 또다시 몸속에서 솟아오르는 충동이 이끄는 대로 소년
의 옆에 앉아 함께 〈달빛〉을 연주하기 시작했다.

함께 변형을 가미해, 찰랑찰랑 밀려들었다가 빠져나가는 달빛
의 파도에 몸을 맡겼다.

아아!

아야는 온몸으로 밀려드는 짜릿한 전류 같은 환희에 현기증을
느꼈다.

가자마 진이 웃고 있다.

입을 한껏 벌리고, 웃고 있다.

어느새 아야도 함께 웃고 있었다. 한없이 차오르는 달빛, 밀려
든다, 일렁인다, 밀려든다, 출렁인다, 물보라가 반짝거린다.

어디까지라도 날아오를 수 있을 것 같다. 그 순간, 어느새 곡이
바뀌었다.

Fly Me To The Moon.

이 곡을 누가 먼저 연주했을까? 누구랄 것 없이. 그렇게밖에
표현할 길이 없다.

오오, 역시 〈즈이즈이즛코로바시〉를 룸바로 연주할 만하네.

아야는 저도 모르게 환하게 웃었다. 진은 전혀 당황하지 않고
쫓아왔고, 솔로도 당당했다. 서로 번갈아 베이스 라인을 연주하
면서 주고받는 솔로. 그리고 다시 정신이 들었을 때 〈Fly Me To
The Moon〉은 베토벤의 〈월광〉 제2악장으로 바뀌어 있었다.

그렇구나, 이렇게 보니 어쩐지 도입부가 비슷하네, 이 곡.

그리고 제3악장.

두 사람은 일사불란한 템포로, 완벽한 하나의 소리로 제3악장을 연주하고 있었다.

믿을 수 없다, 완벽한 유니즌unison. 두 명의 내가 연주하는 소리를 스테레오사운드로 듣는 기분이다.

이 감각을 뭐라 표현해야 할까. 물 위를 미끄러지는 모터보트. 아니, 맹렬한 속도로 물보라를 일으키는 수상스키처럼 짜릿한 스릴. 한 발짝만 어긋나도 파도에 부딪쳐 산산이 부서질 아슬아슬한 쾌감.

다음 순간, 아야는 진의 〈월광〉을 반주 삼아 〈How High The Moon〉의 멜로디를 연주하고 있었다. 한동안 〈월광〉을 연주하던 진도 슬금슬금 쫓아와 〈How High The Moon〉에 합류했다.

가장 빠른 템포로.

진은 쉴 새 없이 어지러운 16분 음표로 반주를 붙였다. 그 틈새에 아야가 초고속 글리산도를 끼워 넣는다.

날아오른다. 어디까지고 날 수 있다.

아야는 피아노를 치면서 어느새 천장을 올려다보고 있었다. 그 너머 높은 하늘에 떠 있는 달을 보고 있었다.

저기까지. 아니, 더 멀리.

지금 우리는 달마저도 뛰어넘었다.

실제로 두 사람은 그 순간 아득한 우주 저편을 날고 있었다.

콩쿠르도, 음악의 신도, 모든 것을 잊고 칠흑의 우주를.

"앗!"

아야는 허공에 둥실 떠서, 아득히 점으로 빛나는 별을 올려다보았다.

봄과 수라. 나만의. 저기에.

둘이서 동시에 연주를 끝낸 순간에도 아야는 입을 다물지 못하고 하염없이 천장을 올려다보고 있었다.

무지개 너머

2차 예선 셋째 날, 마지막 날.

마사미는 어제부터 밤새도록 지금까지 찍은 영상을 정리하고 있었다. 벌써 촬영 기간이 제법 되어서 짬짬이 정리해두지 않으면 나중에 고생한다.

정리 방법은 사람마다 다르지만 마사미는 찍은 장면들을 딱 보면 떠올릴 수 있도록 중요한 말과 정경을 메모장 한 페이지로 정리한다. 나중에 이것을 조합해 편집 순서를 정한다.

아카시의 영상은 이미 충분히 확보했다. 2차 예선을 통과하면 더 찍게 되겠지만 그가 1차 예선을 통과한 시점에서 제법 괜찮은 프로그램을 만들 수 있을 만한 영상은 뽑아냈다. 만약 그가 1차에서 떨어졌다면 프로그램도 다소 약해졌을 테니 디렉터로서는 일단 한숨 돌렸다.

따로 찍고 있었던 러시아와 우크라이나 참가자들은 모두 1차에서 떨어졌다. 그중 한 홈스테이 가정에서는 몰래 "우리 집에 묵은 아이는 지금까지 1차에서 떨어진 적이 없었는데. 정말 근소한 차이였는데 가엾게도"라고 귀띔해주며 본인보다 더 아쉬워했다. 낙담한 참가자를 위로하려고 홈스테이 가족들이 다 함께 가서 회전 초밥을 먹고 왔다고 했다. 그래도 초등학교에서 미니 콘서트를 열 예정이라는 말을 듣고 며칠 후에 그쪽 연주를 찍기로 했다. 낙선한 참가자들을 위해 시내 콘서트 기획을 장려하는 요시가에서는 이미 런치 콘서트나 아이들을 위한 레슨 등 몇 가지 이벤트를 실시하고 있었다.

2차 예선 통과자 발표는 저녁이라 조금 여유가 있어 마사미는 그동안 친해진 자원봉사자들의 이야기를 들어보기로 했다. 피차 겉으로 드러나지 않는 직업이라 그런지 보조 업무를 주로 하는 이런 스태프들에게는 공감도 가고 관심도 간다. 특히 요시가에 콩쿠르는 시민 봉사자들이 맡는 부분이 커서, 그 정열과 헌신은 감탄스러울 정도다. 첫 콩쿠르 때부터 빠짐없이 참가하는 사람도 있어 모두 이 콩쿠르를 즐기고 있는 게 보였다. 다들 입을 모아 마음에 드는 참가자를 찾아내 그 아이가 예선을 통과하는 모습을 보는 게 즐겁다고 했다. 하물며 그 아이가 우승해서 훗날 세계에서 활약하기라도 하면 그렇게 기쁠 수가 없다고 한다.

피아노 콩쿠르처럼 다양한 국적의 참가자들이 모여 승부를 겨루는 토너먼트식 이벤트에는 희비가 엇갈리는 드라마가 있다. 마사미도 콩쿠르에 마음을 빼앗기는 사람들을 이해할 수 있었다.

신기한 점은 참가자들이 왜 떨어졌는지 모르겠다는 사람들이 제법 있다는 것이다. 청중들에게 인기 있는 사람과 심사 위원들이 선택하는 사람은 서로 다를 때가 종종 있다. 마사미도 보면서 느꼈지만 대체 어디에 차이가 있는지, 다들 저렇게 훌륭한데 어떻게 비교하는지 정말 수수께끼였다.

한편으로 심사 위원과 청중이 같은 사람을 대단하다고 꼽을 때 신기하다고 말하는 사람도 있다. 어쩌면 사람들은 태어날 때부터 아름다운 것을 감지하는 회로를 갖고 있어, 그런 면에서는 전문가나 아마추어나 다 똑같을지도 모른다.

사람들에게 오늘은 누구를 주목하고 있는지 물었더니 러시아와 한국 참가자 외에 일본 참가자 두 명을 가장 많이 언급했다.

가자마 진과 에이덴 아야. 전자는 파리 오디션에서 올라온 완벽한 무명 고등학생, 프로그램북으로 보았던(아카시가 "아줌마 같은 소리 좀 그만두라니까"라고 했던) 그 귀여운 소년이다. 후자는 과거에 천재 소녀로 프로 활동을 하다가 어느 날 갑자기 은퇴하고 오랜만에 공개 무대로 돌아왔다고 한다. 둘 다 이야깃거리는 충분하다.

아카시도 에이덴 아야의 팬이었다고 했지. 마사미도 보았다. 무대에 나왔을 때는 자그마한 줄 알았는데, 일단 연주를 시작하니 엄청난 존재감과 박력으로 거대해 보여서 깜짝 놀랐다.

성급한 질문이지만 우승 후보를 물어보자 다들 얼굴을 마주 보며 머뭇거리면서도 흥분했다.

아카시도 연주를 듣고 충격에 빠졌던 미국의 마사루 카를로스 레비 아나톨의 이름이 가장 먼저 나왔다. 그리고 그와 같은 줄리아드음악원에 다니는, 역시 미국에서 온 제니퍼 챈을 꼽았다. 둘 다 연주 스타일이 화려하고 스케일이 크다. 제니퍼 챈은 미국에서는 이미 프로로 데뷔도 했다고 한다.

이렇게 보면 국적은 미국이지만 뿌리는 동양인인 경우가 많다. 무릇 동양인들은 교육열이 높아 지금은 줄리아드에서도 동양인들이 상당한 비율을 차지하고 있다던가.

제니퍼 챈은 중국계, 마사루 카를로스 레비 아나톨은 일본계에 라틴계, 프랑스까지 섞여 있어 겉보기로는 국적을 분간할 수 없다. 남녀불문, 누구에게 물어도 그의 인기는 대단해서 이미 관객들을 사로잡았다는 걸 알 수 있었다. 아마추어의 눈으로 봐도 그의 스타성은 확실히 뛰어났고, 속된 얘기지만 정말 잘생겼다.

피아니스트는 인기 장사이기도 하니까 수려한 외모는 중요한 요소다.

워낙 뛰어난 인재로 평판이 높다 보니 지도자가 이 요시가에 콩쿠르를 시작으로 다음에는 권위를 자랑하는 유서 깊은 콩쿠르에 내보낼 작정이라는 억측도 나돌았다. 요즘 이 콩쿠르는 장래가 유망한 참가자를 잘 찾아내기로 유명해서, 여기서 우승하면 운이 트인다는 것이었다.

그렇구나, 음악가가 되기 위해 올라야 할 계단도 여러 가지가 있구나. 마사미는 이 콩쿠르를 촬영하면서 조금씩 배워가는 기분이었다. 세상에는 수없이 많은 콩쿠르가 있고 규모도 수준도 각양각색이다. 권위 있는 콩쿠르도 있거니와 그렇지 않은 콩쿠르도 있다. 콩쿠르의 난립과 폐지를 둘러싼 배경에는 지자체의 경제가 크게 얽혀 있는데, 개최에도 지속에도 막대한 비용이 든다. 더군다나 권위 있는 국제 콩쿠르로 알려지려면 제네바의 국제음악콩쿠르세계연맹에 가입해야 하는데, 조건도 까다롭고 가입했다고 해서 무조건 세계적으로 인정받는 것도 아니다.

참가자들 역시 다양한 콩쿠르를 경험해 조금씩 실적을 쌓는 사람과, 대형 콩쿠르에서 단번에 우승해 스타덤에 오르는 사람이 있다.

어쨌거나 콩쿠르에 나가기 위해 모든 연주곡을 연습하고 한 곡 한 곡 차근차근 다듬어가는 과정은 모두 똑같아, 그들이 거기에 쏟아붓는 막대한 시간을 생각하면 정신이 아득해진다. 십여 곡을 준비해도 1차 예선에서 떨어지면 나머지 곡은 연주할 수 없다. 겨우 20분으로 끝나고 만다. 그 노력이라니!

아카시의 준비 기간을 지켜봤던 만큼 음악가라는 직업이 얼마나 고되고 가혹한지 뼈저리게 느꼈다. 일단 극히 일부를 제외하고는 전혀 돈벌이가 되지 않는다. 프로그램북에 실린 동년배 참가자는 대체 어떻게 먹고사는지 모르겠다.

그래도 그들은 여전히 음악가를 꿈꾸고, 무대를 꿈꾼다. 평소에는 적당히 유행에 맞춰 저렴한 옷을 사 입고 식비를 아껴가며 묵묵히 한길로 단련한다. 무대에서는 턱시도나 꿈같은 드레스로 치장한다. 찰나의 순간, 관객과 음악을 공유하기 위하여. 무대는 화려하지만 그늘 뒤에 가린 대다수의 음악가들은 주머니 사정이 여의치 않다.

잠 잘 시간을 아껴가며 연습하는 아카시를 보고 처음에는 솔직히 고생도 이만저만이 아니네, 하고 동정했던 것이 생각났다. 아무리 아카시가 멋진 사람이라지만 부인도 고생이다, 교사 일을 그만둘 수 없겠다, 그렇게 동정하는 마음도 있었다.

하지만 연주를 마친 아카시의 그 행복한 얼굴이란! 그 표정에 충격을 받고 잠시 해야 할 일도 잊어버렸다.

내 일에 그토록 행복을 느껴본 적이 있었을까?

문득 그런 생각이 들어 저도 모르게 쓴웃음을 지었다. 이것이 나의 직업이라는 확신은 있지만 그래서 행복한지 불행한지 생각해본 적은 한 번도 없었다.

마사미는 회장 밖에 있는 참가자 사진 일람 앞에 섰다.

리본 꽃이 달린 사진, 없는 사진. 꽃이 없는 사진이 압도적으로 많다.

무심코 아카시의 사진에 눈이 갔다. 아카시다운, 다정하게 미소 짓는 흑백의 얼굴.

꽃이 달린 사진과 함께 카메라 렌즈 안에 들어가려고 애쓰던 그의 모습을 생각하니 역시 웃음이 나온다. 하지만 이 꽃 한 송이를 얻기가 얼마나 어려운지 생각하면 우습기만 한 게 아니라 눈물이 왈칵 치밀어 오르는 것이었다.

정말이지, 이토록 부조리하고 잔혹한 이벤트가 또 있을까?

마사미는 사진을 보며 탄식했다. 하지만 그와 동시에 어느새 빠져들고 있는 자신을 발견했다.

이토록 잔혹하고, 재미있고, 매력적인 이벤트가 또 있을까?

예술에 점수를 매길 수 있는가? 그렇게 묻는다면 누구나 '우열을 가릴 수 없다'고 대답하리라. 물론 누구나 머리로는 아는 사실이다.

하지만 속으로는 우열이 갈리는 순간을 보고 싶어 한다. 선택받은 자, 승리한 자, 극히 일부에게만 허락된 기프트를 보고 싶다. 거기에 많은 노력이 들수록 환희와 눈물은 보다 감동적이고 흥분을 불러일으킨다.

무엇보다도 거기에 이르는 과정을, 사람들의 드라마를 보고 싶은 것이다. 정점을 찍고 스포트라이트를 받는 사람을 보고 싶은 동시에 스포트라이트를 받지 못하고 사라져가는 사람들의 눈물을 보고 싶은 것이다.

다음은 3년 후인가.

마사미는 콩쿠르 포스터를 멍하니 바라보았다. 지난 몇 차례의 콩쿠르 포스터가 붙어 있어, 거기에 들어간 스태프와 참가자들의 막대한 노력에 마음이 갔다.

또 보러 올까?

문득 그런 생각을 했다.

취재가 아니라도 상관없으니 일반 관객으로 보고 싶다. 그때는 누군가 곁에 있으면 좋겠다. 함께 음악을 즐기고, 드라마를 즐기고, 그 순간을 목격할 수 있다면.

마침 연주가 끝났는지 문이 열리고 관객들이 우르르 쏟아져 나왔다.

하지만 오늘은 일단 일을 하고, 취재를 하고, 연주를 듣자.

마사미는 정신을 바짝 차리고서 카메라를 쥐고 회장으로 들어 갔다.

봄의 제전

2차 예선 셋째 날, 마지막 날.

가나데는 호텔 조식 뷔페 레스토랑에 들어간 순간, 무심코 걸음을 멈췄다.

딱히 의식한 것도 아닌데 넓은 회장 안쪽에 앉아 있는 아야의 표정이 눈에 확 들어왔기 때문이다.

그 표정을 보고 가나데는 흠칫 놀랐다.

아야가, 변했어……?

그렇게 직감했다.

어디가 어떻게 변했다고 말은 못 하겠지만 어제까지의 모습과는 달랐다.

가나데는 그 표정을 설명할 표현을 찾으며 아야에게 곧장 다가갔다.

아야는 어떤 것에 굉장히 집중하고 있었다. 그 눈은 허공의 한 점을 바라보고 있었지만 분명 눈에 보이지 않는 것을 보고 있었다. 뭔가 정신없이 생각하고 있는 듯했다.

많은 숙박객들이 주위를 바삐 돌아다니며 아침 식사를 하고 있었다. 그 복작거리는 소리가 전혀 들리지 않는 것처럼 아야의 주위만 정적 혹은 밀도 높은 이질적인 공기에 감싸여 있었다.

뭘까, 뭔가가 응축된 저 어른스러운 표정은. 단 하룻밤 사이에 사려 깊은, 마치 철학자 같은 얼굴로 바뀌었다.

어제 〈봄과 수라〉 카덴차를 연주해보고 싶다고 총총히 떠난 아야는 밤늦게야 호텔에 돌아왔다는 휴대전화 문자를 보내왔다.

그때는 아침 식사 약속만 하고 말았는데, 대체 무슨 일이 있었던 걸까?

"안녕, 아야."

아야는 처음에 가나데가 자연스럽게 말을 걸며 테이블 맞은편에 가방을 내려놓은 것도 몰랐다.

한 박자 늦게 깜짝 놀라더니 "아아, 안녕" 하고 겨우 고개를 들었지만 아직 사색의 세계에서 돌아오지 못한 듯했다.

마음이 딴 데 가 있다고 표현할 수도 있지만 나쁜 의미는 아니다.

가나데는 그렇게 받아들였다. 가슴속에 들끓는 흥분을 느꼈다.

아야는 뭔가 실마리를 잡은 것이다. 뭔가 음악에 관한 생각에 마음을 빼앗긴 것이다.

어젯밤에 무슨 일이 있었는지 궁금해 좀이 쑤셨지만 가나데는 꾹 참았다. 이 집중력을 방해해서는 안 된다고, 그녀 안의 누군가가 충고했다.

아야가 스푼으로 커피를 저으며 작은 한숨을 흘렸다. 가나데는 그 틈을 놓치지 않고 물어보았다.

"잘 잤어?"

"음, 그냥저냥."

아야는 대답 대신 하품을 했다.

"머릿속이 복잡해서. 아아, 빨리 연주하고 싶어."

아야가 어깨를 들썩이며 천장을 올려다보았다.

"그러게, 마지막 차례는 기다리는 시간이 기니까."

가나데가 고개를 끄덕였다.

콩쿠르에서 처음과 끝은 다들 꺼린다. 처음에는 아무래도 심사 위원들이 점수를 아끼고, 마지막은 다들 듣다 지치기 때문이다. 물론 마지막에 눈이 번쩍 뜨이는 연주를 할 수 있다면 효과 만점이지만 그런 일은 거의 없다.

2차 예선부터 아야는 마지막 차례가 되었다. 참가자 중 끝 번호다. 누구보다 긴장하는 시간이 길기 때문에 얼른 끝내버리고 싶은 마음은 이해가 간다.

"생각할 시간이 많으면 점점 더 고민하게 돼."

아야가 또 한숨을 쉬었다.

"응?"

가나데는 되물었다.

"하지만 어쨌거나 가자마 진의 연주를 들으면 또 바뀌겠지."

불쑥 중얼거리는 아야의 말을 듣고 가나데는 그녀가 기다리는 시간이 힘들어서 마지막 차례를 싫어하는 게 아니라는 것을 눈치챘다.

"혹시 〈봄과 수라〉 카덴차 얘기야?"

"응."

아야는 고개를 끄덕였다.

"마아 군 카덴차를 지워낸 건 다행인데, 이것저것 자꾸 떠올라서 뭘 연주하면 좋을지 모르겠어."

"아아, 그렇구나."

가나데는 기가 막히기도 하고 놀랍기도 했다. 정말 배부른 고민이다. 참가자 중에 이런 문제로 고민하는 사람이 과연 또 있을까?

순간 가나데는 태평한 아야의 모습에서 든든하면서도 위태로운 면을 동시에 느끼고 살짝 동요했다. 어쨌거나 이건 콩쿠르다. 자기만의 길을 걷는 건 좋지만 혼자 다른 곳으로 가버리면 큰일이다.

"가자마 진도 나도 프로그램 중간에 〈봄과 수라〉를 넣었으니까, 처음이나 마지막에 넣은 사람들과는 접근 방법이 좀 달라."

아야가 혼잣말처럼 중얼거렸다.

아야가 의식하는 건 가자마 진인가.

가나데는 의외였지만 한편으로는 당연하다 싶기도 했다.

자유분방하고 생동감 넘치는 그 연주. 천재 타입인 아야가 그런 연주에 끌리는 것은 당연하다. 소위 말하는 '같은 냄새'를 맡은 것이다.

하지만 가나데는 소문이나 회장의 분위기로 그가 정통파 연주가나 심사 위원들에게 '가짜' 취급을 받고 있다는 것을 민감하게 눈치채고 있었다. 아야가 이 콩쿠르에서 의식해야 할 상대는 제니퍼 챈이나 마사루 카를로스인데.

"역시 지금까지 들은 연주 중에 줄리아드 왕자의 카덴차가 평판은 최고지?"

가나데는 그렇게 운을 떼보았다. 아야와 어렸을 적 함께 피아노 학원에 다닌 사이였는데 이번 콩쿠르에서 우연히 다시 만났다는 이야기는 2차 예선이 시작되고 나서 들었다. 어찌나 놀랍던지, 어떤 의미로는 운명의 인도가 아닐까 싶을 정도였다. 역시 아야가 의식해야 할 상대는 마사루다.

"응, 마아 군은 천재야. 세상은 참 넓어."

아야는 끄덕이더니 그런 말로 간단히 마무리했다.

"커피 한 잔 더 받아 올게."

가나데는 한숨을 쉬면서 느긋하게 자리에서 일어나는 아야를 배웅했다.

정말, 남의 속도 모르고.

같은 날 이른 아침, 가자마 진은 침낭 속에서 꾸벅꾸벅 졸고 있었다.

아버지가 호텔 대신 소개해준 곳은 요시가에에 있는 커다란 꽃집이었다. 듣기로는 부모에게 가게를 물려받은 지금 사장과 대학교 동창이라고 했다.

진이 등에 메고 온 침낭을 손님방 한쪽에 펼쳤을 때는 사장도 당황했다. 사장은 방과 이부자리를 따로 마련해놓았지만 어렸을 때부터 이동 생활이 몸에 밴 진은 항상 쓰는 침낭이 더 편했다.

진의 아버지도 전화로 그 녀석은 그게 편하니 신경 쓰지 말라고 했다. 사장은 어이없는 기색이었지만 진이 하고 싶은 대로 하게 내버려두었다.

국제 피아노 콩쿠르? 우리 집에는 피아노도 없는데?

처음부터 피아노가 없어도 괜찮다고 했지만 사장은 좀처럼 믿지 못하고 제대로 된 호텔이나 여관에서 묵으라고 했다. 부자가 둘 다 잠자리와 아침밥만 주면 된다고 고집을 부리자 당황하는 눈치였다.

아침밥은 두부 된장국과 날달걀 비빔밥. 매일 그걸로 충분하다고 했을 때도 못 믿겠다는 얼굴로 듣고 있었다.

하지만 머무는 기간이 길어지자 손님방 구석에 드러누워 쿨쿨

자다가 어느새 침낭에서 빠져나와 어디론가 훌쩍 나가는 진에게 익숙해졌는지, 이윽고 가자마 부자가 부탁한 대로 '방치'하기 시작했다.

꽃집의 아침은 이르다.

햇빛이 아침의 시작을 알릴 무렵에는 이미 다들 트럭을 몰고 시장에서 돌아온다.

진은 어렴풋이 아침 햇살을 느끼며 시장에서 돌아온 사람들이 분주하게 작업하는 소리를 듣는 게 좋았다.

차가운 물의 향기, 갓 잘린 초목이 뿜어내는 아직 싱그러운 생명의 내음. 일본의 식물들, 알차고 짙은 초록빛을 머금은 초목에서 풍기는 살짝 비릿한 냄새는 독특하다. 소나무나 삼나무 잎을 찢었을 때 코를 찌르는 방향제처럼 날카로운 냄새가 아침의 집 안에 넘실거린다.

사장은 실업가인 동시에 예술가였다. 저명한 꽃꽂이 예술가이기도 한 그는 많은 제자들을 거느리고 있었다.

진은 그런 타입을 잘 알고 있었다. 농가나 원예가, 자연과학에 종사하는 사람들, 특히 식물을 상대하는 사람들의 공통점은 정신이 아득해질 정도로 강한 인내심이다. 자연계를 상대로 인간이 할 수 있는 일은 거의 없다. 노력해도 어찌 되지 않는 일이 너무나 많은 반면, 매일 손을 움직여야 할 일은 산더미처럼 많다. 기약 없는 일에 끝없이 시간과 정성을 들인다. 그런 시간을 보내는 사이 그들은 일종의 체념을 익히고, 자기만의 독특한 운명론을 갖게 된다.

유지 선생님도 진과 함께 각지의 피아노를 찾아다니며 레슨을 하는 사이(당연히 그 대상은 아버지와 친분이 있는, 자연과학계 학자나 농가인 경우가 많았다) 비슷한 말씀을 한 적이 있다.

어쩌면 음악이라는 건 이런 걸지도 모르겠구나.

선생님의 목소리가 되살아났다.

하루하루 삶 속에서 물을 준다. 그것은 삶의 일부이자, 생활을 구성하는 행위다. 빗소리와 바람의 온도를 느끼고, 그에 따라 작업도 바뀐다.

어느 날 예상치 못한 개화와 수확이 찾아온다. 어떤 꽃을 피우고 열매를 맺을지는 아무도 모른다. 그것은 오로지 인지를 초월한 기프트다.

음악은 행위다. 습관이다. 귀를 기울이면 거기에는 언제나 음악이 가득하다…….

어젯밤은 즐거웠어.

진은 가만히 웃었다.

월광. How High The Moon. 끝없이 날아올랐다. 그 누나는 정말 굉장했다. 그렇게 똑같은 감정을 느끼는 사람은 처음 만났다.

오늘은 어디까지 날 수 있을까? 밝은 햇빛 속으로 나갈 수 있을까?

문득 허기를 느끼고 눈을 반짝 떴다.

아무래도 배가 고파서 깬 모양이다. 어젯밤에는 계속 피아노를 치느라 흥분해서 배가 고픈 줄도 몰랐다.

하얀 쌀밥 위에 날달걀을 톡, 간장 솔솔, 밥 먹어야지. 진은 꾸물꾸물 일어나 침낭 밖으로 빠져나왔다.

아차. 얼른 침낭을 치웠다.

주름을 펴려고 한 벌뿐인 바지를 침낭 밑에 깔아놓았는데, 몸부림 때문에 밀렸는지 엉뚱한 자리에 주름이 잡혔다.

"아아."

다리미를 빌려야겠네.

진은 머리를 벅벅 긁고 기지개를 켜고 벌떡 일어났다.

아야의 표정이 변했다고 느낀 건 가나데만이 아니었다.

마사루도 아침 회장에서 아야를 만난 순간, 뭔가가 다르다 싶었다.

2차 예선 마지막 날이라 회장은 아침부터 북적거렸다. 자리다툼도 치열해, 참가자의 손가락이 보이는 무대 왼쪽 앞자리는 이미 꽉 차 있었다.

"안녕, 아짱."

"안녕, 마아 군. 가나데, 이쪽은 마아 군이야."

"안녕하세요. 이제야 아야의 왕자님을 만나보네요."

콩쿠르가 시작되고 벌써 한참이나 지났는데 마사루와 가나데가 얼굴을 맞대는 건 이번이 처음이었다.

"처음 뵙겠습니다. 말씀은 아짱에게 익히 들었습니다."

마사루는 싱긋 웃으며 고개를 숙였다.

"어머나, 존댓말도 완벽하네. 굉장해!"

가나데는 눈을 휘둥그레 떴다. 마사루가 "헤헤" 하고 웃었다.

"말은 할 줄 아는데 쓰는 게 서툽니다. 하지만 한동안 일본에 머물다 보니 조금씩 기억이 나네요."

"귀가 밝은 사람은 그럴지도 모르겠다."

"어느 쪽에 앉을 거야? 역시 뒤쪽?" 마사루가 아야에게 물었다.

"응. 밖으로 나가기 쉬운 자리가 좋은데. 아, 하지만 마아 군하고 가나데는 앞쪽에 앉아도 돼."

"나도 뒤쪽이 좋아. 이미 뒷자리에 익숙해져서."

셋이서 뒤쪽 가운데 자리를 잡았다.

"손님이 많네."

"그러게, 요시가에 관객들은 열심이네. 메모를 하면서 듣는 사람도 많아."

"피아노 선생님이 많아서 그런 것 아니고?"

"아짱, 내 연주는 어땠어?"

마사루가 성급하게 물었다. 어제부터 줄곧 그게 궁금했던 것이다.

"마아 군은 정말 굉장해."

아야는 마사루의 얼굴을 똑바로 쳐다보았다.

그 순간, 마사루는 역시 아야가 변했다고 생각했다. 뭐가 어떻게 변했다고 말하기는 어려웠다. 화장이 달라졌나?

하지만 아무리 봐도 아야는 맨얼굴이었다. 볼터치나 아이섀도를 다르게 칠해서 음영을 바꾸면 인상도 달라지지만(사실 마사루는 여자들의 화장에도 일가견이 있었다) 그 가능성은 없다. 그렇다면 역시 내면적인 변화일까?

"흔히 많은 세계를 갖고 있다거나 다채롭다고 표현하지만, 실제로 그런 사람은 찾아보기 힘들어. 하지만 마아 군은 정말 그래."

아야는 마사루를 똑바로 쳐다보며 말했다.

"이러니저러니 해도 결국 다들 같은 붓, 같은 물감으로 그림을 그리려고 해. 좋아하는 색이 있고, 손에 편한 붓이 있지. 어떤 곡이든 똑같은 붓 터치로, 꼭 유화를 그리려고 해. 그게 개성이라고 생각하는 사람도 있을 테고 실제로 그게 개성일 때도 있을 거야."

아야의 눈빛이 문득 어두워졌다.

마사루는 가슴이 철렁했다.

이거다. 오늘 아야의 눈에는 어둠이 있다. 그것도 정체를 알 수 없는 무기질적인 어둠이다. 인간의 이해를 초월한, 엄청난 것을 목격한 사람이 갖는 어둠.

"하지만 마아 군은 붓도 물감도 고를 수 있고, 원하는 대로 사용할 줄도 알아. 정말 많은 도구를 갖고 있어. 수묵화를 그리고 싶으면 거기에 맞는 먹물과 붓을 준비해. 캔버스에도, 판자 위에도 그릴 수 있어. 그런 사람은 자칫 기교만 능숙해지기 쉬운데 마아 군은 달라."

아야가 무슨 말을 하고 싶은지는 알 것 같았다. 뭐든 연주할 수 있지만 팔방미인에 그치는 이들. 사람들은 그들을 보며 감탄하고 여기저기에 부르지만, 존경하지는 않는다.

"게다가 역시 어떤 도구를 써도 마아 군의 연주에는 마아 군의 사인이 있다는 게 대단해. 눈에 거슬리는 서명이 아니라, 이게 마아 군의 연주구나 하는 느낌. 분명 그게 진정한 개성이겠지."

아야는 진지한 표정을 무너뜨리지 않았다.

최고의 찬사다. 마사루는 가슴속이 뜨거워졌다.

왠지 그립다. 피아노 학원에서 '바다 같다'는 말을 들었던 기억이 생생하게 되살아났다.

괜찮아. 나는 괜찮아. 아짱이 이렇게 말할 정도니까.

마사루는 자기가 우스꽝스러울 정도로 안도하고 있다는 사실에 놀랐다. 존경하는 스승 실버버그를 제외하면 이토록 인정해주길 바랐던 사람은 또 없었다.

"와아, 기뻐."

저도 모르게 환하게 웃는 마사루를 보고 아야는 어리둥절한 얼굴로 말했다.

"그렇게 기뻐하지 마. 그냥 내 개인적인 감상이니까. 선생님한테 물어봐."

"아짱이 칭찬해주면 안심할 수 있어."

보고 있던 가나데가 키득키득 웃었다.

"왠지 어린애 같네. 둘이서 피아노 학원에 다녔을 때도 이랬어?"

"그랬을지도."

아야는 어깨를 움츠리며 쓴웃음을 지었다.

"그런데 아짱, 오늘은 왠지 느낌이 좀 달라. 무슨 일 있었어?"

마사루가 그렇게 묻자 가나데가 화들짝 놀라 그를 돌아보았다.

마사루는 그 눈을 보고 그녀도 자기와 똑같은 생각을 하고 있었다는 것을 깨달았다.

그런가, 역시.

"어? 나? 뭐 이상해?"

아야는 어리둥절한 기색이다.

"아니, 어디가 어떻다고 콕 집어서 말하긴 어려운데, 어제까지하고는 뭔가 달라."

"응, 내 생각도 그래."

가나데가 동의하자 아야는 점점 더 어리둥절한 표정으로 두 사람의 얼굴을 번갈아 쳐다보았다.

"그래? 잠을 제대로 못 자서 초췌해 보이나?"

아야가 고개를 갸웃거리며 뺨을 문질렀다.

"아니, 그런 게 아니야. 표정이 다르달까, 어른스러워졌달까."

가나데가 속닥거리는 말을 듣고 마사루는 그녀가 자기와 똑같은 생각을 하고 있었다고 확신했다.

"어른스러워? 내가?"

아야는 영문을 모르겠다는 표정이었다. 본인은 모르는 것이다.

"그렇다니까. 굳이 말하자면 그런 느낌."

마사루도 수긍했다.

"흠."

아야가 생각에 잠겼다.

아, 또다.

아까 느꼈던 그 어둠이 아야의 눈을 번개처럼 스쳐 갔다.

다음 순간, 그녀는 고개를 번쩍 들었다.

"그래, 어쩌면 재미있어서 그런 걸지도 몰라."

"재미?"

마사루와 가나데가 되물었다.

"응. 어제 네 카덴차를 듣고 여러 가지 생각을 많이 했어. 마아 군의 카덴차가 머릿속에서 사라지지 않아서 그걸 지우느라 시간을 엄청 썼어. 하지만 그렇게 여러모로 고민했더니 오랜만에 재미있더라."

"재미있었다고?"

마사루는 저도 모르게 그렇게 되물었다.

재미있다. 음악이. 또는 콩쿠르가.

"응. 굉장히 재미있었어. 늦어도 한참 늦었지? 신곡도 그렇고 콩쿠르도 그렇고, 이렇게 모두 한자리에 모여 피아노를 치다니 굉장히 재미있구나 싶었어. 그래서 그런 걸지도 몰라."

아야는 마치 혼잣말처럼 그렇게 말하더니 천진하게 "하하" 하고 웃었다.

마사루는 무심코 가나데와 눈짓을 주고받았다.

그 눈을 보니 역시나 마사루와 똑같은 생각을 하고 있는 게 보였다.

그들 옆에 있는 이 소녀가 얼마나 신비한 소녀인지, 그리고 그들의 이해 범주를 얼마나 뛰어넘은 존재인지.

콩쿠르가 시작된 지도 벌써 일주일이 넘었다. 매일매일 똑같은 콘서트홀에서 소리의 물줄기를 맞다 보면 귀가 익숙해져서 그런지, 질려서 그런지, 점점 연주의 장단점이 보이지 않는 것도 사실이다.

여기까지 와서 어째서 이 사람이 2차에 남았는지 의심스러운 연주도 있다.

실제로 이번 1차 예선에서는 같은 해에 열린 대형 콩쿠르에서 본선까지 나갔던 참가자가 여럿 떨어져 화제가 되었다.

컨디션도 무시할 수 없는 문제라, 상태가 좋을 때라면 다행이지만 영 좋지 않을 때에 걸리면 떨어진다. 그것은 곧 콩쿠르가 유동적이라는 말을 듣는 이유이기도 했다. 하마평이 아무리 높아도 콩쿠르는 어차피 한판 승부. 그때의 연주가 좋지 않으면 아무도 거들떠보지 않는다.

다카시마 아카시는 참가자들의 연주를 차분히 듣고 있었다.

오랜만에 콩쿠르에 참가해보니 역시 연주 스타일이나 곡목에도 유행이 있다는 것을 실감했다. 음악계의 최신 정보를 직접 접하고 있다는 흥분도 있었다.

오늘은 2차 예선 마지막 날이라 연주 후에 발표가 있다. 물론 그것이 마음에 걸리지 않는 건 아니지만 그의 연주는 이미 끝났고, 만족스러운 연주였기 때문에 후련한 기분으로 남은 연주를 들을 수 있었다.

무엇보다 마지막 날인 오늘, 가자마 진과 에이덴 아야의 연주를 연속으로 들을 수 있어 기대가 컸다. 게다가 두 사람은 마지막 차례다.

다른 관객들도 다 똑같은 생각인지 참가자들의 연주가 차례로 끝나고 끝으로 향할수록 고조되는 객석의 기대와 흥분이 살을 찔렀다.

가자마 진의 신비한 연주.

인상이 강렬했다는 느낌만 남아, 어떤 연주였냐고 물어도 대답할 말이 없었다.

마음이 술렁거리는, 지금까지 한 번도 들어보지 못한 연주라는 말밖에 할 수 없다.

독창성은 인정하지만 심사 위원들의 평판은 썩 좋지 않다는 소문이 나도는 것도 한편으로는 이해가 가고, 또 한편으로는 이해가 가지 않았다.

독창성. 요즘 음악가라면 누구나 간절히 원하는 것이 바로 독창성인데, 그것이 감점 요인이라니 대체 무슨 말일까. 나름대로 콩쿠르가 어떤 것인지 이해한다고 생각했는데, 역시나 반발심이 들지 않을 수 없다.

물론 참가자 입장에서는 솔직히 말해 라이벌이 줄면 기쁘지만, 음악 팬으로서는 그런 연주가 높이 평가받아야 마땅하다고 생각한다.

그리고 에이덴 아야.

프로그램북을 볼 때마다 마치 첫사랑이라도 만난 것처럼 가슴이 두근거린다. 스스로 생각해도 참 순정이다.

그 서늘한, 정신이 번쩍 드는 연주.

그녀의 무대에만 완전히 다른 공기가 흐르고 있었다. 자기만의 길을 가는 굳건한 신념. 가슴이 떨렸다.

무척 기뻤지만 앞으로 그녀가 어떻게 할지 걱정도 되었다. 그 멋진 연주, 분명 좋은 성적을 거둘 테지. 콩쿠르가 끝나면 다시 연주 활동을 시작할까?

다른 관객들도 같은 의문을 느끼고 있을 것이다. 이건 부활 선언일까? 아니면 심심풀이로 기념 삼아 나온 걸까?

어쨌거나 다시 한 번 그녀의 연주를 들을 기회가 있다는 게 기뻤다. 그녀의 연주로 2차 예선을 마무리할 수 있다니, 아카시에게는 최고의 사치였다.

게다가 〈봄과 수라〉가 있다. 그 두 사람은 그 곡을 어떻게 연주할까?

독특한 방식의 신곡 발표로 받아들이는 참가자도 많지만 아카시는 이 곡의 영향이 의외로 클지도 모른다고 생각했다.

그 증거로 2차 예선의 인상은 〈봄과 수라〉의 연주가 차지하는 부분이 크다.

마사루 카를로스의 경우 모든 곡이 훌륭했지만 〈봄과 수라〉의 카덴차는 특히나 강렬했다. 활용하기에 따라서 이 곡은 강렬한 호소로 작용할 것이다.

그것은 아카시가 원하는 바이기도 했다. 아카시는 자기가 연주한 〈봄과 수라〉에 자신이 있었다. 원작을 바탕에 깐 곡 해석은 누구보다 충실하다는 자부심도 있었다. 그 곡을 평가해준다면.

그는 남몰래 그러길 바랐다.

지금까지 들은 오늘 참가자들의 〈봄과 수라〉가 예상 범위 내의 연주였기 때문에 더 의식하는 건지도 모른다.

이거라면 가망이 있다. 분명 내게도 승산이 있다.

아카시는 투지가 솟아오르는 것을 느꼈다.

그렇지 않아도 북적거리는 객석에, 문이 열리자 관객들이 또 우르르 몰려들었다.

좌석이 순식간에 꽉 차버려서 처음부터 포기하고 옆쪽 통로에 서 있는 사람들도 많았다.

어느새 입석이 기본이 되어버렸군.

무대 매니저 다쿠보는 좁은 창문으로 객석을 보았다.

이어서 뒤에 서 있는 소년을 흘깃 쳐다보았다.

오늘도 가자마 진은 몹시 편안해 보였다.

바닥에 깔고 잤더니 구겨져서 다리미질을 했지만 생각처럼 안 됐다며 바지 주름을 만지작거리고 있었는데, 이제는 그것도 신경 쓰이지 않는 듯했다.

"가자마 군, 오늘도 서서 보는 사람들이 많아. 오늘은 어떻게 할래?"

조율사 아사노가 무대로 나가면서 그렇게 묻자 소년은 다쿠보 옆으로 다가와 객석을 빼꼼 내다보았다.

"아아, 정말이네. 꽉 찼네요."

소년은 가만히 객석을 바라보고 있었다.

다쿠보도 아사노도 그의 입에서 나올 지시를 기다렸다. 두 사람 다 이 신비한 소년이 무슨 말을 할지 흥미진진했다. 이렇게 예측 불가능한 참가자는 처음이었다.

"음, 이제 나하고 그 누나만 남았나."

소년은 머리를 벅벅 긁었다.

이윽고 고개를 살짝 끄덕이더니 아사노를 홱 돌아보았다.

"오늘은 저 자리에 그대로 둬도 괜찮아요. 조금 부드럽게 해주세요."

"부드럽게?"

아사노가 무심코 되물었다.

"네, 너무 쨍한 소리 말고요."

"하지만 지난번보다 관객들이 더 많아. 통로에도 두 줄로 서 있을 정도야. 관객들이 소리를 더 많이 흡수할 텐데."

다쿠보도 끼어들었다. 상당히 힘을 들여 치지 않으면 소리가 흡수되어 연주가 탁해질 것이다.

하지만 소년은 단호하게 고개를 저었다.

"괜찮아요. 손님들도 피곤할 테고, 홀도 탁하고 공기도 무거워요. 손님들 숨 때문에 습기도 찬 것 같고요."

다쿠보와 아사노는 깜짝 놀라 서로 얼굴을 마주 보았다.

탁한 홀. 무거운 공기. 축축한 습기.

그런 걸 생각했다니.

"게다가 제 차례가 끝나면 마지막으로 그 누나가 누구보다 또렷한 연주로 다 깨워줄 거예요."

소년은 생긋 웃었다.

"그럼 정말 부드럽게 해도 되는 거지?"

아사노는 멍한 얼굴로 한 번 더 묻고 허둥지둥 무대로 나가, 술렁거리는 객석 앞에서 조율을 시작했다.

소년은 가만히 그 소리를 들으며 이따금 고개를 살짝살짝 끄덕거렸다.

"맞아, 맞아, 그런 느낌."

정말 신비한 소년이다.

다쿠보는 소년의 옆얼굴을 바라보았다.

이 자연스러움. 처음 참가하는 콩쿠르, 게다가 이렇게 큰 콩쿠르에서 이토록 편한 모습이라니 놀랍다. 무엇보다 그의 연주는 놀랍도록 충격적이었다. 세상에는 아직도 이런 재능들이 숨어 있다. 정확히 표현할 길 없는, 표현하기 어려운, 파격적인 연주였다. 어떻게 평가해야 할지 모르겠다. 분명 심사 위원들도 갈피를 잡지 못하고 있을 것이다.

다크호스. 그런 말이 머릿속에 떠올랐다.

"좋은 피아노네요."

소년이 황홀한 눈빛으로 무대를 바라보고 있었다.

그 눈에서 섬뜩하리만치 외설적인 빛을 발견하고 다쿠보는 당황했다.

정말 이 아이는 예측할 수가 없다. 과연 콩쿠르 결과는 어떻게 될 것인가.

아사노는 휴식 시간이 거의 끝나갈 때까지 조율을 계속했다. '부드럽게' 해달라는 소년의 말에 중압감을 느끼는 게 분명했다.

조금 불안한 표정으로 돌아와서는 "저거면 될까?" 하고 소년에게 물었다.

"네."

소년이 생긋 웃으며 오른손을 들었다.

아사노는 순간 어리둥절한 표정을 지었지만 곧바로 고개를 끄덕이며 소년과 손을 맞댔다.

하이파이브다.

다쿠보는 기가 막히기도 하고 놀랍기도 해서 그만 말을 걸 타이밍을 놓쳤다.

객석이 고요해진 것을 알고 헛기침을 한 번 했다.

"그럼 가자마 군, 나갈 시간입니다."

"네에."

역시나 가자마 진의 목소리는 편안하기 그지없다.

오늘도 거침없이 무대로 달려 나갔다.

마치 화창한 오후에 개를 데리고 동네 공원에 훌쩍 산책을 나가는 사람처럼.

소년을 맞이하는 우레와 같은 박수 소리가 들린다. 다쿠보의 눈에 일순 소년이 들어선 무대를 비추는 눈부신 햇빛과 푸르른 숲이 보였다.

두 번째로 무대에 선 가자마 진은 이미 관객들의 열광적인 박수에도 전혀 동요하지 않았다. 종종걸음에 가까운 속도로 들어와 꾸벅 고개를 숙이더니 더는 못 기다리겠다는 듯이 얼른 의자에 앉았다.

객석이 순식간에 고요해졌다. 그가 곧바로 연주를 시작한다는 것을 이미 모두가 알고 있기 때문이었다. 실제로 연주는 바로 시작되었다.

객석 전체가 둥실 떠오르는 듯한 착각.

신기하다. 정말 그의 소리를 들은 순간, 세포가 숨을 쉬고 몸이 가벼워진 기분이었다.

마사루는 전신으로 소리에 집중했다. 그것은 주위 관객들도 마찬가지였다. 가슴 뭉클한 이 감각을 몸속에 붙잡아두고 싶다고 갈망하는 것이다.

드뷔시 연습곡, 제1곡.

역시나 대담한 선곡이다. 마사루는 내심 쓴웃음을 지었다. 하지만 그에게는 또 이 선곡이 잘 어울린다.

피아노 초심자 교본으로 유명한 〈체르니에 의한〉이라는 부제로 알 수 있듯 이 곡은 피아노를 막 시작한 아이들이 연상되는 어설프고 익살스러운 프레이즈로 시작한다. 하지만 '피아노 연습'은 서서히 진화한다. 어색하고 불안했던 손가락은 확신에 찬 힘찬 터치로, 엉망진창이었던 오른손과 왼손의 움직임은 역동적인 유니즌으로. 그리고 '피아노 연습'은 당당한 '피아노 연주'로 끝을 맺는다.

총천연색. 드뷔시가 강렬한 색채를 자랑한다. 마사루는 혀를 내둘렀다.

이 아이의 연주는 모든 곡이, 지금 이 무대에서 그가 즉흥적으로 지어낸 프레이즈처럼 들린다.

가나데도 소년의 표정과 손가락의 움직임을 놓치지 않으려고 눈을 부릅뜨고 있었다. 아야가 가장 의식하고 있는 소리.

저건 '가짜'일까, '진짜'일까?

평소 같으면 첫인상으로 알 수 있는데, 가나데의 날카로운 안목도 이 소년에게는 역시 통하지 않았다. 어쨌거나 지금까지 들은 클래식 연주가들과 달랐다.

프리드리히 굴다? 파질 사이? 아니, 흔히 말하는 '경계를 넘나드는' 연주가와도 뭔가가 근본적으로 다르다.

이 즉흥감, 현장감. 아무나 따라 할 수 없는 건 분명한데 딱 맞아떨어지는 표현을 찾을 수가 없다.

두 번째 곡은 버르토크의 〈미크로코스모스〉. 어딘가 토속적 분위기가 감도는, 재즈처럼 변덕스러운 버르토크의 멜로디도 그에게 잘 어울린다. 야성적이라고 해야 할까, 동물 같다고 해야 할까. 아이가 문밖에서 뛰노는 듯한 연주.

재미있군.

너새니얼 실버버그는 순수한 흥취를 느끼고 있는 자신을 발견하고 놀랐다.

이 아이의 프로그램은 호프만 선생님이 골라준 게 아니다.

그렇게 직감했다. 아마도 이것은 이 아이가 직접 만든 프로그램일 것이다. 그에게는 타고난 편집 능력이 있다. 편집이라는 말에는 다양한 쓰임이 있는데, 최근 음악가들에게 꼭 필요한 능력이다. 셀프 프로듀스 능력이라고 해도 좋다. 어떤 음악가가 되고 싶은지, 어떤 음악가로 보이길 원하는지. 그런 객관적 시점을 갖춘 음악가만이 남들과 구별되고 살아남을 수 있다. 리사이틀이든 뭐든 라이브 무대라는 것은 그때마다 한 장의 앨범을 구성하는 작업이다. 그게 남의 곡이든 각기 다른 시대의 곡이든 마찬가지다. 자기 내면으로 끌어들여서 곡을 통해서, 프로그램을 통해서 자신의 세계관을 보여주어야만 한다. 그는 이미 그걸 할 줄 아는 것이다.

호프만 선생님은 그를 같은 음악가로, 대등한 상대로 대하셨구나.

묵직한 통증과 함께 깨달았다.

자칭 타칭 선생님의 제자라고 주장하는 사람은 많지만 선생님과 즉흥 세션을 짰던 사람은 한 명도 없었다. 단 한 사람, 지금 무대 위에 있는 소년을 제외하고는.

선생님, 그를 어떻게 키우려 하셨습니까?

그렇게 묻지 않을 수 없었다.

저희에게 남긴 '기프트'가 폭발하면 만족하시겠습니까? 저희가 받을, 음악교육에 종사하는 이들이 받을 충격은 충분히 예상할 수 있었을 터. 폭발한 뒤에 그는 어떻게 되는 겁니까? 선생님이 하신 일이니 그냥 방치했을 리 없겠죠. 그를 어떻게 하면 됩니까? 대체 누가 그를 키우겠습니까?

버르토크. 그의 미크로코스모스. 고향 민족에 전해 내려오는 멜로디를 사랑해 연구에 몰두했던 남자. 하지만 원치 않게 조국을 떠나 머나먼 이국에서 불우한 생애를 마감한 떠돌이 작곡가. 그 토착 멜로디를 연주하는 소년.

선생님, 그는 누구도 사사할 수 없습니다. 선생님은 그를 떠돌이 피아니스트로 만들고 싶은 겁니까? 그래도 상관없다는 겁니까?

너새니얼은 들어줄 상대 없는 질문을 되풀이했다.

마침내 〈봄과 수라〉다.

다카시마 아카시는 마른침을 삼키고 다음 곡을 기다렸다. 기도처럼 간절하고, 눈물이 날 것처럼 기묘한 심정이었다.

나는 어떤 연주를 기대하는 걸까? 내 연주에 용기를 주는 연주? 내 해석이 뛰어나다고 안심할 수 있는 연주? 아니면 처절한 좌절을 선사해줄 연주일까?

가자마 진의 〈봄과 수라〉는 더없이 고요하게 시작되었다.

마치 먼저 연주한 〈미크로코스모스〉에서 그대로 이어지는 것처럼 자연스러운 도입부.

곡 전개도 지극히 단조롭다. 일상생활. 매일 지나는 산책길. 창문을 열면 하루가 시작된다.

자연. 사람들의 삶을 품어주는 우주의 섭리. 당연히 그곳에 존재해, 생활을 채워주는 것.

여기까지는 악보에 따른 해석이다. 솔직한 접근, 여전히 그의 즉흥 연주처럼 들리기는 하지만 무척 매끄럽다. 다른 연주자와 해석에 딱히 차이는 없다.

하지만 그 이미지는 카덴차에 돌입한 순간, 순식간에 깨졌다.

객석이 얼어붙었다.

가자마 진이 자아내는 카덴차는 부조리하리만큼 너무나 잔혹하고, 흉포했다.

듣고 있기 괴로울 정도로 가슴을 찌르는 끔찍이도 따가운 트레몰로. 저음부의 집요한 화음.

날카로운 비명, 묵직한 땅울림, 몰아치는 바람. 적의를 그대로 드러낸, 저항할 길 없는 위협.

즐겁고, 자연스럽고, 천진난만했던 지금까지의 연주는 찾아볼 수도 없는 폭력적인 카덴차.

아카시는 공포에 질려 숨조차 쉬지 못했다.

'수라'다.

아카시는 자신이 얼마나 안일했는지 깨달았다.

가자마 진은 '수라'를 카덴차로 표현했다.

자연은 인간을 다정하게 감싸주기만 하는 게 아니다. 오히려 예로부터 인간에게 시련을 주고, 항상 인류를 절멸 직전까지 몰아넣었다.

〈봄과 수라〉.

미야자와 겐지도 그것을 누구보다 잘 알고 있었다. 그가 살았던 도호쿠 지방은 그의 생전에도 자연재해가 꼬리를 물었다. 냉해와 흉작, 분화, 지진. 사람들은 하늘을 우러러 눈물을 흘리며 헐떡이고, 고통스러워한다. 아이도 노인도 기아에 허덕이며 죽어간다. 너무나 냉혹한 현실. 그래도 봄은 온다. 계절은 돌고 돈다.

가자마 진은 그 '수라'를 보여주었다.

양봉가의 아이. 인간은 도저히 맞설 수 없는 자연의 맹위. 그는 분명 그것을 몸소 체험한 것이다. 우주와 선禪의 이미지. 아카시는 물론이고 다른 참가자들도 〈봄과 수라〉에서 그런 아름다운 이미지만 읽어내고 표현하려 했다. 하지만 가자마 진은 '수라'가 있기에 〈봄과 수라〉가 존재한다고 주장한다. 그렇게 해석했다.

목구멍에서 소리가 되지 않는 신음이 흘러나왔다.

그는 어른이다. 인간으로서도, 연주가로서도.

통렬한 초조감. 그것은 격렬한 고통이자 동시에 환희이기도 했다. 아카시는 자기가 어떤 감정을 품고 있는지, 어떤 감정을 품어야 하는지조차 알 수 없었다.

2차 예선부터는 한 곡이 끝날 때마다 연주자가 인사를 하고, 관객도 박수를 칠 수 있다.

하지만 가자마 진의 연주에는 박수를 칠 틈이 없었고, 그 역시 박수를 기대하지 않았다. 긴장을 그대로 유지한 채 물 흐르듯 다음 곡으로 넘어갔다.

네 번째 곡은 리스트. 〈두 개의 전설〉 제1곡, 〈작은 새에게 설교하는 아시시의 성 프란체스코〉. 콩쿠르에서는 제2곡 〈물 위를 걷는 파올라의 성 프란체스코〉를 연주하는 경우가 많다.

하지만 제1곡을 고른 것은 탁월한 선택이었다. 가자마 진에게는 이 곡이 더 어울린다.

미에코는 〈봄과 수라〉의 격렬한 카덴차 다음에 이 곡을 넣은 가자마 진에게 정체를 알 수 없는 두려움을 느꼈다.

성 프란체스코는 가톨릭 성자다. 12세기에서 13세기 사이에 실존했던 인물로, 유복한 상인 집안에서 태어났지만 재산을 전부 버리고 야외에서 살았는데 작은 새나 동물들과 대화를 나눌 수 있었다고 한다. 그 전설을 기반으로 쓰인 이 곡은 작은 새들의 지저귐과 날갯짓을 사실적으로 표현해, 작은 새와 성 프란체스코가 대화를 나누는 장면을 묘사하고 있다.

대화하고 있다. 정말로, 새와 이야기하고 있다.

가자마 진의 손가락에서 끝없이 흘러나오는 트릴과 트레몰로를 듣고 있자니 위아래로 하늘을 누비는 작은 새가 누더기를 걸친 청년과 황야에서 마주 보고 있는 모습이 눈앞에 펼쳐졌다.

마치 차분히 설교하는 성 프란체스코의 목소리와 그 내용까지 들릴 것처럼 생생한 묘사.

〈봄과 수라〉에서 자연의 맹위와 위협을 똑똑히 보여준 뒤에 동화 같은 작은 새와 성자의 대화를 집어넣다니, 알고 그런 건가, 천진해서 그런 건가.

어쨌거나 이토록 '생생한' 연주는 처음 듣는다.

호흡처럼 자연스러우면서도 아무런 망설임도, 어긋남도 없는 이 표현력은 어떻게 익힌 걸까? 그의 연주를 들어보면 다른 참가자들과는 뭔가 근본적으로 다르다. 위화감이라고 불러도 될 만한 차이다. 모두 악보를 재현하고, 악보 속에 묻혀 있는 음악을 연주하려 하는데 그는 다르다.

마치 악보를 지워버리려는 듯한…….

문득 그런 표현이 떠올랐다.

악보를 지운다. 그건 무슨 의미일까? 작곡가에게, 음악가에게.

벌거벗은, 갓 태어난 모습 그대로의 음악을 무대 위에 내보낸다…….

순간 뭔가 실마리가 보이는 듯했다.

호프만 선생님이 그에게 무엇을 바랐는지, 그 정답이 마음을 스쳐 지나간 것 같았다.

하지만 그것은 말로 표현하기 전에 순식간에 사라졌다. 미에코는 속으로 혀를 찼다.

명확한 전개부. 성 프란체스코의 말씀은 계시가 되고, 가르침을 얻은 세계에 빛이 쏟아진다. 대지에는 밝은 빛이 가득하다.

가자마 진의 모습에 성 프란체스코의 모습이 포개졌다.

생각해보면 그는 어딘지 모르게 성 프란체스코를 닮았다. 피아노도 없이 머릿속에 악보를 담고, 야외를 떠돌며 꿀벌과 대화한다. 그 무엇에도 얽매이지 않고 자유롭다.

처음 가톨릭으로 회개했을 때 성 프란체스코는 주위에서 보면 이해할 수 없는 기이한 인물일 뿐이었다. 가족은 물론 대중도 그의 행동을 어이없는 기행으로만 여겼을 테고 갖은 소리를 들었을 것이다.

가자마 진은 성자가 될 것인가?

그런 생각이 들었다.

이 속된 세상, 시장이 음악을 지배한 세상에서?

미에코는 빛에 감싸인 무대 위의 소년을 바라보았다.

가자마 진의 2차 예선 마지막 곡은 쇼팽. 스케르초 제3번, 올림다단조.

그가 연주하는 쇼팽은 처음이다.

마사루는 기대했다.

쇼팽을 어떻게 연주하는가. 마사루는 어쩐지 그것이 연주자의 방향성을 나타낸다고 생각했다. 낭만과 대중성을 겸비한 멜로디 메이커였던 쇼팽의 곡을 연주하면 음악에 대한 피아니스트의 진심이 묻어나는 것처럼 보인다.

스케르초 3번을 고른 것도 그답다. 먼저 연주한 〈작은 새에게 설교하는 아시시의 성 프란체스코〉에서 이어지는 흐름에도 부합한다.

그때, 경치가 돌변했다.

와, 이건 또 선정적인 쇼팽이네.

마사루의 얼굴에 저도 모르게 미소가 번졌다.

스케르초는 이탈리아어로 '농담' 또는 '장난'이라는 의미인데, 가자마 진의 스케르초는 유난히 현란했다.

신나는 연주지만 이 역시 심사 위원들의 심기를 건드릴 것 같다. 그런 괜한 걱정이 머릿속을 스쳤다.

하지만 가자마 진은 그런 건 전혀 개의치 않는 듯했다.

저렇게 즐겁게 치는 사람이 또 있을까? 그의 연주를 들으면 덩달아 피아노를 치고 싶어진다. 저렇게 즐기고 싶어서, 당장 피아노 곁으로 달려가고 싶은 것이다.

한 사람의 관객으로, 앞으로도 그의 연주를 들으러 가고 싶다고 생각한 시점에서 이미 그를 평가한다는 건 의미 없는 짓이다.

그렇게 생각하면서도 심사 위원이 그들을 어떻게 평가할지 냉정하게 분석하고 있다는 것도 자각하고 있었다.

아마도 내가 유리하겠지. 심사 위원들에게는 내가 더 이해하기 쉽고, 평가하기 쉬우니까. 가자마 진의 방향성이 마음에 들지 않는다면 그는 이번에 탈락할 것이다.

마사루는 냉정하게 심사 위원들의 동향을 예측했다.

가자마 진이 3차 예선에 나간다면 그건 그것대로 재미있겠지만.

마사루는 가자마 진의 3차 예선 프로그램에 관심을 갖고 있던 터라 꼭 들어보고 싶었다.

이제 몇 시간만 지나면 결과가 나온다.

다음 차례, 아짱의 연주가 마지막이다.

무대 위의 천재를 바라보면서 마사루는 생각했다.

자, 아짱, 넌 어떻게 연주할 거야?

마사루는 대기실에 있을 소녀에게 물었다.

가자마 진의 〈봄과 수라〉는 훌륭했다. 저렇게 접근할 줄은 미처 몰랐다. 저 연주를 듣고, 어떻게 나올 것인가?

강렬한 마무리.

스케르초의 마지막 화음을 멋들어지게 마무리하고 용수철처럼 벌떡 일어난 가자마 진을 또다시 광란에 가까운 뜨거운 박수가 에워쌌다.

벌건 얼굴로 기립 박수를 보내는 관객들도 군데군데 있었다.

발을 구르고, 휘파람을 불어댄다.

가자마 진은 생긋 웃더니 앳된 걸음으로 무대 뒤로 돌아갔다.

박수는 그칠 줄 모르고, 커다란 함성이 극장을 뒤흔들었다.

이번에는 앙코르 연주가 있었다.

다시 무대 위로 나온 소년에게 성난 파도 같은 환호성이 빗발처럼 쏟아졌다.

"와, 굉장했어!"

"대단해, 대단해!"

"감동적이야!"

환호성에 묻힐 세라 뒤쪽 벽에 서 있던 관객들은 큰 소리로 외쳐대며 흥분했다.

그때 한 관객이 자기 옆에 서 있는 소녀를 보고 흠칫 놀랐다.

초록색 무대의상. 드레스 자락을 움켜쥔 채로 꼼짝도 않고 뚫어져라 무대를 바라보는 소녀.

관객들은 동행과 얼굴을 마주 보았다.

참가자가 무대의상을 입고서 이런 곳에.

그 관객은 몰랐지만 그곳에 서 있었던 건 에이덴 아야였다.

그녀는 손가락도 풀지 않고 현장에서 정신없이 가자마 진의 연주를 듣고 있었다. 주위의 요란한 함성 따위는 귀에 들어오지 않는 것처럼 어딘가 오싹한 눈빛으로 무대 위의 가자마 진을 바라보고 있었다.

하지만 주위의 관객들이 움직이기 시작하자 퍼뜩 정신을 차린 것처럼 주위를 둘러보더니, 드레스 자락을 움켜쥔 채로 비틀비틀 회장 밖으로 빠져나갔다. 총총히 복도를 달려가는 그녀를 관객들은 어리둥절한 표정으로 지켜보고 있었다.

도깨비불

무대에서 시원한 바람이 훅 불어왔다.

가자마 진의 연주로 인한 흥분이 홀에 아직 남아 있었지만 분명히 모든 관객이 그렇게 느꼈으리라.

짙은 초록색 드레스를 입은 소녀가 무대를 똑바로 가로질렀다.

그 모습을 본 순간, 사람들이 자세를 가다듬는 것이 눈에 보이는 듯했다.

실제로 그녀가 무대에 나왔을 뿐인데 온갖 감정과 흥분으로 무겁게 가라앉아 있던 후덥지근한 공기가 사라지고 정화되는 느낌이었다. 그렇다, 가자마 진이 아까 무대 뒤에서 예고한 대로.

동시에 관객들은 직감했다. 이 작은 소녀에게는 그때까지 등장한 참가자들과는 다른, 신비한 위엄이 있다는 것을.

어라, 아짱, 혹시 떠 있는 거야?

게슴츠레한 눈으로 묘한 표정을 짓고 있는 아야가 피아노 앞 의자를 향해 걸어갈 때, 마사루는 말 그대로 바닥 위를 스르르 날아 허공에 떠 있는 그녀의 몸에서 무대에 드리운 검은 그림자를 본 듯한 착각에 빠졌다.

박수 소리에 다시 긴장감과 기대가 돌아오자 관객들은 허리를 곧게 폈다.

아야는 의자에 털썩 앉아 잠시 넋 나간 사람처럼 허공을 비스듬히 올려다보았다.

또. 마사루는 기억해냈다. 1차 예선 때도 저곳을 올려다보고 있었다.

무대 중앙, 조금 높은 자리.

아야가 바라보는 허공에 무엇이 있을까. 마사루는 그녀와 같은 것을 보고 싶었다.

저기에 누군가가 있다. 그들이 찾아 헤매는 누군가. 음악가들이 그들의 연주를 들려주고자 하루하루 인생을 바치고 있는 누군가가.

아야는 1차 때와 마찬가지로 잠시 눈부신 무언가를 본 것처럼 실눈을 떴다가 시선을 떨어뜨렸다.

손가락을 건반 위에 내려놓는다.

동시에 뭔가 묵직한 짐이 무대에 쿵 떨어졌다. 갑자기 드라마틱한 라흐마니노프의 세계가 따귀라도 때릴 기세로 격렬한 위용을 드러내며 거대한 모습으로 출현했다.

온몸에 소름이 돋았다.

진화했다.

〈회화적 연습곡〉 작품 39번, 제5곡. 아파시오나토 내림마단조.

그녀는 하룻밤 사이에 또 진화했다.

오늘 아침 '재미있다'고 했던 그녀의 말을 떠올렸다.

분명 가자마 진의 연주를 듣는 사이에도 끊임없이 진화하고 있었던 것이다. 그 생동감 넘치는 연주를 관객들의 머릿속에서 단숨에 몰아냈다. 그녀는 이미 가자마 진의 연주까지도 전제로 삼아, 그것을 '발판'으로 깔고 성을 쌓으려 하고 있다.

확신에 찬 저 표현을 보라. 그녀는 누구보다도 큰 그림을 그릴 작정이다.

굉장한 정보량이다.

마찬가지로 아야의 라흐마니노프에 압도당하면서도 아카시는 그런 생각을 했다.

프로와 아마추어가 내는 소리의 차이는 그것이 내포하는 정보량의 차이다.

소리 하나하나에 철학과 세계관이 빽빽하게 담겨 있는데도 여전히 싱그럽다. 하지만 그것은 굳어 있지 않다. 소리의 물밑에서는 언제나 마그마처럼 뜨겁고 유동적인 상념이 고동치고 있다. 음악 자체가 유기체처럼 '살아' 있다.

그녀의 연주를 들으면 아득히 높은 곳에서 굽어보는 고차원의 존재를 느낀다. 그녀 자신이 피아노를 매개체로 쓰는 무녀나 영매 같았다. 그녀를 통해 누군가가 '연주하고' 있다, 그런 생각마저 들었다.

이미 그녀의 연주에서 기술을 논할 이는 없다. 기술은 음악을 구성하는 하나의 조각에 지나지 않는다는 사실을 깨닫게 된다.

첫 번째 곡이 끝난 후에도 아야의 집중력은 흐트러지지 않았다. 눈을 감은 채로 침묵했다가 바로 두 번째 곡으로 들어갔다. 가자마 진의 무대에서는 관객들이 미리 그가 연달아 연주할 줄 알고 있었기 때문에 그랬지만, 아야의 경우 박수를 칠 틈이 전혀 없었기 때문에 아무도 꼼짝할 수 없었다.

두 번째 곡은 리스트의 〈초절기교 연습곡〉에서 〈도깨비불〉.

제목처럼 홀홀 타오르는 창백한 불꽃이 떠오르는, 복잡한 음표가 가득해 어렵기로 유명한 곡이다.

역동적으로 전개되었던 처음의 라흐마니노프와 대조적으로

이쪽은 더할 나위 없이 섬세했다. 자잘한 색색의 비즈를 가느다란 실로 엮어가는 듯한 연주가 펼쳐졌다.

보인다, 정말로 도깨비불이, 어둠 속에 일렁거리는 차가운 불꽃이. 물기를 머금은 인燐의 냄새가 넘실거리는 듯했다.

어지러이 날아다니는 수많은 푸른 불꽃. 떠올랐다가 사라지고, 사라졌다가 다시 나타난다. 너울너울 춤추다가 때때로 커지고, 때때로 기세를 잃고 작아진다.

무엇보다 저 작은 몸으로 이토록 입체적인 박력을 자아낸다는 게 놀라울 따름이다. 가자마 진의 피아노 연주도 굉장했지만 이쪽은 이쪽대로 거대한 스피커로 받쳐주는 것처럼 놀랍도록 명확한 소리가 난다.

커다란 소리를 낼 수 있는 건 재능이라고 했던 은사의 말이 떠올랐다. 울림을 끌어낼 수 있는 사람은 처음부터 끌어낼 줄 알고, 끌어내지 못하는 사람은 아무리 기술로 떠받쳐도 결국 끌어내지 못한다.

그것은 '시끄러운' 소리와는 또 다르다. '시끄러운' 소리는 마구잡이로 두드려대는 공사 소음 같은 것이지, 결코 '끌어낸' 소리가 아니다. 피아노의 소리를 '끌어낸다'는 것은 그것만으로도 하나의 센스다.

아야의 손가락이 멈추자, 불꽃이 훅 사라졌다.

다시 고요해진 장내.

아야는 또 눈을 감고 있었다. 박수도 일지 않았다. 모두가 마른 침을 삼키고 다음 곡을 기다리고 있다.

다음은 〈봄과 수라〉.

아카시도 침을 꼴깍 삼켰다.

무대에 올라 첫 번째 곡과 두 번째 곡을 끝냈을 때까지도 아야
는 〈봄과 수라〉의 카덴차를 어떻게 할지 아무 생각이 없었다.

가자마 진의 연주를 듣고 그가 그린 '수라'에 충격을 받은 바
로 그 순간부터 아야의 안에서 무언가가 빠르게 회전하며 오로
지 그 답을 찾아 헤매고 있었다.

주위의 소리는 하나도 귀에 들어오지 않았다. 아니, 평소처럼
어딘가 높은 곳에서 제 모습을 굽어보며 주변 상황까지 구석구
석 지긋하게 관찰하는 자신의 존재를 느끼고는 있었다. 그렇지
만 라흐마니노프나 리스트의 곡을 제대로 연주하는 동안에도 아
야의 몸속에서는 또 하나의 인격이 그녀가 거기서 무엇을 연주
해야 할지 정신없이 고민하고 있었던 것이다.

그리고 정신을 차렸을 때, 손가락은 〈봄과 수라〉의 시작 멜로
디를 연주하고 있었다.

우주.

아야는 문득 다시 피아노 위를 바라보았다.

무대는 사라지고 눈앞에 싸늘한 어둠이 열렸다.

발밑에는 바람에 술렁거리는 초원이 펼쳐졌다. 발등을 훑는
풀의 감촉. 차갑다, 뾰족한 끝이 닿아 따끔따끔 아프다.

어디선가 바람이 불어와 아야의 머리카락을 흔들고, 드레스
자락을 희롱했다.

거기 있는 건 누구?

아야의 뒤에 누군가 서 있었다.

조금 떨어진 뒤쪽에서 그녀를 가만히 바라보고 있다. 아니, 지켜보는 느낌이다. 포근하지만 조금 무서운, 신비한 아우라를 뿜어내고 있다.

누구?

차가운 빛이 등을 이글이글 태우는 것 같았다. 분명히 거기에 물리적으로 누군가가 존재했다.

아야는 겁이 났다.

이마에, 등에, 땀이 축축이 배어났다.

과거에 가까웠던 존재, 그립고 포근한 존재, 하지만 이미 먼 곳으로 떠나 다른 무언가로 변해버린 존재.

손가락은 〈봄과 수라〉를 연주하고 있다.

조금 서글프지만 장난스러운 멜로디.

카덴차가 다가오고 있다. 자유로이, 우주를 느끼며.

그렇다면 지금 내가 느끼고 있는 이건? 뒤에 있는 이 존재는?

빛이 한층 강렬해졌다. 마치 후광이 쏟아지는 것만 같다. 그 누군가는 실체를 주장하듯 존재감을 더해갔다. 점점 커진다. 자란다. 성장해간다. 거대해진다. 확장된다. 당장이라도 하늘까지 닿을 기세로.

그 존재와 함께 아야도 점점 부풀어 오르는 듯한 착각에 빠졌다. 이상한 나라의 앨리스처럼 점점 커졌다. 상하좌우 구분 없는 어두운 우주에서 한없이 부풀어 오른다.

아아, 피아노가 멀어진다. 건반이 저렇게나 밑에.

아야는 아득히 멀리, 저 밑에 떨어져 있는 자기 손가락을 보고 깜짝 놀랐다. 그래도 손끝의 감각은 예민했다. 어떤 소리를 내고 있는지 온몸 구석구석까지 또렷이 느껴졌다.

왠지 초현실적인 상황이다. 이게 혹시 '몰입'이라는 걸까?

냉정하게 그런 생각을 하는 자아도 있는가 하면, 멜로디를 연주하는 자아, 프로그램 구성을 고민하는 자아, 우주를 떠도는 자아도 있다. 여럿으로 분열되어버린 느낌이었다.

그리고 뒤에 있는 것은…….

엄마.

그 말이 머리 위로 툭 떨어져, 아야는 심하게 동요했다.

엄마다.

순간 머릿속이 새하얘졌다.

아야의 동요와 상관없이 그 존재는 환하게 웃고 있었다.

세상에, 이제야 알았니? 아야 너도 참.

그런 목소리가 들려오는 것 같았다. 아니, 마음속에 떠올랐다고 하는 게 옳다.

아야는 스스로도 한심했다.

어째서 몰랐을까? 그렇다, 누구보다도 가깝고 그리운, 포근하게 지켜봐주는 존재. 언제나 곁에 있어주었던, 내게 음악의 모든 것을 선사해주었던, 어느 날 갑자기 사라져버린 엄마.

아니, 사라졌던 게 아니다. 역시 언제나 곁에 있었다. 내가 뒤를 돌아보기만 했더라면 거기에.

미안해요, 엄마.

아야는 뺨을 타고 흐르는 따뜻한 온기를 느꼈다.

찰나의 순간.

격렬한 무언가가 몸속에서 치밀어 올랐다.

아야는 열 손가락을 활짝 펼쳐 카덴차의 첫 화음을 끌어냈다.

이건 뭐지?

가나데는 아야의 연주를 들으면서도 혼란스러웠다.

이 카덴차는 대체? 연습 때 들었던 그 어느 것과도 다르다.

저건 눈물? 땀?

아야의 얼굴이 젖어 있었다.

하지만 표정은 변함이 없다. 여전히 거의 눈을 감고 있다.

설마 이런 연주였다니.

가나데는 가만히 귀를 기울였다.

탄탄하고 넉넉하다, 대범하면서도 묵직하다. 지금까지 아야가 보여주었던 터치와는 다르다. 지금까지 보았던 재기 넘치는 첨예한 연주가 아니라 모든 것을 감싸주는, 그렇다, 마치 대지 같은.

만물의 어머니.

그런 말이 입을 타고 튀어나왔다.

끝없이 이어지는 지평선. 달려가는 아이들. 멀리서 팔 벌려 기다리는 누군가. 살아 숨 쉬는 모든 생명이 걸어가는 대지.

가슴속에 푸른 초원이 활짝 펼쳐지는 기분이었다. 풀 내음을 느낀다. 스쳐 가는 바람 속, 저녁밥을 짓는 그리운 냄새.

뭐라고 표현할 수 없는 평온함. 안도감. 아무 근심 없는 어린 시절로 돌아간 것처럼.

아아, 이것이 아야의 답례구나.

이해했다.

아야는 처절한 '수라'로 가득한 가자마 진의 카덴차를 듣고 그에 응답했다. 자연이 되풀이하는 살육과 폭력을 상대로, 그마저도 받아들이고 품어주는 대지를 그리고 있다. 그럼에도 새로운 생명을 낳고, 키울 수 있는 대지를.

또 커졌어.

그런 감회가 치밀었다.

아야의 음악은, 또 한층 성장한 것이다.

으음, 역시 누나는 굉장해.

가자마 진은 회장 맨 뒤쪽, 서서 보는 사람들 앞쪽에 있는 통로에 털썩 주저앉아 무대 위의 아야를 바라보고 있었다.

좋겠다, 저기는 굉장히 기분 좋아 보여.

진은 황홀한 기분으로 무대 위에서 불어오는 바람을 느꼈다.

그의 눈에는 아야가 있는 장소가 보였다.

푸르른 초원, 내리쬐는 빛.

누나, 거기서 더 날 수 있지?

진은 눈을 감고 아야와 함께 하늘을 날았다.

천재 소녀의 귀환이라는 건가.

미에코는 공감과 안도의 눈길로 무대 위의 소녀를 바라보고 있었다.

에이덴 아야에 대해서는 간접적으로 잘 알고 있었다. 천재 소녀의 선배로서 그녀가 콘서트 피아니스트를 은퇴했을 때 "아아" 하고 안타깝게 여겼던 것을 기억한다.

젊은 나이에 정상에 올라 그 자리에 익숙해지는 것이 얼마나 무서운 일인지 미에코는 안다. 콘서트 투어에 쫓기는 나날, 고독 감에 허무해지는 순간, 그것이 계속된다는 절망. 천재 소녀의 자리를 지켜야 한다는 공포와 중압감.

보아하니 완벽히 부활한 것 같네. 음, 한 바퀴 뒤처져서 달리는 줄 알았더니 어느새 추월해서 한 바퀴 더 앞서간 모양이야.

아야의 카덴차는 이미 재기가 넘치는 수준이 아니라 원숙미마저 느껴졌다.

마사루나 가자마 진의 엄청난 카덴차에는 그에 합당한 '젊은 치기'가 있었지만 그녀는 그 단계를 이미 뛰어넘은 것이다.

이 아가씨는 과연 몇 위까지 올라갈까? 당신의 소중한 제자와 멋진 승부를 벌이겠는걸.

미에코는 너새니얼을 힐끗 쳐다보았다.

프로그램 후반.

아야의 집중력은 여전했고, 관객도 마찬가지였다. 역시나 박수 칠 새도 없이 네 번째 곡으로 들어갔다.

라벨의 소나티네.

어딘가 고풍스러운 울림을 가진 3악장짜리 곡을 아야는 차분하게 연주했다.

좋은 곡이다. 이 아이의 연주를 들으면 좋은 곡을 듣는 즐거움이 선명하게 떠오른다.

너새니얼 실버버그도 일찌감치 아야의 실력을 인정하고 한 사람의 관객으로 소나티네를 즐기고 있었다.

이래서야 본선까지 치열한 접전이 되겠군. 승부는 이제부터다.

아야를 마사루와 냉정하게 비교 분석하면서도 동시에 가자마진의 존재가 어쩐지 마음에 걸렸다. 어떻게 비교할지, 어떻게 점수를 매길지. 여전히 고민하고 있는 자신을 의식했다.

물론 콩쿠르가 갖는 모순은 충분히 알고 있다. 하루 이틀 일도 아니고, 그도 젊었을 때 그 때문에 불쾌한 일을 많이 겪었으며 제자들에게도 겪게 했다. 타협해야 할 문제는 많다. 어쨌거나 이 아이를 마지막으로 2차 예선은 끝난다. 이번 2차 예선의 결과가 이 콩쿠르의 방향성을 결정할 것이다.

결국 아야의 무대에서도 곡과 곡 사이에 박수 없이 마지막 곡이 시작되었다. 멘델스존의 〈엄격 변주곡〉.

시작은 조용하게, 잔물결이 밀려들었다가 빠져나간다. 이윽고 거칠어진 파도가 포효한다. 반복되는 테마. 변주가 거센 파도처럼 되풀이된다.

아쨍의 연주는 진정한 의미로 '드라마틱'하구나.

순순히 연주에 몸을 맡긴 마사루는 그런 생각을 했다.

보란 듯이 드라마를 연출하는 연주자는 얼마든지 많지만, 진실로 곡을 통해 이야기하고 드라마틱하게 연주할 수 있는 사람은 많지 않다. 특히 젊은 참가자의 경우에는 다분히 허세와 연기가 들어간다.

방금 전 〈봄과 수라〉의 카덴차에는 또 다른 의미에서 배신당했다. 분명 가자마 진의 연주를 능가할, 기교적이고 전위적인 카덴차를 기대했기 때문이다. 실제로 아야가 그러려고 마음만 먹었다면 얼마든지 고도로 난해한 연주를 할 수 있었을 것이다.

그런데 기가 막힐 정도로 너그럽고 따스한 카덴차였으니 놀랄 노릇이다.

동시에 그것이 가자마 진의 카덴차에 대한 답가라는 것을 깨닫고 충격을 받았다.

정말로 아야는 시시각각 변화하고 있다. 실로 그녀는 '자유로이, 우주를 느끼며' 연주한 것이다.

아짱은 결과가 걱정되지 않는 걸까? 야망이 없는 걸까? 앞으로 콘서트 피아니스트가 될 마음이 있기는 한 걸까? 이렇게나 훌륭한 연주를 하는데?

마사루는 눈을 감았다.

이토록 마음을 뒤흔드는, 가슴 벅찬 소리를 낼 수 있는데?

종반으로 치닫는 열정적인 패시지가 클라이맥스를 맞이했다.

2차 예선의 마무리.

이 얼마나 훌륭한 피날레인가.

곡이 끝났다.

마사루는 주위가 확 밝아진 듯한 해방감과 동시에 눈을 떴다.

그때까지 거의 눈을 감고 있던 아야가 처음으로 눈을 반짝 뜨고 생긋 웃으며 서 있었다.

홀 전체를 뒤흔드는 커다란 갈채. 너 나 할 것 없이 벌떡 일어나 말없이 보내는 기립 박수.

마사루와 가나데는 꿈에서 깬 것처럼 멍하니 얼굴을 마주 보

왔다. 서로 울음과 웃음이 뒤섞인 표정으로 일어나서 큰 박수를
보냈다.

그칠 줄 모르는 박수.

앙코르 때문에 다시 무대로 나온 아야가 어쩐지 어색하고 민
망해하는 게 우스웠다.

2차 예선이 끝났다.

결과는 곧 나온다.

천국과 지옥

와, 1차 때하고 완전히 딴판이네.

마사미는 카메라를 든 채로 범상치 않은 주위의 열기에 압도 당했다.

부풀어 오르는 기대와 흥분. 로비는 사람들의 훈김으로 후끈 할 정도였다.

넘쳐나는 사람, 사람들. 참가자들뿐만 아니라 그 가족과 친구, 음대 관계자들도 있을 것이다. 무대에서 보았던 얼굴이 여기저 기에 있다. 평상복으로 갈아입어 군중 속에 묻혀 있지만 자세히 보면 참가자들은 다들 딱딱하고 상기된 표정이다.

1차 예선에서 4분의 3 가까이 떨어지다 보니 참가자들 사이에 서도 2차에 남으면 감지덕지라고 생각하는 경향이 있었다. 실력 점검 삼아 참가한 사람도 있었다. 다들 비장한 분위기보다는 하 나의 이벤트를 공유하고 있다는 분위기가 더 강했다.

하지만 2차 예선 발표 때가 되니 달랐다.

마사미는 작게 심호흡을 하고 옆에 서 있는 다카시마 아카시 쪽으로 조용히 카메라를 돌렸다.

아카시도 다른 참가자와 마찬가지로 표정이 굳어 있었다. 1차 때도 긴장했지만 굳이 따지자면 순수했던 그때의 긴장과는 또 다른 분위기였다.

"어때? 떨려?"

아카시에게 그런 질문을 던져보았지만 그렇게 묻는 마사미의 목소리도 생각보다 딱딱했다.

아카시는 마사미가 말을 건 줄도 몰랐는지, 한참 멍하니 앞을 바라보고 있다가 당황스러운 기색으로 쓴웃음을 지었다.

"어? 아아, 떨리지, 엄청."

"왠지 굉장히 떨린다, 이 분위기. 대학 합격 발표 같아. 음, 그 것보다 더 흥분되는데."

마사미의 말을 듣고 아카시는 크게 끄덕거렸다.

"맞아. 1차 때는 아직 다른 데 정신을 팔 겨를도 없었고, 콩쿠르에 참가하고 있다는 걸 실감하기도 전에 결과가 나와서 그저 운이 좋았다는 생각뿐이었어. 하지만 지금은 스스로 콩쿠르의 당사자라는 사실을 자각하고 있어서, 바야흐로 내 운명이 결정된다고 생각하니."

말문이 턱 막혔다.

운명. 그렇다. 지금까지의 성과가 여기서 드러난다. 다시 한 번 무대에 설 기회가 있을까?

그런 생각을 하니 무대에 섰을 때보다 더 긴장되어 일순 주위의 소리가 귓가에서 사라졌다.

대신 심장 박동이 온몸에 메아리치는 듯한 착각에 빠졌다.

연주가 끝나서 다행이야.

그런 엉뚱한 안도가 튀어나왔다. 만약 지금 당장 연주하라고 하면 결과는 엉망진창일 것이다.

아직 심사 위원들이 나오지도 않았는데 여기저기서 카메라 플래시가 터졌다. 참가자들을 찍는 걸까?

그러는 아카시도 마사미에게 찍히고 있었지만 이미 카메라를 의식조차 못 할 정도로 여유가 없었다.

불안한 마음으로 주위를 두리번거리자 여기저기서 참가자들의 얼굴이 보였다.

훤칠한 마사루 카를로스, 역시나 장신의 제니퍼 챈. 둘 다 무척 차분해 보였다. 아아, 저렇게 누가 봐도 확실히 보이는 재능을 가진 사람이 부럽다. 과연 내게 재능이 있는 걸까 사소한 일로 일희일비하고, 나는 과연 합격선 위에 있을까 아니면 밑에 있을까 초조해하는 범인이 아니라.

환호성이 터져 나왔다.

철렁한 가슴을 부여잡고 시선을 돌리자 심사 위원들이 계단을 타고 2층에서 우르르 내려오는 참이었다.

뺨이 확 달아올랐다. 대번에 온몸에 피가 소용돌이쳤다.

여유로운 표정으로 차분하게 내려오는 심사 위원들.

아카시는 선택하는 쪽에 있는 그들에게 일순 강렬한 증오심을 느꼈다. 말하자면 자신의 미래에 대한 생사 여탈권을 쥐고 있는 그들, 아흔 명의 참가자 개인의 인생은 전혀 상상조차 하지 않을 그들을.

물론 이 증오심이 엉뚱한 화풀이라는 건 알고 있다.

무수한 범인들, 그래도 음악의 세계에 살기를 갈망하는 범인의 뒤틀린 심리라는 건 잘 알고 있다.

전 세계, 무수히 많은 보통 사람들 중 하나.

아카시는 그 순간 그가 그들 중 한 사람이라는 사실을 강렬하게 자각했다. 하늘에서 굽어보면 눈에 보일까 말까 한 콩알 하나에 지나지 않는, 무수히 많은 무명 음악가 중 하나.

심사 위원들에게 조명이 집중되고, 스태프가 내민 마이크를 심사 위원장 올가 슬루츠카야가 받아 들자 로비는 찬물을 끼얹은 것처럼 조용해졌다. 방금 전까지 시끌벅적했던 게 거짓말 같았다.

팽팽한 긴장의 끈. 터질 듯한 기대.

그런 감정들을 기꺼이 포용하듯 올가는 요염한 미소를 머금고 입을 열었다.

하지만 역시나 올가의 강평은 참가자들의 귀에 거의 들어오지 않았다.

1차 예선 때와 하는 말은 비슷하다.

수준이 무척 높아 기술적으로는 막상막하였다, 이 콩쿠르에 통과하지 못했다고 해서 우리가 그 참가자의 음악성을 부정하는 것은 아니다, 프로그램에도 고민과 성의가 보인 것은 흐뭇한 경향이다, 운운.

느긋하게 말을 이어가는 올가의 표정을 보면서도 로비에 있는 사람들의 마음은 딴 데 가 있었다.

2차 예선에 올라온 스물네 명 가운데 3차 예선에 남는 사람은 열두 명.

여기서 반으로 줄어드는 것이다.

대체 누가 남을까?

초조한 긴장감이 잔뜩 부풀어 올랐을 때, 마치 그 순간을 기다렸다는 듯이 올가가 선언했다.

"그럼 3차 예선에 나갈 참가자를 발표하겠습니다."

소리 없는 탄식이 흘러나왔다. 모두가 마른침을 삼키며 귀를 기울였다. 기분 탓인지 다들 몸을 앞으로 쭉 내밀고 있는 것처럼 보였다.

"1번, 알렉세이 자카예프."

와아! 환성이 터져 나왔다.

펄쩍 뛰어오르며 기뻐하는 사람이 바로 알렉세이 자카예프인 모양이다.

불리한 1번이 또 남다니.

다들 놀라는 게 보였다.

하지만 놀라고 있을 새도 없이 다음 참가자가 호명되었다. 한국 소녀. 또 와아, 하는 환호성.

다음으로 불린 참가자도 한국. 이번에는 남자다. 한국인은 이름만 듣고서는 남자인지 여자인지 알 수가 없어 얼굴을 봐야 성별을 알 수 있다.

아카시는 처음에 주위가 어엇, 하고 기묘하게 술렁거리는 이유를 알지 못했다. 하지만 주위 사람들이 당혹스러운 얼굴로 속닥거리며 한 방향을 힐끗거리는 것을 보고 알아차렸다.

사람들의 시선 끝에는 어리둥절한 표정의 제니퍼 챈이 있었다.

제니퍼 챈이 떨어졌다.

거짓말이지? 아카시는 퍼뜩 정신을 차렸다. 그렇게나 역동적이고 훌륭한 연주였는데? 박수갈채가 쏟아질 만큼 관객들의 주목도 엄청났는데? 이번 참가자 중에서는 그야말로 1, 2위를 겨룰 만큼 인기가 있지 않았나? 정말로 떨어진 건가? 착각이 아니고?

올가의 무정한 목소리가 들렸다.

"30번, 마사루 카를로스 레비 아나톨."

와, 하는 환호성.

이쪽은 기쁨과 찬사와 격려의 환성이다.

싱긋 웃으며 주위의 축복에 화답하는 마사루 카를로스의 얼굴이 눈에 확 들어왔다.

머릿속이 새하얘졌다.

22번, 다카시마 아카시.

1차 예선 결과 발표 때 들었던 올가의 목소리가 머릿속에 울려 퍼졌다.

22번, 다카시마 아카시.

그 이름이 불리는 일은 없었다.

22번, 다카시마 아카시.

그 사실을 받아들이는 데 시간이 필요했다.

옆에 있던 마사미가 꼼짝도 않고 굳어 있는 게 보였다. 아마 그도 제니퍼 챈처럼 어리둥절하니 꼴사나운 표정을 짓고 있을 게 분명했다.

기묘하게도 그때 아카시의 머릿속에는 슈만의 크라이슬레리아나에서 항상 틀리는 프레이즈가 흐르고 있었다. 그 부분을 계속 연습하는 장면이 떠올랐다.

3차 예선에서 연주할 예정이었던 크라이슬레리아나.

이제 연주할 수 없는, 연주하지 않아도 되는, 틀리면 어쩌나 걱정할 필요도 없는, 그 프레이즈.

그 프레이즈가 집요하게 머릿속에서 반복되었다.

혀를 차면서 몇 번씩 되풀이하는 자신의 모습도.

떨어졌다. 나는 떨어진 것이다.

아카시를 그 자리에 남겨둔 채로 시간은 흘러갔다. 참가자들이 차례로 호명되고, 일일이 거기에 반응해 일희일비하는 주위의 광경이 유리 한 장을 사이에 두고 다른 세계에서 벌어지는 일로만 느껴졌다.

이미 거기에는 자신이 떨어졌다는 사실뿐, 다른 이름은 전혀 귀에 들어오지 않았다.

한참을 그러고 있었던 것 같다. 그래도 그 두 이름만은 귀에 들어왔다.

"81번, 가자마 진."

위협적일 정도로 엄청난 환호성. 여기에도 기묘한 동요와 경악이 담겨 있는 것처럼 들리는 이유는 기분 탓일까?

"그리고 88번. 에이덴 아야. 이상, 열두 명입니다."

그리고 88번. 에이덴 아야. 이상입니다. 어쩐지 이미 고정 멘트처럼 되어버렸네.

아카시는 작게 웃고 있는 자신을 발견했다.

아아, 에이덴 아야는 남았다.

기묘한 안도감이 치밀었다.

그렇다, 당연하다. 그녀는 저쪽에 속한 사람이니까. 재능 있는, 선택받은 쪽에 속한 사람. 오랫동안 응원해온. 우상이었던. 진정한 음악가.

다행이다.

후, 나직한 한숨이 흘러나왔다.

동시에 몸이 훌쩍 가벼워졌다. 사실을 그대로 받아들일 수 있었다.

떨어졌다. 나는 떨어졌다. 3차에는 나가지 못했다.

그러자 주위의 소리가 몸속으로 왈칵 흘러 들어왔다. 웅성웅성, 시끌시끌. 흥분해서 소리치는 사람들. 축복과 탄식, 분노와 당혹감, 다양한 감정들이 소용돌이치는 현장을 냉정하게 바라볼 수 있었다.

다음 일정과 예정을 안내하는 사무적인 공지가 있었지만 그 목소리는 머릿속을 그대로 지나쳤다.

이미 내게는 필요 없는 정보다.

이제부터 심사 위원 간담회가 있습니다. 참가자 여러분은 부디 참석하시어 심사 위원들과 환담을 나누시기 바랍니다…….

"아쉽게 됐네."

마사미의 목소리를 듣고 정신을 차렸다.

"응. 떨어졌네."

의외로 밝은 목소리가 나와서 아카시는 깜짝 놀랐다.

마사미도 마찬가지였는지 놀라면서도 한편으로는 안도한 표정을 지었다.

하아, 크게 기지개를 켰다.

"여러모로 고마웠어. 프로그램에 재미를 못 줘서 미안해."

아카시는 진심으로 그렇게 말했다.

마사미가 고개를 붕붕 저었다.

"아니야. 아니야. 내가 더 고마워. 카메라가 딱 달라붙어서 불쾌한 일도 많았을 텐데 오랫동안 협력해줘서 고마워. 정말."

기분 탓인지 목소리가 울먹거리는 것 같았다.

"천만에. 저쪽 취재 안 해도 돼?"

아카시는 주위를 향해 팔을 활짝 벌렸다.

"응. 그래, 다녀올게."

"힘내."

쏟아지는 플래시 속에 있는 2차 예선 통과자를 향해 카메라를 들고 걸어가는 마사미를 지켜보며, 아카시는 로비 한쪽 구석에 멍하니 서 있었다.

끝났다. 내 콩쿠르는 끝나버렸다.

왠지 후련한 심정이었다. 현실로 돌아온 걸까?

고작 몇 미터 떨어진 곳에서 인터뷰하고 있는 참가자들이 벌써 굉장히 먼 곳에 있는 것처럼 느껴졌다. 이제 아카시는 콩쿠르 당사자가 아니다.

그 점이 아쉬웠지만 더 이상 일희일비하지 않아도 된다는 안도감도 있었다.

집에 돌아갈 수 있다.

그렇게 생각한 순간, 미치코에게 연락해야 한다는 걸 깨닫고 천천히 인적 없는 복도로 향했다.

어떤 목소리로 말할까, 어떤 말을 할까.

머릿속으로 연습하면서 휴대전화를 꺼냈다.

그러고 보니 1차 예선 발표 때도 똑같은 생각을 했지.

아카시는 쓴웃음을 지으며 아내의 전화번호를 눌렀다.

2차 예선 결과 발표가 끝나고 열린 간담회는 난장판이었다.

제니퍼 챈이 심사 결과에 불복해 맹렬하게 항의했던 것이다.

그렇지 않아도 심사 후에 열리는 간담회는 결과에 대한 불만이 여기저기서 불거져 나와 복잡하고 기묘한 분위기로 흐르는 경우가 많다.

그런 상황에서 제니퍼 챈이 심사 위원장 올가 슬루츠카야에게 성큼성큼 다가가 정면으로 이의를 제기하니 다들 할 말을 잃었다.

참가자의 불만을 흡수하는 것이 간담회의 중요한 목적인 것은 사실이지만, 이렇게 직설적으로 항의하는 경우는 드물다.

내가 떨어졌다니 납득할 수 없다, 아무리 생각해도 3차 예선에 남은 참가자들보다 내가 부족한 것 같지 않다, 내 어디가 부족한지 설명해달라.

제니퍼 챈의 당당한 항의는 어떤 의미로는 용감했지만, 그러다 미국에 있는 아버지(대단히 유복한, 미국 국무장관과도 친분이 있는 유명한 실업가라는 모양이다)와 스승 블린이 심사 위원들에게 전화로 난리를 치는 바람에 한때 간담회장이 혼란에 빠졌을 정도였다.

그래도 마지막에는 너새니얼 실버버그가 제니퍼를 설득했다. 너의 기술은 훌륭하다, 우리는 너의 음악성을 부정하는 게 아니다, 하지만 한두 명이 아니라 적잖은 수의 심사 위원들이 네가 3차 예선에 나갈 수 없다고 생각한 건 사실이다. 그게 무엇을 의미하는지, 이 자리에서 잠시 생각해봐야 하지 않겠느냐. 그 이유를 이해하지 못한다는 점에 네가 이번 3차 예선에 나가지 못한 원인이 있다고 생각하지는 않느냐.

너새니얼의 그런 담담한 설명에 뭔가 느끼는 바가 있었는지 제니퍼 챈은 이윽고 얼굴을 일그러뜨리며 울음을 터뜨렸다. 곁에서 달래는 어머니를 따라 그녀가 회장을 떠났을 때는 이미 밤이 깊어 날짜가 바뀌려 하고 있었다.

"고생했어."

내내 멀찍이서 지켜보기만 했던 미에코가 어쩐지 침울한 표정의 너새니얼에게 와인 잔을 내밀자 그가 혼잣말처럼 중얼거렸다.

"그 아이, 이미 카네기홀에서 데뷔도 했으니 여기서 상을 거머쥐어서 기세를 몰고 싶었겠지."

"이 문제만큼은 스스로 답을 찾는 수밖에 없어."

"그 아이는 조바심이 났던 거야. 여자 랑랑이니 뭐니, 항상 앞서가는 다른 사람에게 비교당하는 걸 몹시 싫어했어."

"아아, 그랬구나."

미에코도 그녀의 연주를 들으며 랑랑은 한 사람으로 족하다고 생각했다. 다른 심사 위원들도 마찬가지였을 것이다. 제니퍼 챈 본인도 그렇게 생각하지 않았을까.

"아마 스승도 '자기만의 스타일'을 찾으라고 했겠지. 독창성이라는 말에 너무 민감하게 반응해서 가여웠어."

"저런, 독창성이라는 건 어떤 의미로 환상인데. 사람들이 입버릇처럼 말하는 건 족쇄나 다름없어."

미에코가 한숨을 쉬며 잔에 입을 갖다 댔을 때, 회장 구석에서 이쪽으로 다가오는 마사루가 보였다.

너새니얼이 그를 향해 살짝 턱짓을 했다.

"아마 그의 존재도 제니퍼에게는 압박으로 느껴졌을 거야. 그녀는 마사루에게 강렬한 라이벌 의식을 품고 있으니까."

"음, 그건 힘들겠다."

거기에 연애 요소도 있다는 걸 미에코는 금방 알 수 있었다. 일이 복잡해지지 않으면 다행인데.

"선생님, 고생하셨습니다."

"제니퍼는 좀 어때?"

마사루는 쓸쓸하게 웃으며 고개를 저었다.

"어머니와 바로 호텔로 돌아갔습니다. 하지만 이미 진정된 것 같았어요. 괜찮아요, 제니퍼도 그렇게 지난 일에 매달리는 타입은 아닐 테니."

"위로해줬니?"

미에코가 그렇게 묻자 마사루는 손사래를 쳤다.

"천만에요. 같은 콩쿠르 참가자가 하는 위로는 소용없다는 걸 선생님도 잘 아시잖아요."

"그건 그렇지."

"그나저나 마사루……."

너새니얼의 목소리가 기묘하게 갈라진 것은 마사루의 뒤를 따라온 소녀가 있었기 때문이다.

미에코는 어라 싶었다.

자그마한 몸집의 보브커트 소녀. 스웨터에 청바지를 걸친 평범한 차림이지만 눈에 익다. 참가자 중 한 사람…….

"아, 선생님, 소개할게요. 아짱……이 아니지, 에이덴 아야입니다."

너새니얼과 미에코는 동시에 고개를 끄덕거렸다.

"아아, 3차 예선 진출, 축하한다."

미에코는 미소를 건넸다.

그렇다, 에이덴 아야다. 부활한 천재 소녀. 꽤 오래전부터 이름은 알고 있었지만 이렇게 직접 대화하는 건 처음이다.

흐음, 이렇게 생겼나. 도저히 그런 경력의 소유자로 보이지 않는다. 청초하고 꾸밈없는, 순수한 아이다.

일단 눈이 굉장했다. 빨려 들어갈 것처럼 커다란, 신성함마저 느껴지는 인상적인 눈.

마사루가 발갛게 달아오른 얼굴로 너새니얼에게 말했다.

"선생님, 전에 제가 피아노를 시작한 계기에 대해 말씀드렸던 것 기억하세요? 그때 얘기한, 저를 처음 피아노 앞으로 데려가주었던 사람이 바로 아쟝이에요. 이번에 설마 이런 곳에서 다시 만날 줄은 꿈에도 몰랐어요."

"맞아."

마사루와 아야가 서로 얼굴을 마주 보고 웃는 것을 보고 너새니얼이 진심으로 놀라는 게 느껴졌다.

"뭐? 정말이냐? 〈작은 갈색 병〉을 함께 연주했다는 그?"

사정은 모르겠지만 보아하니 이 두 사람은 소꿉친구인 모양이다.

마사루가 싱글거리며 끄덕였다.

"네. 아쟝이 무대에 등장한 순간 한눈에 알아봤어요."

"전 못 알아봤어요."

두 사람이 다시 서로 얼굴을 마주 보았다.

"정말 그 후로 처음 만난 거니?"

너새니얼이 의심스러운 눈초리로 두 사람의 얼굴을 번갈아 보았다.

미에코는 동요하는 너새니얼을 제쳐두고 눈앞의 두 천재를 바라보았다.

왠지 이 두 사람, 풍기는 분위기가 비슷하다. 음악도 연주도 완전히 다른 타입인데.

"그렇구나. 정말 훌륭한 연주였어. 1차 베토벤도 그렇고."

너새니얼이 온화한 목소리로 그렇게 말하자 아야는 기쁜 듯이 "고맙습니다" 하고 고개를 숙였다.

미에코는 너새니얼이 저러다 부들부들 떨지나 않을까 걱정되었다.

마사루가 이 소녀에게 푹 빠져 있는 게 보였기 때문이다.

너 이 녀석, 같은 콩쿠르에 참가한 경쟁 상대에게 반해서 어쩔 작정이냐? 게다가 그 애는 이 콩쿠르에서 너의 최대 라이벌이 될 상대야. 이 중요한 콩쿠르에서 지금 여자한테 정신이나 팔고 있을 때냐?

그렇게 호통 치는 너새니얼의 속마음이 들리는 것 같았다.

하지만 너새니얼도 지금 마사루보다 몇 살 더 많았을 때 미에코에게 푹 빠져 있었던 과거를 떠올리고 있을 것이다. 하물며 본인이 바로 옆에서 그런 너새니얼의 반응을 심술궂게 뚫어져라 관찰하고 있으니.

너새니얼은 헛기침을 한 차례 했다.

"오늘은 늦었으니 너희는 그만 가서 쉬어라. 아침부터 계속 나와 있었으니 하루가 길었겠지. 콩쿠르는 본인이 생각하는 것보

424

다 더 지치는 일이야."

"네, 그만 돌아가겠습니다. 선생님, 그럼 내일 또."

"편히 쉬세요."

연거푸 꾸벅거리며 떠나가는 젊은 두 사람을 복잡한 표정으로 바라보는 너새니얼에게 미에코는 "잘 참았네" 하고 장난스럽게 말했다.

"어? 뭐가? 난 아무것도 안 참았는데."

대답은 그렇지만 목소리에 불편한 심기가 묻어났다.

미에코는 웃음을 터뜨렸다.

"꼭 '저희 결혼합니다' 하고 알리러 온 커플한테 불호령을 내릴까 말까 고민하는 영감님 같았는데?"

"설마."

너새니얼은 고집스레 부정하다가 문득 그리움에 젖은 눈빛으로 말했다.

"흠. 젊다는 건 정말 멋진 일이야."

미에코도 동감했다.

"맞아, 나도 그렇게 생각해. 선생님, 저도 그만 물러날게요. 확실히 콩쿠르는 본인이 생각하는 것 이상으로 지치는 일이니까."

"그러지."

너새니얼은 어깨를 으쓱하며 가까운 테이블에 와인 잔을 내려놓고 미에코와 함께 출구로 걸어 나갔다.

"설마 그 애가 남을 줄은 몰랐어."

"가자마 진?"

"높은 확률로 떨어질 줄 알았는데."

미에코에게는 의외였지만 한편으로는 예상한 바이기도 했다.

"적어도 다음 연주를 듣고 싶다고 생각한 사람이 늘어난 건 사실이야. 제니퍼 챈의 연주로는 3차에 나갈 수 없다고 생각한 사람들 수만큼."

너새니얼이 미에코의 얼굴을 쳐다보았다.

"듣고 있었어?"

"그럴 때 무슨 말로 설득하는지 궁금했거든."

1차 예선 때는 고집스레 부정했던 심사 위원들이 2차 예선이 끝나고 조금씩 가자마 진을 인정하기 시작한 건 놀라웠지만, 미에코도 똑같은 경험을 했기 때문에 이상하다고 생각하지는 않았다. 하지만 역시나 강하게 부정하는 심사 위원도 있어, 가자마 진은 이번에도 역시 턱걸이로 간신히 3차 예선에 남았다.

재미있다. 가자마 진은 앞으로 팬을 얼마나 늘릴 수 있을까? 지금 전면적으로 부정하는 심사 위원들도 언젠가는 가자마 진의 음악이 갖는 매력에 굴복할까?

미에코는 엘리베이터를 기다리며 옆에 서 있는 너새니얼을 힐끔 쳐다보았다.

너새니얼은?

문이 열렸다.

그리고 나는? 나는 정말 그의 음악을 인정하고 있을까? 이해하고 있을까? 호프만 선생님의 의도까지도?

이런저런 생각을 하는 사이에 하품이 쏟아졌다.

확실히 생각보다 더 지쳤다.

그건 3차 예선 연주를 들어보고 다시 고민하자. 아직 그의 연주를 들을 수 있다는 사실이 고마웠다.

미에코는 요란하게 하품을 하며 엘리베이터에 올라탔다.

| 제3차 예선 |

인터미션

"아, 춥다."

"대체 누구야, 이런 곳에 오자고 한 사람?"

"내 기억이 옳다면 아쨩이었던 것 같은데."

쌀쌀한 11월의 바닷가는 휑하니 사람 그림자 하나 없어, 영 재미있을 것 같지 않았다.

호텔 아니면 호텔과 직접 연결되어 있는 홀에서 대부분의 시간을 보내다 보니 날씨 감각이 둔해졌다. 얇은 니트 위에 역시나 얇은 코트를 걸치고 나온 게 실수였다.

아야는 코트 옷깃을 여미며 몸을 움츠리고 얼굴을 찌푸렸다.

기분 전환 삼아 바다에 가보자는 말을 꺼낸 건 분명 아야였지만, 호텔 창문으로 봤을 때는 평화롭고 따뜻해 보였던 바닷가에 설마 이렇게 찬바람이 몰아칠 줄은 몰랐다.

"돌아가자, 이런 데서 감기라도 걸리면 어쩌려고 그래? 마사루가 감기라도 걸리면 너새니얼 실버버그가 우릴 잡아 죽일 거야."

가나데가 무서운 얼굴로 아야를 쏘아보았다.

"넵, 돌아갈게요."

아야가 어깨를 움츠렸다.

"어이, 진, 거기서 뭐 해?"

마사루가 멀리서 웅크리고 있는 가자마 진에게 손을 흔들었다.

소년은 추위를 전혀 안 타는지 물가에서 뭔가 열심히 줍고 있었다.

"돌아가자!"

아야도 외쳤다.

소년이 발딱 일어나서 쪼르르 달려왔다.

"소라 껍데기를 주웠어. 피보나치수열이야."

생글생글 웃으며 손에 든 작은 소라 껍데기를 내민다.

"아하하, 피보나치수열이라니. 누가 천재 아니랄까 봐."

마사루가 입을 한껏 벌리고 웃었다.

실제로 학교에 거의 다니지 않는데도 가자마 진의 이과 성적은 뛰어난 것 같았다. 음악원에 청강생으로 다니는 것도 사실 주위에서 이과 대학에 진학할 사전 준비로 강력하게 권했기 때문이라고 했다.

"역시 음악은 우주의 질서인 걸까? 음악하고 수학은 확실히 닮은 구석이 있으니까. 마아 군도 이과 성적 좋지?"

"그런 편이지."

"난 지금까지 우주의 법칙은 좀 더 독립적이라고 생각했어."

"독립적이라니?"

"은하계마다 물질의 최소 단위도, 물질 자체도 다 달라서 완전히 다른 생명체가 존재하는 줄 알았어. 하지만 최근 연구로는 우주의 어딜 가나 물은 물이고, 산소는 산소라면서? 솔직히 듣고서 깜짝 놀랐어. 의외로 우주는 단순하고, 모두 같은 법칙으로 이루어져 있다고 생각하니 왠지 신기해."

"아아, 알겠다. 무슨 말을 하고 싶은지 알 것 같아."

마사루가 크게 끄덕거렸다.

"기본은 우주 저편이든 어디든 다 똑같다는 뜻이겠지. 1년 내내 추운 별이 있고, 1년 내내 더운 별이 있기는 해도 구성 요소는

다 똑같은 거야."

"그래, 그게 신기해. 좀 더 근본적으로 다른 게 무한히 존재할 줄 알았는데, 과정과 결과는 달라도 생명의 기본은 똑같다니."

"그러니까 조건만 맞으면 인간하고 똑같은 생명체가 만들어진다는 거지?"

"응. 옛날에는 사람과 비슷한 형체라는 보장은 없다고 했는데, 오히려 세세한 부분은 달라도 결국 이렇게 된다니까 신기해."

"그러게. 옛날 가설이 결국 맞았다는 게 재미있네. 직감이 옳았다는 걸까? 흠, 아, 우주 어디를 가도 물질 구성이 똑같다면 빅뱅도 증명할 수 있겠다. 모든 건 한 점에서 시작되었다는 가설 말이야."

"피아노도 있을까?"

"어?"

"은하계 변두리 어딘가에 지구하고 비슷한 조건의 별이 있고, 비슷한 공기에 음파도 비슷하게 전달된다면 역시 음악이 발달하지 않을까? 그러면 비슷한 악기가 발달할 테고, 피아노 같은 무언가를 은하 어디선가 열심히 연주하는 사람이 있을지도 모르잖아."

"음, 글쎄."

마사루는 잠시 걸음을 멈추고 생각에 잠겼다.

"가능성은 있겠다. 그러면 그 별에도 모차르트나 베토벤이 있을지 몰라."

"아하하, 그럴지도."

"악보가 탐나는데. 모차르트나 베토벤의 곡이라면 얼마든지 갖고 싶어."

"응, 탐나네."

우주 저편, 또 한 명의 모차르트. 그것은 어떤 음악일까?

구름 사이로 나와 수평선을 비추는 빛이 하나의 길을 그렸다.

그 순간 아야는 문득 강렬한 기시감을 느꼈다.

옆에서 걸어가는 마사루.

조금 떨어져서 발밑을 두리번거리는 진.

서둘러 돌아가려는 가나데.

잿빛을 머금은 바다, 모래펄.

짭조름한 냄새가 나는 까칠한 바람.

어쩐지 기묘하게 그리운 느낌에 가슴이 요동쳤다.

이 순간을 아주, 아주 오래전부터 알고 있었던 것 같다. 이렇게 넷이서 요시가에 바닷가를, 이해, 이날, 이 시간에 차가운 바람을 맞으며 걷고 있는 이 순간을 잊지 못하리라. 가슴에 아로새겨진 이 순간을, 넷이서 이곳을 걷는 이 느낌, 나머지 세 사람의 실루 엣을 먹먹한 심정으로 바라보고 있는 이 순간을, 언제까지고 기억할 것이다.

계시와도 같은 그런 예감에 아야는 싸늘한 바람 속에서 부르르 떨었다.

콩쿠르도 반환점에 이르렀다.

1차 예선과 2차 예선으로 여드레 동안 쉴 새 없이 실력을 겨루던 참가자들은 이틀간의 3차 예선을 앞두고 겨우 하루의 휴일을 받았다.

열두 명의 참가자들이 이날을 어떻게 보내는지는 모른다. 느긋하게 쉬고 있을지도 모르고, 혹은 지금도 한눈팔지 않고 연습하고 있을지도 모른다.

붕 떠버린 시간.

느지막이 일어나 오후에 손가락을 풀고 어슬렁어슬렁 산책을 나온 아야와 가나데는 마찬가지로 훌쩍 밖으로 나온 마사루와 마주쳤다. 같은 호텔에 묵고 있으니 당연히 마주칠 확률도 높다. 3차 예선을 앞두고 느긋하게 쉬고 싶을 것 같아 연락하지 않았는데, 마사루도 같은 이유로 연락을 삼가고 기분 전환이나 하려 했다는 것을 알고 함께 산책을 나서게 된 것이다.

"바다에 가자."

아야가 무심히 말하자 마사루도 좋다고 동의하고 걸음을 떼는데, 어디선가 가자마 진이 툭 튀어나왔다.

"어, 쟤 가자마 진 아니야?"

마사루가 눈길을 주자 진이 사뿐사뿐 다가왔다.

"너 어디에 묵고 있니?"

"아버지 친구네."

"정말 신출귀몰하네."

가나데와 아야는 어리둥절했지만 진은 생글생글 웃고 있었다.

"아, 이렇게 미묘하게 시간이 떠버리니 숨이 막혀."

마사루가 기지개를 켰다.

"어, 마아 군도 그런 생각을 하네."

아야가 뜻밖이라는 듯이 마사루를 쳐다보았다.

"당연하지. 휴일은 필요 없으니까 그냥 연속으로 했으면 좋겠어.”

"응. 괜히 시간이 비면 쓸데없는 생각만 많아져."

둘이서 투덜거린다.

"얘들 좀 봐, 너희보다도 스태프가 쉬어야 해. 심사 위원도. 콩쿠르 운영하기가 얼마나 힘든데. 참가자도 힘들지만 준비하는 사람들은 그야말로 눈 붙일 새도 없다고."

가나데가 끼어들었다. 아버지나 지인이 콩쿠르 운영진으로 고생하는 모습을 보아온 터라 저도 모르게 타이르지 않을 수 없었다.

"아아, 그런가. 그러네."

마사루는 그제야 깨달았다는 듯 살짝 민망한 표정을 지었다.

"스태프들 활약은 정말 대단해. 줄리아드 친구들 말로는 홈스테이 가족들도 정말 친절하다고 그랬어. 일본 콩쿠르는 시간 개념도 확실하고."

"마아 군은 이번이 몇 번째 콩쿠르야?"

아야가 걸어가면서 물었다.

"두 번째. 요시가에를 목표로 삼고 있어서 첫 번째도 오사카였어. 그래서 아직 다른 나라 콩쿠르는 어떤지 몰라."

"흐음. 이래저래 힘들다는 소문은 들었는데."

그렇게 어슬렁어슬렁 바닷가로 갔는데, 예상을 뛰어넘는 추위에 일찌감치 두 손을 들고 역 앞으로 돌아가 넷이서 요시가에 거리를 산책하기로 했다.

"나 장어 먹고 싶어."

가자마 진의 말에 모두 동의했다. 이 동네는 장어로도 유명하다.

"하지만 비쌀 텐데. 요즘 치어 가격이 폭등하고 있다면서?"

"한 끼쯤은 괜찮아. 아버지도 허락해주실 거야."

아야와 가나데는 목소리를 낮추어 속닥거렸다.

그래도 해외에서 왔는데, 마사루와 진에게 사 먹으라고 하기가 껄끄러웠던 것이다.

"이렇게 보니 일본 전통 악기점이 많네. 천천히 둘러보는 건 처음이라 몰랐어."

상점가 안에 샤미센* 가게가 여러 곳 있었다. 전통 악기 전문점은 도쿄에서도 좀처럼 보기 힘들다.

"피아노 이전부터 원래 악기의 도시였구나."

"아짱은 샤미센 연주해본 적 있어?"

쇼윈도 너머로 전시되어 있는 샤미센을 바라보았다.

"아직 없어. 해보고는 싶은데."

"뉴욕에서 쓰가루 샤미센** 공연을 본 적이 있어. 재미있었어. 즉흥 연주가 굉장해서 깜짝 놀랐어."

"어머, 누군데?"

"형제였는데."

"아아, 누군지 알아. 그래, 쓰가루 샤미센은 고전을 솔로로 연주하는 감각에 가까울지도 모르겠다. 기노시타 신이치하고 로비 라카토시가 듀오로 연주한 건 들어봤어?"

"아니. 로비 라카토시면 그 악마의 바이올린 라카토시 말이

---

* 목제 상자에 가죽을 씌운 몸통에 줄을 부착시킨 일본의 현악기.

** 현재의 아오모리 서부를 가리키는 쓰가루 지방에서 성립한 샤미센 음악으로 최근에는 샤미센 독주를 가리키는 경우가 많다.

야?"

"맞아. 굉장해."

"쓰가루 샤미센은 마치 일인 트리오처럼 굉장한 악기야. 기타하고 베이스드럼을 동시에 표현할 수 있으니까."

"확실히 멜로디에 베이스 라인, 리듬 타악기도 겸하고 있지. 하지만 내가 연주하고 싶은 건 쓰가루 샤미센이 아니라 속요나 그런 쪽이야."

"쓰가루 샤미센하곤 달라?"

"그렇게 박박 뜯는 거 말고 좀 더 말랑말랑하게, 연주하면서 노래하는 쪽."

"흠, 그런 것도 있구나."

"평균율도 아니고, 서양음악하고는 박자 감각이 완전히 다르니까 궁금해."

"난 샤쿠하치*를 불어보고 싶어."

진이 중얼거렸다.

"샤쿠하치? 소리 내는 데만 3년은 걸린다는 그거? 영감님 같은 취향이네."

아야가 눈을 동그랗게 뜨자 진은 "그게 진짜 바람 소리에 제일 가깝게 들리거든" 하고 고개를 끄덕였다.

아직 콩쿠르가 한창인데, 하물며 3차 예선에 나가는 참가자들이라는 긴장감은 찾아볼 수도 없는 세 사람을 보며 가나데는 다소 어이가 없었다.

* 대나무로 만든 일본의 전통 악기로 길이가 한 자 여덟 치, 앞에 네 개, 뒤에 한 개의 구멍이 있는 통소의 일종.

정말, 누가 천재 아니랄까 봐.

혼자만 희미한 소외감을 맛보았다.

재능이 격돌하는 세계에서 종종 맛보는 소외감이다.

이 아이들은 자기가 얼마나 행복한지 알기나 할까?

음악적 재능이 정말 있는지 없는지 고민하며 매일 오랜 시간 연습하고, 그래도 실수하면 어쩌나, 제대로 칠 수 있을까 오그라드는 위를 붙잡고 밤을 지새우고, 자신의 평범함에 좌절하면서도 음악을 떠날 수 없는 무수히 많은 예비 음악가들의 기분을 알기나 할까?

삐딱한 마음이 고개를 들었지만 생각을 바꾸었다.

아니, 모를 리 없어.

고생은 남들과 비교할 수 있는 게 아니다. 아야를 곁에서 지켜본 가나데는 알고 있었다.

천재라 불리는 사람에게는 그 사람만의 고뇌와 고생이 있다. 천재 소녀에서 전락한 자기 입장을 아야가 이해하지 못했을 리 없다. 무책임한 말도 많이 들었고, 비난도 받았다. 돌연 은퇴했을 때의 엄청난 소동은 지금도 잊을 수 없다.

인생은 어찌 될지 모른다. 스타로 탄탄대로를 걷는 것처럼 보이는 마사루도 미래가 보장된 것은 아니다. 지금까지 운명에 농락당한 신동들은 수도 없이 많다. 모든 것을 다 가진 듯 보여도 마지막은 비운의 스타로 끝나는 사람들이 널린 게 이 바닥이다.

하물며 가자마 진이라는 이 신비한 소년은 앞으로 대체 어떤 인생을 걷게 될까?

가나데는 샤미센을 유심히 바라보는 천진난만한 소년을 쳐다보았다.

아까 바닷가에서 아야가 강한 기시감을 느낀 것처럼 가나데도 문득 기묘한 운명 같은 인연을 느끼고 무의식중에 한 걸음 뒤로 물러났다.

지금 이곳에 이렇게 이 세 사람이 모여 있다는 것 자체가 기적일지도 모른다.

코트 주머니 속에 만져지는 휴대전화.

이거, 찍어봐야겠다.

세 사람이 나란히 시시껄렁한 이야기를 나누는 모습을 카메라에 몰래 담았다.

어쩌면 먼 훗날에 이 사진, 비싸게 팔릴지도.

그런 생각이 떠올라 쓴웃음이 나왔다. 지긋한 나이가 되어 누군가의 인터뷰에 대답하는 자기 모습을 상상했다.

네, 그때 자연스레 사진을 찍었답니다. 설마 훗날 모두 이렇게 훌륭한 음악가가 될 줄은 몰랐어요. 이제는 귀한 사진이지요…….

어쩐지 그 상상이 너무 생생해서 가나데는 눈을 깜빡거렸다.

어쩌면 이 순간뿐일지도 모른다. 이 세 사람이 이렇게 같은 장소에 있을 일은 앞으로 두 번 다시 없을지도 모른다. 그런 예감이 머릿속을 번득 스쳐 갔다.

그러고 보니 얘들은 사진을 안 찍네.

문득 깨달았다.

요즘 아이들은 무조건 사진으로 남긴다. 카페 메뉴, 거리에서 본 풍경. 마치 카메라를 통하지 않으면 그 존재를 확인할 수 없다는 듯이.

하지만 이 아이들은 찍지 않는다.

그 사실이 또 가나데에게 작은 소외감을 불러일으켰다.

이 아이들은 굳이 일부러 인생을 기록할 필요가 없다. 보잘것 없는 인생을 기록 속에 붙잡아둘 필요도 없다. 그들의 인생은 사람들에게 기억되고 기록되어 남도록 이미 예정되어 있으므로.

멍하니 그런 생각을 하는데 마침 뒤를 돌아본 아야가 사진에 찍힌 것을 알아차렸다.

"앗! 가나데, 사진 찍었어?"

깜짝 놀란 듯 큰 소리로 묻는다.

가나데는 혀를 날름 내밀었다.

"미안, 피아니스트 세 사람이 샤미센을 보고 있는 모습이 귀해 보여서 그만."

"그래, 왜 생각을 못 했지? 마아 군 사진 찍어놔야지. 가자마 군도. 미래의 거장들 사진."

아야가 주섬주섬 휴대전화를 찾았다.

"에헤헤, 나도 찍어도 돼? 실은 실례일까 싶어서 참고 있었는데."

마사루도 휴대전화를 꺼냈다.

"친구한테 보내야지."

"와, 찍어줘, 찍어줘!"

진이 호들갑을 떨었다.

"가자마 군, 휴대전화 없어?"

"있는데 두고 왔어."

"두고 다니면 휴대전화가 아니잖아."

천진하게 서로 사진을 찍어대는 세 사람을 보면서 가나데는 남모를 한숨과 함께 "아무래도 내가 잘못 봤나 봐" 하고 혼자서 반성했다.

동물의 사육제

콩쿠르도 마침내 후반에 접어들었다.

이틀간의 제3차 예선이 시작되었다.

여기까지 올라온 열두 명의 참가자 국적은 다음과 같다.

미국 1, 러시아 2, 우크라이나 1, 중국 1, 한국 4, 프랑스 1, 일본 2.

지리적 조건으로 볼 때 일본 콩쿠르 참가자에 아시아계가 많은 것은 당연하지만, 미에코는 이 결과가 대체로 최근 클래식 음악계의 세계 위상을 반영하고 있다고 생각했다. 좋은 참가자가 모이는 콩쿠르에는 자연히 그 시대의 국가 위상이 여실히 드러나는 법이다.

그만큼 이 요시가에 콩쿠르의 위상이 높아졌다는 뜻이기도 하겠지.

미에코는 기지개를 켜면서 심사 위원석에 앉았다.

하루에 여섯 명, 각자 한 시간의 리사이틀. 휴식 시간까지 포함하면 긴 싸움이다.

첫째 날 시작은 정오. 마지막 연주는 9시가 넘어서 끝날 예정이다.

스태프가 문을 열자마자 회장은 순식간에 꽉 차버렸다. 참가자들이 어느 정도 걸러진 이 단계에 이르면 다들 좋아하는 참가자가 생겨 관객 수도 자리를 잡는다. 한 사람 한 사람의 연주를 놓치지 않고 듣겠다는 기대와 흥분이 흘러넘친다.

심사 위원도 마찬가지다.

여기까지는 솔직히 성긴 체로 걸러낸 것에 지나지 않는다. 20분, 혹은 40분 동안은 괜찮을지 몰라도 한 시간이나 되면 프로의 무대에 버금가는 장시간의 집중력이 요구된다. 한 시간 동안 관객에게 자기의 음악을 똑바로 들려주기란 쉬운 일이 아니다. 제대로 된 리사이틀을 보여주었는지, 자기 목소리를 가지고 있는지 평가한다.

더군다나 심사 위원들은 참가자의 연주를 벌써 세 번째 듣는다. 각각의 연주에 익숙해지니 듣는 쪽도 더 엄격해진다.

참가자들도 필사적이다.

세 번째쯤 되면 무대 시설에도 익숙해진다. 적응한 건 좋지만 반대로 조금이라도 마음을 놓으면 대번에 들킨다. 소리가 떠내려가지 않도록 한층 집중력을 발휘해야 한다.

전날 하루를 쉬었어도 육체적으로나 정신적으로나 피로는 쌓여 있다. 항상 똑같다고 생각해도 몸이 기분을 따라가지 못할 때도 있다.

심사 위원은 물론 관객들도 처음에 등장한 알렉세이 자카예프의 상태가 이상하다는 것을 바로 알아차렸다.

어라? 안 웃네.

개구쟁이 이미지였던 자카예프의 표정이 어두운 게 아무래도 이상했다.

무대에 들어설 때부터 창백하더니 의자에 앉았을 때는 이미 잔뜩 굳어 있었다.

의자를 조절하는 손길이 유독 어설펐다.

작게 심호흡을 하고 힘을 내서 연주하기는 했지만 지난 1차 예선과 2차 예선 때 보여준 씩씩한 연주는 거짓말이었나 싶을 정도로 영 다른 사람처럼 위축된 연주였다.

회장에 당혹스러운 기운이 흘렀다.

저런, 마음이 다른 데 가 있네.

미에코는 자기가 들떠 있는 줄도 모르고 서서히 무너져가는 자카예프를 지켜보았다.

듣자 하니 제자가 3차 예선에 올라갔다는 소식을 듣고 스승이 급히 일본으로 건너와 어제는 레슨 삼매경이었다고 한다.

여기까지 오다니 스승도 제자도 예상치 못한 전개였을 것이다. 둘이서 흥분한 나머지 들떠서 필요 이상으로 열심히 연습한 게 분명하다.

마음은 이해하지만 그냥 내버려뒀어야지, 선생님.

미에코는 속으로 한숨을 쉬었다.

지금까지 알렉세이는 콩쿠르에서 탈락한다는 징크스가 있는 숫자 1번을 뽑아 반쯤 포기한 심경으로 욕심 없이 연주했다. 설마 3차까지 남을 줄 몰랐으리라. 기대하지 않고, 의식하지 않고 편안하게 연주했다. 그것이 원래 그가 가진 활달하고 대범한 연주를 끌어낸 것이다.

하지만 그는 깨닫고 말았다.

스승까지 달려왔으니 그럴 만도 하다.

어쨌거나 이런 대형 콩쿠르에서, 지난번 스타 탄생의 기억이 생생한 화제의 콩쿠르에서 거의 백 명에 달하는 참가자 가운데 열두 명 안에 남은 것이다.

말하자면 입상 가능성이 눈에 들어온 것이다.

그는 그 가능성을 깨닫고 말았다. 욕심이 생긴 것이다.

생각하지 마. 그는 그렇게 중얼거린다. 평소처럼 연주하라고 스스로를 타이른다. 어제 스승이 해주신 조언을 떠올리려 애쓴다. 침착해, 마음속으로 되풀이한다.

하지만 그럴수록 '입상'이라는 글자가 머릿속에 어른거린다. 잘 쳐야지, 잘 보여야지, 하고 손가락이 움직인다. 괜한 곳에 힘이 들어가 평소에는 하지 않는 과장된 동작이 나오고 피아노를 짓뭉개려 한다. 그 결과 소리가 갈라지고 그의 장점이었던 대범함은 상실된다.

소리를 붙들어두려고 애쓸수록 힘이 들어가, 평소에는 절대 하지 않을 실수까지.

자카예프는 점점 더 동요했다.

듣고 있던 관객들도 바로 느꼈다.

이미 리사이틀이라 부를 수도 없었다. 브레이크가 고장 난 자동차가 맹렬한 속도로 산길을 질주하는 듯한 연주. 관객들은 숨을 멈추고 이 무서운 연주의 종착점을 지켜보는 수밖에 없었다.

곡이 끝나고 박수가 나왔지만 자카예프는 어딘가 넋 나간 상태였다.

그가 준비한 핵심 프로그램인 무소륵스키 〈전람회의 그림〉은 예고도 없이 시작되었다.

아마 처음부터 빠르게 시작할 작정이었을 것이다. 호전적이고 젊은 〈전람회의 그림〉이 될 예정이었으리라. 하지만 자카예프의 얼굴에 번뜩 스친 '아차' 하는 표정으로 보아 예정보다 조금 더 빨랐던 모양이다.

다급하게 쫓기는 프롬나드. 손가락이 건반 위에서 미끄러져 소리가 중심을 잡지 못하는 탓에 울림이 빈약하다.

힘내. 미에코는 조마조마한 마음으로 저도 모르게 속으로 외쳤다.

아직 바로잡을 수 있어. 〈고성〉에서 마음을 가라앉혀.

그렇게 충고했다.

단편소설집 같은 형식의 〈전람회의 그림〉은 다음 곡으로 넘어갈 때 징검다리 역할을 해주는 '프롬나드'라는 부분이 의도적으로 들어가 있다.

각각의 곡들은 템포가 다양하다. 느긋하고 차분한 색조의 곡도 있으니 얼마든지 바로잡을 기회가 있었다.

하지만 자카예프의 브레이크는 끝까지 고장 난 상태였다. 아니, 템포를 고려할 정신이 어디로 완전히 날아가버린 것이다. 도로 표지판도, 커브도, 모조리 무시하고 질주한다. 어딘가에 충돌하지 않는 한 그의 연주는 끝나지 않는다.

연주는 계속 같은 상태로, 심지어 앞으로 고꾸라질 듯 급한 속도로 진행되었다.

저 속도로도 음을 거의 놓치지 않은 것은 칭찬해줘야겠다. 하지만 〈리모주의 시장〉이 저 속도면 〈닭발 위의 오두막〉은 어쩌려고.

미에코는 심장이 오그라드는 심정이었다.

저러다 멈춰버릴지도.

하지만 이 회장 어딘가에 있을 스승의 마음은 자기보다 더할 거라 생각하니 진심으로 동정을 금할 수 없었다. 스승을 심장 발작에 빠뜨리려는 무대 위의 청년에게도.

창백했던 자카예프의 안색이 연주 후반부에 접어들자 이번에는 새빨갛게 물들었다.

그럴 수밖에, 저렇게 빠른 속도로 이런 대작을 연주하고 있으니 상당히 지쳤을 것이다. 전반부에서 지나치게 힘을 쏟은 탓에 팔이 잔뜩 굳은 게 분명하다.

눈을 보니 이미 넋이 나갔다. 소위 말하는 머릿속이 텅 빈 상태다.

미에코는 척수반사라는 말을 떠올렸다. 그냥 몸이 혼자 연주하고 있다.

앞쪽에 있는 관객들이 말 그대로 얼어붙어 있는 게 보였다. 불쌍하게도 자카예프의 패닉을 공유하고 있는 것이다.

상승하는 음계. 덜컹덜컹 하늘로 올라가는 제트코스터처럼, 공포와 패닉이 정점에 달한 순간.

절벽에서 뛰어내려 허공을 날 듯 자카예프는 마지막 악장 〈키예프의 대문〉으로 뛰어들었다.

실로 '뛰어들었다'는 표현이 정확했는데, 신기하게도 이제야 결승점이 보인다는 안도 때문인지 갑자기 소리가 차분해졌다.

여기까지 왔으니 이제 됐다.

미에코도 객석도, 그리고 자카예프 본인도 그런 안도로 동시에 가슴을 쓸어내리는 게 느껴졌다.

스릴 만점, 십년감수했다.

옆에 앉은 심사 위원들도 한숨 놓는 게 느껴졌다.

안 그래도 노인네가 많은데 사람 잡을라.

관객들이 꿈지럭거리며 자세를 가다듬었다. 회장 전체가 어떻게든 결승선에는 들어갈 것 같다는 안도감을 공유하고 있다.

갑자기 본래의 대담한 연주로 돌아온 자카예프는 겨우 피아노에서 몸을 살짝 떼고 호흡하듯 고개를 들었다.

저런, 처음부터 그렇게 연주하지.

미에코는 무심코 의자 등받이에 몸을 기댔다.

역시 이 아이는 본디 가진 소리가 좋다. 커다란 풍경을 갖고 있다.

이쪽도 이제야 겨우 '심사'할 여유가 생겼다.

순식간에 소리에 생기가 차오르고 울림도 좋아졌다.

마지막은 관객들도 편안하게 즐겼다. 그때까지의 스릴이 과했던 터라 효과 만점이라고 해도 될 정도였다.

마지막 화음.

진심으로 안도한 표정으로, 새빨갛게 물든 얼굴로 일어선 자카예프를 역시나 안도와 격려로 가득한 관객들의 박수가 품어주었다.

"아아, 살았다."

저도 모르게 그렇게 중얼거렸다.

녹초가 되어 물러나는 청년.

이럴 때면 역시 피아니스트는 마음으로 연주한다는 생각이 든다.

고교 여름 야구 시합 위기 상황에서 한 사람이 실수를 내면 줄줄이 무너져 실수가 속출하는 것을 볼 때마다 스포츠는 마음으로 하는 거라고 생각했다.

미에코는 새삼 음악을 연주하는 건 손가락이 아니라 마음이라는 것을 깨달았다.

관객들은 시작부터 스릴과 서스펜스의 나락으로 떨어졌지만, 이어서 등장한 한국 소녀는 첫 번째 연주자의 동요에 전혀 영향을 받지 않고 차분하고 청아한 연주로 대번에 관객들을 사로잡았다.

슈나이더의 제자인가.

너새니얼 실버버그는 단상 위의 소녀를 바라보았다. 아일랜드 음악원에서 유학하는 학생이다.

스포츠에서도 좋은 선수가 꼭 좋은 코치가 된다는 보장은 없는 것처럼, 음악의 세계에서도 본인은 음악가로 썩 유명하지 않아도 제자 육성에서 재능을 발휘하는 뛰어난 안목의 소유자가 각국에 존재한다.

슈나이더도 그중 한 사람으로, 최근 눈에 띈다 싶은 참가자가 있으면 그의 제자인 경우가 많았다.

참가자들은 저마다 다른 개성을 가졌고, 스승도 충분히 제자의 개성을 존중해서 훌륭히 지도한다. 하지만 어째서인지 신기하게 그 너머에 스승의 그림자가 어른거리는 순간이 있다.

슈나이더라면 슈나이더의 지도법이 묻어난다고나 할까, 아아, 이 아이는 슈나이더의 제자로구나 하고 느끼는 순간이 있는 것이다.

나쁜 의미가 아니다. 오히려 옛날부터 피아니스트들에게 연주 스타일의 계보란 그런 식으로 계승되었다. 사람이 사람에게 배우는 것이니 스승의 연주법을 닮는 것은 당연한 일이다.

하지만 이런 식으로 균질한 연주가 늘어나는 세상에서도 역시 스승의 그림자를 느낄 수 있다는 점은 흥미롭다.

슈나이더의 제자들은 스승을 닮아 음악에 대한 성실함, 조리 있는 악보 독해와 사고방식이 다들 비슷하다. 그것이 슈나이더에 대한 신뢰와 맞물려 듣는 이를 실망시키지 않는 믿음으로 연주에 드러난다. 물론 스승의 음악관에 공명한 이들이 제자로 남기 때문이기도 하다.

때로 제자를 통해 스승이 가진 뜻밖의 모습이 서서히 떠오르는 것도 재미있다. 슈나이더의 음악관, 그는 이런 식으로 생각했구나, 사실 그는 이런 피아니스트였구나.

음악가들이 꼭 자기가 하고 싶은 음악을 제대로 알고 있다고 말하기는 어렵다. 프로로 오래 활동해도 자기가 어떤 연주가인지 사실 잘 모르는 부분이 있다. 좋아하거나 하고 싶은 곡과 그 사람에게 어울리고 능숙하게 표현할 수 있는 곡이 반드시 일치하지는 않는다.

또한 가르쳐보고 비로소 깨닫는 점들도 많다.

남을 가르침으로써 비로소 자기가 무엇을 하고 싶었는지, 어떤 연주를 선호하는지 발견하는 순간도 있고, 제자를 통해 자기가 꿈꾸던 연주를 실현할 수도 있다.

슈나이더도 그렇지만 어쩌면 그런 타입의 음악가는 제자를 통해 자기가 원하는 연주를 하고, 많은 제자들을 키워 자기가 꿈꾸는 연주를 퍼뜨림으로써 지금 이 순간에도 현역 음악가로 활동하는 건지도 모른다.

이렇게 음악은 대물림되는 것이다.

그런 감회가 치밀었다.

희석되고 확산되어 본모습을 잃고, 누가 원형이었는지 알지도 못하고 기억의 저편으로 잊혀도, 어딘가에 그 향기는, 감촉은, 본질은 남는다.

그 소년 안에 선생님의 본질은 남아 있을까?

생각해본 적도 없었다.

너무나 파격적인, 자유로운 연주에 넋을 빼앗겨 호프만 선생님의 감촉을 찾을 생각은 해보지도 않았다.

그보다 선생님은 자신의 흔적을 남기길 원했을까? 아니, 선생님은 그런 건 바라지 않으셨고, 불가능하다는 것을 누구보다도 잘 알고 계셨다. 제자를 거의 받지 않았던 것도 그 한계를, 덧없음을 잘 알고 있었기 때문이다.

그의 안에 선생님이?

실버버그는 내면에서 무언가가 흔들리는 것을 느꼈다.

기묘한 감각이다. 작은 빛 같은 무엇이, 가슴속에 어슴푸레 켜진 듯한.

찾을 수 있을까? 찾는다면, 과연 어떻게 될까?

이 수준이라면 이제는 취향 문제로군.

순수한 관객으로 돌아와 3차 예선에서 객석에 자리를 잡은 다카시마 아카시는 세 번째 한국 참가자의 연주를 들으며 연신 감탄하고 있었다.

2차 예선까지 마음에 드는 연주가 몇 개 있었는데 분명히 남을 거라 예상한 참가자들이 몇 명 떨어지고 말았다. 아무래도 이해할 수가 없어 연주 시디를 구해서 들어보았다.

결과는 뜻밖이었다.

단순히 놀란 점은 역시 심사 위원의 귀는 대단하다는 것이었다.

자만했던 건 아니지만 아카시도 제법 많은 연주를 들어봤다는 자부심이 있었다.

하지만 회장에서 들었던 연주와 시디로 듣는 연주는 인상이 달라서 깜짝 놀랐다.

차분히 들어보니 2차에서 떨어진 참가자들의 연주에는 합당한 이유가 있었다.

가장 확실한 이유는 곡의 긴장감을 유지하지 못하고 '그냥저냥' 연주하는 부분이 군데군데 보였다는 점이다. 가만히 듣다 보니 곡의 이미지에 명암이 생겨서 곡이 '떠내려가는' 순간이 제법 있었다. 홀에서는 어째서 그렇게 감격했는지 의아한 경우도 많았다.

제니퍼 챈의 그 멋진 연주도 마찬가지였다. 회장에서는 역동적으로 들렸던 연주가 알고 보니 단조로워서 깜짝 놀랐다.

아직 귀가 트이지 않은 것이다.

아카시는 자신의 미숙함을 통감했다.

지금 연주하는 참가자는 2차 때는 너무 수수해서 마음에 남는 게 없었는데 3차에서는 묵직한 베토벤을 연주해 그 실력을 역력히 보여주었다.

그런가 하면 후반부에서는 일변해 라벨의 어려운 콘서트곡 〈라 발스〉를 더없이 화려하게 연주해냈다.

심사 위원들은 여기까지 꿰뚫어 보았던 걸까?

아카시는 절망적인 기분이었다.

어찌 보면 당연한 일이지만, 저런 글리산도를 용케도 친다.

태연한 얼굴로 걸레질이라도 하듯 편안하게 치는 글리산도를 들으니 저도 모르게 탄식이 흘러나왔다.

처음 글리산도를 배웠을 때는 너무 아파서 눈물을 뚝뚝 흘렸다. 손가락등으로 건반을 쓸 듯이 연주하는 글리산도는 보기에는 쉬워 보이지만 실제로는 엄청나게 아프다. 이런 건 죽었다 깨어나도 못 할 거라고 생각했던 기억이 있다.

저 사람도 처음에는 그랬을까?

여유롭게 연주를 이어나가는 청년의 옆얼굴을 보았다.

저 곡을 연주하고 싶다, 저렇게 연주하고 싶다.

레코드와 시디를 반복해서 듣고, 귀로 익힌 곡을 처음 악보로 보는 기쁨.

내 손가락에서, 내가 아는 그 곡이 태어나는 감동. 듣고 있을 때는 그렇게 쉬워 보이는 곡이 연주해보면 어찌나 어려운지. 내가 연주하는 건 알아들을 수도 없는 너덜너덜한 곡.

모두들 이렇게 어려운 곡을 연주하고 있었구나. 피아니스트들은 엄청난 기술을 가진, 정말 굉장한 사람들이다…….

이윽고 조금씩, 귀로 들었던 대로 연주할 수 있게 된다.

레코드로 들었던 곡처럼 모양이 잡힌다.

서서히 '노래'한다는 감각이 어떤 것인지 이해할 수 있게 된다.

몸이 절로 흔들린다. 눈이 절로 감긴다. 소리가 멀리 날아오를 때는 어느새 티브이에서 보았던 마에스트로처럼 두 손을 번쩍 쳐들고 피아노 위로 몸을 숙이고 연주하고 있다.

뭔가를 깨우치는 순간은 계단식이다.

비탈을 느긋하게 올라가듯 깨우치는 경우는 존재하지 않는다.

아무리 연습해도 제자리걸음, 조금도 앞으로 나아가지 못할 때가 있다. 여기가 한계인가 절망하는 시간이 끝없이 계속된다.

하지만 어느 날 갑자기, 다음 단계로 올라가는 순간이 찾아온다.

이유는 몰라도 느닷없이, 그때까지 연주하지 못했던 부분을 연주할 수 있다는 걸 깨닫는다.

그것은 표현할 길 없는 감격과 충격이다.

정말로 어두운 숲을 빠져나가 탁 트인 벌판에 서는 기분이다.

아아, 그랬구나, 하고 납득하는 순간. 말 그대로 새로운 시야가 펼쳐지고, 어째서 지금까지 몰랐을까 하고 지나온 길을 굽어보는 순간.

모두들 그런 지점들을 수없이 거쳐 지금 여기에서 무대에 서 있다.

그렇게 생각하니 왠지 마음이 경건해졌다. 지금 무대에 있는 참가자들이 모두 애틋하게 느껴졌다.

참가하길 잘했다.

아카시는 진심으로 그렇게 생각했다.

하늘의 별만큼 많은 피아니스트들의 일원이 될 수 있어 다행이다. 지금 여기에 있을 수 있어 다행이다.

솔직한 마음으로 그렇게 생각하는 자신이 스스로도 대견했다. 이 순간을 경험할 수 있다는 것만으로도 보상받은 기분이 들어 아카시는 괜히 울고 싶었다.

그래도 역시 지금 시점에서는 그보다 훨씬 앞서가는, 공감할 엄두조차 못 낼 높은 곳에 있는 사람도 있다.

경험을 공유할 수 없는, 그저 올려다보기만 해야 하는 존재.

아카시는 〈라 발스〉를 끝마친 참가자에게 아낌없는 박수를 보내면서도 다음으로 등장할 마사루 카를로스의 모습을 조용히 떠올렸다.

나단조 소나타

한 시간의 프로그램.

열두 명의 참가자들에게 균등하게 주어진 시간.

그 내용은 무한하다. 어떤 곡을 연주하든 자유. 구성도 자유다.

현대의 우리는 다양한 시대의 음악을 조합해서 연주할 수 있다. 17세기 바흐부터 20세기 쇼스타코비치까지, 3백 년에 걸친 선인들의 유산을 연주할 수 있다.

하지만 실제 프로 피아니스트들을 보면 프로라도, 어쩌면 프로 피아니스트이기에 그런 걸지도 모르지만 연주하고 싶은 프로그램을 좀처럼 치지 못하는 것처럼 보인다.

청중들이 듣고 싶어 하는 곡과 피아니스트가 연주하고 싶은 곡이 언제나 일치하는 것은 아니다. 가령 '일반' 청중들은 소위 말하는 현대음악을 경원敬遠한다. 리사이틀 주최자가 프로그램에 현대음악을 넣지 말아달라고 부탁했다는 이야기도 자주 들리고, 쇼팽이나 베토벤 같은 인기곡을 넣어서 전면적으로 선전하는 대신 현대음악을 한 곡 넣을 수 있으면 그나마 다행이라고 한다.

인기 피아니스트가 되어 팬들의 시야가 넓어지면 그런 경향은 더욱 강해진다. 보다 많은 티켓을 팔고, 큰 홀을 가득 채우려면 보다 많은 청중들이 듣고 싶어 하는 곡을 중심으로 연주할 필요가 있다.

신문이나 잡지, 전단지에 인쇄된 프로그램 속에서 관객들이 듣고 싶어 하는 곡과 피아니스트가 연주하고 싶은 곡의 충돌이 보인다. 티켓을 파는 쪽의 의도와 모험하고 싶은 피아니스트의 흥정이 고스란히 보인다.

그런 점에서 콩쿠르는 티켓 판매를 걱정하지 않고 실험적인 프로그램을 시도할 수 있는 장소라고도 할 수 있다. 자기가 가진 기술의 한계를 보여준다는 점에서도 모험할 수 있는 최고의 장소일지 모른다.

마사루는 무대 뒤에서 멍하니 그런 생각을 하고 있었다.

내가 연주하고 싶은 곡과 청중이 듣고 싶은 곡이 일치하는 피아니스트가 되고 싶다.

그런 생각도 했다.

그것은 곧 자기가 재미있다고 생각하는 곡을 청중들도 재미있다고 느끼게 만드는 피아니스트가 되겠다는 뜻이다. 어떤 곡이든 고유한 매력을 최대한으로 끌어내 전달할 수 있는 피아니스트가 되겠다는 뜻이다.

아직 아무한테도 말하지 않았지만 마사루에게는 은밀한 야망이 있었다.

그것은 '새로운' 클래식을 만드는 것. 현대에 '클래식'으로 불리는 작곡가들처럼 '새로운' 피아니스트 작곡가가 되겠다는 생각이었다.

쇼팽, 슈만, 브람스, 라흐마니노프, 스크랴빈, 버르토크.

그들은 모두 탁월한 피아니스트이자 작곡가였다. 그렇다면 현대에도 피아니스트 작곡가가 좀 더 나와도 되지 않을까.

물론 그들과 어깨를 견줄 수 있다고 생각하지는 않는다. 선인의 곡을 제대로 연주하는 것만으로도 평생이 모자랄 테고, 주위에서도 연주를 우선해야 한다고 할 것이다.

지금도 피아니스트 작곡가는 있지만 클래식계에는 적다. 그나마도 현대음악이라는 범주 안에 안주하거나 영화음악, 혹은 경음악 장르에 국한되어 있는 것처럼 보인다. 클래식 전문 피아니스트가 자작곡을 연주했다는 이야기는 들어본 적이 없다.

엄청난 기술을 가진 피아니스트는 많은데 그런 비르투오소* 안에서 왜 작곡가는 나오지 않는 걸까, 마사루는 늘 알 수가 없었다.

그렇지만 소위 말하는 대부분의 '현대음악'은 한없이 좁은 시장에서 활동하는 작곡가 본인과 평론가를 위한 음악이지, 반드시 연주하고 싶고 듣고 싶은 곡은 아니다.

그 사이를 연결하는 피아니스트는 없을까?

마사루는 줄곧 그런 고민을 해왔다. 하지만 자유분방한 천재라 불리며 음악의 경계를 뛰어넘었다고 평가받는 프리드리히 굴다마저도 자작곡은 재즈 피아노곡으로 시작했다. 몇 안 되는 빈 정통파 연주자였는데도 다들 기인으로 취급하며 클래식 피아니스트에서 밀려난 존재로 여겼다. 선인들의 영향력은 그토록 강하고, 뛰어넘어야 할 벽은 높다.

하지만 가능하다면 언젠가 내가.

마사루는 그런 꿈을 품고 있었다.

피아노를 위한 곡을 만들고, 악보를 팔고, 다른 피아니스트들도 그걸 연주해준다면.

* 뛰어난 연주 실력을 지닌 대가.

물론 반발은 클 것이다. 불손하다며 이단으로 취급할지도 모른다.

하지만 그의 뒤를 이어 새로운 피아니스트 작곡가가 쭉쭉 나타난다면. 다음 세대에서도, 그다음 세대에서도 연주될 수많은 새로운 '클래식' 곡을 만들 수 있다면.

그 생각을 멈출 수가 없다.

문득 시작을 알리는 종소리가 들렸다.

이런, 이제 겨우 프로와 아마추어의 갈림길에 서 있는데 이렇게 원대하고 커다란 야망을 품고 있다니. 선생님께 털어놓으면 웃을지도 모르겠다.

마사루는 쓴웃음을 지었다.

우선 눈앞에 주어진 한 시간 동안 최선을 다해야 한다.

그 쓸쓸한 표정을 보았는지 무대 매니저 다쿠보가 잠시 의아한 표정을 짓는 것을 보고 마사루는 얼른 표정을 가다듬었다.

"나갈 시간입니다."

다쿠보가 온화하게 말했다.

"행운을."

이 말도 벌써 세 번째 듣는다.

"고맙습니다."

마사루는 다쿠보에게 세 번째로 미소를 던지며 밝은 무대로 걸어 나갔다.

마사루의 제3차 예선 첫 번째 곡은 버르토크 소나타였다.

불온하고 격렬한 소리의 연타로 예고 없이 시작해 청중을 별

세계로 끌어들인다.

오래전부터 3차 예선 첫 번째 곡은 이 곡으로 정해놓았다.

모던하고 전위적인 면을 가진 이 곡으로 시작해, 일반적으로 볼 때 달콤한 이미지가 있는 마사루의 인상을 뒤집어 충격을 주는 것이다.

버르토크는 생전에 피아노는 선율악기이면서 동시에 타악기라고 거듭 주장했다.

평소 피아노를 타악기로 인식하는 사람은 적을 것이다. 확실히 속을 들여다보면 해머가 눈으로 따라갈 수도 없을 만큼 빠르고 정확한 타격으로 소리를 내는 것이 보이니 타악기라는 것을 이해할 수 있지만 건반만 보면 그 사실을 잊어버린다.

하지만 이 곡을 비롯해 피아노를 타악기로 다룬 버르토크의 곡은 새삼 피아노가 '때리는' 악기라는 사실을 여실히 깨닫게 해준다.

그래서 마사루는 이 곡에서 건반을 '치지' 않고 '때린다'.

그렇다, 그의 머릿속에 있는 것은 마치 마림바를 두드리듯 손목 스냅을 살려 건반을 때리는 이미지다. 손가락은 길게 뻗은 열 개의 채가 된다.

마림바 특유의 리드미컬한 탄력, 경쾌한 속도감을 재현하려 한다.

타악기는 망설이지 말고 힘껏 두드려야 한다. 조금이라도 주저하거나 힘을 빼면 흐리멍덩하게 소리의 긴장이 사라지고 스피드를 잃는다.

때문에 버르토크는 때로 격렬하다 못해 난폭하게 들리기도 하지만 어쩔 수 없는 일이다. 이것은 타악기니까.

그나저나 참 멋진 곡이다.

마사루는 환희를 느꼈다.

그렇다, 이것은 큰북을 두드리는 기쁨에 가깝다. 소리의 진동이 몸으로 되돌아오는 느낌, 기분 좋은 리듬을 새기는 쾌감. 그것은 인간의 육체에 깃든 근원적인 환희다.

큰북은 고래로 어느 나라, 어느 민족이나 갖고 있는 악기다.

그렇다, 마사루는 그런 의미로는 피아노도 큰북의 연장이라는 것을 깨달았다.

다양한 악기를 다루다가 결국 드럼을 선택한 친구가 있다. 큰북에는 다양한 소리와 리듬이 있어 모든 악기를 커버할 수 있다고, 드럼 하나가 오케스트라에 필적한다고 했다.

피아노도 그렇다. 피아노 한 대로 오케스트라를 그대로 재현할 수 있다.

이론적으로는 똑같다. 북채 대신 해머가 수많은 소리를 때린다.

때린다, 때린다.

때려서 내는 소리로 감정을 표현하는 인간의 근원적 욕망. 그 욕망을 채우기 위해 두드리기 시작한 큰북. 그 후로 오랜 세월이 지났지만 그 욕망의 연장선상에 피아노가 있고, 버르토크의 이 곡이 있는 것이다.

버르토크만의 특징이 살아 있는 소리의 전개. 가슴이 뻥 뚫리는 시원한 소리의 흐름은 전망 좋은 곳에 나가 탁 트인 창공을 보는 것처럼 상쾌하다.

마사루는 버르토크를 연주할 때마다 왠지 숲의 냄새, 풀의 향기를 느낀다. 섬세한 초록색 그러데이션을, 나뭇잎 끝에서 뚝뚝 떨어지는 물방울을 느낀다.

숲을 훑고 가는 바람.

바람이 가는 길, 그곳에는 볕 잘 드는 언덕이 있고 로그하우스가 있다.

버르토크의 소리는 가공하지 않은 굵은 통나무 같다. 니스도 바르지 않고, 세공도 하지 않았지만 나뭇결 자체의 아름다움으로 보여주는 대자연 속의 탄탄한 건축물. 단단하게 맞물린 이음매. 소재 본연의 소리.

숲 어디선가 도끼를 내리찍는 소리가 울려 퍼진다.

규칙적이고 힘찬 리듬.

때린다. 때린다. 배 속 깊이, 숲속에 울려 퍼지는 진동.

심장의 고동. 큰북의 리듬. 생활의, 감정의, 주고받는 환희의 리듬.

때린다. 때린다.

손가락은 채가 되어 나무를 때린다.

힘차게 두드리는 사이 트랜스 상태에 빠졌다. 힘이 더욱 세게 들어가고, 타격은 점점 격렬해진다. 오로지 한길로. 정신없이, 무아지경으로 두드린다.

마지막 일격을 가한다. 짧은 잔향을 남기고 소리가 멈춘다.

정적. 숲의 침묵.

마사루가 일어나자 열광적인 박수가 그를 감쌌다.

상쾌한 미소와 목례.

뜨거운 박수가 뺨을 때린다.

재빠르게 관객들의 생생한 반응을 느끼고, 분석한다.

결코 듣기 편한 곡은 아니었지만 관객들이 마사루의 연주를 좋아해주고, 이 곡을 재미있어한다는 걸 알 수 있었다.

안도와 동시에 말로는 표현할 수 없는 환희가 치밀었다.

내가 연주하고 싶은 곡과 청중이 듣고 싶은 곡이 일치하는 피아니스트가 되고 싶다.

아까 생각했던 다짐이 머릿속을 얼핏 스쳤다.

그럼 다음 곡은?

믿건대 이번 곡도 관객들과 내가 함께 바라는 곡이다.

두 번째 곡은 시벨리우스. 〈다섯 개의 낭만적 소품〉.

처음 연주한 버르토크와는 180도 딴판으로 이름 그대로 낭만적인 선율이 아름다운 다섯 개의 소곡이 이어진다.

유들유들하면서도 단정하고 아름다운 멜로디.

기술적으로 어려운 부분이 없어 달콤하게 치려면 얼마든지 달콤하게 칠 수 있는 곡이다.

하지만 이 곡을 두 번째 순서로 넣은 것은 마사루에게는 모험이었다.

마사루가 생각한 한 시간의 프로그램에서 두 번째 곡의 역할은 중요하다.

첫 번째 버르토크와 대비시켜 강약을 조절하려는 의도도 있고, 긴장을 강요한 모던한 곡에서 관객들을 풀어주고 편안하게 쉬게 하려는 목적도 있다. 관객들이 마사루에게 바라는 황홀하고 달콤한 음악을 제공해 만족을 선사하려는 뜻도 있다. 무엇보다 이어질 대작, 리스트 소나타를 들려주기 위한 포석이기도 하다.

하지만 이 곡, 생각보다 훨씬 어려워.

마사루는 연습할 때마다 통감했다.

단순한 곡이라 금방 연주할 수 있고, 아름답고 대중적인 멜로디라 달콤하게 연주하려면 얼마든지 그럴 수 있다. 하지만 '달콤함'이라는 것은 '투박함'이나 '자의식 과잉("봇물처럼 흘러넘치는 피아니스트의 자의식"은 정말 딱 들어맞는 표현이다)'과 한없이 가까운 위치에 있다. 그 조절이 어렵다 보니 과하게 흥을 내거나 반대로 무뚝뚝해지기 쉬워, 그가 납득할 수 있는 해답이 좀처럼 보이지 않는다. 자칫 먼저 연주한 버르토크와 대비가 지나치면 위화감을 줄 수도 있는 데다 조용한 마무리 때문에 오히려 부족해 보일지도 모른다.

낭만적이란 건 대체 뭘까?

제목을 노려보며 시벨리우스가 말하는 '낭만'을 생각했다.

핀란드를 대표하는 작곡가 시벨리우스의 이미지는 흰색이다. 눈, 얼음, 빙하. 딱딱하고 뾰족한 침엽수림 위에 쌓인 눈. 깊은 청색을 머금은 호수. 하지만 동시에 우아한 흰색이고, 세련된 흰색이다.

이 〈다섯 개의 낭만적 소품〉을 연주하면 우아하고 정교한 무늬로 짠 순백의 레이스가 떠오른다. 새하얀 레이스의 물결이 물가로 넘실넘실 조용히 다가오는 모습이 보인다.

낭만적이지? 누군가에게 그렇게 속삭여본다.

어떤 기분일까?

눈을 감고 상상해본다.

연인들의 촉촉한 눈동자. 맞닿은 그림자.

아름다운 야경. 나풀나풀 일렁거리는 촛불.

조금 쑥스럽고, 조금 쌉싸래하고, 조금 서글프고, 아주 조금 허공에 떠 있는 느낌.

곡 자체가 충분히 낭만적인 멜로디이기 때문에 반대로 소리는 금욕적으로, 딱딱하게 들릴 정도로 낸다. 화음은 어디까지나 모든 음을 균등하게, 아르페지오는 정확하게. 애태우는 감속은 필요 없다.

크리스털의 빛, 바카라 잔 같은 예술적 커팅이 자아내는 빛. 그것을 닮은 아름다운 소리의 빛을 상상한다.

'노래'하기는 어렵다. 기분 좋게 노래해도 혼자만 흥겨운 노래 자랑이 될 때도 있다. 곡의 자연스러운 흐름에 몸을 맡기고, 이렇게 부르고 싶다는 피아노의 목소리를 따른다. 상당한 인내심과 겸허함이 없으면 바로 연주가 혼자만의 욕심이 고개를 내민다.

아름다운 멜로디를 노래하려면 소리 자체가 아름다워야 한다.

마사루는 이 곡을 연주하기 위해 터치를 더욱 갈고 닦았다. 소리와 소리 사이를 얼마나 자연스럽고 매끄럽게 이동할 수 있는가?

당연하게 연주하던 피아노였는데 일단 의식하니 소리의 크기를 고르게 연주하는 게 얼마나 어려운지, 소리의 조각들을 챙기는 게 얼마나 어려운지 새삼 통감했다.

인위적으로 울리는 게 아니라 자연히 울리는 소리. 연주하는 게 아니라 흘러나오는 소리. 그런 소리를 찾아서 끝없이 연습했다.

연구 결과 '낭만적인' 소리는 다분히 여력이 필요하다는 것을 깨달았다.

빈약한 소리, 힘겨운 소리로는 안 된다. 갓 말린 보드라운 이불처럼 폭신폭신하면서 촉촉한 물기를 머금고 있어야 한다. 실로 연인들의 촉촉하게 젖은 눈망울처럼 '물기'가 필요하다. 하지만 그 '물기'를 표현하려면 상당한 여유가 있어야 한다.

군더더기 소리를 내지 않으려면 근력이 필요하다. 발소리를 내지 않으려면 다리에 힘을 주어야 한다. 테이블 위에 컵을 내려놓으려면 컵을 쥔 손을 허공에서 딱 멈추고 지탱할 힘이 필요하다.

낭만적인 소리를 내려면 강인한 파워가 필요하다. 육체적으로도, 정신적으로도.

그것은 곧 '어른'이라는 존재가 갖춰야 할 요건이기도 하다.

마사루는 그런 생각을 했다.

더 강해져야 해.

강인한 육체, 강인한 정신. 그것이 진정 '낭만적인' 소리를 자아내리라.

물론 실전 연주 중에 그런 생각을 한 것은 아니다.

그런 모든 시행착오의 기억이 뒤섞여 마음 한구석을 그림자처럼 슥 지나갔을 뿐이다.

그리고 지금, 마사루는 그가 추구해온 '낭만적인' 연주를 펼치는 데 전념하고 있었다. 절묘한 당도, 절묘한 가락.

실전에서는 오로지 사심 없는 마음으로 순수하게 노래에 대한 심상을 해방할 뿐.

수없이 많은 아름다운 멜로디를 거쳐, 관객들을 황홀하게 사로잡은 뒤에 찾아오는 자연스러운 피날레.

매혹적인 잔상으로 가득 찬 침묵이 지나가고 마사루가 다시 웃으며 자리에서 일어난 순간, 열광적인 박수가 쏟아졌다.

마사루는 객석 관객들의 체온이 단숨에 달아오른 것을 느꼈다. 관객이 마사루와 함께 '낭만적인' 음악을 즐겼다는 게 느껴졌다.

한층 마음이 놓인다.

청중들은 곡의 순서와 곡 자체로 마사루가 의도한 감정을 떠올렸고, 여기까지 원활하게 리사이틀 프로그램의 길을 따라왔다.

좋아, 준비는 끝났다.

마사루는 마음을 가다듬었다.

세 번째 곡, 그리고 오늘 프로그램의 주요리.

프란츠 리스트의 대작, 피아노 소나타 나단조다.

프란츠 리스트 작곡, 피아노 소나타 나단조.

1852년부터 1853년 사이에 작곡, 초연은 1857년.

리스트는 이미 피아니스트에서 은퇴했기 때문에 그의 제자 한스 폰 뷜로가 연주했다.

걸작으로 칭송받는 이 곡은 소나타 형식으로는 상당히 이색적이다. 소나타라는 이름을 붙인 탓에 발표 당시 이 곡이 소나타인지 아닌지를 둘러싸고 심각한 논쟁이 벌어졌다. 너무나 참신한 구조 때문에 매섭게 비난받은 것으로도 유명하다.

일반적인 소나타 형식에서는 주제부와 전개부가 악장별로 연주되는데, 이 곡은 악장이 나뉘어 있지 않고 전체가 하나로 이어진 1악장 형식이라는 점을 가장 큰 특징으로 들 수 있다.

30분 가까운 대작으로 어려운 곡이 많기로 유명한 리스트의 곡 중에서도 다양한 기량이 요구되는 최고 난이도의 곡이다.

복잡하고 치밀한 그 구조는 오랫동안 연구의 대상이 되어왔다. 마사루는 이 곡을 들을 때마다 의도적으로 복선을 깐, 교묘한 구성의 장편소설 같다고 생각했다.

그렇다, 이것은 음표로 그린 장대한 이야기다.

쓴 사람도, 읽는 사람도, 상당한 역량이 필요한.

음유시인처럼 이 곡을 통째로 몸에 익혀 무대 위에서 읊을 수 있어야만 한다. 이 훌륭한 문장으로 그려진, 계략으로 가득한 이야기를.

어렸을 때부터 자주 들은 명곡이고 레슨 때도 몇 번 연습해보았다. 암보는 이미 끝냈다.

하지만 마사루는 다시 꼼꼼히 악보를 해석하는 단계부터 시작했다.

악보는 말하자면 설계도로, 이 나단조 소나타라는 대가람을 구성하는 조각들의 집합체다.

각각의 조각들이 어디에 배치되어 어떤 역할을 하는가.

마사루는 거대한 건축물의 투시도를 보듯 악보 구석구석까지 눈여겨보았다.

읽을수록 경탄스럽다.

이 얼마나 완벽하고 아름다운 악보인가.

명곡은 눈에 보이는 악보 자체가 '아름답다'. 바라만 봐도 이 곡이 훌륭한 곡이라는 것을 느낄 수 있다. 약동감이 넘치고 디자인 면에서도 아름답다. 악보를 읽지 못하는 아이라도 그것이 마음을 사로잡는 멋진 무늬이고, 생명력 넘치는 멋진 무언가가 거기에 있다는 것을 알지 않을까?

물론 이본異本도 있고, 이것이 과연 리스트가 쓴 완벽한 원본이 맞는가 하는 자잘한 의문점은 있다. 하지만 후세가 가필하거나 수정한 부분이라 해도 그것이 진지한 고민 끝에 나온 결과라는 것이 악보의 인상이나 균형에서도 느껴진다.

이것이 인간의 머리에서 나와 악보로 기록되고, 몇백 년 동안 연주되어왔다는 기적에 할 말을 잃는다.

곡은, 이야기는 비밀로 가득한 장면에서 자연스럽게 시작된다.

마사루는 생각했다.

한 청년이 조용히 걸어온다. 수풀을 살며시 헤치며, 어둡게 타오르는 눈으로, 쌀쌀한 겨울철 외길을. 그럭저럭 괜찮은 행색이 그가 어느 정도 높은 계급의 인물이며, 지적인 일을 한다는 것을 알려준다.

주위도 조용하다.

싸늘한 풍경. 하늘은 탁하고 두꺼운 구름에 덮여 있고 공기도 차갑다. 새들이 지저귀는 소리도 들리지 않는다.

발밑에서 마른 가지가 툭 부러지는 건조한 소리.

남자는 문득 발밑에서 잡초와 흙에 묻혀 있는 낡은 비석을 발견한다. 연대일까, 숫자가 보이지만 글씨는 뭉개져 인간 세상의 허망함과 덧없음만 전해져온다.

청년은 무표정하게 그 비석을 밟고 넘어간다.

시선 끝에 보이는 것은 야트막한 언덕에 퍼져 있는 마을.

교회의 첨탑과 오래된 성벽이 유서 깊은 풍족한 마을임을 알려준다.

청년은 말이 없다. 하지만 그 눈은 매섭게 한 점을 지그시 노려보고 있다……

그렇다, 이것은 몇 세대에 걸친 업보가 얽힌 비극. 여러 사람들의 의도가 예상치 못한 곳에서 뒤엉킨다.

불온한 도입부에 이어 주제 부분으로 들어간다. 이 땅의 중심에 군림하는 일족의 주요 멤버들이 등장한다.

폭군인 아버지, 그 자리를 노리는 그의 동생들, 아들들. 일족의 불길하고도 화려한 역사와 숙명을 이야기한다. 음모는 항상 현재진행형이고, 불화의 씨앗은 이미 뿌려졌다.

현재 상황을 한 차례 들려주고, 또 하나의 주제가 등장한다.

또 한 사람의 주인공, 청초한 히로인의 등장이다.

일족의 일원이지만 일찍이 부모를 여의고 후원자도 없는 그녀를 거들떠보는 이는 없다. 엄격하지만 애정 넘치는 할머니의 손에 자라 마을 변두리에서 조용하고 검소하게 살아간다.

아름답고 총명한 히로인. 그 눈을 보면 모두가 그녀 안에 진정한 용기가 자라나고 있다는 것을 알 수 있다.

그녀의 테마는 그 성격에 걸맞게 따스한 애정으로 가득한 감동적인 멜로디다. 또한 힘차고 웅장하며, 그녀가 축복받은 존재임을 여실히 드러낸다.

어느 날 평소처럼 목사관에서 일손을 돕고 오는 길에 히로인이 낯선 남자와 마주치는 장면부터 이야기가 굴러가기 시작한다.

마을 변두리에 우뚝 서서 가만히 무언가를 바라보는 남자.

그 옆에는 관리처럼 보이는 사내가 찰싹 붙어 뭔가 조잘조잘 설명하고 있다.

남자를 바라보는 히로인.

처음 보는 외지인인데 어쩐지 마음이 술렁거린다. 오래전부터 알고 있었던 것만 같다…….

이윽고 우연에 이끌려 그녀와 남자는 몇 번이나 마주친다. 목장에서 다친 아이를 돌보다가 대화를 나누게 되는 두 사람.

남자는 변호사로, 의뢰인의 부탁을 받아 공소 준비로 이곳에 오게 되었다. 두 사람은 서로 끌리지만 히로인은 이따금 오싹하리만치 차가운 남자의 눈빛이 마음에 걸린다.

남자의 존재는 조금씩 마을 안에 알려지고, 숙덕거리는 입방아에 오르내린다.

아무래도 저 작자는 그 일족을 고소하려고 누가 고용한 모양이야.

그 소문은 곧 일족 수장의 귀에도 들어가게 된다.

일족의 테마가 흐르는 부분은 항상 긴장감이 감돌고 드라마틱하다.

일족을 조금씩 몰아세우는 수수께끼의 남자. 그의 주변에서는 일족의 어두운 부분을 도맡아 처리했던 자들이 불의의 사고나 사소한 다툼으로 차례차례 목숨을 잃는다.

장면은 어지러이 바뀌어 일족의 남자들을 패닉으로 끌어들인다.

무슨 일이 벌어지고 있는 건가? 이것은 일족에 대한 복수인가? 그 남자가 얽혀 있는 건가? 그 남자를 뒤에서 조종하고 있는 이는 누구인가?

그들은 서로를 의심하며 불안에 빠져든다.

마사루는 눈앞을 지나가는 다양한 장면을 생생하게 느꼈다.

정말 대사까지 들리는 것만 같다.

만찬 자리에서 일렁거리는 촛불, 뒷문에서 정보원에게 쥐여주는 은화의 어두운 빛, 마차가 낸 바큇자국에 고인 빗물까지 보인다.

이 이야기에는 화려한 등장인물이 모두 출연한다. 당당한 미녀, 현명한 아주머니, 개성 넘치는 멤버가 총출동한다.

세밀한 정경 묘사와 심리 묘사도 뛰어나다. 드라마틱한 장면이 차례로 펼쳐지고 이야기는 비극의 클라이맥스를 향해 달려간다.

운명은 바꿀 수 없다. 시간의 톱니바퀴는 찰칵찰칵 돌아가 등장인물들을 옭아매고 결말로 이끈다.

히로인은 이 이야기의 중심에 예기치 못한 형태로 휘말린다. 그때까지 일족으로부터 없는 사람처럼 취급당했던 그녀지만 나이가 차면서 아름다운 외모가 알려지자 일족의 젊은 남자들이 추파를 던지기 시작한다. 당혹스러워하는 히로인.

수수께끼의 남자에게 마음이 끌리던 히로인은 어느 누구의 구애에도 응할 수 없다.

남자 역시 때때로 히로인에게 마음을 여는 모습을 보이지만 어느 날 그녀가 일족의 후예라는 사실을 알고 충격을 받는다. 그 이유를 캐묻는 히로인.

남자는 마침내 자기의 목적이 일족에 대한 복수, 일족의 파멸이라고 고백한다…….

이야기의 클라이맥스.

마침내 일족은 남자가 과거에 일족의 죄를 고발하려 했던 탓에 그들에게 살해당한 막내아들의 아이라는 사실을 밝혀낸다. 남자의 어머니 역시 당시 갓난아기였던 그를 데리고 달아나지만 일족에게 쫓겨 마을 변두리에서 참살당했다. 하지만 그녀가 데리고 달아난 갓난아기는 어디에서도 발견되지 않았다. 추운 겨울밤이었으니 젖먹이가 살아남을 가능성은 한없이 낮다. 분명 어디서 죽은 줄 알았건만…….

일족은 남자에게 자객을 보낸다.

온통 의심에 빠진 일족은 이 틈을 타서 서로를 죽이려 한다.

남자도 저항한다. 피비린내 나는 일족의 죄가 차례로 드러난다.

사방에 피가 흐르고 시체가 나뒹군다.

복수심에 불타 자포자기한 남자는 히로인의 목숨까지 앗아 가려 한다.

만감을 품고 남자를 바라보는 히로인.

그때 비명이 울린다.

건강이 악화되어 줄곧 병상에 누워 있던 할머니가 벽을 짚고 일어서서 두 사람의 모습을 바라보고 있다.

할머니가 하나의 이름을 부른다.

충격을 받는 남자.

할머니는 과거에 아들의 이복동생 부부가 살해당한 사실을 알고 있었다. 피는 이어지지 않았지만 두 사람과는 어째선지 통하는 면이 있었던 것이다.

그녀는 전율하고 격노했다. 하지만 그 사실을 밝히면 그녀 또

한 살해당할 것이다. 그래도 두 사람을 가엾게 여겨 그들의 아이를 몰래 숨겼다. 갓난아이는 남녀 쌍둥이였다. 훗날 상속 문제로 새로운 불씨가 될지 모를 남자아이는 멀리 양자로 보내고, 여자아이만 제 손으로 거두었다. 마침 요절한 아들에게도 딸이 있었는데 몸이 약해 세상을 뜨고 말았다. 그 사실을 숨기고 그 아이를 손녀로 삼았다.

두 사람은 남매였던 것이다.

다시금 경악과 충격의 눈으로 서로를 바라보는 두 사람. 그렇다면 처음 만났을 때부터 마음이 끌렸던 이유는…….

남자는 또다시 절망에 신음하며 뛰쳐나간다.

그때 어둠 속에 숨어 있던 일족의 청년 하나가 다가와 남자를 찌른다. 청년은 히로인을 그에게 빼앗겼다고 생각해 질투로 그의 목숨을 노리고 있었던 것이다.

히로인의 비명이 어둠을 찢고 차츰 사그라든다.

마지막 장면은 처음과 같은 장소.

상복을 두른 히로인이 조용히 마을 변두리의 수풀 속에 서 있다.

오빠를 처음 만난 장소.

그녀는 마을을 떠나기로 결심한다. 마을과 멀리 떨어진 목사관에서 일손을 돕기로 했다.

문득 그녀는 발밑의 수풀 속에 묻힌 보잘것없는 비석을 발견한다.

무심코 흙을 쓸어내고 해묵은 이름을 본 그녀는 깜짝 놀란다. 그것은 그녀의 친어머니의 이름이었다. 그곳이 바로 어머니가 살해당한 장소이자, 그것을 가엾게 여긴 할머니가 남몰래 작은 비석을 세워준 장소였던 것이다.

히로인은 먹먹한 마음으로 하늘을 우러러본다.

첫 장면과 다른 점은 어스름 속 저 멀리 희미하게 푸른 하늘이 보인다는 것이다.

결코 뒤를 돌아보지 않는 뒷모습이 서서히 멀어져간다…….

악보 마지막에 FIN이라는 마침표가 보이는 것만 같았다. 아니, 독일어면 뭐더라? ENDE인가?

이리하여 길었던 이야기는 끝을 고한다.

악보를 탁 덮는다.

조금 유치한 이야기지만 19세기 낭만주의 시대니 이 정도는 괜찮겠지.

실제로 마사루는 이 곡으로부터 그런 이야기를 '들었던' 것이다.

곡의 이미지는 완성되었다.

다음은 실제로 연주해보고 형태를 만들어가는 작업이다.

곡을 다듬는 작업은 어딘가 집 청소와 비슷하다.

마사루는 연습할 때면 늘 그렇게 생각한다.

깨끗한 방을 바라보며 거기서 사는 모습을 상상할 때는 좋지만 실제로 살아보면 사정이 달라진다.

집을 유지하는 청소는 끊임없는 육체노동이다. 연주도 마찬가지.

항상 집 전체를 깨끗하게 유지하기란 어렵다.

작은 집이라면 청소도 간편하고 시간도 그리 오래 걸리지 않는다. 금방 깨끗해지고, 조금만 치워도 항상 깨끗하게 유지된다.

하지만 큰 저택은 청소도 큰일이다. 항상 깨끗하게 유지하려면 세심한 주의가 필요하다.

나단조 소나타는 엄청나게 거대한 저택이다. 구조도 복잡하고, 정성 들여 고른 실내장식도 가득하다. 지금까지 수많은 사람들이 들락거리며 깨끗하게 닦아온 저택이다.

이렇게 큰 집을 혼자 청소하란 말이야?

문 하나 여는 것도 무거워서 벅차다. 현관 앞 차고에 가려고 해도 낙엽을 쓸어야 하고, 원래는 어떤 모양이었는지, 깨끗해진 다음에는 어떤 모양일지 항상 생각해야 한다.

낡은 벽지, 놋쇠 난간, 어떻게 청소해야 할지 알 수 없는 부분도 많다.

우선 청소에 드는 수고와 도구, 청소 방법을 생각하고 준비한 뒤에 청소를 시작한다.

자신은 있었다. 마사루에게는 최신식 청소 도구가 있고 체력도 있다.

하지만 막상 청소를 시작해보니 예상보다 더 힘들었다.

베란다 구석까지는 아무래도 못 치우겠다. 너무 넓어서 금방 숨이 찬다.

여기도 저기도 청소를 마치지 못했고, 유리창도 다 못 닦았다. 천장의 먼지를 떨어낼 여유도 없다. 처음에는 긴 복도를 걸레질하는 것만으로도 벅차다.

한곳만 집중적으로 청소하다 보면 잠시 손을 뗀 사이 다른 곳에 어느새 또 먼지가 쌓여 있다.

상상 이상으로 벅찬 곡이었다.

마사루는 다시 저택 밖으로 나와 고민했다.

무턱대고 청소만 해서는 깨끗해질 기미가 없다는 것을 깨달았다.

가진 힘과 기술을 전부 구사할 총력전을 각오한다.

효율적인 방법을 요모조모 시도해보지만 결국 마지막에는 우직하게 한 칸씩 꼼꼼히 닦는 수밖에 없다는 결론에 다다랐다.

그래도 끈질기게 열심히 닦다 보면 매일 새로운 발견이 있다.

아무도 거들떠보지 않았던 곳에 멋진 실내장식이 있기도 하고, 지금까지 아무도 치우지 않았던 옷장 서랍을 발견하기도 한다. 아무도 열어보지 않았다는 게 신기할 정도로 신선한 풍경이 보이는 숨은 창문이 있다.

매일 반복해서 연습하면 현관홀에 왁스 칠을 할 타이밍도, 청소하다가 잠시 쉴 타이밍도 알게 된다.

저택이 조금씩 깨끗해진다. 모든 방과 복도가 이어지고, 건축 당시의 정연한 모습이 나타난다.

널찍한 공간으로 이어지는 계단 양쪽 끝은 먼지가 금방 쌓이니 자주 걸레질을.

가끔은 창문을 몽땅 활짝 열고 저택을 환기한다.

눈에 띄지 않는 곳이지만 꼼꼼히 청소해야 할 장소도 알게 된다. 우연히 알아차린 손님이 "오오, 이런 곳까지 챙기는군" 하고 감탄할 장소도 파악했다.

동쪽 복도 창문으로 쏟아지는 아침 햇살이 창가에 장식해둔 꽃을 더없이 아름답게 비춘다는 것도 깨달았다.

이윽고 그날이 온다.

의식하지 않아도 구석구석 손길이 닿아, 저택이 본래의 아름다운 모습을 드러낼 날이.

주위를 둘러싼 사계절의 변화, 계절마다 필요한 대응책도 알고 있다.

이 저택은 나의 것. 나의 일부. 정원의 초목까지 하나하나 기억에 담아, 눈을 감으면 지금 어떻게 흔들리고 있는지도 선명하게 떠오른다.

그런 날이 찾아오는 것이다.

이 곡의 모든 것을 안다고 생각하는 순간.

구석구석 퍼져서 몸을 가득 채운 곡이 나와 온전히 하나가 되었다고 생각하는 순간. 이 단계가 되면 몸 어디를 눌러도 멜로디가 흘러넘칠 것 같다.

더없이 행복한 순간이다. 어떤 식으로 연주하든 내가 곡의 일부임을 느낄 수 있는 순간은.

저택을 꽃 장식으로 채우든, 밤새도록 파티를 열든, 원하는 대로.

이 곡에 들인 길고 긴 시간, 이미지와 작업에 쓴 모든 시간을 느끼면서도 마사루는 지금 마치 처음 연주하는 곡처럼 신선한 기분으로 나단조 소나타를 연주하고 있었다.

지나간 고생은 전부 잊어버리자.

청중과 나에게, 이 멋진 드라마를 전하자.

연주하는 그 역시 설레었다. 다음에는 어떻게 될까, 어떤 장면일까, 숨죽이고 전개를 지켜보는 관객의 일원처럼.

드라마틱한 장면이 연달아 나오고, 도처에 작은 비밀이 숨어 있다. 드라마는 클라이맥스를 향해 차근차근 달려간다.

모두가 전개에 시선을 빼앗기고, 호흡조차 잊고 마사루가 이야기하는 드라마에 귀를 기울인다. 청중의 신경이 무대 위의 마사루에게 따가울 정도로 집중되어 흥분과 긴장이 팽팽한 균형을 이룬다.

마침내 클라이맥스 장면이 찾아왔다. 여기까지 왔으면 이제 장엄한 마지막 장면만 남았다.

정중하게, 정확하게. 남김없이.

동시에 여력을 남기고, 여운을 남기고 결말을 털어놓는다.

서서히 멀어져가는 히로인.

쓸쓸한 풍경.

아무도 없는 평원에, 수풀만 물결친다.

마침표가 눈에 보이는 듯했다.

고요한 장내. 모든 관객들이 마사루가 이야기하는 〈나단조 소나타〉를, 장대한 드라마를 지켜보았다.

긴장이 탁 풀리는 순간이 찾아왔다. 마사루가 미소와 함께 자리에서 일어나자 폭풍 같은 박수가 일었다. 노성으로 착각할 만큼 거친 환호성이 박수와 혼연일체가 되어 홀에 가득 울려 퍼졌다.

마사루는 고개를 깊이 숙였다.

고맙습니다.

어째서일까, 머릿속에 떠오른 것은 감사의 말이었다.

제가 이 곡을 연주할 수 있도록 허락해주셔서 고맙습니다. 지금의 제게, 오늘 이 자리에서 이 곡을 연주할 수 있도록 허락해주셔서 정말로 고맙습니다.

마사루는 감사하는 마음으로 가득한 자신을 느꼈다.

좀처럼 사그라들 줄 모르는 박수에 몇 번이나 목례를 하던 마사루가 자리에 앉자 그제야 박수가 멎었다.

하지만 아직도 나단조 소나타의 흥분이 남아 있다.

마사루는 회장의 분위기가 좀 더 가라앉을 때까지 기다렸다가 마지막 곡으로 들어갔다.

쇼팽의 짧은 왈츠.

한 시간이라는 리사이틀에서 앙코르의 의미로 고른 곡이다.

14번, 마단조. 쇼팽의 유작으로도 유명한 곡이다.

낭만적이면서 조금 쓸쓸한, 애절한 왈츠.

편안한 곡. 작별 인사. 그런 분위기의 곡으로, 이것을 마지막 곡으로 넣은 것도 일찌감치 정해놓았던 일이다.

피날레는 담백하게. 구질구질한 연출은 싫었다.

마사루는 왈츠를 깔끔하게 마치고, 자리에서 가뿐히 일어섰다.

또다시 우레와 같은 박수가 그를 감쌌다.

발을 구르는 관객들의 흥분과 감격에 젖은 표정을 온몸으로 느꼈다.

끝났다.

마사루는 고개를 숙인 채 눈을 감고 감회를 곱씹고 있었다.

끝났다. 3차 예선이라는, 나의 한 시간짜리 리사이틀이.

그가 무대 뒤로 물러난 후에도 박수는 그칠 줄을 몰랐다.

가면무도회

재미있었다.

이번에도 관객들의 애정을 휩쓸어 간 마사루의 연주가 끝나고, 열광이 가실 줄 모르는 회장 구석에서 아야의 머릿속에 떠오른 것은 그런 말이었다.

훌륭했다, 멋졌다, 그런 게 아니라 재미있었다.

전부 재미있었지만 누가 뭐래도 그 나단조 소나타가.

아야는 마사루가 한 편의 대하드라마를 처음부터 끝까지 보여주었다는 것을 알고 있었다. 그가 19세기 낭만주의를 이야기한 것까지는 알 수 없었지만, 뭔가 파란만장한 인간 드라마를 곡으로 그려냈다는 건 느꼈다.

프로코피예프 협주곡 2번은 누아르, 3번은 스타워즈라는 이미지를 공유할 수 있었으니 마사루가 나단조 소나타에 어떤 이미지를 품고 있는지 어렴풋이 짐작할 수 있을 것 같았다.

그렇다, 이 '재미'는 아는 사람, 친한 사람이 연주한다는 사실에서 오는 재미다. 아야는 깨달았다.

재회한 지 며칠밖에 되지 않았지만 아야는 세월을 뛰어넘어 마사루라는 인간의 핵심을 이해할 수 있었다. 서로 통하는 것, 비슷한 부분이 있다는 것을 안다.

전에도 물론 친구들과 밴드 활동을 했고, 대학에서 친구의 연주를 들었다. 함께 연주할 때 그 사람의 본질을 느끼는 경험은 여러 번 해왔고, 그야말로 영혼이라고밖에 표현할 수 없는 깊은 부분에서 공명한 경험도 있다. 존경하는 연주가의 인품을 알면 들는 쪽도 그 연주를 더욱 깊이 이해할 수 있다는 것도 안다.

하지만 마사루의 연주를 듣고 느낀 '재미'는 이제껏 경험한 그 어느 것과도 달랐고, 훨씬 흥미로웠다.

마사루가 독창성 넘치는, 대단히 매력적이고 훌륭한 연주가라는 것도 한 이유일 것이다. 마사루의 명석하고 선명한 곡 해석이 듣는 쪽의 흥취를 돋우는 것은 분명했다.

하지만 그게 전부가 아니다.

아야는 흥분해서 감상을 주고받는 관객들을 바라보며 생각했다.

마사루는 특별하다. 아야에게 그는 마치 분신 같은, 자신의 일부 같은 느낌이다. 누군가를 이런 식으로 여기기는 처음이었다.

혹시 이게 연애 감정일까?

아야는 남의 일처럼 고개를 갸웃거렸다.

확실히 마사루는 멋지다. 분명 여자에게 인기도 많을 것이다. 여자라면 누구나 그와 친해지고 싶겠지. 어쩌면 그냥 멋진 남자가 호의를 표해줘서 들떠 있는 건지도 모른다.

물론 연심도 없지는 않다. 마사루의 미소를 보면 여심이 정상적으로 반응해 두근거리는 건 인정한다.

하지만 가슴속의 확신은 훨씬 냉정했다. 설렘이 아니다. 무대에서 연주했을 때 느낀, 자신을 굽어볼 때와 흡사한 확신.

그녀와는 완전히 다른 연주였지만 그래도 자기가 연주하고 있는 듯한 기분이 드는 경험은 마사루가 처음이었다. 나는 이 사람을 안다. 이 사람이 이렇게 연주할 때의 그 기분을 이해한다. 그렇게 느끼는 연주는.

그것이 특이한 경우라는 것은 가자마 진의 연주를 들었을 때와 비교하면 확실히 알 수 있다.

가자마 진과도 통하는 환희는 있었다. 공감은 한다.

특히 저번에 함께 〈월광〉을 연주했을 때는 일체감을 느꼈다. 두 사람의 연주가 맞부딪쳤을 때 느낀 흥분과 속도감은 이루 말할 수가 없었다. 현기증을 부르는 자극이, 중압감이 있었다.

하지만 그것은 찰나였다. 우연히 함께 연주하다가 일시적으로 얻은 감정이다. 실상 사고에 가깝다.

이렇게 떨어져 있으니 한층 멀게 느껴진다. 그의 천재성은 아야가 봐도 신비하고, 도저히 이해할 수 없는 것처럼 보인다.

마사루의 천재성과 가자마 진의 천재성은 완전히 다르다.

이해할 수 있는 천재와, 이해할 수 없는 천재. 그게 무슨 뜻일까? 방향성이 다른 걸까, 그렇지 않으면 사상이 다른 걸까?

아야는 알맞은 표현을 찾을 수 없었다. 가자마 진에게서 느껴지는 자유분방함, 천진난만함, 때때로 번득이는 냉철함. 신의 비정함이라는 게 분명 이런 것이리라 싶은.

어쨌거나 아는 사람의 연주를 듣는 게 이렇게나 재미있을 줄이야.

아야는 새로운 발견에 푹 빠져들 것 같은 예감을 느꼈다. 원래도 남의 연주 듣기를 좋아했지만 점점 더 좋아질 것만 같다.

이럴 줄 알았으면 직접 나가지는 않더라도 콩쿠르를 좀 더 많이 들으러 올걸. 이렇게 다양한 곡을 들을 수 있고, 다양한 연주자를 만날 수 있는 기회는 또 없는데.

아야는 그동안 놓친 수많은 연주들을 생각하며 진심으로 한숨을 쉬었다.

　1차 때나 2차 때나 마사루 다음으로 등장한 참가자는 불운하다고 할 수밖에 없었다. 어쨌거나 마사루의 인상이 너무나 강렬한 탓에 거의 모든 관객들의 마음이 딴 데 가 있었던 것이다.

　하지만 3차 예선쯤 되면 역시 다들 능수능란하다. 다음으로 등장한 프랑스 청년의 연주도 훌륭했다.

　드뷔시, 라벨, 색채가 화려한 곡을 모아 독특한 분위기를 연출해 관객들을 사로잡는 데 성공했다. 자기만의 세계를 확실하게 가지고 있다는 게 프로그램 구성에서 보였다.

　프랑스 피아니스트는 어쩐지 분간이 된단 말이야.

　다카시마 아카시는 그런 생각을 했다.

　단순한 착각일지도 모르지만 프랑스 피아니스트는 어딘가 투명하고 담백한 색채를 가졌다.

　다소 비약적인 생각이지만 인상파 그림 속에 있는 느낌이다. 분위기만 그런 게 아니다. 그들이 내는 소리에서도 인상파의 색채가 언뜻언뜻 보인다.

　경계가 의미 없는 세상이라지만 역시 뿌리에서는 벗어날 수 없다. 자라온 환경이나 풍토는 몸속에 뚜렷하게 각인되어 있다.

　내 연주에는 뽕밭이 각인되어 있을까?

　듣는 사람의 눈에 푸른 뽕밭과 그곳을 지나는 바람이 보일까?

　그런 생각을 하는 사이 3차 예선 첫째 날 마지막 연주자 차례가 되었다.

　늘씬한 장신의 중국 청년이었다. 곱게 자란 듯 이목구비가 단정한 아이였다.

그렇다, 그 또한 고향의 대지를 등에 업고 있었다.

유구한 대하, 끝없이 이어지는 산맥, 광활한 평원.

허, 이런 참가자가 있었구나.

제니퍼 챈의 평판이 워낙 자자했던 탓에 그의 연주는 주목하지 않았다.

묵직하고 탄탄한 베토벤. 동시에 대범하면서도 굳건한 축이 느껴졌다.

프로그램북을 보니 미국 음악대학에서 공부하는 청년이었다. 나이로 보아 거의 미국에서 자랐으리라. 그래도 역시 그의 뒤에 펼쳐진 풍경은 북미 대륙이 아니라 유라시아 대륙이었다. 머리카락에, 눈에, 피부 밑에 도도히 흐르는 것은 아시아의 피다.

재미있는 점은 1차나 2차 연주에서는 참가자들의 배경을 느끼는 일이 거의 없었다는 것이다. 오히려 세상은 규격화되고 있고, 연주도 평준화되어 어느 나라나 비슷하다고 느낄 때가 많았다.

그런데 3차 예선이 되자 참가자들이 가진 '배경'이 보이기 시작했다.

참가자들을 걸러내 기술이 뛰어난 사람들만 남으면, 달리 말해 실력이 뛰어날수록 그 본질이, 뿌리가 연주에 드러난다. 참가자들의 육체를 통해 흘러나오는 음악은 그들이 자란 토지, 물려받은 육체와 이어져 있다.

음악은 참 좋구나.

문득 그런 생각이 자연스럽게 떠올랐다.

진정한 세계 공용어다.

자기가 떨어졌다는 사실은 이미 어디론가 사라져버렸다.

제3차 예선 첫째 날이 끝났다.

회장에서 줄줄이 빠져나가는 사람들. 반나절 가까이 연주를 실컷 즐겼다는 만족감과 피로감이 뒤섞인 로비.

하지만 가나데는 이 분위기가 싫지 않았다. 장기간 이어진 콩쿠르 후반에 느끼는, 콩쿠르가 점입가경에 들어섰다는 느낌. 후보가 슬슬 좁혀졌다는 스릴 넘치는 감각. 더군다나 참가자들의 수준도 높아 실력의 우열을 가리기 힘들다. 험난하고도 비정한 콩쿠르의 일면을 뼈저리게 실감한다.

음악으로 싸운다는 게 옳고 그른지는 제쳐두고 콩쿠르에 그런 재미가 있는 것은 사실이다.

"재미있었어."

옆에서 아야가 태평하게 말했다.

"고교 야구 시합에서 준준결승 경기가 가장 재미있다고 하는 이유를 왠지 알 것 같아."

"고교 야구 시합?"

가나데는 아야의 비유에 쓴웃음을 지었지만 말뜻은 이해할 수 있었다.

1차나 2차 때와 달리 관객들은 이미 참가자의 정보와 개성을 공유하고 있다. 그런 상황에서 꼼꼼히 비교하고, 관객 모두가 심사 위원이 되어 마음대로 결과를 예상할 수 있다는 점이 재미있는 것이다. 1차나 2차에서는 새로운 개성을 만나는 즐거움이 있고, 3차에서는 그것을 자세히 관찰하는 재미가 있다. 이렇게 표현하기는 그렇지만 어느 플레이어에 돈을 걸지, 일종의 도박 같은 즐거움이 있다는 것도 부정할 수 없다.

"가나데는 어느 연주가 마음에 들었어?"

아야는 가나데의 얼굴을 들여다보며 물었다. 가나데의 귀를 믿기 때문에 누가 본선에 남을 것 같은지 묻는 것이다.

"음. 솔직히 다 좋았어."

가나데는 단상에 올랐던 참가자들의 얼굴을 떠올렸다.

첫 번째 연주자 알렉세이 자카예프는 안됐지만 다음 참가자들은 다들 자기 음악을 확실히 보여주었다.

"으음."

그들의 개성적인 색채가 떠올라 한숨이 나왔다.

"매번 생각하지만 이렇게 수준이 높으면 참가자가 안쓰러워. 물론 수준 낮은 콩쿠르에서 우승해도 기쁘지 않겠지만."

"웅, 그건 그래."

본인도 그들과 같은 참가자라는 자각이 과연 아야에게 있는지 또 한 번 의심이 들었다. 이쯤 되면 차라리 훌륭할 정도다. 아야가 관객으로서 콩쿠르를 좋아하는 것도 어찌 보면 뜻밖이지만, 또 어찌 보면 원래 남의 연주를 듣길 좋아했으니 당연한 것 같기도 했다.

"그래도 누가 들어도 그렇게 생각하겠지만 역시 마사루는 스타야. 어쨌거나 또 듣고 싶고, 또 보고 싶고, 콘서트에 가고 싶다는 생각이 드는걸. 얼굴도 빼놓을 수 없지."

"웅, 결국 음악가는 그게 중요하니까. 또 듣고 싶다, 더 듣고 싶다, 그런 매력 말이야."

아야도 동의했다.

"다 좋았어. 시벨리우스를 무대 연주로 들은 건 처음이었는데 마아 군다운 선곡이다 싶었어. 모험이라면 모험이지만."

"그러게. 자칫 투박해지기 쉬우니까."

"마지막 중국 참가자도 좋더라."

"맞아, 앞으로 어떻게 변할지 모를 연주였어. 아, 호랑이도 제 말 하면 온다더니 저기 스타가 있네."

가나데가 로비에서 관객들에 에워싸여 사인을 하고 있는 훤칠한 마사루를 눈짓으로 가리켰다.

"완전 인기인이야."

"그럴 만도 하지."

여자들은 물론이고 나이 지긋한 관객들도 사인을 받으려고 프로그램북을 내밀고 있다. 음악깨나 들었겠다 싶은 남성 관객도 많다. 마사루는 다양한 연령층을 끌어들이는 대중성을 갖추고 있다.

"아야, 연습은? 또 선생님네 갈래? 전화해볼까?"

가나데는 시계를 보았다.

"아아, 응."

아야는 망설이는 표정이었다.

짧은 침묵.

"……음, 오늘은 그만둘래."

"괜찮아? 지난번에는 당장 치고 싶다고 동동거렸잖아."

"아, 그랬지."

가나데가 지적하자 아야도 조금 놀랐다.

"이상해, 그날은 정말 뛰쳐나가서 카덴차를 쳐보고 싶어서 미칠 것 같았는데."

아야의 시선이 허공을 헤맸다.

"왠지 오늘은 그렇지가 않네."

자기도 영문을 모르겠다는 표정이다. 가나데는 그런 아야를 보면서 또 조금 서늘한 의구심이 드리우는 것을 느꼈다.

아야는 콩쿠르를 지나치게 즐기고 있는 게 아닐까? 관객으로서 너무 즐거운 나머지 긴장감을 잃은 게 아닐까? 결과를 겁내지 않고 연주하는 건 좋다. 긴장을 푸는 것도 좋다. 하지만 내일은 콩쿠르의 중요한 고비인데 저래도 되는 걸까?

1차와 2차 연주를 듣고 역시 아야는 천재다, 내 귀는 정확했다, 그런 확신을 굳힌 가나데였지만 지금 아야의 이런 태도가 과연 콩쿠르에 긍정적으로 작용할지 부정적으로 작용할지 판단할 수 없었다.

아야는 아직 완전히 무대에 복귀하지 못했다.

가나데는 아야의 옆얼굴을 바라보았다.

초점 없이 흐리멍덩한 눈.

가나데가 종종 보았던, 아야가 자기 마음을 모를 때 짓는 표정이다.

콩쿠르 출전을 결심했을 때. 무대의상을 골랐을 때. 콩쿠르 회장에 도착했을 때. 아야는 지금까지 몇 차례 그런 눈빛을 보였다. 그럴 때 아야의 마음은 다른 곳에 가 있다. 가나데가 모르는 곳. 쫓아가고 싶어도 가나데는 결코 다다를 수 없는 곳에.

그곳이 음악의 세계, 예술의 세계라면 다행이지만 아닐 것만 같았다.

꺼림칙한 불안과 초조가 치밀어 오른다.

아야는 너무 오랫동안 관객석에 있었던 탓에 그 자리에 너무 익숙해지고 말았다. 무대에 집착하지 않고, 동경하지도 않고, 태연히 무대에서 내려오려 한다. 무대를 떠나는 데 아무 거부감이 없는 것이다.

"아짱."

멀리서 마사루가 두 사람을 발견하고 손을 흔들며 다가왔다.

반짝반짝 빛나는 왕자님. 볼 때마다 그의 아우라에 압도당한다. 어쩌면 일시적인 착각일 가능성도 있지만 어쨌거나 지금 눈앞에 있는 그가 뿜어내는 것은 모든 것을 약속받은 자만이 가질 수 있는 빛이다.

"마아 군, 고생 많았어. 진짜 좋았어."

"정말? 기쁜걸."

마사루는 솔직하게 기쁜 마음을 표했다.

그는 아야의 음악을 전적으로 신뢰한다. 두 사람에게는 서로 통하는 면이, 공유하는 것이, 비슷한 점이 있다. 마사루에게 처음 피아노를 가르친 선생님도 분명 똑같은 것을 느꼈을 것이다.

"프로그램을 봤을 때도 생각했는데 실제로 들어보니 역시 마아 군한테 어울리는 선곡이었어."

"그럼 다행인데. 시벨리우스 어땠어? 너무 달콤하진 않았어?"

"아니, 완벽했어. 당도 조절이 절묘하던데? 요즘엔 달지 않은 게 유행이라지만 역시 세상엔 확실히 달아야 하는 것도 있잖아."

"역시나 아짱은 이해해주는구나."

가나데는 몹시 냉정한 기분으로 두 사람을 보고 있는 자신을 발견했다. 바닷가에서 느꼈던 천재들에 대한 선망과 소외감도 있지만, 마음속 어디선가 기묘한 연민 같은 감정을 느끼고 있다는 것도 안다. 천재들의 천진함. 천재가 아닌 사람들이 느끼는 감정의 양상이나 흐름을 이해하지 못하는 데 대한 연민일까.

"아짱, 밥 먹자. 배고파."

마사루가 한껏 기지개를 켰다.

"나도. 듣기만 했는데도 이렇게 배가 고프네. 가나데, 뭐 먹을까?"

아야가 불쑥 묻자 홀로 생각에 잠겨 있던 가나데는 건성으로 답했다.

"어, 카레나 먹을까?"

"아, 좋다."

"하지만 너무 매운 건 안 돼. 속이 쓰리니까."

"어, 난 엄청 매운 걸 먹고 싶은데."

"혹시 마아 군 매운 음식 좋아해?"

"꽤 좋아하는 편이야. 도쿄 가이드북에서 본 에비스에 있다는 엄청 매운 라면은 귀국하기 전에 꼭 먹어보고 싶은데."

나란히 걸어가면서 가나데는 대화를 나누는 두 사람을 훔쳐보았다.

마사루가 등장했을 때는 아야에게 좋은 계기가 되어줄 줄 알았다.

같은 콩쿠르에 나가는 참가자로는 마주치기 싫은 상대이기도 하지만 어중간한 상대는 아야에게 자극이 되지 않기 때문이다.

어린 시절 한때 운명적으로 마주친 천재. 음악가로서도, 남자 친구로서도 훌륭하고 매력적인 청년. 마사루라면 아야를 무대로 다시 데려와줄지도 모른다고 기대했다.

실제로 어느 정도 성공한 부분도 있다. 하지만 어쩌면 두 사람은 너무 닮은 게 아닐까?

가나데는 두 사람이 가진 동질감 같은 것을 꿰뚫어 보려는 듯이 그들을 뚫어져라 관찰했다.

가나데는 알 수 있었다.

아야는 마사루를 분신처럼 여기고 있다. 라이벌이 아니다. 마사루는 아야를 라이벌로 보는 구석도 있는데.

아야는 어쩌면 자기의 분신이 훌륭한 연주를 해서 만족해버린 게 아닐까? 어떤 면에서 자기 음악을 그에게 떠맡겨버린 것 아닐까? 그리고 다시 관객석으로 돌아갈 심산이라면?

"어라, 가자마 진은?"

이제야 생각났다는 듯이 아야가 중얼거리며 걸음을 멈추고 로비를 둘러보았다.

"안 보이네."

"회장에는 있었어?"

"그러고 보니 못 봤어. 이상하네, 분명히 들었을 텐데. 그 애도 콩쿠르는 거의 다 들었다고 했는걸."

아야는 어리둥절한 표정으로 주위를 두리번거렸다.

가나데는 흠칫 놀랐다.

그렇다면 역시 아야를 피아노로 이끌 수 있는 건, 진정 그녀를 무대로 불러들이는 것은……

가나데의 머릿속에 셔츠에 바지를 걸쳐 입은 소년의 모습이
떠올랐다.

아야 일행이 카레를 먹고 있을 때, 가자마 진은 그가 묵고 있는
꽃집 사장과 함께 다다미방에 앉아서 마치 가위와 한 몸이 된 것
처럼 움직이는 사장의 손을 꼼짝도 않고 뚫어져라 바라보고 있
었다.

"진, 저녁은 먹었니?"

도가시는 자신의 손놀림에 무섭도록 집중하고 있는 소년을 힐
끗 쳐다보았다.

그가 말을 건 줄도 모른다.

다다미방의 공기가 진의 몸속으로 빨려 들어가는 것만 같아,
도가시는 문득 눈앞의 소년에게 두려움을 느꼈다.

"어? 아, 네, 먹었어요."

맑은 거울 같았던 눈동자가 그제야 깨어났다. 소년이 몸을 움
직여 도가시를 쳐다본다.

왠지 마음이 놓였다.

꽃집에 머문 지 며칠쯤 지났을 때였을까, 가자마 진이 꽃꽂이
를 가르쳐달라고 했다.

도가시는 집을 비울 때도 많고 집에 있어도 가게나 아틀리에
일로 바쁘다. 그래서 부탁받아 맡게 된 옛 친구의 아들을 만날 기
회는 거의 없었다. 뒷일은 가족과 직원들에게 맡겼는데 가자마
진도 더부살이 같은 입장이 익숙한 건지 있는지 없는지도 모를

정도라는 말을 듣고 안도하면서도 직접 돌봐주지 못하는 게 어쩐지 미안하기도 했다.

그러던 중에 아침 일찍 집을 나서다가 우연히 마주친 진이 다짜고짜 괜찮으면 시간 날 때 꽃꽂이를 가르쳐달라고 부탁했다. 아무래도 가끔 가게나 아틀리에를 기웃거리다가 도가시가 꽃꽂이하는 모습을 본 모양이다.

콩쿠르에 참가하러 왔는데 그럴 여유가 있는지 의아했지만 자기 일에 관심을 가져주는 게 기뻐서 흔쾌히 받아들였다.

하지만 도가시 본인도 바빠서 매일 퍼즐처럼 스케줄이 꽉 차 있다 보니 좀처럼 기회가 찾아오지 않았다.

도가시는 요시가에 국제 피아노 콩쿠르의 높은 수준이나 스타 배출에 대한 소문은 알고 있었지만 가자마 진의 실력이 어느 정도인지는 몰랐고, 그가 콩쿠르에서 입방아에 오르내리고 있다는 것도 몰랐다. 진이 3차 예선까지 나갔다는 것도 가족들에게 들은 이야기가 전부였다.

만약 진이 일찌감치 탈락했다면 바로 프랑스로 돌아갔을 테니 이렇게 마주할 기회도 없었을지 모른다.

상대의 사정으로 우연히 일정이 하나 취소되어, 오늘 이 시간이라면 괜찮다고 아침에 말했더니 제3차 예선 첫째 날 일정이 끝나자마자 바로 돌아왔다. 중간에 편의점에서 산 삼각 김밥을 입에 물고 현관으로 뛰어 들어왔으니 저녁밥을 먹었다는 건 확실히 거짓말은 아니다.

분명 이 아이의 연주는 엄청나겠지.

겨우 시간이 나서 처음으로 차분하게 가자마 진과 마주한 순간, 도가시는 눈앞에 있는 것이 실로 비범한, 어떤 의미에서 그와 비슷한 이형의 재능을 가진 존재라는 것을 느꼈다.

유명한 꽃꽂이 예술가가 꽃 가게를 운영하는 경우는 사실 그리 많지 않다. 꽃은 단골 꽃 가게에서 조달하는 게 보통인데, 오히려 꽃 가게가 본업이라고 생각하는 도가시는 세간에서 말하는 '꽃꽂이' 세계에서는 다소 이단으로 비쳤다. 피아니스트가 자기가 좋아하는 악기를 골라서 연주하는 게 아니라 피아노 장인이 피아니스트도 겸임하는 격이다.

도가시는 자기 작업을 '꽃꽂이'가 아니라 '자연을 그린다'고 표현한다.

원래 그의 가문은 교토에 예로부터 내려오는, 현대에는 대단히 보기 드문 '진경산수'라 불리는 유파를 이어받았다.

'진경산수'는 이름 그대로 들과 산, 명승지의 풍경을 그대로 옮긴 것으로, 개중에는 헤이안 시대의 풍경을 재현한 작품도 있다. 헤이안 시대의 정원 풍광이 그대로 남아 있어 사학자들이 문헌 대신 참고하는 경우도 있을 정도였다.

때로 웅장한 풍경을 만들기도 하는 '진경산수'는 작업할 기회가 좀처럼 없는데, 가자마 진은 우연히 이벤트를 앞두고 준비하던 도가시를 보고 관심을 가진 모양이었다.

도가시는 소위 말하는 '천지인' 같은 꽃꽂이의 기본 원리를 간단히 설명하고 눈앞에서 시범을 보여주었다.

하지만 결국 '자연을 그리는' 꽃꽂이는 최대한 식물에 부담을 주지 않고 그 생명을 받아 오기 위한 기술이다. 자르고 꺾는 구체적인 기술은 물론이요, 물과 기온, 식물의 생태에 대한 지식을 종합적으로 파악하고서야 비로소 '자연을 그리는' 일이 가능해진다.

잠자코 설명을 듣고 있던 진은 "직접 잘라봐도 될까요?" 하고 도가시가 손에 들고 있던 전지가위를 보았다.

"그러렴. 하지만 이 가위를 쓰려면 힘이 꽤 많이 든단다. 너는 피아니스트인 데다 내일도 중요한 연주를 해야 한다면서. 손에 부담이 가니 조금만 해보려무나."

도가시는 그렇게 말했지만 진은 가위에 손을 뻗어 움직여도 보고 가지를 잘라도 보며 얼마나 잘 드는지, 손놀림은 어떤지 시험해보았다. 마치 연구자 같은 그 눈빛은 소년이 관찰력도 대단하다는 것을 알려주었다.

"음. 진, 손 좀 보여다오."

도가시는 도저히 처음 만져보는 사람 같지 않은 가위질에 감탄하며 소년의 손을 잡았다.

"호오."

아름다운 손이다.

도가시는 저도 모르게 탄식했다.

큼직하고 도톰하면서 무척이나 부드럽다.

예술가다운 섬세한 손이 아니라 대담하고 실용적인 작업에 알맞은 손. 장인도 실업가도 겸할 수 있는, 뭐든지 흡수할 수 있는, 크나큰 포용력을 가진 손이다.

문득 도가시는 기묘한 기시감을 느꼈다.

지금보다 조금 나이가 든 도가시와 훌륭한 청년으로 성장한 가자마 진이 가지를 한 아름 끌어안고, 다양한 인종의 사람들이 오가는 커다란 회장에서 꽃꽂이를 하고 있다.

회장에는 그랜드피아노가 있어, 진이 꽃을 꽂는 도가시 옆에서 피아노 덮개를 열고 몸을 숙여 조율을 하고 있다.

도가시는 그 기시감에 당혹스러워하며 고개를 저었다.

설마. 지금 그건 뭐였을까?

"저, 도가시 아저씨는 꽃꽂이를 할 때 무슨 생각을 하시나요? 꽃을 꽂는 속도가 정말 빠르던데요. 마치 머릿속에 이미 완성도가 있는 것 같아요."

진은 다시 전지가위를 손에 쥐고 손가락으로 그 곡선을 어루만졌다.

도가시가 꽃꽂이하는 모습을 보면 대다수의 사람들이 그 속도에 놀란다. 1초가 아쉽다는 듯이 엄청난 속도로 눈 깜짝할 사이에 만들어내는 것이다.

"그래, 빠르면 식물에 부담이 덜 가니까 그러려고 애쓰는 것도 있고."

도가시는 대답할 말을 찾았다. 자주 듣는 질문이라 항상 하는 대답인데, 어째선지 눈앞의 소년에게는 안일하게 대답해서는 안 될 것만 같았다.

"확실히 작업할 장소에 서면 풍경이 눈앞에 확 떠올라. 그건 찰나의 순간이라 놓쳐서는 안 되지. 머릿속에 떠오른 풍경을 최대한 빨리 재현하려면 아무래도 서두를 수밖에 없어. 작업을 빨리 끝내려면 확실한 기술이 필요하니 필사적으로 연습했지. 처음에는 꾸물거리는 사이에 머릿속에 떠올랐던 풍경이 사라져버려서 속상했던 적도 많았단다."

"와아."

가자마 진이 놀랍다는 듯이 신음을 흘렸다.

"속도."

혼잣말처럼 중얼거린다.

"그러네요, 찰나의 이미지를 놓치지 않으려면 속도가 필요하죠."

소년은 생각에 잠겼다.

그 눈동자가 다시 거울처럼 고요해진다.

"실례지만 꽃꽂이라는 건 모순 아닌가요? 그야말로 자연계에 있는 것을 꺾고 따다가 살아 있는 것처럼 꾸미잖아요. 어떤 의미로는 살생을 해서 인위적으로 살아 있는 것처럼 꾸미다니, 모순되지 않나요?"

그 담담한 말투에 도가시는 흠칫 놀랐다. 보기에는 천진난만한 소년인데도 눈앞에 원숙한 사람이 있는 것처럼 느껴졌던 것이다.

"모순되지."

도가시는 솔직하게 대답했다.

"하지만 애초에 우리는 무언가를 살생하지 않고는 살아갈 수 없는 모순된 존재야. 우리가 생존하기 위한 기본, 먹는다는 것 자체가 그렇잖니? 먹는다는 행위의 즐거움은 죄악과 종이 한 장 차이다. 나는 자연을 그릴 때 언제나 꺼림칙한 죄책감을 느껴. 그래서 완성한 순간을 최고의 작품으로 만들기 위해 노력한단다."

도가시는 신중히 말을 이었다.

"화장품 회사 광고 중에 그런 게 있잖니? 순간을, 평생을, 아름

답게. 아마 순간이라는 건 곧 영원을 뜻할 거야. 그 반대도 마찬
가지. 최고의 순간을 만들 때는 꽃을 꽂는 나도 최고의 순간을
살고 있다는 실감이 들어. 그 순간은 곧 영원이기도 하니까, 영원
히 살아간다고 말할 수도 있겠지."

소년은 도가시가 하는 말의 의미를 곱씹듯 허공을 올려다보
았다.

"음. 꽃꽂이는 음악하고 비슷하네요."

"그래?"

진이 가위를 다다미 위에 가만히 내려놓고 팔짱을 꼈다.

"재현성이라는 점에서 꽃꽂이하고 똑같이 찰나에 지나지 않
아요. 이 세상에 계속 붙잡아놓을 수는 없죠. 언제나 그 순간뿐,
금방 사라지고 말아요. 하지만 그 순간은 영원하고, 재현하고 있
을 때는 영원한 순간을 살아갈 수 있죠."

진은 도가시가 꽂은 가지 끝을 바라보았다.

단풍이 완연한 작은 잎들이 점점이 달려 있다.

"으음."

진이 다시 한 번 신음했다.

"그럼 음악을 데리고 나가려면?"

"응?"

도가시는 나직하게 중얼거리는 소년의 말뜻을 이해하지 못하
고 되물었다.

음악을 데리고 나간다. 그렇게 들렸는데.

진이 가만히 고개를 들었다.

"피아노를 가르쳐주신 선생님하고 약속했어요. 좁은 곳에 갇

혀 있는 음악을 넓은 곳으로 데리고 나가겠다고."

도가시는 할 말을 잃었다.

음악을 데리고 나간다.

콩쿠르에 참가하고 있는 소년이 그런 생각을 하고 있다니. 음악계 사정은 모르겠지만 이 나이에 그런 생각을 하다니 상당히 드문 일 아닐까?

"그건 물론 단순히 야외에서 음악을 연주한다거나, 그런 뜻은 아니겠지?"

도가시가 되묻자 소년은 또 끙끙거렸다.

"아닐 거예요. 선생님하고 밖에서도 연주를 많이 했는데, 그게 아니었어요. 전 아직 데리고 나가지 못했어요."

소년은 고개를 저으며 다시 가만히 전지가위를 들고 어두운 가윗날을 바라보았다.

"도가시 아저씨가 꽂으면 가지도 꽃도 살아 있네요. 마치 자기가 살해당한 줄도 모르는 것 같아요."

도가시는 '살해당했다'라는 표현에 가슴이 철렁했지만, 가윗날을 바라보는 소년에게서 눈을 뗄 수가 없었다.

"순간과, 영원. 재현성……."

소년은 도가시의 시선에도 아랑곳없이 번득이는 가윗날을 뚫어져라 바라보고 있었다.

난 그대를 원해요

잠에서 깨어나 일어나보니 창밖의 어둠에 일그러진 유리가 흔들리고 있었다.

차가운 비가 내리고 있는지 창문에 다가가기만 해도 냉기가 스며든다.

미에코는 무심코 몸을 부르르 떨었다.

겨울을 알리는 비다.

그런 생각이 들었다.

드디어 제3차 예선 마지막 날이다. 오늘도 기나긴 하루가 될 것 같다.

피로는 이미 정점에 달하다 못해 사점을 넘어서서 흥분 상태다. 2차 예선 초반이 가장 힘들었는지도 모른다.

실질적인 심사는 오늘로 끝난다고 생각하니 없던 기합도 생겨난다. 해방에 대한 기대와 좀 더 듣고 싶다는 애착이 뒤엉킨다.

그렇다, 그랬다.

미에코는 혼자 끄덕거렸다.

콩쿠르가 끝나갈 때면 이런 기분이 들곤 한다.

파벌이나 의견 차이는 다소 있지만 같은 시간을 공유한 심사 위원들은 전우다.

말 그대로 함께 싸워왔다는 실감이 솟는다.

미에코가 막내로 보일 정도로 고령의 심사 위원들이 많은데도 그들은 하나같이 엄청나게 강인하다. 강인하지 않으면 자기 음악을 남들에게 들려주는 장사는 예전에 접었을 것이다. 뿐만 아니라 전쟁의 시대를 헤쳐 나온 음악가들에게는 흔들리지 않는 굳은 심지가 있다.

늘 그렇지만 너새니얼의 모습이 가장 먼저 눈에 들어왔다.

이러니저러니 해도 눈이 자연히 그의 모습을 찾고 있다는 것을 깨닫는다.

과거에 사랑했던 남자, 함께 살았던 남자, 같은 세월을 공유했던 남자다. 수없이 되새겼던 미련이 몸속 어딘가에 남아 있어 그의 모습을 볼 때마다 그 자리가 아련하게 욱신거린다.

너새니얼은 꽤 일찌감치 자리에 앉아 심사숙고하는 기색이었다.

무슨 생각을 하는 걸까? 제자의 장래일까, 곧 헤어질 아내와 사랑하는 딸 생각일까. 그도 아니면 다음 주에 지휘할 오케스트라 생각일까?

아니, 나는 안다.

미에코는 자리에 앉아 고개를 살래살래 저었다.

아마도 너새니얼뿐만 아니라 심사 위원들의 대다수가 어찌 되었건 마음 한구석으로는 같은 생각을 하고 있을 것이다.

가자마 진이 과연 본선에 남을 수 있을 것인가.

아니, 정확하게 말하자. 가자마 진을 과연 본선에 남길 수 있을 것인가.

오늘 심사의 초점은 분명 거기에 몰릴 것이다.

달리 옥신각신할 요소는 거의 보이지 않는다. 나머지 본선 진출자는 순조롭게 정해질 것이다.

심사 위원들이 자기 자리에서 이제 곧 시작될 연주를 조용히 기다리고 있다.

하지만 미에코는 알 수 있다.

아무렇지 않은 척해도, 거기에 기대가 있다는 것을.

대체 저 트릭스터가 어떤 연주를 할지, 은밀히 기대하고 있는 모습이 보인다.

미에코 역시 두근거리는 마음을 부정할 수 없었다.

그가 무슨 짓을 벌일지, 눈앞에 놓인 선물을 뜯고 싶어 이제나 저제나 기다리는 아이 같은 그녀가 있다.

1차 때부터 지지와 거부가 극단적으로 갈려, 그야말로 살얼음판을 걷는 기분으로 좁은 절벽 길을 빠져나와 여기까지 남은 가자마 진.

재미있게도 시간이 흐를수록 지지는 조금씩 늘어나고 있다.

생리적인 거부감을 보였던 심사 위원들 사이에도 한 번 더 듣고 싶다는 생각이 퍼지고 있는 것이다. 노골적으로 혐오를 드러냈던 사람들이 '부득이한' 시늉을 하며 '일단 한 번은 더 들어보고 싶다'고 하는 것은 이미 가자마 진의 어엿한 팬이 되었다고 봐야 한다.

대체 그의 정체는 뭘까?

대체 그는 무엇일까?

지지하는 사람들도 차마 가늠하지 못하고 있는 게 보인다. 두 번의 연주를 들어도 그를 어떻게 받아들여야 할지 망설여진다.

미에코도 그중 한 사람이었다.

스미르노프와 시몽에게 설득당해 '전향'한 것은 여전히 민망하지만, 이제는 그의 연주에 끌리고 있는 것도 틀림없는 사실이다. 그러면서도 자기 판단이 옳은지, 혹시 뭔가에 홀린 건 아닌지 의심하는 마음이 사라지지 않는 것 또한 사실이다.

심사 위원들도 어렴풋이 눈치채고 있다.

호프만의 덫이 얼마나 교활하고 무서운지.

가자마 진을 과연 본선에 남길 수 있을 것인가, 그 여부로 음악가로서 음악을 바라보는 자신의 자세가 드러나리라는 것을.

미에코에게는 웃고 있는 호프만의 모습이 보였다. 장난기 어린 미소, '빙그레'라는 말이 딱 어울리는 묘한 그 미소가.

생각해보면 그들은 파리 오디션에서 감쪽같이 함정에 빠졌던 것이다. 그 오디션부터 오늘까지, 하나의 도화선으로 이어져 있다.

우리는 호프만이 덮어놓은 멋진 포장지에 속아 상자 안에 얼마나 엄청난 파괴력을 가진 폭탄이 들어 있는지 눈치채지 못했다.

그가 장치한 폭탄에는 길고 긴 도화선이 달려 있었다.

설치 시점은 호프만 생전, 아니, 그가 가자마 진을 지도하기 시작한 아득한 옛날로 거슬러 올라간다. 대체 그가 언제 도화선에 불을 붙였는지 모르겠지만 그 불은 꺼지지 않고 끈질기고 착실하게 도화선을 태워, 이제 곧 요란하게 폭발할 순간을 앞두고 있다.

그 상자를 손에 든 것은 이곳에 있는 심사 위원들이다.

기가 막힌 기프트다.

상자로 이어진 도화선 위의 불꽃이 슬금슬금 다가온다.

뚜껑을 열지 않고 내던질지, 도화선의 불꽃을 짓이겨버릴지, 상자를 끝까지 들고 버텨서 화려한 꽃불을 터뜨릴지.

미에코는 지금도 호프만이 냉철한 눈동자로 그들을 뚫어져라 관찰하는 것만 같았다.

그 시선은 너새니얼이 누구보다 강하게 느끼고 있을 것이다.

어쩔 텐가? '너'는 어쩔 텐가? '음악가'인 '너'는 어쩔 텐가?

그 질문은 심사 위원들에게 비수처럼 꽂혔다.

상자를 내던져도 분명 호프만은 비난하지 않을 것이다. 버티고 버티다가 "역시 안 되겠어" 하고 허겁지겁 도화선을 짓이겨 불을 꺼버려도 어깨를 으쓱하고 말겠지.

상자를 내던지고, 담요를 뒤집어쓰고 폭발을 두려워하는 우리의 모습을 바라보다가 이윽고 뚜벅뚜벅 다가와 상자를 주워 들고 말없이 떠날 것이다.

그렇다, 그의 말대로 가자마 진을 '기프트'로 삼을 것인지 '재앙'으로 삼을 것인지는 우리에게 달려 있다.

미에코는 생수를 한 모금 마셨다.

목이 바짝 말라 있다는 사실에 놀랐다.

세상에, 정말 긴장한 거야, 내가. 어울리지 않게.

다시 한 모금, 꼴깍 삼킨다.

한 가지는 확신할 수 있다.

미에코는 입가를 닦고 등받이에 몸을 기댔다.

만약 오늘 가자마 진을 떨어뜨린다면 훗날, 아니, 머잖은 미래에 바로 그 가자마 진을 떨어뜨린 심사 위원이라는 딱지가 붙어 그들을 영원히 따라다닐 것이라는 사실이다.

홀은 이번에도 개장과 동시에 눈 깜짝할 사이 가득 찼다.

관객들이 눈을 빛내며 앞다투어 자리를 차지한다.

아야와 가나데, 마사루도 겨우 뒤쪽에 자리 잡고 한숨을 돌렸다.

객석은 억제된 흥분과 열기로 이미 갑갑할 정도였다.

"굉장해, 벌써 꽉 찼어."

"잔뜩 달아올랐네."

아야와 마사루는 속닥거렸지만, 두 사람 사이에는 역시 자기 차례가 이미 끝난 사람과 이제 다가올 사람을 가르는 투명한 벽이 있었다.

"마아 군은 좋겠다. 느긋하게 3차 예선을 들을 수 있어서."

아야는 무심코 후련한 표정의 마사루를 시샘했다.

"미안해. 아짱은 마지막이니까."

마사루가 쓴웃음을 지었다.

"하지만 자기 연주로 콩쿠르가 끝나는 것도 흔한 경험은 아니잖아? 가장 오래 당사자로 있을 수 있어."

"그렇긴 해. 그렇게 생각할 수도 있지."

아야도 쓴웃음을 지었다.

가장 오래 콩쿠르를 맛볼 수 있다. 콩쿠르를 만끽할 수 있다. 반대로 가장 오래 괴로움을 맛본다는 뜻도 되지만.

"가자마 진은?"

마사루가 주위를 둘러보았다.

아야는 이유도 없이 움찔했다.

"없네. 항상 저쪽 구석에 있는데."

가나데도 두리번거렸다.

"그 애, 객석보다 통로가 좋다고 했지?"

"그편이 집중해서 들을 수 있다더라."

"어제 저녁에도 없었는데. 역시 어디서 연습이라도 하는 걸까?"

마사루와 가나데의 목소리를 들으며 아야는 기묘한 불안감을 느꼈다.

어라, 내가 왜 이러지. 마음이 딴 데 가 있네. 내가 콩쿠르 마지막 연주자라는 게 전혀 걱정이 안 돼. 뭐에 마음을 빼앗긴 걸까?

아야는 불안의 정체를 알아내려 했지만 가슴속이 고요하게 가라앉아, 마음이 꼼짝도 하지 않는다는 사실에 당황했다.

콩쿠르를 만끽한다.

확실히 나는 '콩쿠르'를 새로 발견했다. 다양한 연주를 들을 수 있는 즐거움. 다양한 참가자의 배경을 보는 재미. 콩쿠르가 갖는 그런 즐거움을 발견하고 청중으로서 '만끽'해왔다.

하지만 그 '만끽'은 마사루가 말하는 의미와는 다르다.

가장 오래 당사자로 있을 수 있다.

그가 말하고픈 것은 참가자로서, 음악가로서 그렇다는 뜻이다. 경쟁 자체를 만끽한다는 뜻이다.

그런 의미에서는 글쎄, 나는 다르다. 참가자로 '만끽'하는 게 아니었다. 나는 그저 관객이었다.

아야는 마음이 점점 가라앉는 것을 느꼈다.

중력이 몸을 묵직하게 짓누르고, 좌석이 나락으로 떨어져가는 감각.

나는 대체 무엇을 위해 여기에 있는 걸까?

지금껏 회피했던 의문이 새삼 떠올랐다.

주위의 소음이 멀어진다, 혼자 외로이 회장에 앉아 있다.

확실히 무대는 즐거웠다. 청중 앞에서 연주하는 것은 쾌감을 주었다.

어머니도 만날 수 있었다. 우주까지 날아오를 수 있었다.

나는 그동안 달아나기만 했다. 내 안의 공포에서 눈을 돌리고 있었다는 것을 이제야 깨달았다.

귀중한 체험을 했다.

새삼 음악이 얼마나 멋진지 실감할 수 있었다.

하지만 그것이 어떻단 말인가?

아야는 자기가 참가자로서 콩쿠르에 관심을 잃었다는 사실에 경악했다.

음악은 멋지다.

그것은 절대적인 진실이다.

나는 앞으로도 음악과 함께 살아갈 것이다. 평생 연주하리라. 음악 곁에서 살 것이다. 그건 분명한 사실이었다. 하지만 그 사실과 눈앞의 콩쿠르가 유기적으로 얽히지 않는다. 어딘가 선이 잘려 있어서, 도저히 앞으로 남은 음악 인생으로 이어질 것 같지 않다.

아야는 갑자기 오싹했다.

콩쿠르가 끝나고 "아아, 재미있었다" "또 들으러 오자" 그런 감상으로 후딱 마무리하고 회장을 떠나는 자기 모습이 떠오른 것이다.

그것이 어째서 이토록 두려운 걸까?

아야는 혼란스러웠다.

그러면 어때서? 나는 그런 타입이다. 직접 참가한 콩쿠르도 긴 콘서트를 보는 기분으로 바라볼 수 있는 나를 좋아하지 않았나?

하지만 그걸로 만족하는 걸까?

자문자답이 이어졌다.

나는 그걸로 만족하는 걸까? 나는 앞으로 어떻게 되는 걸까?

괜찮아. 또 한 사람의 아야가 대답한다.

그 목소리는 어딘가 히스테릭하고 필사적이었다.

성과는 냈어. 일단 하마자키 선생님 얼굴에 먹칠하는 상황은 면했잖아. 관객들도 기뻐했고, 기자도 취재하러 올 정도였어. 체면도 세웠고, 기대에도 부응했잖아?

정말 그럴까?

의심하는 목소리는 그치지 않는다.

나는 앞으로 어쩔 셈일까?

아야는 자기가 식은땀을 축축이 흘리고 있는 줄도 몰랐다.

종소리를 듣고 허둥지둥 자리로 달려가는 관객들도 눈에 들어오지 않았다. 그저 아무도 없는 혼자만의 회장에서 나락 같은 좌석의 중력을 느끼고 있었다.

제3차 예선 둘째 날, 첫 번째 참가자는 한국 청년이었다.

훤칠하고 화사한 분위기, 연주도 라흐마니노프를 중심으로 프로그램에 걸맞은 기술을 자랑했다.

"와, 화려하네."

"1차나 2차 때는 저런 느낌이 아니었는데."

마사루와 아야가 소곤거리는 소리가 들렸다.

가나데도 동감이었다.

참가자들도 타입이 각양각색이다. 시동이 늦게 걸린다고 할까, 예선이 거듭될수록 제 실력을 발휘하는 부류가 있다. 본인의 의욕과 콩쿠르 일정이 잘 맞아떨어져서 정비례 효과를 냈으리라. 3차까지 진출해 자신감이 더해지기도 했을 것이다.

"저 사람 멋지다."

가나데는 아야에게 살짝 귀띔했다.

"응, 인기 있을 것 같아."

같은 생각을 한 관객들이 많았는지 연주가 끝나자 요란한 환호성이 일었다.

다음도 한국 참가자. 이번에는 여자다.

이쪽은 차분하게 연주하는 타입.

3차 예선에 남을 정도면 이미 누구의 연주를 들어도 "이 사람이다" 하고 생각하게 만드는 실력이다.

이제 겨우 스무 살 안팎인데 연주도 성숙하고 프로그램도 알차다.

젊은데 연주가 중후하네. 가나데는 감탄했다.

"저 사람도 좋다."

"다들 잘하네."

또 둘이서 속삭이는 소리.

새삼 콩쿠르의 수준이 얼마나 높은지 실감했다. 다들 연주가로 무대에 서도 전혀 손색없는 수준.

이렇게 보면 마사루나 아야처럼 누구보다 탁월하게 눈에 띄는 재능이 얼마나 대단한지 알 수 있다.

가자마 진도.

가나데는 관객들이 무의식중에 가자마 진을 기다리고 있는 것을 느꼈다.

어제의 관객들은 마사루를 기다렸지만, 오늘 관객들이 기다리는 것은 가자마 진이다.

그의 특이한 분위기, 특이한 음악.

너무나 훌륭하고 선정적인데, 그에 열광하는 자신이 문득 불안해진다. 어떻게 표현하면 좋을지 모를 신비한 재능. 듣고 있을 때는 완벽하게 그 음악의 포로가 되는데, 듣고 나면 그 매력을 재현할 수가 없다.

가나데도 아직까지 그를 어떻게 받아들여야 할지 몰랐다. 이런 경우는 드물다.

그녀는 회장을 가만히 둘러보며 가자마 진의 모습을 찾았다.

회장 구석구석을 채운 검은 그림자.

오늘은 아침부터 입석 관객들이 있다.

그는 어디에 있을까? 지금 무슨 생각을 하고 있을까?

가나데가 그 행방을 찾던 가자마 진은 회장 맨 뒤에 있었다.

새벽에 깨서 아침부터 가만히 있을 수가 없어 밖으로 뛰쳐나가 빗속을 어슬렁거리다 시작 직전에 아슬아슬하게 들어왔다. 입석 관객들 틈에 껴서 바닥에 웅크리고 있어 언뜻 봐서는 거기에 누가 있는 줄도 모를 것이다.

몸을 쏙 말고 머리를 흔들며 한국 여성 참가자의 정열적인 연주를 기분 좋게 듣고 있었다.

흐음. 거기도 멋진 곳이구나.

그는 그녀와 함께, 그녀가 가진 음악의 세계에 있었다.

여기는 성일까? 낡은 건물 안. 묵직하고 고요한 세계. 세월이 켜켜이 쌓인 차분한 공기. 그녀는 우아한 드레스를 입고 그녀의 세계에 깊이 몰입해 있었다. 진이 거기 있는 줄도 모르는 기색이다.

진은 주위를 두리번거렸다.

돌벽. 마루가 깔린 바닥.

램프의 불꽃이 일렁거리고 있다.

와, 역사가 있는 곳이구나. 아주 옛날, 유럽일까?

하지만 진은 누군가가 부르는 소리를 듣고 그녀 곁을 떠났다. 이윽고 그의 의식은 조금씩 어딘가 먼 곳으로 흘러갔다.

밖으로. 밖으로.

진은 성에서 나와 시원하게 뚫린 곳으로 나갔다.

발밑에 느껴지는 풀의 감촉. 광활한 초원이다.

저 멀리 초원을 걸어가는 호프만 선생님의 모습이 보인다. 뒷짐을 지고 살짝 고개를 숙인 채로 천천히 걸어간다.

밖으로. 밖으로.

어떻게 하면 데리고 나갈 수 있을까? 음악을, 넓은 곳으로?

진은 선생님의 뒷모습을 쫓아갔다.

선생님. 기다려요.

바람이 분다. 뺨을 어루만지는 빛을 느낀다.

밝지만, 침침하다. 빛은 느껴지지만 어딘가 어렴풋하다.

선생님이 걸음을 멈추고 문득 뒤를 돌아보려고 했다. 옆얼굴이 살짝 보였지만 선생님은 다시 고개를 돌리고 걸어가버렸다.

그때 뚝뚝 소리가 난다.

진은 선생님을 쫓아가지 않고 소리가 나는 쪽을 보았다.

도가시가 나뭇가지를 자르고 있다. 그 날카로운 전지가위를 들고 엄청난 속도로 갯버들 가지를 잘라내 품에 끌어안는다.

최대한 빠르게. 죽었다는 사실을 깨닫지 못할 정도로.

그렇게 말하는 도가시의 목소리가 들렸다.

영원은 순간이고, 순간은 영원이다.

진은 눈을 반짝 떴다.

성대한 박수.

어느새 연주가 끝나, 참가자가 무대에서 깊숙이 고개를 숙이고 있다. 환호성과 박수가 한층 더 커졌다.

뒤에서 삐걱거리는 소리와 함께 육중한 문이 열려 황급히 바닥에서 일어났다.

우르르 몰려 나가는 사람들 틈에 섞여 홀 밖으로 나갔다.

밖으로. 밖으로.

진은 멍하니 홀 바깥, 천장까지 이어지는 유리창으로 천천히 다가갔다.

유리 저편에서 서늘한 냉기가 다가왔다.

밖에서는 차가운 비가 계속 내리고 있었다. 우산을 하나둘 펼치고, 사람들이 걸어간다.

벌써 겨울이구나.

진은 가만히 유리를 어루만졌다. 생각보다 훨씬 차가워서 반사적으로 손을 뗐다.

현실의 풍경을 보면서도 그는 여전히 아까 보았던 초원에 있었다. 두 개의 풍경이 하나로 포개지고 뒤엉켜서 시야에 들어온다.

아득히 멀리 떨어진 호프만 선생님의 뒷모습이 안개 속으로 사라지려는 참이었다.

어떻게 해야 하나요? 어떻게?

진은 선생님의 뒷모습을 향해 물었다.

선생님과 함께 밖에서 피아노를 쳐보기도 했지만 그것도 아니었다. 음악을 해방했다는 실감은 없었다. 즐거웠지만 선생님이 말씀하신 '데리고 나가는' 것과는 분명 달랐다.

선생님은 그렇게 느낀 적이 있나요?

예전에 그렇게 물어본 적이 있었다.

그러자 선생님은 미소를 머금고 답했다.

있지. 드문 일이지만. 겨우 몇 번밖에, 손으로 꼽을 정도밖에 못 되지만 말이야.

그렇게 말하며 손끝으로 뭔가를 집어 올리는 듯한 시늉을 했다.

진은 느릿느릿 걸음을 뗐다. 바깥 공기를 마시고 싶었다.

자동문이 열리자 냉기가 훅 들어왔다.

차갑고, 축축한 바깥 공기.

겨울 냄새가 난다.

진은 조용히 걸음을 뗐다.

홀이 복합 시설 안에 있는 덕에 비를 맞지 않고 역 근처까지 갈 수 있다. 지붕이 없는 홀 앞쪽은 비가 동그라미를 그리며 돌바닥을 적시고 있었다.

진은 하늘을 올려다보았다.

바람 한 점 없이, 비가 조용히 떨어지고 있었다.

멀리서 천둥이 나직하게 울고 있다.

겨울의 천둥. 무언가가 가슴속에서 끓어올랐다.

번개는 보이지 않는다.

잿빛 하늘은 진한 자리도, 옅은 자리도 없이 똑같은 색으로 진득하게 뒤덮여 있었다.

거리감이 없다, 실체감도 없다.

그 잿빛 속에서 비가 검은 선을 그리며 떨어져 내린다.

지붕 밑에 있어도 비가 조금씩 들이쳐 진의 뺨을 담뿍 적셨다.

밖으로.

차가운 바깥 공기를 두르고도 진은 여전히 어딘가에 갇혀 있는 것처럼 갑갑했다. 아침에 일어났을 때부터 느끼고 있는, 참을 수 없는 초조함.

어디로 가야 하나. 어디로 데려가야만 하나.

모자를 고쳐 쓰고 걸음을 뗐다.

역으로 향하는 긴 터널.

사람들이 우산을 접고 묵묵히 형광등 불빛 속을 걸어간다.

진은 그 무리 속으로 들어갔다.

나가고 싶다. 넓은 곳으로 나가고 싶다. 밖으로 나가고 싶다.

축축하고 비릿한 터널이 갑갑하다.

여기가 아니야.

진은 걸음을 서둘렀다.

거의 달리다시피 터널 밖으로 빠져나갔다.

휑한 역 앞 광장이 나왔다.

진은 숨을 헐떡이며 우뚝 멈춰 섰다.

커다란 역 건물이 높이 솟아 있지만 하늘은 훨씬 넓었다.

망망한 잿빛 하늘이 펼쳐져 있다. 빛은 어디에도 없다.

진은 멍하니 하늘을 올려다보았다.

빗방울이 조용히 모자를 때린다. 쏴아아, 오로지 빗소리만 세상에 가득하다. 자동차 경적 소리, 호객꾼들의 소음 속에서도 빗소리는 한없이 고요했다.

오늘은 꿀벌이 날지 않는구나.

그리운 날갯소리가 들리지 않는다.

선생님은 어디 계실까.

무대 매니저 다쿠보는 유령처럼 멍하니 무대 뒤에 서 있는 소년을 보고 흠칫 놀랐다.

무대에서는 가자마 진의 앞 번호 참가자가 연주하고 있었다.

"왜 그러니, 가자마 군?"

다쿠보는 최대한 태연하게 말을 걸었지만 소년은 반응하지 않았다.

보통 다음 연주자는 연습이 가능한 대기실에서 기다리고 있고, 무대 매니저가 앞 참가자가 퇴장한 뒤에 부르러 간다.

바로 오는 사람, 끝까지 연습하는 사람, 다양한 참가자들이 있다. 가자마 진의 경우 손가락도 거의 풀지 않고, 가급적 다른 참가자들의 연주를 회장에서 듣고 싶다고 해서 그동안은 직전까지 나타나지 않아도 놀라지 않았다.

오늘은 누가 발견하고 마음을 써서 무대 뒤로 들인 모양인데, 분명 가자마 진의 상태는 이상했다.

다쿠보가 말을 걸고 있는데도 눈에는 초점이 없었다.

머리카락이 엉망인 거야 평소에도 그렇지만, 보아하니 머리도 셔츠도 비에 젖은 것 같았다.

"아무나 수건 좀."

다쿠보는 멀찍이 있던 스태프에게 조용히 다가가 나직하게 말했다.

바로 누가 수건을 내밀어서 "이걸로 닦으렴" 하고 소년에게 건네주려 했지만 진은 여전히 멍한 상태였다.

다쿠보는 어쩔 수 없이 소년의 팔을 붙들고 무대 뒤 구석으로 데려가 머리를 벅벅 닦아주었다.

보드랍고 풍성한 머리카락의 감촉에 문득 아들이 아직 어렸던 시절을 떠올렸다.

아아, 이렇게 아이의 머리를 말려주는 게 얼마 만일까.

왠지 달착지근하고 그리운 기분에 가슴이 먹먹해졌다.

"가자마 군, 괜찮니? 몸이라도 안 좋은 거야?"

귓가에 대고 그렇게 묻자 소년이 화들짝 놀란 기색으로 눈을 동그랗게 뜨고 주위를 두리번거렸다.

다쿠보는 "쉿" 하고 입술에 집게손가락을 세우고 목소리를 낮추어 말했다.

"무대 뒤란다."

"제 차례예요?"

가자마 진이 깜짝 놀란 얼굴로 물었다.

"아니, 아직이야. 네 앞 참가자가 연주하고 있는데 아직 반도 안 지났다."

"그렇구나."

소년은 잠시 입을 다물었다가 숨을 후 크게 들이마셨다.

겨우 현실 세계로 돌아왔는지 눈동자에 빛이 돌아왔다.

"저기 앉아 있으렴."

다쿠보가 작은 스툴을 가리키자 소년은 얌전히 따랐다. 머리에 수건을 두른 채로 곰곰이 생각에 잠겼다.

현실 세계로 돌아오기는 했지만 이번에도 지금까지 보지 못한 눈빛이었다.

무서울 정도로 뭔가에 집중하고 있다.

다행히 몸이 안 좋거나 패닉에 빠진 건 아닌 듯했다.

다쿠보는 그제야 가슴을 쓸어내렸다. 무슨 사정으로 이 시점에 그를 무대 뒤로 들여보냈는지 나중에 스태프에게 물어봐야겠다.

그리고 30분 가까이, 진은 꼼짝도 않고 가만히 무언가를 고민하고 있었다. 주위 상황도 전혀 눈에 들어오지 않고 무대에 오른 앞 참가자의 연주도 귀에 들어오지 않는 듯했다.

매번 사람을 놀라게 하는 아이구나.

다쿠보는 소년의 모습을 힐끔힐끔 살피며 무대 쪽도 주시했다.

마지막 곡이 끝난다.

다쿠보는 문을 열어 터질 듯한 박수와 환호성을 들으며 상기된 얼굴로 돌아오는 러시아 청년을 미소로 맞이했다.

아아, 이 순간, 이 얼굴을 보는 기쁨은 무엇과도 바꿀 수 없다.

환호성은 그칠 줄을 몰랐다.

앙코르 소리에 청년은 쑥스러운 미소를 띠고 다시 무대로 나갔다.

한 번 더.

다쿠보는 문득 가자마 진에게 눈을 돌렸다가 흠칫 놀랐다.

그는 바닥의 한 점을 노려보면서 꼼짝도 않고 있었다.

이 환성도, 박수 소리도 들리지 않는 것이다.

품으로 돌아온 참가자를 축복하면서도 다쿠보는 무대 뒤 어둠 속에 앉아 있는 소년을 의식하고 있었다.

대체 무슨 생각을 하는 걸까? 지금 저 눈에는 무엇이 보이는 걸까?

연주를 무사히 마쳤다는 만족감으로 충만한 러시아 청년이 스태프의 축복을 받으며 물러났다. 다음 참가자가 바로 옆에서 웅크리고 있는 줄은 꿈에도 모를 것이다.

불안해하는 사이 관객들은 자리에서 일어나 북적거리며 로비로 나갔다.

조율사 아사노가 다가왔다.

"안녕하십니까."

다쿠보는 아사노의 인사를 받으며 의자에 앉아 있는 가자마 진을 눈짓으로 가리켰다.

"어라, 벌써 왔구나?"

말을 걸려던 아사노는 그의 변화를 바로 깨달았다.

"왜 저러는 겁니까?"

아사노는 쭈뼛쭈뼛 다쿠보에게 물었다.

"모르겠네. 뭔가 숙고하고 있는 것 같아."

"하지만 조율을 해야 하는데. 방금 전 연주도 상당히 격렬했고."

가자마 진은 앞 참가자와 같은 피아노를 쓴다.

"가자마 군, 가자마 군."

아사노가 소년에게 다가가 몸을 숙이고 이름을 불렀다.

"아, 아사노 씨."

뜻밖에도 바로 고개를 들었다. 그 표정이 차분해 보여 다쿠보는 어쩐지 '됐다, 괜찮겠구나'라고 생각했다.

"자, 오늘은 어떻게 할까? 원하는 대로 뭐든지 해줄게."

아사노가 미소를 짓자 진은 진지한 얼굴로 잠시 고민하다가 입을 열었다.

"하늘까지 닿을 소리로."

"응?"

아사노와 다쿠보가 동시에 되물었다.

진은 진지한 얼굴로 위를 가리켰다.

"호프만 선생님한테 들리도록 해주세요."

더없이 진지한 목소리였다.

아사노는 소년의 기백에 눌려 살짝 휘청거렸지만 황급히 허리를 폈다.

꿀꺽, 침을 삼킨다.

"구체적으로 말하면?"

"부드럽게."

진은 말이 떨어지기 무섭게 대답했다.

"쨍하지 않게, 정반대로 부탁드려요."

에이덴 아야는 대기실로 들어가 재빨리 드레스로 갈아입었다.

주홍에 가까운 붉은색. 벌써 세 번째 의상이다.

제니퍼 챈의 붉은 드레스가 생각났다. 전부 멋졌는데. 그런 건 어디서 살까? 어쩌면 그런 부자들은 맞춤 드레스를 입을지도 모르겠다.

호텔 의상 케이스에 넣어놓은 은색 드레스가 떠올랐다.

본선을 위해 남겨놓은 드레스. 그 드레스를 입을 기회가 있을까?

눈 깜짝할 사이에 옷을 갈아입고 간단하게 화장도 마쳤다. 주름 소매라 어깨도 팔도 편하게 움직일 수 있다. 구두만 낮은 굽을 신고 있다가 무대 뒤에서 드레스슈즈로 갈아 신을 생각이다.

좋아, 오케이.

두 팔을 붕붕 돌려보고 아야는 거울을 향해 힘껏 끄덕였다.

아야도 손가락은 거의 풀지 않았다.

빨리 회장으로 돌아가 가자마 진의 연주를 들어야 한다.

이 드레스 차림으로 나가면 회장에서 눈에 띌 테니 위에 검은 카디건을 걸치고 연주가 끝나면 바로 돌아올 생각이다. 하지만 그가 연주할 때는 입석 관객이 워낙 많아 자리를 잘 잡을 수 있을지 불안했다.

왠지 자기 차례보다 가자마 진의 연주를 기다리는 순간이 더 떨린다. 본인의 연주는 무엇을 할지 알고 있으니 정신을 차리면 이미 끝나 있곤 했다.

나는 그에게 걸고 있는 것이다.

문득 그런 생각이 들었다.

무엇을?

자문해본다. 대체 무엇을 걸고 있다는 거지? 그런 천재에게, 일방적으로 무엇을 맡긴 거야? 그와 무슨 상관이 있지? 상대방한테는 황당한 민폐잖아. 멋대로 뭔가를 떠맡긴들, 기대한들 그가 알 바 아니다.

하지만 나는 그에게 일종의 소원을 맡겼다. 지금도 간절히 기도하는 심정이다.

아야는 두 손으로 굳게 깍지를 끼고 힘을 주었다.

이상한 기분이다.

돌아보면 1차 예선 때부터 그랬다.

그때의 절망감은 지금도 몸 한구석에 남아 있다. 이제 안 돼, 여기서 끝이야, 그렇게 생각했다. 음악을 할 수 없다는 생각까지 했다.

그런데 가자마 진의 연주를 듣고 나니 피아노를 치고 싶고, 그곳에 함께 서고 싶었다. 가자마 진 덕분에 무대에 섰고, 연주할 수 있었다.

2차 예선 때도 그랬다.

그가 그런 〈봄과 수라〉를 들려주었기 때문에 아야는 그녀의 〈봄과 수라〉를 연주할 수 있었다. 그의 연주가 언제까지고 어두웠던 가슴속의 불씨를 살려주었다.

말하자면 그가 끌어준 덕분에 여기까지 남을 수 있었던 것이다. 그의 영향으로 피아노를 칠 수 있었다.

하지만 이다음은?

지난 며칠 동안 계속 느끼고 있는 불안. 콩쿠르가 끝난 다음,

다가올 날들, 나의 장래, 나의 음악 생활. 등이 바작바작 타들어 가는 듯한 불안, 거의 공포에 가까운 불안.

마사루도, 가나데도 채워줄 수 없다. 도저히 말로 설명할 수 없다.

하지만 가자마 진이라면 어떻게든 해줄 것이다. 그러면 채워 줄 수 있다. 어디선가 그렇게 직감하고, 믿고 있다.

그가 나를 제자리로 데려가줄지도 모른다. 진정한 음악의 세계로 들어설 이유를 만들어줄지도 모른다.

그렇게 마음속으로 계속 바랐던 것이다.

새로운 재능의 등장에서 부활의 계기를 찾은 베테랑이나, 그 반대로 새로운 재능 앞에 무릎을 꿇고 은퇴를 결심한 거장에 대한 소문은 들은 적이 있다.

스스로를 베테랑이나 거장과 비교할 마음은 없지만 그들의 마음을 지금이라면 알 수 있을 것 같다.

마음속으로는 언제나 계기를 기다리고 있었다. 오랫동안 이 순간을 찾고 있었다.

그러니까 부탁이야.

아야는 가자마 진에게 말했다.

부탁이야, 나를 돌려보내줘. 더없이 고통스럽고, 더없이 멋진 그 세계로 돌아갈 이유를 줘.

그렇게 매달리면서도 또 한 사람의 아야가 쓴웃음을 짓는다. 이 얼마나 뻔뻔한 부탁인가!

거울 속에도 일그러진 미소를 머금은 소녀의 얼굴이 있었다.

뭐니, 콘서트 피아니스트를 그만두었을 때는 엄마 탓이고, 다시 시작하는 건 너보다 어린 남자애 때문이니?

그럼 그 애가 네 기대에 맞게 연주하지 못했을 때는 어쩔 셈이야? 실망스럽거나 기대에 어긋나면 역시 그만둘 거야?

거울 속의 소녀가 비웃고 있다.

결국 남 탓이구나. 남한테만 의지하는구나. 어차피 너는 진짜 음악가가 아니야. 마사루를 봐. 가나데도, 다른 참가자들도.

그들은 평생을 음악가로 살아가겠노라 결심했어. 한 치의 망설임도 없이. 그들은 이미 음악가야. 하지만 너는 음악가가 아니야. 지금까지 한 번이라도 음악가였던 적이 있었어? 타인에게 운명을 맡긴 네게 앞으로 음악에 인생을 바칠 각오가 있어?

등을 찌르는 아픔이 욱신거리는 통증으로 변해간다.

그러니까 도박이라잖아!

거울 속의 소녀를 향해 외쳤다.

마사루는 멋지고 훌륭해. 음악을 대하는 가나데의 진지하고 성실한 태도에는 고개가 절로 숙여져. 두 사람은 내가 갖지 못한 걸 갖고 있어. 부러워, 당당하지 못한 내가 부끄러워.

인정하겠어. 나는 항상 망설이기만 해. 뭐든지 남 탓으로 돌리는 비겁한 사람이야. 앞으로도 분명 망설일 테고, 한심한 꼴을 보이겠지.

하지만, 그래도 음악은 아름답다. 피아노는 멋지다.

나도 연주하고 싶어. 멋진 피아노를 연주하고 싶어.

아야는 거울 속의 창백한 얼굴을 바라보았다.

심장이 펄떡펄떡 뛰고, 식은땀이 관자놀이를 타고 흘렀다.

멀리서 종소리가 울린다.

깜짝 놀라 벽에 걸린 시계를 올려다보았다.

어느새 가자마 진의 연주 시간이 다가왔다.

아야는 크게 심호흡을 하고, 거울 속의 소녀를 다시 한 번 노려본 다음 드레스 자락을 걷어 올리고 재빨리 대기실을 빠져나왔다.

"가자마 군, 나갈 시간입니다."

다쿠보는 조용히 말했다.

"네."

가자마 진은 그렇게 대답하고 벌떡 일어났다.

조율사 아사노는 조마조마한 눈빛으로 그런 그를 바라보았다.

그가 원하는 소리를 내기 위해 조율사로서 최선을 다했지만 과연 만족해줄까?

개인적으로도 완전히 그의 팬이 되어버린 아사노는 열린 문으로 들어오는 역광 속으로 걸어 나가는 소년을 간절한 마음으로 지켜보았다.

우레와 같은 박수 속에서 아사노는 문득 환영을 보았다.

문 너머에 끝도 없이 펼쳐진 들판이 있었다.

드높은 하늘. 멀리 떠 있는 하얀 구름. 고독한 황야.

그 황야를 가자마 진이 홀로 당당하게 걸어간다.

머나먼 지평을 찾아, 혼자서.

그 누구도 걸어가지 않은, 길 없는 길을.

너는 어디로 가려는 거니?

아사노는 문 너머로 사라진 소년에게 그렇게 묻고 있었다.

무대에 나타난 가자마 진의 분위기는 지난 두 번의 무대와 조금 달랐다.

한시도 기다릴 수 없다는 듯 피아노로 달려가 곧바로 연주했던 그때와 달리 한 걸음, 한 걸음, 차분한 걸음으로 뭔가 결의 넘치는 얼굴을 하고서 피아노로 다가간다.

어머, 어쩐 일로 긴장한 걸까?

처음에 미에코는 그렇게 생각했지만 곧 아니라는 걸 깨달았다.

지금 그는 먼 곳을 보고 있다.

자기 세상에만 몰두했던 그때까지의 소년이 아니었다. 과거에 집착했던 장난감을 내려놓고 처음으로 고개를 들어 바깥세상을 보는 듯한.

소년은, 혼자였다.

무대 위의 연주자는 늘 고독한 법이지만 그는 그 이상으로 고독해 보였다.

어째서?

미에코는 그렇게 자문했다.

어째서 그는 저토록 멀게만 보이는 걸까? 아무도 없는 세상에 혼자뿐인 것처럼, 무無의 공간에 갇혀 있다.

소년은 피아노 앞까지 다가와 고개를 꾸벅 숙였다.

박수 소리가 뚝 그치고 관객들이 마른침을 삼켰다.

소년이 의자에 앉았다.

평소에는 당장 달려들어 연주하는데, 오늘은 위를 훌쩍 올려다보더니 잠시 멍하게 넋을 놓고 있었다.

관객들도 평소와 다른 분위기를 감지한 듯했다.

소년은 입안으로 웅얼웅얼 뭔가 중얼거렸다.

기도? 아니면 단순한 혼잣말?

만약 이때 미에코가 무대에서 가자마 진 옆에 있었다면 그가 호프만에게 하는 말을 들을 수 있었을지도 모른다.

소년이 생긋, 웃었다.

미에코는 깜짝 놀랐다.

천진무구한, 하얀 꽃이 피어나는 듯한 미소. 어쩌면 그는 자기가 웃었다는 것도 모르지 않을까?

무의식에서 흘러나온 미소. 한 번도 보지 못한, 무아의 미소.

그리고 소년은 연주를 시작했다.

와! 마사루는 속으로 환성을 질렀다.

콩쿠르에서 에릭 사티의 곡을 듣기는 아마도 이번이 처음이자 마지막 아닐까.

때 묻지 않은 〈난 그대를 원해요〉. 흥겹고 경쾌한 왈츠.

단조로운 멜로디는 순식간에 콩쿠르 회장을 파리의 거리로 바꾸어버렸다.

카페에서 잔이 맞부딪치는 소리, 북적거리는 소음까지 들려오는 것 같다.

그의 음악에는 멋이 있다. 저렇게 어린데, 사티의 운치를 어른의 해석으로 들려준다.

이 짧은 곡은 한 시간짜리 리사이틀의 프롤로그이자 프렐류드다.

이윽고 조금씩 리타르단도로 느려지다가…….

느닷없이 다음 곡으로 바뀌었다.

멘델스존의 〈무언가〉에서 그 유명한 〈봄의 노래〉다.

와! 마사루는 속으로 또다시 외쳤다.

이보다 더 극적인 장면 전환이 있을까?

눈앞의 풍경이 갑자기 향기로운 화원으로 바뀌었다.

탐스럽게 흐드러진 봄꽃들이 눈앞에 떠오르고 새들이 노래하는 모습이 보인다.

아름답다.

이 얼마나 시각적이고 색채로 가득한 연주인가.

이어서 브람스. 〈카프리치오 나단조〉.

자유자재로 변화하는 터치. 이 역시 맵시 있는 소품이다.

애수와 희미한 유머까지 머금은 현란한 연주.

이 정경은 파란색일까?

마사루는 눈을 감았다.

푸르스름한 풍경. 이건 어딘가 조용한 호반에 자리한 저택의 연회장에서 민속 의상을 입고 춤추는 남녀들인가? 발뒤꿈치로 춤을 추는 여성들의 모습이 눈앞에 떠올랐다.

이건 이미 콩쿠르의 연주가 아니야.

마사루는 감탄하면서도 기가 막혔다.

마치 생각이 닿는 대로 즉석에서 멜로디를 이어가는 것 같다. 마치 지금 연주하는 멜로디에서 바로 다음 곡을 연상해 거기로 옮겨 가는 듯한, 기묘한 라이브 같은 느낌이다.

그렇다, 이것은 라이브다.

콘서트도 아니고 리사이틀도 아닌, 가자마 진의 라이브.

연기가 사라지듯 브람스가 끝났다.

가자마 진은 잠깐 멈추었다가 건반에 손가락을 내려놓았다.

그 순간, 마사루를 비롯해 객석에서 "엇" 하고 눌린 소리가 튀어나왔다.

에릭 사티.

혼란이 퍼져나간다.

가자마 진이 〈난 그대를 원해요〉를 다시 연주하기 시작한 것이다.

미소를 머금고 연주하는 모습으로 보아 실수는 아닌 듯했다. 본인도 처음 연주한 곡을 반복하고 있다는 사실을 충분히 알고 있는 것이다.

일부러 저러는 건가?

마사루는 기가 막혔지만 곧 불안해졌다. 괜찮은 건가?

프로그램에 〈난 그대를 원해요〉라는 곡명이 실려 있긴 하지만 당연히 두 번 연주한다는 설명은 없다. 제출한 프로그램과 다른 연주를 하면 규정 위반에 걸리지 않을까?

콩쿠르는 규정에 엄격하다.

만약 실격된다면.

마사루는 가슴이 철렁했다.

말도 안 돼. 저런 재능이 거부당한다니.

식은땀이 맺혔다.

객석이 그런 걱정으로 애를 태우는 줄은 꿈에도 모르리라.

무대 위의 가자마 진은 천진한 미소를 머금은 채로 경쾌하게 사티를 연주하고 있다.

알면서 저러는 건가? 콩쿠르 규정에는 어긋나지 않는다고 생각하는 건가? 아니면…….

두 번째 사티가 리타르단도로 느려지면서 차분하게 다음 곡이 시작되었다.

드뷔시.

〈판화〉의 첫 번째 곡, 〈탑〉.

이 〈탑〉에는 '파고다'라는 표기가 붙어 있다. 드뷔시는 동양적인 '탑'을 염두에 두고 있었으리라.

순식간에 풍경이 바뀐다.

해묵은 커다란 액자에 담긴 낡은 그림.

빛바랜 색, 황혼 녘의 마을. 아열대 아시아 지방의 끈적한 습기. 풀 냄새, 뜨거운 바람의 냄새까지 물씬 풍겨올 듯한 풍경. 오래된 탑.

마치 파노라마 섬처럼.

마치 입체영화처럼.

무대에서 튀어나온 풍경에 압도당해 좌석에 짓눌리는 중력을 느낀다.

가나데 역시 가자마 진의 연주를 듣고 규정에 어긋나지 않을지 은근히 걱정했다.

이것은 콩쿠르다. 심사 위원은 두 번의 사티를 어떻게 받아들일 것인가.

더군다나 두 번째 사티는 끝까지 연주하지도 않았다. 중간에 페이드아웃으로 끝내고 다음 곡으로 들어갔다. 이래서야 마치

메들리다.

하지만 마음은 이미 드뷔시가 뿜어내는 소리의 정경에 홀려 멀리 끌려간다.

규정 따위 알 게 뭐야, 그런 심경이다.

드뷔시의 음악이 위대한 이유는 들을 때마다 그 신선한 멜로디에 놀란다는 점이다. 몇 번을 들어도 놀라운, 설레는 마음과 새로운 느낌을 주는 클로드 드뷔시, 역시 당신은 천재다. 늘 같은 생각을 한다.

〈탑〉. 그 낡은 서양화 속 풍경이 별안간 가속한다.

감정의 흐름. 마음 깊숙한 곳, 평소에는 깊고 어두운 곳에 담겨 있는 물이 눈에 보이지 않는 힘에 흔들려 천천히 물결친다.

드뷔시의 갑작스러운 가속은 듣는 이를 그대로 현실 밖 세계로 '끌고 간다'.

그 역동성은 놀랍도록 가속하는 가자마 진의 소리로 보다 명쾌하게 두드러진다.

가나데의 온몸에 소름이 돋았다.

피아니시모에서 포르티시모까지, 엄청난 가속이다. 그것도 눈속임이 아니라 자연스럽게, 눈 깜짝할 새에 소리가 커진다.

소리도 없이 순식간에 최고 속도로 가속하는 레이싱카처럼.

은밀히 진행되는 드라마, 열띤 전개.

그대로 〈판화〉의 두 번째 곡, 〈그라나다의 황혼〉으로 옮겨 간다.

청중은 어느덧 이슬람의 향기가 감도는 세계에 가 있었다.

그라나다라는 울림은 다양한 이미지를 떠오르게 한다. 스페인 남부, 안달루시아. 가톨릭과 이슬람교가 교차했던 땅. 어스름이 짙푸른 하늘을 서서히 집어삼킨다. '무한'이라는 말이 떠오르는, 균일한 간격으로 늘어선 회랑의 하얀 기둥이 노을에 물든다.

하바네라 리듬. 검은 머리카락의 여인들. 부채를 손에 들고 춤추는 여인들.

이 역시 몸속에 있는 감정의 바다에서 무언가가 첨벙, 고개를 내민다. 시름없이 불온한, 늦은 오후.

인생에 대한 축복과 저주가 뒤엉킨 어느 날의 황혼.

물들었다.

가나데는 불현듯 그렇게 생각했다.

무대에서 쏟아지는 저녁 햇빛이 관객들을 붉은색으로 비춘다.

자리에서 꼼짝도 할 수 없었다.

뭔가 커다란 에너지의 벽이 무대에서 튀어나와, 말 그대로 자리에 못 박힌 것처럼 움직일 수 없었다.

목은 바짝바짝 타고 호흡조차 조심스럽다.

다시 풍경이 바뀌었다.

〈판화〉, 세 번째 곡 〈비 내리는 정원〉.

갑자기 기온이 뚝 떨어졌다.

그때까지 객석을 비추고 있던 붉은 빛은 사라지고, 풍경은 쌀쌀한 프랑스로 바뀌었다.

비가 내릴 듯한 정원, 나무들이 우거진 오후의 정원으로.

하늘이 순식간에 어두워지고 축축한 바람이 불어오는가 싶더니 빗방울이 뚝뚝 떨어지기 시작했다.

차츰 거칠어진 바람이 나무들을 변덕스럽게 뒤흔들고, 나뭇잎과 꽃은 비를 맞고 자꾸만 고개 숙여 인사한다.

아이들은 비를 피해 뛰어간다. 개도 함께 달린다.

아아, 비가 내린다.

관객들은 넋을 놓고 무대를 올려다보며 비가 내리치는 정원을 바라보았다.

작은 물웅덩이가 생긴다.

처마 밑에서 물방울이 뚝뚝 떨어진다.

길모퉁이 돌바닥 위에 작은 물줄기가 생겨 잿빛 강이 비탈을 바삐 흘러간다.

방금 전까지 그라나다의 후끈한 노을빛을 쬐고 있었는데 지금은 어떠한가. 비 냄새, 다양한 풍경이 뒤섞인 프랑스 북부 거리의 냄새에 감싸여 있다.

가나데는 뺨에 차가운 빗방울을 느꼈다.

눈에 보일 듯한 드뷔시를 연주한 가자마 진은 바로 라벨의 〈거울〉로 들어갔다.

그런 그의 스타일에도 관객들은 이미 익숙해졌다.

이상하게도 위화감은 없었다.

그렇다, 이 아이 머릿속에서 〈판화〉와 〈거울〉은 하나로 이어져 있는 것이다. 그렇다면 곡의 풍경으로 연상한 프로그램인가?

너새니얼 실버버그는 그가 에릭 사티를 반복해 연주한 것을 그리 마음에 담아두지 않았다.

문제를 제기할 심사 위원이 있을지도 모르지만 그건 그때 일이다.

그보다 그는 가자마 진이 어떤 이미지로 연주하고 있는지, 그것을 알아내는 데 정신을 집중했다.

지금까지 두 번 들어본 무대에서도 느꼈지만 이 아이의 작품 해석은 독특하다.

특히 최근에는 작곡가를 중시하는 경향이 현저해 대부분의 연주자들이 작곡가의 의도를 헤아리고 곡에 자기를 맞춘다. 작곡가가 무슨 생각으로 곡을 만들었는지 당시의 시대 배경이나 작곡가 자신이 무엇에 자극을 받았는지 조사하고, 작곡가의 이미지에 다가가는 접근법이 일반적이다.

이 아이는 반대다. 곡을 자기 쪽으로 끌어당긴다고 할까, 프로나 잔소리꾼들이 싫어하는 방법을 쓴다. 아니, 그렇지 않다. 곡을 자기 세계의 일부로 만들어버린다. 곡을 통해 자기 세계를 재현하고 있다. 어떤 곡을 연주해도 뭔가 커다란 그림의 일부로 만들어버리는 듯한.

거울에 비친 다섯 개의 풍경.

나방, 슬픈 새들, 바다 위의 작은 배, 어릿광대의 아침 노래, 종의 골짜기.

라벨이 그렸던 풍경을, 가자마 진이 그린다. 그가 그리는 풍경은 거대하다. 이미지를 떠올리는 정도가 아니라 풍경을 아예 무대 위에 재현한다. 피아노와 통째로 풍경 속으로 이동해 관객까지 풍경 속으로 끌고 간다.

라벨을 피아노로 화사하게 연주하기란 어렵다. 섬세한 기교에 정신이 팔리면 시야가 좁아져 주위가 보이지 않는다. 하지만 그는 가볍게 그 덫을 피해 갔다.

들을 때마다 그의 테크닉에 경탄한다. 초절기교인데 그렇게 보이지 않는 자연스러움. 고생해가며 익힌 게 아니라 당연하게 갖추고 있었던 기술 같다. 테크닉이라는 기계적인 말로는 표현할 길 없는 본능에 가까운 능력.

정말 신기한 아이다.

너새니얼은 어느새 정신없이 듣고 있었다.

가자마 진은 관객을 통째로 그의 풍경 속으로 데려간다. 광활하고 낯선 곳으로 데려간다.

너새니얼은 문득 아득히 먼 곳까지 펼쳐진 풍경을 보았다.

호프만 선생님?

어쩐지 그 끝에 호프만이 있을 것 같았다.

당신이 원했던 것은, 이 아이를 지도했던 이유는.

이것입니까?

너새니얼은 호프만의 미소를 느꼈다.

깊은 명상 같은 〈거울〉의 다섯 번째 곡 〈종의 골짜기〉가 조용히 끝나자 세 번째로 에릭 사티의 〈난 그대를 원해요〉가 흘러나왔다.

가자마 진이 의도적으로 그 곡을 연주하는 것은 이미 확실했다. 곡을 잇는 프롬나드, 경쾌한 멜로디가 관객들에게 숨 돌릴 틈을 준다.

다시 곡이 끊기고 쇼팽의 즉흥곡으로 옮겨 갔다.

입석 관객들 틈에 섞여 있던 에이덴 아야는 기묘한 감각에 사로잡혔다.

마치 무대 위의 가자마 진과 하나가 된 느낌이었다.

멀리 무대 위에 있는 가자마 진이 바로 눈앞에 있는 것 같다.

아야가 무대 위에 있는 듯한, 아야가 연주하고 있는 듯한.

아니, 아니다. 지금 나는 무대 위 피아노 옆에 서서, 피아노를 연주하는 그와 대화를 나누고 있다.

그는 나를 올려다보고 살짝 웃으며 말을 건다.

'누나, 피아노 좋아해?'

나는 솔직하게 인정한다. 그가 연주하는 피아노를 가만히 어루만진다.

'응, 좋아해.'

가자마 진은 미소를 머금은 채로 건반을 바라본다.

'얼마나?'

'글쎄. 얼마나 좋은지 말로 설명할 수 없을 만큼 좋아해.'

'정말?'

그는 장난스럽게 웃으며 쇼팽의 멜로디를 즐거이 연주한다.

'그게 무슨 소리니? 내가 거짓말하는 것 같아?'

아야는 가자마 진을 살짝 노려본다.

'모르겠어. 방황하는 것처럼 보였거든.'

아야는 흠칫 놀란다.

'그렇게 보였어?'

'응. 무대 위에서는 안 그런데, 무대에서 내려오면 항상 방황하는 것 같았어.'

아야는 할 말을 잃었다. 그는 꿰뚫어 보고 있었다. 그렇게 생각했다.

'나는 피아노가 좋아.'

'얼마나?'

이번에는 아야가 물었다.

'음.'

가자마 진이 허공을 힐끔 올려다보았다.

'세상에 나 혼자 남아도 들판에 피아노가 굴러다니면 끝없이 연주하고 싶을 정도로 좋아해.'

세상에 나 혼자.

'이런 곳이야?'

아야는 주위를 둘러보았다.

끝없이 펼쳐진 황야.

바람이 분다, 어딘가 멀리서 새소리가 들린다.

드높은 곳에서 빛이 쏟아진다.

휑하고 척박하지만, 어쩐지 마음이 충만해지는 장소.

'맞아, 이런 곳이야.'

'들어주는 사람이 없어도?'

'응.'

'들어주는 사람이 없어도 음악가라고 할 수 있을까?'

'모르겠어. 하지만 음악은 본능인걸. 새는 세상에 한 마리만 남아도 노래하잖아. 똑같은 것 아닐까?'

'그러네. 새는 노래하지.'

'그렇지?'

가자마 진의 경쾌한 터치. 그가 지금 즉흥적으로 지어낸 듯한 멜로디.

'누나는 노래하고 싶지 않아?'

그가 아야를 바라보았다.

'노래하고 싶다……. 그럴까? 잘 모르겠어.'

아야는 쏟아지는 빛에 실눈을 떴다.

'네가 연주하는 모습을 보면 노래하고 싶어. 나 실은 네가 보여준 연주 덕분에 두 번이나 무대에 설 수 있었어. 네 연주가 없었다면 연주하지 않았을지도 몰라.'

'그래?'

소년은 어깨를 움츠렸다.

'그래. 그래서 잘 모르겠어. 정말로 계속 노래하고 싶은 건지.'

아야는 힘없는 목소리로 대답했다.

'난 그건 아니라고 봐.'

소년은 몸을 흔들며 아야를 쳐다보았다.

'아니긴 뭐가?'

아야는 살짝 화를 냈다.

'나하고 누나는 똑같거든. 누나는 내 안에서 자기 자신을 본 것뿐이야.'

'똑같아?'

'응. 음악이 본능인 거야. 누나도 그래. 우리의 본능은 음악이야. 그러니까 노래하지 않고는 견딜 수 없어. 누나가 세상에 혼자 남아도 누나 역시 피아노 앞에 앉을 거야.'

'내가?'

아야는 다시 한 번 주위를 둘러보았다.

어디선가 따스한 바람이 불어왔다. 아야는 머리카락을 쓸어 올렸다.

'응. 확실해.'

'그럴까?'

'그렇다니까.'

가자마 진이 웃었다.

'나를 믿어. 저번에 함께 달까지 날아갔잖아.'

'아아, 그래. 그때는 달까지 날아갔지.'

아야도 웃었다.

'그래, 날았어. 그럴 수 있었던 건 누나가 처음이야. 그러니까 나를 믿어.'

'그래. 네가 하는 말이라면.'

'맞아. 내가 하는 말이니까 틀림없어.'

가자마 진은 미소를 지으며 피아노를 계속 연주했다.

아야는 문득 정신을 차렸다.

멀리 떨어져 있는 무대 위의 가자마 진.

그 모습이 일그러져 어른거린다.

왜 이러지 싶어 얼굴을 만져본 아야는 자기가 울고 있다는 것을 깨달았다.

어느새 두 뺨에 하염없는 눈물이 흐르고 있었다.

고마워.

아야는 무대를 향해 마음속으로 중얼거렸다.

고마워, 가자마 진.

아야는 몰래 뺨을 훔쳤다.

가자마 진의 마지막 곡.

그것은 그날의 최고 인기곡이었다고 해도 과언이 아니었다.

가자마 진의 차례를 기다리는 동시에, 모두가 그의 마지막 곡을 무의식중에 고대하고 있었다.

생상스의 〈아프리카 환상곡〉.

원래는 10분짜리 피아노 협주곡이다.

한때 아프리카라는 지역에 깊이 매료되어 종종 아프리카 땅을 찾았던 생상스에게는 〈이집트풍〉이라는 이름의 피아노 협주곡 5번도 있다. 〈아프리카 환상곡〉은 그가 1889년에 서아프리카 연안 카나리아제도로 향하는 여행길에 영감을 받고 1891년에 완성한 곡이다.

당시의 유럽 사람들이 '아프리카'라는 지역에 품고 있던 이국적 이미지가 보이는 특징적인 멜로디의 곡으로, 실제로 튀니지 민요에서 모티프를 따오기도 했다.

책자에 실린 가자마 진의 제3차 예선 프로그램을 보면 거기에 시선이 쏠릴 수밖에 없다. '생상스/가자마 진'이라고 적힌 작곡가란에.

그것은 곧 가자마 진 본인이 직접 편곡했다는 뜻이자, 이것이 세계 초연이라는 뜻이다.

대체 어떻게 편곡했을까?

대체 어떤 식으로 한 시간짜리 리사이틀의 대미를 장식할 콘서트 피아노곡으로 편곡했을까?

마사루는 두근거리는 마음으로 그 순간을 기다렸다.

그리고 쇼팽의 즉흥곡이 끝난 지금, 가자마 진은 짧은 호흡으로 마디를 두고 원곡에서는 바이올린이 연주하는 긴장감 넘치는 인트로를 트레몰로로 연주하기 시작했다.

객석이 고요하게 긴장했다.

저음부에서 왼손이 테마가 되는 멜로디를 연주한다.

거기에 중층적인 화음이 크레셴도로 주선율을 되풀이한다.

온다, 시작이다.

오싹한, 걸작의 예감.

그리고 고음부에서 정면 승부로 들어오는 테마.

관객들이 순식간에 흥분해 뜨겁게 달아오르는 것을 느꼈다.

정말 객석의 온도가 단숨에 몇 도는 올라간 느낌이었다.

화려하다. 인상적이다.

마사루는 그렇게 느꼈다.

기분 좋은 이국적인 멜로디. 흥겹게 되풀이되는 리듬.

와, 이거 좋다. 나도 연주하고 싶어.

솔직히 그렇게 생각했다. 저 멜로디와 리듬을 연주하는 자기 모습을 상상하기만 해도 그 쾌감을 예상할 수 있었다.

완벽한 콘서트 편곡. 유희로 가득한 곡이다.

게다가 이 얼마나 독창적인 편곡인가.

머릿속에서 또 한 사람의 마사루가 냉정하게 편곡을 분석하고 있었다.

보통 협주곡을 피아노곡으로 편곡할 경우 오케스트라가 담당하는 파트와 피아노 파트를 조합해서 원래 곡조에 가깝게 편곡한다. 반대로 피아노곡을 오케스트라로 편곡하는 경우에도 피아노가 연주하는 부분을 쪼개서 각 파트에 배분한다. 무소륵스키의 〈전람회의 그림〉이나 라벨의 〈라 발스〉처럼 오케스트라곡과 피아노곡이 둘 다 유명한 곡은 대체로 이런 방식이다.

하지만 가자마 진의 편곡은 그것들과 달랐다.

분명 이 협주곡을 들어본 청중들이 기억하고 있을, 오케스트라 파트가 담당하는 모티프의 '핵심' 부분은 확실하게 짚고 있는데 동시에 온전한 하나의 피아노곡으로 만들려는 노력이 보인다.

오케스트라의 각 부분을 전부 연주하는 게 아니라 뭐라고 해야 할까, 곡의 핵심 콘셉트와 아이디어를 추출해서 표현하고 있는 느낌이다.

생상스가 느꼈던 이국적 정취. 아프리카의 리듬, 인류가 근원적으로 그리워하는, 몸속 깊이 잠들어 있는 감정을 불러일으키는 리듬.

리듬이란 곧 쾌감이다.

고음부에서 저음부까지 흘러내리는 물줄기처럼 반복되는 전개부의 음계, 고음부의 트릴, 저음부에서 펼쳐지는 화음. 그것들을 조합해 인간이라면 누구나 기분 좋다고 느낄 그루브를 자아낸다.

이 곡, 악보는 어떨까?

마사루는 슬쩍 그런 생각을 했다.

아마 악보는 사전에 제출했을 것이다. 악보를 보면 한눈에 훌륭한 편곡이라는 걸 알 수 있을까? 아니면 라이브 연주가 아니라면 알 수 없는 걸까?

그는 정말 자기가 편곡한 대로 이 곡을 연주하고 있는 걸까?

마사루는 의아했다.

본인이 편곡한 곡이니 그렇지 않아도 라이브처럼 생동감 넘치는 그의 연주가 한층 돋보이는 것은 이해가 가지만, 저 섬세한 프레이즈, '영감'이라고밖에 할 수 없는 모티프는 원곡에는 없는 것이다.

혹시 그는 지금 이 자리에서도 '편곡'을 하고 있는 게 아닐까?

자꾸만 그런 생각이 들었다.

조용한 눈물에서 일변해 아야는 극채색의 아프리카 땅을 날고 있었다.

생상스가 느꼈을 아프리카의 색채, 아프리카의 소리, 아프리카의 풍경이 무대를 박차고 나온다. 지금은 아야가 무대 위로 올라가지 않아도 저쪽에서 먼저 다가온다. 이제는 객석 전체가 아프리카가 되어, 마치 눈앞에서 건조한 바람이 거세게 휘몰아치는 것 같다.

가자마 진은 가만히 웃고 있었다.

아야더러 보란 듯이, 홀로 고고한 대지를 질주한다.

무대 위에 앉아서 피아노를 연주하고 있는데 아야에게는 그가 엄청난 속도로 달리고 있는 것처럼 보였다.

뒤처진다, 아니, 아니다, 빨려 들어간다. 우리는 가자마 진에게 빨려 들어가고 있다. 그의 우주, 블랙홀이 아니라 그의 새하얀 우주로 빨려 들어간다.

조금 전의 환하고 척박한 황야와는 또 다른 빛의 대지다.

찬란한 멜로디가, 리듬이, 눈부신 빛에 감싸여 하늘에서 반짝반짝 떨어진다.

춤추자, 춤을 추자.

아야는 팔을 벌려 떨어지는 빛을 잡으려고 아이처럼 뛰어다녔다.

목적은 없다. 그저 빛을 잡고 싶으니까, 기분이 좋으니까 그럴 뿐이다.

그저 본능이 이끄는 대로. 영혼이 원하는 쾌감이 이끄는 대로.

좀 더, 조금 더, 빛을, 색채를, 소리를 원한다.

아야는 웃고 있었다.

두 팔을 하늘 높이 활짝 벌리고 까치발을 든다.

가자마 진. 나, 네가 누구지 알 것만 같아.

아야는 색채의 파도와 빛의 소나기에 몸을 맡겼다.

곡은 바야흐로 클라이맥스를 향해 달려간다.

소리가 이렇게 크다니.

미에코는 귀를, 눈을 의심했다.

소리의 압력이 얼굴을 때리는 기분이었다.

피부가 정말로 자극을, 통증을 느끼고 있다.

이렇게 큰 소리를 낼 수 있다니. 혹시 내 착각일까? 거대한 에너지를 가진 물질을 저곳에서 사방팔방으로 쏘아대는 느낌이다.

게다가 아까부터 느끼고 있는 이것은, 기분 탓일까?

미에코는 온몸에 식은땀을 흘리고 있었다.

말도 안 돼.

이 그루브, 발밑에서 꿈틀거리는 이 느낌은…….

스윙?

그럴 리 없다. 분명 생상스의 곡이다.

그런데 마치 라이브하우스에서 재즈 음악을 듣고 있는 듯한, 절로 박자를 타려는 몸을 간신히 누르고 있는 듯한.

설마, 그럴 리가.

하지만 미에코의 몸속에서 치밀어 오르는 감각은 클래식 피아노 콩쿠르와는 동떨어진 감정, 바로 충동과 쾌감이었다.

미에코와 똑같은 감각을 너새니얼 실버버그도 느끼고 있었다.

질주감이라고밖에 표현할 수 없는 이 느낌, 내장에 서서히 온기가 돌고 온몸의 피가 역류하는 느낌, 이건 대체 무엇인가?

그는 공포를 느꼈다.

무대 위에 군림하는 미지의 '물체'에 두려움을 느꼈다.

눈을 감고 생글거리며 홀 안에 있는 모든 사람들을 지옥으로 끌고 가는(한없이 천국에 가까운 지옥이지만) 소년에게 등줄기가 오싹했다.

어디로 가는 거냐, 너는.

어디로 가려는 거냐, 너는.

너새니얼은 지금 질문을 던진 '너'라는 대상이 가자마 진이 아니라 그 자신이라는 것을 알고 있었다.

호프만 선생님, 그는 저희를 어디로 데려가려는 겁니까?

아니, 아니다.

또 한 사람의 너새니얼이 외쳤다.

나는 어디로 가고 싶은가? 이런 극동의 섬나라에서, 콩쿠르 심사 위원으로 이 자리에 앉아 있는 나는 대체 무엇을 하고 있나?

너새니얼은 혼란스러웠다.

지금 이곳에 있는 것은 벌거벗은 자아다.

심사 위원도, 음악가도 아닌, 이름도 없고 아무 개성도 없는 자아의 덩어리가 되어 이렇게 가자마 진의 피아노를 듣고 있다.

어째서 이런 느낌을 받는 걸까?

이런 감각은 처음이었다.

가자마 진의 연주가 라스트 카덴차로 들어갔다.

대체 이 아이는 팔이 몇 개나 있는 거지?

모든 건반을 장악한 듯 커다란 음량.

악보에 이런 파트가 있었나?

이건 즉흥 연주 아닌가?

언뜻 그런 생각이 들었지만 너새니얼도, 다른 심사 위원들도, 아니, 홀에 있는 모든 사람들이 불도저처럼 밀려드는 소리의 파도에 압도당하고, 휩쓸리고, 휘둘리고 있었다.

뿌리째 흔들린다.

조난당한다.

너새니얼은 머릿속에서 그렇게 외쳤다.

하지만 곡은 이미 끝나 있었다.

넋 나간 얼굴로 앉아 있는 가자마 진. 피아노는 이미 노래를 멈추었다.

그런데 모두들 아직도 그의 소리를 듣고 있었다.

홀 전체에 남아 있는 그의 카덴차에 아직도 빠져 있었다.

실제로 너새니얼의 몸속에서는 아직도 소리가 울리고 있었다.

그것은 기묘한 광경이었다. 연주가 끝났는데 연주자도, 객석도, 모두가 탈진한 것처럼 손가락 하나 까딱 못 하고, 입도 벙긋하지 못하고 가만히 있었으니.

그렇게 30초쯤 지났을까.

겨우 생각난 것처럼 가자마 진이 휘청거리며 일어났다.

그 모습을 본 객석도 가까스로 마법에서 풀려난 듯 움직이기 시작했다.

소년은 깊숙이 숙인 고개를 좀처럼 들 줄 몰랐다.

소리 없는 경탄의 외침이 그 공간을 뒤덮었다.

이미 광란이라고밖에 할 수 없는 비명과 박수 소리가 폭풍처럼 5분 넘게 홀을 뒤흔든 것은 말할 필요도 없었다.

기쁨의 섬

이 자리에 몇 번이나 섰을까?

그리고 앞으로 이 자리에 몇 번이나 서게 될까?

나는 과연 이곳에 선다는 의미를 얼마나 이해하고 있었을까?

"에이덴 양, 앉아서 기다리시지요."

무대 뒤에 우뚝 서 있는 아야에게 무대 매니저가 조용히 말을 걸었다.

아야는 살가운 미소로 거절했다.

매니저는 그 뜻을 바로 알아들었는지 고개를 끄덕이고 조용히 어둠 속으로 물러났다.

아야는 무대 쪽으로 고개를 돌리고 허리를 폈다.

가자마 진의 연주가 남긴 열광은 대단했다. 좀처럼 앙코르가 멈추지 않아 마지막 참가자의 연주가 예정보다 10분이나 밀렸다.

이미 콩쿠르는 끝났다는 듯이 관객들이 긴장의 끈을 놓아버렸다.

알고는 있었지만 아야는 개의치 않았다.

이곳에 서 있고 싶다.

저 밝은 곳으로 나갈 때까지, 이곳에 설 수 있다는 의미를, 기쁨을, 두려움을 온몸으로 맛보고 싶다.

이런 생각을 하기는 처음이었다.

지금까지는 이렇다 할 감정도 없이 이 자리에 섰다. 차례를 기다린다, 그저 그뿐. 시간이 되면 나가서 연주한다.

무섭다고 생각한 적은 없었다. 그렇다고 설레었던 것도 아니다.

그저 대기 장소일 뿐이라고 생각했다.

이야기도 많이 들었고, 다큐멘터리 프로그램으로 보기도 했다. 제아무리 거장이라 불리는 마에스트로라도 무대 뒤에서는 신경이 날카로워져 두려움에 떨면서 공연이 시작되는 순간까지 "나가기 싫다" "연주하기 싫다" 하고 주위를 애먹이는 모습을.

대학교에서도, 콩쿠르에서도 보기는 했다. 창백하게 질려서 고개를 젖히고 몸을 비틀며 차례를 기다리는 공포를 필사적으로 가라앉히려는 사람들을.

'긴장'을 경험해본 적 없는 아야는 그것을 완전히 '남의 일'로 풍경처럼 바라보고 있었다. 긴장하는 건 그나마 알겠는데 '두렵다'는 감각은 이해할 수 없었다.

왜 무서워하지? 다들 원해서 여기 와 있는 것 아니야? 그래서 여기에 있는 것 아니야? 그런데 어째서 그걸 두려워해?

어쩌다 무심코 그런 말을 흘린 적이 있었다.

아야에게는 소박한 궁금증이었지만 그 말을 듣고 충격에 빠진 친구의 얼굴을 잊을 수가 없다. 그 순간에 몸속 깊이 새겨졌다. 그것은 해서는 안 될 말이었다. 사람은 다르다. 아니, 내가 다른 것이다.

하지만 지금 이 자리에서 아야는 비로소 두려움을 느꼈다.

그렇다, 이것은 '두려움'이라고밖에 표현할 수 없는 감정이다.

아야는 그 말을 자꾸 웅얼거려보았다.

두려움.

문득 먼 옛날 일이 생각났다.

아직 피아노를 갓 배우기 시작했을 무렵. 창가에서 귀 기울여 빗소리를 들었을 때.

함석지붕에 떨어지는 비가 자아내는 신비한 리듬에 처음으로 '비의 말이 달리고 있다'는 것을 깨달은 순간. 하늘을 나는 말의 발굽 소리가 똑똑히 들렸던 순간.

비 냄새가 생생하게 되살아난다. 당시의 자그마한 자기 몸속으로 쏙 들어간 기분이었다.

호우가 내리는 날 정적 속에서, 과거에 아야는 달리는 말을 보았다.

그렇다, 그때 느꼈던 감정과 똑같다.

세상이 내가 모르는 비밀의 법칙으로 이루어져 있다는 것을 깨달은 순간, 높고도 먼 창밖 어딘가에 느꼈던 두려움.

세상이 내가 모르는, 아니, 어쩌면 아무도 모를 더없이 아름다운 것으로 가득하다는 사실을 깨달은 순간, 나 자신이 너무나 보잘것없다는 사실에 놀람과 동시에 느꼈던 두려움.

그렇다, 나는 이 감정을 알고 있었다.

자연 속에 충만한 음악을 처음 들었던 그때부터.

비의 말들이 함석지붕 위를 달리는 소리가 어디선가 들려오는 것만 같아, 아야는 눈을 크게 부릅뜨고 저도 모르게 주위를 두리번거렸다.

이상했다.

이렇게 모든 것을 뚜렷하게 느끼고, 모든 것을 파악하고 있는 느낌은 처음이었다. '각성'이란 건 이런 상태를 말하는 게 아닐까?

홀의 관객들이 나누는 대화, 무대 뒤에서 일하는 사람들의 의식이 무수한 멜로디가 되어 몸속으로 흘러 들어오는 느낌이다.

아야는 눈을 감았다.

아아, 정말로 이 세상은 음악으로 가득하다. 문을 여닫는 소리, 홀의 창문을 때리는 바람, 사람들의 발소리, 대화. 말 하나하나가 감정이라는 음악의 이미지와 함께 발산되어 이 세상을 채운다.

1차 예선 때 느꼈던 절망과는 완전히 다른 감정.

아득한 옛날 일 같지만 지금 이 자리에서 되돌아보면 얼마나 어리고 무지했는지 알 수 있다. 미숙한 감상感傷과 자기변호. 한심했던 제 모습에 쓴웃음이 나왔다. 얼굴에 불이 날 것 같았다.

이 콩쿠르에서 아야는 자신의 어리석음을 몇 번이나 통감했지만 지금이 가장 '따끔'했다. 부끄럽다.

옛날에는 자기가 얼마나 하찮은 존재인지 정확하게 인식하고 있었는데, 겨우 20년 살아보고 대단한 존재가 되었다고 착각했던 것 아닐까? 충분한 힘을 가졌다고 생각했던 것 아닐까? 하찮은 자존심, 음악을 한다, 음악을 안다는 자만심만 비대해졌을 뿐이었는데.

얼마나 어리석은가. 어렸을 때가 훨씬 더 현명했고, 세상을 제대로 이해하고 있었다.

나는 전혀 성장하지 않은 채로 보고 싶은 것만 보고, 듣고 싶은 것만 들으며 살아왔다. 내 입맛에 맞는 부분만 거울에 비췄던 것이다.

심지어 음악을 제대로 듣지도 않았다.

마음이 쓰라렸다.

음악은 훌륭하다, 평생 음악 곁에서 살아가겠다, 그런 말을 하면서도 실제 행동은 그 반대였다. 음악에 응석을 부리고, 음악을 우습게 보고, 자극 없는 음악에 젖어 있었다. 보금자리처럼 품어주리라 믿고 음악과 영합했다. 나는 다르다고 생각하면서 음악을 즐기지도 않았다.

생각할수록 식은땀이 흐른다.

가나데와 하마자키 교수님이 아야를 믿고 콩쿠르에 나가보라고 권했을 때 내가 보였던 태도. 드레스를 고를 때 보였던 태도. 얼마나 한심하고, 배은망덕하고, 부끄러운 줄 몰랐을까.

아야는 작은 한숨을 흘렸다.

어리석다 못해 기가 막힌다.

이렇게 어리석고 오만한 여자를 버리지 않고 인내하며 어울려주고 믿어주었던 하마자키 부녀는 또 얼마나 너그러운지, 정말 사람이 좋아도 너무 좋다.

제3차 예선도 다 끝나가는 지금에 와서야 그것을 깨달았다.

아야는 혼자 쓴웃음을 지었다.

누가 지금 아야의 얼굴을 계속 보고 있었다면 기분 나쁜 사람 내지 위험한 사람이다 싶어 냉큼 피했을 것이다. 웃고, 얼굴을 찌푸리고, 뺨을 붉히고. 자기가 봐도 이 여자 이상하다 싶을 정도였으니까.

그래도 지금이라도 깨달아서 다행이다.

지금, 무대 위의 어둠에 대한 두려움을 느낄 수 있어서 다행이다.

어때, 아직 늦지 않았을까?

아야는 물었다.

어렴풋이 떠오르는 상대는 가자마 진이었고, 가나데였고, 어머니였다.

나는 아직 늦지 않았을까?

어렴풋이 떠오르는 얼굴들, 그 너머에 있는 누군가였다.

아니, 늦긴 뭐가 늦어, 아직 아무것도 안 했잖아.

어이없어하는 가자마 진의 목소리가 어디선가 들려오는 것만 같았다.

그런 건 무대에 나간 다음에 물어봐.

하긴 그래. 아야는 생각했다.

음악을 하기도 전에 내 음악이 멋지냐고 물어본들 무슨 소용이람.

아야는 목과 어깨를 풀었다.

지금 가자마 진은 어디에 있을까? 관객들에게 들키면 붙들려서 난리가 날 테니 어디 숨어 있을지도 모른다.

평소에는 눈에 띄지 않는 아이니 어쩌면 늘 그렇듯 모자를 눌러쓰고 로비를 타박타박 돌아다니고 있을지도 모른다.

마아 군은?

문득 가슴이 답답해졌다.

아야는 새삼 부끄러웠다. 지금 생각해보면 음악을 진지하게 탐구하려는 마사루에게 취했던 태도가 가장 무례했다.

어쩌면 달아나고 있었던 건지도 모른다. 겁이 났던 건지도 모른다. 음악을 똑바로 마주하고, 엄격한 세계에서 살아가려는 그가 아야에게는 너무나 눈부셨던 것이다.

마아 군은 선생님과 나, 우리와 나누었던 약속을 지켰는데.

피아노 계속 쳐. 약속이야.

고개를 끄덕이던 비쩍 마른 소년을 떠올렸다.

아짱, 나, 약속 지켰어.

그렇게 말하며 자랑스레 웃던 청년을 떠올렸다.

나는 바보야. 세상 누구보다. 아무것도 몰라. 아무것도 알지 못해.

아야는 다시 한 번 깊은 한숨을 쉬었다.

두렵다. 지금 무대에 나가는 게 너무나 두렵다. 내가 음악을 할 수 있을까, 내가 음악을 제대로 듣고 있는 걸까, 누군가에게 들려줄 만한 음악을 가지고 있을까, 그것이 두렵다.

몸이 바들바들 떨렸다.

어. 내가 긴장했어?

신선한 감각에 몸을 굽어보았다.

하지만, 두렵지만 설렌다.

아야는 솔직히 인정했다.

저기서 무엇을 할 수 있을지, 무엇을 만들어낼 수 있을지, 나는 내게 가슴이 설렌다. 무슨 일이 벌어질지 누구보다도 내가 궁금하다.

아야는 기도하듯 두 손으로 깍지를 꼈다.

나의 음악이, 드디어 시작된다.

이제야 시작할 수 있는 것이다.

깜짝 놀랄 만큼 큰 소리로 연주 시작을 알리는 종소리에 아야는 퍼뜩 정신을 차렸다.

무대 뒤와 객석이 술렁거리는 게 느껴졌다.

제3차 예선 마지막 연주를 들으려고 회장으로 몰려오는 사람들. 스탠바이에 긴장하는 사람들. 내가 마지막. 왠지 기묘한 감각이다.

자기 연주로 콩쿠르가 끝나는 것도 흔한 경험은 아니잖아?

마사루의 목소리가 들려왔다.

지금까지는 아무 감흥도 없었는데 마음이 조금 움직였다.

응, 확실히 이건 꽤 근사한 경험이야, 마아 군.

객석이 채워지는 기척. 무거운 피로와 약간의 기대, 끝까지 들어야 한다는 의무감이 혼연일체가 되어 여기까지 전해져온다.

가자마 진이 관객들 마음을 다 앗아 가버렸으니까. 나는 덤 같은 거지. 어떤 의미로 속은 편하다.

아야는 조용히 심호흡을 했다.

각성했다는 감각은 계속 이어지고 있다.

세상이 어디까지나 끝없이 펼쳐지는 감각.

등 뒤, 무대 뒤에 있던 사람들이 조용해졌다. 팽팽한 긴장감. 술렁거리던 객석도 갑자기 고요해지는 순간이 찾아온다.

"그럼 에이덴 양, 나갈 시간입니다."

온화한 목소리가 들린다.

과거에 들었던 목소리. 오래전, 이 장소에서, 그의 목소리에 배웅받았던 기억이 어렴풋이 떠오른다.

아야는 살며시 미소를 지었다.

옆에서 손이 뻗어와 문이 열린다.

눈앞이 확 밝아졌다.

아야는 자기도 모르는 사이에 상쾌한 미소를 머금고 있었다.

자, 음악을 시작하자.

제3차 예선 마지막 참가자 에이덴 아야가 등장한 순간, 뜻하지 않게 회장이 기묘하게 술렁거렸다.

뚜렷한 소리는 아니었다. 하지만 그녀의 얼굴을 본 순간 사람들은 숨을 삼켰고, 감정을 뒤흔드는 무언가를 느꼈다.

물론 다카시마 아카시도 그중 한 사람이었다.

뭘까, 저 표정은.

그녀는 미소를 짓고 있었다.

한 번도 보지 못한 미소였다. 영업용 혹은 무대 매너로 짓는 미소가 아니라 정말로 후련하고 상쾌한 미소.

비가 지나간 하늘 같다.

아카시는 어째선지 그런 생각을 했다. 오랫동안 부슬부슬 내리는 비, 때로 격렬해지는 빗줄기에 몸을 웅크리고 숨죽이며 악천후가 끝날 날만을 하염없이 기다리던 사람들이 마침내 찾아온 비가 갠 맑은 하늘을 올려다보았을 때 저런 표정을 짓지 않을까?

지난 두 번의 예선 때도 그랬지만 관객들은 아야가 나오는 순간, 언제나 똑같은 감정을 느낀다.

가자마 진의 연주에 흥분하고, 열광하고, 탈진해서 이제 더는 못 듣겠다고 고개를 젓다가도 일종의 그리움처럼 그래, 이 아이가 있었지, 우리에게는 이 아이가 있었잖아, 하고 떠올리는 것이다.

그리고 관객들은 다시 각성한다.

그때까지 며칠이나 수많은 참가자들의 연주를 들은 뒤 마침내 도달한 마지막 연주자.

연주하는 쪽에게도, 듣는 쪽에게도, 콩쿠르는 곧 기나긴 여정이다. 한 걸음도 생략하지 않고 걷고 또 걸어, 묘한 공감대로 기나긴 여행의 마지막 풍경을 받아들인다.

아야는 의자에 털썩 앉아 피아노 위의 한 점을 바라보았다.

그녀는 언제나 저곳을 바라보았다.

무엇이 보이는 걸까?

지금, 무엇을 보고 있을까?

문득 아카시의 마음속에 뜨겁고 쓰라린 감정이 치밀어 올랐다.

나도 저곳에 가고 싶었다. 그녀가 보는 것을 보고 싶었다.

아니, 찰나의 순간일지도 모르지만 보았다.

계속하고 싶다. 계속 연주하고 싶다.

아카시는 무대 위의 아야를 향해 외쳤다.

나는 음악가로 남고 싶다. 음악가이고 싶다.

2차 예선 무대에서 거머쥔 그 감각. 음악이 온몸을 가득 채우고 끝없이 흘러넘치는 느낌. 굉장히 풍요롭고 충실한 무언가로 가득 찬 그 느낌. 음악이 얼마든지 흘러나와 아무리 퍼내도 마르지 않는다는 확신이 있었다. 그 감각을 한번 맛보고 나면 벗어날 수 없다. 한 번 더, 한 번만 더, 같은 기분을 느끼고 싶다고 바라지 않을 수 없다.

저곳에 있고 싶다. 에이덴 아야와, 그가 동경한 그녀의 음악이 있는 저 장소에 함께 있고 싶다.

뭔가를 이토록 강하게 바랐던 적이 없었다.

차가운 불꽃의 막이 피부를 뒤덮고 있는 것처럼 온몸이 쓰라렸다.

내 콩쿠르는 끝났다.

그렇게 생각했는데.

좋은 경험을 했다. 충실했다. 후련하다. 그렇게 생각했다. 만족하고 일상으로 돌아갈 수 있을 거라고.

하지만 전혀 그렇지 않았다.

아카시는 자기가 얼마나 안일했는지 통감했다.

그렇게 생각한 것은 단순히 피로감 때문이었다. 준비에 들인 긴긴 시간을 그렇게 끝내서 허탈했을 뿐이었다.

이것은 시작이다.

아카시는 공포에 가까운 마음으로 그렇게 확신했다.

나는 이제야 출발선에 섰다. 앞으로도 계속 저 장소를, 음악을, 간절히, 또 간절히, 애타게 원하리라.

그것을 확신하게 해준 것이 이 콩쿠르였다.

바로 지금 저기 앉아 있는 에이덴 아야였다.

울고 싶은 마음을 꾹 참고 있던 아카시는 아야의 손끝에서 조용히 흘러나온 쇼팽 발라드 제1번의 첫 음을 들은 순간, 한껏 붙들고 있던 벅찬 감정의 봇물이 터지는 것을 느꼈다.

발라드.

아야가 어쩌다 무심코 찾아본 음악 사전에는 이렇게 적혀 있었다. 느린 템포의 감상적인 러브송.

세간에서 보는 이미지도 아마 그럴 것이다.

앨범에 한두 작품은 꼭 넣어야 하는 곡. 콘서트에서 솔로 내레이션 연주로 밴드 멤버를 쉬어 가게 하는 곡. 아티스트라면 대표

곡이 몇 개쯤 있어야 하는 장르. 연인들끼리 어깨를 맞대고 귀를 기울이며 심취하기 위한 곡.

그런 이미지가 아닐까.

하지만 과거의 '발라드'는 약간 다른 의미였던 것 같다. 포크송에 조금 더 가까운(여기서 말하는 포크송도 일본에서 사용되는 것과는 다른 의미다. 본래 의미대로 '민요'에 가까운 토착 음악을 뜻한다), 실제로 있었던 일이나 소박한 심정을 노래한 곡이 아닐까.

쇼팽이 만든 네 곡의 발라드는 딱 과거의 '발라드'와 지금의 '발라드' 사이에 있다.

과거에 노래라는 건 기억하기 위한 수단이었다. 서사시라 불리는, 역사를 남기기 위한 기록 대신 노래로 구전되었던 게 틀림없다. 하지만 이윽고 그것은 변질된다. '그때 무슨 일이 있었나'가 아니라 '그때 무슨 감정을 느꼈나'를 노래하게 된 것이다. 사람들이 짧은 일생 동안 체험하는 보편적인 감정, 보편적인 심정을.

쇼팽의 발라드에서는 어린 시절의 감정, 동요를 부를 때 느끼는 유전자에 각인된 고독이 느껴진다.

그리고 그것은 지금 아야가 느끼는 고독이다. 인간으로 이 세상에 태어난 순간부터 누구나 느끼는 고독. 아무도 벗어날 수 없는 감정.

쇼팽의 곡은 멜로디가 풍부하고 인상적이라 처음부터 당연하게 존재하는 것처럼 느껴지지만, 조르주 상드*의 글을 읽다 보

* 19세기 프랑스의 여류 소설가로, 당대에 쇼팽, 뮈세 등 많은 남성들과 염문을 뿌렸다.

니 고통 속에서 작곡하는 쇼팽에 대한 묘사가 있어 이런 천재도 그렇다는 사실에 충격을 받았다. 손쉽게 수많은 곡들을 만들어 낸 것처럼 보이지만 처음에 떠오른 프레이즈에서 시작해 하나의 곡으로 완성할 때까지 남모를 고투가 있었던 것이다. 그야 그렇다. 듣는 사람 눈에 고생이 훤히 보이는 곡은 아무도 사로잡을 수 없다.

일렁거리는 시간의 흐름 밑에 가라앉은 고독, 평소에는 못 본 척하는 고독, 느낄 새도 없는 일상생활 이면에 찰싹 들러붙어 있는 고독. 아무리 다들 부러워하는 행복의 정점에 있어도, 충실한 인생을 보내고 있어도, 역시 모든 행복은 언제나 인간이라는 존재의 고독을 등에 업고 있다.

깊이 생각해서는 안 된다. 일단 깨닫게 되면 절망밖에 없다. 자기의 약한 부분을 보게 된다. 그런 생각으로 피해왔던 근원적인 '고독'을.

그렇기 때문에 우리는 노래하지 않을 수 없다. 이 고독을, 찰나를, 생물이 지나온 기나긴 세월로 보면 한순간에 지나지 않는 인생의 행복과 불행을.

수백 년, 혹은 수천 년 전의 사람들도 분명 똑같은 생각을 했으리라 믿으며.

수백 년, 혹은 수천 년 후의 사람들도 분명 똑같은 생각을 할 것이라 믿으며.

진실로 한 사람의 인간이 할 수 있는 일은 적다. 한 사람의 인간에게 주어진 시간은 짧다.

보잘것없고 짧은 인생 속에서 피아노를 만났고, 피아노에 인생의 적잖은 시간을 들였고, 이렇게 사람들에게 들려주고 있다.

그 자체로 얼마나 큰 기적일까? 매 순간, 소리 하나하나가 지금 우연히 같은 시대, 지금 이 시간에 만난 사람들에게 전해진다면 그것은 얼마나 큰 기적일까? 그렇게 생각하니 너무 무서워서 온몸이 떨린다.

나는 지금, 두려워하고 있다. 겁내고 있다. 떨고 있다.

하지만 그 사실이 못 견디게 기쁘다.

못 견디게 사랑스럽다. 못 견디게 애틋하다.

그런 복잡한 감정을 맛보고 있는 한편으로 아야는 전에 없이 냉정했다. 객석 구석구석까지, 아니, 콘서트홀 벽을 뛰어넘어 이 세상 모든 게 보이는 듯한 감각이 무대 뒤에 있었을 때부터 지금까지 계속 이어지고 있다. 정신이 더없이 맑고 또렷했다.

정말 그럴까?

문득 의문이 뇌리를 스쳤다.

이건 지금 이 순간만의 요행일까? 아니면 앞으로 연주하게 될 곳곳에서 언제나 맛볼 수 있는 감정일까?

모르겠다.

모든 것을 꿰뚫어 볼 수 있을 듯한 지금 이 순간에도 솔직히 모르겠다.

그것은 아야에게도 미지의 세계였던 것이다.

아야가 느끼는 두려움이나 전율을 관객들도 어느새 공유하고 있었다.

곡이 갖는 이미지가 아니라 아야가 곡 너머로 느끼는 인간의 삶에 대한 애절함, 사랑스러움을.

마사루는 입도 다물지 못하고 그녀를 바라보고 있었다.

또, 또 진화했다. 오늘 표정도 지난번과는 완전히 다르다.

그 계기가 역시 가자마 진의 연주일 거라는 사실이 마사루는 조금 속상했다.

천재 소년, 멋진 역할만 가로채가네.

아야가 연주하는 소리 하나하나가 스르르 순수하게 스며든다.

아쨩, 여신 같아. 날개가 있어.

마사루는 어처구니가 없었다.

이렇게 눈앞에서 그녀는 점점 더 높은 곳으로 올라가고 있다.

제1차 예선에서 그녀의 연주를 들었을 때는 겨우 같은 자리에 섰다고 생각했는데, 또 멀어졌다. 앞으로 얼마나 더 노력해야 따라잡을 수 있을까?

재회했을 때는 손을 잡지 않으면 음악을 떠나 어디론가 가버릴 것만 같았다. 지금은 음악에서 멀어지기는커녕 한때 같은 장소에 있을 수 있다고 안도한 것도 잠시, 더욱 손이 닿지 않는 영역으로 가버릴까 봐 걱정하고 있다.

하지만 역시 아쨩은 대단해.

조금 뒤늦게 자랑스러운 마음도 솟았다.

곁에서 듣고 있는 가나데도 똑같은 기분을 느끼고 있는 게 보였다. 어릴 때부터 아야의 재능을 확신했던 그녀. 자기 귀를 믿었던 그녀. 지금 그 사실이 얼마나 자랑스러울까.

파도가 멀어지듯 발라드가 조용히 끝났다.

정적.

가자마 진이 나왔을 때는 바로 이어서 연주하리라는 것을 관객들도 알고 있었기 때문에 박수를 치지 않았다.

하지만 아야의 경우 그녀가 자기 세계에 빠져 있느라 자리에서 일어나지 않았고, 관객들도 그 세계에서 깨어나지 못했기 때문에 역시 박수의 필요성을 느끼지 못했다.

관객들은 조용히 다음 곡을 기다렸다.

아야가 자세를 가다듬었다.

분위기가 일변해 화려한 곡이 시작되었다. 곡의 구성과 기교가 편안함을 주는 슈만의 노벨레텐.

좋은 곡이야. 다음에 나도 연주하고 싶어.

문득 눈물이 솟구쳐 마사루는 깜짝 놀랐다.

어째서? 결코 슬픈 노래가 아닌데.

하지만 그 충동은 잦아들기는커녕 점점 커졌다. 가슴이 펄떡거렸다.

마사루는 아야와 함께 긴 여행을 다녀온 기분을 맛보고 있었다.

길고 긴 시간. 장편소설을 3부까지 읽은 기분.

아짱, 그리 오래 인생을 살아온 건 아니지만 우리는 재회할 때까지 꽤나 먼 곳을 여행했던 거구나. 태양계를 도는 별들이 서로 다른 궤도를 그리며 제자리로 돌아온 것처럼.

마사루는 소리 없는 탄식을 흘렸다.

아짱은 정말 돌아왔구나. 옛날에 우리가 마주쳤던 곳으로, 한껏 커다란 궤도를 그리면서. 정말 용케 이 타이밍에, 이 장소에서 재회할 수 있었어.

그런 감회를 지울 수가 없었다.

어째선지 어린 시절의 모습이 자꾸 눈앞에 어른거렸다.

손을 끌어준 아야, 와타누키 선생님 댁으로 데려가준 아야, 펑펑 울어 해쓱해졌던 아야.

마사루가 피아노를 배우고 싶다고 했을 때 놀라던 부모님의 얼굴.

처음에는 차갑고 새침했던 음대생이 마사루의 연주를 듣고 점점 창백해졌던 일.

처음 콩세르바투아르에 들어갔을 때.

줄리아드에서 오디션을 받았을 때.

너새니얼 실버버그를 소개받았을 때.

왜 이러지, 죽을 때가 된 것도 아닌데. 주마등 같다는 건 이런 걸 두고 하는 말일까?

마사루는 그렇게 자신을 타박하며 눈물을 참고 있었다.

하지만 문득 정신을 차리고 보니 그뿐만 아니라 주위 관객들도 모두 눈물을 참고 있어서 깜짝 놀랐다. 슬그머니 눈가를 훔치는 사람도 있다.

와, 나만 그런 게 아니구나.

내심 놀랐다.

내가 개인적으로 아짱을 알아서 눈물이 나는 건 줄 알았는데, 그게 아니었어. 설마 모두 노벨레텐을 듣고 울고 있을 줄이야.

물론 옆에 앉은 가나데는 흐르는 눈물을 닦을 생각도 않고 무대 위의 아야를 뚫어져라 바라보며 조용히 앉아 있었다.

아아, 이건 분명 첫 번째 발라드부터 아야의 소리를 듣는 사이에 사락사락 쌓인 감정이 둑을 넘어서 넘쳐흐른 것이다.

그만큼 아야의 소리는 얄미울 정도로 가슴속에 저민다.

이렇게 밝은 곡인데, 그 감정은 지금도 하염없이 쌓이고 있다. 점점 다가온다. 차오른다. 내 안에 이런 감정이 있었다니. 관객들은 아연한 심정으로 밀려드는 감정을 바라보고 있다. 아야의 내면이 아니라, 아야를 통해 사람들은 자기 내면에 있는 감정을 바라보고 있었다.

이럴 수가.

마사루는 무대 위의 아야를 바라보았다.

그곳에 있는 것은 여전히 후련한 미소를 머금고 있는 소녀뿐이다.

이럴 수가. 우리는 무엇 때문에, 어째서 울고 있는 걸까?

그녀는 저토록 기쁘게, 저토록 경쾌하게 연주하고 있는데.

이번에는 콩쿠르에서 재회한 후에 보았던 그녀의 얼굴이 떠올랐다.

엘리베이터 앞에서 보았던 어리둥절한 얼굴.

눈과 입을 크게 벌리고 "마아 군?"이라고 외치던 얼굴.

조금 불안해 보이는 얼굴, 방황하는 얼굴, 노려보는 얼굴, 마음을 활짝 열고 웃는 얼굴.

너새니얼 실버버그에게 소개했을 때 깜짝 놀라던 선생님의 얼굴도 떠올랐다.

그때 선생님이 잔소리를 하고 싶지만 애써 참았다는 건 알고 있었다. 라이벌을 짝사랑하고 있을 때가 아니다, 여자에게 정신을 팔 때가 아니다, 얼굴에 그렇게 적혀 있었기 때문이다. 하지만 마사루는 선생님 옆에 있는 여성이 누군지 잘 알고 있었다. 헤어진 아내, 그녀를 앞에 두고 지금도 미련을 버리지 못한 스승이 그런 말을 할 수 있을 리 없다는 것도.

마사루는 실버버그가 상상하는 것 이상으로 스승을 세심히 관찰하고, 이해하고 있었다.

선생님, 저는 그녀에게 질지도 모릅니다. 아니, 이미 그녀는 이기고 지는 수준을 초월했습니다. 또 한 사람, 가자마 진이라는 존재도 있고요.

마사루는 자기도 모르게 스승에게 이야기하고 있었다.

선생님께서는 이기고 오라고, 일등을 거머쥐고 오라고 하셨고, 저 역시 그럴 생각이었지만 이런 사람이 상대라면 도리가 없네요.

분명 선생님도 그렇게 생각하시겠지요?

그렇게 질문하면서도 마사루는 그마저 눈물을 참기 위한 방편이라는 것을 어렴풋이 알고 있었다.

아아, 싫다.

끝내 참지 못하고 마사루는 슬그머니 눈가를 훔쳤다.

노벨레텐은 이미 경쾌하게 마무리되었지만 아야는 이번에도 일어나지 않았다. 눈을 감고, 입가에 미소를 머금고, 가만히 앉아 있었다.

물론 관객들도 그녀를 따랐다.

정적. 그녀의 세계는 무너지지 않는다.

정말이지, 노벨레텐으로 이렇게 울려서 어쩌려고 그래?

마사루는 속으로 투덜거렸다.

다음은 아무리 생각해도 더 슬픈 노래, 이 리사이틀의 핵심이

자 브람스 곡 중에서도 묵직한 피아노 소나타 3번이잖아.

마사루는 쓴웃음을 지으며 브람스의 첫 번째 화음을 연주하려고 손가락을 들어 올리는 아야를 바라보다가 갑자기 눈앞이 어른거려 당황했다.

물론 이유는 알고 있었다. 하지만 연주를 시작하기도 전에 울다니 앞으로 30분 동안 어쩌란 말인가. 마사루는 그만 아연실색했다.

브람스의 피아노곡은 그의 작곡가 인생에서 처음과 끝에 집중되어 있다.

특히 독주곡은 대부분 경력 초반에 지은 것이다.

피아노 소나타 제3번 바단조는 브람스가 스무 살 때 지은, 그의 마지막 피아노 소나타다.

스무 살이라는 젊은 나이에 지은 작품이지만 이미 훗날 청중들이 '브람스'라는 이름을 들었을 때 연상하는, 브람스를 대표하는 요소는 전부 담겨 있다. 중후한 소리, 대담한 구성, 압도적인 낭만주의.

작곡가로 성공하려면 피해 갈 수 없는 피아노 소나타라는 형식을 경력 초반에 지은 이 곡으로 끝내버린 것도 이해가 가는 당당한 대작이다.

연주하는 에이덴 아야도 브람스가 이 곡을 작곡했을 때와 같은 스무 살.

하지만 브람스 시대의 스무 살과 현대의 스무 살은 경험도, 지식도, 환경도 다르다. 지금의 스무 살은 그 시대에 비하면 어린아이나 다름없다.

그렇기 때문에 아무리 신동이라도, 천재라도, 브람스만은 인간으로서 성숙해지지 않으면 연주할 수 없다고 생각했다.

브람스만은.

너새니얼 실버버그는 그 의견을 철회할 때가 왔다는 사실을 인정하지 않을 수 없었다.

에이덴 아야가 쇼팽의 발라드 1번을 연주했을 때부터 그런 예감은 있었다.

이미 심사 위원 자격이 아니라 그저 한 사람의 관객으로 듣고 있는 자신을 발견했을 때, 분명 그녀의 브람스를 듣고 그 의견을 철회할 거라 확신했다.

천재 소녀의 부활극.

그녀의 그런 배경은 물론 알고 있었다.

하지만 눈앞의 그녀는 그런 존재가 아니었다. 아마 그녀는 연주 활동을 하지 않았을 때도 의식 밑에서는 진화를 거듭하고 있었으리라. 하지만 이 콩쿠르에 등장한 뒤로 그녀의 진화는 엄청났다. 한 곡마다, 하루마다 진화하는 그녀가 자기 음악에 확신을 갖는 과정을 목격하는 기분이었다.

그녀의 손가락에서 태어나는 소리 하나하나가 전부 심오하고 의미 있었다. 곡 구석구석에서 그녀가 살아 숨 쉬고 있는데도 동시에 그녀는 익명의 존재였다. 그녀의 음악에는 보편성이 있다.

참으로 음악이란 신비하다. 그는 새삼 깨달았다.

연주하는 것은 그곳에 있는 작은 개인이고, 손끝에서 태어나는 것은 매 순간 사라지는 음표다. 하지만 동시에 그곳에는 영원과 거의 같은 의미의 존재가 있다.

유한한 삶을 살아가는 동물이 영원을 자아내는 경이로움.

그 자리에만 국한된 덧없는 일과성의 존재, 음악을 통해 우리
는 영원히 맞닿아 있다는 것을 깨닫는다.

그렇게 생각하게 해주는 것은 진정한 연주가뿐이며, 지금 눈
앞에 있는 것이 바로 진정한 연주가다.

에이덴 아야는 조용히 눈을 감고 기다리고 있다.

관객도 마찬가지다. 곡 사이의 박수는 없다.

그리고 그녀는 연주를 시작했다.

역동적인 멜로디로 펼쳐지는 도입부.

극적으로 시작되는 이 곡은 자칫하면 그저 요란하기만 한 곡
으로 끝나고 만다.

하지만 그런 우려는 물론 기우였다.

첫 음부터 그곳에 진실이 가득하다는 것을 모두가 확신했다.
이 연주가에게 안심하고 자신의 인생을 맡길 수 있다는 안도와
기대가 객석에 충만했다.

아아, 우리는 우리를 이 음악가에게 맡겨도 되는 것이다.

우리의 마음을, 목소리를 맡겨도 되는 것이다.

그녀에게는 그렇게 안심시켜주는 강인함이 있다.

그리고 그녀는 우리를 대변한다. 우리가 지금까지 걸어온 인
생의 궤적을, 자연스러우면서도 엄숙하게 이야기한다.

누군가가 들어주었으면 하고 바랐던 이야기. 결코 누구에게도
말할 수 없었던 이야기. 막연히 느끼고는 있지만 말로는 할 수 없
었던 이야기…….

그녀는 조용히, 하지만 정확하게 그것을 이야기한다. 차분한 음성으로, 무녀처럼 자기 존재를 지우며 성실하게 이야기를 이어나간다.

조용한 이야기는 제2악장으로 들어가서도 계속되었다.

담담히 흘러나오는 무수한 인생.

관객들은 무대 위의 그녀를 바라보며, 그녀의 연주를 들으며, 자신을 바라본다. 지나온 인생, 지나온 궤적이 무대 위에 투영되는 것을 목격하고 있다.

에이덴 아야의 인생을 보는 사람도 있으리라.

너새니얼은 거기서 그녀의 인생을 보고 있었다. 마치 영화를 보는 기분이었다. 그녀를 밀착 취재한 다큐멘터리 영화에 그녀가 연주하는 장면이 나오는 것처럼.

신동으로서의 조숙했던 인생의 시작. 주위의 경탄, 열광, 기대. 정신없이 바쁜 나날, 여기저기 옮겨 다니는 생활.

가족의 죽음과 좌절. 쏟아지는 비방과 중상. 세상 모든 것들이 적으로 돌아선 감각.

기나긴 침묵.

일선에서 물러나 '평범'한 인생을 걷는 안도와 불안.

평안을 얻었을까? 아니면 환멸을 맛보았을까?

인생에 일찍 지쳐버렸을까? 다른 사람들을 보며 위축되었을까?

남들보다 빨리 천국과 지옥을 보고, 인간에 대한 불신에 빠져, 자기가 빈껍데기처럼 느껴졌을까?

어쩌면 그 모든 것을 경험했는지도 모른다.

하지만 그녀는 다시 돌아왔다. 그녀 안에서 다시 무언가가 조금씩 흘러넘쳤다.

처음에는 졸졸 흐르는 작고 보잘것없는 물줄기였으리라.

하지만 이윽고 물줄기는 흘러가는 시냇물이 되고 방류가 된다. 강가를 깎아내고 들판과 산을 내려가, 굉음을 울리며 언젠가 여유롭게 하구로 향하는 큰 강이 되리라.

제3악장.

일변하는 곡조. 드라마틱한 스케르초. 인생의 전개부다.

오랜만에 참가하는 콩쿠르.

처음에는 얼마나 두려웠을까. 호기심 어린 시선이, 색안경이 그녀에게 집중된다. 평범한 연주를 보여줄 수는 없다. 그녀에게는 압도적인 연주만 허락된다.

무엇보다 자기 자신에 대한 두려움이 있다. 내가 정말 연주할 수 있을까? 무대로 돌아갈 각오가 돼 있을까?

무대라는 장소는 어떤 베테랑에게도 신성한 장소인 동시에 두려운 장소이기도 하다. 그것을 알고 일단 무대를 떠났던 사람이 다시 그곳으로 돌아오려면 처음 무대에 올랐을 때보다 훨씬 굳건한 결심과 힘이 필요하다.

아마도 확신은 없었을 것이다.

마사루와 함께 있었을 때 그녀는 아직 방황하고 있었다. 무대로 돌아왔다는 것을 실감하지 못하는 것 같았다. 자기가 음악가라는 사실을 확신하지 못하는 것처럼 보였다.

하지만 그녀는 마사루와 재회했다. 과거에 자기가 발굴한 음악가, 훌륭하게 성장한 음악가와.

너새니얼은 복잡한 심경이었다. 지금도 마사루의 우승을 믿고 있다. 그녀가 라이벌로 등장한 일이 마사루를 분발하게 만든 것도 사실이다. 하지만 동시에 콩쿠르 중에 그녀를 이토록 진화시킨 요인 중 하나가 마사루라는 사실도 분명했다.

전에는 압도적인 차이가 있었던, 자기가 가르친 인물이 자기를 초월한 음악가가 되어 나타났으니 그 충격은 상상이 가고도 남는다. 그런 상황에서 투지가 일지 않는 사람이 있으면 구경하고 싶을 정도다.

게다가 가자마 진이라는 신비한 소년의 존재도 있다.

에이덴 아야는 연주가로서는 마사루보다 그와 비슷하다. 자기와 닮은 타입, 게다가 그녀와 동등하거나 그 이상의 재능을 가진 사람을 만난 것은 아마도 처음이 아닐까?

천재는 자기와 동등하다고 인정한 존재가 아니면 영향을 받지 않는다. 천재들끼리만 공감할 수 있는 것이 있다.

너새니얼을 비롯한 심사 위원들이 가자마 진에게 충격을 받은 것처럼 에이덴 아야도 그의 존재에 충격을 받았으리라. 어쩌면 심사 위원 이상으로 큰 충격을 받았을지도 모른다.

그리고 마침내 그녀는 결심을 굳혔다.

아니, 원래 있어야 했던 장소를 다시 발견했을 뿐이다.

제4악장에서 그녀는 자신을 돌이켜본다.

지나온 자신을 굽어보는 깊은 성찰이다.

과거에 보이지 않았던 것이 보인다. 듣지 않았던 것이 들린다. 왜소한 자신, 어리석은 자신, 어렸던 자신을 통감한다.

그리고 음악가로 살아가고 있는 자신을 바야흐로 실감하는 것이다.

모두가 숨을 죽이고 아야의 연주를 귀 기울여 듣고 있었다. 보고 있었다. 무대 위에 나타난 그녀의 인생을, 자기 인생을, 무수한 인생의 궤적을, 지금 이 순간에만 느낄 수 있는 영원을, 모두가 지켜보고 있었다.

아야 자신, 그리고 그녀를 지켜보는 사람들의 인생. 그 모든 것들의, 영혼의 궤적이 마침내 지금 이 순간에 이르렀다.

마지막, 제5악장.

피날레를 향해 차분히 올라가는 멜로디.

하구가 눈앞에 있다. 그 끝에서 기다리는 넓은 바다의 기운이 느껴진다. 모두가 얼굴에 지금까지와는 다른 바닷바람을 느끼고 있었다.

바야흐로. 바야흐로 우리는 더없이 넓은 곳으로 나간다.

이제는 되돌아갈 수 없다. 어제까지의 나는 더 이상 없다.

지금까지와는 비교도 할 수 없는 역경이 기다리고 있을 것이다. 하지만 지금까지와는 비교도 할 수 없는 환희 또한 어디선가 우리를 기다리고 있을 터였다.

우리는 그것을 알고 있다. 모두가 확신하고 있다. 앞으로의 내가, 나의 인생에 목청껏 "예스!"를 외치리라는 것을.

아야는 마지막 화음을 연주했다.

그 소리와 함께 피아노 위에 숙이고 있던 상반신을 용수철처럼 벌떡 일으켜 그대로 사뿐히 일어섰다.

아야가 일어서자 관객들도 덩달아 일제히 일어났다. 비명 같은 환호성이 폭풍처럼 극장을 뒤흔들었다.

무대 위에는 그 커다란 환성에 깜짝 놀라면서도 동시에 허탈한 듯 어리둥절해하는 소녀의 얼굴이 있었다.

기립 박수는 좀처럼 그칠 줄 몰랐지만 프로그램에는 한 곡이 더 남아 있었다.

아야는 웃는 얼굴로 연거푸 고개를 숙이고 다시 의자에 앉았다.

겨우 박수가 멈추고 관객들도 자리에 앉았다.

아야는 나직하게 한숨을 쉬었다.

기나긴 콩쿠르에서 말 그대로 대미를 장식할 곡.

드뷔시의 〈기쁨의 섬〉.

이 곡이 마지막이라니. 이런 운명이 또 있을까.

감동과 감회에 너무 오래 젖어 있던 탓에 일종의 허탈 상태에 빠졌던 가나데는 기분 좋은 피로와 혼연일체가 된 머리로 그런 생각을 했다.

콩쿠르 프로그램은 아야가 정했다. 물론 아버지와 지도 교수도 조언은 해주었지만 아야가 처음에 정한 프로그램으로 제출했다.

아야는 의식하지 않았겠지만 마치 이 부활의 여정을 상정하고 있었던 것처럼, 콩쿠르가 진행되면서 진화할 줄 내다본 것처럼 완벽한 프로그램이었다.

콩쿠르 참가를 망설였던 아야의 표정을 떠올렸다.

아마 그녀도 마음 한구석에서는 이 부활극을 예감하고 있지 않았을까? 망설임도 불안도 있었겠지만 다른 쪽에서는 소위 말하는 음악계의 최전선으로 돌아갈 자신의 운명을 예상하고 있었던 게 아닐까? 동시에 음악가로서 그녀는 냉정하고 강인하게 자기 프로그램을 전략적으로 구성했던 것이다.

가나데는 자꾸만 그런 생각이 들었다.

또렷한 트릴로 시작되는 〈기쁨의 섬〉.

드뷔시가 두 번째 아내 에마와 몰래 달아나다시피 여행을 떠났을 때 영감을 얻은 곡이라고 하지만 사실 둘이서 섬에 가기 1년 전에는 완성되어 있었다는 소문도 있다.

어쨌거나 제목대로 곡에 드러나는 것은 눈부신 환희와 고양. 행복으로 가득한 아름다운 곡이다.

그리고 그 곡을 연주하는 아야 본인도 찬란한 환희로 가득했다. 정말로 아야가 환한 빛을 뿜어내고 있었다.

음악을 한다는 기쁨. 관객과 하나가 되는 기쁨. 자기의 재능을 구사하는 기쁨.

지금까지 느껴보지 못한 음악가로서의 기쁨이 온몸에서 느껴진다.

아야의 행복은 관객들도 넘칠 만큼 공유하고 있었다.

가나데는 자기 안에도 황홀한 환희가 차오르는 것을 느꼈다.

돌아왔다.

아야가 완전히 무대 위로 돌아왔다.

그렇게 생각하니 또다시 눈물이 솟구쳤다.

1차 예선 때도, 2차 예선 때도 실감하기는 했다.

하지만 그것은 말 그대로 무대로 돌아왔다는 의미였지, 지금 이 순간처럼 그녀가 음악의 세계로 '귀환'했다는 느낌과는 거리가 멀었다.

지금은 정말, 정말로 확신하고 있다.

음악이라는 왕을 모시는 유능한 신하가 귀환했다. 이미 그녀는 왕을 모시는 것을 망설이지 않을 것이다.

가나데는 자랑스러웠다.

봐요, 역시.

아버지, 역시 제가 옳았죠?

아야가 크게 성장할 거라던 제 말이 틀리지 않았죠?

가나데는 일어나서 그렇게 외치고 싶었다.

내가 옳았다! 내 승리다!

가나데에게는 가나데의 환희가 있었다. 가나데만의 환희, 아야가 뿜어내는 환희에도 지지 않는, 눈부시도록 커다란 환희가.

이 〈기쁨의 섬〉은 대단해.

미에코는 놀라운 심경으로 무대를 주목하고 있었다.

에이덴 아야가 전보다 한층 더 커 보였다. 심사 위원까지도 압도하고 있었다.

마지막 순간, 모두가 음악을 듣다 지친 끝 무렵에 이토록 탁월한 연주를 선보이다니.

거참, 우승의 향방을 알 수 없게 되었네.

미에코는 너새니얼 실버버그의 표정을 보고 싶어 좀이 쑤셨지만 꾹 참았다.

한참 뒤처진 줄 알았는데 후반으로 갈수록 속도를 높여 라스트 스퍼트로 단숨에 추월하는, 그런 그림이 떠올랐다.

단기간에 이만한 진화를 보는 건 오랜만, 아니, 처음일지도 모른다.

이 아이는 역시 천재였어. 천재란 두려운 존재다.

수많은 천재를 보아왔지만 타입이 다른 천재를 또 한 사람 본 기분이었다. 마사루나 가자마 진이 가진 커다란 스케일과는 또 다른 크기를 갖고 있다. 기이할 정도로 심오한 깊이가 있었다.

곡은 차츰 후반을 향해 달아오르다가 폭발적인 환희를 보여준다.

심사 위원 모두가 이 훌륭한 마무리에 만족할 것이다.

뛰어난 참가자들을 만날 수 있어서 우리는 운이 좋다고 생각하고 있을 것이다.

문득 호프만이 설치한 '폭탄'이 무엇이었을까 하는 의문이 고개를 들었다.

그렇다, 우리는 줄곧 호프만이 쏜 화살이 어디를 노리고 있었을지 고민하고 있었다.

파리 오디션에 그 소년이 나타났을 때부터.

그 선동적인 연주를 들은 순간부터.

실제로 호프만의 추천서를 들고 찾아온 소년은 트릭스터 같은 연주로 관객들을 들끓게 하고, 심사 위원들 사이에서 논쟁을 일으켜 화제가 되었다.

미에코도 자신의 음악관을 포함해 시험당하고 있다고 느꼈다. 내 귀가 과연 옳은지 고민했다. 가자마 진에 대한 역정과 평가, 갈팡질팡하는 마음에 농락당했다.

하지만.

스미르노프가 말했던, 파격적인 천재 소년을 보내 기성 음악 교육에 이의를 제기하는 게 호프만의 목적이었을까?

언뜻 그것이 가장 옳은 해석처럼 보였다. 쟁쟁한 심사 위원들을 전전긍긍하게 만드는 게 호프만이 원한 반응이었을까?

여러분에게 가자마 진을 선사하겠다.

말 그대로 그는 '기프트'이다.

아마도 하늘이 우리에게 보내주신.

추천서의 문장이 호프만의 목소리로 재생되었다.

시험받는 것은 그가 아니라 나이자 여러분이다.

그를 진정한 '기프트'로 삼을 것인지, 아니면 '재앙'으로 삼을 것인지는 여러분, 아니, 우리에게 달려 있다.

미에코는 〈기쁨의 섬〉과 동시에 호프만의 목소리를 듣고 있었다.

불현듯, 깨달았다.

지금 내가 보고 있는 것이 그 해답이다.

폭발적인 환희를 체현하고 있는 참가자. 콩쿠르 중에 진화해 꽃을 틔우는 이들.

그렇다.

가자마 진이 터뜨린 것은 음악교육이 아니다. 그가 가진 재능이 기폭제가 되어 다른 재능을 감추고 있던 천재들을 일깨운 것이다. 틀에 박힌 연주나 그저 기교만 뛰어난 연주가 아니라 진정 개성적인 재능을, 가자마 진의 연주를 촉매 삼아 개화시키는 것이다. 그것이 바로 호프만이 설치한 폭탄.

그 결과가 바로 지금 눈앞에 있는 천재의 연주인 것이다.

그랬나.

미에코는 망연자실했다.

우리는 이미 수많은 '기프트'를 받았다. '재앙'이 아니었다. 멋진 '기프트', 호프만이 보낸 선물을 이토록 명확하게, 바라 마지않던 형태로 받지 않았나.

미에코는 자신이 눈물을 글썽이고 있다는 것을 깨달았다.

아야의 연주가 훌륭하기 때문만이 아니라 호프만의 유지가 이토록 똑똑히 전해졌다는 사실에 감격한 것이다.

그랬던가.

환희에 넘쳐 연주하는 아야의 모습에 가자마 진의 연주가, 마사루의 연주가, 호프만의 연주가 차례로 겹쳐졌다.

그 모습 하나하나가 한없는 환희로 가득한 '기프트'인 것이다.

이런 요행이 또 있을까.

그것을 이 자리에서 직접 느낄 수 있다니, 이 얼마나 멋진 체험인가.

미에코는 벅찬 감동과 함께 무대를 바라보고 있었다.

마침내 〈기쁨의 섬〉이 클라이맥스로 접어들었다.

연주하는 기쁨, 재능을 듣는 기쁨, 대물림되는 기쁨.

정녕 우리는 〈기쁨의 섬〉에 있다.

모두 함께 환희에 젖어 하늘의 축복을 받고 있다.

모두가 공평하게 음악이라는 '기프트'를 받고 있는 것이다.

마지막 프레이즈.

고음부로 뛰어올라,

단숨에 내려온다.

브람스의 소나타가 끝났을 때는 무의식적으로 일어났던 아야였지만 이번에는 달랐다.

그녀는 확고한 신념을 가지고 환희의 미소를 머금은 채로 힘차게 일어섰다.

축제를 마무리하는 성대한 박수. 그것은 참가자들을, 관객들을, 심사 위원들을, 모든 사람들을 향한 것이었다.

콩쿠르의 제3차 예선이 끝났다.

꼬박 2주에 걸친 싸움이 끝났다.

남은 것은 본선뿐. 앞으로 연주할 사람은, 입상자 여섯 명뿐이다.

<의리 없는 전쟁> 주제가

가볍다. 공기가 가볍다.

로비로 우르르 몰려나온 관객들 속에서 마사미는 어찌나 후련한지 저도 모르게 한숨이 흘러나오는 것을 느꼈다.

손에 든 카메라까지 가벼워진 기분이다.

관객들의 뒷모습이 가뿐했다. 모두가 가벼워진 몸을, 중압감에서 해방되어 가벼워진 정신을 실감하고 있는 듯했다.

사람들의 표정에 안도가 감돌고 있었다.

허탈감, 피로감이라고 할 수도 있겠다.

기나긴 심사가 끝났다. 모든 연주가 무사히 끝났다.

모두가 무의식중에 공유하고 있는 "끝났다"라는 말이 로비 안에 둥둥 떠다니는 것 같았다.

얼마나 농밀한 시간이었던가.

마사미는 주위 관객들의 얼굴을 둘러보았다.

꿈에서 깨어난 기분. 백 명 가까운 참가자들의 인생을, 깊고 농밀하고 긴장감으로 가득한 긴 시간을 2주에 걸쳐 공유했다는 전우애 같은 연대감을 그들에게 느끼고 있는 자신을 발견했다.

그렇구나, 이게 콩쿠르의 백미인 것이다.

마사미는 새삼 깨달았다.

몸은 이미 질려 있다. 당분간 피아노 연주는 사양하고 싶다. 하지만 한편으로 마음속에서는 조금 더 듣고 싶고, 심사 과정을 즐기고 싶고, 그 응축된 시간을 또 체험하고 싶은 욕심이 벌써 고개를 들고 있다.

심사 결과를 발표하는 순간에 엇갈리는 희비, 환희와 낙담, 분노와 질투, 참가자들을 둘러싼 비열한 세계와 거래, 그런 것들을 모두 포함해서 콩쿠르는 재미있다. 실로 빛과 어둠의 인간 드라마가 담겨 있다.

마사미는 허탈해하는 관객들 틈에서 낯익은 얼굴을 발견했다.

"다카시마!"

다카시마 아카시가 잠시 화들짝 놀랐다가 한 박자 늦게 마사미를 돌아보았다.

"아아."

그의 얼굴도 넋이 나간 '꾸밈없는' 표정이었다.

"수고했어."

"너야말로 수고 많았어."

둘이서 인사를 주고받았다.

두 사람 사이에도 함께 싸워왔다는 공감대가 있었다.

"난 이제 시작이야. 이것저것 편집도 해야 하고."

"아아, 어쨌거나 아직 본선이 있으니까."

나란히 걸어가면서 활짝 열린 문을 지나 로비 밖으로 나가는 관객들을 바라보았다.

"다들 돌아가네."

"대부분은. 심사 결과 발표까지 한참 기다려야 하니까. 나중에 돌아오는 사람도 있을 거야."

"결과 볼 거야?"

"응. 내 무대는 이미 끝났지만 역시 내가 참가했던 콩쿠르의 결과는 궁금해."

"본선까지 듣고 갈 거야?"

"그럴 생각이야."

"으음. 귀가 호강했어. 배불러서 더는 못 듣겠어."

마사미가 기지개를 켰다.

"모든 연주가 훌륭했지만 마지막 연주자는 정말 굉장하더라."

마사미는 별생각 없이 중얼거렸다.

"나, 그런 체험은 처음이었어. 연주를 듣고 있는데 어찌 된 영문인지 유년기 추억이나 어릴 적 보았던 부모님 얼굴, 가족 생각이 차례로 떠오르지 뭐야!"

그렇다, 그것은 실로 신비한 체험이었다.

에이덴 아야의 연주를 듣는 사이 생각도 못 했던 기억들이 선명하게 봇물처럼 터져 나왔던 것이다.

아득한 기억이 자꾸 되살아나 콧속이 찡해서 펑펑 울고 싶은 심정이었다.

"정말, 이유도 없이 그냥 눈물이 나더라."

마사미는 별생각 없이 옆에 있는 아카시를 쳐다보았다가 흠칫 놀랐다.

아카시가 깜짝 놀란 얼굴로, 새빨간 눈으로 그녀를 보고 있었다.

마사미는 황급히 그의 얼굴을 들여다보았다.

"어, 왜 그래? 내가 뭐 말실수라도 했어?"

"아니."

아카시는 웃으며 손사래를 치더니 고개를 저었다.

"아니야. 그렇지 않아."

하지만 아무리 봐도 아카시는 눈물을 글썽이고 있었다.

"에이, 왜 그래? 무슨 일 있었어?"

"아무것도 아니야."

아카시는 웃는지 우는지 모를 잔뜩 찡그린 얼굴로 민망한 듯 고집스레 고개를 돌리고 있었다.

무슨 일일까?

마사미는 혼란스러웠다.

아카시가 울고 있다. 눈물의 이유가 뭘까? 3차 예선에 나가지 못해서 분한 걸까? 어쩌면 이제 와서 분한 마음이 솟구친 걸지도 모른다.

그의 얼굴에서 시선을 떼고 생각했다.

내가 혹시 눈치 없는 소리라도 했나? 마지막 연주를 칭찬해서? 다른 사람 연주를 칭찬했으니까?

이번 취재를 하면서 다들 참가자들에게 말을 건넬 때 신경을 많이 쓴다는 것을 절감했던 터라 마사미는 여러모로 조심하는 습관이 배어버렸다.

그래서 설마 지금 아카시가 흘리는 눈물이 감격의 눈물인 줄은 꿈에도 몰랐던 것이다.

아카시 역시 자기가 눈물 흘리는 이유를 이해할 수 없었다.

마사미가 별 뜻 없이 에이덴 아야의 연주에 대해 말한 감상이 그저 기뻤다. 평소 클래식을 굳이 찾아 듣지 않는 일반인인 마사미가 똑같은 감동을 느꼈다는 사실이 그를 더없이 감격하게 만들었던 것이다.

역시 음악이란 굉장하다.

콩쿠르에 도전하길 잘했다. 지난 1년, 인내하길 잘했다. 이 콩쿠르에 참가하길 잘했다.

그런 감회가 단숨에 몰려와 눈물이 하염없이 흘러넘쳤다.

아는 참가자를 발견했는지 마사미가 자리를 옮긴 것에 안도하면서 아카시는 로비 구석에서 자꾸 눈가를 훔쳤다.

아무도 못 봤겠지? 나잇살은 먹어서 이렇게 뒤돌아 훌쩍거리는 자신이 우스꽝스럽기도 하고 사랑스럽기도 했다.

그리고 누구보다 먼저 아야를 발견했다. 눈에 확 들어왔다.

청바지에 스웨터. 세수를 했는지 화장기 하나 없이 상큼한 얼굴의 소녀. 꾸밈없이, 그런 훌륭한 연주를 한 음악가라고 생각할 수 없을 정도로 긴장 풀린 표정의 그 소녀가.

어디서 그런 배짱이 솟아났는지 모르겠다. 하지만 정신을 차리고 보니 고꾸라질 기세로 아야 곁으로 달려가고 있었다.

"고맙습니다."

에이덴 아야는 어리둥절한 얼굴로 느닷없이 자기에게 달려온 아카시를 올려다보았다.

이렇게 자그마한 소녀였던가.

아카시는 당황했다.

가까이서 본 소녀는 천진난만했다. 유난히 큰 눈동자, 그 눈빛이 인상적인 스무 살 아가씨였다.

"고마워요, 에이덴 양."

아카시는 한 번 더 말했다.

아야는 여전히 어리둥절한 표정이었다.

"훌륭한 연주를 들려줘서 고마워요. 돌아와줘서, 고마워요."

아카시는 진심을 담아 말했다.

아야가 깜짝 놀란 표정을 지었다.

돌연 그녀의 눈에 어떤 감정이 떠올랐다.

무언가를 생각해낸 듯한. 뭔가를 깨달은 듯한.

부릅뜬 그 눈에 순식간에 눈물이 차올랐다.

아카시는 자기 눈에도 다시 눈물이 솟구치는 것을 느꼈다.

이유는 알 수 없다. 아야도, 아카시도, 두 사람 다, 지금 같은 감정을 공유하고 같은 이유로 울고 있다는 것만은 알 수 있었다.

"아아!"

아야의 얼굴이 잔뜩 일그러졌다.

아야가 아카시를 와락 붙들고 엉엉 울었다.

아아아! 가슴속에서 쥐어짜내는 듯한 격렬한 통곡. 아카시를 붙든 손가락의 힘이 생각보다 너무 강해서 붙들린 자리가 아팠다.

아카시도 덩달아 울고 있었다.

이 무슨 기묘한 상황일까. 머릿속으로는 그렇게 생각하면서도 둘이서 부둥켜안고 펑펑 울었다. 하지만 그것은 이상하리만치 편안하고 가슴 벅찬 눈물이었다.

주위에서 이상한 낌새를 눈치채고 그들을 쳐다보고 있다는 건 알았지만 두 사람 다 눈물이 멈추지 않았다.

"아짱, 무슨 일이야?"

멀리서 깜짝 놀란 목소리가 들려왔다.

장신의 마사루 카를로스였다. 곁에 있던 긴 머리 소녀와 함께 아야에게 다가왔다.

"아, 으으……."

"어, 그러니까."

아카시도 아야도, 눈물을 닦고 코를 훌쩍이며 설명하려 했지만 둘 다 말이 나오지 않았다.

마사루와 가나데는 얼굴을 찡그리며 우는 두 사람을 망연히 쳐다보았지만 무슨 문제가 있었다거나 아카시가 아야를 울린 게 아니라, 이유는 몰라도 그저 둘이서 아이처럼 엉엉 울었을 뿐이라는 것을 알았는지 어리둥절한 얼굴로 서로 마주 보고 있었다.

아카시와 아야도 점점 이 상황이 이상하게 느껴져 붉게 물든 얼굴로 서로 쳐다보다가 이윽고 웃음을 터뜨렸다.

"죄송합니다, 그게."

"죄송해요, 갑자기."

동시에 입을 열었다가 동시에 입을 다물었다. 그게 또 웃겨서 아하하, 하고 몸을 구부리고 함께 웃었다.

한바탕 웃고 나자 이윽고 눈물과 웃음이 잦아들었다.

"실례했습니다. 저는 그러니까, 같은 콩쿠르에 참가했는데, 옛날부터 에이덴 양 팬이라."

자기소개를 하려는 아카시의 말을 끊고 아야가 고개를 저었다.

"다카시마 아카시 씨 맞죠? 저, 다카시마 씨의 피아노 연주 좋아해요."

아야가 초롱초롱한 그 커다란 눈으로 말했다.

아카시는 저도 모르게 외마디 소리를 질렀다.

"어? 제 이름을 알아요?"

"네. 다음 연주도 들으러 가고 싶어요."

그것이 결코 빈말이 아님을 아카시는 직감으로 이해했다.

정말로. 에이덴 아야가, 내 연주를.

오한과도 같은 경련이 온몸을 훑고 지나갔다.

"그럼, 또."

"반드시, 어디선가."

아야는 미소를 지으며 아카시에게서 멀어졌다.

왜 그래, 아짱, 아는 사람이야? 그렇게 묻는 마사루와 다른 소녀의 곁으로 돌아가는 아야의 뒷모습을 바라보며 아카시는 그 자리에서 꼼짝도 할 수 없었다.

역시, 시작이었다.

아카시는 그렇게 마음속으로 외치고 있었다.

뜨거운 감정이 온몸을 힘차게 맴돌았다.

이 콩쿠르는 시작이다. 나는 이제야 겨우 내 음악을, 음악가로서의 인생을 시작한 것이다.

이것은 예감이 아니다. 확신이다.

무대 위에 오를 때처럼 긴장된 흥분을 느끼며 마음속으로 그렇게 되뇌었다.

"어라?"

유리벽으로 둘러싸인 로비 입구에 가장 먼저 도착한 마사루가 맥 빠진 소리를 냈다.

"왜 그래?"

조금 늦게 비틀비틀 따라온 아야가 물었다.

"아, 힘들어."

아야는 무릎을 짚고 어깨를 들썩거렸다.

정말이지, 키와 다리 길이 차이가 이렇게 나니 똑같이 뛰어도 도저히 따라잡을 수가 없다.

"아직 결과가 안 나온 모양이야."

"엇?"

역시나 숨을 헐떡이던 가나데가 반사적으로 손목시계를 보았다. 아야도 덩달아 들여다보았다.

8시 42분.

원래 예정대로라면 8시쯤 제3차 예선 결과가 나왔어야 한다. 하지만 열광적인 앙코르 때문에 종료가 늦어져 심사 결과 발표도 8시 반으로 밀렸다.

요시가에 국제 피아노 콩쿠르에서는 심사가 늦어지는 일이 별로 없다고 들었다. 그 소문대로 1차도, 2차도 거의 예정 시각에 발표했는데.

아야와 가나데는 얼굴을 마주 보았다.

제3차 예선이 끝나고 심사 결과가 나올 때까지 역 근처에서 느긋하게 차를 마셨다. 너무 느긋하게 있다 보니 어느새 발표 시간이 지나 셋이서 황급히 달려온 참이었다.

로비에는 역시 어리둥절한 얼굴의 참가자들과 그 관계자들이 모여 있었다.

이제는 완전히 낯익은 멤버들. 그래도 무대를 떠나 3차 예선까지 끝내고 중압감에서 벗어난 덕분인지 다들 안도와 피로, 해방감이 얼굴에 묻어나는 것 같았다.

긴 심사를 마치고 다들 평범한 학생의 얼굴로 돌아왔다. 무대 위에서 보는 것과는 달리 다들 상당히 앳된 얼굴이다.

하지만 길어지고 있는 심사는 서서히 로비에 희미한 조바심과 긴장감을 가져왔다.

술렁거리는 불온한 공기.

기자들도 일찌감치 모여서 심사 위원에게 비출 조명과 마이크도 이미 준비해놓았는데 정작 심사 위원들은 코빼기도 비칠 기미가 없다.

"별일이네."

"그러게."

긴장의 끈이 풀렸는지 심심하게 기다리다 지친 사람들의 말소리가 점점 커졌다.

1분, 또 1분. 시간이 흐를수록 정체 모를 불안이 전염되어간다.

"혹시 싸우고 있나?"

"싸울 일이 있었어?"

수군수군 속닥거리는 소리.

그때 갑자기 여성 스태프가 계단 위에서 황급히 달려와, 사람들의 시선이 그쪽으로 쏠렸다.

뭔가에 정신이 팔렸는지 얼굴이 창백했다. 사람들의 시선이 자기한테 몰린 것도 모르는지 로비에 있는 스태프에게 빠르게 몇 마디 건넸다. 그 말을 들은 스태프의 얼굴도 어두워졌다.

이윽고 스태프들이 어디론가 흩어졌다.

"뭘까?"

아야 일행도 그 모습을 가만히 지켜보았다. 이윽고 스태프 가까이 있던 사람이 뭔가 주워들었는지 조심스레 속삭이는 소리가 들렸다.

"······실격."

"실격이래."

"누가 실격된 모양이야."

"뭐?"

"어째서?"

"그래서 길어지고 있는 거래."

불온한 속삭임이 눈 깜짝할 새에 커졌다. 동요가 퍼져나간다.

"실격?"

마사루가 아야와 가나데의 얼굴을 보았다.

모두 똑같은 생각을 하는 게 보였다.

아무리 생각해봐도 짐작 가는 이유는 가자마 진의 그 연주뿐
이다.

프로그램을 따르지 않고 에릭 사티를 반복해 연주한 행동. 그
것도 전곡이 아니라 일부만 발췌해서 연주한 행동.

연주할 때부터 우려했는데, 정말 그것 때문에 실격당한 걸까?

"설마."

아야의 표정이 얼어붙었다.

"정말 실격이야?"

마사루는 말이 없었지만 그 눈은 부정도 긍정도 하지 않았다.

아야는 가자마 진이라는 이름을 차마 입에 담을 수 없었다. 그
이름을 입에 담으면 현실이 되어버릴 것만 같았다.

거짓말이지? 실격이라니, 정말 그런 일이?

가나데가 살짝 짜증을 냈다.

"걔 지금 어디 있어?"

가나데도 이름은 말하지 않고 로비 안을 두리번거렸다.

그 소년의 모습은 어디에도 없었다. 지금 어디서 무엇을 하고 있을까? 설마 자기가 실격된 줄은 꿈에도 모르고 있을 것이다.

아야는 심장이 두근거렸다.

설마. 설마 그럴 리가. 실격이라니. 그렇게 훌륭한 연주로 나를 다시 무대로 데려가준 그 아이가. 그럴 수가.

발밑이 무너지는 감각.

창백한 아야의 얼굴을 보고 마사루가 숨을 크게 들이마시며 "오케이, 오케이" 하고 손을 펼쳤다.

"아직 아무것도 몰라. 실격당한 게 그 애라는 확증은 없어. 뭔가 다른 이유가 있었을지도 모르지. 누군가 다른 사람일지도 몰라."

"하지만 달리 무슨 이유가 있겠어?"

가나데가 회의적인 목소리로 말했다.

"다들 연주 시간도 딱 지켰고, 연주를 중단당한 사람도 없었어. 실격될 만한 다른 이유가 떠올라?"

가나데가 냉정하게 되묻자 마사루는 말문이 막혔다.

아무도 말을 잇지 못했다.

역시 실격된 사람이라고 하면 가자마 진밖에 떠오르지 않는다.

실격.

그 짧은 말이 의미하는 바가 서서히 스며들었다.

그건 큰일이다. 일부러 요시가에까지 찾아와 여기서 지낸 2주가 전부 물거품. 콩쿠르 경력에도 남지 않는다. 전부 없었던 일이 되고 만다. 이곳에 오기까지 얼마나 큰 노력을, 얼마나 큰 감정을 쏟아부었던가. 그것이 전부 수포로 돌아가다니.

가자마 진과 보냈던 시간. 그와 나눈 대화.

아야의 머릿속에서 천진난만하게 웃는 그의 얼굴이 뱅글뱅글 맴돌았다.

그럴 수가.

아야는 지금까지 경험해보지 못한 패닉에 빠졌다. 그게 자기 일이었더라도 이렇게 동요하지는 않았을 것이다.

아야 일행만 실격자가 가자마 진이라고 생각하는 게 아니었는지, 이윽고 술렁거리던 주위에서 그 이름이 잔물결처럼 흘러나오기 시작했다.

"가자마 진이 실격이래."

"뭐? 꿀벌 왕자가?"

"실격인가 봐."

"규정에 맞지 않는 연주를 해서 실격으로 처리됐대."

집단의 무의식이란 무섭다.

어느새 그것이 기정사실이 되어 확신에 찬 소문으로 변해간다.

실격. 가자마 진이 실격.

새로 로비에 들어온 사람들에게도 그 말이 퍼져나가는 게 보였다. 뭐? 그래? 놀라는 목소리가 들렸다. 로비가 소란스러웠다.

하지만 심사 위원들은 아직도 나오지 않았다.

기자들도 돌아다니면서 스태프를 붙잡고 뭔가 묻는 기색이었지만 스태프도 자세한 상황은 모르는 눈치였다.

시간은 이미 9시가 넘었다.

무슨 일인지 영문은 몰라도 어쨌거나 이상 사태인 것은 분명했다.

안절부절못하고 로비에 모여 있는 사람들. 이미 피로와 초조함만 공기를 무겁게 짓누르고 있었다.

"그나저나 늦네."

"실격이라도 그렇지, 왜 이렇게 시간이 걸리는 걸까?"

마사루와 가나데가 속닥거렸다.

아야는 아직 혼란 속에 있었다. 주위 풍경이 색채를 잃었다. 잿빛. 모든 게 잿빛 세상.

그때 훌쩍 로비로 들어온 그림자가 있었다.

그곳에만 색이 존재해 희미한 빛을 발하는 것 같았다. 아야의 시선은 대번에 그쪽으로 빨려 들어갔다.

주위의 피폐한 기색에 아랑곳없이 상쾌할 정도로 티 없는 얼굴.

"앗!"

저도 모르게 외친 아야의 시선이 가리키는 방향을 마사루와 가나데도 알아차렸다.

"가자마 진."

주위의 시선도 순식간에 그쪽으로 쏠렸다.

자기를 쳐다보는 사람들의 시선을 깨달은 가자마 진은 깜짝 놀란 듯 걸음을 멈추고 몸을 움츠렸다.

아야는 그가 처음 무대에 나왔던 때를 떠올렸다.

엄청난 박수에 걸음을 멈춰버렸던 그때.

소년은 당혹스러운 얼굴로 주위를 둘러보았다.

"어?"

누가 봐도 이상한 분위기. 모두가 창백하게 질린 기묘한 표정으로 그를 보고 있다.

아야는 동정했다. 대체 무슨 일이 일어나고 있는지, 어째서 다들 이런 눈으로 쳐다보는지, 소년은 전혀 모르고 있다.

"가자마 군, 여기야."

가나데가 손을 들고 낮은 목소리로 불렀다.

소년은 인파 속에 서 있는 아야 일행을 발견하고 마음이 놓였는지 쭈뼛쭈뼛 그들 곁으로 다가왔다.

주위의 시선도 따라오는 바람에 그는 영문을 모르겠다는 듯이 몸을 웅크렸다.

"왜 그래? 나 떨어졌어?"

소년이 조심스러운 기색으로 아야에게 물었다.

아야는 말없이 고개를 저었다.

"아직 결과는 몰라."

"어? 시간이 벌써 이런데?"

소년은 로비 벽에 걸린 시계를 보았다.

"지금까지 어디 있었어?"

아야가 굳은 얼굴로 물었다.

소년은 당혹스러운 표정으로 대답했다.

"스승님이 일하는 걸 구경했어."

"스승님? 피아노?"

"아니. 홈스테이로 신세 지고 있는, 꽃집을 운영하는 스승님."

"꽃집 사장? 그 사람이 스승님이라고?"

가나데가 기가 막힌다는 표정을 지었다.

"응."

가자마 진은 고개를 끄덕였다.

"오늘은 큰 곳에서 커다란 꽃을 꽂는다고 해서 구경하러 갔어. 마을 중심부에서 조금 떨어진 곳이라 여기까지 왕복하는 데 시간이 걸려서. 결과는 이미 나왔을 줄 알았는데."

아야와 가나데는 어이가 없어 얼굴을 마주 보았다.

그야 이제 모든 연주가 끝났으니 뭘 하든 자유지만.

"그런데 무슨 일이야? 다들 나를 쳐다보는 것 같은데."

가자마 진은 가만히 주위를 둘러보았다.

이미 다들 원래 대화로 돌아가 가자마 진을 쳐다보는 사람은 없었다.

"뭔가 문제가 있나 봐."

가나데가 애써 태연한 목소리로 말을 꺼냈다.

"문제?"

"누가 실격됐다는 것 같아."

가나데는 마사루를 힐끔 쳐다보았다. 마사루는 난처한 표정이다.

"실격? 실격이라니?"

소년은 어리둥절한 얼굴로 설명해달라는 듯 마사루를 올려다보았다.

마사루는 허둥거리며 빠르게 말했다.

"나도 한 번 그런 적 있어. 연주하면 안 되는 곡을 연주해서 떨어졌어. 연주 시간을 초과하거나, 뭐 그런 이유로도 실격당할 때가 있어."

"흐음."

가자마 진은 알아들었는지 못 알아들었는지 애매한 표정으로 아야를 바라보았다.

조금 더 확실한 설명을 바라는 눈치다.

아야는 저도 모르게 소년의 시선을 피하면서 입을 떼려다가 우물거리고 말았다.

그 순간 가자마 진은 깜짝 놀라더니 충격받은 표정을 지었다.

눈이 휘둥그레 벌어지고 얼굴에서 순식간에 핏기가 가셨다.

"설마."

너무나 극적으로 드러난 그 불안한 표정에 이번에는 아야 일행이 당황했다.

처음 보는 그의 그런 표정은 아야 일행에게도 충격이었던 것이다.

가자마 진은 입을 뻐끔거렸다.

"나?"

겁에 질린 얼굴로 세 사람을 번갈아 쳐다본다.

"내가 실격이야? 그래서 다들 날 쳐다본 거야?"

"아직 몰라."

아야와 마사루가 동시에 외쳤다.

"실격자가 나왔다는 얘기가 도는 것뿐이야. 누구란 말은 못 들었어."

"하지만 다들 날 쳐다봤어. 나라고 생각하는 거 아니야?"

소년은 혼란스러운 얼굴로 주위를 두리번거리다가 아야의 얼굴을 들여다보았다. 마치 거기에 답이 적혀 있다는 듯이.

"정말 몰라. 아직 아무도 발표 결과를 얘기해주지 않아서."

"나 떨어졌어?"

소년이 망연하게 중얼거렸다. 그 눈은 이미 아무도 보고 있지 않았다.

"아아, 피아노를 안 사주실 거야."

"뭐?"

아야는 소년이 웅얼거리는 소리를 듣고 되물었다.

지금 뭐라고 했지? 누가 피아노를 안 사준다고?

그때 주위가 시끌벅적해지더니 사람들이 고개를 들었다.

로비의 분위기가 바뀌었다.

"앗, 왔다."

로비를 채운 사람들의 시선이 로비와 2층을 연결하는 계단 쪽으로 쏠렸다.

사람들이 우르르 다가오는 기척.

심사 위원들이 나타난 것이다.

사람들이 웅성거리고 조명이 켜졌다. 주위가 갑자기 환해지고 단숨에 온도가 올라간 듯했다.

피곤한 얼굴, 하지만 평온한 미소를 띤 심사 위원들이 줄줄이 내려왔다.

가나데는 그 얼굴을 보고 그들의 표정이 차분하다는 것을 깨달았다.

뭔가 심각한 문제가 있었던 분위기는 아니다. 대체로 만족스러운 얼굴이다.

강인한 심사 위원들. 재빨리 그들의 표정을 쭉 훑어보았다.

가자마 진이 실격되었다면 지금까지 들인 시간은 그 문제를 둘러싼 협의 때문이었을 것이다. 이렇게 오래 걸린 것으로 보아 그의 실격에 반대한 사람도 상당히 있었을 터. 모두가 만족할 수 있는 결과가 나왔다는 말일까? 그건 대체 어느 쪽일까? 실격인가? 아닌가?

가슴이 두근거렸다.

스태프가 앞장서서 내려온 심사 위원장 올가에게 마이크를 건넸다.

마이크 스위치를 켜는 '우웅' 하는 소리에 로비가 쥐 죽은 듯 조용해졌다.

"여러분, 오래 기다리셨습니다."

장시간의 심사에도 불구하고 올가는 아무렇지 않은 듯 침착했다. 피로를 전혀 느낄 수 없는 당당한 존재감.

발표가 상당히 늦어졌지만 별로 개의치 않는 기색이다.

"제3차 예선 결과를 발표하겠습니다."

올가가 천천히 강평을 늘어놓았다.

근래 보기 드문 수준 높은 연주로, 심사 위원 일동에게 대단히 충실한 시간이었고 힘들기는 했지만 무척 만족스러운 심사였다. 여기서 떨어져도 음악성이나 인간성을 부정하는 게 아니니 낙담하지 말고 정진하길 바란다. 지금까지 몇 번이나 되풀이했던 설명을 여기서 또 하고 넘어갔다.

물론 기자들도, 이제나저제나 기다리는 관계자도 듣는 둥 마는 둥 했다.

이렇게 늦어진 이유.

그리고 결과 발표에만 마음을 빼앗기고 있다.

올가도 그런 건 충분히 알고 있다. 사람들이 초조하게 조바심을 내며 기다리다 지쳤을 줄 뻔히 알면서 애를 태우는 게 아닌가 싶을 정도다.

올가는 천천히 목에 걸고 있던 안경을 썼다.

"먼저, 심사에 전에 없이 시간이 걸린 이유를 밝히자면."

올가는 거기서 살짝 뜸을 들였다.

"사실은 예기치 못한 사태로 참가자 중 한 사람이 유감스럽게도 실격되었습니다."

주위가 시끌시끌하게 술렁거렸다.

역시, 진짜였어, 이렇게 속삭이는 소리.

아야는 곁에 있는 가자마 진의 몸이 움찔 굳는 것을 느꼈다.

그 어깨에 가만히 손을 얹자 소년은 힘없는 미소를 지으며 침울하게 바라보았다.

아야는 신경 쓰지 말라는 듯이 그의 눈을 보며 고개를 끄덕였다.

"그 문제의 사실 확인에 시간이 걸렸고, 확인 후 다시 심사를 하느라 늦어진 점 사과드립니다."

올가는 새침하게 목례를 한 번 하고 손에 든 종이를 펼쳤다.

사실 확인. 무슨 뜻이지?

가나데는 그런 생각을 했다. 실격에 사실 확인이라는 말을 쓸까?

올가가 숨을 훅 들이마시는 게 보였다.

"그럼 제3차 예선 결과를 발표하겠습니다. 본선 진출자는 다음의 여섯 명입니다."

다시 고요해진 로비.

올가의 눈앞에 있는 펼쳐진 종이.

모두가 그 손끝을 바라보고 있다. 숨 막히는 정적이 주위를 채웠다.

아야와 가자마 진은 서로 몸을 기대고 숨을 삼킨 채 멀리서 올가를 쳐다보고 있었다.

올가가 이름을 부르기까지, 그 공백이 부자연스러울 정도로 길게 느껴진 것은 기분 탓일까?

기묘한 침묵에 휩싸인 회장에서 모두가 올가의 손끝을 주목하고 있었다. 올가는 어디까지나 느긋했다. 늘 하는 생각이지만 일부러 애를 태우는 게 아닌가 하는 생각마저 든다.

마침내, 입을 열었다.

"19번, 김수종."

와아! 환호성이 일었다.

결과를 들으러 와 있었는지 얼굴을 발갛게 물들인 청년이 주먹을 번쩍번쩍 치켜들었다.

"30번, 마사루 카를로스 레비 아나톨."

한층 더 커다란 환호성.

사람들이 일제히 쳐다보았지만 마사루는 어중간한 미소를 머금은 채 복잡한 표정을 지었다. 가자마 진의 결과가 마음에 걸려 솔직하게 기뻐할 수 없는 것이다.

"41번, 프레데리크 드미."

이번에도 환호성.

눈 깜짝할 사이에 절반의 이름이 나왔다.

앞으로 세 명.

아야는 가자마 진 옆에 바짝 붙었다. 소년도 아야에게 몸을 기댔다.

"47번, 조한선."

환성과 비명.

잔뜩 힘이 들어가는 게 느껴졌다.

아아, 드디어.

아야는 순간 정신이 아득해졌다. 이 정도로 스트레스를 받기는 처음인 것 같았다.

다음 이름을 듣기가 무서워서, 도저히 견딜 수 없었다.

올가의 입이 움직였다.

"81번, 가자마 진."

와! 비명인지, 환호성인지, 혼란인지 모를 함성이 회장을 뒤흔들었다.

가자마 진.

아야는 주위가 활짝 열리는 것을 느꼈다.

기묘한 해방감. 밝다. 가볍다.

천천히 얼굴을 마주 보는 아야와 진. 둘 다 멍하니 믿을 수 없다는 표정. 쭈뼛쭈뼛 마사루와 가나데를 돌아보았다. 두 사람도 판박이처럼 똑같은 표정으로 그들을 보고 있었다.

술렁거리던 소리가 아득해졌다. 잠시 소리가 사라졌다.

가자마 진. 남았구나. 실격이 아니었어.

올가의 차분한 목소리가 들려왔다.

"그리고 88번, 에이덴 아야. 이상입니다."

그녀는 손에 들고 있던 종이를 내리고 날카로운 눈으로 주위를 보았다.

아야는 그 발표를 남의 일처럼 듣고 있었다.

환호성이 연달아 터져 나오고, 흥분은 가라앉을 줄을 몰랐다.

올가는 그 중심에서 냉담하게 우뚝 서 있었다.

이윽고 소리와 시간이 돌아왔다.

"됐다! 셋 다 남았어!"

마사루가 두 팔을 번쩍 들고 목소리를 쥐어짜냈다.

아야도 그 말을 듣고 나서야 몸속에 따뜻한 환희가 치밀어 오르는 것을 느꼈다.

가자마 진은 해쓱하니 지친 얼굴이다.

"다행이다."

"정말 다행이야."

둘이서 얼싸안고 쓴웃음을 지었다.

가나데와 마사루도 환희보다 안도하는 기색이 더 짙었다.

"아이, 걱정해서 손해 봤네."

"스릴 만점이었어."

겨우 농담을 할 여유가 생겼다.

아아, 정말 다행이다. 역시 가자마 진의 연주를 제대로 평가해 줬구나.

누구에게 무엇을 감사해야 할지 몰랐지만 아야의 머릿속에는 깊은 감사의 말이 울리고 있었다.

고마워요, 고마워요, 고마워요, 가자마 진을 남게 해줘서.

최초의 흥분과 충격이 가시자 그럼 누가 실격인지 궁금해하는 목소리가 여기저기서 나오기 시작했다. 술렁거리는 회장.

올가는 변함없이 느긋한 태도로 입을 꾹 다물고 있었지만 기자들을 비롯해 그 자리에 있는 사람들의 압박에 아무래도 저항하기 어려웠는지 마지못한 기색으로 입을 열었다.

"사실 점수로 보면 본선 진출 여부로 협의 대상이 된 참가자가 또 한 사람 있었습니다만, 3차 예선이 끝나고 건강이 나빠져 급히 귀국했습니다. 사무국에서 제대로 전달을 받지 못해 정말 귀국했는지, 더 이상 연주를 할 수 없는지 확인하는 데 시간이 걸렸습니다. 확인해보니 이미 귀국했으며 충수염으로 응급수술을 받아 지금도 입원 중이라 본선에는 나갈 수 없다고 합니다."

뭐야, 그랬어, 하는 목소리가 여기저기서 솟았다.

난 또, 그렇지? 하고 가자마 진을 힐끔거리는 시선을 느꼈다.

아야도 진도 새삼 쓴웃음을 지을 수밖에 없었다.

그럴 수밖에. 아야 일행도 분명 가자마 진이 실격된 줄 알았다.

올가는 사람들이 상황을 받아들였다 싶을 때를 기다려 입을 열었다.

"본선에 남은 여러분, 축하합니다. 여러분 모두가 남과 비교할 수 없는 훌륭한 음악성을 가졌습니다. 저희는 이번 콩쿠르에 몹시 만족하고 있습니다. 본선에 출전하는 여러분은 자신감을 갖고 마음껏 연주하길 바랍니다. 안타깝게 본선에 진출하지 못한 분들도 거듭 말씀드렸던 바와 같이 결코 본인의 음악성을 부정하는 것은 아닙니다. 이제부터 간담회가 있으니 부디 심사 위원들과 환담을 나누십시오. 분명 앞으로의 음악 활동에 도움이 될 겁니다. 그럼 여러분, 본선에서 또 만납시다."

마무리되는 분위기에 심사 위원들이 줄줄이 물러났다.

주위의 긴장이 대번에 풀려, 모두 왁자지껄 떠들며 움직이기 시작했다.

"아아."

아야 일행은 누구랄 것 없이 기지개를 켰다.

마사루가 "하하" 하고 웃으며 가슴을 쓸어내렸다.

"이렇게 긴장한 건 처음이야."

"그렇지?"

"정말, 정말 다행이야!"

아야와 가나데는 부둥켜안고 기쁨을 나누었다.

가자마 진도 겨우 평소의 천진한 웃음을 되찾았다.

"정말 십년감수했네. 아버지한테 알려야지."

가나데가 로비 구석 조용한 곳으로 갔다.

때마침 마사루의 휴대전화가 울렸다.

"네" 하고 전화를 받은 마사루는 아야에게 눈짓을 보냈다.

사무국에서 스케줄을 확인하려고 건 전화였다. 내일과 모레는 본선을 위한 오케스트라 리허설이 있다.

잠시 후 가자마 진과 아야의 휴대전화로도 연락이 왔다.

본선이구나.

정말, 남은 거구나.

전화를 끊고 나니 겨우 실감이 났다.

여기까지 올 줄이야.

아야는 감개무량했다.

콩쿠르가 시작되기 전에는 예상도 하지 못했다. 게다가 콩쿠르 전과 지금의 아야는 완전히 다른 사람이었다. 이런 경지에 이르다니.

아야는 다시 한 번, 누군지 모를 이에게 마음속으로 감사했다.

로비를 장식하는, 즐비하게 늘어선 참가자들의 사진.

본선 진출자의 사진에는 이미 리본 꽃이 붙어 있었다.

세 개의 꽃이 붙은 참가자는 겨우 여섯 명.

다카시마 아카시는 깊은 감회를 느끼며 그 꽃을 바라보고 있었다.

그의 사진에는 비록 한 송이 꽃밖에 없었지만 후회는 없다.

가자마 진도 본선에 남았으니 모두가 인정하는 여섯 명이 아닐까?

아카시는 크게 한숨을 쉬었다.

그에게 크나큰 의의가 있는 멋진 콩쿠르였다.

처음에는 미련을 지우기 위한 콩쿠르였다. 기념 삼아 출전할 생각이었다. 이것으로 음악에 대한 마음을 정리할 작정이었다.

하지만 반대로 용기를 얻었다. 다양한 연주를 만났고, 직접 무대에 섰고, 앞으로도 음악가로 살겠노라 결심할 수 있었다.

조금씩 해나가자. 내 노력은 헛수고가 아니었다. 지금까지 그랬던 것처럼 일상생활을 꾸려나가면서 음악 활동도 하자. 차근차근, 나의 음악을 하는 거다.

그런 생각을 하고 있었다.

그만 돌아갈까.

아카시가 몸을 돌려 걸음을 떼려는 그 순간.

휴대전화가 울렸다.

누구지?

화면을 보니 '콩쿠르 사무국' 전화번호였다. 지난 1년 동안, 지난 며칠 동안, 신세를 졌던 번호. 이제 곧 삭제할 번호.

"여보세요?"

다소 미심쩍은 목소리로 받자 여성이 "다카시마 아카시 씨 휴대전화 맞습니까?"라고 물었다.

"네, 다카시마입니다."

"안녕하세요, 요시가에 국제 피아노 콩쿠르 사무국입니다. 지금 어디 계십니까?"

이상한 질문이네. 아카시는 그런 생각을 했다.

"요시가에에 있습니다. 이제 도쿄로 돌아가려는 참이라."

"그러십니까. 그럼 콩쿠르 마지막 날, 24일 일요일에 이쪽으로 오실 수 있으신지요?"

사무적인 목소리.

"마지막 날에요?"

아카시는 더더욱 고개를 갸웃거렸다. 그날은 본선 둘째 날이다. 물론 들으러 올 생각이긴 한데.

"네, 본선을 들으러 올 예정이라."

"그러십니까. 다행이네요. 그럼 시상식에도 오실 수 있지요?"

"시상식?"

아카시는 어리둥절했다.

여성은 담담한 목소리로 말을 이었다.

"네. 조금 전 본선 진출자 심사와 함께 나머지 상에 대한 심사도 열렸습니다. 협의 결과, 다카시마 아카시 씨는 장려상과 히시누마상을 받게 되었습니다."

"네?"

정신이 아득해져 되물었다.

"뭐라고요? 장려상하고?"

"히시누마상입니다."

여성은 끈기 있게 다시 말해주었다.

아카시는 넋이 빠졌다.

"히시누마상이라니, 그러니까."

"네. 히시누마 다다아키 선생님이 이번 대회에서 〈봄과 수라〉를 연주한 참가자들 중 가장 훌륭한 연주를 들려주었다고 꼽은 분에게 드리는 상입니다."

"제가요?"

아카시는 비명 같은 목소리로 되물었다.

"네. 축하드립니다."

사무적이던 목소리에 처음으로 미소가 어리는 것을 본 기분이었다.

"감사합니다!"

아카시는 고개를 깊이 숙이고 있었다.

심장이 펄떡거렸다.

내가. 내가, 히시누마상. 가자마 진과 에이덴 아야를 제치고 〈봄과 수라〉 연주를 인정받다니.

게다가 장려상. 입상은 놓쳤지만 인상적인, 장래성이 있는 참가자에게 주는 상이다.

설마, 정말로.

터져나갈 듯한 기쁨.

음악가로 계속 살아갈 수 있다는 확신.

사무국 여성이 계속 세세한 연락 사항을 설명하고 있었지만 아카시의 귀에는 들어오지 않았다.

"그래서 가자마 진은?"

미에코는 마사루에게 물었다.

마사루는 어깨를 으쓱했다.

"결과를 듣고 홈스테이 집으로 돌아갔습니다. 스승님을 도와야 한다나요."

"스승님? 혹시 지금 누구를 사사하고 있다던?"

미에코가 달려들 기세로 물었다. 물론 옆에 있던 너새니얼도 '스승'이라는 단어에 강하게 반응했다.

"아뇨, 피아노가 아니라."

마사루는 난처한 표정으로 고개를 저었다.

"피아노가 아니라고? 그럼 솔페주나 작곡?"

아야가 옆에서 쓴웃음을 짓고 있다.

"꽃이래요."

"꽃?"

미에코와 너새니얼이 동시에 외쳤다.

"네. 가자마 군 아버님의 친구분인데, 커다란 꽃집을 운영하는 꽃꽂이 예술가라고 하더군요. 지금 꽃꽂이를 배우고 있대요."

"하아."

미에코와 너새니얼은 얼굴을 마주 보고 맥 빠진 소리를 냈다.

콩쿠르 회장과 붙어 있는 호텔 연회장.

평화로운 분위기 속에서 심사 위원과 참가자들의 간담회가 열리고 있었다. 남은 것은 본선뿐, 심사 위원은 물론 참가자들도 해방된 분위기다.

물론 회장 여기저기서 진지한 얼굴로 심사 위원의 이야기에 귀를 기울이는 참가자들의 모습도 있었다.

대부분의 참가자들에게 이미 콩쿠르는 끝난 일이나 마찬가지지만, 조언은 아무리 들어도 부족하다. 앞으로도 음악에 인생을 바치려는 그들에게 이 콩쿠르는 어디까지나 통과점일 뿐, 이 기회를 앞으로 이어나가야 하는 것이다. 그들은 이미 다음을 준비하고 있다.

"이런. 끝까지 예측할 수 없는 참가자로군."

너새니얼이 고개를 저었다.

"심사 위원들도 그 애와 직접 이야기할 기회를 기대하고 있었는데 돌아가버렸다니."

"어, 그러셨어요?"

마사루가 되물었다.

"저희는 분명 가자마 진이 실격됐을 줄 알았어요."

"아니, 그 애의 연주를 두고 실격이란 말을 꺼낸 심사 위원은 한 명도 없었다. 정말 대단해. 연주를 거듭할수록 처음에는 부정했던 심사 위원들도 점점 그의 팬으로 돌아서니."

"와, 그건 다행이네요."

"라이벌이 남았는데 괜찮은 거냐?"

너새니얼이 마사루의 얼굴을 들여다보자 마사루는 웃었다.

"왜 그러세요. 가자마 진 없이 이겨봤자 하나도 재미없습니다."

"장담했겠다?"

"역시 대단하네."

미에코와 너새니얼은 마사루의 든든한 자신감에 얼굴을 마주 보고 웃었다.

"정말."

아야가 중얼거렸다.

"정말 가자마 진이 남아서 다행이에요."

미에코는 어라, 싶었다.

아야는 표정이 완전히 달랐다. 뻔뻔하다고 해도 될 만큼 차분한 분위기. 요전에 만났을 때 보았던 방황은 이미 사라졌다.

호오, 완전히 부활했네.

미에코는 감격스러운 심정으로 그녀를 바라보았다.

젊은 음악가의 이런 순간을 볼 수 있는 것은 심사 위원으로서 무엇과도 바꿀 수 없는 기쁨이다.

"하지만 방심해선 안 돼. 이번 본선은 엄청난 격전이 될 거야. 다들 후반부에 빛을 발하고 있으니 누가 우승해도 이상하지 않아. 본선 연주에 따라서는 어찌 될지 몰라."

미에코가 그렇게 말하자 이번에는 마사루와 아야가 얼굴을 마주 보며 웃었다.

여유 넘치는 미소가 눈부시다. 이제는 자기 연주를 선보일 뿐. 승부는 안중에도 없는 얼굴이다.

하지만 정말로 승부의 향방은 알 수 없다.

입상이 확정된 여섯 명.

본선은 심사가 거의 끝난 상태에서 순위를 확인하기 위한 과정으로 여기는 경향이 있지만, 오케스트라와 함께 연주한다는 것은 다른 의미에서 강렬한 충격을 주기 때문에 그때까지 받았던 인상을 완전히 뒤집어놓을 수도 있다. 그 전에 아무리 훌륭한 연주를 했어도 협주가 볼품없으면 역효과가 날 가능성도 있다.

"기대되네."

미에코는 의미심장한 눈빛으로 너새니얼을 쳐다보았다.

당신 제자는 우승할 수 있을까?

너새니얼은 미에코의 눈빛이 말하는 의미를 완벽하게 이해했다.

"기대되는군."

그 역시 똑같은 말로 답했다.

서로 얼굴은 웃고 있지만 눈은 웃고 있지 않다는 걸 알고 있었다.

내일과 모레는 본선 리허설이라 콩쿠르는 잠시 휴식이다.

시상식은 나흘 후, 그때까지는 그 누구의 운명도 알 수 없다.

| 본선 |

오케스트라 리허설

요시가에 국제 피아노 콩쿠르가 열리고 있는 복합 시설에는 세 개의 홀이 있다.

3차 예선까지 열린 객석 천 석 규모의 대극장.

지하에 있는 객석 4백 석 규모의 소극장.

그리고 가장 넓은, 2천3백 명을 수용할 수 있는 콘서트홀이다.

본선은 이 콘서트홀에서 열린다.

올해 본선 진출자가 선택한 협주곡과 연주 순서는 다음과 같다. 연주 순서는 제비뽑기로 정했는데 마사루와 프레데리크 드미가 서로 바뀌었을 뿐, 나머지는 번호 순서대로 연주하게 되었다.

김수종(한국) 라흐마니노프 3번

프레데리크 드미(프랑스) 쇼팽 1번

마사루 카를로스 레비 아나톨(미국) 프로코피예프 3번

조한선(한국) 라흐마니노프 2번

가자마 진(일본) 버르토크 3번

에이덴 아야(일본) 프로코피예프 2번

본선 리허설도 이틀째로 접어들었다.

신 도토 필하모닉을 이끌고 이번 본선에서 지휘를 맡은 오노데라 마사유키는 마흔 중반이 넘은 중견급 지휘자다.

경험도 제법 많지만 콩쿠르 반주는 관객들이 생각하는 것 이상으로 신경 쓰이는 중노동이다.

어쨌거나 다소의 차이는 있어도 콩쿠르는 콩쿠르다. 솔리스트가 아무리 뛰어나도 결국 아마추어. 반주는 콩쿠르 결과에도 영향을 주니 참가자를 잘 보필해서 행여나 오케스트라 때문에 실력을 발휘하지 못했다는 소리가 나오지 않도록 해야 한다. 하물며 요시가에처럼 국제적으로도 지명도가 높고 규모가 큰 콩쿠르쯤 되면 책임이 막중하다.

준비도 큰일이다. 본선에서 연주할 수 있는 협주곡은 수십 곡이나 된다. 쟁쟁한 명곡들뿐이라 프로 오케스트라라면 전부 레퍼토리에 들어 있을 곡들이지만, 오케스트라에 따라서는 어려운 곡도 있으니 본선에서 어느 곡을 연주해도 문제없도록 미리 연습해야 한다. 3차 예선에 진출할 참가자들이 결정되면 본선에서 연주될 곡도 어느 정도 좁혀지므로 그때부터 준비를 시작한다.

이번에는 본선 여섯 명이 전부 다른 곡을 연주한다. 오케스트라 입장에서는 고맙기도 하고 불편하기도 하다.

오노데라가 이전에 지휘했던 다른 콩쿠르에서 본선 여섯 명 가운데 네 명이 베토벤 〈황제〉, 나머지 두 명이 쇼팽 1번이었던 적이 있다. 듣는 관객들도 질렸겠지만 프로도 역시 사람이다 보니 오케스트라도 지쳐서 네 번째 〈황제〉를 연주할 때는 의욕을 유지하기 힘들었던 기억이 있다.

쇼팽 1번을 연달아 연주하는 것도 솔직히 버겁다. 솔리스트들은 동경하는 명곡이지만 오케스트라에게는 지루한 곡이 몇 곡 있는데, 쇼팽 1번도 그중 하나로 꼽을 수 있지 않을까. 오노데라는 아무리 쇼팽이 국보급 작곡가이고 쇼팽을 좋아하더라도 쇼팽 1번 아니면 2번이라는 선택지밖에 없는 쇼팽 콩쿠르 본선의 오케스트라는 정말 힘들겠다고 남몰래 동정했다.

이번 여섯 곡은 전부 대작들이다. 참가자와 오케스트라 양쪽에 다 벅찬 곡이 많다.

오노데라는 유능한 무대 매니저로 이름난 다쿠보를 통해 본선에 나가는 참가자들의 정보를 미리 입수했다. 다쿠보는 모든 참가자들을 접하고 그들의 연주를 들었다. 참가자들의 무대 뒤 모습은 어떤지, 다쿠보의 관찰안으로 꿰뚫어 보고 전해준 참가자들의 성격은 그들을 이해할 실마리가 된다.

물론 사전에 서류로 그들의 이력을 살피고, 오케스트라와 협연 경험이 있는지 확인하고, 3차 예선 연주도 듣는다.

콩쿠르 참가자들의 경험과 지식은 천차만별이다. 오케스트라 협주는 처음인 초심자도 있는가 하면 여러 번 경험한 사람도 있다. 솔로는 능숙해도 합주는 엉망인 사람도 있다.

그렇지 않아도 협주곡은 경험이 좌우하는 장르다. 오케스트라 안에 들어가 함께 연주하는 게 얼마나 어려운지 직접 체험해보기 전에는 알 수 없다.

일단 시디로 듣거나 객석에서 듣는 것과는 귀에 들리는 소리가 완전히 다르다. 시디는 물론이고 공연장 객석에서도 관객은 보정된 소리를 듣는다.

무대에서는 바로 옆에서 다른 악기가 울린다. 심지어 무대 위에서는 악기마다 거리도 제각각이다. 소리의 '안쪽'에서 들으면 자기가 아는 곡과 영 다른 음악으로 들린다. 들어가는 타이밍도 그렇고 체감 시간이 완전히 다른 것이다.

오노데라는 과거에 두 번, 연주가 멈춰버린 콩쿠르 본선을 경험한 적이 있다.

첫 번째는 참가자가 자기 연주에 심취한 나머지(아니, 패닉에 빠졌다고 해야 할 것이다) 오케스트라 연주가 귀에 들어오지 않아 완전히 박자가 어긋나버린 경우다. 솔직히 그때는 한 소절이나 어긋났다.

두 번째 경우에는 자기 연주가 오케스트라와 잘 맞고 있는지 참가자가 불안해하는 바람에 음량이 점점 작아졌다. 솔리스트 소리가 작아지면 오케스트라는 당연히 솔리스트의 소리를 들으려고 덩달아 음량을 낮추므로 전체 소리가 그에 비례해 작아진다. 결국 곡이라고 할 수 없을 정도로 소리가 작아져 솔리스트와 오케스트라, 둘 다 연주를 멈춰버렸다.

리허설은 순조로워서 신경이 곤두서 있던 오케스트라 단원들도 안도하는 표정이었다.

이번 참가자들은 흠 잡을 데가 없다는 다쿠보의 평가대로 여섯 명 가운데 다섯 명이 오케스트라와 협연한 경험이 있었다. 지금까지 네 명과 리허설을 해본 결과, 거의 문제가 없었다. 다들 자기만의 음악을 갖고 있어서 젊은데도 성숙한 분위기가 감돌았다. 특히 어제 함께 연주한 마사루 카를로스 레비 아나톨에게는 단원들이 홀딱 반해버려, 스타 탄생을 확신했을 정도였다.

오케스트라에게 훌륭한 솔리스트와 연주하는 즐거움은 또한 각별하다. 곡을 이끄는 솔리스트에 딱 붙어서 따라가는 스릴에는 참을 수 없는 쾌감이 있다. 훌륭한 솔리스트와 연주할 때 오노데라는 영매가 되는 느낌이다. 지휘를 하는 건 오노데라지만 "이렇게 연주하고 싶습니다" "이쪽으로 갈 겁니다" "자, 기어를 바꿉

시다"하고 솔리스트를 대변하는 기분이 드는 것이다.

휴식 시간이 끝나간다.

단원들이 삼삼오오 돌아왔다. 하나같이 방심할 수 없는 곡들이라 피로가 감돌았지만 만족감도 있었다.

다음은 드디어 유일하게 오케스트라 협연 경험이 없다는 일본의 가자마 진이다.

가자마 진의 리허설을 앞둔 오노데라의 마음은 기대 반 불안 반이었다. 3차 예선 연주는 훌륭했지만 어쩌면 이 아이는 유아독존 타입이라 합주에는 맞지 않을지도 모른다는 의심도 있었다.

하물며 버르토크 3번이다.

오노데라는 악보를 끌어안고 연주 방침을 고민했다.

오케스트라와 첫 협연이 버르토크라니 난이도가 상당히 높다. 주고받는 부분도 많아서 서로 잘 듣지 않으면 어렵다. 무엇보다 버르토크는 타이밍을 맞추기가 힘들다. 멜로디가 갖는 호흡의 길이가 독특하기 때문이다.

홀에 들어가자 조율사가 아직도 피아노를 조율하고 있었다.

가자마 진이 이미 들어와서 연습하고 있을 줄 알았는데.

조율사는 객석을 힐끔힐끔 보고 있었다.

"이러면 돼?"

"으음."

시선을 돌리니 객석 뒤쪽에 앉아 있는 소년이 눈에 들어왔다.

어?

오노데라는 눈을 휘둥그레 떴다.

스태프인 줄 알았더니 가자마 진 아닌가? 설마 저런 곳에 있을 줄이야.

"거의 됐는데 오케스트라가 들어가봐야 알 것 같아요. 아사노 씨, 이쪽에서 들어봐줄래요?"

"좋아."

오노데라는 어이가 없었다.

다쿠보에게서 귀가 대단히 밝은 아이라 조율사도 깜짝 놀랐다는 말은 들었지만 이렇게까지 이심전심으로 함께 조율하는 참가자와 조율사라니 금시초문이다.

조율사가 오노데라를 알아보고 고개를 숙였다.

"죄송합니다, 곧 끝납니다."

"아니, 괜찮습니다."

오노데라는 보면대에 악보를 올렸다.

단원들이 우르르 들어와 모두 자리에 앉자 조율사는 객석으로 내려갔다.

가자마 진이 사뿐사뿐 다가와 무대로 폴짝 올라왔다.

"가자마 진입니다. 여러분, 잘 부탁드려요."

"오노데라입니다. 저희야말로 잘 부탁합니다."

오노데라와 콘서트마스터*는 인사를 하고 가자마 진과 악수를 나누었다.

귀여운 아이네.

소박하고 야성미가 넘치는, 천연 소재 같은 인상이다.

"그럼 어떻게 할까. 한번 쭉 연주해보겠니? 중간에 마음에 걸

---

* 관현악단의 제1바이올린 수석 연주자. 바이올린 독주 부분을 담당하거나 악단 전체의 지도적 역할을 하기도 한다.

리는 부분이 있으면 멈추면 되니까. 아니면 들어갈 타이밍을 확인해야 할 부분만 몇 군데 뽑아서 연습한 다음에 전체를 연주해봐도 되고."

오노데라가 소년에게 제안하자 가자마 진은 고개를 살래살래 저었다.

"부탁이 있는데 괜찮으세요?"

동그란 눈으로 오노데라를 똑바로 쳐다보니 괜히 당황스러웠다.

"괜찮고말고."

대단한 배짱이다.

"여러분끼리 3악장을 연주해주세요."

오노데라는 황당했다.

"어? 우리끼리만? 너는?"

"뒤에서 들을게요."

가자마 진은 그렇게 말하고 무대에서 뛰어내려 객석 통로 뒤로 달려갔다.

오노데라와 콘서트마스터는 얼굴을 마주 보았다.

"괜찮은 걸까요?"

"뭐, 괜찮겠지. 우리 연습도 되고."

하지만 오케스트라의 역량을 시험하려는 것만 같아 기분은 별로 좋지 않았다.

"부탁드려요!"

멀리서 가자마 진이 손을 흔들었다.

오노데라는 너그러운 미소를 지으며 단원들에게 고갯짓을 하고 지휘봉을 들었다.

단원들도 은근히 불쾌한 표정이었지만 악기를 잡았다.

버르토크 3번, 제3악장.

처음부터 끝까지 화려한 투티*로, 피날레를 향해 찬란하게 피어나는 최고의 장면이다.

단원들은 최선을 다해 연주했다.

궁금하다면 보여주마. 우리의 역량을.

커다란 음량의 포르티시모.

이 음량에 피아노로 맞설 수 있다면 해봐라. 솔로가 들어와 음량이 작아지면 비웃어주마.

단원들의 그런 마음을 오노데라는 민감하게 알아차렸다.

7분 가까운 제3악장이 끝났다.

오노데라가 뒤를 돌아보자 가자마 진과 조율사가 뭔가 속닥거리고 있었다.

그나저나 정말 참가자로 보이지 않는군.

"고맙습니다!"

가자마 진이 그렇게 외치고 다시 무대로 달려와 폴짝 뛰어올랐다.

와. 지금 엄청 높이 뛰었는데?

감탄할 새도 없이 소년은 단원들 속으로 스르르 파고들었다.

뭘 하나 했더니 의자를 잡아당기고 보면대를 밀어가며 단원들의 위치를 바꾸는 게 아닌가?

* 이탈리아어로 '전부'라는 뜻으로 연주에 참여하는 연주자 전원이 모두 해당 선율을 연주하는 것.

다들 영문을 몰라 소년의 모습을 지켜보고만 있었다.

"죄송합니다, 조금 더 이쪽으로 와주시겠어요?"

콘트라베이스까지 옮기고 있다.

쓴웃음을 지으며 어깨를 움츠리는 단원들도 있었다.

오케스트라와 처음 협연하는 소년이 수십 년째 악기를 연주하는 이름난 프로들에게 설 자리까지 지시하다니.

노골적으로 불쾌한 표정을 짓는 사람도 있었다.

하지만 소년은 태연한 얼굴이다.

"여긴 자리를 옮기면 연주하기 불편해지는데."

튜바 연주자가 불만스러운 목소리로 투덜거렸다.

그러자 소년이 뒤를 홱 돌아보았다.

"아, 거기요, 바닥이 휘어서 그래요. 아마 몇 년 전에 수리했을 거예요. 밑에 합판 같은 걸 대놨는지 거기만 무거워서 밀도가 다른 것 같아요. 그래서 그 자리에 서 있으면 소리가 깨끗하게 뻗어나가지 않아요."

튜바 연주자가 깜짝 놀라 고개를 들었다.

다들 서로 힐끔힐끔 쳐다보고 있다.

소년은 피아노 앞으로 태평히 걸어와 의자에 앉았다.

"그럼 죄송하지만 제3악장을 한 번 더 부탁드릴게요. 아사노 씨, 밸런스 좀 확인해주세요."

소년은 객석에 있는 조율사에게 그렇게 외치고 오노데라를 올려다보더니 생긋 웃었다.

오노데라는 덩달아 고개를 끄덕이고 시키는 대로 지휘봉을 들었다. 단원들도 귀신에 홀린 표정으로 악기를 들었다.

짧은 침묵.

소년이 최초의 저음부 트릴을 연주하는 순간부터 간이 철렁했다.

크다.

단원들의 눈빛이 변했다.

소리가 크다.

이렇게 선명하게 귀에 들어올 수가.

놀란 단원들의 얼굴을 보면서 오노데라는 지휘봉을 휘둘렀다.

조건반사처럼 오케스트라도 일제히 뛰어들었다.

단숨에 기어가 올라갔다.

목관과 대화하듯 상승하는 프레이즈. 금관이 들어가고, 팀파니의 중저음이 더해진다.

피아노 솔로.

확고한 자신감으로 가득한 리듬.

눈에 보이지 않는 기관차가 견인하는 것처럼 오케스트라가 끌려간다.

한 치의 망설임도 없이 곡이 피아노를 따라 나아간다.

이렇게 명확하고 여문 소리라니.

현악기가 대화에 끼어든다.

거짓말이지?

오노데라는 믿을 수가 없었다.

아까 연주했을 때도 큰 음량이라고 생각했는데 지금이 훨씬 더 크다. 게다가 가자마 진의 소리를 따라 다른 소리가 점점 더 커진다.

단원들의 표정이 진지해졌다. 아니, 필사적으로 변했다고 해야겠다. 가자마 진의 피아노를 따라가려고, 뒤처지지 않으려고 다들 안간힘을 쓰고 있다.

오노데라는 동시에 다른 사실도 깨달았다.

아까보다 밸런스가 훨씬 좋다.

한데 어우러진 저음부가 확실한 층을 이루어 울리고 있다.

뇌리에 얼핏 소년의 목소리가 되살아났다.

소리가 깨끗하게 뻗어나가지 않아요.

소년이 움직인 의자, 보면대, 악기. 설마 그런 소리까지 다 분간해냈단 말인가? 오케스트라 연주를 겨우 한 번 듣고?

곡은 이윽고 클라이맥스로 달려간다.

모두가 자기 연주에 놀라고 있었다. 자발적으로 연주하는 게 아니라 조종당하고 있다. 무의식중에 팔이 움직이고 있다.

오노데라는 기가 막힌 심정으로 단원들의 표정을 바라보았다.

이 오케스트라, 이렇게 금관 소리가 컸나? 지금까지 항상 파워가 부족하다는 지적에 아쉬워하지 않았던가?

중후한 호른. 한 발짝도 물러나지 않는 피아노.

마지막 스케일.

가자마 진은 마치 불도저로 눈을 쓸어내듯 엄청난 음압으로 피아노 건반 위를 치달았다.

모두 함께 하는 투티.

목청껏 울어 젖히는 금관에 공기가 파르르 떨렸다.

엄청난 쾌감.

오노데라는 순간 넋을 잃었다.

단원들의 음이 허공의 한 점에 모였다가 화려한 잔향을 남기고 사라졌다.

지휘자와 오케스트라 단원들이 아연히 정신을 못 차리고 있는데 어디서 박수 소리가 들렸다.

오노데라가 정신을 차리고 객석을 돌아보니 뒤에서 조율사가 박수를 치고 있었다.

소년의 태연자약한 목소리.

"아사노 씨, 어땠어요?"

"굉장해, 정말 굉장해, 최고야."

"조금 더 부드러운 게 나을까요?"

"지금 걸로 충분해."

"그래요. 다행이다. 아, 그럼 제1악장부터 부탁드려도 될까요?"

지휘자를 올려다본 가자마 진이 흠칫 놀란 표정을 지었다.

오노데라뿐만 아니라 오케스트라 단원들까지 마치 희귀한 동물이라도 보는 듯한 눈빛으로 그를 바라보고 있었기 때문이다.

"어…… 왜 그러세요?"

가자마 진이 쭈뼛거리며 물었지만 사람들은 창백하게 질린 채로 아무도 대답해주지 않았다.

열광의 날

문이 좌우로 활짝 열렸다.

이때만 기다렸다는 듯이 로비로 우르르 밀려드는 사람들.

지난 2주 동안 드나들었던 대극장이 아니라 붉은 융단이 깔린 널찍한 계단을 올라간다.

기분 탓인지 사람들의 표정도 복장도 화사했다.

콘서트홀에서 진행되는 본선 첫째 날은 야간 공연이었다. 밖은 깜깜했다.

3차 예선까지는 내내 극도의 긴장감으로 가득했지만 지금은 분위기가 완전히 달랐다. 아직 콩쿠르는 끝나지 않았지만 훨씬 편안하고 상쾌한 공기가 감돌았다.

"그래, 이게 본선의 공기구나."

아야가 감동한 듯 넓은 객석을 둘러보았다.

무대 위에는 중앙에 놓인 그랜드피아노를 에워싸듯 오케스트라가 배치되어 있다.

스태프들이 준비 작업을 하느라 돌아다니고 있고, 조율사도 마지막 조정에 여념이 없다.

참가자로, 또 관객으로 수많은 콩쿠르를 경험한 가나데가 고개를 끄덕였다.

"아야는 주니어 콩쿠르밖에 모르지? 본선은 이래."

"독특한 분위기야!"

옆에서 가자마 진이 생글거리며 중얼거렸다.

"나 참, 두 사람 다 국제 콩쿠르에 처음 참가하는데 바로 본선이라니 믿을 수 없어. 정말 배부른 줄 알아."

가나데는 기가 막힌 표정이다.

아야는 계속 "으음" 하고 끙끙대면서 이 분위기를 표현할 말을 찾고 있었다.

"뭐랄까, 오랫동안 준비해서 힘겹게 산에 올라 헉헉거리면서 마지막 암벽 끝까지 올라가서, '정상이다! 야호!' 하고 뿌듯한 마음으로 이제 됐다, 다행이다 하고 신나게 기념 촬영을 했는데, 알고 보니 그다음이 더 힘들어서 정신 똑바로 차리고 발밑을 잘 살피면서 산에서 내려와야 하는 느낌?"

"얘가 무슨 소릴 하는 거야?"

"나 알 것 같아. 끝까지 올라가면 긴장이 탁 풀려."

가자마 진도 아야의 말에 수긍했다.

"둘 다 그런 말 마. 이제 곧 끝나니까 긴장 좀 해."

가나데가 아야와 진의 등을 철썩 때렸다.

두 사람의 마음은 안다.

지나치게 가혹한 중압감 속에서 세 번에 걸친 예선을 통과했다는 데 만족한 나머지 그만 거기서 맥이 풀리는 참가자도 많다. 오래도록 의욕을 유지하는 것은 프로에게도 정말 어려운 일이다.

"마아 군은?"

가자마 진이 좌우를 둘러보았다.

"본선이니까 첫 번째 연주는 안 듣고 리허설 대기실에서 손가락을 풀겠대. 듣고 싶은 눈치였는데."

"라흐마니노프 협주곡 3번은 기니까."

가나데는 프로그램을 힐끔 쳐다보았다.

첫 참가자가 연주할 라흐마니노프 3번은 50분에 가까운 대작이다.

아야가 키득키득 웃었다.

"왜 웃어?"

"아니, 마아 군이 라흐마니노프 협주곡 3번은 피아니스트의 자의식이 봇물처럼 흘러넘치는 곡이라고 했던 게 생각나서."

"그런 소릴 했어?"

가나데는 어이가 없었다.

그나저나 아야는 너무 긴장감이 없는 것 아닌가?

"그러고 보니 넌 어째서 버르토크 3번을 골랐어? 이게 네가 하고 싶었던 거야? 달리 연주하고 싶은 협주곡은 없었어?"

아야는 갑자기 생각난 것처럼 물어보았다.

가나데도 꼭 물어보고 싶었던 질문이었다. 저만한 기술이면 어느 협주곡이든 마음껏 연주할 수 있을 것이다. 참가자가 본선에서 선택하는 곡은 흥미로운 테마다. 좋아하는 곡 중에서 꼭 연주하고 싶었다거나, 자기 기술을 최대한 살릴 수 있다거나, 기술 이상으로 연출 효과가 높다거나.

"처음에는 슈만을 연주하고 싶었어."

"가단조?"

"응. 1악장 마지막 카덴차를 직접 지어보고 싶었거든."

"어머, 그 유명한 카덴차를?"

"응. 그랬더니 선생님이 싸움도 적당히 걸라고 하셔서."

"호프만이?"

"응."

아야는 어리둥절해하다가 다시 키득키득 웃기 시작했다.

가자마 진의 실력으로 볼 때 분명 얼마든지 즉흥곡을 만들 수 있을 것이다. 하지만 현실에서는 악보에 '카덴차'라고 적혀 있어도 과거에 이미 만들어진 선율을 연주하는 게 일반적이다. 클래식 명곡에서 자작 카덴차를 연주하는 행위는 금기에 가깝다.

"그래, 가자마 군은 〈아프리카 환상곡〉을 연주할 때도 편곡을 했지."

가나데는 호프만이 왜 '싸움을 건다'고 했는지 그 의미를 알 수 있었다. 클래식 세계에는 자작 프레이즈를 덧붙이는 행위를 모독에 가깝게 생각하는 사람들이 많다.

"응. 그래서 슈만은 관두고, 프로코피예프 3번하고 버르토크 3번 중에서 고민했어."

"흠. 그럼 마아 군하고 겹칠 뻔했구나."

"맞아. 그만두길 잘했어."

아야와 가나데는 가슴을 쓸어내리는 시늉을 하는 가자마 진을 보고 웃었다.

엄청난 천재인 가자마 진조차 마사루와 같은 곡을 연주하길 꺼리다니. 마사루의 커다란 재능을 새삼스럽게 느낄 수 있었다.

가자마 진처럼 '순수하고 이질적인 천재'는 말하자면 '알기 쉬운' 천재다. 하지만 마사루는 똑같은 천재지만 그렇지 않다. 지난 며칠 이야기를 나누어본 결과 마사루는 무척 균형 잡힌 인격자였다. 탁월한 재능을 가졌지만 '보통' 사람의 감각도 고스란히 가지고 있다. 꼭 음악의 세계가 아니더라도 분명 뛰어난 인물이 되겠구나 싶은 전방위적인 깊이가 있다.

"흐음. 버르토크로 결정한 이유는 뭐야?"

아야가 흥미진진한 표정으로 가자마 진의 얼굴을 들여다보았다.

"이유는 단순해. 프로코피예프 3번이 참가자들한테 인기가 있으니까 버르토크를 고르면 안 겹칠 것 같아서."

"어? 그런 이유였어?"

"응."

"가자마 진은 버르토크가 잘 어울린다는 얘기를 마아 군하고도 한 적이 있어."

"내가 버르토크하고 잘 어울려?"

"응. 어디가 어때서 그렇다는 설명은 못 하겠지만."

가나데는 아야가 무슨 말을 하고 싶은지 이해할 수 있었다.

가자마 진이 갖는 자연스러움, 예측할 수 없는 변박자 같은 분위기는 어쩐지 버르토크와 잘 어울린다.

"누나는 왜 굳이 프로코피예프 2번을 골랐어? 3번이 아니고?"

이번에는 가자마 진이 천진한 얼굴로 물었다.

아야가 흠칫 놀랐다.

그것은 가나데도 마찬가지였다.

아마 지금 나도 아야와 똑같은 표정일 거야.

가나데는 그렇게 생각했다.

프로코피예프 2번.

아야가 이 콩쿠르에 출전하기 전, 마지막으로 사람들 앞에서 연주하려 했던 곡이다. 가나데는 기억하고 있었다.

그전에도 아야는 방대한 레퍼토리를 연주해왔다.

차이콥스키 1번, 그리그, 베토벤에 모차르트, 라흐마니노프의 〈파가니니 주제에 의한 랩소디〉.

하지만 그날, 그녀는 돌연 무대에 등을 돌렸다.

자의로, 혼자서, 무대 밑으로, 얼굴이 보이지 않는 어둠 속으로 내려갔던 것이다.

프로코피예프 2번을 연주할 예정이었던 그 밤에.

아야의 멍한 눈빛 속에서 가나데는 자기가 그랬던 것처럼 지난 세월이 거꾸로 흘러가는 것을 느꼈다.

문득 간신히 여기까지 왔다는 감회가 치밀었다.

아야가 드디어 여기로 돌아온 것이다.

두 사람은 서로 눈을 마주 보고 너 나 할 것 없이 웃으며 고개를 끄덕였다.

가자마 진은 어리둥절한 표정으로 두 사람의 얼굴을 번갈아 보고 있었다.

"……숙제랄까?"

아야가 중얼거렸다.

"응?"

가자마 진이 되물었다.

"이 곡, 숙제였어. 오래전부터."

"흐응."

"내일 드디어 숙제를 낼 수 있겠어. 이렇게 보니까 정말 길었네. 아니, 짧았던 것 같기도 해."

아야의 눈빛은 아득했다.

그래.

가나데는 마음속으로 동의했다.

나도 쭉 기다리고 있었어. 아야가 무대로 돌아와서, 그날 사라진 협주곡을 객석에서 들을 날을.

아야의 말을 되뇌었다.

길었다. 동시에 짧았던 것 같기도 하다.

시작을 알리는 종소리가 울린다.

좌석으로 걸음을 서두르는 관객들.

마침내 이틀간의 본선이 시작된다.

"좋아, 확인해보자. 정말 마아 군 말대로 라흐마니노프 협주곡 3번에서 피아니스트의 자의식이 봇물처럼 흘러넘치는지."

아야가 허리를 쭉 펴고 앉은 자세를 가다듬었다.

"봇물이 무슨 뜻이야?"

가자마 진이 의아한 얼굴로 묻자 아야는 깜짝 놀라 그를 돌아보았다.

"어? 몰라? 뉴욕에 있던 마아 군도 아는데?"

"난 학교에 거의 안 다녔는걸."

"일본 만화도 안 읽었어?"

"응."

"연주가 끝나면 가르쳐줄게. 연주를 들으면서 무슨 뜻인지 생각해봐."

"알았어."

이번에는 가나데가 키득키득 웃을 차례였다.

객석이 서서히 어두워지더니 이윽고 정적에 감싸였다.

무대 좌우에서 오케스트라 단원들이 빠르게 들어왔다.

부드러운 박수 소리.

앞으로 이틀간 열릴 본선에서 반주를 맡아주는 데 대한 감사와 격려의 박수다.

악기를 끌어안고 담소를 나누며 들어오는 사람, 세팅되어 있는 자기 악기 곁으로 곧장 다가가는 사람.

그리고 튜닝.

콘서트마스터가 피아노로 내는 '라' 음에 맞춰 다양한 악기들의 소리가 한데 모여 얽힌다. 마음을 흔드는 무언가가 홀에 차오른다.

이 순간, 언제나 신비한 고양감과 두려움이 가슴속에 치밀어오른다.

아아, 이게 본선이구나.

다카시마 아카시는 객석에서 동경에 젖은 눈으로 그 광경을 바라보고 있었다.

하지만 그 시선은 아득한 눈빛이 아니라 공감과 친근감을 띤 눈빛이었다.

나도 저기에 갈 수 있다. 저기에 있다. 앞으로도 할 수 있다.

그런 조용한 자신감을 머금은 표정이었다.

튜닝을 하던 단원들이 동시에 손길을 뚝 멈추는 순간이 있다.

찰나의 정적.

무대의 문이 열리고, 참가자와 지휘자가 들어온다.

흥분 어린 박수.

본선 첫 번째 연주자, 한국의 김수종이 조용한 미소를 머금고 걸어왔다.

그는 콩쿠르 내내 무대의상을 검은색으로 통일했다.

오늘도 머리끝부터 발끝까지 검은색 슈트와 검은색 셔츠로 단정하게 멋을 냈다.

요란한 환호성이 일었다.

그는 긴 콩쿠르에서 뒤로 갈수록 실력을 발휘했다. 서서히 자신감이 붙었는지 객석을 보는 시선에도 여유가 있었다.

안다, 알고말고. 자기가 무엇을 하고 있는지, 어디에 있는지, 조금씩 이해가 되는 거지?

아카시는 속으로 말을 걸었다.

콩쿠르는 해야 할 일이 무척 많다. 거기에 이르는 준비와 사무 절차가 막대해서, 겨우 입구 앞에 도착해도 오히려 한동안은 실감이 나지 않는다. 분 단위 스케줄을 따라다니다가 정신을 차리고 보면 무대 위에 올라가 있다.

자기가 콩쿠르에 참가하고 있다는 건 의외로 한참 후에나 자각할 수 있다.

이번에 아카시가 겨우 실감할 수 있었던 것은 2차 예선이 끝났을 때쯤이었다.

아아, 그런가, 내가 바로 그 요시가에 콩쿠르에 참가하고 있구나, 언제나 꿈꾸었던 그 무대에서 연주하고 있구나. 그런 생각이 들었다.

겨우 콩쿠르에 참가하고 있다는 기쁨을 실감하나 했더니 바로 3차 예선에 떨어졌지만.

아카시는 쓴웃음을 지었다.

물론 지금 저기에 서 있는 참가자는 처음부터 콩쿠르에 참가하고 있다는 사실을 똑바로 자각하고 있을지도 모른다.

피아노 앞에서 깊숙이 고개를 숙이는 참가자.

재미있게도 오케스트라를 거느려보면 상대적으로 연주가로서의 크기도 알 수 있다. 체격 이야기가 아니다. 독자적인 힘이 뚜렷이 드러난다.

그때까지 늘 혼자 무대에 올라 그곳에만 집중했을 때는 몰랐던 요소가 비로소 보인다. 음악가의 도량이랄까, 크기랄까, 내포하는 힘이 '보이는' 것이다.

참가자가 의자에 앉았다.

자기가 그 자리에 있다는 것을 확인하듯 잠시 침묵한다.

지휘자를 올려다본다.

찰나의 눈짓.

조용하게 곡이 시작된다.

아련한 애수를 머금은 단조로운 테마의 멜로디.

라흐마니노프 3번은 수많은 피아노 협주곡 중에서도 헤비급이다. 어쨌거나 곡도 길고 음표 수도 엄청나게 많다.

무엇보다 곡이 너무 거대해서 연주하는 쪽도 일정 수준의 포용력과 힘이 없으면 끝까지 연주하기 벅차다.

이 참가자는 자기에게 맞는 곡을 선택했다.

아카시는 검은 옷을 두른 청년을 바라보았다.

곡과 연주자의 궁합이란 재미있다.

자기가 좋아하고 잘한다고 생각하는 곡은 보통 남들 귀에도 그렇게 들리지만 가끔 어렵다, 힘들다고 생각하는 곡이 남들에게 높은 평가를 받을 때가 있다.

아카시도 명도가 높은 모차르트처럼 고전적인 곡이 특기라고 생각하는데, 의외로 현대곡 해석을 칭찬받곤 한다. 아마 자기도 모르는 본질적인 부분이 무의식중에 곡에 반영된 것이리라.

강인하다. 몸을 상당히 단련했겠구나.

위풍당당한 참가자.

이 청년도 미국 음악원에 다니고 있다.

유학. 아카시도 한때 동경했지만 마음속 어디선가 자기 실력으로는 유학을 가도 따라갈 수 없을 거라 생각하고 있었다.

하지만 그런 자격지심은 이제 버려도 되지 않을까? '서양 음악의 본고장' 유럽에 가지 않더라도, 자기 나라에서 배우고 싹트는 재능이 있어도 좋지 않은가?

아카시가 콩쿠르에 참가하기 전에 꿈꾸었던 '보통 사람의 음악'을 자연히 펼칠 수 있는 환경이 자리를 잡고 있지 않은가?

일본 밖으로 나가본 적도 없고, 회사에 다니면서 콩쿠르에 참가한 그의 음악이 어떻게든 평가를 받았다는 것은 그런 시대가 다가왔다는 뜻 아닐까?

콩쿠르 종반에 접어든 지금, 그런 막연한 예감이 아카시 안에서 모양을 잡아가기 시작했다.

격렬한 패시지가 오케스트라와 함께 꿈틀거린다.

아름다운 대가람과도 같은 라흐마니노프.

기승전결이 완벽한 1번과 2번에 비해 라흐마니노프 3번은 다소 장황한 부분이 있다.

2번이 열광적인 인기를 얻자 사람들이 그런 곡을 더 만들어달라고 요청했던 게 아닐까?

말하자면 "하이라이트로 꽉 찬 곡을 만들어달라"고 주문했을 것이다.

일본 가요에서도 어떤 곡이 크게 유행하면 다들 비슷한 느낌의 곡을 만든다. 한때 히트곡에서 인상적인 소절만 뽑아내 다음 곡에 그대로 쓰는 테크닉이 유행하기도 했다.

라흐마니노프 때도 비슷한 일이 없었을 리 없다. 라흐마니노프 본인도 '하이라이트로 가득한 곡, 어디를 들어도 웅장한 곡, 프로그램의 핵심이 될 화려한 콘서트곡'의 결정판을 작곡하고 싶었다 해도 이상하지 않다. 오히려 본인이 인기 절정의 피아니스트였으니 킬러 콘텐츠는 아무리 많아도 모자랐을 것이다.

그래서 3번을 들으면 일종의 모자이크 같은 느낌을 받는다. '하이라이트'를 옴니버스로 연결한 인상이다. 아무리 연주해도 계속 클라이맥스 같은. 1번이나 2번처럼 서서히 올라가서 클라이맥스에 도달하는 게 아니다. 그런 점 때문에 왠지 장황해 보이는 것이다.

그래서 라흐마니노프 3번을 연주하려면 지극히 냉정한 머리가 필요하다. 곡이 갖는 선정적인 부분에 휘말려서 연주자가 중심을 잃으면 대단히 부끄럽고 산만한 연주가 되기 때문이다.

이 참가자는 그런 점도 잘 처리했다.

그가 가진 비밀스럽고 냉정한 인상이 날아오르려는 라흐마니노프를 능숙하게 제어해, 곡의 화려함을 '낮게' 유지하고 있다.

그나저나 정말 대단한 곡이야.

무대 위에서 태연하게 초절기교를 선보이는 연주자를 기가 막힌 심정으로 올려다보았다.

라흐마니노프의 악보를 처음 보았을 때는 이런 걸 어떻게 치란 말이야, 하고 생각했던 기억이 있다.

그야말로 악보 밖으로 흘러넘치는 것 아닌가 싶을 만큼 수많은 음표들. 양손 화음이 끝도 없이 잔뜩 늘어서 있는 새까만 악보.

동경하던 낭만적인 2번을 몰래 연습해보았을 때는 해서는 안 될 장난을 치는 기분이었지. 물론 그때는 결국 흉내도 내지 못했다. 띄엄띄엄 연주하는 게 고작이라, 한 곡을 끝까지 연주할 체력도 기력도 없었던 것이다.

지금 무대 위에 있는 저 청년도 몇천 시간, 아니, 만 단위 시간을 레슨에 쏟아붓고 저기에 있는 거라고 생각하니 동지애 같은 깊은 감회가 느껴졌다.

참가자뿐만이 아니다.

뒤에 있는 오케스트라 단원들도, 지휘자도, 어렸을 때부터 정신이 아득해질 만큼 긴 시간을 레슨에, 음악에 쏟아부어 지고한 순간을 찾아 이 자리에 있다.

굉장하다.

아카시는 순수하게 그렇게 생각했다.

나는 지금 방대한 세월이, 정열이 기적적으로 어우러진 결과를 보고 있는 것이다.

이렇게 많은 사람들이 평생을 걸 만한 가치가 있다고 믿고, 이 소리를 자아내고 있는 것이다.

갑자기 두려워졌다.

음악가란 직업의 무게, 그것을 생업으로 삼는다는 의미.

생업生業이라니 이렇게 딱 맞아떨어지는 표현이 또 있을까? 실로 이것은 업, 살아 있는 업이다. 허기를 채워주는 것도 아니다, 무엇이 남는 것도 아니다. 그런 대상에 인생을 걸다니 업이 아니면 무엇이겠는가.

그런 사람들이 이곳에 이렇게나 많다. 여기뿐만 아니라 홀 밖에도, 도시 안에도, 세상 곳곳에도.

기묘한 기분이었다.

이토록 험한 길을 고르고 말았다.

등줄기가 서늘하게 식고 숨이 갑갑했다.

하지만 나는 선택하고 말았다. 그 길은 험난하지만 그곳에서만 얻을 수 있는 환희로 가득하다.

무대 위에서는 아까보다 더 격렬하고 드라마틱한 연주가 몸부림치고 있었다.

세상에서 몇십 년 동안 연주되었던 곡이 지금 눈앞에서 울리고 있다.

음악의 역사가 갖는 그 커다란 흐름 속에 내가 있는 것이다. 아카시는 강한 확신을 품고 그 사실에 깊은 감동을 느꼈다.

찰나에 흘러가는 한 방울일지라도, 그 흐름 속에 있고 싶다.

커다란 환성.

정신을 차리니 50분 가까운 곡이 이미 끝나 있었다.

처음으로 함박웃음을 띤 참가자가 얼굴을 발그레 물들이며 일어섰다.

오케스트라 단원들도 활을 흔들어 연주자에게 경의를 표했다.

아카시는 멍한 머리로 한 박자 늦게 커다란 박수를 보내는 데 전념했다.

본선 휴식 시간은 15분으로 짧은 편이다.

헐레벌떡 황급히 들어오는 관객들을 재촉하듯 종소리가 울렸다.

이어서 등장한 프랑스 청년은 왜소한 몸집에 금발 곱슬머리. 첫 번째 참가자가 장신에 온통 검정 일색이었던 탓도 있는지, 밝은 파스텔 빛깔의 분위기를 등에 업고 무대에 나타났다.

앞 참가자와는 완전히 다른 경쾌한 분위기가 감돈다.

협주곡은 쇼팽 1번.

헤비급 곡이 이어지는 본선에서 가장 대중적인 협주곡이다.

귀에 익숙한 오케스트라의 성실한 테마가 시작되고, 참가자는 그 소리를 가만히 듣고 있다.

이윽고 오케스트라가 잠잠해지면 피아노 솔로. 반복되는 같은 테마.

시작되자마자 아야는 무심코 속으로 흐음 하고 중얼거렸다.

재미있다.

'개성'이라는 말로 간단히 치부하지만 그것은 의외로 집어내기 어렵다. 그러면서도 또 확고하게 존재한다.

흔히 볼 수 있는 알기 쉬운 '개성'은 모두가 입에 담기 쉽고 지적하기도 쉽다. 그것은 특이한 행동이거나 조금 특이한 아티큘레이션일 수도 있고, 단순히 외모를 가리킬 때도 있다.

이 프랑스인 참가자는 그렇게 눈에 띄는 타입도 아니고 하마평에 오를 타입도 아니었다. 국제 콩쿠르에서는 착실하게 입상실적을 쌓았지만 이른바 그러한 '알기 쉬운' 개성의 소유자라는 인상은 없었다.

하지만 쇼팽 협주곡을 연주한 순간, 그의 실력에 걸맞은 탁월한 '개성'이 떠오르는 것을 강하게 느꼈다.

이런 연주를 듣다 보면 심사 위원들이 정말 대단하다는 생각이 든다.

아마도 수백 명, 아니 수천 명에 이르는 젊은이들의 연주를 들었을 그들은 단순히 흘려듣는 관객들은 알아차리지 못하는, 연주하는 본인도 미처 눈치채지 못한 '개성'을 정확하게 집어낸다.

이 참가자의 쇼팽 1번은 상당히 독특했다.

이따금 '개성적인 해석'을 고집하느라 템포를 극단적으로 바꾸거나 '여백'을 억지로 넣어서 '개성'을 강조하는 참가자도 있기는 하다. 하지만 그의 경우 그것은 정말로 그의 타이밍이자, 템포이고, 그의 '목소리'였다.

그의 안에는 확고한 '에스프리'라고 부를 수밖에 없는 미의식이 있다. 그것이 쇼팽 1번 안에서 살아 숨 쉬고 있다.

쇼팽 1번은 그냥 악보대로 연주하면 심하게 늘어져 지루한 곡이 되기 쉽다.

특히 지휘자와 꼼꼼히 의논해 '합'을 맞춰야 하는 부분도 적고, 타이밍이 어려운 부분도 없다. 밑을 받쳐주는 오케스트라도 철저히 반주 역할이라 잘만 들으면 어긋날 일도 없다.

그렇기 때문에 연주자가 의식적으로 조절하지 않으면 속도감도 스릴도 없다. 그렇다고 너무 '조절하는' 티가 나면 정직한 멜로디 때문인지 유난히 '성급한' 인상을 주고 만다.

그는 그 부분을 '개성적으로' 풀어냈다.

무겁게 끌고 가지 않고, 늘어지지 않고, 경쾌하게 오케스트라를 이끌어간다. 인솔하는 그 표정에 흥겨운 활기가 가득하다.

좋다. 이런 것도 있구나.

아야는 오케스트라와 연주자가 주고받는 대화에 기분 좋게 빠져들었다.

역시 쇼팽 1번은 좋아.

솔직한 감상이었다.

문득 며칠 전 그녀에게 말을 걸었던 다카시마 아카시의 얼굴이 번쩍 떠올랐다.

신기했다. 그 공감. 무언가를 공유하고 있다는 확신과 벅찬 감동.

알지도 못하는 사람과 대뜸 부둥켜안고 울어보기는 처음이었다.

그 사람 본선 연주곡도 쇼팽 1번이었는데. 그 사람이 연주하는 쇼팽 1번도 들어보고 싶었다. 분명 그의 쇼팽은 감동적이고 가슴이 먹먹해지는 연주였으리라.

그 장면이 눈앞에 떠올랐다.

어라, 뭔가 이상해.

신기한 기분이었다.

지금 눈앞에 떠오른 다카시마 아카시의 연주 장면이 이 콩쿠르에서 사라진 하나의 가능성이 아니라 앞으로 볼 미래의 장면이라는 예감이 들었다.

나, 어디선가 그 사람 연주를 들을 것 같아.

아야는 멍하니 무대 위의 참가자를 바라보았다.

어디선가 반드시, 그 사람이 연주하는 쇼팽 1번을 듣고 있을 거야.

금발 청년과 겹쳐지듯 다카시마 아카시가 피아노를 연주하는 모습이 떠올랐다.

이게 바로 클래식을 듣는 백미지. 그 사람이 이걸 연주한다면, 그 사람이 저걸 연주한다면. 그런 상상으로 설레는 즐거움. 연주 자들 각자가 가진 기량 안에서 오랫동안 연주되어온 곡이 울려 퍼지는 모습을 보는 기쁨.

마아 군이 쇼팽 1번을 연주한다면 더없이 역동적이고 드라마 틱하면서 낭만적인 곡이 되겠지. 여자들이 다들 감동해서 마아 군한테 반할 거야.

가자마 진이 연주하면 현란한 마술처럼 굉장히 '재미있는' 쇼 팽이 되겠지.

그리고 나는.

거기에 생각이 미친 아야는 움찔 떨었다.

나는 어떻게 연주할까? 나는 내 안에서 어떻게 곡에 숨결을 불어넣을까?

정말 오랜만에 그런 생각을 했다는 것을 깨달았다.

나라면 이렇게 연주할 거야. 나는 이렇게 연주하고 싶어. 내가 느끼는 이 곡은 이래.

그것은 까맣게 잊고 있던 감각이었다. 너무 그리워서 당혹스 러울 정도였다.

확실히 이 콩쿠르에서 가자마 진을 보고, 듣고, 접하고 '나도 연주하고 싶다'고 생각했다. 음악을 하고 싶다. 가자마 진처럼 연주하고 싶다. 무대로 데려가줘.

그런 생각은 했다.

하지만 이렇게 자연스럽게 '나라면 어떻게 연주할까'라고 생각한 것은 정말 오랜만이었다.

음악을 만든다. 내 안에 구축한다.

과거 어린 시절에는 자연스럽게 했던 시뮬레이션. 지금까지 잊고 있었던 서랍을 무심코 잡아당겨 연 듯한 기묘한 감각이었다.

이렇게 쉬웠구나.

아야는 맥이 풀렸다.

나는 이렇게 할 거야. 이렇게 하고 싶어. 이런 것도 할 수 있어.

아아, 이런 식으로 해도 되는구나. 호흡하듯 당연하게, 음악을 만들어도 되는구나.

자연스러운 깨달음을 곱씹으니 온몸이 홀가분해진 기분이었다.

음악에는 역사와 굴레도 있지만 동시에 항상 갱신되는 신선함도 내포되어 있다. 그건 내가 조금씩 찾아가면 된다. 누구와 영합할 필요 없이 고민하면 된다. 그리고 내 손가락으로 실천하면 된다.

문득 눈앞이 환히 트이는 착각에 빠졌다.

무대 위에서 아야를 향해 시원한 바람이 불어오는 것 같았다.

계속할 수 있어. 나는 앞으로도 음악을 계속할 수 있어.

그런 확신이 있었다.

그것은 전에 없는 확신이었다. 의욕만 앞서 '해내고 말 테다'라고 주장하는 억지도 아니고, '그렇게 되면 좋겠다'라는 희망도 아닌, 그저 당연히 그렇게 되리라는 확신.

이 편안한 감각.

이 포근한 기분.

아야는 그 신비한 감각을 지그시 곱씹었다.

무대 위에서는 감정을 과하게 드러내는 연주가 아니라 역시 가볍고 어딘가 유쾌한 분위기마저 넘치는 연주로 표현한 느린 제2악장이 끝나고, 약동감 넘치는 제3악장으로 넘어가는 참이었다.

춤추는 멜로디.

그에 호응하듯 기세를 높이는 오케스트라.

제3악장은 속도감 넘치는 초절기교로 클라이맥스를 향해 화려하게 상승했다. 축제 분위기에 젖어 흥겨운 리듬. 여기서도 참가자의 미의식이 작렬했다. 요염하게, 은근한 수수께끼를 담아, 손가락이 건반 위를 종횡무진 경쾌하게 날아다닌다.

아아, 좋다.

아야는 진심으로 행복했다.

좋다. 피아노는 정말 좋다. 쇼팽 1번, 참 좋구나.

음악은 정말 좋구나.

환하고 발랄한 피날레로 마무리하고 우레와 같은 박수 속에서 일어선 참가자에게 지지 않을 만큼, 박수를 보내는 아야도 얼굴 가득 행복한 미소를 머금고 있었다.

자, 가자.

마사루는 길고 낮은 숨을 후 내뱉었다가 이어서 훅 깊게 들이마셨다.

사람의 호흡은 '들이쉬고 내쉬는' 게 아니라 '내쉬고 들이쉬는' 게 기본이라고 한다.

갓난아이는 이 세상에 태어날 때 큰 소리로 운다. 태어날 때 먼저 '내쉬는' 것이다.

그리고 인생의 마지막 순간에는 조용히 '숨을 거둔다'. 마지막에는 '들이쉬는' 것이다.

높이뛰기 선수였을 때 마사루는 다양한 호흡법을 시험해보았다. 힘을 축적하는 호흡. 정신 상태를 가다듬는 호흡. 승부의 순간에 집중할 수 있는 호흡.

몸속에서 지면을 향해, 깊고 어두운 곳을 기어가듯 숨을 내쉬는 이미지. 세상에 흩어져 있는 무수한 에너지의 조각, 반짝반짝 빛나는 빛의 조각을 들이쉬는 이미지.

그렇다, 지금 나는 세상에 점점이 흩어져 있는 음악의 조각을 그러모아 내 몸속에서 결정을 빚어내고 있다. 내 안에 음악이 가득 차올라, 나라는 필터를 통해 이제 나의 음악으로 다시 세상에 나오는 것이다. 내가 음악을 만들어내는 게 아니다. 나라는 존재를 매개로 이미 존재하는 음악을 세상에 돌려줄 뿐이다.

우르르 나가는 오케스트라 단원들의 뒷모습을 지켜보았다.

본선 첫째 날 마지막 연주라 이미 두 번의 무대를 경험한 그들은 편안한 분위기로 담소를 나누며 무대로 나갈 만큼 여유가 있었다.

세션.

협주는 대규모의 장대한 세션이다. 모든 음이 정해져 있는 세션. 하지만 정해져 있기에 해석은 무한하다.

오케스트라 튜닝.

현악기와 관악기가 일제히 소리를 낸다. 본편에 들어가기 전의 예고편.

오오, 짜릿해.

마사루는 눈을 감고 문 너머, 환하게 빛나는 그곳의 기운을 온몸으로 느꼈다.

이제 곧 체험할 멋진 음악에 대한 예감에 마음이 설레는 순간이다.

소리가 멎었다.

이 순간, 더없이 신비한 침묵이 내려온다.

객석도, 무대도, 무대 뒤도. 차마 말로 형용할 수 없는 농밀한 침묵이다.

그때 무대 매니저 다쿠보가 고개를 끄덕였다. 옆에 서 있는 지휘자 오노데라가 거의 동시에 고개를 끄덕이며 마사루를 보았다.

온화한 미소. 격려 어린 미소.

마사루도 싱그러운 미소로 답했다.

"나갈 시간입니다."

이번 콩쿠르에서 네 번째로 듣는 다쿠보의 신호.

그리고 빛 속으로, 멋진 음악의 예감으로 가득한 장소로 나간다.

회장을 가득 채우는 박수.

마사루는 그가 관객에게, 그리고 오케스트라에게 사랑받고 있음을 느꼈다.

리허설을 할 때 느꼈던 이 오케스트라를 '사로잡았다'는 감각은 이제 더 나아가 '사랑받고 있다'는 확신으로 커졌다.

나는 지금 최고로 행복하다.

마사루는 기뻤다. 흥분을, 스릴을 느꼈다.

프로코피예프 3번.

목관악기로 차분하게 들어가는 오프닝. 뭔가 시작된다, 뭔가 거대하고 멋진 일이 시작된다. 그런 예감을 가득 품고 점차 상승하는 멜로디에 현악기가 더해진다.

이어서 팀파니가 들어와 현악기와 함께 경쾌한 리듬을 새기며 흥분을 부채질하듯 크레셴도로 커지다가…….

피아노가 들어간다.

이 순간, 마사루는 항상 미소가 나온다.

이 얼마나 멋지고 가슴 설레는 오프닝인가! 꼭 그런 생각을 하는 것이다.

아야하고도 이야기했지만 이때 마사루의 머릿속에는 왠지 우주 공간이 펼쳐진다.

실로 〈스타워즈〉의 세계다.

은하 저편으로 사라지는 줄거리 자막.

차례로 우주로 날아오르는 대함대.

종횡무진하게 하늘을 나는 느낌 때문인지 이 곡 전체에 독특한 부유감이 넘실거린다.

프로코피예프 3번은 수많은 협주곡 중에서도 유독 음표 수가 많기로 유명하다.

음표가 많은 건 고역이지만 마사루는 프로코피예프의 이 느낌, 거대한 직소퍼즐의 조각을 딱딱 맞추듯 채워가는 작업이 싫지 않았다. 아니, 오히려 복잡한 멜로디 라인을 바늘구멍 빠져나가듯 질주하는 기분은 마치 제트코스터를 타는 쾌감과 같다.

그나저나 정말 현대적이네, 프로코피예프는. 프리 재즈로도 이런 멜로디는 생각을 못 할 거야.

이 위대한 멜로디 메이커는 대체 어떤 경치를 그리며 이런 곡을 만들었을까, 언제나 몹시 궁금했다. 아니, 소위 클래식이라 불리는 분야를 만들어낸 별처럼 빛나는 거장들이 그 시대에 그토록 끝없이 나타나, 지금도 뛰어넘을 수 없는 수많은 명곡을 만들었다고 생각하면 그 기적이 너무나 신기한 것이다.

생물을 비롯해 다른 것들도 마찬가지, 자고로 진화란 폭발적으로 일어난다고 한다. 어느 날 갑자기 진화의 대폭발이 일어나 다양한 각종 '오리지널'이 동시에 발생한다. 서서히 나오는 게 아니라 한 시기에 전부 출현한다.

과거의 한 시기, 음악의 세계에 어느 날 그와 똑같은 일이 일어난 것이다.

음악이란 뭘까. 음악의 진화란 무엇일까?

그것이 인류에게 무엇을 가져다줄까? 태곳적부터 불가분한 관계로 엮여 있는 인간과 음악, 그 이유는 무엇일까?

모르겠다.

이렇게 연주하고 있어도, 쏟아지는 소리에 감싸여 있어도 이유는 모르겠다.

다만 한없는 기쁨과 쾌감, 그리고 두려움이 확고하게 존재할 뿐이다.

이미 콩쿠르니 본선이니 입상 같은 사소한 일은 그야말로 우주 저편으로 날아가버렸다.

어째서? 나는 어째서 연주할까?

어째서 음악은 이렇게 진화했을까?

동시에 마사루는 그도 계속 진화하고 있음을 느꼈다.

연주 중에 이런 생각을 하다니 기분이 묘했다. 무대 위에서, 오케스트라와 협연하면서 인류의 진화를, 음악의 진화를 고찰하다니.

보통 무슨 생각을 해?

음악과 상관없는 친구들이 종종 묻곤 했다.

무슨 생각을 하면서 연주해?

대답하기 어려운 질문이었다.

굉장히 많은 생각을 하는 것 같지만 아무 생각도 하지 않을 때도 있다. 언어로 표현할 수 없는 어떤 다양한 감정들이 스쳐 지나갈 때도 있고, 처음부터 끝까지 어딘가 고요한 호숫가에 있는 기분일 때도 있다.

보다시피 오늘은 인류와 음악의 진화에 대한 생각이었다.

물론 오케스트라 컨디션이 좋다거나 본선 첫째 날 마지막 연주라니 내게는 효과적인 차례구나 하고 어딘가 냉정하게 생각하는 구석도 있다.

문득 가슴속에 답이 훅 떠올랐다.

음악. 아마도 음악은 인간을 다른 생물과는 다른, 영적인 존재로 진화시키기 위해 인간과 함께 태어나 함께 진화해온 게 아닐까?

그 '영적'이라는 의미가 소위 말하는 기독교의 그것과는 다르다는 것을 그는 알고 있었다.

인간은 만물의 영장이라고 으스댈 생각은 딱히 없다. 어떤 생물이든 지구라는 배 위에서 살아가는 이상 생명의 가치는 같다.

하지만 인간이라는 존재에 아주 조금, 지상의 중력이라는 멍에에서 벗어나기 위한 무언가를 덧붙인다면.

'음악을 한다'는 것이 그에 가장 합당한 답 아닐까? 눈에 보이지도 않고, 나타나는 순간에 곧 사라지는 음악. 그 행위에 정열을 쏟고, 인생을 바치고, 마음을 강하게 빼앗기기 때문에 다른 생물과 구별되는, 인간에게 덧붙은 작은 마법 같은 옵션 기능이 아닐까?

웅, 어느 정도 진실을 담아낸 답인 것 같아.

마사루는 내면에 떠오른 대답에 속으로 혼자 수긍하고 있었다.

그러니까 지금 나는 인류의 옵션 기능을 활용하려고 애쓰고 있는 셈이군.

자그마한, 정말 자그마한 공헌.

그럼 어떤가.

인류에게는 작은 그 공헌이 내게는 멋진 쾌락이자 선물이다.

마사루는 시종일관 미소를 머금은 채로 차츰 화려하고 음표가 많아지는 제3악장을 향해 오케스트라와 함께 질주했다.

옷장 속 조명이 비추고 있는 은색 드레스.

아야는 그 드레스를 벅찬 마음으로 바라보았다.

은색의 광택. 그녀의 손길을 기다리는 한 벌의 드레스.

"왜 그래? 괜찮아? 드레스에 뭐 문제 있어?"

가나데가 걱정스레 물었다.

아야는 화들짝 정신을 차렸다. 자기가 한참이나 드레스를 바라보고 있었다는 것을 깨달았다.

"아니. 아무것도 아니야."

황급히 옷장 문을 닫자 안에 달린 조명이 꺼졌다.

아야는 민망한 듯 웃었다.

"정말 이 드레스를 입을 날이 왔다는 게 안 믿겨져서. 조금 감회가 새롭네."

"아아, 그래서."

가나데가 미소를 지으며 끄덕였다.

본선 첫째 날 연주를 다 듣고 마사루와 식사를 하고 호텔로 돌아온 참이었다.

"쳇, 후련한 마아 군 얼굴이 얼마나 부럽던지. 모든 연주를 마쳤으니 오늘 밤엔 푹 잘 수 있겠지. 부러워."

"아야 연주는 또 맨 마지막이니까."

"대미를 장식할 거야."

가나데가 주먹을 불끈 쥐고 휘두르는 아야를 가만히 쳐다보았다.

가나데의 자애로운 눈빛.

왠지, 엄마 같아.

아야는 문득 그런 생각을 했다.

콩쿠르 기간 동안 항상 아야를 지켜봐주었던 가나데.

마치 옛날처럼 어머니가 거기 있는 것 같았다.

"왠지 드레스를 골랐던 게 오랜 옛날 일 같아."

가나데는 사이드보드로 걸어가 머그컵에 티백을 넣고 뜨거운 물을 부었다.

"응. 그때는 이런 날이 올 줄 꿈에도 몰랐어."

아야는 침대 위에 앉았다.

"아야, 그때는 아직 방황하고 있었지. 자신 없는 소리도 많이 했고."

"아이참, 민망하네."

아야는 머리를 긁적거렸다.

"겨우 아야의 프로코피예프 2번을 들을 수 있겠구나."

가나데가 깊이 안도한 표정을 지었다.

"응."

아야도 끄덕였다.

그날로부터, 무대에서 달아난 그날로부터 기나긴 시간이 지났다.

"다행이야. 정말 다행이야. 아야가 콩쿠르에 나가줘서. 아야가 본선에 남아줘서."

가나데가 탄식하듯 중얼거렸다.

아야는 그 목소리에 가슴이 먹먹해졌다.

그녀가 얼마나 오랫동안 아야를 보듬어주었는지. 얼마나 걱정해주었는지.

"가나데, 고마워."

아야가 와락 달려들자 가나데가 움찔 얼어붙었다.

"정말, 정말 오랫동안 고마웠어. 걱정 끼쳐서 미안. 난 정말 어리석었고 아무것도 몰랐어. 선생님께도 너무 죄송스러워."

가나데는 놀라는 표정이었다가 곧 짓궂게 웃었다.

"얘, 착각하지 마."

"어?"

"지금 '다행'이라고 한 건 내가 틀리지 않았다는 안도의 뜻으로 말한 '다행'이야."

"어어?"

아야는 어리둥절한 눈으로 가나데의 얼굴을 들여다보았다.

"실은 아야가 본선에 못 남으면 어쩌나 걱정했거든. 난 내 귀에 자신이 있었단 말이야. 내가 틀렸나? 센스가 없나? 그럼 큰일인데, 하고 노심초사했어."

"뭐야, 그랬어?"

"응. 이건 날 위한 말이야. 날 위해서 기뻐한 거야."

가나데가 가슴에 손을 얹었다.

"이제 왔으니 하는 말인데 실은 나, 아야가 본선에 남으면 비올라로 전향할 생각이었거든."

"뭐어?"

아야가 기겁했다.

"그랬어? 계속 그런 생각을 했던 거야?"

"응. 오랫동안 고민했는데, 아야를 믿은 내 귀가 옳다면 정식으로 전향할 셈이었어."

"윽. 그게 뭐야, 내 책임이 막중했네?"

아야가 자기 얼굴을 가리켰다.

"그래. 나도 꽤 복잡한 심경이었어. 물론 아야 너를 위해서도 본선에 남기를 기도했지만 내 문제도 있었으니 꽤나 조마조마했어."

"세상에. 전혀 몰랐어. 선생님은 알고 계셔?"

가나데는 고개를 저었다.

"아니. 아버지한테도 아직 말 안 했어. 의논해도 소용없는 일이야. 아버지가 판단해줄 일도 아니고, 이건 내가 정할 일이니까. 이 콩쿠르가 끝나면 털어놓을 거야."

"흠. 가나데가 비올라라."

아야가 생각에 잠겼다.

"그래. 왠지 알 것 같아. 응, 좋지 않을까?"

"그렇게 말해주니 마음이 놓여."

"모르는 게 약이었네. 알았으면 훨씬 긴장했을 거야."

"아하하. 그럴지도."

두 사람은 차를 마셨다.

"그런데 아야는 콩쿠르가 끝나면 어쩔 거야? 옛날처럼 콘서트 활동으로 돌아갈 거야?"

가나데가 물었다.

"잘 모르겠어."

아야는 고개를 갸웃거렸다.

"이것만큼은 내가 하고 싶다고 해서 할 수 있는 게 아니니까. 하지만."

짧은 침묵.

"만약에 내 연주를 듣고 싶다는 사람이 있으면 연주하고 싶어."

가나데의 얼굴이 확 밝아졌다.

"정말?"

"응. 그 무대에 다시 서고 싶고, 다시 연주하고 싶더라."

"정말로?"

"응."

두 사람은 말없이 미소를 주고받았다.

돌아왔구나.

가나데는 새삼스레 확신했다. 아야는 이번에야말로 정말 음악의 세계로, 그 최전선으로 돌아온 것이다.

"가자마 진한테 고맙다고 해야겠어."

아야는 천장을 올려다보았다.

"역시 가자마 진이야? 마아 군은?"

"응, 마아 군한테도. 모두 고마워."

"이제 입상은 확정됐으니까, 이걸로 가자마 진도 피아노가 생기겠다."

"그렇지? 어느 피아노를 살까? 걔는 직접 조율도 할 수 있으니 부러워."

"혹시 직접 만드는 거 아냐?"

"아아, 그것도 재미있겠다. 가자마 진 핸드메이드 피아노. 손재주도 있어 보이고."

아야가 후후하고 웃었다.

"그 애 리사이틀에 가보고 싶어. 합동 콘서트도 하고 싶고."

"그거 좋다. 기획하자. 분명 손님도 많을 거야."

"파리하고 도쿄에서."

가나데가 시계를 보았다.

"아차, 벌써 시간이 이렇게 됐네. 콩쿠르 얘기도 좋지만 아직 내일 연주가 남아 있으니까 얼른 자자."

"맞아, 이렇게 느긋하게 여유 부릴 때가 아니었어. 콩쿠르는 아직 끝나지 않았으니까."

아야는 작게 하품을 하며 세면실로 달려갔다.

본선 둘째 날, 즉 콩쿠르 마지막 날 연주는 오후 2시부터 시작된다. 본선 티켓은 이미 매진되었지만 심사 결과를 발표하는 이날, 열성적인 팬들이 오픈 전부터 몰려드는 바람에 연주 시작 30분 전으로 예정되어 있던 극장 출입을 10분 이상 앞당겼다.

오늘 첫 번째 참가자는 한국의 조한선. 곡목은 라흐마니노프 2번이다.

라흐마니노프 2번은 대단히 인기 있는 피아노 협주곡이다. 특히 일본에서는 협주곡의 최고봉으로 꼽는 화려한 곡이다. 구성도 완벽해 드라마틱한 시작으로 관객들을 확 사로잡는 오프닝부터 클라이맥스를 향한 세심한 연출까지, 실로 청중의 심리를 꿰뚫고 있는 걸작이라 할 수 있다.

조한선은 어제 라흐마니노프 3번을 연주한 검은 슈트의 김수종과는 달리 아직 소년티가 남아 있는 앳된 분위기의 열여덟 살 청년이었다. 하지만 연주 내용은 대단히 우아하고 단정했다. 유행에 휩쓸리지 않는 본격파라는 인상이었다.

마사루는 편안하게 객석 뒤에 자리를 잡았다.

가나데의 모습은 보이지 않았다. 아야 곁에 붙어 있을지도 모른다.

오랜만에 혼자서 듣는다.

이제 자기 차례를 걱정하지 않고 느긋하게 나머지 세 명의 본선 연주를 즐길 수 있다. 그중에는 그의 친구인 가자마 진과 에이덴 아야의 연주도 포함된다.

친구.

마사루는 자기가 그렇게 생각했다는 것에 기묘한 감동을 느꼈다.

이번 콩쿠르에서 만난 두 사람(아야는 재회한 거지만). 이 장소가 아니면 결코 만나지 못했을 두 사람. 단기간에 이토록 농밀하게 어울릴 수 있었던 것도 콩쿠르라는 이 장소 때문이다.

라이벌이라고 부를 수도 있겠지만 어쩐지 어색했다. 역시 친구라는 표현이 입에 착 붙는다.

같은 참가자였기에, 이런 가혹한 상황이었기에, 우리는 친구가 될 수 있었다. 아니, 이것이 바로 진정한 친구가 아닐까?

이제 다시 헤어지더라도 우리는 어디선가 연결되어 있다. 앞으로도 세상에서 그들의 자리에 있을 두 사람을 항상 의식하게 되리라.

그런 예감이 있었다.

가능하다면 아짱과는 헤어지지 않고 항상 곁에 있고 싶지만.

남몰래 빌어보지만, 바로 또 만날 수 있다는 확신도 있었다.

결과는 어떨까?

마사루는 문득 현실로 돌아와 생각했다.

3위 안에는 들어갈 것 같다. 우승 여부는 확신할 수 없지만.

그래도 청중상은 내 차지겠지?

마사루는 냉정하게 생각했다.

본선에서는 관객들이 감명을 받은 참가자의 연주에 한 사람당한 표씩 투표해, 가장 많은 표를 얻은 참가자에게 청중상을 준다.

어제 연주에서는 세 사람 가운데 한 명을 꼽는다면 상당수가 마사루에게 주겠지만 오늘은 표가 갈리겠지. 그렇다면 내가 유리하다.

박수와 함께 지휘자와 참가자가 들어왔다.

라흐마니노프 2번, 물론 나도 언젠가는 연주하고 싶다.

마사루는 박수를 치면서 무대를 바라보았다.

나는 아직 연주할 수 없다. 연주하고 싶지 않다.

그런 곡이다. 때가 무르익으면, 마땅한 시기가 와야 비로소 연주할 수 있다. 내게는 그런 곡이다.

라흐마니노프 2번은 초연 때부터 열광적인 지지를 받았다고 한다.

요즘처럼 유행가가 없던 시대였다. 아니, 이제나 '클래식'이라고 불리지, 당시에는 최첨단을 달리는 최신 '팝스'였다. 대다수의 사람들이 라이브로만 음악을 들었던 시대. 이 곡을 처음 들은 사람들, 그리고 그 평판을 듣고 자기도 듣고 싶어 콘서트 티켓을 손에 넣은 사람들은 살아 있는 연주를 듣고 얼마나 감동하고 흥분했을까?

그렇게 생각하니 초연을 들을 수 있었던 사람들의 행운과 행복에 질투가 났다. 이 곡의 초연을 마사루가 직접 들었다면 그야말로 감동과 흥분에 휩쓸려 정신을 차리지 못했을 것이다.

그런 열광은 이제 없는 걸까?

마사루는 그런 생각을 했다.

처음 연주되는 피아노 협주곡, 새로운 곡을, 최신곡을 직접 경험하는 기쁨을 이제는 맛볼 수 없는 걸까? 세상에 이렇게 수많은 곡들이 흐르고, 끝없이 새로운 곡이 태어나고, 눈 깜짝할 사이에 전 세계로 퍼지는 이 시대에, 어째서 한 번 더 라흐마니노프 2번의 초연을 듣는 기쁨을 맛볼 수 없는 걸까?

마사루는 이른바 '현대음악'도 싫지 않았다. 대부분 무조에 박자를 세기 어렵고, 연주하는 쪽도 듣는 쪽도 인내심을 강요당하고, 제대로 된 멜로디가 있으면 오히려 경멸당하는, 음악적 가치가 뒤바뀌어버린 곡이라도 들으면 나름대로 재미있다.

하지만 좁은 길에 갇힌 그런 음악이 멜로디가 풍부하고 누가 들어도 감동할 수 있는 음악을 얕잡아 보는 건 잘못된 일이고, 자기들의 대중적이지 못한 취향을 자랑하는 것도 이해할 수 없는 짓이다.

더 이상 '클래식'은 태어나지 않는 걸까?

마사루는 라흐마니노프 2번 제1악장에 감싸여 생각했다.

물론 선인들은 한없이 위대했다. 그들의 존재, 만들어낸 곡, 그것들은 한없이 기적에 가까웠다. 두 번 다시 같은 상황은 생기지 않으리라. 모든 음원이 손에 들어오고 이미 막대한 정보를 받아버린 지금, 그와 똑같은 기적이 일어나기란 어렵다는 것도 안다.

하지만 꼭 "어렵고" "불가능하다"고만 할 수 있을까? 단순히 선입견이나 기성 개념의 굴레가 새로운 '클래식'의 출현을 막고 있는 건 아닐까?

그렇다면 내가.

그 발상은 마사루의 안에 자연스럽게 떠올랐다.

언젠가, 해낼 테다.

새로운 세기의 〈라흐마니노프 2번〉을, 언젠가 초연하는 거다.

일단 물꼬를 트면 누군가가 뒤를 따른다. 아니, 세상은 언제나 싱크로하고 있다. 나만 그런 게 아니라 똑같은 생각을 하는 음악가는 세상 곳곳에 훨씬 더 많이 숨어 있을 것이다. 누군가가 시작만 하면 일제히 움직이기 시작해 하나의 흐름을 이룰 것이다. 그러면 이윽고 또다시 모두가 새로운 피아노 협주곡의 초연을 기대하고 입에 담게 되리라.

마사루는 잠시 몽상에 빠졌다.

무대 위에서 라흐마니노프 2번을 연주하는 참가자가 어느새 성장한 그의 모습으로 보였다. 그리고 그곳에서 연주되는 곡은 라흐마니노프 2번이지만 동시에 다른 음악이다. 앞으로 태어날, 그것도 아마 마사루의 손으로 만들어낼 미래의 〈라흐마니노프 2번〉이었다.

마사루는 저도 모르게 벅차올라 부르르 떨었다.

기묘한 전율.

그것은 미래와 그 자신에 대한 기대였다. 자기가 맡은 미래가 얼마나 중요한지 그 책임의 크기를 깨닫고 전율한 것이다.

아직 해야 할 일은 수도 없이 많다. 역사도, 작곡도, 과거의 작품도 더 많이 공부해야 한다.

그 아득한 여정, 수많은 과제에 마사루는 순간 압도당했다.

열아홉 살 나이로 콩쿠르에 참가하고 있다는 현실이 이미 아득한 과거처럼 느껴졌던 것이다.

정신을 차리고 보니 제3악장이 시작되었다.

오케스트라가 경쾌한 멜로디를 얹어서 리드미컬한 도입부부터 속도를 올리려 한다.

아름다운 피아노 솔로.

여기서부터는 순식간이다.

군데군데 표정을 누그러뜨리면서도 곡은 서서히 열기를 가속해간다.

관객들의 기대가 고조된다.

아마도 이곳에 있는 관객들 대부분이 이 곡을 알 것이다. 알면서도 아아, 이제 하이라이트가 온다, 이제 곧 온다, 하는 예감에 설레는 것이다.

마찬가지로 마사루의 가슴도 뜨겁게 달아올랐다.

언제 들어도 그렇지만 정말 멋진 멜로디다.

수천 번, 수만 번 연주되었어도 빛이 바래지 않는 멜로디. 몇 번을 들어도 감동적인, 언제나 사람 마음의 정곡을 찌르는 멜로디.

인간의 가장 선한 형태가 음악이다.

그런 생각을 했다.

인간에게 아무리 추악하고 악랄한 부분이 있어도, 그 모든 것을 포함해 인간이라는 질척한 늪에서, 아니, 그런 혼돈의 늪이기 때문에 음악이라는 아름다운 연꽃이 피어난다.

우리는 그 연꽃을 영원히 틔워야 한다. 보다 더 큰 꽃, 보다 더 무구하고 아름다운 꽃. 그것이 인간으로 존재하는 고뇌를 견딜 수 있게 해주는 마음의 지주이자 보상인 것이다.

연꽃의 씨앗은 천년이 지나도 싹을 틔울 수 있다고 한다.

아직 잠들어 있는 씨앗이, 싹을 틔울 차례를 기다리는 씨앗이, 지금 이 순간에도 무한하게 묻혀 있을지 모른다.

마사루의 마음속에 기묘한 이미지가 떠올랐다.

여기저기서 연꽃이 피어나는 이미지.

사실인지는 모르겠지만 연꽃이 필 때는 퐁 하고 터져나가는 밝은 소리가 난다고 한다.

퐁, 퐁, 밝은 소리가 세상에 울려 퍼진다.

티 하나 없는 옅은 복숭앗빛 꽃잎이 여기저기서 펼쳐진다.

환하게 밝아지는 풍경.

꽃 속에서 빛이 쏟아져 나온다. 꽃 한 송이, 한 송이가 세상에 빛을 던진다.

동그란 풍선 같은 그 빛은 하늘로 둥실둥실 올라간다.

무수한 빛이 차례로 솟아올라 하늘로 날아오른다.

와, 정말 아름다워.

마사루는 그 광경을 가만히 올려다보았다.

저건 무대 위일까?

아니, 어딘가 먼 하늘 같기도 하다.

하나하나는 보잘것없는 자그마한 빛의 풍선이 조명처럼 빛나고 있다. 둥실둥실 떠다니다가 서로 부딪쳐 밀치락달치락하며 천천히 상승한다.

밝다. 어쩜 이리도 밝을까.

마사루는 감탄했다.

라흐마니노프 2번의 클라이맥스와 함께 빛은 한데 모여, 하나가 되어 더욱 높은 곳으로 올라갔다.

어쩜 이리도 아름다울까. 저곳은 어딜까? 설마 천국은 아니겠지?

마사루는 작게 쓴웃음을 지었다.

지금 본 광경을 아쨍에게 이야기하면 뭐라고 할까?

뭐, 하늘로 올라갔다고? 아, 혹시 마아 군 크리스천이었어?

어이없어하는 아야의 어리둥절한 표정이 눈에 선해서 마사루는 또 혼자서 키득거렸다.

아니, 난 아니야. 어머니는 크리스천이지만.

마사루는 상상 속에서 아야에게 그렇게 대답했다.

혹시 내가 상당히 괴짜였나? 가자마 진이나 아짱이라는 두 천재의 기발한 성격에 비하면 꽤 상식 있는 편이라고 생각했는데.

우레와 같은 박수 속에 끼어들면서 마사루는 혼자 실실 웃고 있었다.

무대 위 스태프가 의자를 조심조심 옮기기 시작했다.

"여기지?"

"거기에 테이프 붙어 있잖아."

관객들이 어리둥절한 표정으로 그 모습을 바라보며 얼굴을 마주 보았다.

하지만 맨 뒤에 서 있던 아야는 그 이유를 알 수 있었다.

오케스트라가 '가자마 진 시프트'를 깔고 있다는 것을.

지난 예선 때도 사전에 무대 위의 다른 피아노를 미묘한 위치로 옮긴 건 눈치채고 있었다. 저건 가자마 진이 지시하고 요청한 배치가 틀림없다.

가자마 진의 귀는 특별하고 독특하다.

흔히 일본인의 귀는 소음을 음악으로 받아들인다고들 하는데, 그의 귀는 그 이상이다.

대체 무슨 소리를 듣고 있을까? 어디까지 들리는 걸까? 어떤 식으로 들릴까?

아야조차도 가자마 진과 함께 있으면 그의 귀에 경외심을 느낄 정도다.

처음 그가 음대에서 연주한 쇼팽 에튀드 1번을 들었을 때의 그 충격.

이제는 아득한 옛날 일처럼 느껴지지만 그때의 충격은 아직도 아야 안에 선명하게 남아 있다.

그 후로 그는 연주할 때마다 아야의 등을 밀어주었다. 영감을 주었다. 여기에 이렇게 서 있을 수 있는 것은 가자마 진 덕분이다.

그렇기 때문에 이 협주곡은 반드시 들어야 한다. 앞으로 음악가로 살아가기 위해서도.

아야는 마지막 드레스로 갈아입고 객석 뒤에 서 있었다.

깔끔한 은색 드레스.

자기 차례 전에 의상을 미리 입고 카디건을 걸치고 이 자리에 서는 게 습관이 되어버렸다.

한 번만 더.

아야는 처절한 심정으로 생각했다.

한 번만 더, 등을 힘껏 밀어줘.

이 자리에 있는 어떤 관객보다도, 심사 위원보다도, 누구보다도 가자마 진의 등장을 바라는 것은 바로 나다. 그런 묘한 자신감이 있었다.

그렇다, 그의 등장을 누구보다도 간절히 기다린 것은 바로 나였다. 이 콩쿠르에 출전해서 가장 많은 것을 얻은 사람은 분명히 나다.

앞으로 가자마 진과 같은 무대에 설 기회가 과연 있을지 알 수 없다. 아야가 연주하기 전에 그의 연주를 듣고 힘을 얻는 경험을 다시 할 수 있을지 없을지도 모르는 일이다.

그렇게 생각하니 몸이 바르르 떨렸다.

부탁이야. 정말 이게 마지막 부탁이니까.

어째서일까, 가슴이 두근거렸다.

'가자마 진의' 버르토크 3번을 들려줘. 내가 '나의' 프로코피예 프 2번을 연주할 수 있도록 도와줘.

기도하는 심정이었다.

공연 시작을 알리는 종소리가 울렸다.

회장이 아직 술렁거리고 있을 때, 무대 양쪽에서 오케스트라 단원들이 우르르 들어왔다. 기대에 찬 박수.

활기차고 여유로운 표정으로 자리에 앉는 단원들.

한층 큰 박수를 받으며 지휘자와 가자마 진이 들어왔다.

자연스러운 미소를 머금은 가자마 진의 얼굴이 마치 그곳에만 스포트라이트를 비춘 것처럼 아련하게 빛나 보였다.

내 인생을 등에 업고 있을 줄은 꿈에도 모를 소년이.

그렇게 생각하니 왠지 우스꽝스러웠다.

일방적으로 무거운 사명을 떠넘긴 게 미안했다.

하지만 그는 그 무게도 다 알면서 태연한 얼굴로 훌쩍 맡아줄 것만 같다.

미안해, 어쨌든 부탁할게.

아야는 마음속으로 그렇게 기도했다.

가자마 진이 의자에 앉았다.

지휘자가 자세를 가다듬는다.

친밀하면서도 특별한 그 침묵이 내려온다.

잔물결처럼 조용한 현악기 트릴이 들어온다.

은밀한 도입부.

가자마 진이 연주하는 멜로디가 더해진다.

그 소리가 너무나 맑아 최초의 한 음만으로 관객들의 귀가 각성하는 게 느껴졌다.

물론 아야도 그중 한 사람이었다.

뭐라고 해야 할까, 정말 잘 퍼지는, 아름다운 목소리가 숲속에서 메아리치는 듯한.

프로코피예프 3번을 연주하고 싶었는데 겹칠까 봐 소거법으로 버르토크 3번을 골랐다고 했지만, 아야는 첫 음을 들은 순간 역시 그에게는 이 곡이 잘 맞는다고 생각했다.

버르토크의 음악을 들으면 왠지 야외에 있는 기분이다. 그의 곡을 들으면 때 묻지 않은 대자연 속을 거닐며 변덕스럽게 불어오는 바람에 몸을 맡기는 감각에 빠진다.

헝가리, 루마니아, 슬로바키아. 동유럽부터 중부 유럽에 걸친 민속음악 수집가이기도 했던 버르토크의 멜로디에는 다른 작곡가들에게서 찾아볼 수 없는 토착성이 있다. 차분한 숲의 색깔, 바람의 색깔, 물의 색깔이 있다.

그것이 가자마 진이 갖는 야생성과 맞물려 신비한 역동성을 자아내는 것이다. 이런 효과는 다른 참가자들은 만들어내지 못한다.

2차 예선 목록을 봤을 때도 느꼈지만 가자마 진의 소리에는 '자연의 소리'가 있다. 〈작은 새에게 설교하는 아시시의 성 프란체스코〉에서는 정말 작은 새가 지저귀는 것만 같았다.

반대다. 아야는 생각했다.

본디 인간은 자연의 소리 안에서 음악을 찾았다. 그렇게 들은 음악이 악보가 되고, 곡이 된다. 하지만 가자마 진의 경우 곡을 자연으로 '환원'한다. 과거에 우리가 세상 속에서 찾아내 들었던 음악을 다시 세상에 돌려주고 있다. 그것이 그의 독특한 소리와, 악보에 적혀 있는 음표인데도 신기하게 즉흥성이 느껴지는 연주로 이어져 있는 것이리라.

아야의 머릿속에서는 그렇게 고속으로 분석하는 아야와, 그의 소리에 황홀히 몸을 맡기는 아야가 서로 모순 없이 존재했다. 그리고 또 한 사람. 나라면 어떻게 연주할지 생각하는 연주가로서의 아야도 같은 장소에 가만히 서서 가자마 진의 버르토크에 귀를 기울이고 있었다.

그나저나 도저히 어제 세 곡과 방금 전 라흐마니노프 2번을 연주한 그 오케스트라 같지 않다.

생동감 넘치면서도 조금 음울하고 다소 평탄한 소리, 버르토크를 쏙 닮았다.

그렇게 생각하다가 모순을 깨달았다. 오케스트라는 바로 지금 버르토크를 연주하고 있지 않은가.

하지만 그것이 마땅한 본래의 모습이라는 생각도 들었다. 어느 작곡가의 협주곡을 연주해도 다 똑같은 소리로 들리는 게 오히려 이상하다. 아마도 무의식중에 참가자들에 따라 차이가 나지 않도록 조절하는 건지도 모른다. 하지만 그런 배려와 모든 작곡가의 곡을 균일하게 연주하는 것은 의미가 다르다. 콩쿠르니 어쩔 수 없는 걸까? 그런 연주가 바람직한 걸까?

하지만 적어도 지금 가자마 진의 연주에서는 오케스트라도 분명히 버르토크의 음악을 연주하고 있었다. 아마도 가자마 진에게 이끌려서.

멋진 연주를 들으면 잘 아는 곡인데도 처음 듣는 곡처럼 느껴지니 신기할 따름이다. 그리고 그렇구나, 이건 사실 이런 곡이었구나, 하고 받아들이게 되니 신기하다.

제2악장 아다지오.

차분하고 장엄한 오케스트라 도입부. 숲속을 천천히 거니는 사슴이 보이는 듯하다.

희미한 안개가 피어오르고, 쌀쌀하지만 어딘가 신비한 공기가 팽팽하게 차오르는 아침.

밤은 아직 완전히 걷히지 않아 숨소리도 들리지 않는 정적이 주위에 감돈다.

어느덧 아야도 그 차가운 아침 안개 속을 거닐고 있었다.

아야는 이미 분석가도, 관객도, 연주가도 아닌, 그저 편안한 기분으로 아침의 숲을 산책하고 있었다.

피부에 와닿는 차가운 물방울이 상쾌했다. 발밑에서 마른 가지가 똑 부러지는 소리가 들린다.

우윳빛 안개 속에 한 줄기 빛이 쏟아졌다.

지금은 어둡지만 맑은 날이 될 것 같다.

사슴이 귀를 쫑긋 세우고 고개를 든다.

멀리서 다가오는 무언가를 느낀 것이다.

높은 곳에서 새가 운다. 지저귄다. 노래한다. 날개를 펴고 하늘을 가로지른다.

아침 안개가 조금씩 걷히고, 피아노를 치고 있는 가자마 진의 모습이 보인다.

안단테.

살랑살랑 흔들리는 곤돌라를 탄 것처럼 가자마 진의 몸도 천천히 흔들리고 있다.

안녕, 누나, 기분은 어때?

가자마 진이 아야를 알아보고 살짝 웃는다.

그럭저럭. 용케 오케스트라를 길들였구나. 마아 군이 쓴 방법하고는 꽤 다른 것 같은데. 어떻게 했어?

아야는 물었다.

리허설에서 오케스트라만 따로 연주해달라고 했어. 그걸 듣고 보면대하고 튜바, 저음악기를 조금 옮겼지.

역시. 버르토크를 하길 잘했지? 이런 버르토크는 아무나 연주할 수 없잖아.

가자마 진은 기분 좋은 기색으로 작게 웃었다.

나 말이야, 호프만 선생님하고 약속했어.

무슨 약속?

음악을 세상으로 데리고 나가겠다는 약속.

아하. 그렇구나. 어쩐지 이런 소리가 난다 했어.

어때, 성공했을까?

응, 성공한 것 같아.

그럼 다행인데. 아직 만족스럽지 않아.

가자마 진이 고개를 살짝 갸웃거렸다.

그의 속눈썹이 아침 햇살에 반짝반짝 빛났다.

선생님하고 이런 얘길 했어. 지금 세상에는 다양한 소리가 넘쳐나지만 음악은 상자 속에 갇혀 있어. 사실 옛날에는 온 세상이 음악으로 가득했는데 말이야.

아아, 알 것 같아. 옛날에는 자연 속에서 음악을 듣고 기록해왔는데, 지금은 아무도 자연 속에서 음악을 듣지 않고 자기 귓속에 가두어두지. 다들 그게 음악이라고 생각해.

맞아. 그러니까 갇혀 있던 음악을 원래 있던 곳으로 돌려보내자고 얘기했어. 어떻게 해야 할지는 선생님도, 나도 몰랐어. 선생님은 이제 안 계시지만 나는 계속 노력하겠다고 약속했어.

흐음. 그게 네 원동력이구나.

그럴까? 깊이 생각해본 적은 없는데.

뭐 어때. 이렇게 멋진 아침 산책을 할 수 있는데.

그렇지?

가자마 진이 살포시 웃었다.

누나라면 함께 데리고 나가줄 줄 알았는데.

내가?

응. 음악을 세상에 돌려줄 거라고 생각했어.

흐음. 나도 깊이 생각해본 적은 없지만 돕고 싶네.

고마워.

그래.

아야는 피아노에 기대어 생각했다.

그래, 난 지금까지 줄곧 음악으로부터 받기만 했어. 우리는 모두 음악으로부터 받을 생각만 했지, 돌려주지 않았어. 착취만 했지 보답은 하지 않았어. 슬슬 돌려줘도 좋을 때야.

맞아, 나 같았으면 예전에 인내심이 폭발했을 거야. 소비만 해대다니, 그만 좀 해! 가끔은 비료나 물도 달란 말이야, 하고 화냈을지도 몰라.

아하하, 알 것 같아. 우리 덕분에 살아가는 주제에 지긋지긋하다는 그 태도는 뭐야, 하고 말이지.

분명 그러고도 남을 거야.

그렇지? 돌려줘야 해.

아야는 문득 하늘을 올려다보았다.

밝은 하늘. 멀리서 새들이 무리 지어 날아간다.

고맙다고 해야지. 음악으로 가득한 세상에.

하늘의 푸른빛이 가슴속으로 들어왔다.

그리고 세상에 가득한 음악으로.

가자마 진이 조용히 아야를 바라보았다.

그럼 약속한 거다?

응, 알았어. 고맙다고 말할 거야. 이 세상과 음악에.

가자마 진은 고개를 살짝 끄덕였다가 곧 좌우로 저었다.

그것도 그렇지만, 또 다른 약속.

아야는 가자마 진의 얼굴을 쳐다보았다.

무슨?

보여줘. 이따가.

이따가?

프로코피예프 2번으로.

아야는 깜짝 놀랐다.

두 사람은 잠시 서로를 바라보았다.

오늘, 이따가 보여줘. 누나가 약속을 지키겠다는 증거. 그 의지를, 보여줘.

가자마 진의 어린 사슴처럼 동그란 눈동자가 점점 커지더니 아야의 눈앞에 다가왔다.

약속한 거야…….

번쩍 정신을 차리고 보니 버르토크 3번은 제3악장으로 들어가고 있었다.

가자마 진의 스케일 연주가 멋들어지게 상승하고, 오케스트라가 더해진다.

설레고 약동감 넘치는 버르토크의 세계가 스릴과 속도를 동반하고 찬란하게 부풀어 오른다.

굉장하다. 오케스트라 소리가 엄청나다. 얼굴에 음압을 느낄 정도였다.

아야는 기가 막혔다.

그런데도 가자마 진의 피아노가 한층 더 선명하게 돋보이는 이유는 대체 뭘까?

피아노와 현악기의 대화. 서로 한 발짝도 물러서지 않는다. 숨 막히는 긴장감이 지속된다.

음악이 입체적인 덩어리로 다가온다. 계속 부풀어 오른다. 더, 더!

관객들은 압도당해 연주 속으로 빨려 들어갔다.

세상은 이토록 음악으로 가득 차 있다.

가자마 진의 목소리가 아야의 머릿속에서 메아리쳤다.

약속한 거야.

금관이, 목관이, 현악기가, 피아노가, 가자마 진이, 아야가, 관객들이, 홀이, 요시가에가 노래한다.

세상이, 세상이, 세상이 노래하고 있다. 흥분으로 가득한 음악이라는 환호성으로.

약속한 거야.

연주가 끝나고 관객들의 엄청난 환성이 울려 퍼지는 그 순간에도, 아야의 머릿속에는 가자마 진의 그 목소리만이 종소리의 잔향처럼 끝없이 되풀이되고 있었다.

콩쿠르를 마무리하는, 말 그대로 마지막 연주다.

객석에도 '마지막'이라는 피로감과 성취감이 뒤섞인 묘한 분위기가 흘렀다. 오랜 시간을 지나온 권태감도 감돌고 있었다.

끝난다. 이로써 콩쿠르가 끝난다.

그리고 그 순간부터 무언가가 시작된다.

그걸 아는 사람이 지금 이 자리에 얼마나 될까?

가나데는 멍하니 그런 생각을 하고 있었다.

생각해보면 줄곧 이날을, 이때를 기다려왔다.

강하게 의식했던 건 아니지만 그래도 몸속 어디선가 언젠가 이날이 올 줄 알고 있었던 것 같다.

가나데는 이제 긴장하지 않았다.

콩쿠르 내내 아야보다도 가나데가 지독히 긴장하고 있었다. 자기가 연주하는 게 아니라서 더 노심초사했다. 솔직히 아야가 연주할 때마다 녹초가 되었을 정도였다.

하지만 그것은 1차, 2차, 3차 예선을 지나면서 조금씩 완화되었다.

이제는 편안한 기분이라고 해도 좋다.

마지막 연주가, 그리고 숙명의 프로코피예프 2번이 끝나기 전에는 분명 마음을 놓을 수 없을 줄 알았는데.

이 편안함.

그저 순수하게, 마음을 비우고 연주를 즐기고 있다.

솔직히 그건 가자마 진 덕분이기도 했다.

가자마 진이 좋은 연주를 보여주면 아야도 반드시 좋은 연주를 보여준다. 그렇게 확신하고 있었기 때문이다.

참으로 인연이란 신비한 것이다. 아야와 마사루, 그리고 가자마 진이 지금 이곳에 함께 모여 있다는 운명을, 기적을 곱씹지 않을 수 없었다.

그렇다, 세 사람의 만남은 운명이었다. 서로가 서로를 위해, 그 만남은 필요이자 필연이었다. 어느 한 사람이 빠져도 지금 이 순간은 존재할 수 없었다. 그렇게 생각하지 않을 수 없었다.

이제 기다리지 않아도 돼.

가나데는 몸에 익어버린 좌석 등받이에 기대어 그 사실에 마음을 놓았다.

이제 기다릴 필요 없어.

아야의 이 연주가 끝나면 나는 자리에서 일어나 내 길을 걸어갈 수 있다. 아야의 부활은 나를 위한 부활이기도 했다. 그런 의미로는 세 사람의 인연은 나를 위한 인연이기도 했고, 나도 그 인연의 일부일지 모른다.

가나데는 마지막이 될 짧은 시간을 기다렸다. 다가올 새로운 시작을 앞둔, 그 짧은 시간을.

아야는 무대 뒤에서 조용히 그 순간을 기다리고 있었다.

3차 예선 연주 전에 느꼈던, 뭐든지 할 수 있을 듯한 그런 감각은 없었다.

그렇게 드라마틱한 공기가 아니라 지금은 그저 고요한 기분이었다.

오래전 프로코피예프 2번의 연주를 앞두고 무대 뒤에 서 있었던 그 순간이 지금과 이어져 있다는 사실을 문득 깨달았다.

아아, 나는 그 순간을 다시 시작하려는 거구나.

그것은 기묘한 감각이었다.

어린 시절, 그날의 아야가 오롯이 자기 안에 들어 있는 듯한.

혹시 지금 이거 무서워해야 하는 건가? 그건 트라우마였던 걸까?

그런 의문이 일었다.

그날, 나는 그곳에 아무것도 없는 줄 알았다. 무대 위의 그랜드 피아노가 공허한 비석처럼 보였다.

그곳에는 음악이 없다. 내 음악은 사라졌다.

그렇게 생각했던 게 기억난다.

동시에 그날이 오기 전에는 어땠는지도 기억났다. 무대 위 검은 상자 안에는 항상 반짝거리는 빛이 가득 담겨 있었다. 언제나 뛰쳐나가고 싶어서, 달려가서 당장 그 반짝거리는 빛을 꺼내주고 싶어서 조바심을 냈던 기억이.

그럼 지금의 나는?

가만히 스스로에게 물어본다.

무대로 나가는 문은 아직 굳게 닫혀 있고, 그리운 검은 상자는 보이지 않는다. 과거에는 놀라움이 가득 담겨 있었던 장난감 상자였던 그것. 그날은 텅 비고 공허한 상자로 보였던 그것.

무대 뒤에 있을 때 나는 어떤 마음이었을까?

아야는 이번 콩쿠르 동안 자신의 감정이 어땠는지 더듬어보았다.

1차 예선 때, 2차 예선 때, 3차 예선 때.

나는 이곳에서 어떤 생각을 하고 있었을까? 무대로 나간 순간에, 저 검은 상자가 어떻게 보였을까?

고개를 갸웃거렸다.

이미 아무것도 기억나지 않았기 때문이다.

벌써 아득한 과거의 일만 같다.

옛날의 장난감 상자도, 공허한 비석도 역시 과거의 감정일 뿐이었다. 간신히 추체험은 할 수 있지만 지금 나는 완전히 다른 사람으로 바뀌어, 그저 옛날 사진을 꺼내서 바라보는 기분이다.

이번 콩쿠르 동안 가자마 진과 마사루의 소리를 듣고 아야의 음악은 완전히 탈바꿈했다.

아니, 잠깐, 그렇지 않다.

아야는 생각을 바꾸었다. 어쩌면 그들의 음악은 사포처럼 아야의 음악 위에 쌓여 있던 먼지와 때를 박박 문질러 벗겨내고 깎아내, 그 밑에 잠들어 있던 아야의 음악을 꺼내준 걸지도 모른다.

내 음악.

조용히 중얼거려본다.

그것은 어머니 안에도, 그 검은 상자 안에도 없었다.

언제나 이곳에 있었다. 내 안에 있었다. 항상 나와 함께 있어주었다. 그것을 미처 몰랐다. 알지 못했다. 그저 그뿐이었다.

마음이 더없이 고요했다.

나는 돌아왔다. 귀환했다. 지난 몇 년 동안 한눈도 팔고 방황도 하다가 다시 걸어가야 할 길로 돌아온 것이다. 한적하고 이끼 긴 샛길이 아니라, 모두가 앞을 바라보고 걸어가는 넓은 간선도로로. 넓지만 결코 편한 길은 아니다. 경쟁이 치열하고, 아득한 그 끝에는 길 없는 길이 기다리고 있어 누구나 직접 그 길을 만들어야만 한다.

무대로 이어지는 회전문이 열렸다.

오케스트라 단원들이 차례차례 무대로 빨려 들어간다. 객석의 갈채가 잔물결처럼 다가왔다.

아아, 음악이 차오른다.

아야는 그렇게 느꼈다.

한 사람 한 사람의 음악이 물줄기처럼 무대로 흘러 들어가, 무대 위를 찰랑찰랑 채워간다.

가득히 채워진 음악을 우리는 세상으로 흘려보낸다. 관객의 마음이라는 하구를 향해.

콘서트마스터가 피아노로 라 음을 눌렀다.

오보에부터 시작해 현악기가, 목관이, 금관이 라 음을 울리고 간단한 프레이즈를 연주했다.

이제부터 시작될 음악에 대한 예감이, 기대가 단숨에 부풀어 오른다.

그리고 정적이 찾아왔다.

절제된 긴장과 흥분.

아야는 눈을 감았다.

정적. 침묵.

세상의 중심이 아야의 이마 한복판에 집중되는 것을 느꼈다.

아야는 눈을 떴다.

옆을 보니 무대 매니저와 지휘자가 똑같은 눈빛으로 아야를 향해 고개를 끄덕였다.

자.

자, 음악을.

자, 당신의 음악을.

자, 지금부터 우리의 음악을.

아야는 살며시 미소를 머금고 끄덕였다.

"에이덴 양, 나갈 시간입니다."

무대 매니저가 조용히 말했다. 어딘가 미소 어린 목소리로.

"네."

아야는 힘차게 대답했다.

문득 몸속에 따뜻한 감정이 솟구쳤다.

무척이나 따스한, 조금은 달콤하고 안타까운, 눈물을 닮은 감정이.

자기도 모르는 사이에 아야는 무대로 걸어 나갔다. 놀라울 만큼 커다란 박수가 가득 쏟아졌다.

오케스트라 너머에 있는 검은 상자가 눈에 확 들어왔다.

조용히 조명을 받고 있다.

아야는 냉정하게 그 상자를 바라보았다.

장난감 상자가 아니다.

하지만 텅 비어 있지도 않다.

그래, 보물은 여기에 있는걸. 내 안에, 나와 함께 있는걸.

아야는 그렇게 중얼거렸다.

게다가 이곳은 이미 음악으로 가득했다.

맞지, 그렇지?

아야는 회장 어딘가에 있을 가자마 진에게 물었다.

맞지? 이 세상은 이미 음악으로 가득 차 있지? 이곳만 그런 게 아니야. 우리는 음악에게 음악을 돌려줘야지. 고맙다고 해야지.

맞지? 그렇지?

가자마 진의 대답은 없다.

아야는 콘서트마스터와 악수를 나누고 그랜드피아노 옆에 섰다.

마치 연주가 이미 끝난 후처럼 박수 소리가 뜨거웠다.

아야는 생긋 웃으며 깊이 고개를 숙이고 의자에 앉았다.

지휘자가 조용히 미소를 지으며 아야의 얼굴을 보았다.

서로 작은 고갯짓을 나눈다.

자.

자, 음악을.

나의 음악을. 우리의 음악을.

그리고 지휘봉이 춤추었다.

사랑의 인사

"······결국 선생님의 목적은 뭐였을까?"

너새니얼이 불쑥 중얼거렸다.

"글쎄. 모르겠어."

미에코는 어깨를 움츠렸다.

"이제 와서 아무렴 어때."

"그런."

너새니얼이 비난 어린 눈빛으로 쳐다보았다.

"적어도 가자마 진이 재앙이 아니라 기프트였다는 걸 알았으니 된 것 아냐?"

너새니얼이 허를 찔린 표정으로 되물었다.

"기프트? 그 애가 기프트였어?"

"어머, 난 그렇게 생각했는데. 결과적으로 기프트 아니었을까? 당신 애제자에게도."

너새니얼은 생각에 잠겼다.

"흠. 확실히."

"그렇지? 그 애 덕분에 이번 콩쿠르가 얼마나 재미있었는데. 그 애의 파격적인 연주가 있었기 때문에 마사루의 정통적인 연주가 더 돋보였던 것 아니야?"

"그럴지도 모르지."

"게다가 촉매처럼 다른 참가자들에게 여러모로 영향을 줬던 모양이야. 그녀에게도."

"아야 말인가?"

"그래."

"정말 훌륭한 연주였어."

너새니얼의 표정이 진지해졌다.

"본선 프로코피예프 2번도. 그녀가 우승했어도 이상할 것 없었어."

"그래. 설마 프로코피예프 2번을 듣고 눈물이 날 줄은 꿈에도 몰랐어. 그녀의 부활은 개인적으로도 기뻐."

"연주 활동으로 복귀할까?"

"의뢰가 들어오면 하고 싶다는 모양이야. 실제로 벌써 그런 얘기도 있는 것 같고."

후련해 보이던 소녀의 얼굴이 떠올랐다.

"인연이란 참 신기하지. 그녀가 마사루와 소꿉친구였다니."

"마사루, 걔한테 홀딱 반한 것 아니야? 스승님께서 한마디 해주지? 피아니스트 커플은 그만둬라, 우리를 좀 봐라, 하고 말이야."

너새니얼은 쿡쿡 웃었다.

"원, 교제 상대까지 걱정하는 처지라니."

한숨을 쉬면서도 어딘가 기쁜 기색이다.

두 사람은 호텔 바에 있었다.

폐점 시간이 가까워 다른 손님들은 이미 없었다.

휑한 가게 안. 바텐더가 카운터 안에서 잔을 닦고 있다.

시상식도 끝났고, 언론 대응도 끝났다. 참가자도 스태프도 오늘 밤은 마음 놓고 잘 수 있을 것이다.

이렇게 술잔을 기울이는 두 사람 사이에도 안도와 탈력감이 감돌았다.

미에코는 가볍게 기지개를 켰다.

"콩쿠르를 할 때는 늘 이렇게 힘든 일은 맡는 게 아니었다고 후회하는데, 끝나고 보면 막상 그리 나쁜 일도 아니라고 생각하니 참 이상하지."

"재미있는 참가자가 많을 때는 특히나."

너새니얼이 위스키를 한 모금 마시고 카운터에 잔을 내려놓았다.

"다시 말해 우리는 이룰 수 없는 꿈을 계속 꾸는 거로군. 분명 어딘가에 아직 들어보지 못한 대단한 음악이 있을 거라 믿으며. 그런 소리를 가진 젊은이가 나타날 거라 믿으며."

"그래. 호프만 선생님도 그러셨을 거야."

기프트.

여러분에게 가자마 진을 선사하겠다.

똑똑히 받았어요, 선생님.

미에코는 잔을 살짝 들어 올렸다.

"뭐 해?"

너새니얼이 수상쩍다는 듯이 물었다.

"헌배."

"누구한테?"

"호프만 선생님."

"오호라."

그도 미에코를 따라 잔을 들었다.

"마사루는 어쩔 거야?"

짧은 침묵 끝에 미에코가 물었다.

"또 콩쿠르에 내보낼 거야? 마사루라면 어떤 콩쿠르든 통할 텐데."

"글쎄."

너새니얼은 고개를 갸웃거렸다.

"그 녀석, 내가 축하한다고 말하기도 전에 '조금 더 공부하고 싶다'고 그러더군. 특히 작곡 공부를 하고 싶다나."

"작곡?"

"그래. 전부터 은근히 그런 얘기를 하긴 했어. 물론 클래식도 한참 더 공부해야 하지만 장차 자기가 만든 곡을 연주해서 발표하고 싶다더군."

"어머, 그런 야망이 있었어?"

"좀 더 당연하게 콘서트 피아니스트가 신곡을 발표할 수 있게 되면 좋겠다는 거야."

"흐음. 그건 그것대로 재미있겠는데."

문득 길거리에서 연주하는 가자마 진이 눈앞에 떠올랐다.

지나가던 사람들이 걸음을 멈추고 눈을 빛내며 그의 연주에 귀를 기울인다.

뭐지, 이 이미지는?

"그런 방향으로 갈 수도 있겠다. 가자마 진도 오리지널을 발표할 수 있을지 몰라. 아프리카 환상곡 편곡도 굉장했고."

"그건 재미있었어. 그 아이의 연주가 가진 장점은 이쪽까지 연주하고 싶게 만든다는 점이지."

너새니얼이 자기 두 손을 내려다보았다.

"오랜만에 피아노를 치고 싶군."

미에코도 덩달아 제 손을 쳐다보았다.

"응. 알 것 같아. 나도 연주하고 싶다, 지금 당장 연주하고 싶다, 나도 모르게 그런 기분이 들어. 당신은 특히 요즘 지휘나 프로듀스만 했으니까."

"정말 그 아이는 예측할 수가 없어. 2년 후에는 어떻게 변해 있을까?"

"앞으로 누가 가르칠까?"

"호프만 선생님께서 콩세르바투아르 사람들한테 맡겨둔 모양이야."

"3위에 들어갔으니 그 애도 드디어 피아노를 가질 수 있겠네."

너새니얼이 쓴웃음을 지었다.

"애초에 그 상황이 비정상이야."

"가자마 진은 비정상이 정상이야. 파리 오디션 때부터 그랬는걸."

"이걸로 당신들도 자랑할 수 있겠군. 우리가 그를 발굴했다고."

"당연하지. 기분 최고야!"

처음에 그의 연주를 듣고 화를 냈던 일은 잊어버린 듯이 미에코가 시원스레 웃었다.

"자랑이 너무 과한데."

바텐더가 계산서를 가져왔다.

이제 곧 문을 닫는다는 신호다.

너새니얼이 사인을 하면서 중얼거렸다.

"그래서 생각은 좀 해봤어?"

"어?"

일어서려던 미에코가 되물었다.

"왜, 콩쿠르 시작하기 전에 물었잖아?"

너새니얼이 그렇게 말하며 미에코를 가만히 올려다보았다.

다시 시작하자는 이야기.

미에코는 내심 당황했다.

"어머, 아직도 기억하고 있었어? 그보다 당신, 진심이었어?"

"너무한데. 진심이야."

"놀라라."

미에코는 어깨를 으쓱했다.

둘이서 천천히 가게 밖으로 나갔다.

"나 지금 애인도 있는데."

"하지만 결혼한 게 아니니 남편은 아니지."

"그렇긴 한데."

문득 마음이 흔들렸다.

그것도 좋을지 모른다. 역시 이 남자에게는 어딘가 영혼 깊은 곳에서 공명하는 부분이 있다.

"일단 이혼 소송이나 마무리 짓고 얘기해."

"흠, 그럼 희망은 있다는 뜻이로군."

너새니얼이 단순히 기뻐하는 게 느껴져서 미에코는 쓴웃음을 지었다.

"뭐, 다음에 또 만나."

"다음 달에 도쿄에서 콘서트가 있으니 금방 만날 수 있어."

정말, 이 남자는.

미에코는 속으로 혀를 찼다.

이렇게 금방 자기 하고 싶은 대로 휘두르려 한다니까.

어째서일까, 그런 부분이 몹시 그리워 왈칵 눈물이 날 것만 같았다.

미에코는 그런 감상을 황급히 떨쳐냈다.

"연락해."

"알았어. 당신 자리를 마련해둘게."

엘리베이터 홀 앞에서 너새니얼이 찡긋 윙크를 했다.

둘이서 말없이 엘리베이터 숫자를 바라보았다.

우리도 자기 음악 생활로 돌아가는 것이다.

이동하는 빛을 바라보며 미에코는 그런 생각을 했다.

각자의 일상으로, 각자의 음악으로.

뮤직

새벽 바다는 잠잠했다.

조용한 파도 소리가 고요하고 차가운 공기 밑으로 매끄럽게 다가왔다.

소년은 물가에 서서 귀를 기울이고 있었다.

다시는 이곳에 오지 못할지도 모른다.

차갑게 곱은 손가락을 입김으로 녹였다.

계절은 착실하게 겨울로 다가가고 있다.

오늘은 입상자 콘서트, 내일은 도쿄로 이동. 도쿄에서도 콘서트를 하고, 그러고 나면 바로 파리로 돌아가야 한다.

바람은 없다. 무서우리만치 고요한 바다였다.

하지만 역시, 들어봐.

소년은 눈을 감았다.

귀를 기울이면 세상은 이토록 음악으로 가득 차 있다.

그렇죠, 선생님?

소년은 그렇게 물었다.

쏟아지는 빛. 찬찬히 모습을 바꾸어가는 구름.

수평선에서 찬란히 부서져 일렁이는 주홍빛 햇살.

무엇일까. 세상에 가득한, 이 농밀한 무언가.

소년은 눈을 뜨고 천천히 주위를 둘러보았다.

이 생명의 기운, 생명의 예감. 사람들은 예로부터 이것을 음악이라 부르지 않았을까? 이것이야말로 음악의 진정한 모습이 아닐까?

소년은 막연히 그런 생각을 했다.

발밑에서 뭔가가 반짝 빛났다.

반사적으로 몸을 숙여 그 조개를 주워 들었다.

보석처럼 완벽한 모양을 갖춘 작은 소라.

집게손가락과 엄지손가락으로 집어서 하늘을 향해 치켜들었다.

"피보나치수열이네."

그렇게 중얼거리며 생긋 웃었다.

돌연 큰 소리로 웃고 싶었다.

행복. 행복하다. 세상은 이토록 음악으로 가득 차 있다. 나는 실내에서 음악을 데리고 나가, 함께 세상을 채워갈 것이다.

동지도 있다. 동지를 찾아냈다.

소년은 두 팔을 한껏 벌리고 심호흡을 했다.

어디선가 꿀벌의 날갯소리가 들려왔다.

어디 사는 꿀벌일까? 파리? 알자스? 아니면 리옹?

아아, 그렇구나.

문득 직감했다.

언제나 들어왔던 그 날갯소리는 세상을 축복하는 소리였다. 바지런히 생명의 빛을 모으는 소리. 실로 생명의 활동, 그 자체가 내는 소리.

나도 거기로 돌아가야 해. 그 소리가 들리는 장소로. 언제나 힘을 주는 그 소리가 있는 곳으로.

소년은 다시 한 번 기지개를 활짝 켜고 훌쩍 몸을 돌려 바다를 뒤로했다.

힘찬 달음박질로 그대로 바다에서 멀어져간다.

뮤직. 그 어원은 신들의 기술이라고 한다. 뮤즈의 결실.

소년은 뮤직이다.

그가 곧, 그의 움직임 하나하나가 곧 음악이다.

음악이 달려간다.

이 축복받은 세상 속에서 한 사람의 음악이, 하나의 음악이, 고요한 아침을 가르며 바람처럼 멀어져간다.

제6회 요시가에
국제 피아노 콩쿠르 심사 결과

1위
마사루 카를로스 레비 아나톨

2위
에이덴 아야

3위
가자마 진

4위
조한선

5위
김수종

6위
프레데리크 드미

청중상
마사루 카를로스 레비 아나톨

장려상
제니퍼 챈
다카시마 아카시

히시누마상 (일본인 작곡가 연주상)
다카시마 아카시

옮긴이의 말

작년 9월 말, 현대문학으로부터 『꿀벌과 천둥』 검토 의뢰를 받았습니다. 『밤의 피크닉』, 『삼월은 붉은 구렁을』, 『유지니아』를 비롯, 판타지, 호러, 미스터리, SF 등 장르에 구애받지 않는 폭넓은 작품을 통해 '노스탤지어의 마술사'라는 애칭으로 우리나라에서도 많은 사랑을 받고 있는 온다 리쿠 선생님의 소설이었습니다.

작품을 다 읽고 난 저의 머릿속은 '어떡해, 너무 좋다……'라는 한 가지 생각으로만 가득했습니다. 세상에는 좋은 책, 좋은 음악, 좋은 사람들이 얼마든지 있습니다. 그렇지만 『꿀벌과 천둥』은 그 모든 것을 한 번에 경험할 수 있는 멋진 작품이었습니다. 하나의 콩쿠르를 쭉 따라가는, 어찌 보면 단순한 구조인데도 그

흡인력이란 도저히 말로 표현할 수 없었습니다. 실제로 원서 분량 2단 조판 5백 페이지 이상, 지금 여러분께서 보신 한국어판으로는 원고지 2천3백 매에 육박하는 상당한 길이의 작품인데도 읽는 동안 시간 가는 줄 몰랐습니다.

당시 "검토서에서 사랑이 뚝뚝 떨어져요"라는 말을 들었던 기억이 납니다. 국내에 소개할 만한 작품인지, 판권 경쟁이 붙었을 때 어느 정도 위험을 감수할지 판단하는 가장 기초적인 자료라 할 수 있는 검토서를 쓸 때는 언제나 작품의 장단점을 객관적으로 쓰려고 노력합니다. 아무리 좋은 작품이라도 보는 각도를 바꾸면 단점이 하나 정도는 눈에 띄게 마련인데, 『꿀벌과 천둥』에서는 도저히 단점이 눈에 보이지 않아 결국 음악을 소재로 하는 소설이 어쩔 수 없이 갖는 단점, '음악에 관심이나 기초 지식이 없는 독자들의 수용 가능성'이라는 한 줄을 써넣는 데 그쳤습니다.

과거에 비하면 최근 '클래식'의 장벽은 매우 낮아져, 다소 고상한 대중적 취미라 불러도 무리가 없을 것 같습니다. 특히 온다 리쿠 선생님이 서문에서도 언급하셨던 조성진 씨의 쇼팽 콩쿠르 우승은 음악에 관심이 없는 분들도 알 만큼 큰 화제가 되었습니다.

그렇지만 여전히 클래식은 왠지 '알아야' 들을 수 있다는 편견이 존재하는 것 같습니다. 저는 클래식 음악을 좋아하는 편이고 일할 때도 종종 유튜브로 '집중 클래식'을 검색해 틀어놓곤 합니다. 하지만 소위 말하는 '막귀'라 연주나 곡에 대한 평가는 감히 할 엄두도 못 내고, 정말 유명한 곡을 제외하면 아무리 들어도 곡명과 곡을 연결 짓지도 못해 콘서트에 가도 프로그램북에 소개가 없는 앙코르곡은 귀에 익은 곡이라 해도 제목조차 파악하지 못합니다. 그렇지만 곡명을 모른다고 해서 음악을 듣지 말라는 법은 없고, 지식이 없다고 해서 감동을 느끼지 못하는 건 아닙니다. 물론 아는 만큼 더 많이 보이고, 더 많이 느낄 테지만 음악이 갖는 어떤 보편성, 원초적인 부분에서 느끼는 '감동적인 울림'은 '지식의 차이'라는 장벽을 뛰어넘습니다.

『꿀벌과 천둥』은 작품을 읽는 사람으로 하여금 작중에 나오는 곡들을 찾아서 들어보고 싶게 만드는 힘을 갖고 있습니다. 본디 청각으로 느껴야 하는 '음악'을 문장을 통해 독자들에게 입체적으로 전달하는 필력은 가히 압도적입니다. 연주 장면에서 다분히 감각적인 묘사들이 넘치는 작품이라 곡과 작품에 대한 이해도 도울 겸 번역을 하는 동안 해당 곡들을 반복 청취했는데, 독자 여러분께서도 분명 작품을 읽는 동안 몇 곡은 찾아서 들어보고 싶다는 생각을 하셨으리라 믿습니다.

모든 등장인물이 너무나 매력적이지만 개인적으로 가장 공감할 수 있었던 인물은 다카시마 아카시였습니다. 무언가에 미칠 수 있다는 것은 참으로 멋진 일이고, 그런 힘이 바로 세상을 바꾸는 원동력이라고 생각합니다. 하지만 모든 사람이 불확실한 재능에 매달려 미래를 투자할 수 있는 건 아닙니다. 꿈과 자아실현은 소중하지만 기초 생활이 보장되지 않는다면 선뜻 인생을 걸기 어려울 수밖에 없습니다. 다카시마 아카시는 다행히 꿈꾸던 음악의 길을 다시 걸을 수 있는 기회와 자신감을 얻었지만 현실에서는 아무리 노력해도 결국 기회를 얻지 못하는 경우가 더 많습니다.

'음악으로 가득 차 있는' 이 세상에는 그에 못지않게 멋진 문학작품들 역시 가득합니다. 올해는 제가 번역이라는 일에 종사한 지 꼬박 10년째가 되는 해입니다. 온다 리쿠 선생님께서는 작중에서 에이덴 아야를 피아노를 매개체로 쓰는 '영매'라고 표현했는데, 번역가도 외국의 작품을 자국의 언어로 소개하는 '전달자'라는 의미에서 감히 일맥상통하는 부분이 있다고 생각합니다. 같은 곡이라도 연주자에 따라 다른 인상을 주듯 번역 역시 같은 작품이라도 번역가에 따라 다른 결과물이 나올 수밖에 없습니다. 하나의 작품을 소개할 때마다 작가의 의도와 작품 스타일을 제대로 전달하고 있는지 언제나 조심스럽고, 리뷰나 판매량을 통해 독자 여러분의 작품에 대한 반응을 접하면 일희일비하곤 하지만, 이런 멋진 작품과 독자 여러분의 만남이라는 기적적인 인연에 조금이나마 기여하고 있다는 데서 언제나 보람을 느낍니다.

제게 처음 기회를 주셨던 분들, 10년이라는 길고도 짧은 세월 동안 끊임없이 기회를 주신 분들과 개인적으로 의미 있는 해에 『꿀벌과 천둥』이라는 훌륭한 작품을 소개할 수 있는 멋진 기회를 주신 현대문학 편집부에 다시 한 번 깊은 감사를 드립니다.

2017년 7월
김선영

옮긴이 김선영

한국외국어대학교 일본어과를 졸업했다. 방송 등 다양한 매체에서 전문 번역가로 활동했으며 특히 일본 문학을 소개하는 일에 힘쓰고 있다. 옮긴 책으로는 이사카 고타로의 『러시 라이프』『목 부러뜨리는 남자를 위한 협주곡』『종말의 바보』를 비롯하여, 『봄철 한정 딸기 타르트 사건』『여름철 한정 트로피컬 파르페 사건』『가을철 한정 구리킨톤 사건』『왕과 서커스』『야경』『인형은 왜 살해되는가』『파계 재판』『대낮의 사각』『문신 살인사건』『손가락 없는 환상곡』『고백』『열쇠 없는 꿈을 꾸다』『완전연애』『경관의 피』『흑사관 살인사건』『꽃 사슬』등이 있다.

꿀벌과 천둥

초판 1쇄 펴낸날 2017년 7월 31일
초판 14쇄 펴낸날 2022년 8월 31일

지은이 온다 리쿠
옮긴이 김선영
펴낸이 김영정

펴낸곳 (주)현대문학
등록번호 제1-452호
주소 06532 서울시 서초구 신반포로 321(잠원동, 미래엔)
전화 02-2017-0280
팩스 02-516-5433
홈페이지 www.hdmh.co.kr

ⓒ 2017, 현대문학

ISBN 978-89-7275-830-3 03830

* 책값은 뒤표지에 있습니다.
* 파본은 구입처에서 교환해드립니다.